Scarlet
스칼렛
www.bbulmedia.com

Scarlet
스칼렛
www.bbulmedia.com

달면 삼키고 써도 삼킨다

해일 장편소설
달면 삼키고
써도 삼킨다
SCARLET
ROMANCE STORY

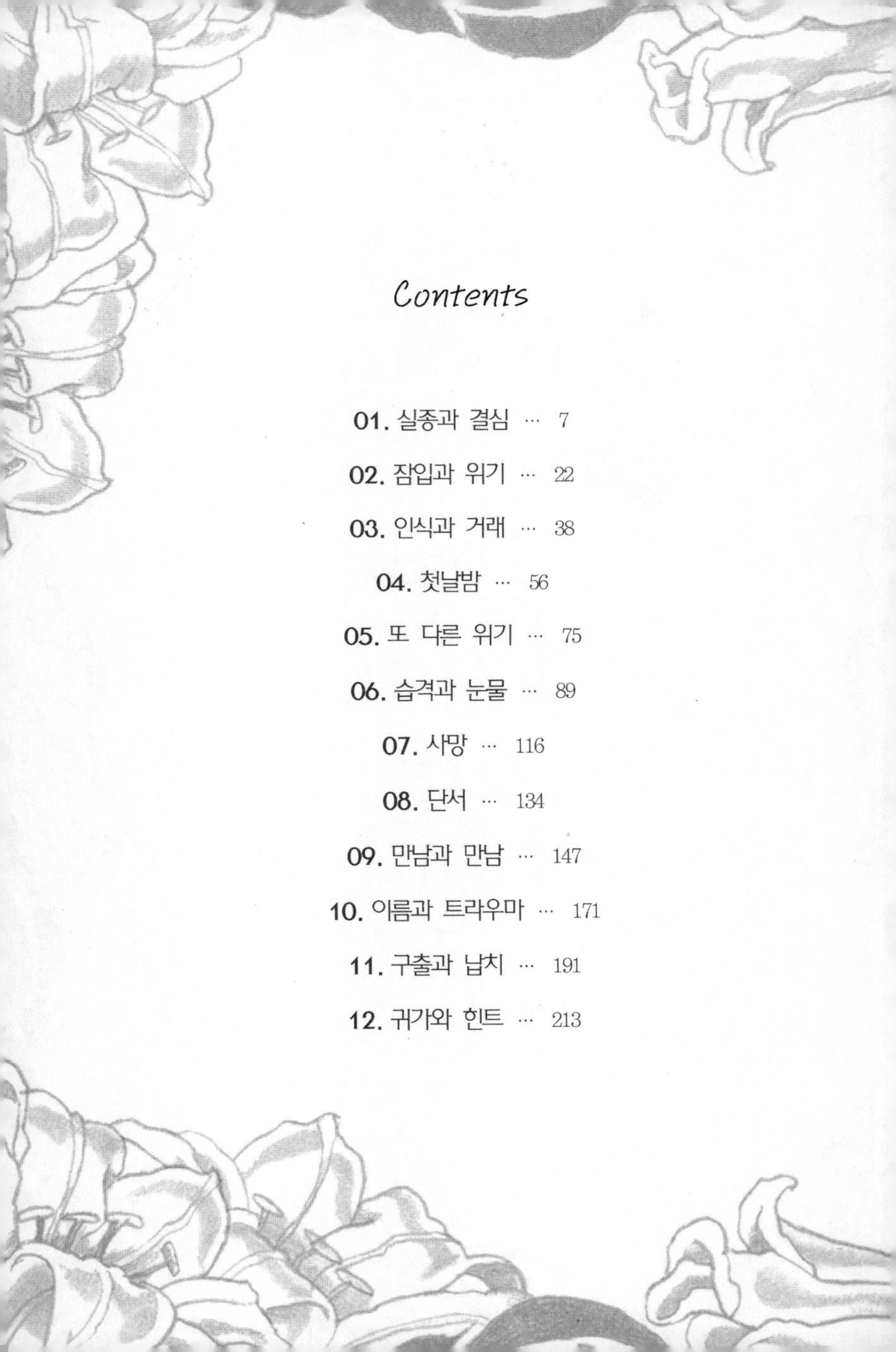

Contents

01
실종과 결심

"이제 다 왔다!"

아득한 수평선 가운데, 점처럼 보이던 육지가 점점 가까워졌다. 배가 나아갈수록 시야에 들어오는 것은 많아졌다. 단단하게 돌로 쌓은 바닷가 전통 가옥도, 술을 먹고 드잡이질을 하는 뱃사람들도, 풍채를 뽐내며 해산물이 가득 담긴 바구니를 들고 가는 아주머니들에 늘 보던 갈매기까지, 그립지 않고 반갑지 않은 것은 하나도 없었다.

이윽고 부두에 다다라 싱글싱글 웃는 얼굴의 사람들이 밧줄을 잡아 주려 기다리는 모습을 볼 때, 또 한 번의 항해를 무사히 마쳤구나, 하는 안심의 미소가 엘리자베스호—줄여서 베스호—의 선원들 사이에 퍼지고 있었다. 이름으로 불리는 것을 매우 싫어하여 집에서는 엘, 배에서는 노아라고 불리는 엘레노아 사이먼 역시 만면에 미소가 가득했다.

항해 경력 15년, 인생의 4분의 3을 바다에서 보낸 그녀는 스무 살로, 이 베스호의 부선장이었다. 바닷바람을 오래 쐬어 푸석푸석 거친 짧은 갈색 머리카락을 남자 선원들처럼 두건으로 감쌌다. 바다로 내리쬐는 볕에 얼굴이며 팔, 손, 다리는 온통 가무잡잡하다. 가슴은 붕대로 꽉꽉 동여매 내리누르고, 그 위에 낡고 빛바랜 선원 옷을 입었다.

베스호의 선원들은 누구나 부선장 '노아'가 여자라는 것을 알고 있었다. 그리고 그녀가 없는 한, 베스호는 출항하지 않았다. 부선장이 없기 때문이기도 하거니와, 그녀는 선원들에게 순탄한 항해를 보장하는 바다의 여신이기 때문이었다.

이 카일레아 항구에서 선원들이 암묵적으로 승선을 허락하는 유일한 여자. 그것이 소년같이 개구진 얼굴에 검은 눈을 반짝거리는 엘레노아 사이먼이었다. 노아는 육지를 확인하고 싱글벙글하며 하선 준비를 위해 자신의 방으로 돌아갔다.

곧바로 도로 뛰쳐나왔지만.

"으어억! 잭! 잭! 잭 어딨어? 잭!"

"잭이라면 식당에 있을걸."

갑판에서 하선 준비를 하던 윌이 한마디 던졌다. 노아는 잽싸게 계단을 타고 내려가 식당 문을 벌컥 열었다.

"잭! 내 선물! 내 선물 어딨어?! 같이 화물로 포장해 놓은 거 아니지?!"

"화물칸에 뒀다면 이미 화물에 섞였겠지. 한심한 녀석. 빼놓을 거였음 미리 얘길 했어야지. 한두 번도 아니고 매번 이러냐?"

"으어어어어억! 안 돼, 안 된다고! 그거 선물하려고 사비 털어 산 거란 말이야!"

"사비고 나발이고 이미 포장 끝났어. 지금 못 찾아. 내려서 찾아."

"으아아악!"

마음이 급해져 노아는 후닥닥 달려 화물실로 향했다. 그래 봐야 내릴 때까지 아무것도 못 하는 걸 알면서도, 그녀는 늘 화물실에 처박혀 동동대고 마는 것이다. 출항 때면 '이번엔 반드시 선물을 미리 방에 빼놓아야지!' 하고 결심하건만 6개월이라는 시간 동안 새까맣게 까먹고 선물을 화물에 같이 처박아 두는 것이 노아의 나쁜 버릇이다. 그리고 그걸 알면서도 일부러 화물과 함께 포장하는 것은, 노아를 놀리는 잭의 귀여운 심술이다.

"나쁜 새끼. 너 알면서 집어넣었지?"

주방장의 핀잔에 잭의 입술 한쪽 끝이 올라간다.

"노아의 발광을 듣지 않으면 귀항한 것 같은 느낌이 들지 않는다고 했던 건 누구시더라?"

바쁘게 오가며 짐을 싸던 선원들이 낄낄거리고 웃는다.

그랬다. 노아는 엘리자베스호의 사랑받는, 그리고 놀림도 함께 받는 마스코트인 것이다.

사이먼 상단은 지난 15년간 한 번도 동양으로의 항해에 실패하지 않은 엘리자베스호 덕분에 대성했다. 다른 상단에서도 배를 띄우고 있으나, 그들의 배는 매번 침몰했다. 선원 매수를 해 보려는 시도도 있었지만, 베스호의 신규 선원 모집은 11년 전이 마지막이니 말 다 한 셈이다. 선원들은 바다의 여신과 동행하지 않은 동양으로의 바닷길이 얼마나 위험한지 잘 알고 있었던 것이다.

그리하여 동양 무역을 독점한 베스호는 안 다루는 물건이 없었다. 화물 담당 잭은 동양에서 사들인 물건들을 나눈다. 서민에게 팔 것,

지방 귀족에게 팔 것, 중앙 귀족에게 팔 것, 황실에 납품할 것, 그리고 항구 카일레아 지점에서 바로 팔 것.

가게 밖에는 벌써 사람들이 몰려들고 있었다. 요 몇 년 사이에 귀족들의 마차도 제법 와서 대기하고 있다. 누구보다 빠르게 동양의 물건을 구매하고 싶어 하는 귀족들의 욕구 탓이다.

순식간에 화물의 포장이 풀리고 물품 검사와 리스트 대조가 끝났다. 직원들도 바삐 움직이며 즉시 팔 물건들을 장식장에 늘어놓기 시작했다. 그 틈바귀에서 노아 혼자 애가 탔다. 회계사 앤디와 지점장 루크를 비롯한 직원들은 주인이 못 챙기는 물건이라면 팔아서 상단에 보탬이 되는 게 낫다는 지론을 갖고 있다. 못 찾아내면 팔리는 것이다. 노아는 커다란 자루에 선물들을 하나하나 찾아서 쑤셔 넣으며 개수를 셌다. 열한 개. 이상하다. 제일 귀한 하나가 끝까지 보이지 않는다.

금으로 된 나비 떨잠 세트.

황실에 떨잠 납품하는 장인을 찾아, 뒷돈이며 착수비도 어마어마하게 쥐여 줬다. 그러고도 지레 겁을 먹고 출항 직전까지 물건을 내놓지 않아 애먹었는데, 하필 그게 보이질 않는다.

그사이 개장 시간이 되어, 자비 없는 직원들이 문을 열었다. 우르르 쏟아져 들어오는 손님들을 피해 직원용 복도로 빠져나간 노아는 문득 카일레아 지점의 요인들—앤디, 루크, 잭—이 보이지 않는다는 사실을 깨닫고 맹렬하게 응접실로 뛰어 올라갔다.

"이 자식들, 내 떨잠 내놔아아아아아아!"

벌컥 문을 열자, 아니나 다를까 응접실 테이블에 금빛이 보였다. 달려가 보니 내 떨잠 맞다. 노아는 후다닥 달려들어 떨잠 세 개가 가지런히 놓인 상자를 낚아챘다.

아차 하는 아는 얼굴이 셋, 못마땅하게 일그러지는 집사 같은 얼굴이 둘. 살짝 미간에 주름 잡힌, 금발의 귀족 얼굴이 하나.

방 안의 분위기가 싸늘해졌다. 떨잠에 급급해 상황을 눈치채지 못한 노아의 팔을 잡고, 다급하게 잭이 속삭였다.

"야야, 손님 계시잖아."

"납품할 물건을 함부로 가로채다니, 이게 무슨 짓이지?"

잭의 말이 끝나기도 전에 집사의 경직된 목소리가 들렸다. 아직 분이 식지 않아 씩씩거리느라 말을 못 하는 노아를 대신해 앤디가 응수했다.

"아, 선원의 개인 물건입니다. 잘못해서 섞여 들어간 것인데 이건 납품할 물건이 아닙니다. 드린 목록을 확인해 보시면 아시겠지만, 애초에 목록에도 없는 거고요."

"하지만 이미 보였으니 납품하려는 뜻으로 알았는데, 황…… 아니, 우리 도련님을 기만하는 건가?"

집사의 목소리에 노기가 등등하다. 앤디가 난처해하며 노아에게 눈짓했다. 웬만하면 팔자는 뜻이다. 늘 당당한 앤디가 저러는 걸 보면 힘 좀 있는 인간인가 보다. 하지만 그녀는 굴하지 않았다.

"이건 일개 선원인 제가! 제 돈 주고! 직접 주문해서! 사 온 제 물건이라서요, 귀한 분이신 건 알겠지만 이건 파는 물건이 아니라서 못 드립니다! 상단 물건이 아니거든요!"

"……고작 액세서리 하나 가지고 이렇게 왈가왈부하는 것도 웃기는군. 목록에 없다면 값을 따로 매기도록. 그것도 내가 사 가도록 하지."

나른한 목소리가 소파에 비스듬히 앉아 금발을 찰랑이는 귀족 나부랭이에게서 들려온다. 이게 무슨 같잖은 소리야. 노아의 얼굴이 사정없이 일그러졌다. 그러나 그녀는 곧 공손하게 손을 모으고 꾸벅 고개를 숙였다.

"죄송합니다. 상단 물건이 아님에도 진열하여 보여 드린 점, 상단을 대신하여 진심으로 사죄드립니다. 귀하신 분을 기만하려는 뜻은 전혀 없었습니다. 정말 우연히, 개인 물건이 섞여 들어간 것뿐입니다. 그 점을 용서하지 못하여 벌을 주신다면 기꺼이 받겠습니다. 그러나 제가 팔지 않겠다고 하는 한, 상단에서도 판매할 수 없는 것은 양해 부탁드립니다. 그 선물은 제가 가족을 위해 사비로 구매한 물건이기에, 그것을 빼앗으신다면 귀하신 분께서 가장 힘없는 백성의 가장 소중한 것을 가져가게 되는 셈이라는 것만 아뢥니다. 그것도 정당한 거래가 아니라, 합법적이지 못한 거래로요."

……와. 진짜 기분 나쁘겠다.

노아의 말을 들은 루크의 입이 떡 벌어졌다. 최대한 공손하게, 어감 안 좋은 단어는 배제했으나 뜻까지 예의 바르진 않았다. 내용인즉슨 벌을 준다면 받겠지만 우연히 벌어진 일에 벌 내리는 너는 쪼잔한 인간이 될 것이며, 떨잠을 굳이 사 가겠다면 힘없는 백성인 노아 자신을 핍박하는 꼴이라는 이야기다.

루크의 해석이 틀리지는 않았는지, 집사들의 얼굴이 붉으락푸르락 변하기 시작했다. 그러나 소파에 앉은 귀족 나부랭이는 그 말을 듣고도 피식 웃을 뿐이었다.

"가장 마음에 든 물건이라 아쉽긴 하지만, 그런 소리를 듣고도 고집을 부린다면 내가 못난 놈이 되는 거겠지. 좋다. 너의 말재간을 높이 사서 그 물건은 포기하지. 대신 저 물건에 상응하는 다른 물건을 내놓도록."

의외로 산뜻하게 결말을 내리는 귀족 나부랭이다. 잭과 앤디에 루크, 노아는 안도의 한숨을 내쉬었다. 그리고 그다음 순간, 노아는 잽싸게 줄행랑을 놓았다. 말은 그렇게 하면서도, 귀족 나부랭이의 시선이 떨잠에서 떨어지지 않았기 때문이다.

왠지 이긴 기분이라, 노아는 의기양양하게 보따리와 떨잠 상자를 들고 사무실로 향했다. 배가 도착했다는 소식은 벌써 들어갔을 텐데, 어째 아버지가 아직 오지 않으셔서 오실 때까지 사무실에서 기다릴 생각이었다.

전 직원들이 매장에 동원되어 사무실에는 아무도 없었다. 노아는 서슴없이 사무실에 들어가 뒷발질로 나무 문을 쾅 닫고는, 흐흐흐 음흉하게 웃으며 사무실 탁자에 선물을 하나하나 꺼내 놓기 시작했다. 그리고 마지막으로 열두 개째, 떨잠 하나를 집어 천천히 들어 올렸다.

장신구나 액세서리에는 욕심이 없는 그녀지만, 이 떨잠은 특별한 것이었다. 유일하게 상자에 담겨 있는 물건이었음에도 어디 떨어진 곳 없나 세심하게 살피는 그녀의 입가에 가만히 미소가 번진다.

희 제국의 황실, 그것도 직위가 있는 후궁에게까지만 허용된다는 금으로 된 나비 떨잠. 그중에서도 왕비나 할 수 있다는 세 개 세트. 하지만 이 땅은 테브스란이니 희 황실의 제약은 해당되지 않는다. 다행이라면 다행이다. 노아는 이 떨잠을, 황제에게 바치기 위해서가 아니라 언니를 위해 주문 제작해 왔기 때문이다.

노아의 언니 엘리자베스는 1년 전에 약혼식을 올렸다. 쪼오끔 기울어 가는 귀족 가문의 장남이었는데, 정략결혼인 걸 알면서도 두 사람은 서로를 마음에 들어 한 눈치였다.

하기야 누가 엘리자베스를 싫어하겠냐. 예쁘지, 단정하지, 곱지,

노아와 달리 부모님 속을 썩인 적도 없고, 귀족과 결혼시키고 싶어 하는 아버지에게 순종해 노처녀 소리도 감수했고, 심지어 꿈도 현모양처였다. 요리, 바느질, 청소, 빨래, 정원 관리도 흠잡을 데 없이 잘 해냈으며, 쓸 데 쓰고 아낄 데 아끼는 적절한 소비 습관과 우아한 태도까지, 어디 내놔도 빠지지 않는 신붓감이었다. 베스를 직접 보고 나면 누구라도 자기 며느리로 삼고 싶어 안달이었다. 장남을 상인 가문의 딸과 결혼시킨다는 것을 못마땅해하던 시어머니 될 인간마저 그랬다. 귀족의 어떤 영애도 이렇게 바람직한 품성을 갖지는 못할 거라면서.

그뿐이랴. 흔히 말하는 여자의 덕성을 갖추지 못한 동생을, 그녀는 언제나 사랑으로 품었다. 그것이 가식 같아 보일 때도 있었지만, 베스는 늘 한결같이 노아를 품어 주었다. 날카로운 사춘기를 지나자, 노아는 언니의 고분고분한 종이 되었다.

노아는 긴 한숨을 내쉬며 떨잠을 꼭 쥐었다. 조금 서글펐다. 이제 두 주일 후면 언니가 사이먼가의 저택에서 없어지는 거니까. 하지만 축하할 일은 축하할 일이다. 자신에게 최고의 사랑을 베풀었던 언니 베스에게, 노아는 최고의 결혼 선물을 해 주고 싶었다.

그래서 선택한 것이 이것이었다. 왕비처럼 우아하고 고귀하게 행복하게 살라고. 그것을 위해, 외국인에게 금으로 된 나비 떨잠을 만들어 준 걸 알면 처형당할 거라고 떠는 떨잠 장인을 설득하고 돈을 들이붓고 용기를 북돋우고 마지막까지 손에서 안 떼려는 것을 어르고 구슬려 받아 온 것이다.

물론 베일을 써야 하니까 본식에서는 못 할 테지만, 머리를 틀어 올려야 하는 피로연에서는 잘게 떨리며 언니의 결 고운 검은 머리카락을 빛내 줄 것이다. 떨잠을 꽂고, 피로연용 비단 드레스로 갈아입은 베스는 정말 아름답겠지.

집 생각을 하니 갑자기 온몸이 뻐근했다. 기지개를 켜며 주위를 돌아본 노아는 별생각 없이 자리에서 일어나 물건들을 보따리에 쑤셔 넣고 다시 어깨에 둘러멨다. 6개월이라는 긴 항해. 늘 그랬듯 아버지가 나와서 반겨 주실 줄 알았다. 하지만 오지 않으신다고 서운해하거나 세월없이 기다리는 것은 노아의 성격에 맞지 않았다.

"안 오시면 내가 가지 뭐!"

발걸음도 씩씩하게, 노아는 사무실을 걸어 나갔다.

카일레아 항구에서 사이먼 저택이 있는 중소 도시 린네까지. 엘레노아 사이먼은 상단의 역사(驛舍)에서 빌린 말을 타고 인적 드문 도로를 신나게 달렸다. 카일레아 항구에서 린네까지는 도로가 잘 깔려 있고 곳곳에 횃불도 밝혀 있다. 애초에 사이먼 상단에서 필요해서 도로 정비에 참여했던 것이고, 지금도 물자 이동 때문에 상단에서 관리를 하니 산적 걱정도 없다.

익숙한 거리, 익숙한 사람들을 쌩쌩 지나쳤다. 이윽고 커다란 고동색 저택이 어둠 속에서 서서히 모습을 드러냈다.

이제 배 타는 소년 노아에서 사이먼 저택의 말괄량이 차녀 엘로 돌아올 시간이다. 엘레노아는 두건을 벗고 보따리를 챙긴 후 말을 끌고 대문으로 걸어갔다.

"저 왔어요, 아저씨!"

"어, 엘 왔구나! 오늘이 배 들어오는 날이었니? 고생했네!"

어딘가 넋 나간 듯한 얼굴로 허공을 살피던 호위병 마틴 아저씨가 어색하기 짝이 없는 호들갑으로 엘을 반겼다. 그러고 보니 배 들어오는 날인 걸 저택에서 모를 리가 없는데 온 집 안이 지나치게 조용하다.

엘은 의아해하며 보따리를 뒤져, 아저씨를 위해 샀던 단검을 꺼냈다.

"여기요, 선물. 그런데 배 들어오는 거 몰랐어요? 오늘 예정일이었는데."

"어어, 이런, 나까지 늘 챙겨 줘서 고, 고맙다. 음, 응, 일이 좀 있어서 다들 배 들어오는 날인 걸 깜박한 모양이야. 마중을 나갔어야 하는데 못 가서 서운했지?"

"아뇨, 애도 아니고 뭐 그런 걸로. 그런데 집에 무슨 일 있어요?"

그 말에 마틴 아저씨의 눈동자가 심하게 흔들린다. 되도록 숨기고 싶지만 숨길 수 없을 일이 생긴 것이 분명하다. 심상치 않은 얼굴에 엘의 심장 박동이 서서히 빨라진다.

"음, 저기, 나한테 듣는 것보다, 지금 집에 샐리하고 클라라는 있으니까 거기다 물어보렴. 피곤할 텐데 어서 들어가. 이 말은 역사에 반납하면 되는 거니?"

"네? 네……. 아, 이거 샘 아저씨 거랑 신입들 선물이에요. 아저씨가 나눠 주세요."

"그, 그래, 정말 고생 많았다."

연신 말을 더듬는 아저씨를 뒤로하고, 엘은 활짝 열린 대문 안으로 들어섰다. 이미 해는 저물어 공기는 차갑게 식었다. 흐릿한 안개가 깔린 저택이 평소보다 훨씬 크고 웅장하고 어두워 보인다. 심장은 점점 빠르게 뛴다. 진정하기 위해 천천히 걸어가던 엘은, 결국 긴장을 이기지 못하고 뛰기 시작했다.

엘을 반겨 준 것은 유모 클라라와 그녀의 딸 샐리였다.

"어머니 안 계셔? 언니도?"

아버지야 늘 장사로 바쁘신 분이니 그렇다 쳐도, 살림을 최고의 가치로 아는 어머니와 언니마저 없다는 것은 놀라운 일이었다. 눈 동그랗게 뜨고 되묻는 엘에게, 유모의 딸 샐리가 걱정 가득한 얼굴로 고개를 끄덕였다.

"다들 어디 갔는데?"

"그게……."

"……마틴 아저씨가 우물우물하던데, 진짜 집에 무슨 일 있는 거야?"

클라라는 영 입을 열지 못했다. 샐리마저 이러니 불안함이 점점 부풀어 간다. 아무 일 아닐 거라고 생각하고 싶은데, 20년 평생 집안 분위기가 이런 적은 단 한 번도 없었기에 더 두려웠다. 손바닥이 축축해지고, 숨이 점점 가빠 온다.

"일단 앉아. 저녁 못 먹었지?"

"어. 아니, 밥이 문제가 아니고. 대체 무슨 일인데 이렇게 뜸을 들이는 거야, 샐리, 나 속 타 죽어!"

결국 엘의 인내심이 끊어져 나갔다. 샐리의 두 어깨를 붙잡고 마구 흔들어 대자, 샐리의 눈에 금세 눈물이 고였다. 클라라도 흑흑거리기 시작했다. 원래 잘 우는 사람들이 아닌지라 놀란 엘이 다급하게 손을 뗐지만, 샐리의 얼굴은 순식간에 눈물로 뒤덮였다.

"엘……. 있지……. 베스가, 베스가 실종됐어……."

"말이 되는 소릴 해. ……그게 무슨 개소리야?"

샐리는 두 번 말하지 않았다. 굵은 눈물방울을 뚝뚝 떨구며, 고개만 저을 뿐이었다.

"말도 안 되는 소리. 언니가 진짜로 실종됐다고?"

이번엔 샐리가 고개를 위아래로 흔들었다. 그러더니 제풀에 풀썩,

바닥으로 주저앉았다. 그와 동시에 엘의 심장이 덜컥 내려앉았다.

"진짜로, 진짜로, 지, 진짜로 언, 언니가 실종됐다는 거야? 어?"

"그래서 마님도, 주인님도 각각 귀족분들을 뵈러 가셨어. 방법을 찾아본다고……."

이번에 바닥에 주저앉은 것은 엘이었다. 눈은 뜨고 있는데 아무것도 보이질 않았다. 귀도 멍멍해져 샐리의 설명이 제대로 들어오지 않았다. 안 그래도 울음이 섞여 알아듣기가 힘든데, 귀까지 멍멍하니 말을 알아들을 재주가 없다. 엘의 정신은 점점 아득해져만 갔다.

두 사람이 엘을 부여잡고 끌어안아 엉엉 우는데도, 엘은 그저 멍한 기분이었다. 정신을 놓자, 입이 주인의 허락도 없이 말을 주워섬기기 시작했다.

"납치야, 이건 납치가 틀림없어."

"우, 우리도 그렇게 생각하는데……."

"치안대, 치안대는 뭐래. 중앙군은 뭐래. 걔네부터 만나 봐야지. 이건 납치인데."

"문지기들에게 단순 가출, 혹은 좋아하는 남자 만나 집 나간 거 아니냐는 말만 들으셨어. 그래서 면식 있는 귀족 인맥으로 쫓아가는 게 빠르겠다고 나가셨는데, 아무래도 좀처럼 면담 수락을 해 주지 않는 모양이야."

"스타일러 가문에선 뭐래. 형부는, 아니 형부 될 그 사람은?"

"……파혼하자고 했어."

다시 한 번 심장이 내려앉는 기분이었다. 스타일러 남작마저 내쳤으니 이제 힘을 빌릴 귀족가가 없다. 베스를 두고 이렇게 좋은 아가씨를 키우다니 대단하시다고 칭찬을 마지않던 사람들의 모습이 떠올라, 엘은 뿌득뿌득 이를 갈았다.

"베스를 믿지 않는 거지. 납치라고 하는 건 말뿐인 거지. 하, 어이가 없네. 사람이 납치됐다는데 뭐? 단순 가출? 엘리자베스가? 다른 사람은 몰라도 베스만큼은 그럴 리가 없다고!"

샐리 역시 엘이 무슨 생각을 하는지 안다는 듯 고개를 끄덕였다.

"그런 말을 하는 사람은 베스를 모르는 사람뿐이야. 아는 사람들은 모두 걱정하고 있어. 그래서 다들 분노하고 있는데……."

"있는데?"

"얼마 전에 귀족 영애 납치 사건이 있었어. 너 배 탄 사이에. 다른 사람은 무사히 돌아왔는데 두 사람은 여전히 실종 상태라서."

"……그쪽을 수사하느라 평민 여자 하나 없어진 건 신경 쓸 겨를이 없다 이거구만?"

고통스러워하는 얼굴로 샐리가 고개를 끄덕였다.

"무사히 돌아오기만을 바랄 뿐인데, 2주째 아무 소식이 없어서……."

샐리가 말을 잇지 못하고 입술을 깨물었다. 그리고 엘 역시 샐리처럼 입을 다물고 말았다.

선물은커녕 짐도 풀지 못하고 엘은 부모님의 귀가를 기다렸다. 하루, 이틀, 사흘이 지나도 부모님은 돌아오지 않았다. 시간이 갈수록 초조함은 강렬해져 갔다. 시간이 길어지면 길어질수록 생존 확률이 떨어진다는 건 누구나 알고 있는 사실. 눈을 떠도 지옥이고 눈을 감아도 지옥이었다.

마음 같아서는 치안대고 중앙군이고 다 필요 없이 황실로 직접 쫓아가고 싶었다. 그동안 우리 상단 귀한 물건 다 뜯어 갔으니, 이런 때야말로 그 힘 좀 써 보라고, 우리 언니 찾아내라고 한바탕 개지랄을 떨고 싶었다. 하지만 그건 부모님이 돌아오신 후에도 늦지 않는다고, 엘은 울컥울컥 올라오는 울분을 참았다.

손바닥에 손톱자국이 선명하게 배고, 잠을 제대로 못 자 눈도 시뻘겋게 충혈이 됐다. 사는 게 사는 게 아니었다. 온몸이 부들부들 떨렸다. 가장 행복해야 하는, 결혼식 직전 가장 아름다워야 하는 그런 언니가 납치되어 돌아오지 않는 이게 현실일까. 이게 정말 현실일까.

샐리처럼, 클라라처럼 엉엉 큰 소리로 울고 싶었다. 하지만 엘은 충혈된 눈을 부릅뜨고 참았다. 눈물은, 베스를 찾고 나서 흘려도 늦지 않으니까.

그렇게 지옥 같은 2주가 지나서야 돌아온 부모님은 절망하고 있었다.

"중앙군에서 안 만나 줬어요?!"

"만나 줬어. 그런데 그쪽이 급해서 이쪽 수사할 여력이 없다고 하더구나."

"치안대장도……. 베스의 경우엔 증거가 전혀 없어서 움직일 수가 없다고……."

어머니가 손수건으로 눈물을 찍어 냈다. 얼마나 울었는지 눈가가 짓물러 있다.

"……이 씨발 새끼들, 누가 낸 세금으로 월급 받는 건지도 모르고 어디서 그딴 개소리를!"

참고 참았지만 결국 엘에게서 욕설이 터졌다.

테브스란 제국에는 제국 전체를 아우르는 거대 상단이 세 개 있다. 이 중 하나는 재상 가문에서 운영하고 있어 요리조리 빠져나가 세금을 거의 내지 않는 아돌 상단이다. 다른 하나는 귀족들의 정보를 쥐고 있어 섣불리 건드렸다간 개피 보는 호르크 상단. 그리고 어떤 힘도 없어 거액의 세금을 뜯기고, 무슨 일만 있으면 기부하라고 닦달당하는 것이 엘의 아버지가 운영하는 사이먼 상단이다. 세금 납부며,

시도 때도 없이 찾아와 기부하라고 지랄하던 귀족들의 외면에 엘은 당연히 분노했다.

"이젠 방법이 없어. 어떡하면 좋니, 우리 베스를……."

어머니가 소리 내어 울기 시작했다. 아버지가 착잡해하는 얼굴로 곰방대에 불을 붙였다. 샐리가 억지로 천장을 올려다보았다. 어머니 옆에서 등을 쓸어 주는 클라라의 눈에도 눈물이 고여 있다.

여자들의 울음바다 속에서, 엘은 멍하니 뜬금없는 생각을 했다.

여기에 아들이 있었다면 아버지께 좀 위로가 되었을 텐데. 남자가 있었다면 좀 더 뭘 어떻게 해 보자고 이야기가 진행이 됐을 텐데. 이렇게 두 손 놓고 청승맞게 울고 있는 게 아니라.

엘의 눈에 불꽃이 튀었다. 꼭 아들만 그러라는 법은 없다. 이러고 있을 게 아니라, 엘이 움직이면 된다. 늘 그래 오지 않았나. 딸만 둘인 집에서, 엘은 아들의 역할을 해 왔다. 지금도 카일레아 항구에서 뱃사람들의 저항 없이 배에 탈 수 있는 여자는 엘이 유일하다. 예술품 거래부터 전표 취급, 용병 고용에 물품의 이동까지 손을 안 대 본 일이 없고, 안 가 본 나라가 없는 것이 엘레노아 사이먼이다.

베스도 늘 그랬다. 자랑스러운 동생이라고. 누가 뭐래도 자랑스러운 내 동생이라고. 그 자랑스러움이 엘이 단순히 배를 타서, 단순히 돈거래에 밝아서는 아니었을 것이다. 그렇다면 지금부터 엘이 할 일은 하나였다.

02
잠입과 위기

엘레노아 사이먼은 심호흡을 하고 품에서 자그마한 청동 거울을 꺼냈다. 원래 거울이란 걸 들고 다니는 사람도 아니거니와 집에 비싸디비싼 유리 손거울을 가지고 있지만, 굳이 청동 거울을 선택한 이유는 하나였다.

'어떤 하녀가 그 비싼 유리 거울을 들고 다니니?'

샐리의 지적에 이걸 들고나오긴 했지만, 역시 청동 거울은 답답하다. 깨끗하게 닦아 놓았음에도 잘 보이지 않아 거울 표면을 소매로 문지른 후 얼굴을 들이댔다.

어렴풋하게 까만 부분이 비뚤어져 있는 것이 보여, 얼른 가발을 잡아당겨 균형을 맞췄다. 정체를 숨기기 위해 눈동자에 맞춰 검은 가발을 썼고, 조신한 하녀인 척하기 위해 얼굴에 하얗게 분을 바르고, 요즘 하녀들 사이에 유행이라는 볼 터치도 했다. 그러고 났더니 거울 속에 완전히 다른 사람이 들어앉아 있는 것 같다.

품속에 거울을 집어넣고 옷 태를 살폈다. 차림새는 깔끔했지만 나풀거리는 치마 끝자락이 어색하기 짝이 없었다. 다리 사이에 아무것도 느껴지지 않는 것이 허전해 죽을 지경이다.

엘레노아 사이먼은, 지금 시골에서 갓 상경한 하녀 '데이지 카민'이 되어 있었다. 그리고 그녀의 왼손에는 클라라가 망설이며 적어 준 가짜 추천장이 돌돌 말린 채 쥐여 있었다.

'조심, 조심, 또 조심해. 절대 뛰면 안 되고, 무릎이 살짝 부딪힐 정도로 다리를 조신하게 모으고 걷는 거야, 알았지?'

마지막까지 잘 고쳐지지 않은 것이 바로 걸음걸이였다. 고작 일주일 신경 썼다고 자유로운 걸음걸이가 고쳐질 리 없다. 의식적으로 무릎을 부딪치다 보니 스타킹 안 무릎 사이는 멍으로 시퍼렇게 물들어 있었다. 그러고 나니 닿기만 해도 아파서 더 어정쩡한 걸음걸이가 되어 버렸다.

지그시 입술을 깨물며 '데이지 카민'은 걸음을 옮겼다. 그녀는 아픔을 회피하느라 도로 씩씩해진 걸음걸이를 눈치채지 못한 채 사이먼 상단 수도 지점을 지나쳤다. 늘 보던 맞은편 문구점 아저씨도, 옷가게 아저씨도, 쌍둥이 자매가 운영한다는 술집 별빛도 지나쳤다. 오, 아무도 날 못 알아보는군. 안심한 그녀는 부지런히 걸어 니이만 백작가의 담장 부근에 도착했다.

오늘 니이만 백작 저택에서 파티가 열린다. 두 주일 동안이라는데,

왜인지 어제 오늘 내일, 3일간만 도와줄 일손을 모집한다고 했다. 운이 좋았다. 추려 내놓은 귀족 가문 중에 유력한 곳이 니이만 백작가지만, 시골 하녀가 들어가기엔 레벨이 높은 곳이라 어쩔 수 없이 포기하고 있었던 것이다.

담을 타고 한참을 돌아간 끝에 자그마한 하인용 나무 문을 발견했다. 심호흡을 한 뒤 문고리를 잡아 두어 번 노크하자, 기다리고 있었다는 듯 문이 벌컥 열렸다. 깐깐해 보이는 나이 든 하녀가 문을 반만 열고 문틈으로 그녀를 위아래로 슥 훑어보기 시작했다. 엘레노아보다 조금 작고 단단해 보이는 체구의 그녀는 눈살을 찌푸리며 손을 내밀었다.

"일손 구한대서 온 거죠? 내가 하녀장이에요. 추천장 내놔 봐요."

"예."

'엘레노아 사이먼' 의 성질 같아서는 인사도 안 하냐고 한마디 했겠지만, '데이지 카민' 은 공손히 두 손으로 추천장을 내밀어야 했다. 추천장을 홱 낚아챈 하녀장이 흥, 콧바람을 내뿜었다.

"아무리 일손이 없다지만 이렇게 촌스러운 시골 하녀까지……."

맞닿은 어금니에 슬그머니 힘이 들어갔다. 억지로 웃음을 만들어 내는 사이, 저택 안쪽에서 고함이 들렸다.

"일손 왔으면 당장 들여보내! 서빙도 요리도 다 부족하다고!"

"제대로 도움이 될 것 같지 않단 말이야!"

"시켜 보고 안 되겠으면 저쪽 보내면 되잖아!"

거친 고함에도 하녀장은 못마땅한 눈치였다. 물론 타인의 못마땅해함에 일일이 상처받거나 신경 쓰는 섬세함을 탑재하지 못한 엘레노아에게, 신경 쓰이는 것은 다른 부분이었다.

'저쪽? 저쪽이 뭘 말하는 거지?'

촉이 왔다. 숨겨진 보물은 분명 '저쪽'이다. 확신한 엘레노아의 눈이 반짝거렸다.

"아, 안 들여보내고 뭐 해? 급하다니까!"

"아, 알았어!"

잔뜩 인상을 찌푸린 하녀장이 슬쩍 몸을 모로 돌리며 문을 밀었다. 한 사람이 간신히 따라 들어갈 수 있을 것 같은 좁은 틈이, 엘레노아에겐 보물이 숨겨진 동굴 입구 같았다.

주방에 들어간 지 10분 만에 쫓겨났다. 빵 반죽도 못 하고, 접시 꾸미는 것도 모르는 그녀가 도움이 될 리 없었다. 사실 '저쪽'으로 가기 위해 일부러 망칠 생각은 있었지만, 바쁘게 돌아가는 주방 사정에 정신이 없어 얼결에 시키는 대로 했음에도 결과가 그 모양이었다. 내심 패배감을 느끼는 사이 엘레노아는 홀 인테리어와 서빙에 투입되었다. 그러나 서빙조차 여유가 없었다. 워낙 바쁜 나머지 일부러 음식 접시를 들고 두어 번 넘어졌음에도 하녀장은 눈 하나 깜짝 않고 새 앞치마를 내주며 서빙을 요구했다.

시간을 알리는 종소리는 당연히 못 들었다. 퍼뜩 정신이 들었을 때는 사위가 어두워지다 못해 캄캄한 한밤중이었다. 벌써 파티는 절정을 지나 소강상태가 되어 사람들이 하나둘 빠져나간 즈음이었다. 그제야 엘레노아는 짬이 나 정신이 돌아왔음을 깨달았다. 하녀와 하인 들도 하나둘 숙소로 돌려보내지고 있었다. 일이란 일은 모조리 다 해 놓은 뒤에야 '저쪽'에 가야 한다는 초조함이 닥쳤다. 어이구, 이 바보 등신. 그렇게 스스로를 쥐어박을 때, 소리 소문 없이 하녀장이 다가와 그녀의 어깨를 툭툭 쳤다.

"오늘은 이만 돌아가."

"네? 어디로요?"

"뭐?"

"어, 저, 시골에서 올라온 거라……. 숙소는 제공해 주신다고 들었는데, 아닌가요? 저 갈 곳이 없는데요……."

물론 직업소개소에서 그런 말 들은 적 없다. 하지만 그녀는 울먹울먹한 표정을 만들기 위해 일부러 얼굴 근육을 일그러뜨리며 하녀장에게 매달렸다. 눈물이 진짜 나면 좋겠지만, 이 표정을 만드는 것조차 소름이 돋는 와중에 그건 절대 무리였다. 소름을 참기 위해 속으로 뱃사람들에게 배운 저렴한 욕을 씨불이는 사이, 하녀장이 성대한 한숨을 내쉬었다.

"알았어, 알았어, 빈방 내줄게. 하지만 밤에 일손이 부족하면 불러낼 수도 있으니까 문 잠그지 말고 자, 알겠지?"

"네, 정말 가, 감사합니다."

말을 더듬은 것은 감사의 말을 뱉어야 하는 자기 자신이 민망해 말이 잘 나오지 않은 탓이었다. 하녀장은 더 말을 붙이지 않고 앞장서서 걸어 나갔다. 엘레노아는 안도의 한숨을 삼키며 그녀의 뒤를 따라 걷기 시작했다.

무릎이 살짝 스칠 정도로 사뿐사뿐 걷는 하녀장에게선 어떤 소리도 나질 않았다. 깐깐한 태도며 등줄기를 곧게 세운 바른 자세를 보며 엘레노아는 사실 감탄하고 있었다. 하녀장이 자신을 못마땅해하는 것이 신기했다. 사람을 많이 봐 와서, 자신에게 꿍꿍이가 있다는 걸 눈치챈 것일까? 그런 거면 정말 대단한 사람인데.

딴생각을 하는 사이 하녀장이 걸음을 멈추었다. 운동 신경을 발휘해 멈춰 서지 않았다면 부딪힐 뻔했다. 가까스로 자세를 추스르자, 하녀장 앞에 서 있는 집사가 보였다.

"뭐지?"

"오늘 일손을 도우러 들어온 하녀입니다. 시골에서 상경해서 소개소를 통해 일하러 들어왔습니다. 추천장은 받아 놓았고요. 내일까지는 고용할 생각인데 갈 곳이 없다 해서, 하루만 숙소에서 재울 생각입니다."

"그래?"

하녀장이 존댓말을 쓰는 걸 보니 집사장 정도는 되는 모양이다. 확실히 옷차림도 다른 하인들과는 다른 것이, 잘 차려입은 검은 정장에 회중시계 줄까지 보였다. 시골 농부가 봤다면 귀족인 줄 알 지경이다. 백작가의 집사장은 격이 다른 걸지도. 엘레노아가 감탄하는 사이 집사장이 그녀에게 시선을 던졌다. 잠깐 눈이 맞아, 얼른 그녀는 머리를 조아렸다.

"……음?"

집사장이 의아해하며 그녀에게 시선을 고정했다. 이마 부근에서 시선이 떠나지 않아, 엘레노아는 초조해졌다. 들킨 건가? 뭐가 있나? 뭐 잘못됐나? 혹시 가발이? 꿀꺽 침을 삼키는 사이 하녀장이 입을 열었다.

"왜 그러십니까?"

"어디서 본 것 같은데……."

쿵.

망치로 뒤통수를 얻어맞은 것 같았다. 자칫하면 감정을 드러낼 것 같아 엘레노아는 고개를 들 수가 없었다.

현재 그녀가 쓰고 있는 검은 가발은 물론 자신의 눈동자 색에 맞춘 것이었다. 그렇지만 다른 이유도 있었다. 엘리자베스가 검은 머리카락에 갈색 눈동자를 갖고 있기 때문이었다.

엘레노아는 갈색 머리에 검은 눈동자라 색은 서로 다르지만, 두 사람은 생김새가 굉장히 닮은 자매다. 어릴 때는 누가 봐도 자매라는 것을 알았는데, 둘의 외형이 크게 달라진 것은 순전히 생활 방식 때문이었다. 베스는 실내 활동이 중심인 데다 결혼을 목표로 관리를 했기 때문에 더 하얀 피부와 매끄러운 검은 머리를 갖게 된 반면, 엘레노아는 배를 오래 타면서 가무잡잡한 피부와 푸석푸석하니 빛바랜 갈색 머리를 갖게 되었던 것이다.

하지만 엘레노아가 하녀로 가장하기 위해 하얗게 분을 바르고 윤기 나는 검은 가발을 쓰자, 거울 속에 있는 것은 영락없는 베스였다. 얼마나 닮았냐면, 마음 굳게 먹고 엘레노아를 돕던 샐리가 다시 눈물지을 정도로. 그런데 저 집사장은 변장한 엘레노아가 낯익다고 한다.

가벼운 흥분이 몸 안에 퍼지기 시작했다. 그러나 순간, 그녀는 상황을 깨달았다. 집사장이 좀처럼 의심의 시선을 거두지 않자 하녀장마저 미심쩍어하며 그녀를 돌아보기 시작했던 것이다. 엘레노아는 고개를 숙인 채 조심스러움을 가장하며 물었다.

"저어, 왜 그러시는지……?"

"……고개 들어 봐. 날 본 적이 없나?"

"네?"

주눅 든 것처럼 자라목을 한 채 눈만 위로 치켜떠 집사장을 바라보았다. 음, 하고 소리까지 내며 잠시 집사장을 응시한 그녀는 절레절레 고개를 저었다. 실제로 본 적 없는 얼굴이니 거짓말은 아니었다.

"그런가. ……알았다. 가 봐."

의심을 거두지 않은 채 집사장이 명령했다. 그 석연치 않은 태도에 하녀장은 잠시 망설였지만, 결국 고개를 숙인 후 걸음을 옮기기 시작했다. 그녀를 쫓아가며 엘레노아는 힐끔 뒤를 돌아보았다. 하지만 여전히 집사장이 자신을 응시하고 있어, 속으로 기겁하며 얼른 고개를 숙인 후 걸음을 재촉했다.

모퉁이를 돌자 와 닿던 날카로운 시선이 사라졌다. 안도의 한숨이 입술을 비집고 흘러나오려는 것을 억지로 참는 사이, 하녀장이 걸음을 멈추고 나무로 된 방문 하나를 손가락으로 가리켰다.

“여기야. 2인실인데 쓰는 사람이 없어서 정리가 안 됐어. 좀 더러워도 알아서 치우고 자. 이 방에 더 들어올 사람은 없지만 아까 얘기했듯 문은 잠그지 말고.”

“네, 감사합니다.”

공손하게 머리를 조아리자마자 하녀장이 소리 없이 몸을 돌리더니 멀어져 갔다. 그 조용한 걸음걸이에 다시 한 번 감탄하며, 엘레노아는 허술한 나무 문을 열었다.

방은 상당히 깨끗했다. 저택의 깨끗함과 6개월 항해에서 오는 배의 더러움을 모두 숙지하고 있는 그녀가 볼 때, 이 정도는 상급의 깨끗함에 속했다. 대체 하녀장이 생각하는 더러움의 기준은 뭘까. 고개를 갸웃거리며 엘레노아는 털썩 침대에 드러누웠다.

잔뜩 긴장하고 있던 온몸의 근육이 풀어지는 순간 오싹 소름이 돋았다.

집사장.

엘레노아를 의심하는, 베스를 알고 있는 사람.

짐작이 맞았다. 니이만 백작가였다. 입출금 내역을 정산하다가 잔돈이 맞지 않아 몇 날 며칠 장부를 뒤진 끝에 겨우 알아낸 기분이었다. 더불어 집사장의 의심이 쉽게 거두어지지 않을 거라는 확신도 들었다. 그토록 예리하게 사람을 뜯어보던 사람이다. 집사장인 만큼,

또 베스 납치에 한 발을 담그고 있는 만큼, 그는 엘레노아를 끝까지 경계할 것이다.

집사장은 사람 보는 눈을 가지고 있기에, 주인과 자신에게 위협이 되는 존재를 알아차렸기에 예민하게 군 것이었다. 그러나 하녀장은 그저 외부인인 그녀를 집에 들이는 게 내키지 않아 까칠했다는 걸 이제야 알 것 같았다. 결국 경계해야 하는 것은 집사장이다. 그의 깐깐한 눈빛을 떠올리니 온몸이 새삼 긴장하는 것이 느껴졌다.

"그래도, 근처까지 왔어. 멀지 않았어."

중얼거리며 엘레노아는 오른발을 들어 침대 밖으로 흔들었다. 툭 하고 구두 떨어지는 소리가 나자, 왼발도 들어 침대 밖으로 흔들었다. 마찬가지로 툭 떨어지는 소리가 났다. 익숙하지 않은 구두를 신고 종일 움직인 탓에 발이 몹시 피곤했다. 노동이라면 익숙해져 있건만, 뱃일과 하녀일은 쓰는 근육이 다른 건지 그녀는 잔뜩 지쳐 있었다.

결국 그녀는 생각을 중단하기로 했다. 오랜 뱃일을 통해, 그녀는 상황이 허락할 때 충실하게 휴식을 취하는 것이 모든 일의 최선이라는 것을 알고 있었다. 이렇게 피곤한 상태로는 죽도 밥도 안 된다. 그녀는 내일을 기약하며, 이불도 덮지 않고 구두만 벗은 채로 깊은 잠에 빠져들었다.

"데이지, 데이지 카민!"

엘레노아는 누군가 자신을 흔들어 깨우는 것을 느끼자마자 번쩍 눈을 뜸과 동시에 빛과 같은 속도로 일어나 침대에서 내려왔다.

"뭐야, 뭐야, 비 와? 폭풍이야, 뭐야? 무슨 일이야!"

"……무슨 소리 하는 거야, 데이지 카민!"

"어?"

고개를 들어 보니 하녀장이다. 어이없어하는 그녀의 뒤로 집사장도 보인다. 그 날카로운 시선을 받자마자 정신이 바짝 들어, 엘레노아는 어버버 하며 볼을 문질렀다.

"꾸, 꿈을 꿔서……. 죄송합니다."

"피곤할 만하지. 오늘 일이 많았으니까."

하녀장이 얼굴을 찡그렸다. 그 얼굴이 이해심 가득한 발언과 어울리지 않아, 엘레노아는 잠시 뒷말을 기다렸다. 그러나 하녀장은 말을 잇지 않았고, 그녀는 두 사람의 눈치를 보며 구두를 찾아 신고 그들 앞에 바로 섰다.

"일인가요?"

"일은 일인데……."

어울리지 않게 머뭇거리는 것을 보니 보통 일은 아니라는 감이 왔다. 혹시? 일말의 기대를 안은 엘레노아가 눈을 빛낼 때, 집사장이 끼어들었다.

"단순한 서빙이다. 파티장에 들어가 테이블에 술병을 놓고, 빈 술병을 가지고 나오는 일."

저 집사장의 말이니 결코 단순한 일이 아닐 것이다. 하지만 베스를 구하기 위해서는 단서가 필요하고, 그 단서를 위해서라면 호랑이 굴이라도 들어갈 수 있는 엘레노아였다. 결심을 다지며 그녀는 빙긋 웃었다.

"예, 알겠습니다."

"좋아. 그럼 비밀 엄수 서약서에 사인해라."

비웃음이 새어 나오려는 것을 억지로 참았다. 단순한 서빙에 비밀 엄수 서약서? 글자라곤 전혀 모를 시골 출신 하녀에게 사인? 이 이상 수상할 수가 없다.

충분히 휴식을 취한 것을 다행으로 생각할 때, 망설임이 가시지 않은 얼굴로 하녀장이 자그마한 탁자를 내밀었다. 탁자 위에는 서약서와 펜, 잉크와 불이 켜진 작은 등이 가지런히 놓여 있었다.

엘레노아는 재빨리 서류 내용을 눈으로 훑다가 대놓고 혀를 잘 뻔했다. 가관도 이런 가관이 없다. 암살 길드에서 쓸 법한 신체 포기 각서에 상응하는 내용을 줄줄이 써 놓고 비밀 엄수 서약서라고 주장하는 집사장의 얼굴이 얼마나 뻔뻔한지. 그녀는 마지못해 입을 열었다.

"저 단어는 조금 읽을 줄 아는데요, 몸, 소유, 판매, 이건 비밀 엄수가 아니지 않나요? 비밀엄수 서약서라고 하셨으면서 몸과 소유와 판매의 이야기가 왜……."

조심스럽게 묻자, 집사장의 얼굴에 일말의 낭패감이 스쳐 지나갔다. 시골 무지렁이 처녀인 줄 알았는데 아니다 이거지. 큰 소리로 비웃어 주고 싶은 것을 참는 엘레노아의 눈에, 얼굴을 일그러뜨린 집사장과 안도의 한숨을 삼키는 하녀장이 보였다.

"네가 잘못 읽은 거다."

얼씨구. 다섯 살배기 꼬맹이도 그것보단 거짓말 잘하겠다.

하지만 엘레노아는 잠시 망설였다. 이대로 사인을 할 것인가 말 것인가. 가장 좋은 방법은 글을 잘 모르는 척 사인해서 집사장의 경계심을 누그러뜨리는 거지만, 이 '데이지 카민'이 실존 인물이라는 게 문제다. 명의도 몰래 빌린 건데, 민폐까지 끼칠 수는 없지. 결국 그녀는 눈물을 삼키며, 집사의 경계심을 선택했다.

"아뇨, 이전 주인님이 글을 알려 주셔서 저도 조금은 알아요. 몸, 소유, 판매 이야기가 나오는 서류에 사인은 못 하겠습니다."

"내놔 봐."

귀찮게 됐다는 듯 혀를 차며 집사장이 종이를 들어 올렸다. 그리곤 대충 읽는 척을 하더니 그것을 북북 찢어 하녀장에게 넘긴다. 하녀장이 그것을 자신의 주머니에 넣는다.

"네 말이 맞다. 한 장 잘못 가져왔나 보군. 그 아래에도 종이가 있지? 그게 진짜일 거다."

미안해하는 얼굴을 지으며, 엘레노아는 얼른 다시 서류의 내용을 확인했다. 아래에 있는 것은 확실히 비밀 엄수 서약서였다.

남의 명의로 하는 사인에 손이 저절로 떨렸다. 사인을 마치자마자 집사장은 종이를 들고 사라졌고, 하녀장이 한숨을 푹푹 쉬며 그녀를 데리고 건물 밖으로 나왔다.

낮에 파티가 있었던 것은 본채고, 그녀가 묵은 곳은 본채와 연결되어 있긴 하지만 따로 지어진, 하인들이 사는 별채였다. 둘 다 '저쪽' 은 아닌 것 같아 더 궁금했는데, 어둠 속을 걸으며 엘레노아는 깨달았다. 하인들의 별채를 지나 좀 더 깊이 들어간 곳에 존재하는 또 다른 별채가 바로 '저쪽' 이라는 것을.

그 별채에 들어선 하녀장은 유령이 움직이듯 어떠한 소리도 기척도 없이 걸어갔다. 도저히 죽일 수 없었던 엘레노아의 걸음 소리만 촛불만 겨우 켜진 복도를 메웠다. 본채에 비하면 작은 건물이지만, 어둠 속에서 모퉁이를 네 번 정도 돌자 한참을 걸어 들어가야 해서 벌써 길이 헷갈렸다. 결국 엘레노아가 길에 대한 감각을 잃을 즈음 막다른 복도 끝에서, 커다랗고 육중한 문 앞에 서 있는 집사장과 상자가 보였다.

"들 수 있나?"

다가간 엘레노아에게 대뜸 물어, 그녀는 고개를 갸웃거리며 상자로 다가갔다. 16온스 정도 되는 고급 와인 병이 열 개.

"두 번 들어가는 것보다 한 번에 끝냈으면 하는데……. 가능하겠어?"

하녀장이 걱정스럽게 물었다. 여전히 냉랭한 집사장과 달리 내내 걱정하고 있는 그녀를 안심시키기 위해 엘레노아는 상자를 들었다. 물론 약간의 엄살과 무거운 척을 가미했다. 그 정도는 번쩍 들 수 있지만, 하녀장의 말에서 웬만한 여자들은 한 번에 다 못 든다는 것을 깨달았던 것이다.

"시골 출신이라 근력은 좀 있나 보군."

빈정거리긴 했지만 집사장이 만족한 듯 뒤로 물러섰다. 그러자 하녀장이 교육을 시작했다.

"여기 마스크. 제대로 조여. 일단 들어가면 절대 소리를 내선 안 돼. 구두 소리며 탁자에 술병 놓는 소리도 안 돼. 그리고 절대 눈에 띄는 짓은 하지 마. 되도록 벽에 붙어서 조심조심 움직여. 천을 넉넉하게 줄 테니까 그걸로 빈 술병을 감싸서, 빈 병끼리 부딪혀도 소리가 안 나게 해. 절대 시선을 끌면 안 돼. 알았지? 최대한 숨을 죽이고, 최대한 조심해서 빨리 일을 마치고 나와야 해. 무슨 말인지 알아들어?"

"네."

건네준 마스크를 쓴 엘레노아는 굳은 얼굴로 대답하는 한편 빠르게 머리를 굴렸다.

파티장 안에서 무슨 일이 벌어진다. 하녀와 하인 들은 그걸 보거나 알은척을 해선 안 된다. 만약 움직이다 눈에 띄면 신체 포기 각서에 상응하는 사태가 벌어질 것이다.

……혹시 베스가?

아니다, 납치된 것이니 베스가 하녀 노릇을 하지는 않았을 거다.

그리고 하녀 노릇을 한 거라면 빠져나올 수 있었을 거다. 그리 생각하면서도 마른침이 넘어갔다.

"밖에서 내가 대기하고 있을 테니까 조심해서 일하고 나와. 알았지?"

"네."

"……잘하고 나와. 알았지?"

"네."

한 말을 되풀이하는 그녀의 얼굴에 수심이 가득하다. 반면 집사장은 흡족한 얼굴이다. 엘레노아가 들어가서 어떻게 됐으면 하고 바라는 마음이 손에 잡힐 듯 보인다. 입술을 꾹 깨물고, 그녀는 다시 상자를 들어 올렸다. 분명 똑같은 무게인데, 아까보다 훨씬 가볍게 느껴졌다.

까짓 거 내가 해내고 만다! 그리고 네놈이 한 짓을 까발려 줄 거야!

그런 결의가 괴력의 원천이었다.

빼꼼 열린 문 안은 나쁜 의미로 별천지여서 엘레노아의 미간에 저절로 주름이 잡혔다. 커튼이며 쿠션으로 틈새 하나 없이 사방을 꽉 막아 놓은 커다란 홀 한가운데에 두 종류의 향이 타고 있고, 여기저기 구석으로 밀려난 테이블 위에는 빈 술병이 널브러져 있다. 방 안 가득한 신음들, 타인의 체액이 풍기는 기분 나쁜 냄새, 바닥을 메운 부피 커다란 쿠션들 위로 얽히고설킨 사람들의 나체. 즉, 일반적인 파티가 아니라 난교 파티였다.

하녀장이 건네준 마스크는 향과 냄새 때문이었다는 것은 금세 깨달았다. 가장 가까운 테이블 위에 조심스럽게 술 상자를 내려놓은 엘레노아는 마스크 끈을 더 단단히 잡아맸다. 더러운 냄새를 조금이라도 피하기 위해서였다. 홀 가운데를 억지로 외면하며, 상자에서 술병을 하나 꺼내 테이블에 올려놓았다. 앞치마에서 천 조각을 하나 꺼내 빈 병을 감싸 상자에 집어넣고, 다시 상자를 들어 올렸다.

제아무리 거친 선원도 이렇게 난잡하게 놀아나지는 않는다. 어린 데다 여자인 노아가 껴 있어 자제하는 것도 있지만, 배에서 내려도 이런 짓거리는 안 한다. 하여튼 귀족들이란. 평민이나 상인 들에게 천박하다느니 저속하다느니 하더니, 저 지저분한 꼬라지 좀 보라지.

욕설이 나오는 것을 참느라, 그녀는 자신의 걸음이 거칠어졌다는 것을 미처 인식하지 못했다. 그 바람에 쿠션에 걸려 하마터면 술병 상자를 놓칠 뻔했다.

"읍!"

염통이 쫄깃, 간이 철렁, 애 떨어질 뻔했다. 어금니에 힘을 꽉 주고 최대한 벽에 붙어 조심조심 발을 옮겼다. 등줄기로 식은땀이 도르르 흘러간다. 힐끔 홀 가운데로 고개를 돌리자, 이쪽을 보고 있는 게슴츠레한 눈동자 몇 쌍이 보인다.

아뿔싸. 얼른 눈을 돌린 후 숨을 죽이고 아주 천천히 걸음을 옮겼다. 시선들이 거두어지는 것이 느껴졌지만 안도의 한숨마저 참아야 했다. 그녀는 이를 악문 채 다음 테이블로 소리 없이 걸어가는 데에 집중했고, 그 바람에 거두어지지 않은 시선들이 있다는 것을 미처 눈치채지 못하고 말았다.

가까스로 술병들을 교체한다는 임무는 완수했다. 아까보다 한결 가벼워진 상자를 들고 벽에 붙어 게걸음으로 문간에 다가간 그녀는 문득 고개를 돌려 홀 가운데를 바라보았다.

집사가 베스를 알고 있다면, 이 중에도 베스를 아는 새끼가 있을지도 모른다. ……혹시 이 중에 베스가 있을지도 모르고.

무언가 목구멍에 치미는 것이 느껴졌지만 그녀는 눈을 부릅뜨고 침을 꿀꺽 삼켰다. 흐릿한 촛불들 사이, 뱀처럼 흐물흐물 움직이는 유연한 여체들, 바깥일 한 번 해 본 적 없는 듯 빵의 하얀 속살 같은 피부를 가진 남자들.

행위의 징그러움도 잊고, 엘레노아는 얼굴 식별에 집중했다.

흑발을 가진 여자가 둘. 얼굴을 확인하고 싶지만 그녀들의 얼굴이 자꾸만 남자의 사타구니에 처박히는 바람에 제대로 확인을 할 수 없어 애가 바싹바싹 탔다. 숨 쉬는 것마저 잊은 채 기다리던 엘레노아가 타이밍을 노려 고개를 꺾자 겨우 그네들의 얼굴이 보였다.

"푸하……."

너무 오랫동안 숨을 참은 나머지, 성대한 한숨이 터져 나왔다. 베스가 아니다. 둘 다 베스가 아니었다. 다행인지 불행인지. 눈을 질끈 감고 한참 동안 숨을 골랐다. 술렁이는 마음이 좀처럼 진정되지 않았기 때문이었다.

여자 중에 베스가 없다는 걸 확인했다. 이제 남자 중에 베스 얼굴을 아는 사람이 있을까 확인할 차례인데, 이미 향에 취한 머저리들이 그걸 확인할 수 있을까. ……그럴 리 없지. 이제 그만 나가자.

결심을 한 엘레노아가 문고리를 잡은 손에 힘을 줌과 동시에 눈을 떴을 때.

그녀는 발목을 잡혀 질질 끌려가고 있었다.

03
인식과 거래

엘레노아는 여섯 살 때부터 배를 탔다. 그녀 없이는 동양 무역이 불가능하기에 다들 그녀를 바다의 여신으로 아껴 주지만, 그렇다고 해적의 습격이나 간간이 몰아치는 폭풍까지 해결해 주는 것은 아니다. 따라서 15년간 그녀는 산전수전 다 겪어 왔고, 상황이 긴급할수록 정신을 바싹 차려야 한다는 것은 누구보다 잘 알고 있었다.

눈을 부릅뜨고 어금니를 악물었다. 여기서 비명을 지른다 해도 아무도 도와주지 않는다. 집사장이 오히려 잘됐다고 박수를 칠걸. 자력으로 빠져나갈 수밖에 없다.

억세게 발목을 잡은 남자의 명치를 다른 발로 걷어차 떨쳐 버리고, 치맛자락을 잡아 찢는 남자를 피해 잽싸게 몸을 돌렸다. 악귀같이 뻗어 오는 손들을 피해 쿠션을 집어 던졌지만 맞은 티도 안 난다. 오히려 잘 다듬은 여러 개의 손톱이 촛불에 반사되어 빛이 나는 것이 마치 여럿이 휘두르는 단검 같다.

허벅지에 숨겨 둔 칼을 꺼내야 할까. 물론 다른 때라면 망설임 없이 꺼냈을 것이다. 하지만 아직 베스를 찾아내지 못했다는 것이 문제였다. 집사는 확실하게 베스의 얼굴을 알고 엘레노아를 의심하고 있다. 이 인간들에게 칼로 상처를 낸다면, 왜 칼을 숨기고 들어갔느냐, 정체가 뭐냐, 의도가 뭐냐, 심문에 고문을 받은 끝에 죽임당하거나 내쫓길 것이다. 그러면 베스를 구하는 길은 영영 막혀 버리는 데다 본인도 죽게 되는 것이다.

결국 뚜렷한 목표 의식은 칼을 꺼낸다는 선택지를 지워 버리고 말았다.

'아, 씨발, 그럼 몸을 내 주고 끝내야 하나? 와, 그건 더 싫어!'

엘레노아는 덤벼드는 놈들을 발로 차 내고 앞으로 기어가면서 이를 악물었다. 순결을 지킨다 어쩐다는 개념이 아니라, 이 더러운 미친놈들이 내 몸을 멋대로 만진다는 것이 끔찍했다. 저딴 놈들에게 험한 꼴을 당한다는 것도 용납할 수 없었다. 게다가 베스를 구하려면 자신의 몸을 온전히 사수해야 한다. 내 몸은 내가 지키는 게 뱃사람의 원칙이 아니던가. 내가 무사하고 내가 안전해야 후일을 기약할 수 있는 거니까. 결심한 그녀의 눈이 번쩍 빛났다.

"이 씨발 새끼들아, 비켜! 비키라고, 이 돼지 새끼들아!"

결국 그녀는 확실한 칼 대신, 조금 위험하더라도 달려드는 인간들의 급소를 갈겨 버리는 쪽을 선택했다.

흐물거리며 덤벼들던 마지막 남자까지 때려눕혀 놓고, 거친 숨을 몰아쉬며 엘레노아는 마스크를 고쳐 썼다. 무슨 향인지 몰라도 맡고 싶지 않았고, 맡는다고 도움될 것도 아니었다. 조금 버겁긴 했지만 이 인간들을 하나하나 기절시켜 눕힐 수 있었던 건 이들이 두 종류의 향에 잔뜩 취해 있었던 덕분이니까.

그래도 온몸에 기운이 쪽 빠지는 걸 보면 거칠게 움직이는 통에 향을 조금 들이마신 것 같다. 입술을 꾹 깨문 그녀는 굴러다니는 술병들을 주워 담기 시작했다. 조금이라도 이 집에 더 붙어 있으려면, 집사장이 시킨 일은 다 해내야 하는 것이다.

널브러진 병들을 다시 천으로 잘 감싸서 상자에 차곡차곡 집어넣고 자리에서 일어났다. 가벼웠던 상자가 무겁게 느껴지는 걸 보면 얼른 이 방에서 나가야 할 성싶다. 그나마 이젠 눈치 볼 사람이 없어 마음이 놓였다.

"거기 마스크."

그래서 커튼 뒤에서 남자 목소리가 흘러나왔을 때, 엘레노아는 소스라치게 놀라 술병 상자를 떨어뜨리고 말았다.

와장창—

쿠션 없는 바닥에 떨어뜨리는 바람에, 이번에야말로 큰 소리가 났다. 식겁해서 얼른 떨어진 상자를 붙잡았지만, 술병들은 전부 깨진 뒤였다.

지금이라도 집사장이 벌컥 문을 열 것만 같다. 텅 비어 버린 상자를 끌어안고, 그녀는 문간에 얼어붙어 있었다. 시간이 멎은 듯 침묵이 흐르는 내내 온 신경이 날카로워졌다. 심장 소리가 귀에 들리는 듯하고, 손끝 발끝이 얼음장처럼 차가워졌다.

"괜찮아. 밖에선 안 들려. 여기에서 지랄 떨던 소리 밖에서 못 들었잖아?"

다시 들린 남자의 목소리는 굉장히 나른하고, 낮고, 느렸다. 우아하고 기품 있는 울림을 가진 그 목소리가 '지랄' 이란 단어를 내뱉어, 그녀가 자기도 모르게 귀를 후빌 때였다.

"커튼 걷어."

"네?"

"왼쪽 커튼, 걷으라고."

이걸 걷어야 하나, 도망을 가야 하나. 아주 잠깐 망설였지만, 남자의 목소리가 그녀를 재촉했다.

"왜, 마스크가 싫어? 그럼 가발이라고 불러 줄까?"

뭐지, 이 미친놈은?

열이 받은 엘레노아는 성큼성큼 걸어가 남자가 지시한 왼쪽 커튼을 홱 걷었다. 그리고 자신의 눈을 의심했다.

커튼 안은 원래 알코브인지 거대한 침대가 놓여 있었다. 그리고 침대에 비스듬히 팔을 베고 누워 있는 남자가 하나.

근데 이 남자, 보통이 아니다. 무엇보다 눈에 들어오는 건 치렁치렁한 금발. 자체적으로 발광할 정도로 잘 관리된 긴 금발이 침대부터 바닥까지 부채꼴 모양으로 펼쳐져 있었다. 그것만도 입이 벌어지는데, 옷도 가관이다. 짙은 남색 벨벳 재킷의 가슴이며 소매 끝으로 튀어나온 흰색 블라우스의 프릴. 목의 프릴 한가운데엔 커다란 루비로 만든 브로치가 달려 있고, 마치 잘 다듬은 귀족 영애의 것처럼 가늘고 길고 희고 우아한 손가락에는 금반지 두 개가 끼워져 있다. 일부러 상의 끝으로 반만 가린 벨트 가운데엔 커다란 자수정이 박혀 있고, 그 아래로는 동양의 것을 흉내 낸 듯 통으로 된 긴 남색 벨벳 바지, 그리고 검은 소가죽 구두.

지나치다 싶을 만큼 계산해서 맞춘 옷차림과 펼쳐 놓은 머리카락에 오소소 소름이 돋는다. 그걸로 끝이면 좋으련만 잘 다듬은 얼굴에서는 광채가 난다. 거기에 흐릿한 촛불로도 알 수 있을 만큼 새파란 눈동자가 선명한 눈은 깊고, 입술 역시 관리를 한 듯 한껏 붉다. 얼굴빛은 하얗지만 혈색은 좋고, 짙은 눈썹과 다소 굳은 입매는 남자다움을 더한다. 날카로운 콧날과 턱선이 주는 강인함은 그 성격이 만만치 않다는 걸 드러내는 듯하다.

인상이 강렬하고, 존재감이 큰 남자다. 두꺼운 커튼으로 가려져 있기에 눈치채지 못했을 뿐, 무시할 수 없는 카리스마를 가지고 있다. 다만 그걸 숨기려는 듯 나른한 얼굴을 하고 있는데, 무엇이 그리 재미있는지 지금은 웃음기가 감돌고 있다.

"……봤, 보았, 보……."

"봤냐고? 그럼, 봤지. 게다가 들었지. 뭐랬더라, 돼지 새끼들?"

남자가 말을 잡아채자 성질이 났다. 연약한 여자가 강간 위기에서 아등바등할 때 그걸 지켜만 보고 있었다는 사실을 떠올리자 이 남자도 때려눕히고 싶었다. 아니, 어차피 이 방을 나가려면 저 남자도 기절시켜야 한다. 엘레노아는 남자를 기절시키기 위해 명치를 칠 때 감정을 조금 싣기로 결정했다. 그런 그녀의 속을 아는지 모르는지, 남자는 여전히 웃으며 붉은 입술을 열었다.

"그런데 가발, 쓰지 않아도 괜찮은 건가?"

"뭐?"

"가발 말이야. 아까 떨어졌는데."

헉, 그러고 보니 이 인간, 아까부터 나를 가발이라고 불렀지! 당황한 그녀는 황급히 뒤를 돌아보았다. 기절해서 널브러진 인간들의 알몸뚱이만 보일 뿐, 검은 가발은 어디에도 보이지 않았다.

"중앙 테이블 옆, 등에 흉터 있는 남자 밑에 깔려 있어."

커튼 뒤에 있던 인간이 그걸 어떻게 알아. 반박하고 싶었지만 말을 붙이기가 싫었다. 자신이 위험할 때 보고만 있던 인간에게 존댓말을 해 주고 싶지 않았던 것이다. 그녀는 씩씩거리며 성큼성큼 걸어가 나체들을 헤치고 중앙 테이블에 다가가는 걸로 대답을 대신했다.

밑져야 본전이라며 거대한 남자의 몸을 뒤집자, 그 아래엔 정말로 검은 가발이 떨어져 있었다. 얼른 주워 들고 촛불 근처로 가, 가발을 쓰고 리본을 다듬은 후 품에서 거울을 꺼냈다. 안 그래도 청동 거울이라 상이 분명하지 않은 데다 어른어른 움직이는 촛불 때문에 제대로 보이지가 않았다. 짜증을 삭이며 뒷머리 확인을 위해 다시 거울을 높이 들었다. 그리고 그 순간, 뒤로 돌아섰다. 거울에 남자가 비쳤기 때문이다.

"뭐, 뭐야!"

"가발 쓰는 걸 도와줄까 하고."

"혼자 할 수 있어……요."

억지로 요를 붙이고 입술을 깨물며 뒷머리에 손을 댔다. 눈으로 남자를 노려보는데, 어쩐지 낯이 익었다. 저 금발에 웃는 얼굴, 어디서 본 것 같다. 기억을 더듬으며 그녀가 뒤로 물러서는 사이, 남자가 손끝으로 남자 자신의 옆머리를 천천히 두드린다.

"이쪽 기울어졌어. 바로 맞춰."

그 작은 행동조차도 계산해서 우아한 척을 하는 것이 같잖다. 게다가 자신이 사람들 기절시키는 걸 다 봤으면서 왜 도와주는 걸까.

미심쩍어 잔뜩 경계하면서도 남자가 말대로 옆머리에 손가락을 가져갔다. 의심하면서 손끝으로 더듬거리자 정말로 가발이 한층 올라가 진짜 머리카락이 잡힌다. 얼른 가발을 잡아당겨 맞춘 후 품에 거울을 집어넣고 두 손 다 주먹을 쥐었다.

그러나 그녀와 한 걸음 반 거리에 서 있는 남자는 왜 그러냐는 듯 일부러 천천히 고개를 기울이며 자기 자신의 머리카락이 찰랑거리는 것을 즐기고 있다.

아주 꼴값을 떠는구나. 빈정거리는 머리와 달리, 아까 위기를 겪었던 몸은 대번에 경계 태세로 들어간다. 무방비 상태로 서 있는 남자는, 무방비가 아니었다. 본능적으로 알 수 있었다. 향을 맡고 흐물흐물하던 인간들의 물살과 달리, 단단하고 건장한 체구는 오랜 세월 수련으로 다듬어진 것이었다. 자신의 머리칼을 매만지는, 여자처럼 하얀 손바닥에는 굳은살이 있어 검을 다루는 사람이라는 걸 알 수 있었다.

치마며 속치마를 들치고 허벅지에 숨겨 놓은 단검을 꺼내기엔 거리가 너무 가깝다. 쓸 수 있는 건 주먹뿐. 얼른 기절시키고 빠져나가야 한다.

마음을 먹은 엘레노아는 숨을 죽이고 주먹을 내질렀다.

"놀아 주고 싶지만 지금은 놀 때가 아닌 거 같아."

남자는 가뿐한 몸놀림으로 뒤로 한 걸음 물러났다. 알몸으로 널브러진 여자가 발치에 있었지만, 보지도 않고 피해서 물러난 것이다.

기습이 아니면 이길 수 없는 상대인데 타이밍을 놓쳤다. 이를 악무는 사이 기분 나쁜 냄새가 코로 흘러 들어왔다. 아차 싶어 얼굴에 손을 대자 마스크가 없다. 고개를 드니 남자가 약 올리듯 눈앞에서 살랑살랑 하얀 마스크를 흔든다.

"아, 잠깐 실례했어. 마스크 양의 민낯이 궁금해서."

그 잠깐 사이에 어떻게 벗겨 간 걸까. 몹시 당황스러웠지만 결코 티를 내서는 안 됐다. 그녀는 한 손으로 입과 코를 가린 채 말없이 바로 남자에게 달려들었다.

하지만 마스크를 잡아채려는 순간, 그녀는 아차 싶었다. 발치에 널브러진 남자가 꿈틀거리는 통에 발이 걸린 것이다.

퍼억—!

성대하게 옆구리를 걷어차인 알몸의 남자는 끙끙 소리를 내다 곧 잠잠해졌고, 엘레노아는 검은 소가죽 구두가 뒤로 물러나는 것을 보고는 눈을 질끈 감았다.

의외로 큰 충격은 없었다. 얽히고설킨, 아까 그녀에게 얻어터지고 기절해 있던 귀족들의 토실토실한 물렁살이 충격을 완화해 준 것이다. 덕분에 다치지는 않았지만 그녀는 남자가 잡아 주기는커녕 뒤로 물러난 것을 분해하며 주섬주섬 자리에서 일어났다.

"내놔요!"

"어허, 그렇게 큰 소리를 내면 다들 깨잖아, 마스크 양."

고개를 들어 올리자 남자가 더러운 것이라도 잡듯 손끝으로 마스크를 잡아 흔들며 웃는 것이 보였다. 그녀는 잽싸게 다리를 뻗어 발을 걸려 했지만, 남자는 그것마저도 피해 뒤로 슬쩍 물러났다. 여전히 웃음기 가득한 나른한 얼굴. 엘레노아는 이제 약이 올라 죽을 지경이었다.

그러나 남자의 말대로, 그녀에게 깔렸던 사람들이 꿈틀대기 시작했다. 게다가 남자는 마치 문을 가리듯 문을 등지고 서 있었다. 이래서는 도로 잡히고 만다. 방 가운데에 놓인 향도 거의 다 되어 가고 있다. 이제 깨어나는 인간들은 제정신을 찾을 것이고, 제정신을 갖춘 여러 명의 남자 귀족들 앞에선 단검조차 소용이 없다.

"훼방 놓지 말고 좀 비켜!"

"흠, 아쉬운 건 내가 아닐 텐데. 그렇게 고자세여도 돼?"

"말장난할 때가 아니야, 정말 급하다고!"

이미 술병이라곤 남아 있지 않은 술병 상자를 끌어안고 주저앉아 그녀는 이를 갈았다. 남자는 버티듯 문을 등지고 선 채 여전히 웃으며 그녀를 내려다보고 있다. 도저히 비켜 줄 것 같지가 않다. 힘으로는 안 된다. 그렇다면 뭘 어떻게 해야 할까. 점점 뒤에서 끙끙대는 소리가 많아진다. 입술이 바싹바싹 마른다. 애원도 안 통할 거고, 몸을 바라는 거라면 이미 진작 자신을 가지고 놀았을 텐데 그것도 아니다. 대체 뭘 바라는 걸까.

이러다간 정말 더 위험해질 것 같아 일그러진 눈으로 남자를 올려다보았다. 새파란 눈동자에 감도는 웃음기, 부드러운 곡선을 그리는 입술. 거기에 흔들리는 금발. 그것을 보자마자, 그녀의 머릿속을 번개같이 스치고 지나는 것이 있었다.

"떨잠! 떨잠 하나 줄게!"

떨잠이라는 말에 남자의 눈에 이채가 스치는 것을 그녀는 놓치지 않았다.

"떨잠 하나 줄 테니 나 좀 데리고 나가 줘!"

"흐으음."

"모르는 척하지 마, 상단에 직접 왔었잖아! 나랑 떨잠 가지고 싸웠잖아! 그거 원래 세 개가 한 세튼데, 결혼할 언니한테 선물할 거라서 더는 안 돼. 하나로 거래하자, 빨리, 이러다간 정말 들키겠어!"

"좋아. 일단 여기서 데리고 나가 주지."

남자는 흥미롭다는 듯 한쪽 입꼬리를 올리며 고개를 끄덕였다. 그러나 그 와중에도 자신의 머리카락 감촉을 느끼며 만족해하는 것을 깨닫고, 엘레노아는 남자에게 완전히 질리고 말았다.

아무리 방음이 잘 되는 홀이라지만 지나치게 기척이 없다. 집사장은 좀 전부터 홀에 들어가 볼까 말까 고민 중이었다. 아직 새벽 2시 반이다. 파티가 끝났다기엔 지나치게 시간이 일렀다. 안에 무슨 일이 있는 걸까.

"역시 그 계집애가 뭔가 한 건가……."

집사장의 말에, 옆에서 초조한 기색을 내비치던 하녀장이 움찔한다. 그녀는 그 시골 출신 계집애가 걱정되어 죽을 지경인 모양이다. 집사장은 코웃음을 치며 다시 방 안의 기척에 신경을 집중했다. 그러나 영 기척이 없다. 5분만 더 기다렸다가 들어가기로 마음을 정하고, 주머니에서 회중시계를 꺼낼 때였다.

스르륵, 두껍고 무거운 문이 소리도 없이 열렸다. 그 틈새로 웅성웅성하는 소리와 여럿이 움직이는 기척, 그리고 희끗희끗한 나체들이 보여 집사장은 한결 안심했다. 그 계집이 뭘 어쩐 것은 아닌가 보지. 그렇게 안심한 집사장의 눈에 여유롭게 문을 나서는 남자가 들어왔다.

"기든스 님? 왜 벌써 나오십니까?"

"음. 이 물건이 제법 마음에 들어서 느긋하게 즐기고 싶은데, 자꾸 다른 놈들까지 와서 질척거리더군. 그게 불쾌해서. 내가 저런 류를 즐기지 않는 것, 알고 있잖아?"

"물론입니다."

그래서 너도 의심하고 있지. 집사장의 눈이 조용히 빛났다.

버나드 기든스, 혹시 사칭이 아닐까 의심하고 있는 그 남자의 어깨엔 상의며 치맛자락이 너덜너덜해진 아까의 그 하녀가 걸쳐져 있었다. 하지만 너덜너덜해진 것은 겉옷뿐이다. 완전히 당해서 정신을 놓았으면 좋았을 텐데. 내심 아까워하며 공손히 머리를 조아렸다.

"기든스 님, 죄송하지만 한 말씀 드립니다. 저희가 내일까지는 일손이 상당히 모자랍니다. 그래서 원하신다면 그 하녀와 닮은 밤의 장미를 보내 드리고 싶습니다만."

"흐으음."

남자는 잠시 진지하게 고민하는 눈치였다. 그러더니 우아하게 오른손을 들어 올린다. 사실 사칭인지 아닌지 확신할 수 없는 이유 중 하나가 저 기품 있는 태도 때문이다. 권력이 있는 귀족의 여유로움에서 비롯되는 우아하고 느린 움직임. 단순히 우아하고 느린 거라면 흉내 낼 수 있지만, 남자에겐 품위와 카리스마도 있어서 아직 확신할 수가 없었다.

그런 집사장의 마음을 아는지 모르는지, 남자는 우아하게 들어 올린 손으로 여자의 엉덩이를 두어 번 주물럭거렸다. 집사장은 놓치지 않고 하녀의 반응을 살폈지만, 하녀는 꿈틀거림조차 없었다. 확실히 기절한 것 같은데. 미심쩍어하며 집사장은 물었다.

"그런데 이 하녀는 왜 기절을……. 마스크도 없이……."

"응? 아아. 커튼 안으로 끌어당겼더니 제법 반항이 심해서. 마스크를 벗기고 억지로 향을 맡게 했더니 기절하더군. 그런 데다 다른 녀석들이 달려들어서, 어쩔 수 없이 달려드는 놈들은 한 방씩 먹였어."

"……그러십니까."

"정신도 못 차리는 것들이 덤비는 건 아주 끈질기더군."

그럴 때마저도 느긋한 얼굴과 말투, 손짓이다. 느릿느릿하게, 하지만 확실하게 여자의 엉덩이와 허벅지를 주무르던 버나드 기든스는 곧 만족한 표정이 되었다.

"음, 아무래도 이쪽이 마음에 들어. 오늘은 자네가 나에게 양보해 줘야겠어."

여전히 미심쩍지만, 상대는 기세등등한 니이만 백작의 사돈의 팔촌의 육촌이다. 어쩔 수 없지. 집사는 공손히 머리를 숙였다.

"알겠습니다."

"내가 쓰던 방으로 안내해 주게."

"예. 여기 하녀장이 안내해 드릴 겁니다."

곧 눈물이 떨어질 듯한 얼굴로 하녀장이 기든스에게 고개를 숙인다. 저렇게 마음이 약해서 무슨 일을 하겠다고. 집사장은 못마땅해 속으로 혀를 찼다. 해고 날짜를 정해야겠다고 생각하며.

그냥도 아니고, '존나' 놀아 본 놈이다.

엘레노아는 미칠 것만 같았다. 모르는 남자가 엉덩이며 허벅지를 주무르는 것도, 그걸 그대로 놔둬야 하는 것도 짜증 나는데, 그게 은근히 야릇하고 간지럽다는 것이 제일 화가 났다.

이젠 그만 만져도 될 텐데 남자는 여전히 엉덩이와 허벅지를 주물럭거리고 있다. 집사장의 날카로운 시선은 거둬지질 않아서 그녀는 어떠한 행동도 취할 수가 없었다. 하다못해 엉덩이만 만지든지 허벅지만 만지든지 하면 좋을 텐데, 엉덩이와 허벅지 전체, 그 이어지는 부분까지 아주 착실하게 만져 댄다. 손끝으로 꾹꾹 눌렀다가 살살 문질렀다가 큰 손 전체로 주물렀다가, 엉덩이를 타고 허벅지에서 무릎 뒤까지 슥 쓸고 내려간다. 무릎 뒤를 만져지면서, 엘레노아는 자기도 모르게 입술을 깨물었다.

너 이 새끼, 내리기만 해 봐!

속으로 벼르는 사이 하녀장이 방문을 열고 남자를 안내했다. 남자는 여유로운 걸음으로 방에 들어섰다.

"기든스 님, 더 필요한 것은 없으신지……."

"그럼 향유를 좀 부탁하지. 아무래도 오늘이 첫날밤 같아서 말이지."

이 새끼가 뭐라고 씨불이는 거야. 식겁한 엘레노아의 등을, 식은땀이 타고 내려가 목에 닿았다. 그 감촉이 더 섬뜩해 자기도 모르게 몸을 떨었지만, 때마침 남자가 강하게 엉덩이를 움켜쥔 덕분에 어떻게든 무마된 듯했다.

"기든스 님, 저, 다시 한 번 몹시 죄송한 말씀이지만, 밤의 장미가 낫지 않으실지……."

"하녀장, 남자에겐 파과의 즐거움이라는 것이 또 있단 말이지. 나는 그걸 놓치고 싶지 않아. 모처럼의 기회니까."

"그, 그러십니까."

파과 같은 소리 하네. 떨잠이고 나발이고 죽여 버리면 소원이 없겠다.

여섯 달 동안 배 위에서 하는 것보다 몇 배나 많은 욕을 주워섬기며, 그녀는 어금니를 악물고 참았다. 엉덩이를 조몰락거리는 손은 멈추질 않는다. 그사이 마음을 추스른 하녀장이 조심스럽게 입을 연다.

"그럼, 곧 향유를 가지고 오도록 하겠습니다."

"되도록 좋은 걸로 부탁하네. 첫 경험이 기분 좋을수록 앞으로도 행복한 결혼 생활을 하게 될 테니까 말이야. 아, 그렇지. 이 아가씨가 내일 입을 속옷과 옷도 좀 챙겨 줘. 보는 데서 입힐 거니까 관능적인 게 좋겠어."

하지 마! 닥쳐! 제발 그 입 좀 다물어! 그딴 거 줘도 안 입어! 그렇게 연신 외치는 엘레노아의 마음의 소리를 알 수 없는 하녀장은 그저 공손하게 머리를 조아리며 대답한다.

"저, 그 아이의 신분이 신분인지라 당장 준비가 가능한 것은 하녀복뿐입니다만……."

"그런가. 그렇다면 매우 아쉽지만, 대신 내가 만족할 만한 속옷으로 부탁하지."

"예, 바로 준비해 드리겠습니다."

하녀장의 대답에 만족스럽게 웃는, 싸구려 저질 발언을 일삼는 남자의 목소리가 너무나 부드럽고 기품 있어서, 그녀는 남자를 죽일 때 반드시 저 목을 칼로 찔러 버리겠다고 다짐했다.

남자는 하녀장이 나간 뒤 엘레노아를 침대 위에 내려놓았다. 그리고 그녀는 눈을 뜨자마자 남자에게 달려들어 그의 목의 프릴을 잡아채려 했으나…… 실패했다. 짐작했다는 듯 뒤로 가뿐히 몸을 뺀 남자가 부드럽게 눈웃음을 짓는다.

"어허. 선의로 도와준 사람에게 이게 무슨 짓이야, 탱탱한 엉덩이 씨."

얼굴은 우아하고 기품이 넘치는데, 입에서 나오는 건 하나같이 지랄이다. 선의? 떨잠 거래가 아니었으면 당하게 놔둘 마음이었으면서 말은 잘한다. 그녀는 잔뜩 독이 올라 으르렁거렸다.

"도와줄 거면 곱게나 도와주든가, 엉덩이는 왜 만져!"

"쉿. 하녀장 온다."

엘레노아는 움찔했다. 남자의 목소리는 다른 때와 다르지 않았지만 내용이 너무 위험했다. 의심스러웠지만 지금 상황에선 믿을 수밖에 없어서 그녀는 얼른 입을 다물고 도로 침대에 누웠다. 그녀가 눈을 감고 딱 한 번 숨을 쉬었을 때 노크 소리가 들렸다.

"기든스 님, 여기 향유를 가져왔습니다."

"아, 고맙네."

감사의 말을 들은 하녀장의 미간이 꿈틀했다. 그녀도 집사장이 이 버나드 기든스를 의심한다는 것을 알고 있었다. 그게 바로 이 흔하게 남발하는 '고맙다'는 말 때문이라는 걸, 이 남자는 모르고 있는 듯하다.

하지만 지금 중요한 건 그게 아니다. 도시에서는 이미 유행이 지난, 요새 시골 하녀들 사이에 유행한다는 붉은 볼 터치가 창 너머 밝은 달빛에 도드라진다. 시골 출신다운 투박한 움직임 때문에 시선이 더 간 그 하녀가, 오늘 이 남자의 제물이 되는 것이 몹시 안타까웠다. 하지만 그녀에겐 어떠한 권한도 없어, 결국 조용히 눈을 내리깔고 고개를 숙였다.

"그럼, 물러가겠습니다."

사, 살았다…….

하녀장이 나가고, 그녀의 발걸음 소리까지 멀어지는 것을 확인한 다음에야 엘레노아는 눈을 뜨고 자리에서 벌떡 일어났다. 어떻게 하면 남자에게 한 방 먹일 수 있을까. 그 생각으로 머리가 꽉 차 있었다.

문제의 남자는 방 가운데의 테이블 앞에 서 있었다. 뭘 하나 하고 목을 빼니, 하녀장이 함께 챙겨 준 와인을 잔에 따르는 것이 보였다. 이 와중에 술 생각이 나나. 입을 삐죽이는 사이 향유병과 잔을 든 남자가 침대가로 다가왔다.

설마 진짜 하려는 건 아니겠……지?

몸이 바짝 긴장했다. 오늘 만난 사람 중에 이 인간이 가장 강하다. 기습조차 허용하지 않으니 이길 방법이 없기에, 남자의 접근에 더더욱 경계심이 일었다. 숨을 죽인 그녀가 저도 모르게 치마폭을 더듬거릴 때, 그가 피식 웃었다.

"용기에 비해 머리는 조금 부족한가? 단검 한 자루 가지곤 날 어떻게 할 수 없다는 것, 알고 있을 텐데?"

아, 제발 누가 저놈의 주둥아리를 한 대 쳐 줬으면. 아주 살심이 이는데 방법이 없어 답답해 죽을 맛이다. 죄 없는 자신의 가슴을 치며 화를 삭이던 그녀는 남자가 한 말의 내용에 생각이 미쳤다.
"어떻게 알았……."
"내 눈은 아름답기만 한 게 아니라 안목도 뛰어나거든. 좋은 물건에 오랜 세월 길들어 있기도 하고."
그녀는 다시 숨을 삼켰다. 남자의 말에 더더욱 치미는 분노를 내리누르기 위해서였다. 한편으론 기억을 더듬었다. 남자가 만진 건 왼쪽 허벅지. 그녀가 칼을 숨긴 건 오른쪽 허벅지.
"후. 어깨에 칼집이 닿아서 알았잖아요. 그런 걸로 큰소리는."
"아니, 그 전에 알았는데."
"웃기지 마요. 커튼 뒤에 있었던 데다 페티코트가 이렇게 두꺼운데!"
엘레노아의 숨이 거칠어질 즈음, 남자가 와인을 한 모금 마신 후 천천히 입을 뗐다.
"걸음걸이, 교육받은 적 있지? 상당히 오랜 기간, 띄엄띄엄. 완전히 고쳐지질 않았어. 성격 탓인지 상당히 거칠고. 하지만 자세는 바르고 등이 곧아. 그럼 걸음도 균형이 잡혀 있어야 하는데 이상하게 왼쪽에 미세하게 무게를 더 두면서 걷더군. 오른쪽에 무언가가 있다는 뜻이지. 여자들이 일상적으로 가지고 다니는 물건이 아닌 무언가가. 상의엔 끽해야 거울 하나 빗 하나 들어갈 틈밖에 없으니 당연히 하의인데, 발목은 너무 눈에 띄지. 종아리는 치맛자락이 조금만 들려 올라가도 위험해. 자, 그럼 답을 내 보지. 배를 타고 선원 노릇을 하던 여자가 허벅지에 숨길 것은?"
그녀는 자기도 모르게 벌어진 입을 얼른 다물었다. 그 미묘한 무게감을 알아챘다니 반박할 말이 없다. 그의 말은 정확해서도 놀라웠지만, 남자 역시 그녀의 얼굴을 알아봤다는 사실도 놀라웠다. 정말로 예리한 남자다. 하지만 인정하고 싶지 않아, 그녀는 고개를 절레절레 흔들었다.

"나중에 갖다 붙인 이유 따위 누가 믿을까 봐. 게다가 내가 선원인 건 내가 먼저 떨잠 얘기해서 안 거잖아요."

"그럼 믿지 말든가."

남자는 너무나 시원스럽게 결론을 내고 다시 와인 잔을 입가에 가져간다. ……대체 이 인간은 뭐냐. 대체 이 인간은 뭐지? 대체 뭐 하는 인간이야? 이제 그녀는 혼란스러워 팔로 머리를 감싸고 무릎 사이에 고개를 처박았다. 이 남자 덕분에 아까는 용케 잘 빠져나왔지만, 위험할 때마다 알려 줘서 위기를 잘 넘긴 했지만 그래도 수상하다. 엄청나게 수상하다.

극도의 나르시시스트라 줄을 잇는 자기 자랑, 날카로운 안목과 단련된 육체. 굳은살로 미루어볼 때 익힌 것은 검술. 그러나 요새 귀족 자제들은 검술을 익히지 않는다. 아카데미로 갔으면 갔지, 말단부터 시작해야 하는 기사단은 지원하지 않는 추세인 것이다.

하지만 입고 있는 옷이나 상단에 물건을 사러 온 걸 보면 보통 귀족 자제는 아니다. 집사장은 기든스 님이라고 했지만, 그런 듣도 보도 못한 귀족 집안 인간이 살 수 있을 만큼 동양의 물건값이 녹록하진 않다. 거기에 무엇보다 강한 존재감. 홀을 빠져나오기 전에 나직한 일갈 한마디로 남자들을 물러나게 한 카리스마. 집안의 힘이 아니다. 타고난, 그리고 단련된 위엄. 나이만 백작가보다 위면 위지 아래일 수는 없다. 그럼 후작가? 아니면 공작가 인간인가.

엘레노아의 머리가 빠르게 굴러갔다. 다행히 남자는 그 이상 그녀를 도발하지 않고 조용히 와인만 마실 뿐이라, 그녀는 잠시나마 충분히 머리를 굴릴 수 있었다.

조용한 침묵 끝에, 그녀는 천천히 고개를 들었다. 때맞추어 남자가 협탁에 잔을 내려놓고 가만히 웃었다.

"미스 페티코트, 이제 생각은 끝났나?"

"……네."

호칭이 내키지 않아 머뭇머뭇 대답하자, 남자가 그 아름다운 얼굴 가득, 환한 미소를 짓는다. 뭔가 불길해서 잔뜩 경계하는 엘레노아에게, 아니나 다를까 청천벽력이 떨어졌다.

"그럼 벗어."

"뭐?"

"벗으라고. 그 페티코트까지."

그렇게 말하는 남자의 얼굴은 너무나 아름다웠다. 최소 열 대는 치고 싶을 정도로.

04
첫날밤

파티에 참가한 사람들이 저마다 멍을 하나씩 달고 있는 것을 확인한 집사장은 조용하지만 신속한 걸음으로 버나드 기든스가 묵고 있는 손님방으로 향했다. 기든스 본인이 때렸다고 말은 했지만, 맞은 부위가 하나같이 급소다. 귀족 자제라고 하기엔 너무 강하다. 전문적으로 무술을 몸에 익힌 것을 보면 아카데미 출신 귀족이 아니라 하급 기사일지도 모른다.

오늘에야말로 사칭이라는 것을 밝혀내리라. 결심한 집사장은 손님방 문 앞에서 심호흡을 하고 지체 없이 문을 두드렸다.

방 안에선 어떤 반응도 없었다. 설마 빠져나간 건가. 그러면 그 계집과 함께? 한패였나!

집사장은 아차 싶었다. 이대로 놓칠 순 없다. 주인의 비밀을 알고 있는 건 아니지만, 난교 파티에 대한 이야기 역시 밖으로 나가서 좋을 일은 아니다. 거기에 이번 파티에는 동양에서 들여온 미혼향과 최음향을 두 가지 다 사용했다. 버나드 기든스를 사칭하는 놈이 그걸로 황궁에 찌르기라도 한다면!

거기까지 생각한 집사장은 굳은 얼굴로 문을 벌컥 열어젖혔다. 하지만 문을 열자마자 실수했다는 것을 깨닫고 얼굴을 찌푸렸다.

방 안의 두 사람은 한창 정사 중이었다. 맨다리를 남자의 허벅지 위에 올리고 남자가 흔드는 대로 흔들리며 야릇한 신음을 연발하던 여자는 분명 아까의 하녀였다. 남자는 여자의 한쪽 엉덩이를 주무르며 연신 허리질을 한다. 남자의 허리에 걸쳐진 이불이 아슬아슬하게 떨어지기 일보 직전이다. 혹시 저 이불만 두르고 하는 척하는 건 아닌가 했지만, 남자의 격한 움직임에 이불이 슬그머니 흘러내리자마자 집사장은 깨달았다.

제기랄, 낭패다.

긴장한 채 최대한 발소리를 죽이고 뒷걸음질 쳤다. 그러나 문을 닫기 직전. 정신없이 베개에 머리를 비비다 남자에게 매달리던 여자와 눈이 마주치고 말았다.

"응, 으응, 응……, 응……? 윽!"

비명이 우선이었다. 멍하던 여자의 눈동자에 빛이 돌아온다. 젖은 뺨에 달라붙은 검은 머리카락과 상기된 얼굴에 낭패감이 퍼진다. 집사장을 휙 돌아본 버나드 기든스가 인상을 쓰며 침대에 끝만 걸쳐진 이불을 잡아 끌어당긴다.

곧 남자가 이불 한끝을 젖히고 침대 밖으로 내려섰다. 이불 속에서 속옷을 찾아 입은 모양이다. 그리고 이불을 펴서 여자의 머리끝부터 발끝까지를 잘 덮어 주고, 성큼성큼 걸어 테이블의 와인 병을 집어 든다. 이불 안에서 여자가 꼼질꼼질하더니 금세 움직임이 없어진다.

집사장은 도망가기를 포기하고 조용히 문을 닫은 후 머리를 조아렸다. 불쾌의 극을 달리는 목소리가 머리 위로 쏟아져 내렸다.

"나의 즐거움을 방해한 중대한 이유가 있겠지, 집사장?"

"죄송합니다, 기든스 님."

"죄송하다는 말 대신 이유가 듣고 싶군."

"오늘만 고용된 저 하녀가 의심스러워서, 혹 도망간 것은 아닐까 걱정이 되어 무례를 저지르고 말았습니다. 죄송합니다, 기든스 님."

집사장은 절반의 진실을 섞어 대답했다. 둘러댈 이유도 많지 않았거니와, 와인 병을 들고 이쪽을 바라보는 기든스의 눈매도 보통이 아니었기 때문에 온전한 거짓을 댈 수 없었던 것이다. 새파란 눈동자에 서린 날카로운 빛이 싸늘하고 차디찼다. 나이도 어린 기든스가 풍기는 지배자의 고압적인 시선은 그의 두 멍청한 주인의 시선과는 비교되지 않을 만큼 강렬하고 매서웠다.

진정한 귀족이다. 하급 기사 따위가 아니다. 의혹이 하나 걷히자 도리어 마음이 편해졌다. 집사장은 깊숙이 허리를 숙였다.

"정말 죄송합니다, 기든스 님."

"후. 와인이나 한 병 더 가져오게. 흥이 완전히 식어 버렸어."

"……기든스 님?"

이불 속에서 가녀리지만 달콤한 목소리가 들려왔다. 하마터면 번쩍 고개를 치켜들 뻔한 집사장은 억지로 어금니를 깨물었다. ……그런가. 도련님 하나 잘 잡아 팔자 펴려는 골 빈 시골 계집애였나. 기쁜 얼굴로 난교 파티장에 들어가던 이유가 그것이었군. 이제 의심은 완전히 걷혔다.

"와인은 문 안으로 넣어 두겠습니다. 생각 짧은 저의 실수를 넓은 아량으로 이해해 주시길 바라며 저는 이만 물러가 보겠습니다. 그럼,

즐거운 시간 보내시길…….”

“그러지. 하지만 두 번은 없어.”

아까보다는 풀린 듯, 하지만 여전히 지배자답게, 냉랭하게 끝을 맺는 기든스다. 집사장은 가벼운 마음으로 방에서 물러나, 하녀를 불러 최고급 와인을 방 안으로 넣어 두라는 명령을 내렸다. 본인은 다시 망을 보러 가야 했으므로.

집사장이 나간 뒤, 또 하녀가 와인을 안으로 들이밀어 넣고 나간 뒤 침실 안에는 기이한 침묵이 돌기 시작했다. 와인으로 목을 축였음에도 기묘하게 목이 타, 버나드 기든스로 행세하고 있던 테브스란 제국의 황태자 세드릭 R. 테브스란—R.과 테브스란 사이에 무수한 이름들이 생략되어 있으나 황태자 본인도 귀찮아하므로 넘어가도록 한다—은 아름다운 손끝으로 톡톡 테이블을 두드렸다.

맛있었지.

그 한마디가 떠오르자마자 입안에 침이 고였다. 아까 여자가 불안에 떨다 못해 집사장을 빨리 내보내라는 의미로 자신을 부른 것은 알고 있다. 하지만 그 녹아내릴 듯한 달콤한 목소리는 반사적으로 세드릭의 아랫배를 뭉근하게 만들었다. 어쩔까. 그답지 않게 망설이는 사이, 여자가 이불 밖으로 빼꼼 고개를 내밀었다. 가발의 검은 머리카락이 달라붙은 매끈한 이마가 다시 세드릭의 중심을 자극했다.

선머슴인 줄 알았다. 처음부터 성별이 여자인 건 알았지만, 얼핏 소년으로 느껴질 정도로 까무잡잡한 피부와 짧은 갈색 머리카락이라 딱히 성적인 대상으로 느껴진 것은 아니었다. 여자가 부족한 적도 없었고, 여자를 안는 데에 인색한 사람도 아니었기에 세드릭은 순전히 그녀를 놀려 줄 마음으로 옷을 벗으라고 시켰던 것이다.

"내가 왜, 뭐하러 옷을 벗어? ……요?"

그녀는 이를 바득바득 갈았다. 아까 실컷 주물러진 엉덩이를 부여잡고, 다른 한 손으로는 자신의 허벅지를 더듬으면서. 단검을 꺼내려는 모양이다. 물론 여자가 단검을 꺼내 덤벼들어도 그것이 세드릭에게 위해가 될 순 없었다. 더군다나 그의 의도는 순수한 '놀림'이었기에, 혹시 모를 폭력 사태를 유발하고 싶진 않았다. 그는 빙긋, 지어낸 웃음을 띤 채 물었다.

"내가 마스크 양을 누구 대신이라고 데려왔지?"

수치스러운 듯 여자의 뺨이 붉게 물들었다. 환한 달빛 아래, 뺨 위로 오른 홍조가 귀엽다. 그녀의 부끄러움을 모른 척하며 턱짓으로 대답을 재촉하자, 낮은 목소리로 어렵사리 대답한다.

"……밤의 장미."

"그런데 내가 그 장미와 아무것도 하고 있지 않다면?"

"의심받겠죠."

"그 경우 손님인 나는 저택에서 쫓겨나는 정도로 끝일 테지만, 가발 양은 어떻게 될까?"

"하지만 우리 둘이 그…… 그 짓을 할 거라는 걸 아는데 누가 들어온다고요."

"집사장. 내가 페티코트 양을 데려오는 내내, 한 번도 눈을 떼지 않았던 걸 잊진 않았겠지?"

그 시선이 떠올랐는지 여자의 어깨가 움찔한다. 납득한 얼굴에서 매서운 기세가 가라앉았다. 하지만 머뭇거림은 길었다. 하기야 황궁에서나 파티에서 외에 옷 벗는 게 쉬운 여자는 많지 않지. 세드릭은 잔에 와인을 따르며 여유롭게 그녀의 움직임을 기다렸다.

여자는 납득하고도 이를 바득바득 갈았다. 그래도 선택의 여지는 없었기에, 떨리는 손을 꾹 움켜쥐더니 거침없이 리본과 단추를 풀기 시작했다. 떨림을 숨기기 위한 거친 손놀림에 하녀복이 거칠게 끝자락을 날리며 바닥으로 떨어졌다. 스타킹을 벗는 손길도 몹시 거칠었다. 저러다 찢어지면 혼날 텐데, 하고 생각하면서도 세드릭은 지켜보는 즐거움을 택했다. 애초에 그것을 위해 벗겼던 것이니까.

하지만 그녀의 진가는 그녀가 옷을 벗음으로써 드러났다.

속옷은 입고 있었지만, 드러난 부분이 더 많기에 세드릭은 유감없이 그녀의 육체를 감상할 수 있었다. 하얀 시트 위에 올라앉은 그녀의 가무잡잡한 몸은 창문을 넘어 들어온 달빛을 받아 윤기가 흘렀다. 군데군데 상처가 있기도 했지만, 그 자체가 마치 장식 같았다. 배에서 뛰어다니며 일을 해 온, 크지 않은 그녀의 육체에는 단단함과 탄력이 있었다. 전신에서 흘러넘치는 생기도 매력적이었지만, 민망함에 저도 모르게 모은 허벅지는 오히려 범해 달라고 속살거리는 듯했다. 허벅지에 매달린 단검은 위협적이기보단 유혹적이었고, 빛을 받지 못해 유독 하얀 발은 작고 섬세하며 수줍었다. 군살이라곤 찾아볼 수 없었고, 날렵하게 올라붙은 엉덩이 곡선과 균형 있게 들어간 허리 곡선은 짜릿할 정도였다. 달빛을 받아 빛나는 가무잡잡한 육체의 아름다움을, 세드릭은 처음 맛보고 시선을 빼앗겼다.

이전에 안았던 황궁의 여인들과 비교하자면, 그쪽의 허리가 더 잘록하고 엉덩이도 더 풍만했으며 피부도 희었다. 한마디로 요즘 황궁에서 유행하는 아름다움과는 거리가 먼 여자였다. 그러나 침대 위에 앉아 이쪽을 노려보는 여자는 그들보다 훨씬 매혹적이었다.

생동감 때문일까.

가발이 유독 답답해 보여 벗기고 싶었다. 그러나 세드릭은 집사장이 다시 들이닥칠 것을 알고 있었기에 그대로 둘 수밖에 없었다.

손을 댈 마음은 전혀 없었다. 이제 와선 믿어 주지 않겠지만, 정말로 할 마음은 없었다. 그런데 가만히 올려 뜬 검은 눈동자며 고집 세게 다문 입술이 떨리는 것이 묘하게 남자의 마음을 자극했다. 길들지 않은 야생마를 내 것으로 만들기 위해 준비하는 느낌이 좋았다.

맛있겠다.

입안에 침이 고였다. 옷을 벗기고 놀릴 생각만 했던 세드릭이 생각을 바꾸는 데는 오랜 시간이 걸리지 않았다. 거침없이 옷을 벗고 그녀의 위로 올라갔다. 그의 육체로 달빛이 가로막혀 그녀의 몸은 한층 더 가무잡잡해 보였다. 의심하는 눈동자가 예리하게 빛나는 것이 제법 예쁘다. 버릇대로 빙긋 웃은 그는 대답 없이 입술을 내렸다.

갑작스러운 키스는 예상하지 못했던지, 그녀는 세드릭의 아래에서 얼어붙었다. 5초쯤 지났을까. 반사적으로 주먹을 내지르려는 것을 포착한 그는 그녀의 손목을 잡아 내리누르고 단숨에 혀를 들이밀었다. 악에 받쳐 혀를 깨물려 드는 것을 피해 입술을 핥고 빨며, 그는 여태까지의 정사와 다른 쾌감에 즐거워하고 있었다.

나중엔 숫제 발로 차려 들다가 도저히 안 되겠던지 대번에 허벅지의 단검으로 손을 뻗는다. 자신의 품에서 벗어나기 위해 이를 악물고 달려드는 움직임을 막아 내는 것은 어렵지 않았다. 하지만 곧 그녀의 눈에 분노의 눈물이 어린 것을 본 세드릭은 가만히 몸에서 힘을 뺐다.

달빛은 유난히 선명했다. 테이블 위의 병 속 와인이 일렁이는 듯했다. 잠시 그쪽에 시선을 준 세드릭은 곧 저항하는 유연한 몸을 달래듯 부드럽게 그녀의 입술을 핥았다. 긁히지 않도록 피해 가며 손깍지를 끼자 침대 위로 풀썩 단검이 떨어졌다. 그녀는 여전히 완강하게 저항했지만, 단련된 남자의 힘 앞에서 무력한 것은 여느 여자와 같았다.

그녀가 다른 여자들과 다른 점은, 그가 굉장히 귀한 신분인 것을 알면서도 진심으로 저항했다는 점이다. 한동안 조용한 실랑이가 이어졌다. 차라리 비명을 지르는 것이 좋았을 테지만, 그녀는 이 와중에도 자신의 처지를 잊지 않았다. 큰 눈을 부릅뜨고, 비명을 지르고 싶은 것을 꾹 눌러 가며 알몸으로 버틴다. 그녀의 의도와는 달리 그 모습은 굉장히 자극적이었다. 마치, 그 자체로 격렬한 섹스를 하는 것 같았다.

자신을 발로 차기 위해 들어 올린 다리 사이에 몸을 들이민 세드릭은 천천히 그녀에게 체중을 실었다. 으읏, 입술 새로 그녀가 그의 무게를 견디는 소리가 흘렀다.

"곧, 집사장이 올 거야."

귓가에 속삭이자 반항이 잠시 멎었다. 생명력 넘치는 육체를 자신의 것으로 길들이는 짜릿함, 그는 가슴속에 퍼져 가는 희열을 느끼고 좀 더 부드럽게 대해 주기로 했다.

"이대로라면 귀족을 꾀어 인생 펴려는 시골 하녀로 넘어갈 수 있어."

"하지만 꼭 할 필요는 없잖아. 이불로 가리면 되니까."

역시 호락호락하지 않다. 분노의 눈물이 어린 눈동자가 험악하게 그를 노려본다. 그래, 이런 맹랑함이 마음에 들어. 세드릭은 기꺼이 고개를 끄덕였다. 자신의 금빛 머리칼이 따라 움직이며 사르륵 흩어지는 것이 기분 좋았다.

"지금은. 하지만 내일은 어쩔 거지?"

"내일……."

"내일 저녁이면 가발 양은 저택을 나가야 해. 하지만 가발에 익숙하지 않은 하녀복을 갖춰 입고 여기까지 온 데에는 이유가 있지 않나?"

험악함만 풍기던 얼굴이 단숨에 흐려진다. 천성이 숨기질 못하는군. 절로 미소가 흘렀다. 솔직한 만큼 사랑스럽다. 보기보다, 아니, 보면 볼수록 사랑스러운 타입이다.

하기야 이런 식으로 첫 경험을 하리라곤 상상도 못 했을 것이다. 세드릭은 그녀의 선택을 돕기 위해, 할 수 있는 한 가장 매혹적인 웃음을 지어냈다. 그녀의 눈이 잠시 멍해지는 것을 느낀 그는, 천천히 고개를 내려 가장 달콤한 목소리로 그녀의 귓가에 속삭였다.

"거래라고 생각하면?"

주륵, 고였던 눈물이 흘러 귓가에 닿았다. 흘러내린 눈물을 핥아주자 민망한 듯 고개를 피하며 그녀가 낮은 목소리로 되물었다.

"거래?"

"그래, 거래. 내일 당장 검은 눈동자의 그대를 내 전속 하녀로 해 달라고 부탁하겠어. 할 일이 있잖아? 여기에서 버텨야 하는 것 아닌가? 그 대신 나를 즐겁게 해 주는 거야. 그 정도 거래라면 부족하지 않을 텐데, 안 그런가?"

세드릭의 예상이 맞았다. 강간 위기에도 처지를 잊지 않고 비명을 참았던 여자는, 여전히 그의 아래에 깔려 있으면서도 그의 말을 논리적으로 따지고 있었다. 고집스러운 입술을 핥자 그녀가 다시 도리질 쳤다.

"수락하지 않는다면, 난 그대에게 가까이 가지 않을 거야. 다가오는 것도 허락하지 않겠어. 나는 굳이 그럴 필요가 없으니까. 한번 잘 생각해 봐. 그대가 침대에서 혼자 아래 속옷을 입고 있는 걸 봤을 때 집사장은 어떻게 반응할까. 아까 그런 파티까지 목격한 시골 하녀를."

"몸 대신 무언가 원하는 물건은?"

지푸라기라도 잡는 심정이겠지. 그녀가 가진 일말의 희망을, 그는 기쁘게 짓밟았다.

"다른 제안은 받지 않겠어."

"……나머지 떨잠도?"

아름다움을 몹시 아끼는 테브스란의 황태자는 떨잠 세 개를 모두 손에 넣을 예정이었지만, 그 속내를 지금 밝힐 마음은 추호도 없었다. 더구나 지금 당장 갖고 싶은 것은 떨잠이 아니라 그녀였다.

단호한 고갯짓을 본 그녀의 눈에 절망이 스쳤다. 하기야 아무리 거래라 해도 최후의 속옷을 벗는 데에는 강력한 저항감이 있을 것이다. 게다가 경험이 없는 순결한 여자라 결정은 더더욱 쉽지 않겠지. 하지만 세드릭은 그녀가 거래에 응할 것을 확신하고 있었다.

엘레노아 사이먼이니까. 우선순위가 확실한, 상황 파악이 빠르고 계산이 확실한 사이먼 상단의 후계자니까. 세드릭은 대답을 채근하듯 그녀의 코에 입을 맞췄다.

예상대로, 오래 지나지 않아 그녀는 조그맣게 고개를 끄덕였다. 대신 이젠 태세를 바꾸어, 험한 일을 견디는 희생정신으로 거래를 수행할 모양이다. 꾹 감은 두 눈, 파르르 떨리는 속눈썹, 완전히 굳은 육체, 긴장을 풀기 위한 심호흡으로 오르락내리락하는 가슴. 그것조차 귀여워 보여서 세드릭은 피식 웃어 버렸다. 그러자 슬그머니 한쪽 눈을 실눈으로 뜬 엘레노아가 그의 얼굴을 살피며 물었다.

"으흠, 흠, 물론 거래는 거랜데…… 지, 진짜 할 거예요?"

태연한 척하는, 긴장이 여실한 목소리가 순수했다. 제아무리 백전

노장의 뱃사람이라도 첫 관계만큼은 어쩔 수 없을 테지. 즐거워진 세드릭은 그녀의 가슴과 아래를 가린 최후의 속옷을 벗겨내는 것으로 대답을 대신했다. 부르르, 날씬한 허벅지가 두려움에 떨리는 것이 만족스러웠다.

정확히 기억은 나지 않지만, 어떤 귀족 놈의 아들이 그랬다. 탱탱할수록 좋다고. 그 당시엔 저속한 말이라고 생각했는데, 활발함으로 다져진 엘레노아 사이먼의 육체를 통해 세드릭은 그것을 절감했다.

매끈한 팔이 갈 곳을 잃고 그의 목에 매달릴 때, 유독 부드러운 작은 가슴이 자신의 가슴을 스칠 때, 늘씬하고 탄탄한 다리가 세드릭의 허벅지 위에서 바동거릴 때, 탄력 있는 허리가 시트 위에서 튈 때, 동그란 엉덩이가 고간 근처에 닿을 때마다 그 말이 떠올랐다.

예상했던 것보다 훨씬 더 그녀의 육체에 열중하게 됐다. 그녀의 몸을 구성하고 있는 것이 바다인 양, 살결을 핥으면 싱그러운 바다 냄새가 났다. 그녀가 몸을 뒤챌 때 닿는 부분마다 열기가 피어올랐다. 게다가 무엇보다 신음이 근사했다.

"흣, 으읏, 응……."

느끼지 않으려 억지로 참고 있는 그녀의 입술 새로 다디단 신음이 흐르는 것이 듣기 좋았다. 더 울리고 싶었다. 쾌감을 주고 만족시키고 싶었다.

봉사받는 것이 관계의 대부분이었던 그가, 그녀를 울리기 위해 봉사하고 있었다. 머리카락이 흩어지는 것도 잊고, 온몸에 땀이 배는 것도 잊고 그녀를 달래고 얼러 그녀의 몸을 여는 데 집중하고 있었다.

어느덧 신음뿐만 아니라 꿀이 새기 시작했다.

필사적으로 매달리는 그녀가 사랑스러웠다. 자신의 긴 금발에 휘감긴 갈색 육체를 더 속박하고 싶었다. 달라붙는 단단한 몸을 품에서 놓아주고 싶지 않았다. 더 울리고 싶고, 더 느끼게 하고 싶었다. 매끈한 허벅지를 들어 올리고 성기를 댔다. 그녀가 움찔하는 것을 느꼈지만, 그는 생각할 시간을 주지 않기 위해 바로 밀고 들어갔다.

"아읏!"

달기만 하던 여태의 신음과 달리 고통 어린 신음이 흐른다. 경험이 없는 은밀한 공간은 확실히 빠듯하고 좁았다. 꿀이 부족하진 않지만, 안이 좁고 빡빡했다. 주륵 눈물이 흘러넘치는 것이 애틋해 저도 모르게 눈가에 입술을 대자, 떨리는 속눈썹이 그를 향한다.

"많이 아파?"

물으면서도 웃음이 났다. 언제 이렇게 다정하게 배려하며 관계를 가졌던가. 노는 데 익숙한 황궁의 여인들에게는 한 번도 한 적 없는 배려를 하는 스스로가 낯설었지만, 그래도 곧 세드릭은 물어보길 잘했다 싶었다.

"많이 아픈 건 아닌데……. 흣, 너무 커서 배가 이상해……. 아, 움직이지 마!"

인상을 찌푸리며 대답한 내용이 이보다 더 솔직할 수가 없다. 하기야 처음부터 뭘 잘 숨기는 타입은 아니었다. 매끄러운 다리를 활짝 벌리고, 소중한 곳에 남자를 한가득 품고 하는 말이 저 모양이라니, 이 귀여운 아가씨를 어떡하면 좋을까.

깍지 낀 오른손에 힘이 들어갔다. 고간도 부쩍부쩍 힘이 들어갔다. 안에서 세드릭이 부푸는 것을 느꼈는지, 안 그래도 찌푸린 얼굴이 한층 더 일그러진다.

"안 돼, 더 커지면, 으, 아냐, 안 돼, 배가 이상해, 으읏……."

이 맹랑한 아가씨가 자신의 아래에서, 자신 때문에 흐트러진다는 쾌감이 지나치게 강했다. 게다가 마치 유혹하는 듯 연신 자신의 상태를 알리는 것이 너무나 자극적이어서 자칫하면 그대로 이성을 잃을 것 같았다.

그는 숨을 고르며 슬그머니 성기를 물렸다. 밝은 달빛으로, 그녀가 처녀라는 증거가 여실히 묻어 나온 것이 보였다. 핏줄이 서고, 흉악할 만큼 두드러진 성기를 얼른 다시 그녀의 안에 묻었다. 아까와는 달리, 이번엔 부드럽게 그의 것을 감싸려 그녀의 안이 꿈틀거렸다.

첫 경험이고, 그가 다소 서두른 통에 고통이 아예 없을 수는 없을 것이다. 하지만 그럼에도 어느덧 그녀의 신음에 단내가 묻어 나오기 시작했다. 그의 물건은 빈말로도 작다고 할 수 없음에도 이렇게 서로 잘 맞을 수가 없다.

서로 바닥없는 꿀의 늪이군, 두 번은 안 되겠어.

그렇게 단정하며 세드릭은 한 손으로 그녀의 허리를 단단히 붙잡았다. 깍지 낀 손도 마저 빼려는데, 그녀의 손이 얼른 쫓아와 그 손을 휘감았다.

“안 돼! 소, 손……. 잡, 잡을 게 필요해…….”

앞으로 뭐가 닥칠지를 아는 모양인지, 울상으로 그녀가 그 손을 끌어당겼다. 황태자라는 신분, 그래서 피임이 필수라는 의무를 잠시 떠올리던 세드릭은, 곧 이를 악물고 그녀의 안을 내달리기 시작했다.

……그리고 집사장에게 방해받았다.

불쾌한 것도 불쾌한 것이지만, 한창 하던 중에 식어 버려 그나 그녀나 둘 다 어색하기 짝이 없는 상황이었다. 이걸 더 해, 말아. 잠시 고민했지만, 그의 머릿속에 다시 한 번 같은 말이 떠올랐다.

맛있었지.

남은 와인을 마시고 그는 성큼성큼 침대로 다가갔다. 눈만 이불 밖으로 내놓고 그의 동정을 살피던 그녀가 화들짝 놀라 이불을 뒤집어썼지만 그는 이불을 벗기고 그녀를 끌어안았다.

"아, 아까 했잖아! ……요!"

정신이 돌아왔는지 요 자가 붙는다. 아직 바르작바르작 품 안에서 저항하는 몸을 꾹 끌어안고 세드릭은 귓가에 속삭였다.

"한 번도 다 안 했어."

"한 번?"

"하다 말았으니까."

"하지만 계속 이러고 있으면 언제 조사해……."

아깐 그렇게 달아올라 세드릭의 품 안에서 신음하더니, 이젠 다른 생각으로 작은 머리통이 꽉 차 있다. 심술이 돋은 그는 말없이 그녀의 입술을 덮었다.

이번에는 제법 코로 숨을 쉬고 있다. 혀를 밀어 넣자 반사적으로 착 달라붙는 작은 혀를 씹어 먹고 싶다. 차갑게 식었던 두 육체가 달아오르는 데는 그리 오랜 시간이 걸리지 않았다. 이미 잔뜩 벌어졌던 그녀의 은밀한 곳은 금세 그의 물건을 품고 조이기 시작했다. 경험 자체가 처음이니 본능적인 반응일 테지만, 딱 그가 원하는 정도로 조여 주고 놓아주는 것이 만족스러웠다.

그리고 세드릭은 태어나서 처음으로, 자신의 신분을 잊고 그녀의 몸에 자신을 풀어 놓았다.

새벽까지 시달리다가 겨우 눈을 붙였다. 꿈도 안 꾸고 죽은 듯이 자고 있던 엘레노아는 어느 순간 커다란 손이 자신의 어깨를 잡고 흔들고 있다는 것을 알았다. 하룻밤 새 익숙해진 체온 때문에 인식하기가 쉽지 않았다. 눈꺼풀을 들어 올리기도 쉽지 않았지만 어떻게든 일어나 보겠다고 끙끙댈 때였다.

"언니 안 찾을 건가?"

눈이 번쩍 뜨였다. 놀라 벌떡 일어나 앉은 그녀는 이불이 스르륵 몸의 굴곡을 타고 흘러내리는 것을 알지 못했다. 그녀를 깨우던 '버나드 기든스'가 어울리지 않게 멈칫하는 것도 알아챌 정신이 없었다.

"찾을 거야! 찾을, 찾을 건데……."

내가 베스 이야길 이 인간에게 했던가? 이불은 추스를 생각도 못하고 입을 떡 벌린 그녀와 남자의 시선이 맞았다. 잠시 멈칫하던 그가 곧 연습한 부드러운 미소를 꾸며 냈다.

"사이먼 상단에서 배 타는 여자가 찾을 사람이라면 최근에 실종된 그 언니 하나뿐이지."

결국 이쪽의 목적은 다 까발려졌구나. 어깨에 들어갔던 힘을 풀며 엘레노아는 풀썩 침대에 드러누웠다. 아직 몸이 나른하고 무거웠다. 긴장 풀린 어깨도 추웠다. 주섬주섬 이불을 끌어당기다가, 그제야 그녀는 자신의 어깨에 닿은 남자의 시선을 느낄 수 있었다.

"왜요?"

그녀가 아무렇지 않게 이불을 두르며 묻는 것을 보고 남자가 기가 찼다. 저건 모르는 척이 아니라 완전히 모르는 거다. 심지어 첫날밤을 치르고도.

제아무리 둔한 여자도 첫날밤을 치르고 나면 자신을 성적으로 보는 남자의 시선은 어느 정도 눈치챈다. 게다가 그녀는 10년 넘게 배를 탄 사람이다. 남자의 음욕 가득한 시선을 한 번도 받아 보지 못했다는 건 거짓말일 텐데, 지금 그의 앞에서 하는 행동은 순진 그 자체다. 굉장히 음란한 생각으로 그녀의 어깨와 가슴을 시선으로 더듬었다는 것은 본인이 가장 잘 알기에 더더욱 믿기 어려웠다.

"대체 배에선 어떻게 버틴 거지?"

"뭘 버텨요?"

눈 동그랗게 뜨고 이불 속으로 꼬물꼬물 파고드는데, 그 위를 그대로 덮치고 싶은 욕구의 열기가 슬금슬금 아랫배부터 전신으로 퍼진다. 남자는 심호흡으로 욕구를 누르며 다시 물었다.

"배에서 덮치는 놈들은 전혀 없었나? 그렇게 오래 배를 탔는데?"

"아, 아아, 그거."

순간 얼굴빛이 흐려진다. 있긴 있다는 뜻이다. 다른 의미로 화르륵 열기가 오르는 것을 외면하며 남자는 몸을 뒤로 물렸다. 나풀거리며 자신의 금발이 흩어졌다 모인다. 제자리로 돌아오는 머리카락은 언제나 부드럽지만, 오늘은 그것을 즐길 새도 없었다.

"……여섯 살 때 딱 한 번 있긴 했는데, 아저씨가 도와줘서……."

아저씨? 그건 또 무슨 놈팡이지? 세드릭의 미간에 주름이 잡혔다. 오랜 시간 연습한 덕분에 그 표정조차 아름다웠지만, 둘 다 거기에 신경 쓸 겨를이 없었다. 그는 경험한 적 없는 질투의 분노를 숨기느라, 그녀는 그때의 고통을 애써 숨기느라.

"아저씨? 무슨 아저씨?"

"아, 뭐……. 그냥 도와준 사람. 그 일 이래로 나를 건드리면 배 못 탄다는 걸 다들 알아서, 그 뒤론 없었어요. 근데 왜요?"

"……그대를 건드리면 배를 못 탄다니, 그건 무슨 뜻이지?"

"그런 것까지 알려 드릴 필요는 없을 거 같은데요?"

엘레노아는 애써 웃었다. 그 화제에 대해 더 이야기하고 싶지 않았다. 그로 인해 아저씨를 알게 된 것은 기쁘지만, 거기에는 사이먼 상단 최대 비밀이 직결된 데다 무엇보다 마냥 좋은 기억이지는 않으니까. 하지만 어제와 달리 남자는 유난히 집요했다.

"배를 못 탄다는 건 물론 동양에 못 간다는 뜻이겠고, 얼버무리는 걸 보니 아저씨란 놈이 같은 배를 타는 건 아닌 모양이지? 그럼에도, 그 이후에도 그대에게 손을 못 댄다는 건 그놈이 출항 후에도 손을 쓸 수 있다는 뜻이겠고. 흠, 제법 능력이 있는 놈인가 보군. 출항 후에도 힘을 쓸 수 있는 아저씨라……. 어쨌든 그놈 덕분에 순결을 지켜 왔다는 건데. 그때 덮쳤던 놈은 어떻게 처리했지?"

대놓고 중얼거리는 말을 듣다가 반사적으로 그때의 일을 떠올렸다. 움찔, 몸이 떨리는 것을 숨기기 위해 입술을 꾹 깨물고 대답할 말을 찾던 그녀는 결국 울컥하고 말았다.

"그 얘긴 그만하라니까요. 좋은 얘기도 아닌데 뭘 그렇게 캐고 있어요?!"

"궁금하니까. 좀 화가 나기도 하고."

남자가 작은 목소리로 중얼거리듯 덧붙인 말은, 분노한 그녀의 귀에 닿지 않았다.

"와, 미치겠네. 당신은 궁금하면 무조건 다 물어봐요?"

"굳이 안 물어보고 전전긍긍할 필요도 없잖아?"

"다들 대답 잘 해 주던가요?"

"당연한 걸 묻는군. 그러니 대답해. 그대를 덮친 놈은 어떻게 처리했지?"

엘레노아는 되레 무슨 문제 있냐고 마주 쳐다보는 남자의 얼굴을 확인하고 기가 막히고 말았다. 저 남자는 진심으로 자신이 물으면 당연히 대답해야 한다고 생각하는 것이다.

남자만 그녀의 정체를 파악한 것은 아니다. 그녀 역시 남자의 정체를 간파한 뒤였다. 하지만 그래도, 이건 아니지. 치솟는 분노를 참느라 움켜쥔 주먹이 부들부들 떨렸다. 그에 관해 더 말하고 싶지도, 상대하고 싶지도 않았다. 하지만 너무 화가 나서, 한마디 하지 않고는 견딜 수가 없었다.

"나는 대답하기 싫어요. 자꾸 생각나니까. 그러니 그런 무례한 질문은 그만하세요."

"왜 말 안 하겠다는 거지? 그리고 그 질문의 어디가 무례한 건지도 이해하기 어렵군."

그녀의 숨이 가빠졌다. 정말 알 수 없다는 얼굴로 마주 보는 남자를 후려쳐 주고 싶은데, 그럴 능력이 안 된다는 것이 괴로워 몸서리가 쳐졌다. 결국 대항할 무기는 말뿐. 와들와들 떨리는 몸을 방치한 채로, 그녀는 대답했다.

"내가 귀족의 딸이었어도, 그따위 질문 할 수 있어요?"

"뭐?"

"내가 귀족의 딸이어도 똑같이 질문할 수 있느냐고요. 너 전에 남자가 덮쳤다며, 그 새끼 어떻게 처리했냐, 하고 그 면상에 대고 말할 수 있냐고!"

그녀가 버럭 소리 지를 때, 세드릭의 눈동자에 이채가 비쳤다. 하지만 현명하게도 남자는 그 이상 입을 열지 않았다.

"이 세상에 귀족 딸들만 있는 줄 아나 본데, 유감스럽게도 평민이든 창녀든 여자는 여자야. 사람이라고! 이야기하기 싫은 걸 안 할 권리는 나한테도 있어. 그동안 당신 주변 사람들은 묻는 대로 다 대답해 줬나 본데, 나는 아냐, 나는 절대 안 할 거야. 당신이 아니라 당신 아버지가 와도 난 대답 안 해, 알겠어?!"

엘레노아는 분연하게 일어났다. 알몸이 드러나는 것도 개의치 않고 침대를 벗어나, 전날 하녀장이 놓아두고 간 옷들을 챙겨 입었다. 얼굴을 두어 번 문지르고 가발을 정리한 뒤 문손잡이를 잡은 그녀는, 황당해하며 자신을 바라보는 남자에게 한마디 더 덧붙이고 말았다.

"니들이 무식하고 난잡하다고 무시하는 뱃놈들도 남의 상처 헤집는 짓은 안 해, 이 칸디루 같은 인간아!"

05
또 다른 위기

제레미는 아침 샤워를 즐기고 있었다. 물에 젖은 머리카락은 더 빨개 보였고 흰 피부에 주근깨가 더욱 두드러졌지만, 지금 자신의 외형은 상관없었다. 스트레스의 원흉이 없다는 것 하나만으로도 세상은 참으로 살 만한 것이 되었으니까!

샤워기에서 쏟아지는 물이 상쾌했다. 등으로는 그 물을 맞으며, 제레미는 눈을 감고 샤워 타월을 몸에 벅벅 문질렀다. 입에서는 절로 노래가 흘러나왔다.

"우리 지입에~ 용 이일곱~ 사~이좋게 사알았는데~ 한 마리 죽고~ 두 마리 죽고~ 팔딱팔딱 몸부림치네~ 세엣째 죽고 네엣째 죽고 다서 여서 다 죽었는데~ 일곱째만 살아남아서~ 엉엉 울다 미쳤더래요~. 우리 지입에~."

"무슨 그런 정신병자 같은 노래가 다 있나?"

"으아아아아아아악!"

어디선가 원흉의 목소리가 들려, 제레미는 깜짝 놀라 거품이 잔뜩 난 샤워 타월부터 집어 던졌다. 빌어먹을 원흉은 가볍게 몸을 돌려 그것을 피해 낸 뒤 미간에 살짝 주름을 잡았다. 그 연습한 표정을 보고 있으려니 당장 속이 울렁거렸다.

"뭐, 뭡니까!"

"그 노래, 뭐냐고."

"뭐냐니, 그냥 어릴 때 부르던…… 으아?"

뼛속까지 새겨진 하인 본성 때문에, 제레미는 반사적으로 대답하며 주위를 둘러보았다. 황궁이라기엔 너무 초라하고, 마법사의 탑이나 황태자궁에 있는 자신의 방이라기엔 화려하다.

"여기가 어딥니까?"

"니이만 백작 저택 별채 안 손님방."

"제가 왜 여기 있습니까?"

"내가 불렀으니까."

"……뭐로요?"

원흉 새끼가 타고 남은 스크롤 조각을 흔들어 보였다. 헉. 저 비싼 걸. 제레미의 눈이 순식간에 세모꼴이 되었다.

"즈으으언하아아아아! 제가 그걸로 저 부르지 말라고 백 번도 더 말씀드렸잖아요! 사람을 보내라고요, 사람을! 하다못해 늘 끌고 다니는 기사단도 있으면서 왜 항상 그 비싼 스크롤로 저를 시도 때도 없이 부르시는 겁니까아아아아아! 발 빠른 기사단 항상 데리고 다니시잖아요! 사람을 쓰시라고요!"

"이게 더 빨라. 그리고 걔네는 날 지켜야지."

천연덕스럽게 대답한 원흉은 스크롤 조각을 바닥으로 떨어뜨렸다.

그리고 머리카락을 안락의자 등받이 뒤로 펼치더니, 의자에 앉아 몸을 흔들기 시작했다. 그 모습을 멍청하게 입을 벌리고 쳐다보던 제레미가 겨우 물었다.

"저기요, 전하, 누가 누굴 지킨다고요?"

"날 위해 있는 기사단이 날."

"……왜요, 그냥 벼룩의 간을 내 드시지."

미간이 꿈틀한다. 아, 너무 나갔나? 제레미는 움찔했지만 도리어 가슴을 쭉 폈다. 왜! 뭐! 어쩌라고!

"그 스크롤이 웬만한 기사 월급 5년치인 건 아십니까?"

"또 만들면 되잖아."

"만들기 쉬운 게 아니라고 제가 수백 번 말씀드렸잖아요! 그거 하나 만드는 데 마법사가 몇 명이나 필요한지 아세요? 그거 한 장 받아 오려고 제가 탑에서 어떤 수모를 겪는지 아시냐고요! 제가 만드는 것도 못 하게 하고 매번 받아 오라고 시키면서!"

"몸이나 좀 가려. 보기 흉해."

팔팔 뛰던 제레미는 그제야 시선을 내리고 자신이 알몸이란 것을 자각했다. 그랬다. 본인은 황태자 없는 황궁에서 행복한 샤워 중이었지. 하여튼 가지가지 하는 주인이다. 제레미는 수치와 분노로 찔끔 흐른 눈물을 보란 듯이 닦아 내며 주위를 두리번거렸다. 황태자가 세안용으로 썼는지 탁자 위에 축축한 수건이 하나 있다. 그걸로 목욕 거품을 대충 닦아 내는 사이 그의 주인이 용건을 끄집어냈다.

"칸디루가 뭔지 알아 와, 오늘 밤 11시까지."

"……칸 뭐요?"

"칸디루."

"그게 뭡니까?"

"바다 생물? 물고기? 그쪽일 거야. 알아 와."

"그런 거면 저보다 단장님이 시장 한 바퀴 돌면……."

"단장은 날 지켜야지."

"그렇지만 설마 그거 하나 때문에 샤. 워. 하. 던. 절 부르신 겁니까? 스. 크. 롤. 까지 이용해서?"

그게 뭐 어때서, 라는 시선으로 이쪽을 바라보는 원흉의 입에 주먹을 처넣고 싶은데, 신분이 죄고 힘없는 게 죄다. 제레미는 눈물을 머금고 고개를 끄덕였다.

"아 예, 예. 누구 명령이라고. 오늘 밤 11시까지라고요. 제길, 도서관을 뒤져야 하나."

"알아내서 11시까지 이리로 와. 밤에는 따로 할 일이 있다."

갑자기 목소리가 진지해진다. 제레미도 이번엔 말대꾸 없이 고개를 끄덕였다.

"저, 여기서 일단 나가야 할 거 같은데요. 뭐 여분 옷 없으세요?"

"여분 옷은 있지만……."

드물게 원흉이 말끝을 흐린다. 거품을 닦아 낸 수건을 탁자 위에 올려놓았던 제레미는 그 말에 자신이 옷을 빌리려던 상대가 누구인지를 새삼 깨달았다. 원흉의 얼굴에도 '니가?' 하는 비웃음이 걸려 있었다.

"전하 옷 빌려 달라곤 안 할 테니까 뭐 다른 옷이라도."

"저어기, 주인 잃은 하녀복은 하나 있는데."

제레미의 주인, 이 나라에서 가장 아름답다고 정평이 난 황태자가 우아하게 손가락을 들어 침대 부근을 가리켰다. 거기엔 정말로 하녀복이 하나 내팽개쳐져 있었다.

"에이 설마, 저걸 진짜 입으라고요?"

제레미는 입을 떡 벌리고 다시 자신의 주인을 돌아보았다. 그 기품 가득한 얼굴엔 명백한, 우아한 비웃음이 걸려 있었다.

"저, 전하, 저건 좀……. 제발, 기사님들 옷이라도 좀 빌려주세요!"

"성실히 임무를 수행하고 있는, 나를 위해 몸 바치는 기사의 옷을 빼앗으라고? 아아, 안 되지, 안 돼. 벼룩의 간을 내먹을 순 없잖아. 안 그래, 제레미?"

"저도 전하 심부름 하는 거라고요!!!"

"경중이 다르잖아, 경중이."

뻔뻔한 얼굴로 황태자가 빙긋 웃었다. 나쁜 새끼, 결국 아까 내가 한 말 때문이구나. 하고 싶은 말을 못 참는 성미 때문에 늘 원흉에게 당해 온 제레미는, 다시 따끔따끔해 오는 위 부근을 문지르며 힘없이 대답했다.

"아, 예, 그러시겠죠. 그러시고말고요."

몸 상태가 좋지 않았다. 엘레노아는 걸레로 복도를 문지르며 나른한 한숨을 내뱉었다. 아래는 얼얼하고, 속에도 이상하게 열기가 남아 있다. 제대로 잠을 자지 못해 머리도 멍하고, 피부도 잔뜩 예민해져 있다. 몸이 왜 이러지, 중얼거리던 그녀의 뺨이 순식간에 붉어졌다. 원인이 너무나도 명백해서.

오늘 아침 한바탕한 뒤라 남자가 거래를 깨는 것은 아닐까 조금 걱정했다. 하지만 남자는 집사장을 불러 그녀를 하녀로 두고 싶다고 지목해 주었고, 의심의 눈길을 완전히 거둔 집사장도 순순히 그렇게 해 주겠다고 대답했다. 덕분에 일 단계는 완료한 셈이다. 이제 어떻게 해야 그들의 비밀에 접근할 수 있을까. 그녀는 걸레로 바닥을 문지르며, 열이 오른 얼굴로 고심했다.

그녀가 이곳에 하녀로 들어온 것은, 여자들이 납치당한 곳곳에서 문양을 단 마차를 보았다는 증언이 있었기 때문이다. 납치가 진행될수록 점차 짐수레를 쓰는 듯했지만, 그중 베스 실종일에 근처에서 보였고, 또 가장 빈번한 증언이 나오는 문양이 니이만 백작의 것이었다.

그 많던 여자가 다 어디로 갔을까. 난교 파티? 그럴 리 없다. 만약 납치한 여자들을 단순히 난교 파티에서 데리고 놀았다면 어제 베스가 있었을 테니까. 하지만 어제 살펴본 여자들은 모두 팔다리며 피부가 매끈하게 관리되어서 평민이나 시장통에 거주하는 창녀로는 보이지 않았다. 파티를 위해 불려온, 소위 고급이라 일컬어지는 밤의 장미들이겠지.

이상한 것은 한 가지 더 있다. 아무리 서자들이 거주한다 해도 이만큼 큰 별채다. 마땅히 하녀들이 상주해야 할 텐데, 지금 이 별채에 남아 있는 것은 집사장, 하녀장, 엘레노아 셋뿐인 것 같다. 필요하면 본채의 하녀 중 몇몇이 왔다 가는 듯하다. 분명, 여기에 난교 파티보다 더 큰 비밀이 있다. 거기에 베스의 단서가 있을 거야. 그녀는 입술을 꾹 깨물었다.

비밀에 접근하려면 탐색할 여유 시간이 필요한데 버나드 기든스는 외출을 해 버렸다. 그래서 그녀는 조사도 못 하고 버나드가 쓰는 손님 방 앞 복도를 윤이 나게 닦고 있는 것이다.

걸레를 쥐고 있던 그녀의 손이 움찔했다. 어젯밤의 일이 다시 생각났기에.

아무리 거래라지만……. 아니야, 어쨌든 그 인간은 약속을 지켰어. 거래는 성립했어. 그러니까 더 생각하지 말자. 거래잖아! 신의가 생명이라고. 하지만 그래도 나 너무 쉽게 다, 음, 다리…… 벌린 거 아냐? 허, 내가 그랬다고? 아냐, 그래도 저항할 만큼 했어, 진짜로. 그 이상 어떻게 저항해? 나 단검까지 빼 들었지만 힘도 기술도 안 됐잖아. 실제로 바로 제압당했고. 꼼짝도 못 하고 눌렸다고. 그런 데다 그건 성립한 거래였잖아. 응, 거래는 성립했다고.

애써 머리를 흔들어도 어젯밤의 일은 그녀의 머릿속을 떠나 주지 않았다. 18년 인생에서 가장 충격적인 사건이었으니까. 원래 엘레노아 사이먼은 어릴 때부터 사내아이처럼 큰 덕에, 보통 여자들이 갖는 첫 경험에 대한 기대와 설렘 따위는 갖고 있지 않았다. 자유분방한 뱃사람이기에 특별히 순결을 지켜야 한다는 생각도 없었다. 버나드가 그녀를 내리눌렀을 때 저항한 것은, 원하지 않는 행위에 대한 것이었다. 누구도 그녀의 허락 없이 그녀를 가질 수는 없었다. 어젯밤의 행위도, 거래로써 자신이 동의했기 때문에 후회를 하고 있지는 않았다.

그런데…… 거래는 거래로 끝나야 하는 법인데, 자꾸만 생각이 났다. 기억이 맴돌았다. 자신의 행동, 버나드의 행동을 곱씹게 됐다. 애써 지우려 해도 또 떠오른다. 끝난 거래야, 그렇게 반복해서 중얼거려도 끈질기게 달라붙어 전날 밤을 떠올리게 한다.

머릿속이 복잡하고 어지러웠다. 잊고 싶어도 떠오르는 것은 넓고 듬직한 가슴, 그걸 지우면 떠오르는 자신의 입술을 폭 덮던 매끈한 입술. 머리까지 흔들어 그 생각을 떨치면 이번엔 아래를 파고들던 그의 무기가 생각난다. 저도 모르게 숨이 멎은 그녀는 억울해졌다.

왜 나만 이런 생각을, 왜 나만! 그놈은 아무렇지 않아 보였는데!

걸레질을 하는 손길이 거칠어졌다. 그녀는 이를 앙다물고 복도를 벅벅 문지르기 시작했다.

잊을 거야. 완전히 잊을 거야. 잊고, 베스를 찾아서 집으로 돌아가는 거야. 사이먼 저택으로. 나는 개에 물린 거야. 응, 그런 거야. 그러니까 베스를 찾자. 괜찮아, 버나드 기든스도 오래 체류할 거라 했으니까. 응, 괜찮아.

그렇게 스스로를 다독이는 사이 복도 하나가 끝이 났다. 아픈 허리를 펴고 툭툭 두들기며 뒤를 돌아선 순간, 눈앞에 들이대진 집사장의 얼굴에 그녀는 식겁하고 말았다.

"헉!"

그 지랄 맞은 거래에 몸 바친 덕분에 의심은 거두었다고 생각했다. 그런데 설마 아직도 의심하고 있는 건가? 그녀는 긴장하며 머리를 조아렸다. 하지만 집사장에게선 의외로 호의적인 말이 흘러나왔다.

"깨끗하게 잘했군."

"감사합니다!"

안심하고 웃으며 고개를 들었다가, 날카로운 시선에 후다닥 고개를 숙였다. 원래 눈매가 저런 건지도 모르겠다. 다시 머리를 조아리는 그녀에게, 집사장이 엊그제보다 누그러진 말투로 말을 붙인다.

"오늘 밤, 기든스 님의 방을 빠져나올 수 있겠나?"

"네?"

"일손이 부족해. 그리고 버나드 기든스 님은 물론 훌륭한 분이시지만, 니이만 백작님의 사돈의 팔촌의 육촌. 네 팔자를 펴고 싶다면, 파티에서 다른 분을 꾀는 게 나을 것이야."

그러니까 이 집사장은 '데이지 카민'이 다시 한 번 그 파티에 참여하길 바라는 거다. 함락시킬 수 있는 귀족이 있으면 함락시키라는 조언까지 얹어서.

엘레노아는 잠시 망설였다. 베스가 그 난교 파티와 무관한 이상, 거기에서 얻어 낼 것은 없다. 그 파티 자체도 혐오스럽고, 전날의 기억도 끔찍했다. 두 번 다시 가고 싶지 않았다. 그렇지만 안 간다면 도로 의심을 살 터였다. 어떻게 해서든 신뢰를 얻어 이 저택에 하루라도 더 오래 머물러야 한다.

결심한 그녀는 수줍은 듯 배시시 웃으며, 그런 자신의 모습에 올라오는 토기를 참으며 고개를 끄덕였다.

"예, 기꺼이 갈게요, 집사장님."

버나드 기든스는 저녁 시간까지도 돌아오지 않았다. 엘레노아는 자신이 그를 기다리고 있었다는 것을 깨닫고 가만히 한숨을 내쉬었다.

이러니저러니 해도 은근히 기대하고 있었나 보다. 그 위험한 곳에 다시 들어가야 한다는 것이 꺼려졌기 때문에, 그가 거래의 덤으로 도와주지 않을까 하고. 하지만 이렇게 외출해서 코빼기도 안 보일 줄이야. 답답했지만 그녀에게 다른 방법은 없었다.

버나드 기든스는 종종 그렇게 외출을 했었는지, 시간이 되자 집사장은 아무렇지 않게 그녀를 불러냈다. 마음을 가다듬고 그 뒤를 따르며, 파티장으로 가는 길을 기억하려 안간힘을 썼다. 이번에야말로 그곳은 사지였다.

그녀도 안다. 세드릭이 얼마나 신사적이었고 부드럽게 해 주었는지. 무경험의 엘레노아라 해도, 첫 경험이 고통을 수반한다는 지식 정도는 가지고 있다. 하지만 그녀의 첫 경험은 달랐다. 닿는 피부는 다정했고, 온기는 안심이 됐고, 단단한 가슴은 의지가 됐다. 처음 삽입할 땐 좀 아팠지만, 배가 꽉 찬 느낌을 줄 만큼 부풀어 오른 것이 들어온 것치곤 고통도 크지 않았다. 아픔이 오래가지도 않았다.

그에 비해 약에 절어 있던 그 귀족들은…….

혹시 베스인가 하고 유심히 쳐다봤던 여자들을 떠올리며 그녀는 입술을 깨물었다. 숨도 제대로 쉬지 못하고 남자의 것을 앞으로 뒤로 받아 내며 쾌감에 울던 여자. 향에 취해, 성욕에 취해 게슴츠레 눈을 뜨고 알몸으로 남자들에게 유린당하던 여자.

……나도 그렇게 되는 걸까. 나도 그렇게 강간만 당하고 끝나는 건 아닐까.

불안감이 급습했다. 그럼에도 걸음을 늦출 수가 없었다. 벌써 파티장 문 앞이었다. 뒤를 돌아보는 집사장의 얼굴에는 만족한 기색이 역력했다. 그는 정말로 '데이지 카민' 이 그 구렁텅이에 기쁘게 들어갈 것이라 믿는 듯했다. 기대대로 '데이지 카민' 은 빙긋 웃었다. 이제부터 자신은 귀족 도련님을 꾀어 신분 상승하려는 하녀가 되어야 했던 것이다.

방 안으로 들어가자, 마스크를 쓴 하녀장이 향을 피워 올리는 것이 보인다. 그것을 니이만 백작의 서자 중 이 별채에 거주하는 셋째와 넷째가 가면 너머로 멍하니 지켜보고 있었다. 파티 시작도 전에 매가리가 없는 두 주인에게 말 한 마디 붙이지 않은 하녀장이 뒷걸음으로 파티장에서 물러났다.

정확하게 10시. 파티는 시작됐다.

미혼향과 최음향이 각각 전날의 두 배. 파티 마지막 밤이니 모든 증거를 다 소진하려는 모양이다. 그 때문인지 반응은 빨랐다. 창문 하나 없는 방 안은 순식간에 매캐한 연기로 가득 찼다. 그에 맞춰 열기가 차오른다. 위엄 있는 척 정장과 드레스, 가면을 착용하고 있던 손님들의 몸이 허물어지듯 내려앉았다.

푹신한 쿠션 아래 쓰러진 귀하신 분들은 아직 이성이 남아 있는지 옷을 벗어 던지지 못하고 있었다. 그때 집사장이 밤의 장미들을 들여보냈다. 눈만 가리는 나비 가면을 쓴 밤의 장미들은 하나같이 알몸이었다. 사용 빈도가 잦아 거무스름한 남자의 것이며 털을 정리해 민둥민둥한 여자의 것이 가리지 않고 드러난 채 귀한 몸들 사이를 파고든다.

그들은 남녀를 가리지 않고 다가앉아 부드럽게 손을 뻗어 입술을 댔다. 본래 몸을 파는 존재이기도 하지만, 이미 옆방에서 최음향을 한차례 맡고 들어왔기에 거리낌이라곤 조금도 찾아볼 수 없었다. 그에 맞춰, 귀하신 분들이 찢어발기듯 스스로 옷을 벗고 서로에게 엉겨들기 시작했다.

보고 싶지 않아.

시중을 위해 벽에 붙어 모든 것을 지켜보던 엘레노아는 잠시 눈을 감았다 떴다. 단단히 잡아맨 마스크 사이로 향이 스며들었다. 처음엔 눈치채지 못했다. 밤새 남자에게 시달렸기 때문에 안 그래도 아래가 얼얼하고 열감이 있었기 때문이다. 하지만 어느 순간 아래쪽의 열감이 강해져 마스크가 소용없다는 것을 깨달았다.

더 절망스러운 것은, 아까 밝은 조명 아래 본 파티장 안에는 무엇인가를 숨길 만한 공간 하나, 빠져나갈 공간 하나 없었다는 점이었다. 버나드 기든스가 누워 있던 알코브를 제외하면 감출 곳이라곤 전혀 없어 보였다. 이제 그만 나가고 싶은데 밖에는 집사장이 기다린다. 여기 계속 있자니 향에 휘말릴 것 같다. 어떻게 해야 할까. 스스로도 대책 없다는 생각이 들었다. 어쩌자고 마스크 하나만 믿고 들어온 걸까.

다음엔 준비를 더 잘 해서, 더 잘 알아내서 잠입하자. 다음이 있다면의 이야기지만.

몽롱해지는 정신을 잡기 위해 잠시 심호흡을 한 그녀는 곧 눈을 부릅떴다.

아니, 다음이 없다면 만들어야지, 무슨 개소리야. 엘레노아 사이먼, 여기가 바다라고 생각해 봐. 이대로 빠져 죽을 순 없잖아! 안 그래?!

흐려지는 시야로 자신 외의 다른 하녀가 없다는 것을 확인한 그녀는 주저 없이 하녀복 치마를 걷어 올렸다. 그리고 단검을 꺼내 왼쪽

팔뚝을 그어 내렸다. 향으로 흐려진 정신은 정도를 가감할 줄 몰랐고, 팔의 상처에서는 피가 줄줄 흐르기 시작했다.

고통 덕분에 가출 직전이던 정신과 시야가 돌아왔다. 단검을 도로 숨기고 치마를 정리한 그녀는 눈에 띄지 않도록 네 발로 기어 문으로 향했다. 여자 손톱에 상처를 입어서, 몽롱한 와중에 놀라 도망 나왔다고 둘러댈 생각이었다.

어차피 버나드 기든스가 여기 며칠 더 머물 거라고 했으니까 이 자리만 피하면 돼. 괜찮아. 그렇게 스스로를 다독이며 그녀는 열심히 기었다. 팔뚝을 타고 흘러내린 피가 손바닥을 축축이 적셔, 바닥을 짚을 때마다 손바닥 자국이 났다.

한참 잘 기어가고 있는데, 느낌이 이상했다. 어쩐지 굉장히 조용하고, 서늘한 느낌이 났다. 슬쩍 고개를 돌려본 그녀는 그 자리에 얼어붙었다. 파티장 안에 있는 모든 사람의 시선이 그녀에게 향해 있었던 것이다.

숨도 못 쉬고 얼어붙은 그녀의 뒤에서 누군가가 움직였다. 반사적으로 홱 고개를 돌리자, 살이 피둥피둥한 남자 하나가 바닥에 묻은 피를 할짝대기 시작하는 것이 보였다.

설마, 피 때문인가?!

애초에 평민이다. 난교 파티 따위 본 적도, 해 볼 일도 없는 사람이다. 그런 그녀가 난교 파티의 금기를 알 리가 없었다. 특히 향까지 피워 놓고 정신 놓는 파티의 금기를.

사이먼 상단은 매번 미혼향을 동양에서 들여왔다. 테브스란의 미혼향에 이미 면역이 된 테브스란의 귀족들은 희 제국의 미혼향에 빠르게 반응했고, 거기에 최음향이 섞이면 어느 때보다도 강한 쾌락을 얻을 수 있어 희 제국의 것을 선호했다. 매입을 담당하는 이들은 그 사실을 잘 알고 있었지만, 미혼향이 최음향과 함께 팔리고 있기에 엘레노아에게 굳이 자세한 정보를 알려 주지 않았던 것이다.

안 그래도 효과 좋은 미혼향과 최음향은 조금만 과하게 피워 올려도 금세 테브스란 사람들의 광기를 자극하곤 했다. 특히 오늘같이 양이 두 배인 날, 평소보다 사람이 많은 날은 두말할 나위가 없었다. 그리고 성적 쾌감에 젖기 직전 피비린내를 맡은 귀족들은, 이제 쾌감이 아니라 피를 찾아 헤매기 시작했다.

벌거벗은 여자가 엘레노아의 팔을 꽉 붙잡고 정신없이 핥아 댔다. 떨쳐 내기 무섭게 타이츠를 벗다 만 남자가 그녀의 손을 잡고 깨물기 시작했다. 정신을 놓은 인간의 턱 힘은 무지막지했다.

"아아악!"

비명을 참을 수가 없었다. 이미 베인 상처에 송곳니가 정확하게 파고들었다. 팔에서 시작된 고통은 순식간에 온몸으로 퍼졌다. 그녀가 고통으로 몸부림치는 사이, 팔에 두 남자가 더 달려들어 핥기 시작했다.

"놔, 놓으란 말이야!"

세 남자에게 잡힌 팔은 도무지 빠지지 않았다. 상처가 벌어져 피가 줄줄 흘러내렸다. 생리적으로 눈물이 흘렀지만 닦을 새도 없었다. 상처 난 팔을 차지하지 못한 다른 인간들이 다른 팔이며 다리에 달려들어 마구잡이로 깨물기 시작했던 것이다.

고통으로 눈물을 흘리던 엘레노아는 이를 악물었다. 이대로 당할 수만은 없다. 상황 봐줄 때도 아니다. 그녀는 온 힘을 다해 오른팔에 매달린 사람들을 뿌리치고 단검을 꺼냈다.

"비켜!"

차라리 사정없이 죽여 버리면 편할 텐데 그럴 수도 없다. 상대를 죽이지 않기 위해서는 엄청난 집중력을 필요로 했다. 왼팔은 이제 감각이 없었다. 마스크는 눈물로 흠뻑 젖었다. 대여섯 명을 칼로 그어 겨우 떼어 놓자, 나머지 인간들이 상처 난 인간들에게 달려든다. 끄아악, 돼지 멱따는 듯한 비명이 연신 방 안을 울렸다.

헉헉거리며 겨우 몸을 지탱하고, 앞치마 자락으로 눈물을 닦아 냈다. 이미 미혼향과 최음향은 스며들었고, 왼팔은 너덜너덜했다. 한시라도 빨리 이 방을 나가고 싶었다.

비척비척 문가로 걸어가 문손잡이를 잡았는데, 문이 열리지 않는다. 당황해서 잡아당겨 봐도 끄떡도 않는다. 엘레노아는 숨을 크게 들이마셨다.

갇혔다……!

지금 여기엔 니이만가의 셋째와 넷째가 있고, 몸값 비싼 밤의 장미들은 물론 다른 귀족 자제들도 있다. 잠시 귀족이 나가고 싶어 할 수도 있는데 왜 굳이 문을 잠근 걸까. 창문조차 없는 방이라 마음이 급했다. 두려움도 급습했다. 금방이라도 다시 인간들이 달려들어 상처를 헤집을 것 같았다.

방을 훑어보던 그녀는 전날 기든스가 숨어 있던 알코브로 향했다. 부디 아무도 없길. 간절히 빌며 커튼을 젖히자, 거기엔 예상치 못한 얼굴이 기다리고 있었다.

06
습격과 눈물

테브스란 제국력 116년 10월 15일 오후 11시, 니이만 백작가 별채에서 화재 발생.

동양식 파티가 벌어지던 구석의 밀폐된 방에서 발화.

발화 원인 불명.

파티장 안에 있던 42명 중 1명 이외 전원 사망.

관리 소홀로 당시 파티장 관리 담당자 니이만가 집사장 행크 졸타 체포.

이후로는 사망자 명단이었다. 니이만 백작의 셋째 아들 루만과 넷째 아들 가트의 이름을 포함하여 온갖 귀족가 자식들의 이름이 줄줄 늘어졌다. 밤의 장미들의 이름은 제대로 적혀 있지도 않았다. 그러나 그 리스트만 보고도 테브스란 제6대 황제 발타잘 T. 테브스란은 충분히 분노했고, 발화 원인을 정확히 밝혀내라는 엄명을 내렸다.

원인 규명에는 황태자 세드릭 R. 테브스란이 직접 나서기로 했다.

"마스크 양은 좀 어떤가?"

"누구요?"

제레미가 정신없이 서류를 넘기며 불퉁하게 대답했다. 당시 별채와는 별개로 본채에도 파티가 열렸다 끝난 직후였고, 한참 명성을 떨치는 니이만 백작과의 인맥을 돈독히 하기 위해 파티가 끝나고도 백작가를 떠나지 않은 인물이 꽤 많았다. 그 말인즉슨 화재를 목격한 목격자도 그만큼 많다는 소리라, 그 결과 증언서도 많았고, 서류도 많았고, 확인할 일도 많았다. 안 그래도 일 많은데 이걸 또 언제 다 해결하나. 집무실도 아니고 니이만 백작가 서재에서 투덜투덜하는 제레미에게, 황태자는 다시 조용한 목소리로 물었다.

"혼자 살아남은 아가씨."

"네? 아아. 그 아가씨요. 아직 정신 못 차린 거 같던데요?"

"의사는?"

"지금 부검하기 싫어 죽을걸요? 왕명이니까 한다고 투덜투덜하던데."

"제레미."

"네?"

"제레미."

조용히 반복해서 부르는 목소리. 아, 실수했다. 아차한 제레미는 자라목을 한 채 눈만 치켜떴다. 싸늘하게 식은 파란 눈동자에 시선이 닿자 오금이 저려 다시 고개를 숙였다. 곧 차디찬 목소리가 떨어져 내렸다.

"업무가 늘어 불만스러운 건 이해하지만, 그걸 티 내도 되는 사건이 아닐 텐데."

"죄송합니다."

진심으로 사죄하자 고개를 끄덕한 황태자가 곧 기본 표정인 가벼운 미소로 돌아간다. 평소엔 능글능글 말발만 좋은 나르시시스트인지라, 가끔 이렇게 정상적으로 나오면 적응이 안 된다. 제풀에 찔끔한 제레미는 슬쩍 눈치를 보며 말을 덧댔다.

"그 아가씨는 안나가 돌보고 있으니 걱정 안 하셔도 될 것 같아요. 의식을 찾으면 바로 알려 주기로 했어요."

"제레미, 너는 그날 왜 늦었지?"

황태자의 목소리는 여전히 조용했다. 아, 역시. 그 아가씨가 다친 것이 제레미가 늦었기 때문이라고 생각하시나 보다. 조금 억울했지만, 제레미는 아직 황태자에게 보고하지 못했다는 것을 기억해 냈다.

"아, 칸디루가 물고기라는 건 알아냈는데, 시간이 없어서 그 이상은 못 알아냈어요. 저 10시 반 제시간에 여기 도착했고요. 그땐 이미 불이 나 있었는데, 보고서에 화재 시각이 11시인 건 본채에 있던 목격자가 화재를 발견한 게 11시라 그런 거예요. 전하도 안 계신데 제가 이유도 없이 여기 와서 화재를 발견했다고 하긴 어렵잖아요?"

"그럼 그 아가씨는?"

"제가 둘러댄 거지, 사실 불난 방 앞에서 발견한 거 아니에요."

황태자의 눈썹이 꿈틀한다. 그렇게 중요한 이야기를 왜 지금 하냐는 뜻이다. 말 없는 질문을 알아들은 제레미가 불퉁하게 대답했다.

"그 당시엔 불 끄는 게 급했고, 그다음엔 아가씨 옮기는 게 급했고, 목격자라고 저도 증언하느라 급했다고요."

"그래서. 어디에서 발견했다고?"

"지하 와인 셀러 앞이요. 와인은 거의 없고 창고로 쓰인 곳 같았는데, 어쨌든 그 앞에 쓰러져 있었어요. 요만한 나무 상자를 손에 꼭 쥐고. 상자는 협탁에 갖다 놨어요."

제레미는 오른손을 쫙 편 후 손가락을 조금 구부려 보였다. 황태자가 일별하고 고개를 끄덕한다. 계속하라는 뜻이다.

"정신은 있었는데 한계 같았어요. 지하실이라 연기가 자욱했거든요. 발견해서 얼른 데리고 나왔는데, 밖으로 나오자마자 정신을 잃었고요. 집사장은 얻어맞아 기절한 채 풀숲에 누워 있던 걸로 봐선 화재 전에 끌려 나온 것 같아요. 하녀장과 하녀 하나가 기절하기 직전에 기어 나왔고요. 나중에 집사장과 하녀장에게 물어본 결과, 파티장에 있던 사람 중 살아남은 사람은 그 아가씨뿐이라는 게 밝혀졌어요. 그 말을 듣고 그 아가씨에게 뭔가 있구나 싶어서 파티장에서 기어 나온 걸로 해 둔 겁니다."

"……잘했어."

드문 칭찬이었지만, 제레미는 어깨를 으쓱했다.

"전 아직 모르겠는데요. 집사장, 범인 아니죠? 그럼 그 아가씨가 범인인지도 모르잖아요?"

"둘 다 아닐 거야. 함부로 사람 의심하지 마."

"흠. 그럼 황태자님은 누가 범인이라고 생각하세요?"

황태자는 가만히 고개를 저었다. 금빛 머리카락이 찰랑이다 가지런히 자리를 잡았다.

"그녀가 깨어나면 그때."

꽤 오래 잔 것 같은데 몸이 무거워서 엘레노아 사이먼은 의아해하며 눈을 떴다. 눈꺼풀도 무거웠다. 목도 무척 말랐고, 몸 여기저기가 화끈거리기도 했다. 그제야 자신이 지옥 같은 화재 현장에 있었다는 사실이 기억났다.

"일어나셨어요?"

불쑥, 시야 안에 낯선 여자가 들어왔다. 초점이 잘 잡히지 않아 인상을 쓰는 사이 여자가 시야를 벗어났다.

"제레미, 타이밍이 좋았네요, 깨어났어요!"

그러자 이번엔 빨간 머리카락의 남자가 시야에 들어왔다.

"아, 정말이네. 아가씨, 정신이 좀 드세요?"

대답을 하려 했지만 목소리가 나오질 않았다. 고개만 겨우 끄덕이자 아까의 여자가 다시 다가왔다.

"물 좀 마실래요?"

그 말을 듣자 강렬한 갈증이 일었다. 여자가 어깨를 감싸고 일으켜 앉혀 주었다. 적당히 찬 물이 목구멍을 타고 흘러 들어가니 그제야 좀 살 것 같았다. 정신이 든 엘레노아는 미간을 찌푸리며 기억을 더듬었다. 파티장에 다시 투입됐고, 향이 강했고, 정신을 차리기 위해 팔을 그었고, 상처가 헤집어졌고, 그리고 붉은색, 붉은색, 붉은색, 붉은 머리카락.

한참 기억을 더듬던 그녀는 고개를 꾸벅 숙였다.

"구해 주셔서 감사해요."

"어, 기억이 좀 났어요?"

붉은 머리카락의 남자가 방긋 웃었다. 주근깨가 가득한 얼굴에 다크서클이 가득했지만, 웃는 얼굴에는 그늘 한 점 없었다. 보는 사람까지 아이처럼 웃게 만드는 천진한 미소였다. 이 사람이 바로, 막판에 기운이 빠져 움직일 수 없었을 때 자신을 데리고 나와 준 사람이었다. 그녀는 기쁘게 고개를 끄덕였다.

"그래요, 기억이 있으면 됐어요. 일단 쉬세요. 필요한 게 있으면 여기 안나에게 부탁하고요. 아시겠죠?"

"네, 정말 감사해요."

순순히 대답한 그녀는 안나가 이끄는 대로 침대에 누웠다. 눈을 감자마자 다시 수마가 몰아닥쳤다.

죽은 듯이 잔 후 갑작스레 잠에서 깨어 눈을 떴을 때 나직한 목소리가 들렸다.

"깨어났나, 환자 양."

들은 적이 있는 목소리라 놀라지는 않았다. 다소 뻣뻣한 고개를 돌리자 그림같이 창가에 앉은 남자가 보였다.

길게 늘어뜨린 황금빛 머리카락에 창문 넘어 들어온 달빛이 내려앉았다. 가운에 가까운 실내복의 부드러운 선이 단단한 남자의 몸을 그대로 드러낸다. 단정한 얼굴에 가벼운 미소, 살짝 올라간 입술의 끝, 그림자가 살짝 드리워진 목, 목에서 이어져 실내복 사이로 숨은 상체, 와인 잔을 잡은 희고 긴 손을 타고 소매 사이로 살짝 보이는 선 굵은 손목. 늘어뜨린 긴 다리 끝에 걸린 실내화가 건들건들하지만 경박하지는 않은 이유는 규칙적으로 리듬을 타듯 움직이고 있었기 때문이다. 흔들리는 남자의 발끝을 바라보던 엘레노아는 어지럼증을 느끼고 눈을 감았다가 떴다.

연습해서 몸에 밴 남자의 미소나 자세는 상당히 매력적이었지만 여전히 눈꼴시었다.

"아직 많이 어지러운가?"

"조금요."

"오늘 밤은 충분히 쉬는 게 좋아. 내일부터 엄청나게 불려 다니며 증언을 해야 할 테니까. 환자 양이 유일한 생존자거든."

"유일한……."

남자는 여전히 가볍게 미소 지은 채 고개를 끄덕였다. 황금빛 머리카락이 맞춰서 흔들리자 시야가 덩달아 흔들렸다.

"그 전에 무슨 일이 있었는지 물어 두고 싶은데."

그녀는 가만히 기억을 더듬다가 남자의 예리함을 떠올리곤 대충 얼버무리기로 했다.

"잘 기억이 안 나요. 필사적으로 기어 나온 것밖에는. 정신을 잃기 전에 그 붉은 머리카락의 남자분, 제레미 님이신가, 그분이 도와주셔서 건물 밖으로 나온 건 기억나지만요."

남자는 나가려는 한숨을 삼켰다. 뛰어난 눈썰미를 가졌기에, 여자가 무언가를 숨기는 것을 금세 깨달았기 때문이다.

그녀는 유일한 생존자고, 유일하게 제정신으로 파티에 참가한 사람이다. 범인의 얼굴을 봤을 확률이 높다. 설사 못 봤다 하더라도 그런 대형 사고가 난 뒤니 사고 직전의 상황에 대해 자진해서 이런저런 이야기를 해 주어야 옳다. 그것이 사고 현장에 있던 사람들의 일반적인 반응이니까. 그런데 지금 그녀는 자신의 태도가 수상하다는 것조차 생각하지 못하고 얼버무리고 있다. 사고 직전의 상황마저 잊어버릴 정도로 숨겨야 하는 급박한 사정이란 뭘까.

그러나 남자는 캐묻고 싶은 충동을 억눌렀다. 상대가 환자라는 게 첫 번째 이유였고, 사고 전 말다툼의 원인인 자신의 배려 부족이 신경 쓰인다는 게 두 번째 이유였다. 그리고 캐묻고 싶은 마음의 원인이, 생존자가 마땅히 밝혀야 하는 사실을 숨겨서인지, 아니면 '그녀가 자신에게' 무엇인가를 숨기는 것이 불쾌해서인지 스스로 판단이 안 선다는 것이 세 번째 이유였다.

결국 남자는 진실은 잠시 제쳐 두고 화제 돌리기를 택했다.

“팔의 상처는?”

“서빙 하러 들어갔을 때 피워 놓은 향이 너무 강해서 마스크 안에 스며들길래 내가 낸 거예요. 허벅지에 찼던 단검으로.”

“헤집은 건 네가 아닐 텐데.”

“피 냄새가 나기 시작하니까 사람들이 달려들더라고요.”

갑자기 남자가 자리에서 일어났다. 창가에 와인 잔을 내려놓고 다가와서는 그녀의 왼팔을 들어 올린다. 찌릿하는 통증이 달려 그녀가 눈살을 찌푸리는 것도 아랑곳하지 않고 남자는 조심스레 여자의 붕대를 풀기 시작했다.

멀쩡한 붕대를 왜. 핀잔을 주려던 찰나, 그가 팔을 부드럽게 잡고 상처를 자세히 살펴본다.

“꽤 오래 걸리겠는데.”

깨물린 걸로 모자라 파헤쳐지기까지 해서, 꿰맨 자국마저 삐뚤빼뚤했다. 이 나르시시스트는 남의 팔까지 신경 쓰는구나. 피식 웃자 남자가 눈썹을 들어 올린다. 여자는 급히 둘러댔다.

“훈장이죠, 뭐.”

“속상하진 않고?”

남자가 조용조용 물었다. 그제야 여자는 남자가 낯설다는 것을 느꼈다.

왜지?

잠시 고민한 그녀는 손쉽게 답을 찾았다. 환자 양이라고 부르는 것도 단순히 호칭일 뿐, 처음 만났을 때부터 사람 열을 올리던 남자의 장난기를 지금은 조금도 찾아볼 수가 없었다. 기분이 이상했다. 시종일관 진지하게 구는 남자에게 적응이 되지 않았다. 지나치게 진중한 태도로 자신의 팔을 살피며 걱정 내지 속상해하는 것이 분명한 남자를 보니 손바닥이 간질거리다 못해 땀이 배고 손끝에 열이 감돈다. 잡힌 부분에 심장이 달려 두근두근하는 것 같다. 당황한 그녀는 서둘러 남자의 손을 떼어 내려 했지만. 아프지 않게 팔을 잡은 남자의 손은 생각보다 강인했다.

더구나 늘 짓던 그 미소 띤 얼굴을 하고도 남자는 기분이 나빠 보였다. 다친 건 난데 왜 자기가 기분 나빠하는 걸까. 이유가 궁금한데 물어볼 분위기는 도저히 아니다. 그런 둘 사이에 떠도는 적막이 부담스러워, 그녀는 안 해도 될 말까지 주워섬겼다.

"별로요. 이런 상처 처음도 아니니까. 어머니야 속상해하시겠지만……."

"귀한 딸의 팔에 이렇게 큰 상처가 났으니 당연히 속상하시겠지."

"그보단 시집 못 갈까 봐 걱정이 더 크실 거 같은데요? 아하하하."

남자가 다시 눈썹을 꿈틀한다.

"왜 웃지? 중요한 문제인데."

"나는 시집갈 생각이 없단 말이에요. 배 타는 게 좋고 장사하는 것도 상단을 운영하는 것도 너무너무 좋은데 결혼하면 그런 건 다 포기해야 하니까. 그래서 생각 없다고 누누이 말씀드렸는데, 어머니는 여전히 그 걱정뿐이라서 웃음이 났을 뿐이에요."

여자의 대답에, 이번엔 미소까지 지워 버리고 남자는 무심한 얼굴이 되었다. 이리저리 사람 속을 긁고 약을 올리던 남자의 무표정이 자아내는 박력이 굉장해서, 여자는 제풀에 찔끔해 입을 다물었다. 느물느물하게 굴던 모습과는 전혀 달라서 마치 다른 사람 같아 그것도 부담스러웠다.

한참을 살피던 남자가 협탁 위에 놓인 여분의 붕대를 집어 들었다. 여자는 얼른 침대 시트에 땀이 밴 손바닥을 닦았다. 도로 팔이 잡히고, 상처에 붕대가 와 닿는다. 남자가 능숙한 솜씨로 상처 난 팔을 감기 시작한다. 붕대를 갈아 주려 다가온 모양이었다.

"잘하시네요?"

"많이 해 봤으니까."

"황태자님이요?"

"수련할 때 많이 다쳤어."

대화는 길지 않았다. 장난기 없는 그 짧은 대화가 너무나 친밀해서 한층 더 기분이 이상했다. 게다가 황태자라고 그녀가 대놓고 언급했는데도 별 반응이 없어 그것도 이상했다.

금발의 미남, 뛰어난 검술, '황…….'으로 시작하는 존재, 사이먼 상단의 가장 귀한 물건들을 요구할 수 있는 권력과 재력, 그 모든 것을 종합해 그녀는 그가 황태자라는 걸 알고 있었다. 그런데 그는 그녀가 안다는 것도 알고 있었던 모양이다. 허물없이 불러 대는데도 덤덤히 붕대만 감고 있다.

그러고 보니 사고 전 마지막으로 봤을 땐 대판 싸우지 않았던가. 직후에 남자는 외출해선 돌아오지 않았고, 그녀는 도리 없이 파티장에 끌려갔었다. 똑똑하고 예리하고 타인의 기척에 예민한 사람이니 뻔히 그 사태를 예상했을 텐데. 아무런 언질 없이 나가 버렸던 남자에 대한 이유 없는 원망이 그녀의 마음속에서 뒤늦게 고개를 들었다. 그녀마저 입을 다물자, 방 안에는 다시 침묵이 내려앉았다.

붕대 갈기가 끝났다. 따뜻하고 큰 손이 왼팔에서 떨어져 나갔다. 조금 한기가 들어 그녀는 이불을 끌어 올렸다. 남자가 기척도 없이 가늘고 길게 숨을 내쉬더니, 그녀의 머리카락을 쓸어 넘겼다.

"꽤 탔군."

"다시 기는 거니까 상관없어요."

여자는 대답하며 가만히 남자의 손을 밀어냈다. 조심스럽지만 단호한 손길에, 드물게 남자가 머뭇거렸다.

"이제 쉬고 싶은데요."

"……그래. 쉬어."

조용히 남자가 물러났다. 그러나 다시 창가에 앉아 창밖만 바라본다. 와인 잔을 도로 가지러 가는 줄 알았던 여자는 잠시 기다리다가, 남자가 움직일 생각을 하지 않자 오만상을 찌푸리며 핀잔을 주고 만다.

"뭐 하세요? 안 나가시고."

"나가길 바라?"

"당연하죠. 거기 사람이 버티고 앉아 있는데 잠이 오겠어요?"

"그래도 자려고 해 봐. 내 옆에서 자는 게 처음은 아니잖아?"

남자의 말과 목소리는 더할 나위 없이 여상했다. 그래서 여자는 남자가 얼핏 내보인 은근한 감정을 눈치채지 못했을 뿐만 아니라 울컥 화가 났다.

"그건 거래였고, 전 지금 환자예요. 편하게 자고 싶으니까 그만 나가 주세요."

남자의 눈썹이 다시 한 번 꿈틀거렸다. 남자의 입장에선 드물게 표출하는 감정이었는데, 여자의 반응이 의외였던 데다 꽤나 불쾌했던 것이다.

상대가 황궁에 있는 여자 중 하나라면 기본적으로 그를 유혹하기 위해 안달이 나 있기에 그가 굳이 감정을 내비칠 필요가 없다. 아니, 굳이 황궁이 아니더라도 지금과 같은 상황에 대개의 여자는 고운 입술로 앙탈 같은 핀잔을 흘리는 한편 이불을 들춰 그가 들어갈 공간을 마련해 준다.

그러나 불행히도 두 사람의 환경은 너무나 달랐다. 남자는 밀고 당기는 관계에 지나치게 능한 데다 늘 우위였기에 여자를 배려할 수 없었고, 여자는 남자가 가장한 여상함 속에 들끓는 감정을, 그 말 속에 담긴 뉘앙스를 눈치챌 만한 내공이 없었다.

마음이 상했지만 남자는 표현하지 않았다. 물론 여자도 남자가 기분이 상했다는 것은 쉽게 깨달았다. 하지만 여자야말로 마음이 복잡했다.

남자와 가까이 있고 싶지 않았다. 남자에게 닿고 싶지 않았다. 그래서 밀어냈던 것이다. 지나칠 만큼 저 나르시시스트 따위가 가까이와 살펴 준다고 들뜨는 마음이 불쾌했다. 은근히 보이는 남자의 살갗에 설레는 것도, 도와줄 이유가 없는 사람에게 도움을 기대했던 것도, 결국 도움받지 못해 서운한 것도 드러내고 싶지 않았다. 예리하고 머리 좋은 남자가, 자신이 이렇게 궁지에 몰릴 걸 알면서도 방치했다는 사실에서 원망스러움을 느끼는 자신이 이상했고, 자신의 그런 혼란스러움을 들키고 싶지도 않았다.

결국 두 사람은 서로에게 마음을 숨기는 쪽을 택했다. 그리고 신경전 속에, 남자가 먼저 입을 열었다.

"나도 나가고 싶지만, 어쨌든 지금은 못 움직여. 여긴 니이만 백작가라 내 마음대로 방을 배정해 줄 수 없어서 환자 양을 옮길 수가 없단 말이지."

"여기가 아직 니이만 백작가라고요?"

"그래. 본채야. 화재가 워낙 컸고 환자 양의 부상도 심해서 다른 곳으로 옮기질 못했거든."

여자의 입이 벌어졌다. 눈도 동그랗게 커졌다. 어지간히 놀랐는지 여자는 한동안 굳은 채였다. 남자는 조용히 비어 있던 와인 잔에 와인을 따랐다. 한참 만에 여자가 말했다.
"옆, 옆에 있어 줘요……."
와인을 마신 남자는 속으로 웃었다. 그러기 위해서 안 나가고 버티고 있다는 걸 생각도 못 하는 여자가 귀여웠기 때문이다. 그런 속내를 숨기고 말없이 시선을 던지자 여자가 긴장한 얼굴로 마주 본다.
"여기가 아직 니이만 백작가라면, 날 죽이러 올 거예요. 내가 자기 얼굴을 봤으니까. 평소라면 나 혼자 충분히 대비할 수 있지만, 지금은 몸이 좋지 않아서……."
"누가 온다고?"
"범인이지 누구겠어요."
"화재를 일으킨 범인인 건 알아. 구체적으로 누굴 말하느냐는 거야, 환자 양."
이번엔 여자의 얼굴이 얼빠짐의 감정으로 가득 찼다.
"설마 정말 몰라서 묻는 거예요? 당연히 알 거라고 생각했는데?! 나 누워 있는 동안 그런 것도 못 알아낸 거예요?"
"물론 알고 있어. 하지만 만에 하나를 대비해 확인하려는 거야. 그런 상식은 갖고 있겠지?"
"그런 상식이 필요할 때가 아니잖아요!"
"이런 중대 사건이야말로 그런 상식이 필요할 때라고 생각하지 않아?"
두 사람의 목소리가 점점 커져 갔다. 내용만큼이나 무의미한 말싸움이었다. 그러나 그사이에 둘 사이를 메우던 신경전의 날카로운 공기가 점점 풀려나갔고, 말싸움 끝에 여자는 전혀 다른 분노로 씩씩거리며 창가에 등을 돌리고 잠을 청했다.
잠시 후, 여자의 숨소리가 고르게 변한 것을 확인하고 피식 웃은 남자가 커튼을 잡아당겼다.

곧 방 안에 달빛만큼이나 부드러운 적막이 찾아들었다.

팽팽하게 긴장된 공기를 피부가 먼저 인식했다. 몸이 긴장하자 자연스럽게 머리도 잠에서 깨어났다. 여전히 자는 척하느라 일부러 고른 숨소리를 냈다. 예민해진 피부로 인기척을 가늠했다. 아직도 창가에 황태자가 앉아 있을까? 뒤척이는 척 창가를 향해 몸을 돌렸다. 반만 가려진 창가에 텅 빈 와인 잔과 와인 병만 보였다. 손가락 한 마디 정도 빼꼼 열린 창문 틈으로 새어 들어온 바람에 묵중한 커튼이 힘겹게 흔들린다. 있는 걸까 없는 걸까. 불안해졌지만 확인할 새는 없다. 등 뒤에서 다가오는 인기척을 느꼈기 때문이다.

잠투정을 하듯 숨을 흘리며 모로 누운 몸을 바로 눕혔다. 침대를 박차고 일어나기엔 그쪽이 편했다.

확실하게 습격을 받아야 고발할 수 있다. 그러나 야습이란 건 원래 사람을 골로 보내기 위해서 하는 일이다. 자칫하면 저세상 행인 것이다. 긴장으로 몸이 점점 더 굳어졌다. 그러고 보니 지금은 단검도 없다. 아차 하는 사이, 불청객은 침대 발치를 돌아 협탁 앞에 멈춰 섰다.

공격할 의도가 없는 건가? 범인이 아닌가? 의식적으로 숨소리를 내며 상황을 파악하던 엘레노아는 불청객이 협탁에 손을 뻗는 기척을 느끼고 그대로 굳었다.

아뿔싸, 거기 올려놓은 채였구나.

그녀가 불 속에서 쥐고 나온 나무 상자가 거기 있었다. 안나는 그녀의 치료에만 전념했고 황태자와 제레미는 바빠서 신경을 못 쓰는 듯했다. 상자 주인은 다친 데다 말싸움을 하느라고 상자에 신경을 쓸 수가 없었다.

그러나 그 상자는 죽을 고비를 넘겨 가며 겨우 구해 온 베스의 단서였다. 아직 내용물도 확인하지 못했는데, 이대로 뺏기면 굉장히 곤란하다. 실눈을 뜨자 불청객이 조심스럽게 상자를 들고 살피는 것이 보였다. 그리고 그 상자를 옆구리에 끼더니 천천히 왼손을 들어 올린다. 어둠 속에서도 단검의 날이 명확히 보인다.

제발, 제발, 거기 있지? 제발!

엘레노아는 숨을 멈췄다. 불청객은 단검을 든 채로 망설였다. 그녀도 망설였다. 일어나고 싶은데 아직 안 되나? 체포하려면 좀 더 있어야 하나? 어떻게 해야 하는 거야, 대체!

그때 기어이 단검이 떨어져 내렸다. 재빨리 굴러 침대를 벗어나 일어섰다. 푹 하고 침대에 칼날이 박혔다. 홱 돌아서자 당황한 불청객이 조금 버겁게 침대에서 단검을 잡아 빼는 것이 보였다. 불청객 너머로 커튼은 조금도 움직이지 않았고, 어둡고 낯선 방 안, 무기나 방패가 될 만한 것을 탐색할 시간이 필요했다. 저 나무 상자를 뺏어야 했다. 방 안팎으로는 어떤 인기척도 느껴지지 않아, 그녀는 도움받기를 포기한 채 시간을 끌었다.

"화재로도 모자라서 칼로 죽일 생각이에요? 기어이 마흔두 명 채우게?"

"연고도 없는 시골 하녀를 도와줄 사람은 없어. 오늘 무사히 빠져나간다 해도 나는 끝까지 너를 노릴 거야. 그럴 바엔 그냥 오늘 끝내자."

떨리던 목소리가 말을 할수록 결의를 담아 단호해진다.

"나에 대한 동정심도 거짓이었나요?"

가련한 척 원망의 말을 내뱉으며 힐끔 주변을 살펴본다. 손님방인 거 같은데 어째 무기나 방패가 될 만한 물건이 전혀 없다. 끽해야 의자 정도인데, 상당히 묵직해 보여 부상을 입은 그녀가 잘못 휘두르면 이쪽이 다칠 것 같다. 결국 줄행랑인가. 상자는 나중에 확보하자고 안타까워하면서, 그녀는 불청객과 대치한 채 슬슬 뒤로 물러섰다. 불청객도 침대를 돌아 천천히 다가오고 있었다.

"내가 죽여야 할 사람이 늘었다는 것이 괴로웠을 뿐이야."

침대를 도는 불청객에게 방으로 스며든 달빛이 닿았다. 말과는 달리 괴로워하는 하녀장의 옆얼굴은 무척이나 단단해 보였다.

기어이 오늘 끝을 보리라는 굳건한 마음가짐. 엘레노아는 틈을 주지 않고 방 밖으로 달려 나가기를 택했다. 그리고 훅, 머리채를 잡혔다.

"안 돼! 도망가게 둘 줄 알아?"

"으윽!"

안 그래도 타기까지 한 짧은 머리카락이 당겨져 넘어질 뻔했다. 비틀거리면서도 넘어지지 않기 위해 애써 버티며 그녀는 이를 악문 채 온 힘을 다해 머리에 힘을 주었다. 뚜둑, 뚜둑, 머리카락이 덩어리째 뽑혀 나갔다. 머리칼을 생으로 뜯은 감각에 하녀장이 멈칫하는 사이, 그녀는 재빠르게 문을 열고 복도로 나가 외쳤다.

"살려 주세요! 살려 주세요! 하녀장이 절 죽이려고 해요!"

반응이 있었던 건 단 하나, 옆방이었다. 벌컥 문을 열고 당황해서 튀어나온 붉은 머리카락의 남자, 제레미만이 그녀의 외침을 들은 듯했다.

눈물이 찔끔 나는 안도감 속에 그쪽으로 달려가려던 참에, 이번엔 어깨를 잡혔다. 그냥 손으로 가볍게 잡힌 게 아니라, 있는 대로 손톱을 세운 손에.

"아읏!"

예상치 못한 곳의 통증에 엘레노아가 비틀거릴 때, 하녀장이 그녀를 돌려세워 밀었다. 쿵, 난간에 등을 박고 고통을 참는 사이 하녀장이 단검을 들어 올렸다. 정신없는 와중에도 그녀는 외쳤다.

"목격자가 있잖아, 이젠! 포기해!"

"둘 다 죽이면 돼. 괜찮아. 마흔둘이든 마흔셋이든 크게 다르지 않아."

중얼거림과 같은 대답 속에, 엘레노아는 입술을 깨물며 제레미를 향해 고개를 돌렸다. 그러나 보인 것은 사람 머리통만 한 불덩어리가 하녀장에게 달려드는 모습이었다.

"아악! 뜨, 뜨거워!"

"제, 제레미?"

"마법사를 물로 보면 서운하죠. 흥, 어디에 손을 대려는 거야?"

화가 난 제레미가 의기양양하게 하녀장을 노려본다. 하녀장의 가슴 언저리에 맞은 불덩어리는 순식간에 하녀장의 옷을 태우고 그녀의 살갗을 살라 먹기 시작했다. 쨍강, 대리석 바닥에 단검이 떨어지는 소리가 들리고, 하녀장이 비명을 지르며 바닥을 구른다. 끔찍한 노린내가 퍼지고, 시커먼 연기가 퍼져 나갔다.

화재 현장을 다시 보는 듯했다. 끔찍했다. 보는 엘레노아의 목구멍이 졸아붙었다. 시선을 뗄 수가 없었다. 아냐, 움직여야 해, 보고 있으면 안 돼, 움직여야 해. 배 위에서 익힌 정신력을 필사적으로 끌어와, 그녀는 겨우 주의를 환기했다.

"죽이면 안 돼요! 진범이에요!"

"으에엑? 하녀장이 진범이에요?!"

당황한 제레미가 서둘러 중얼거리기 시작했다. 얼마 지나지 않아 하녀장의 위에 엄청난 양의 물이 풀썩 쏟아졌다.

"끄아아아아아아악!"

불이 꺼진 뒤가 더 참혹했다. 그 뒤의 비명이 더 처참했다. 하녀장을 바라보면서, 그녀는 눈물이 쏟아질 것 같은 것을 애써 참았다. 눈을 부릅뜨고 이를 악물었다. 입술이 부들부들 떨리는 걸 참으려 입술에도 꾹 힘을 주었다. 지나치게 힘을 준 어금니가 몹시 아팠다.

그간 관리 책임이 있는 집사장 취조에 열을 올렸던 중앙군과 치안대의 높으신 분들의 발등에 불이 떨어졌다. 하녀장이 진범인 데다 유일한 생존자를 죽이기 위해 숨어들었다가 하필이면 '정말 높으신 분' 에게 잡혔다는 사실이 밝혀졌던 것이다.

제레미, 높은 사람이었구나. 엘레노아는 새로운 사실에 놀랐지만, 그녀의 오해를 정정해 줄 사람은 아무도 없었다. 중앙군과 치안대의 높으신 분들이 그녀가 머무는 니이만 백작가 본채의 손님방으로 몰아닥쳐 그녀를 취조하기 시작했기 때문이다.

여기저기 아파 죽겠는데 낯모르는 사람들이 들이닥치자 짜증이 났다. 그나마 제레미가 대본을 만들어 준 것을 그대로 외워 반복하자, 손님들은 대체로 두어 가지의 질문만 더 한 뒤 바로바로 물러나 주었다.

"직업소개소에 갔다가 파티가 있어 일손이 부족하다는 니이만 백작 저택에 왔어요. 낮엔 본채의 파티를 거들었습니다. 밤에 비밀 엄수 서약서를 쓰고 별채의 파티 서빙에 동원되었고, 이날은 아무 일도 없었습니다. 집사장님이 시켜서 다음 날도 서빙을 했고요. 그런데 파티장이 환기가 안 되는 곳이라 어지러워서 잠시 알코브 근처에서 쉬고 있었는데, 알코브에 난 나무 문으로 들어왔던 하녀장님이 나간 뒤 커튼에 불이 붙어 번지는 것을 보았습니다. 뒤따라 그 나무 문을 필사적으로 두드려 부수고 나왔는데, 연기를 너무 많이 마셔 기절했고요. 그 뒤는 모르겠습니다."

그녀의 증언이 진실과 너무나 멀다는 것을 황태자의 주변 인물은 대부분 아는 듯했다. 그러나 누구도 그것을 먼저 입 밖으로 내지 않았다.

엘레노아는 황태자가 자신에게 정확한 증언을 얻어 내려 할 것이라 생각했다. 그러나 예상은 빗나가서 생명의 은인인 제레미가 싱글싱글 웃으며 의자를 끌고 와 침대에 다가앉았다.

"이제 손님은 제가 마지막입니다! 그리고 이제 사실을 말씀해 주실 시간입니다아."

그녀는 망설임을 숨긴 채 애써 웃으며 고개를 끄덕였다. 어디까지 말해야 할까. 이 사람은 어디까지 믿을 수 있을까. 재빠르게 머리를 굴리는데, 서류는 펴지도 않은 제레미가 푸욱 한숨을 쉰다.

"그치만 좀 이따가 해요. 저 정말 힘들거든요. 쉬는 시간 좀 챙겨야지."

"이번 일 때문에 그러세요?"

얼른 맞장구를 쳐주자 그가 훌쩍훌쩍 우는 시늉을 한다.

"아뇨, 저 원래 일 많아요. 상사께서 워낙 제게 떠넘기길 좋아해서요. 앗, 이 얘긴 비밀이에요."

엘레노아는 웃으며 고개를 끄덕였다. 분명 자신보다 연상일 게 분명한 황태자의 보좌는 무엇 때문인지 자신보다 어린 느낌이 들었다. 다 큰 성인 남자인데 훌쩍거리는 동작이나 엄살이 어울리는 것은 바짝 마른 몸매와 주근깨, 타는 듯한 붉은 머리카락이 만들어 내는 마냥 소년 같은 분위기 때문일 것이다.

"이번에는 좀 오래 나가 계신다 하고 좋아했더니만 이런 대사건을 몰아오셔서 3일째 제대로 못 자고 있어요. 엉엉."

"그래서 다크서클이……."

"다크서클에 좋다는 거 챙겨는 먹는데 피로가 더 위대하더라고요."

풀이 죽어 축 처진 제레미가 귀엽다. 저도 모르게 그 붉은 머리카락에 손을 얹어 쓰다듬던 그녀는 제레미가 녹색 눈을 동그랗게 뜨고 올려다보자 화들짝 놀라 손을 뗐다.

"죄송해요, 저도 모르게 그만."

"히힛, 괜찮아요. 익숙해져 있어서."

역시 나만 쓰다듬어 주고 싶은 게 아니구나. 그녀는 안도하며 그를 따라 웃었다.

"사람을 굉장히 편하게 해 주시네요. 조금 긴장했는데, 마음이 놓였어요."

"그렇다면 다행이고요! 사실 안 좋은 기억일 텐데 캐물어야 해서, 저도 걱정했거든요."

코 아래를 슥 문지른다. 그러고 보니 수염 자국조차 옅다. 옅은 게 아니라 거의 없나. 엘레노아는 실례되는 줄 알면서 더 참지 못하고 묻고 말았다.

"저기, 그런데 제레미 님은 몇 살이세요?"

"앗, 저도 평민이니 님은 빼셔도 돼요! 나이는 스물인데요, 좀 어려 보이죠? 안 그래도 여기저기 무시당해서, 수염이라도 붙여야 하나 생각 중이에요. 나는 왜 수염도 안 나는 걸까."

나이 이야기가 나오자 제레미가 눈에 띄게 시무룩해하더니 괜히 뒤적뒤적 들고 들어온 책을 헤집는다. 동갑이구나. 그에게 한층 더 친밀감을 느낀 그녀는 웃으며 고개를 흔들었다.

"그래도 높으신 분이잖아요."

"네?"

"높으신 분이 진범을 잡았다고 난리던데, 제레미 님도 높으신 분 아니신가요? 무례한 발언이라면 미리 사죄할게요. 제가 철없는 서민이라 마법사에 대해선 잘 몰라요."

그 말에 제레미가 황급히 손을 내젓는다.

"어, 어어. 뭔가 오해가 있나 본데요?"

"그 높으신 분이 제레미를 말하는 줄 알았나 보지?"

웃음기 가득한 목소리가 들렸다. 순식간에 가슴 한 켠이 싸늘하게 식어 내렸다. 쳐다보기도 싫었지만 워낙 '높으신 분'이라 알은척을 안 할 수도 없다. 억지로 고개를 돌리자 미소 띤 남자가 보인다. 그를 보자 그녀의 마음속에 불길이 일었다.

"제레미는 내 보좌야. 그것도 가장 가까운, 내 수족이지. 제레미가 구해 준 건 내가 구해 준 거야. 제레미가 잡은 건 내가 잡은 거고. 그들이 말하는 높으신 분은 날 말하는 거야."

"뭐, 그런 거예요. 아하하하."

제레미도 고개를 끄덕이더니 활짝 웃었다. 그러나 엘레노아의 얼굴은 싸늘해졌다.

"아뇨, 날 구해 준 건 제레미 님이지, 황태자님이 아니에요."

다가오던 황태자의 걸음이 멈췄다. 웃던 제레미도 벙벙한 표정이 되었다. 그들이 이해하지 못한 듯해, 그녀는 한 글자 한 글자 또박또박 다시 말해 주었다.

"내 목숨을 두 번이나 구해 준 건, 제레미 님이지 황태자님이 아니에요."

황태자는 여전히 미소 지은 채 성큼성큼 다가왔다. 의자에 앉아 있던 제레미가 냉큼 일어나 자리를 헌납했다. 당연하다는 듯 그 자리에 앉은 황태자의 눈빛이 몹시 형형했다.

"어째서? 내가 수족인 제레미를 시켜 환자 양을 구해 주라고 한 건데?"

"그럼 제레미 님이 황태자님이라는 이야기도 성립하는 건가요?"

"아가씨!"

옆에 서서 안절부절못하던 제레미가 화들짝 놀라 그녀의 입을 막으려 들었다. 그러나 황태자가 제지했고, 그녀도 손을 내저어 그를 밀어냈다.

"어떤 사실의 역이 반드시 성립하지는 않는다는 거, 모르진 않을 텐데?"

"그리고 목숨은 대체할 수 없다는 것도요."

"시종은 나의 소유물이야."

"하지만 사람이죠. 만약 지시가 없었더라도, 특수한 상황이 아니더라도 내가 그렇게 공격당하는 걸 봤다면 제레미 님은 날 구해 줬을 거예요. 아닌가요?"

"인간에겐 언제나 상황이 존재해. 상황 없이 인간을 따로 떼어 놓을 수는 없지. 환상을 깨 주자면, 내가 특별히 말해 두지 않았다면 제레미는 환자 양을 안 구했을 수도 있어. 특히 화재 때, 지하실 앞에 있던 환자 양을 봤다면 말이지."

엘레노아는 꾹 입을 다물었다. 반박할 말이 없어서가 아니라, 지하실에 갔던 것에 대해 질문받고 싶지 않아서였다. 그러나 황태자는 기분이 나쁜 김에 작정한 듯 그녀를 몰아붙였다.

"지하실에서 그 상자를 구해 온 것 같더군. 그 폐쇄된 방에서는 어떻게 나온 거지? 알코브의 나무 문을 부쉈다는 말도 안 되는 소리는 하지 마. 그랬다면 그대는 유일한 생존자가 아닐 테니까. 실제로 그 문은 타긴 했어도 부서진 흔적은 없었어. 본 내가 말하는 거지만 여자 혼자 몸으로, 혹은 단검 하나로 부술 수 있는 문도 아니고."

"……."

"대답해, 엘레노아 사이먼. 어떻게 나온 거지?"

"데, 데이지 카민이 아니라?"

당황한 제레미가 물었지만 아무도 대답하지 않았다. 그녀는 입을 꾹 다물었고, 그는 해 볼 테면 해 보라는 자세로 다리를 꼬고 팔짱을 낀 채 의자에 등을 기댔다.

두 사람 다 완강했다. 침묵은 무거웠다. 중간에 낀 제레미만 안절부절못하고 울상이었다.

"황제 폐하께 직접 문제를 해결하라는 지시를 받았어. 그리고 지금 넌 문제 해결의 실마리를 감추고 있지. 이대로면 언니를 찾는 건 포기하고 감옥에 들어가야 할 거야."

황태자의 말에 엘레노아의 얼굴이 하얗게 혈색을 잃었다. 저도 모르게 이불을 꽉 쥔 손의 관절도 하얗게 변해 있었다.

"범인은 밝혀 드렸잖아요. 그거면 된 거 아닌가요?"

"사이먼 상단의 둘째 딸이 하녀로 가장하고 난교 파티에서 서빙하다가 유일한 생존자가 되었다는 것은 그 자체로 문제가 되지."

황태자가 삐딱한 태도로 냉소하며 쐐기를 박았다. 이불을 쥔 그녀의 손이 부들부들 떨리기 시작했다.

아, 아아아, 결국.

제레미는 두 사람 몰래 긴 한숨을 내쉬었다. 하여튼 저놈의 황태자, 또 시작이라니까.

제레미는 버려진 아이였다. 웬만한 사람들은 접근도 힘들다는 마법사들의 연구실이 모인 '마법의 탑'—별칭 또라이의 탑—앞에서 발견되었고, '그것도 운'이라고 좋게 받아들여 준 마스터 덕분에 거기에서 자랐다. 열 살이 된 해에는 마나를 느낄 수 있다는 또 하나의 운 덕분에 마법사가 되었고, 열두 살이 되던 해 제레미는 탑을 방문한 황태자와 만났다.

"빨갛네?"

첫마디가 그거였다. 안 그래도 또래 아이들에게 당근이라고 놀림받던 시기라 발끈했지만, 옆에 있던 마법사가 식겁하며 제레미의 고개를 잡아 눌렀다.

"흐음, 나랑 같이 서 있으면 내 머리카락이 더 빛나겠군. 좋아, 너로 정했다."

그렇게 황태자는 떡잎부터 나르시시스트의 자질이 엿보였더랬다. 어쨌거나 그때부터 제레미는 놀이 상대 겸 시종 겸 몸종 겸 보좌가 되었고, 그 이후의 제레미의 삶은 눈물 없이는 쓸 수 없는 노예의 역사였다.

그렇게 곁에 있으면서 제레미가 알게 된 황태자는, 특권 의식으로 가득 찬 다른 귀족 도련님들보다는 백배 천배 나았다. 말도 안 되는 심부름을 시키고는 완수하지 못했다고 때리거나 굶기는 등 학대하는 일은 없었던 것이다.

그러나 황태자도 결국 특권 계급이었고, 심지어 그보다 위에 있는 사람은 하늘 아래 황제밖에 없었다. 그가 원하기 전에 모든 것은 그의 손에 들어왔고, 대부분의 사람이 꿍꿍이를 숨기고 그를 환대했다. 24시간 내내 보이는 것에 신경 쓰고, 타인의 심사와 계획을 추측해야 하고, 방대한 학습량이나 업무량에 시달리는 삶의 대가는 제레미의 눈에 무척이나 화려했다.

그러면서 알게 된 사실이 있었다. 무척 드문 상황이지만, 원하는 것이 재깍 손에 들어오지 않을 때 황태자는 몹시 심술궂어진다는 것이다.

황태자는 난교 파티 때도, 어젯밤에도 '데이지 카민'을 지키라는 명령을 내렸다. 실종 사건과 관련이 있다고 말했지만, 그보단 그녀가 꽤나 마음에 든 눈치였다.

하녀를?! 그것만으로도 놀라웠다. 평민에겐 손대는 것은 본 적이 없으니까. 그러나 그녀가 엘레노아 사이먼이라는 데서 두 번 놀랐고, 네가 시켜서 구해 준 건 구해 준 게 아니라는 발언에 세 번 놀랐다. 그리고 제레미는 짐작했다.

안 돼, 심술 돋겠다……!

그리고 슬프게도 제레미의 예상은 빗나가지 않았다.

마음에 들었으면 들었다고 하면 된다. 도와주고 싶으면 그냥 도와주면 된다. 궁금하면 솔직하게 물어보고, 말 못 하겠다고 하면 이유를 물어보면 된다. 그런데 심술이 돋은 황태자님은 그게 안 된다. 다른 때는 잘하면서, 말 안 해도 잘하면서.

“사이먼 상단의 둘째 딸이 하녀로 가장하고 난교 파티에서 서빙하다가 유일한 생존자가 되었다는 것은 그 자체로 문제가 되지.”

라니, 저 삐딱한 태도며 말본새는 대체 뭐란 말인가. 제레미가 기가 차서 혀를 내두를 때, 고귀하신 분의 심술보는 점점 도를 높여 갔다.

“그러니까 말해. 어떻게 나온 거지?”

“…….”

“정 말 못 하겠다면 할 수 없지. 치안대, 아니 중앙군에 넘기는 게 나으려나. 제레미!”

이, 이 인간이?! 정말 그럴 마음은 요만큼도 없으면서!

생각 같아서는 제레미 자신이 황태자의 머리통을 쥐어박고 싶지만, 어쨌거나 그는 황태자의 보좌였다. 네 하고 대답하자 그가 가까이 오라고 손짓한다. 그때 고개를 푹 숙이고 부들부들 떨던 엘레노아에게서 낮은 목소리가 흘러나왔다.

“지켜 준다고 해 놓고 제대로 지켜 주지도 않았으면서.”

안 돼요, 아가씨, 그런 반응은 역효과예요! 사실 이만큼 반박하는 것도 황족을 능멸했다고 잡혀가도 이상하지 않을 상황이다. 황태자가 심술을 부리는 건 맞지만 한편으로는 정말 많이 봐주고 있는 것이다. 그러나 제레미의 속이 타들어 가는 것도 모른 채 그녀가 바짝 독이 오른 얼굴을 들어 올렸다.

"지켜 준다고 해 놓고 코빼기도 안 보인 사람이 이제 와서 협박이나 하는 모습에 기가 차네요, 정말."

그녀의 눈에 천천히 눈물이 고인다. 흘리지 않으려 눈을 부릅뜨고 있지만, 그래도 눈물은 금세 차올랐다. 으아아, 어떡해, 어떡해. 난감해하며 제레미가 손수건을 찾을 때, 황태자가 냉랭하게 그녀의 말을 받아쳤다.

"제레미를 시킨 게 나라고 아까 말했을 텐데."

"시키면 다인 줄 알아요? 지켜 주기로 한 사람이 다르잖아요! 그럴 거면 방에 왜 남아 있었던 거예요?!"

"내가 엘레노아 너를 지켜 주려고 그 방에 남아 있었던 것은 사실이지만, 지켜 주겠다는 암묵적인 약속은 지키지 않았나? 대체 왜 화를 내는지 이해할 수가 없군. 귀족이 부리는 시종을 시켜 서민들에게 돈을 나누어 주면 그건 귀족이 베푸는 거다. 마찬가지로 귀족이 부리는 기사를 시켜 귀족 영애를 구해 주면 그건 귀족이 구해 주는 거고. 엘레노아 너는 그 단순한 이치도 모르는 건가?"

황태자가 답답한 듯 크게 숨을 내쉬었다. 사실 엘레노아가 분노한 이유는 제레미도 이해하기 어려웠다. 어쨌거나 시킨 건 황태자 전하고, 제레미는 그 명령을 받고 움직였다. 하녀장이 습격했을 때, 전하는 폐하를 알현하러 가야 했기에 그 자리를 제레미가 대신 지키고 있었던 것이다. 제레미가 방을 비운 것은 바로 옆방, 화장실에 가야 해서였고. 그러니 전하가 지켜 준 게 맞지 않나? 제레미는 고개를 갸웃했다.

그러나 제레미 역시 이미 황궁의 사고방식에 익숙해진 사람이었다. 6년, 긴 세월 동안 황태자를 대신해 온갖 업무를 처리하고 굴러지면서 어느덧 사람을 부리는 행위에 익숙해져 있었던 것이다.

엘레노아의 눈에 기어이 눈물이 넘쳐흘렀다. 이름을 불렸지만, 전혀 기쁘지 않았다. 주륵, 뺨을 타고 흐르는 물방울을 얼른 손으로 훔쳐 낸 그녀가 다시 고개를 들고 황태자를 노려보았다.

"사람 목숨을 돈처럼 취급하니 당연히 모르지! 그래요, 제레미를 불러 준 건 정말 눈물 나게 고맙네요. 하지만 돈으로 산 경호원이 구해 주면 내 목숨은 돈이 구해 준 건가요? 그건 아니잖아요! 목숨은 대신 구해 줄 수 없고, 목숨은 대신 지켜 줄 수도 없어요! 그런 간단한 이치도 모르는 게 어느 쪽인데! 흐, 흑, 읍, 꼴 보기 싫으니까 당장 나가!"

아. 제레미는 저도 모르게 바보 도 트는 소리를 낸 뒤 아차 싶어 황태자의 눈치를 살폈다. 엘레노아는 여전히 그를 노려보고 있었지만, 울음이 복받치는 것을 억지로 참는 기색이 역력했다. 황태자는 아직 석연치 않은 듯했으나 그래도 자리에서 일어나 걸음을 옮겼다.

휴우, 안도의 한숨을 흘린 후 제레미는 얼른 앞장서 문을 열었다. 평소의 미소조차 잊어버린 황태자가 문을 나서자 등 뒤로 우는 소리가 조금 커졌다. 화재와 습격, 하루 사이에 험난한 일을 겪고 서러워하는 아가씨가 몹시 안타까워서, 제레미는 자신도 얼른 방을 나가 문을 닫아 주었다.

07
사망

하녀장의 몰골은 끔찍했다. 의사와 마법사들은 약과 힐링 마법 등을 모조리 동원해서 그녀가 사람 꼴을 하게 만들어야 했다. 그것이 죽이기 위해서라는 것이 아이러니였으나, 어찌 됐든 당장 죽게 둘 순 없었다. 황제 폐하의 엄명으로, 사람을 가두고 불을 지른 이유를 알아내야 했기 때문이다.

심지어 모시던 주인의 아들들이 포함된 걸 뻔히 알면서 저지른 일이다. 이 화재 사건 이야기가 퍼지자, 하루아침에 이유 없이 해고당한 사용인들이 줄을 지어 직업소개소를 찾는 사태도 벌어졌다.

귀족들에게 영향을 미치는 일이다 보니 하루빨리 처리해야 했지만, 유감스럽게도 증언을 얻기가 무척 힘들었다. 아무리 형식적이라도 재판은 해야 하는데 하녀장이 입을 꾹 다물고 아무 말도 하지 않았던 것이다. 워낙 다 죽어 가는 사람이라 고문도 할 수 없다. 이렇게 아무것도 모르는 상태로 재판에 넘길 수도 없다. 하녀장을 넘겨받은 중앙군의 '높으신 분' 들이 미친 듯이 닦달하는 통에, 담당자들만 죽어나고 있었다.

황태자는 미간에 살짝 주름을 잡은 채 무릎에 놓은 나무 상자를 오른손 손끝으로 문지르고 있었다. 니이만 백작의 서재 안락의자에 비스듬히 앉아, 팔걸이에 왼팔을 올려 턱을 괴고 다리를 꼬고 있는 황태자의 포즈는 연습한 것이었지만 그래도 보기 좋았다. 의자 뒤로 펼쳐진—제레미가 펼쳐 놓은—황금빛 머리카락이 창문 너머로 들어온 햇빛에 반짝반짝 빛을 발해 눈이 부시다. 그 금발의 아름다움을 잘 아는 황태자 때문에 짜증이 날 때도 많지만, 그 머리카락은 정말로 아름다워서 푸석푸석한 적발을 가진 제레미는 곧잘 심통이 나곤 했다. 그러나 오늘은 심통이고 뭐고 상황이 안 좋았다.

금사로 장식을 넣은 녹색 상의. 마음이 심란할 때 황태자가 무심결에 집어 드는 옷의 색은 대체로 녹색 계열이었다. 언제나 평정을 유지해야 한다는 강박관념에서 비롯된 무의식인 듯했다. 제레미는 황태자가 확인하고 도장 찍어야 하는 문서들에 직인을 찍으며 눈치를 살피다 조심스럽게 물었다.

"왜 안 열어 보세요?"

"제레미."

"네?"

"그녀는 마법사인가?"

어라, 상자 열 생각을 하나 했는데 결국 엘레노아 생각이었나. 꽤나 마음에 들었나 보네. 마음속에서 그녀를 요주의 인물 리스트에 올리며 제레미는 고개를 저었다.

"아뇨. 오히려 마나가 거의 안 느껴지던데요."

"무슨 뜻이지?"

"말 그대로예요. 사람이라면 누구나 마나를 조금씩 가지고 있다는 거 아시잖아요. 그게 그 아가씨에게는 거의 없었어요. 바닥……에 가깝달까."

상자를 문지르던 손가락이 움직임을 멈췄다.

"그런 사람도 있나? 마나가 없으면 생존에 지장이 있는 건 아니고?"

"지장 저언혀 없어요. 마나가 바닥이면, 마법을 쓸 수 없다는 것과 마법으로 상처가 났을 때 크게 다치고 늦게 아문다는 문제밖에 없거든요. 근데 요즘 세상에 마법사가 어디 흔한가요? 이 넓은 제국에 탑에 있는 쉰 남짓한 인원이 다인 데다, 그 사람들은 탑에서 나오지도 않잖아요."

"하지만 마법사를 접할 일이 생기면 곤란하지 않나? 하녀장처럼."

"그건 그렇죠. 만약 제가 그 아가씨에게 파이어볼을 쓰면 그 아가씨는 즉사일 거예요. 하지만 그 아가씨, 평민이죠? 이번 일이 특수한 거 아닌가요?"

꿈틀꿈틀. 황태자의 황금빛 눈썹이 불쾌함을 드러냈다. 뭐가 저렇게 불만일까. 요 며칠 심기가 불편한 주인의 곁에 있는 게 부담스러웠던 제레미는 몰래 한숨을 삼키며 엘레노아 사이먼의 화제를 심기 불편 화제 리스트에 올렸다.

"그럼 대체 어떻게 파티장을 빠져나왔고, 이 상자를 찾아낸 걸까."

"어라, 덮고 넘어가 주시려는 거 아니었어요?"

제레미는 다급하게 문서의 산을 뒤적거려 문서를 하나 찾아냈다. 그것은 하녀의 증언서만 첨부하면 되도록 미리 만들어 놓은 보고서였다.

"이거요, 이거. 도장도 직접 찍으셨잖아요. 그냥 넘어가려는 거 아니었어요?"

"그대로 모든 사실을 밝히면 화재와는 관계없는데도 감옥에 가야 하니까 그 부분만 덮어 주었을 뿐이야. 그녀는 실종 사건과도 관계가 있고, 무엇보다 그녀의 언니가 실종자야. 실종 사건에 도움이 될 수도 있으니 그 앞을 막고 싶지 않아."

말은 바른말인데 왜 변명 같을까요. 제레미는 그렇게 생각했지만 자신의 생각을 입 밖으로 내는 실수를 저지르지는 않았다. 그러나 황태자도 공으로 제레미와 8년을 지내 온 것이 아닌지라 한 번 더 눈썹을 꿈틀하고는 화제를 바꾸어 상자를 들어 올렸다.

"이 상자, 조사 좀 해 보지."

"왜요? 뭐 있어요? 그냥 봐선 아무것도 느껴지지 않는데."

귀찮아서 중얼거리면서도 제레미는 자리에서 일어났다. 풀썩, 책상 한구석에 쌓여 있던 문서들이 또 바닥으로 내려앉았다.

"단순한 나무 상자 같지만, 전체적으로 세공이 섬세해. 그리고 뚜껑에 연꽃이 음각되어 있어. 워낙 가는 선이고 결 때문에 육안으로 잘 보이진 않아도 만지니 알겠더군. 동양에서 들여온 물건이든지, 동양과 관련 있는 물건일 거야. 무엇보다, 힘으로는 열리지 않아."

"어, 그러네요. 잠시만요, 집중해 볼게요."

제레미의 녹색 눈동자가 눈꺼풀로 덮였다. 황태자는 다소 초조한 듯 그 얼굴을 지켜보고 있었다.

건국 이래, 테브스란 제국에 퍼져 있던 마나가 기하급수적으로 줄어들었다. 따라서 마법사들이 운용 가능한 마나도 줄어들었다고 한다. 이유는 알 수 없었다. 선천적으로 마나를 느낄 수 있는 자도 줄어드는 바람에 마법사의 숫자는 점점 줄기만 했다. 건국왕에게서 비롯된 테브스란 집안의 무인 기질은 6대 황제 발타잘에게까지 이어져, 마법의 탑은 그저 또라이들의 집단 거처 정도로 여겨지는 상황이었다.

거기에 혜성같이 나타난 신참 마법사가 제레미였다. 탑에 거주하는 마법사의 자식들—마나를 느끼지 못하는—에게서 구박과 왕따를 당하면서도 그는 기죽지 않았다. 무엇보다 마나를 느끼고 운용하는 자질이 특출 났다. 제레미는 아직도 모르지만, 황태자가 그를 빼 오기 위해 연구비 조로 넘긴 값은 귀족의 별장 세 채쯤은 거뜬한 정도다. 거기에 황태자가 개인적 욕구 충족을 위해 별도로 모아 놓은 마법서와 역사서를 제공하자, 제레미의 마법은 끝을 모르고 발전해 나갔다. 그리고 지금, 제국 최고의 마법사는 제레미였다.

황태자는 그것이 몹시 화가 났다. 제레미도 하는데 황태자인 본인에게 마나를 느끼는 재능, 마법을 쓸 수 있는 재능이 없다는 게 화가 났다. 게다가 테브스란가는 대대로 마나가 남들보다 많다는데, 나도 마나가 남들보다 많다는데, 제레미도 쓰는 마법을 내가 못 쓴다니!

그렇다. 대대로 무인 집안에 태어난 황태자는 모든 황제보다 뛰어나다고 공식 인정받은 특출 난 검술보다 마법을 쓰고 싶었던 것이다!

멋있잖아……! 폼 나잖아……!

어린 황태자가 그린 그림은 이랬다. 수십만 명의 군대 앞에 비장하게 홀로—주변에서 절대 황태자를 혼자 전장에 보내지 않을 거라는 지극히 당연한 사실은 잠시 잊었다—선 황태자의 황금빛 머리카락이 모래바람 속에 아름답게 휘날린다. 무장한 수십만 명의 군대는 황태자를 보고 코웃음 치지만, 황태자는 물러서지 않는다. 굳게 발을 디디고, 두 팔을 벌리고, 고개를 들어 하늘을 올려다보며 조용히 마나를 끌어모은다. 이상한 낌새를 눈치챈 군대가 돌진 태세를 취할 때, 황태자는 주문을 외운다. 주문은 짧고 간단해야 한다. 그쪽이 폼 나니까.

메테오.

잘 다듬은 입술에서 주문이 흘러 나가면 하늘에서 운석이 떨어지기 시작한다. 정면만 노려보고 돌진하던 군대에, 무시무시한 기세로 운석이 떨어진다. 퍽, 퍼억, 군인들은 나가떨어진다—어릴 때의 상상이라 유혈 사태는 벌어지지 않았다—. 말들이 히히잉 울며 앞발을 들어 기수를 떨어뜨린다. 쿵, 쿠웅, 쿠우웅, 연속해서 떨어지는 운석에 군인들이 겁에 질려 도망치기 시작한다. 테브스란 제국에 저런 마법사가 있다니! 경악해서 달려 나가는 군인들—그저 가상의 적국이면 되었다. 이를테면 동양의 전사들처럼. 이 대륙에 테브스란 제국 이외의 나라는 없다는 사실은 또 잠시 잊었다—에게 싱긋 웃어 주는 자신. 그리고 의기양양하게 귀환하여, 전쟁의 영웅이 되어 역사서에 기록되는 전무후무한 마법사 황태자, 세드릭.

어릴 때의 허무맹랑한 환상은 유일하게 이루지 못한 꿈이 되었다. 그래서 유능한 마법사를 자신의 손으로 길러 내고도, 그 유능한 마법사의 절대 충성을 얻어 내고도, 제레미가 마법을 쓰거나 확인할 때면 황태자의 불퉁한 심사가 고개를 들곤 했다.

"왜 이리 오래 걸려?"

핀잔을 주자 제레미가 오만상을 찌푸린다. 어깨 콧잔등에 송골송골 땀이 밴다. 뭔가 문제가 있나. 황태자는 주의를 환기하고 자세를 바로 고쳐 앉았다. 긴장된 침묵이 한참 흐른 후, 제레미가 겨우 눈을 뜨고는 긴 한숨을 내쉰다. 황태자가 책상에 있던 물컵을 내밀자 벌컥벌컥 마신 제레미가 소매로 이마에 맺힌 땀을 닦아 낸다.

"바깥이 아니라 안쪽에 봉인을 걸어 놨어요. 나무 때문에 마력이 차단돼서 밖에서는 못 느낀 거였어요. 이 나무도 보통 나무는 아닌 것 같아요. 봉인만 깨 보려고 했는데, 바깥에서 건 게 아니라 안 되네요. 상자를 마법으로 부수는 게 빠를 것 같아요."

"그런가."

황태자는 고개를 끄덕이고는 자리에서 일어났다. 제레미는 얼른 달려가 황태자의 머리카락이 혹시나 의자에 엉킬세라 섬세한 손놀림으로 머리카락을 거두어 냈다. 황태자가 두어 번 가볍게 머리를 흔들자 머리카락은 금세 사락사락 소리를 내며 제자리를 찾아갔다.

"어디 가세요?"

"상자 부수러. 주인 앞에서 부숴야 할 테니까. 따라와."

"예, 예에."

일도 많은데 그냥 혼자 가시지. 제레미는 꿍얼꿍얼하며 다시 한 번 땀을 훔치고 잰걸음으로 황태자의 뒤를 따랐다.

그러나 엘레노아는 방에 없었다. 안나의 말로는 중앙군 책임자가 데려갔다고 했다. 하녀장이 도저히 입을 열지 않아서 궁여지책으로 그녀와 마주하게 한 것이다.

"피해자를 범인에게……."

더더욱 심기가 불편해진 황태자 뒤에서 중얼거리며 제레미는 혀를 찼다. 황태자가 거침없이 발길을 돌렸다. 아, 아아, 조만간 중앙군 대련 한번 가나요. 아니, 아니지. 대련이면 백번 낫지. 감사 들어갈지도 모르겠네. 아아아아아아! 그것만은! 일이 더 늘어나는 사태만은! 제발 그냥 몸으로 때워 주세요오오오오오!

뒤에서 제레미가 끙끙대며 절규하는 것을 못 들은 척하며 걸어가는 황태자의 걸음은 점점 빨라지기만 했다.

쌔액 쌔액 힘든 숨을 몰아쉰다. 눈은 뜨여 있지만 한쪽뿐이다. 온몸이 붕대로 감겨, 드러난 곳은 오른쪽 눈과 콧구멍, 입술뿐이었다.

제레미의 마법은 효과가 굉장했다. 그 잠깐 사이에 이렇게 될 줄이야.

그때의 기억이 되살아나자 구역질이 치밀었다. 옆에 있던 의사 조수가 다 안다는 듯이 엘레노아의 등을 두드려 주며 물을 내밀었다. 중앙군에서 나온 사건의 담당자, 기사 발터가 답답한 듯 발로 바닥을 쿵쿵 내리찍는다.

"목숨을 부지하는 시간이 길어질수록 고통스럽기만 할 텐데 입을 열질 않아. 제기랄, 피부은 약값이며 진료비며 마법사들에게 줄 연구비가 얼만데!"

이쪽마저 목숨보다 돈인가. 그녀는 울컥했지만 곧 눈을 감고 그 생각을 떨쳐 냈다. 이쪽은 마흔한 명을 죽인 범죄자다. 들어가는 돈이 아까울 수도 있지. 그렇게 생각하자 마음이 조금 가벼워졌다. 다시 눈을 뜬 그녀의 눈에 독한 기가 어려 있었다.

"왜 나를 죽이려고 했어요?"

"……."

"단순히 목격자라서? 하지만 집사장이 잡혀간 상태였어요. 그 상태에서 나를 죽이면, 당신이 범인으로 몰릴 거라는 생각은 안 했나요?"

끄, 끄으윽. 무언가 말을 하고 싶은 듯했다. 하지만 몇 날 며칠을 꾹 다물고 있던 입술 안 목구멍은 쉽게 말을 듣지 않았다. 조수가 얼른 손수건을 꺼내 들었다. 물컵의 물을 조금 흘려 손수건에 적시더니 그걸로 환자의 입술을 축여 준다. 그걸로 갈증이 가실 리는 없을 테지만, 기분은 한결 나아진 듯 환자의 숨소리가 조금 고르게 변했다.

"멍, 멍청하지만, 못, 했어. 나, 나도 사, 살인은, 처음, 이라. 어떻게, 든, 목격자를, 없애야 한다고, 그 생각, 생각만, 했어. 무서, 무서웠거든. 하, 하하하, 끅……."

그렇고 기를 써도 입을 열지 않던 하녀장이 입을 열었다. 발터의 얼굴이 시뻘게졌지만, 자신의 분노보단 이 사태를 해결하는 게 우선이라는 이성적인 판단으로 얼른 하녀장의 말을 받아 적기 시작했다. 그러나 발터의 손은 곧 멈추고 말았다.

"그렇게 무서웠으면서, 왜 그랬어요?"

"……."

"나, 여기저기 상처 난 거 보여요? 나를 이렇게까지 몰아붙여 놓고, 이 지경이 돼서도 말 안 해 줄 거예요?"

"너, 너도, 거짓말, 했잖아. 머리, 가발, 이었지. 너도, 정체, 숨기고 들어왔으니, 똑같아. 말 안 해. 흐흐흐."

하녀장이 음흉하게 웃다가 기침을 한다. 조수가 다시 입술을 손수건으로 닦아 주었다. 옆에서 수상한 시선이 느껴졌다. 엘레노아는 평정을 가장하며 대답했다.

"시골에선 짧은 머리도 괜찮지만, 도시의 귀족가에선 안 된다고 해서 긴 머리 가발을 쓴 것뿐이에요. 그게 문제가 되나요?"

"맞아. 특히 수도 자카드에선 짧은 머리 하녀를 기피하지. 가볍고 빠르게 움직이다가 실수할 것 같은 이미지가 있으니까."

그녀의 어깨가 움찔했다. 발터와 조수가 기함을 하며 일어나 경례하는 소리가 들렸다. 그래도 그녀는 돌아보지 않았다.

펑펑 울었다. 엄청나게 울었다. 눈물이 마르질 않았다. 나중에 황태자가 상자를 가지고 간 것을 알고 또 울었다. 왜 그렇게 눈물이 나는지 스스로도 이해할 수 없었다. 왜 그렇게 서운하고 서러웠는지 이해할 수가 없었다. 그래도 눈물은 났고, 얼마나 울었는지 이틀이 지났는데도 엘레노아의 눈은 퉁퉁 부은 채였다.

돌아보지도, 인사를 하지도 않는 그녀를 보고 발터는 기함하는 듯했지만, 오히려 황태자가 발터에게 손짓했다. 물러나라는 뜻이었다. 발터는 땀을 삐질삐질 흘리며 애원을 한다.

"저기, 하녀장이 이제 입을 열기 시작해서, 저기, 제가 받아 적어야 합니다만, 전하."

"차질 없게 해 줄 테니 나가 있어요. 허가 없이 피해자를 가해자에게 끌고 왔다고 전말서 쓰지 않으려면 말이죠."

대답한 건 제레미였다. 발터는 아 뜨거 하는 표정으로 후다닥 방에서 물러났다. 조수도 눈치를 보다가 잽싸게 방을 빠져나갔다. 조용히 문이 닫히자, 방 안에는 하녀장이 쿡쿡 웃는 소리만 남았다.

"뭐가 그리 웃기지?"

"누, 누가 와도, 말, 안 할 건데, 용, 용을 쓴다, 싶어서."

엘레노아는 눈을 끔벅였다. 죽을 때가 되니 간이 배 밖으로 나왔구나 싶었다. 하지만 곧 깨달았다. 하녀장은 이 남자가 황태자라는 걸 모르는 것이다. 하녀장에게 그는 아직 '버나드 기든스' 일 테니까. 그것을 아는지, 황태자 역시 하녀장의 말에는 신경 쓰지 않고 침대로 다가왔다. 제레미가 잽싸게 의자를 들고 왔고, 조금의 지체도 없이 물 흐르는 듯한 동작으로 황태자는 자리에 앉았다.

심장이 조금 시끄러워졌다. 그렇게 싫은 소리를 하고 울게 만든 사람이 옆에 앉았는데 왜 소란인 걸까. 두 뼘 정도 거리를 두고 앉은 황태자에게서 열기가 피어오르는 것처럼 느껴져, 그녀는 입술을 꾹 깨물었다.

황태자는 옆을 한 번도 돌아보지 않은 채 상자를 내밀었다. 하녀장의 하나 남은 눈이 조금 커졌다.

"상자, 부술 거다."

"그, 그걸 왜 부숴요!"

대답한 건 엘레노아였다. 기겁해서 상자를 뺏으려 했지만, 황태자는 아주 약간 몸을 물리는 것만으로도 훌륭하게 상자를 사수했다.

"안쪽에 봉인 마법이 걸려 있다고 하는군. 나무도 특수해서 마력이 새어 나오는 걸 차단한다고. 대신 보존 마법은 걸려 있지 않다니까 사양하지 않고 부숴 주지."

"하, 하지만 문양이!"

"문양이 왜?"

황태자가 힐끔, 곁눈질로 그녀를 일별했다. 엘레노아는 울상이 되어 망설였지만, 황태자가 상자를 제레미에게 넘길 때마저 참을 수는 없었다.

"뚜껑에 수련 모양이 있잖아요! 그 상자, 다이안 후작과 연관이 있을 거라고요!"

황태자가 어이없다는 듯 그녀를 보며 입을 벌렸다. 그것조차 아름다워 그런 표정까지 연습했냐고 핀잔을 줄 참에 제레미도 아아 하고 낮은 탄식을 내뱉었다. 어, 아니야? 난감함을 느낀 그녀가 돌아보자, 제레미가 민망해하는 얼굴로 웃으며 설명해 주었다.

"이건 수련이 아니라 연꽃이에요. 둘이 비슷하게 생겼으니 무리도 아니지만요. 다이안가의 문양과 이 꽃의 문양은 다른 데다, 결정적으로 수련과 연꽃은 꽃 안쪽이 달라요. 여기 새겨진 건 연꽃이에요."

"그, 그럼 다이안 후작과는 아무 관계도 없는 거예요?"

"그럴 거예요. 게다가 최근 실종자에 다이안 후작의 넷째 딸도 포함되어 있으니, 다이안 후작가와 관련이 있을 확률은 매우 낮을 거예요. 가장 최근의 실종자라 몰랐나 봐요."

엘레노아의 뻗은 손이 허무하게 무릎으로 떨어졌다. 황태자의 얼굴이 안타까움을 드러냈으나, 그것은 찰나였다. 곧 담담한 미소로 돌아온 그가 상자를 제레미에게 넘겼다. 하녀장의 눈동자가 흔들리며 동요를 드러냈지만 그렇다고 그들을 말리지는 않았다.

제레미가 주문을 외운 뒤 손을 폈다. 상자는 당연히 바닥으로 떨어졌다. 그러나 특별히 힘을 주지 않았음에도 상자는 네 덩어리로 쪼개졌고, 그 안에 든 물건만 둥실둥실 공중으로 떠올랐다. 엘레노아의 눈이 커졌다.

"이, 이게 뭐야……."

"재로군. 사람을 태우고 남은 재. 두 명분 정도 되려나."

그녀는 식겁해서 입을 다물었다. 제레미도 공중에 떠오른 그것을 담을 무언가를 찾으려 땀을 삐질삐질 흘렸다. 태평한 것은 황태자뿐이었다.

"왜 넣어 놨지?"

"……."

"집사장에게 물어볼까?"

"집사장과 과, 관계있는 걸, 어떻게, 알았나요?"

하녀장의 입가에 미소가 걸렸다. 황태자도 우아하게 웃는다.

"그대는 데이지 카민을 죽이러 가서 굳이 이 상자를 챙겼어. 그렇다면 이 상자는 화재와 관련이 있겠지? 진범인 그대가 죄를 뒤집어씌우려 했던 건 집사장. 그렇다면 혹시 그와 관련이 있지 않을까 짐작했을 뿐이야."

엘레노아는 조금 놀랐다. 정작 그 상자를 구해 온 그녀는 베스의 단서라고만 생각했지 화재와 관련이 있을 거라고는 짐작하지 못했던 것이다.

"하, 하하, 맞, 맞아요."

완고하던 태도가 가셨다. 하녀장은 이제 모든 것을 다 내려놓은 듯했다.

"셋째와 넷째, 루만과 가트가 비밀 단체에, 빠진, 적이 있어요. 서자도, 인간답게 살 수 있도록, 세상을 바꾸자, 그런 단체였는데, 한동안, 열심히 하다가, 퇴출당했어요. 침울해하니까, 집사장이 파티를 벌였, 어요. 그때, 창녀 두 사람이, 죽었고 집사장이, 시체를, 몰래 화장했는데, 그 재를, 제가 훔쳐, 그 상자에, 넣었어요. 그걸로, 협박해 불러내서, 도마로 때려, 기절시켜, 끌어냈어요."

"상자는 어디에서 났지?"

"창고에, 버려져 있, 있었던……."

"아니, 이 연꽃무늬는 그대가 말한 단체 '세상의 모든 인연' 에서 취급하는 거다. 게다가 바깥쪽이 아니라 안쪽에서 봉인이 걸린 상자, 웬만한 수준으로는 풀리지도 않는 마법을 쓴 상자가 백작가의 창고에 굴러다녔다고?"

"잠깐. 세, 뭐라고요?"

기가 막힌 엘레노아가 손을 들어 황태자를 제지했다. 오, 오오. 제레미는 감탄했다. 당혹스러워하는 황태자는 정말 오랜만이었다. 세상에 저 능글맞은 전하를 당혹시키는 사람이 나타나다니. 제레미는 흥미진진하게 두 사람을 응시했다. 흠흠, 두어 번 헛기침을 한 황태자가 단호하게 내뱉었다.

"두 번 말하게 하지 마. '세상의 모든 인연' 이다."

"무슨 그런 민망해서 싸대기 날리고 싶은 이름이 다 있대요? 아니, 그보다, 그런 단체와 실종 사건이 관계있다는 걸 알고 있던 거예요?! 내가 언니를 찾는 걸 알면서도 말 안 해 주고 내가 그런 불구덩이에 들어가는 걸 보고만 있었던 거예요?!"

하아. 황태자가 성대한 한숨을 내쉬었다.

아무래도 자신은 이 여자에게 약한 모양이다. 고작 이틀 전에 펑펑 울어 아직도 눈이 퉁퉁 부어 있는 여자를 보니 구박할 생각도 들지 않는다. 하녀장조차 엘레노아를 보며 웃고 있다. 이 상황은 아름답지 않아! 하지만 그렇게 생각하면서도 이 여자를 무시할 수가 없다. 결국 황태자는 빠른 속도로 '세상의 모든 인연'에 대한 정보를 풀었다.

"이번만 설명해 줄 테니까 잘 들어. 다이안가의 넷째가 납치될 때, 범인 중 두 명이 체포됐어. 그 둘은 귀족가의 서자였고, 당연히 최근 서자녀들이 모이는 그 단체가 배후로 지목됐지. 그 단체는 할 일 없어 마냥 노는 귀족가의 서자 서녀 들을 끌어모으는 집단이고, 세상을 널리 아름답게 하는 데서 자신들의 정체성을 찾자고 주장하고 있어. 실제로도 모임에 문제는 없다. 종교 권유를 하는 것도 아니야. 금품이 오가는 것도 아니고, 일일 일선을 주장하며 주변인들을 돕는 게 단체의 철칙. 근거지를 두는 것도 아니고 회원들이 돌아가면서 술집을 빌려 회합을 해. 그것도 길어야 두 시간이고, 자기들이 무슨 선행을 했나 발표하는 자리에 가까워. 수장이 실종 사건의 배후로 추측되지만 거주지를 알 수 없을 뿐만 아니라 사건과는 연결 고리조차 드러난 것이 없어. 얼마 전 그 집단이 회합한 술집에서 연꽃이 수놓인 천 쪼가리가 발견된 게 다야. 당연히 그 무늬가 그 집단과 연결되어 있을 거라고 생각되지만, 저쪽이 부정하는 데다 그 외에는 다른 증거가 없어. 몰아붙일 수가 없는 상황이란 거다."

설명을 듣다 보니 서자라는 것 외에 오히려 접점이 없지 않나 싶었다. 그러나 엘레노아는 반박하길 포기하고 입을 다물었다. 한마디만 더 하면 황태자가 폭발할 것 같다는 느낌이 들었기 때문이다. 감정적이 된 황태자는 어쩐지 생소했지만, 거기에 깃든 인간미가 그녀는 훨씬 마음에 들었다.

빠른 속도로 말을 뱉어 낸 황태자가 한숨을 내뱉고 하녀장에게 고개를 돌렸다. 하녀장의 눈엔 아직도 웃음기가 한가득이었다. 고생하십니다, 그런 눈빛이었다.

"아무리 니이만 백작이 최근 위세를 떨치고 있다 하더라도, 이건 백작이 취급할 수 있는 물건이 아니야. 어디서 구했지?"

"말씀하신, 곳에서."

"어떻게 접근했지?"

"초반엔, 그 별채에서, 회합이 있었어요. 그 수장에게, 요새 루만과, 가트가 빼기고 다닌다고, 한마디 흘렸더니, 고맙다면서 줬어요. 그 뒤로 두 아들이 퇴출되고, 술집으로, 옮긴 겁니다."

엘레노아의 어깨가 처졌다. 이제 백작의 두 아들이 불쌍해질 지경이었다. 대체 어째서 이렇게까지 죽이고 싶을 만큼 미워한 걸까. 그렇게 망나니였나.

풀이 죽은 기척을 느끼고 황태자는 그녀를 바라보았다. 분명 백작의 서자들을 안쓰러워하는 것일 테지. 그녀의 동정심이 어리석다 싶으면서도, 황태자의 눈꼬리가 가만히 접혔다. 그러나 그 보일 듯 말 듯한 진심 역시, 이내 연습한 미소로 지워졌다.

"백작의 두 아들을 죽이기 위해 불을 지른 건, 역시 그들이 백작의 친아들이 아니었기 때문인가?"

하녀장과 엘레노아의 눈이 번쩍 뜨였다.

"알고, 계셨나요?"

"이 세상에 비밀은 드물어. 셋째와 넷째는 니이만 백작 부인이 다른 남자에게 본 자식들이라고 들었다. 아, 놀랄 것 없어. 다른 귀족가도 비슷한 상황이니까. 다들 알고도 모르는 척해 주는, 암묵적인 비밀인 셈이야. 유감스럽게도 하녀장은 몰랐던 모양이군. 첫째와 다섯

째만 둘 사이의 자식이고, 둘째가 니이만 백작이 외부에서 낳아 온 딸, 셋째와 넷째가 그에 대한 반발로 니이만 백작 부인이 다른 남자에게서 본 후 백작과 엄청난 싸움 끝에 서자로 호적에 올린 아들들이라고 들었다. 맞나?"

"……맞습, 니다."

"그리고 짐작하건대, 그 아버지는 집사장일 테지?"

하녀장의 붕대 감긴 손이 부들부들 떨렸다. 엄청나게 충격을 받은 듯했다. 식겁한 엘레노아의 손도 떨리기 시작했다. 그렇다면, 하녀장은 남들이 다 아는 비밀을 위해 셋째와 넷째를 죽인 셈이 된다. 그것도 서른아홉 명이라는 생목숨을 끊어 가면서.

어느새 의자를 끌고 다가앉은 황태자가 내색도 없이 엘레노아의 손을 잡아 주었다. 따뜻하고 큰 손에 감싸여 있으니 놀람은 가라앉았다. 머리로는 뿌리쳐야 한다는 걸 알았지만, 자신의 손끝이 아직 차디차서 따스한 손을 뿌리치기가 어려웠다.

이쪽은 한 번도 쳐다보지 않은 채, 황태자는 청산유수로 말을 이었다.

"집사장에 대해 조사를 조금 해 보았지. 백작 부인이 처녀 때부터 데리고 놀던 건달로, 시집오면서 그대와 함께 몸종으로 데리고 왔다 하더군. 처음엔 하인 일도 제대로 못 했지만, 더러운 일을 처리하는 데에 눈을 뜨면서 집사가 되었고 어느덧 집사장까지 되었지. 그 집사장과 두 아들이, 그토록 미웠나?"

그녀는 아직 대답 없는 하녀장을 향해 물었다.

"어째서 그들이 미웠나요? 백작 부인을 구박한 백작이 미워야 하는 것 아닌가요?"

"백작이 없으면, 부인은 살 수 없으니까. 부인은, 제게, 하늘 같은 분인데, 백작은 툭하면, 걸레라느니, 창녀라고 멸시하고……. 부인은, 늘 괜찮다고 했지만, 부인이 그런 취급당하게 만든 두 아들의 존재가, 너무나 밉고, 집사장도, 너무나 미웠, 어요. 더구나 집사장이 자꾸만 나를, 나를 해고하려고 해서……."

더러운 이야기가 줄줄이 흘러나왔다. 그녀는 자리를 박차고 일어나고 싶었다. 하지만 황태자의 손은 너무나 다정했고, 또 엘레노아 자신에게 닥친 일과도 관계가 있었으며 이미 다 끊어진 베스에의 단서가 어디서 튀어나올지 몰랐다. 저도 모르게 황태자의 손가락에 자신의 손가락을 얽으며 그녀는 천천히 숨을 골랐다. 살며시 황태자의 손가락에 힘이 들어갔다.

결국 하녀장은 처음부터 집사장과 두 아들이 마음에 들지 않았던 거다. 그리고 집사장이 해고하려는 기색을 내비친 것이 기폭제가 된 것일 뿐이다. 생각할수록 분노가 일어, 그녀는 힘겹게 숨을 내쉬는 하녀장에게 쏘아붙이고 말았다.

"집사장이 없었어도 백작 부인은 다른 남자와 관계해서 아이를 낳았을걸요. 백작이나, 자신을 해고하려던 집사장을 죽인 거라면 이해라도 하겠어요. 하지만 당신은 결국 두 아들이 마음에 들지 않았던 거예요. 바보 같아. 근본 원인은 백작과 백작 부인의 바람기인데, 왜 애꿎은 사람에게 책임을 전가하는 건가요? 그렇게 생떼 같은 목숨들 끊고 났더니 당신 속은 편안하던가요?"

"하, 하하, 하하하, 그, 그러게, 그걸 너무, 늦게 알았어……. 나는, 나는 멍청한 년이었어……."

이제 하녀장은 급격히 쪼그라든 듯 보였다. 생명력이 빠져나가 바닥이 나고 있는 몸은 훅 불면 금방이라도 날아갈 것 같은 종잇장처럼 보이기도 했다. 다 되어 가는 건가. 낮게 중얼거린 황태자의 목소리에 가슴이 철렁 내려앉았다. 제레미가 의사를 불러오려 했지만 황태자는 고개를 저은 후 낮은 목소리로 물었다.

"하나만 더. 혹시 집사장이 불렀다가 죽어 화장한 두 여자도 그대가 손을 댄 건 아닌가?"

"아니, 그들은 향이, 안 맞아서……."

하녀장의 목소리가 점점 꺼져 들었다.

죽는 사람을 처음 보는 것은 아니다. 그러나 바다가 아닌 곳에서 사람이 죽는 것을 보는 것은 처음이었고, 사람이 죽는 것은 언제 어느 때든 마음 편히 지켜볼 수만은 없는 장면이었다. 엘레노아는 저도 모르게 황태자의 손에 매달렸다. 단단하게 마주 잡아 주는 그의 손은 무척 강인해서 의지가 되었다.

"마지막으로 하고 싶은 말은?"

황태자의 낮은 목소리가 엘레노아의 몸속을 돌며 웅웅거렸다. 눈물 날 만큼 안심이 되는 다정한 목소리였다.

"부, 부인……."

하녀장이 내뿜는 거친 숨소리는 순식간에 극에 달했다. 그리고 점점 가빠지던 숨소리는, 긴 숨 끝에 그대로 멈추고 말았다.

방 안에 정적이 내려앉았다. 싸늘한 방, 황태자의 낮은 목소리가 울려 퍼졌다.

"그대가 한 짓은 절대 용납할 수 없다. 그러나 라니아 하이네, 돌려받을 수 없는 주인에 대한 충성심과 애정만큼은, 내생에서 돌려받기를."

08
단서

하녀장의 죽음은 심란했지만 인과응보라고 생각했다. 다만 한 가지 궁금한 것이 있었다. 그간 백작 부인도 하녀장에게 잘해 주지 않았나? 그래서 잘못된 방식이지만 그렇게 충성한 것 아닌가? 왜 돌려받을 수 없는 충성심과 애정이라고 황태자가 말한 걸까. 엘레노아가 그렇게 물었을 때, 제레미는 멋쩍은 듯 괜히 코 아래를 문질렀다.

"곧 알게 되실 거 같은데요."

"그래요?"

"네, 네. 그리고 이런 거, 저보다 전하께 여쭤 보는 게 좋을 거 같아요. 음, 되게 조…… 좋아하실걸요?"

"구박이나 안 하면 다행일 것 같은데요?"

그녀의 지적에 제레미는 반박하지 못하고 멋쩍게 웃었다. 좋아는 하겠지만 그 인간이라면 확실히 구박을 곁들여 알려 줄 테니까.

엘레노아는 아직 니이만 백작의 저택에 머물고 있었다. 니이만 백작이 피해자인 그녀에게 완치될 때까지 여기에 머물라고 간곡히 부탁—귀족이 평민에게 한 것이니 사실상 명령—했던 것이다. 자기 집 안에서 그 모든 사건이 일어난 데다 황태자가 존재를 알고 있는 유일한 목격자인지라 입막음을 위해서라도 잘해 줄 필요가 있었다. 그리고 제레미는 그녀의 상태를 확인하고 오겠다는 명목으로 땡땡이 중이었다.

엘레노아는 머뭇거리며 다시 한 번 말을 붙였다.

"저기, 그럼 하나만 더 물어볼게요. 어……. 그, 그분을 뭐라고 불러야 맞는 건가요?"

무슨 말인지 바로 입력이 되지 않았다. 제레미가 잠시 멍하니 쳐다보자 그녀의 얼굴이 순식간에 불타올랐다.

"저는 그, 멋모르고 황태자님이라고 불렀는데, 그게 아닌 것 같아서……. 다른 사람들은 전하라고 하던데, 그게 맞는 건가 해서요."

"아아. 그런 의미였어요?"

제레미는 조금 실망했다. 은근히 기대했던 것이다. 하기야 평민들 사이에서는 굳이 '황태자 전하'라고 호칭까지 붙여 부르진 않을 것이다. 본인이 없는 곳이니 '황태자'라고 불러 대겠지. 그 생각을 하면 황태자님이 어딘가. 제레미는 얼른 감정을 수습하고 태연하게 대답했다.

"그것도 틀린 말은 아니니까 상관없어요. 그보다 자주 쓰이는 표현은 전하예요. 황태자시니까. 근데 아가씨는 그냥 편한 대로 불러도 괜찮을 것 같은데요? 어, 세드릭 님이라고 불러도 되지 않겠어요?"

은근히 옆구리를 찔러 보았다. 아니나 다를까 그녀가 펄쩍 뛰어오른다.

"몰랐으면 모를까, 알면서도 그렇게 불렀다가 황족 능멸죄 운운하면 저 할 말도 없어요!"

"그건 그렇지만."

바로 며칠 전에 그렇게 심술부려서 울렸으니까 부정도 할 수가 없다. 황태자의 연애 사업을 돕고 싶었던 제레미는 꺾이려는 마음을 다잡았다.

"하지만 제 생각엔 앞으로 실종 사건 같이 조사하게 될 것 같은데, 길거리 나가서도 황태자님이라거나 전하라고 할 순 없지 않나요?"

"그땐 기든스 님이라고 하면 되니까요. 어쨌든 알려 주셔서 감사해요. 전하가 맞는 거군요."

그녀가 선을 그었다. 에이, 실패다. 제레미는 쓴 입맛을 감추려 안나가 깎아 놓은 사과를 얼른 입안에 집어넣었다. 일단 후퇴, 일단 후퇴.

지금 엘레노아 사이먼은 요주의 인물이었다. 여자 다루는 데는 빠지지 않는 황태자가 진심으로 말싸움을 하고, 울리고, 협박하고, 어르고 달래며 전전긍긍하고 있으니까. 8년 만에 처음으로 황태자가 난처해하는 모습을 보고 있자니 이토록 행복할 수가 없었다.

게다가 딱히 반대할 이유도 없었다. 엘레노아 사이먼이면 테브스란 3대 상단 중 하나인 사이먼 상단의 둘째 딸이다. 황태자가 오래 마음에 들어 하면 후궁으로 들이면 되는 것이다. 실리에 밝은 상단주 사이먼이 반대할 리도 없다. 상단의 힘도 손에 넣고, 황태자도 마음에 들어 하는 여자를 들여앉힐 수 있고. 평민이라 황태자비가 될 수 없을 뿐만 아니라 되게 해 달라고 조를 만큼 정신머리 없는 여자도 아닌 듯해, 제레미는 진심으로 이 사태를 즐기고 있었다.

가장 큰 문제는 두 사람이 서로를 마음에 들어 하면서도 삐걱대고 있다는 점이었지만.

제레미는 하녀장의 임종 때, 다정하게 손을 잡고 있던 두 사람을 떠올리며 흐뭇함에 젖어 들었다. 황궁에서라면 어림도 없는 일이다. 일단 황태자는 본인이 세팅한 아름다운 모습이 흐트러지는 것을 무척 싫어했다. 그런데도 자연스럽게 손을 잡아 주다니, 오, 오오오. 우리 전하가 달라졌어요. 제레미는 잠깐 사이에 기분이 좋아졌다.

"그런데 제레미 님, 전하가 말씀하셨던 '세상의 모든 인연'에 대해 더 아는 것 없으신가요? 모든 단서가 끊겨서, 어디로 가야 할지 모르겠어요. 언니를 찾아야 하는데……."

싱글벙글하는 제레미와는 달리, 그녀의 얼굴은 거무죽죽했다. 그 화재 현장에서 기어이 들고나온 상자마저 단서가 아니었으니 얼마나 허탈할까. 무척이나 안쓰러웠지만 제레미는 고개를 저을 수밖에 없었다.

"죄송해요, 아가씨."

"그럼, 집사장을 한번 만나게 해 주시면 안 될까요?"

"집사장이요? 행크 졸타?"

의외의 이름에 되묻자 굳은 얼굴로 그녀가 고개를 끄덕였다.

"저, 분을 바르고 가발을 쓰고 저택에 들어왔어요. 그러면 언니랑 굉장히 닮은 얼굴이 되거든요. 그런데 집사장이 저를 굉장히 낯익어 하면서 의심해서, 왜 그런지 물어보고 싶어요. 진범은 밝혀졌으니까 집사장은 이제 풀려나겠죠?"

"아, 아니에요. 파티장 관리 소홀은 어쩔 수 없어요. 죽은 두 여자에 대한 화장 및 은폐도 문제가 되고요. 전자 정도라면 보석금만 내면 풀려나겠지만 후자 때문에 못 나올 거예요."

엘레노아의 얼굴에 하늘이 무너진 것 같은 표정이 떠올랐다. 상태를 보러 왔는데 오히려 악화시키고 말았다는 죄책감이 제레미의 마음속에 무럭무럭 자라났다. 도저히 그 상황에 자리를 지키기가 힘들어, 그는 머뭇머뭇 의자에서 엉덩이를 뗐다.

"그, 그럼 이만 가 볼게요. 몸조리 잘하시고요."

그렇게 제레미는 줄행랑을 놓고 말았다.

제레미가 금방 알게 될 거라는 말은 사실이었다.

"사체 인수를 거부했다고요?"

"그래."

엘레노아의 입이 서서히 벌어졌다. 눈도 크게 뜨인 채 감길 줄을 몰랐다. 황태자는 팔짱을 낀 채 조용히 기다렸다.

"하, 하녀장이 살인을 저지른 건, 모두 백작 부인을 위해서잖아요."

"그랬지."

"그런데 백작도 아니고, 백작 부인이 거부한다고요?"

"범죄자의 사체니까."

"그 범죄가 자기 때문에 일어난 건데?"

"백작 부인이 사주한 건 아니니까. 백작 부인은 그저 하녀장을 고용했고, 그 하녀장이 잘못된 충성심을 발휘했을 뿐이야."

"그건 그렇지만……."

"착각하지 마. 백작 부인은 엄연히 이번 일의 피해자야. 두 아들을 잃었다고. 사건에 휘말려 죽은 이들의 가족에게 도의적으로 사죄는 하겠지만, 그녀에겐 아무런 책임이 없어. 그녀에게 하녀장은 단순한 범죄자일 뿐이야."

"그렇네요."

그녀는 침울해 보였다. 마지막까지 부인을 찾던 하녀장의 모습 때문이겠지. 그녀의 심란한 마음이 가라앉을 때까지, 황태자는 조용히 기다려 주었다.

두 사람 사이는 지금 상당히 미묘했다. 제레미가 구해 줬네 아니네 하며 싸웠던 두 사람이 하녀장을 취조하며 다정하게 손을 맞잡았기 때문이다. 그러고 나니 어떻게 대해야 할지 알 수가 없었다. 엘레노아의 경우 정신을 차리고 보니 이 높으신 분께 그동안 소리 지르고 울고 따지고 했던 것이 기억나서 이 정상적인 상태가 부담스러웠다. 그리고 황태자의 경우 그녀 몰래 질투심에 사로잡혀 있는 상태였다.

그의 보좌는 오늘 기어이 뒤통수를 맞고 말았다. 황태자가 오후에 상태를 보러 갈 거라고 말을 해 두었음에도 혼자 그녀를 만나고 왔기 때문이다. 땡땡이칠 구실을 찾은 것뿐이라는 항변은 황태자에게 씨알도 안 먹히는 변명이었다. 안 그래도 동갑내기라며 두 사람이 친해지는 것이 달갑지 않았다. 나 몰래 혼자 만나러 오다니 어디서 개수작이야. 저속한 표현이 뱃속에 음흉하게 가득 차 있어서, 황태자는 선뜻 말이 나오지 않았다.

두 사람의 어색함을 깨 준 것은 노크를 하고 들어온 안나였다.

"백작 부인이 잠깐 카민 양을 만나고 싶다고 하시는데요."

"아, 네!"

엘레노아는 침대에서 벌떡 일어났다. 만일을 대비해 제레미가 준비해 준 검은 가발을 착용한 후 힐끗 황태자를 바라보자, 그가 예의 그린 듯한 미소를 지으며 어깨를 으쓱한다.

"다녀와."

안 기다리고 가셔도 괜찮은데요. 차마 그리 말할 수 없어 머쓱하게 안나의 뒤를 따르는 엘레노아였다.

백작 부인은 레이스가 주렁주렁 달린 가운을 입고 있었다. 보통 그런 차림으로 사람을 맞이하나? 좀 묘했지만, 생각해 보면 같은 여자에 어차피 하녀 노릇 하던 '데이지 카민' 앞에선 이상한 일도 아니다. 나른하게 담배를 피우는 그녀에게선 일말의 슬픔도 일말의 비탄도 찾아볼 수 없어 엘레노아는 잠시 어리둥절했으나 곧 정신을 차리고 먼저 말을 건넸다.

"부르셨다고요."

"그래요."

그리고 대화가 끊겼다. 넓은 방 안에 휑뎅그렁하게 사람을 세워놓은 채, 백작 부인은 한가롭게 담배를 피우며 파티 초대장을 뒤적이고 있었다. 엘레노아는 다시 한 번 말을 붙였다.

"아드님들이 그렇게 되신 건, 참으로 유감입니다."

"아들?"

"네?"

"아아. 그 덜떨어진 애들? 이름이 뭐였더라. 루트, 아닌데. 루만. 루만하고 가트. 줄여서 루트라고 불렀더니 이름도 기억 안 나네. 괜찮아요, 어차피 제 아비 닮아 여자 놀음이나 하고 다니던 것들인데 뭐. 없어져 줬으니 고맙다고 해야 하나."

……뭐?

엘레노아의 입이 쩍 벌어졌다. 중얼거리듯 백작 부인의 말이 이어졌다.

"수족 같던 하녀장이 죽은 거야말로 진짜 유감이지만, 범죄자는 사절이니까. 카민 양이라고 했나요? 카민 양도 조심해요. 어디 가서 그렇게 되지 않도록."

그러면서 고개를 든 백작 부인의 미소가 너무나 산뜻해서, 순간 엘레노아는 루만과 가트가 남편이 밖에서 낳아 온 자식인 줄 알았다. 하녀장이 지나가던 개 이름인 줄 알았다. 하지만 잘 생각해 보니 그 두 아들은 백작 부인이 열 달 품어 낳은 아이들이었다. 지나가던 개가 죽어도 저렇게 좋아하지는 않겠네. 게다가 유언마저 '부인'이었던 하녀장의 이름을 기억은 하나?

할 말을 잃은 그녀가 빳빳하게 굳어 있자, 등 뒤에 서 있던 안나가 흠흠 헛기침을 한다. 백작 부인은 왜 그러냐는 듯 안나를 일별하고 다시 말을 이었다.

"어쨌든, 파티 때문에 일하러 와서 못 볼 꼴 보고 험한 꼴 당했다고 들었어요. 고생 많았어요. 이제 이틀? 이틀이랬나? 그 정도면 밖으로 돌아다니는 데도 무리가 없다고 들었는데, 맞나요? 이건 별건 아니지만, 나가서 쓰도록 하세요."

백작 부인이 무엇인가를 내밀자 안나가 나서서 대신 받아 왔다. 뭔가 싶어 받아 보니 비취 브로치였다.

"이건……."

"비취예요. 팔면 보상 정도는 될 거예요."

별거 아니라더니 이번엔 보상은 될 거라고? 먹고 떨어지라는 거지? 그녀는 한숨을 푹 내쉬고 백작 부인을 불렀다.

"부인."

"응? 왜, 부족해?"

"가짠데요."

"뭐?"

"가짜라고요. 이거 팔면 금화는커녕 동화 한 닢 줄까 말까일걸요."

백작 부인의 얼굴이 순식간에 시뻘게졌다. 성큼성큼 다가온 그녀가 브로치를 낚아채 이리저리 살펴보고는, 성이 난 얼굴로 엘레노아를 바라보았다.

"네까짓 게 어떻게 이게 진짜인지 가짜인지 안다는 거야?!"

"사이먼 상단에서 잠깐 일했거든요. 이건 저급 옥을 염색한 가짜 비취예요. 평민 부녀자들 대상으로 파는 가짜 비취요. 앞으로 1, 2년만 있으면 염색 다 벗겨지겠네요."

"……칼리아 남작 부인, 그년이 나를 기만하다니! 용서 못 해!"

아들들의 죽음도 기억 못 하던 여자가, 장신구를 선물해 준 사람은 기억하고 있다. 아들들의 개죽음에 분노하는 게 아니라, 가짜 보석을 선물 받았다는 사실에 더 분노하고 있다.

이게 뭐야. 엘레노아가 입술을 꾹 물고 화를 참을 때, 백작 부인이 서랍을 뒤지더니 다가와 그녀의 두 손을 꼭 잡으며 다정하게 웃었다.

"알려 줘서 정말 정말 고마워요. 이건, 내 마음이에요."

그리고 엘레노아는 금화 한 주머니를 받았다. 진짜 비취의 값보다 더 많은 액수였다.

주니까 받긴 했다만, 그녀는 몹시 심기가 나빠져서 자신이 묵는 방으로 돌아왔다. 안나도 덩달아 기분이 나쁜 듯 보였다. 방문을 열자, 이쪽을 등지고 앉은 황태자가 보였다. 다녀왔다는 인사도 하기 전에, 엘레노아는 달려가 물었다.

"설마 모든 귀족이 다 이런가요?"

"음?"

"아들 이름도 제대로 모르고, 아들의 죽음을 오히려 기뻐하고! 덜떨어진 것들이라고 하질 않나, 아들보다 보석 진위를 더 중요하게 여기질 않나, 이게 진짜 귀족의 실상인가요?"

씩씩거리는 그녀를 보며 황태자가 가만히 웃었다. 그리고 흥분한 그녀의 손목을 잡아 침대 끝에 앉힌 뒤, 가볍게 숨을 내쉬며 수긍했다.

"그래. 이게 실상이야. 그 어이없는 단체가 세력을 불릴 수 있는 건, 그 정도로 관심받지 못하는 이들이 많기 때문이지. 이제 좀 이해가 됐나?"

그녀는 부들부들 떨며 분노로 띄엄띄엄 말을 이었다.

"너무해. 이건 정말 너무해. 와, 나쁜 것들, 정말 나쁜 것들이야. 하, 그렇게 자식이 아무것도 아니니 여자들이 그렇게 실종되는 데도 아무도 관심 갖지 않은 거구나. 와, 정말 나쁜 것들, 미친 것들!"

"……화가 난 건 알겠는데 그냥 넘어갈 수 없는 발언이 있군. 실종에 아무도 관심을 갖지 않았다고?"

황태자가 의자 등받이에 기댔던 몸을 일으켰다. 사락, 그의 움직임을 따라 머리카락이 흘러내렸다. 파란 눈동자에 이채가 서린다. 홀리듯이 그 눈을 보며 그녀는 고개를 끄덕였다.

"아무도요. 남자 따라간 것 아니냐, 단순 가출 아니냐, 그런 소리만 듣고 아무도 조사에 응해 주지 않았어요. 밤의 장미들도, 베스 이외에도 꽤 많은 아가씨가 잡혀갔는데 치안대며 중앙군 둘 다 움직여 주지 않았고, 언니와 정혼했던 스타일러가는 파혼하자고 했어요. 그래서 내가 실종되었다는 집마다 찾아가서 목격자를 알아내 증언을 얻어 낸 거예요. 그렇게 쫓아다닌 끝에 몇몇 문양을 알아냈고, 제일 증언이 빈번했던 게 니이만 백작가의 문양이라 이리로 잠입한 거예요. 이젠 어떤 단서도 없지만……."

분노로 펄펄 뛰던 그녀가 다시 시무룩해졌다. 그러나 황태자는 어느덧 의기양양, 장난기 가득한 예의 그 미소를 짓고 있었다.

"그랬나, 고생이 많았군. 하지만 단서라면 아직 남아 있어."

"네?!"

"상자 쪽을 한번 생각해 봐."

하여튼 그냥 순순히 답을 주는 사람이 아니다. 그녀는 열심히 머리를 굴렸다. 세공? 무늬? 아니 무늬는 아니랬는데. 접합부? 혼란에 빠진 채 황태자를 바라보자 그가 씩 웃는다.

"마나를 차단하는 나무는 이 나라엔 존재하지 않아."

"아, 아아아아! 들은 적이 있어요! 벽조목이라고, 대추나무가 벼락을 맞으면 잡귀를 물리치고 행운을 가져다준다고 했거든요. 그 잡귀가 테브스란에선 악한 기운에 가깝다고……. 그렇지만 우리는 웬만하면 벽조목을 취급하지 않아요. 비싼 데다 가짜랑 구별이 굉장히 어렵거든요. 그래도 아주 가끔, 진품 벽조목이 나왔다고 하면 진위를 확인하고 두어 개만 사 오기도 해요. 혹시 그 벽조목일까요?"

"역시 사이먼 상단의 후계자로군. 그래, 정답이야."

황태자가 싱그럽게 웃었다. 가식 없는 환한 미소는 그 어느 때보다도 매력적이었다. 잠시 할 말을 잃었던 그녀는 곧 정신을 차리고 말을 이었다.

"그러면 연꽃무늬, 상자, 동양, 세상의 모든 인연이 하나로 이어지네요."

"그런데 그들은 그걸 부정하고 있지. 그것만으로도 충분히 수상하지 않나?"

"하지만 걸리는 게 아무것도 없다면서요."

"지금까지는."

"무슨…… 의미예요?"

엘레노아가 수상하다는 듯 얼굴을 찌푸렸다.

"숨기는 게 없다면서도 수장은 계속 자신의 거처를 숨기고 있었어. 그런데 조금 전, 암살 길드 근처에서 수장의 거처를 발견했지. 그 문 하단에 연꽃무늬가 작게 새겨져 있었다 하더군."

"그, 그걸 어떻게?!"

"내 기사들은 유능하거든."

"우와아아아아! 우와아!"

환호성을 지른 그녀가 온 방 안을 뛰어다니기 시작하다. 부상을 입었어도 원래 움직임이 가벼운 여자다. 신이 나서 발을 구르고 뛰다가, 홍차를 내리던 안나에게 주의를 받고 멈춘 그녀의 얼굴에 생기가 가득하다. 그리고 황태자의 못된 장난기가 발동하고 만다.

"그런데 내가 같이 가겠다고 말을 했던가?"

멈칫. 그녀가 그 자리에서 굳었다. 천천히 고개를 돌리는 얼굴에 애절함이 가득하다. 이럴 때만 가련한 척이지. 황태자는 아무것도 못 본 양 도도하게 고개를 돌렸다.

"저, 저기, 저, 전하."

낯선 호칭이 마음에 들지 않는지, 황태자는 대답하지 않았다. 여전히 도도하게 고개를 돌린 채다. 그녀는 울상이 되어 슬금슬금 그의 곁으로 다가갔다.

"어, 아름다우신 전하, 존경하올 황태자님?"

황태자는 괜히 머리카락을 좌르륵 쓸었다. 사라락 흩어졌다 모이는 머리카락의 감촉은 오늘도 마음에 들었다.

"음, 저, 저기, 황족 능멸죄고 뭐고 그런 거 없기예요."

"뭐가."

"세, 세드릭 님?"

순간 황태자의 가슴에 무언가 쿵 하고 내려앉았다. 안나의 손에서 미끄러진 찻주전자가 바닥에 부딪혀 퍼석 깨지고 만다. 이때다 싶어 그녀는 아예 황태자의 옆에 무릎을 꿇었다.

"세드릭 님, 부탁드려요! 저도 데려가 주세요! 언니를 찾고 싶습니다!"

꼭 모아 깍지를 낀 두 손, 간절하게 올려다보는 짙은 검은 눈동자. 이런, 아무래도 이 여자에겐 마음이 약해지고 만다니까. 황태자 세드릭은 피식 웃었다.

"생각 좀 해 보고."

그래도 밀고 당기기는 잊지 않았다.

09
만남과 만남

여느 때와 같이 정시에 귀가 중인 요나단의 얼굴은 땀에 흠뻑 젖어 있었다. 그의 고용인은 좋은 분이지만, 때때로 자기가 할 수 있는 일은 남들도 할 수 있다고 생각하시곤 했다. 오늘 일도 꽤 버거워서 자칫하면 상처를 얻을 뻔했다. 요나단의 가슴은 그 버거운 일을 해냈다는 성취감보다는 자기반성으로 꽉 차 있었다. 그래서 검술 연습할 시간을 늘리기 위해 머릿속으로 계획표의 시간을 분 단위로 쪼개고 있었다.

요나단은 좋게 말하면 우직하고, 나쁘게 말하면 외골수였다. 정신적으로는 사춘기도 없었고, 어릴 때나 지금이나 욕심도 거의 없었다. 머리는 좋은 편이었지만 머리 좋은 사람들에게서 흔히 보이는 망설임은커녕, 오래 고민하는 일조차 거의 없었다. 정하면 물러서지 않고 오직 한길만 바라보고 살아온 사람이었다. 요나단의 부모는 그다지 신경 쓰지 않았지만, 주변인들은 그에 대해 걱정이 많았다. 어릴 때는 시키기라도 하지, 성인인 지금은 그것도 못 할 노릇이다.

남들의 속이야 타들어 가든지 말든지, 요나단의 속은 언제나 평온했다. 잠깐 사이 저녁 시간의 계획을 다시 짠 그는 개운한 기분으로 말에 집중했다.

그의 집은 도시의 외곽 중에서도 외곽 중에서도 외곽이었다. 답답한 걸 싫어한 그의 할아버지가 사교계고 뭐고 다 필요 없다, 연습할 공터만 있으면 충분하다며 할머니의 맹반대에도 불구하고 이사를 감행했다고 했다. 할아버지를 무척 닮은 그도 그 집이 좋았다.

어느덧 대문 근처까지 온 요나단은 문지기를 발견함과 동시에 대문 근처에서 이상한 것을 보았다. 굽어진 울타리 쪽이라 정면을 보고 있던 문지기는 발견하지 못한 것 같았다. 문지기들이 그를 보고 반사적으로 자세를 고쳤지만 그쪽엔 신경도 쓰지 않고, 요나단은 이상한 것이 놓인 쪽을 향했다.

사람이었다. 그것도 얇은 여름 이불 하나로 온몸을 감싼 채 바닥에 쓰러진 여자였다. 꼬질꼬질 더럽고 지저분한 데다 상처투성이여서, 보통 사람이라면 손을 대기도 꺼릴 정도였다. 그럼에도 요나단은 깊이 생각하지 않았다. 쓰러진 사람은 도와야 한다. 하지만 여자니까 달랑 들어 짐짝처럼 어깨에 걸칠 수는 없다. 요나단은 쓰러진 여자를 가뿐하게 안아 올렸다.

여자를 안아 든 통에 손을 쓰기가 어려워 어깨로 현관문을 열었다. 평소보다 조금 늦은 요나단의 귀가가 신경 쓰여 이제 오시려나 저제 오시려나 홀에 모여 있던 사용인들은 주인의 마중을 나가지 못했다는 현실에 기겁을 하며 외쳤다.

"다녀오셨습니까, 주인님!"

큰 소리로 합창한 그네들은 순식간에 열을 지어 섰다. 그리고 요나단에게 안긴 더러운 여자를 보고 식겁했다. 어쩜 저렇게 지저분하고 더러울까!

하지만 그들은 곧 사태를 파악했다. 여자를 집 안까지 데리고 들어온 주인이 내릴 명령은 뻔했던 것이다. 집사장이 눈짓을 하자, 하녀들이 인상을 쓰면서도 서슴없이 여자를 받아 들었다. 몇몇 하인은 여자를 눕힐 가장 소박한 손님방을 세팅하러 달려 나갔고, 몇몇은 주치의를 부르기 위해 2층으로 뛰어 올라갔다.

"목욕 준비는?"

"해 두었습니다만 물이 식었을 겁니다. 다시 데워 드릴 테니 잠시만 기다려 주십시오."

집사장이 공손하게 머리를 숙였다. 하지만 요나단은 신경도 쓰지 않고 걸어 나갔다.

"그럴 필요 없어."

"알겠습니다."

긴말도, 쓸데없는 추측도 필요 없는 주인이다. 집사장은 공손하게 물러나 요나단의 뒤에 따라붙었다. 두 명의 하녀가 알아서 집사장을 뒤따랐다.

계획보다 시간이 조금 늦어졌지만 틀어진 것에는 미련을 두지 않는다. 요나단은 여상하게 옷을 벗어 하녀에게 건넨 뒤 목욕을 하고 말끔한 옷으로 갈아입었다. 저녁을 먹고, 집사장이 골라 둔 편지와 초대장 들을 확인한다.

그렇게 잠시 집안일을 처리하고 연습복으로 갈아입으려는데, 집사장이 정중히 그를 부른다.

"주인님. 연습은 잠시 후에 하시는 게 어떻겠습니까?"

“무슨 일이지?”

“주인님께서 데리고 오신 여자분의 진료가 방금 끝났다고 합니다. 그와 관련하여 주치의가 주인님을 잠시 뵙고자 하는데, 제 생각에도 직접 이야기를 들으시는 게 좋을 듯합니다.”

“그런가.”

사실상 수락의 표현이다. 집사장이 고개를 꾸벅 숙인 뒤 방을 나섰다. 기다리고 있었던 듯, 땀을 뻘뻘 흘리며 주치의가 방으로 들어섰다.

“주인님, 오랜만에 뵙습니다!”

의사 베델은 분명 요나단의 주치의였지만, 대면한 것은 몇 번 되지 않았다. 자기 관리가 철저한 주인은 아프거나 다치는 일 자체가 거의 없기 때문이었다. 오랜만에 할 일이 생긴 것은 반가웠지만, 요나단이 아직 어색하고 어려워 자기도 모르게 과장조의 말투가 튀어나왔다.

요나단은 가볍게 고개를 끄덕해 인사를 대신하고는 손을 들어 올려 의자를 권했다. 베델이 주춤주춤 걸어가 집사장이 책상 앞에 놓아 둔 의자에 앉자, 요나단은 빤히 그를 응시했다. 시작하라는 뜻이다.

“방금 진료가 끝나서 말씀드리는 겁니다만, 저기, 부디 제 이야기가 끝날 때까지 듣고 판단해 주시길 바라는데…….”

“그러도록 하지.”

“감사합니다! 그럼 설명해 드리겠습니다. 여자분의 치료는 잘 끝났습니다. 찰과상은 기본으로 타박상, 절상, 자상, 열상에 화상 등이 몸 전체에 골고루 퍼져 있었고, 상처를 입은 지 며칠 된 듯했으나 더러운 환경에 있었는지 대부분이 곪기 시작했습니다. 그리고 영양실조 증상이 있어서 미음부터 먹어야 할 것 같고요. 다행히 뼈가 부러진 데는 없어서, 고름을 빼내고 연고를 바르고 붕대로 감아 두었습니다만……. 음, 저, 음. 그, 어, 여러 남자에게 그, 폭행당한…… 흔적이 있습니다."

요나단의 눈썹이 꿈틀했다. 당장이라도 자리를 박차고 일어날 것만 같아 베델은 다급히 손을 내저었다.

"제 말 안 끝났습니다, 주인님! 제발! 신고는 제 말 다 듣고 결정해 주십시오!"

"……알았다. 계속해."

대답을 들은 베델은 긴 한숨을 내쉬었다. 미리 약속해 두길 잘했다 싶었다. 어려운 말이었지만 한번 입 밖으로 나가자 설명은 쉽게 뒤따랐다.

"상호 합의가 아니라 저항하는 과정에서 상처를 많이 얻은 것 같습니다. 그런데 주인님, 이 길로 나가서 고발하실 생각이신 거죠?"

"테브스란의 수도, 자카드에 그런 일이 벌어지고 있다는 것을 나는 결코 묵과할 수 없어."

"음, 그런데 주인님, 저기, 제 이야기 한 번만 들어 보십시오. 이대로 주인님께서 고발하시는 건 물론 바르고 옳은 일입니다. 다른 피해자를 늘리지 않기 위해서라도 잡아 족쳐야 하는 놈들이죠. 그런데 그렇게 되면, 안 그래도 무너진 저 아가씨 인생은 그대로 끝입니다."

"……어째서?"

베델은 숨을 골랐다. 사실 진료하면서 그도 당장 쫓아가 족칠 놈들이라고 몇 번이나 중얼거렸다. 그러나 그 생각이 바뀐 것은, 진료를 도운 하녀들이 그에게 간곡히 부탁했기 때문이었다. 어떻게 말해야 이 둔한 주인님을 설득할 수 있을까. 잠시 고민하던 베델은 천천히 단계를 밟아 설명하기로 했다.

"저 아가씨는 이제 순결을 잃었으니 결혼도 못 하겠죠?"
"어째서?"
"아, 저기, 주인님. 세상엔 제 조…… 아니 자기는 물건을 휘둘러도, 여자는 안 된다는 남자가 훨씬 많습니다. 주인님 친구분 중에도 계시지 않습니까."
"……그건 그렇다만."
"그런데 주인님이 고발을 하시면, 저 아가씨는 여기저기 얼굴이 팔린 채 상당히 모욕적인 취조를 몇 번씩이나 받아야 합니다. 그것도 본인이 쫓아다니면서요. 그러고 나면 이제 평생 밖에 못 나갑니다. 피해자임에도 불구하고 남들 입방아에 오르내리게 되니까, 골방에 갇혀 뜨개질만 하면서 살아야 할걸요. 같은 이유로 이 사건은 되도록 아는 사람이 적은 게 좋습니다. 그래서 오늘 저를 도운 하녀들이 계속 그 아가씨를 전담하는 게 좋을 것 같고요."
요나단이 입을 다물었다. 긴장한 베델이 손수건으로 땀을 닦을 때, 요나단이 깊은 한숨을 내쉬었다.
"여성에 대해서는 베델 그대가 훨씬 이해가 깊군. 좋은 의견 고맙네. 하지만 그렇다면 이대로 고발하지 않고 넘어가야 한단 말인가? 그 범죄자들은 여전히 활개 치고 다닐 텐데?"
"그 부분은 피해자 아가씨가 정신을 찾으면 그때 의견을 묻고 진행하는 게 어떨까 싶습니다. 무엇보다 당사자의 의견이 중요하지 않겠습니까?"
"당사자……. 그렇군."
서, 성공했다! 주치의는 환호하고 싶었지만, 체면을 생각해 억누르면서 사람 좋은 미소를 지었다.
"그럼 아가씨를 한번 보시겠습니까? 지금쯤 자고 있을 겁니다."

"아니, 나중에 보도록 하지. 자고 있는 숙녀의 방에 들어갈 순 없으니까."

"아닙니다, 깨어나면 못 보실 겁니다."

단호한 말에 요나단이 살짝 인상을 썼다. 베델은 얼른 손을 내저으며 대답했다.

"남자를 보면 발작합니다. 아무래도 남자들에게 험한 일을 겪은 뒤라……. 그래서 저도 눈으로 진료하고 상태 확인과 치료는 하녀들이 해 주었을 정돕니다. 발작이 언제 호전될지는 예측 불가능하고요."

요나단은 잠시 말을 잃었다. 꾹 다문 얇은 입술이 팽팽해졌다. 그러나 그답게 망설임은 길지 않았다. 집사장이 환자가 있는 손님방으로 그를 안내했다.

환자 옆에서 걱정스러운 얼굴로 속닥거리던 하녀들이 벌떡 일어나 그에게 고개를 숙인다. 가벼운 묵례로 인사를 받아 준 그는 기척을 죽이고 다가가 침대 옆에 놓인 의자에 앉았다.

피부가 새하얘서 얼굴의 멍들이 두드러졌다. 입가에 덕지덕지 얹힌 연고, 이마에 두른 붕대. 바싹 말라 볼까지 홀쭉하다. 얼마나 힘을 주어 눈을 감았으면 미간에 주름이 다 갔다. 굳게 내리감은 눈꺼풀에도 거무죽죽한 보라색 멍이 들어 있다. 문득 요나단은 눈꺼풀 속의 눈동자를 보고 싶다고 생각했다.

그 순간 환자가 힘겹게 눈을 떴다. 요나단 자신이 생각을 입 밖으로 낸 것일까 의심할 정도로 정확한 타이밍이었다.

멍이 든 보라색 눈꺼풀 아래로 연한 갈색 눈동자가 나타났다. 멍하니 천장을 응시하던 그 눈이 천천히 시선을 돌렸다. 곁에 있는 사람을 확인하고 싶은 듯했다. 요나단은 내색하지 않았지만 속으로는 제법 긴장한 상태였다.

여자의 눈이 동그랗게 커졌다. 눈동자가 사정없이 흔들리고 금세 눈물이 고였다. 아까의 발작을 겪은 하녀들이 다급히 다가왔지만, 그래도 그녀는 커진 눈으로 눈물만 흘릴 뿐이었다.

"……아까…… 도와주신…… 분……."

주먹을 꾹 쥐고 공포를 억누르기 위해 부단히 노력하는 모습이 애처로웠다. 쓰러졌을 때 완전히 정신을 잃은 것은 아니어서 요나단을 기억한 모양이었다. 발작하지 않은 건 다행이었지만, 요나단은 어떻게 대답해야 할지 몰라 조금 난처해졌다. 도와야 한다는 생각 자체를 안 하고 데리고 왔기 때문이다. 그가 드물게 망설이는 사이 그녀가 몸을 일으키려 했다. 요나단이 손을 내밀어 저지하자, 그녀는 누운 채 입을 열었다.

"고맙……습니다……."

"인사는 됐습니다. 빨리 회복하면 좋겠군요. 아, 집에 소식을 좀 전해 드릴까 하는데, 성함이 어떻게 되시는지 여쭤 봐도 되겠습니까?"

그녀의 연한 갈색 눈동자에 망설임이 서렸다.

"……베, 베스티…… 아민. 돌아갈 곳은…… 없, 없……어요. 밤의 장미여서……."

요나단을 제외한 모든 이들이 미간에 주름을 잡았다. 그러나 아무도 자신의 기분을 표출하지 않았다. 그들의 주인, 요나단이 고개를 끄덕였기 때문이다.

"알겠습니다. 그럼 이만 실례하겠습니다."

이름도 들었고 인사도 했으니 할 것은 다 했다. 이제 못다 한 연습을 하러 갈 차례다. 제레미가 조만간 중앙군 대련을 갈 것이라 귀띔을 해 주었으니, 중앙군 소속 기사들을 확실하게 제압하기 위해서라도 더 많은 연습이 필요했다. 지체 없이 돌아서는 요나단을, 힘겨운 목소리가 불러 세웠다.

"도와……주신 분, 성함은……."

"아, 내 소개를 안 했군. 내 이름은 요나단 알렉스 레번드. 백합 기사단의 단장입니다. 이 집에 아가씨를 해칠 사람은 아무도 없고, 또 이 집에 해칠 만한 누군가가 들어올 수도 없습니다. 그러니 안심하고 회복하도록 하세요."

여자의 눈이 다시 한 번 동그래졌다. 그 부드러운 연한 갈색 눈동자가 무척이나 따스해 보여, 요나단 A. 레번드 후작은 난생처음 연습에 가기 싫은 마음이 어떤 건지를 깨달았다.

"요나단."

"예, 전하."

무심하게 서류를 넘기며 황태자 세드릭이 요나단을 불렀다. 모습을 감추고 있던 요나단이 잠깐 사이에 세드릭 옆에 나타나 무릎을 꿇고 앉아 있다.

"저택에 꿀 발라 놨나 보지?"

"……무슨 말씀이신지."

저쪽 구석에서 문서 더미에 머리를 처박고 있던 제레미가 고개를 반짝 든다. 동그랗게 뜬 눈에 녹색 눈동자도 반짝반짝 호기심이 가득하다.

"제레미, 일 안 해?"

"하고 있어요!"

"손이 멈췄는데."

"하, 하고 있다고요!"

뜨끔한 제레미가 쾅, 쾅, 들으란 듯이 서류에 도장을 찍는다. 황태자는 그쪽은 쳐다보지도 않은 채 씩 웃으며 요나단에게 말을 붙인다.

"최근 수습 기사들에게 전혀 지도를 하지 않고 있더군. 원래 의무가 아니니 그 부분은 신경 쓰지 않지만, 연습과 대련에 목숨 건 레번드 단장이 최근 평소보다도 더 칼같이 귀가 시간을 지키고 있다는 사실은 꽤 호기심을 불러일으키고 있지."

"그렇습니까?"

"그래. 그래서 묻는 건데, 오늘 야근 불만스럽지 않나?"

"아닙니다. 그런 일 없습니다."

"그래?"

"그렇습니다."

우직한 요나단은 그 이상 말이 없다. 슬쩍 제레미가 황태자의 눈치를 본다. 하지만 황태자도 딱히 다른 대답을 기대하진 않았는지 다시 서류로 시선을 내린다.

"그럼 가 봐."

"예, 전하."

이내 요나단의 모습이 사라진다. 여느 때와 같은 풍경이지만 제레미가 걱정스럽게 묻는다.

"오늘이 수장 뒤밟기로 한 날이죠? 그 아가씨 동행해도 괜찮은 건가요?"

"괜찮아."

무심하게 대답한 황태자는 책상에 올려 둔 회중시계를 열어 시간을 확인했다. 두 시간 후가 엘레노아와 만날 시간이었다.

"전하 혼자라면 걱정 안 하겠는데, 오늘은 그 아가씨가 같이 가잖아요. 근데 그동안 우리가 그놈을 좀 괴롭혔나요? 물어볼 것 있다고 오라 가라도 꽤 많이 했고, 회합 허락 맡고 하라고 난리도 쳤었고, 아무것도 안 나왔는데 의심한 것도 알고 있고, 잠복한 것도 걸리고……."

"잠복 걸린 건 누구 탓이지?"

"저, 저요……."

제레미는 고개를 떨궜으나 금방 또 반짝 고개를 들었다.

"근데 정말 걱정돼서 그래요. 그놈 지금 독이 바짝 올랐던데요. 정말 괜찮을까요?"

"제레미."

"네?"

"제레미."

"네에……."

평이하게 부르는 황태자와는 달리, 대답할 때마다 제레미의 목은 점점 더 움츠러든다.

"이 제국에서 가장 강한 사람은 누구지?"

"전하요."

"만약 내가 그녀를 못 지킨다면, 다른 사람이라고 그녀를 지킬 수 있을까?"

"아니요……."

"그럼 잔소리 말고 일해, 일."

"네에, 죄송해요."

제레미는 시무룩해진 채 서류에 머리를 박았다. 잠시 콩, 콩, 작게 도장 찍는 소리만 집무실을 메운다. 너무 기를 죽였나 싶었던 황태자는 곧 익살스럽게 말을 붙였다.

"제레미, 이 제국에서 가장 강하고 아름다운 사람은 누구지?"

질문을 받은 제레미는 입을 떡 벌린 후 정색을 하며 황태자를 쳐다보았다.

"묵비권 됩니까?"

"지금 뭐라고 했어, 제레미?"

"아뇨, 아무 말도요. 테브스란에서 가장 강하고 아름다운 사람은 역시 전하죠."

"역시 그렇지? 그럼 이제 슬슬 아가씨를 모시러 나갈 준비를 해볼까?"

"……전하, 함정에 안 걸리게 정말 정말 조심하세요, 아셨죠? 무슨 일이 있으면 아가씨보다 전하가 우선입니다, 네?"

한마디가 많았던 죄로 번개같이 꿀밤을 거하게 얻어맞고, 제레미는 울면서 자리에서 일어났다. 이 세상 따위, 권력이 최고야. 나도 높이 올라갈 거야. 잉크가 눈물에 젖어 번져 나가고 있었다.

회합은 무사히 끝났다. 수장이 모인 이들의 인사를 뒤로하며 허름한 술집을 나왔다. 술집 맞은편 과자 가게에서 물건을 고른다며 시간을 끌고 있던 기사 하나가 에이, 안 사, 하는 한마디를 흘렸다. 과자 가게 옆 골목 안에 숨어 있던 황태자와 엘레노아, 제레미와 다른 기사들은 모두 긴장한 채 살금살금 걸음을 옮겼다.

회합이 열리는 건 2주에 한 번, 목요일 밤. 그리고 회합이 열리는 목요일 밤엔 늘 납치가 일어난다. 마치 수장의 알리바이를 증명이라도 하듯. 그래서 주목하게 되었다고 황태자가 굳이 엘레노아의 귓가에 속삭여 주었고, 그녀는 잠시 신분을 잊은 채 그의 옆구리를 쥐지르고 말았다.

그럼에도 아직 들이댈 만한 증거가 없기는 마찬가지였다. 연꽃무늬 끈이나 상자, 수장의 집 문에 새겨진 연꽃무늬 정도는 모두 잡아떼면 그만이라 증거가 더 필요했다. 혹시 수장이 능력 있는 마법사라 그렇게 두 군데에 나타날 수 있는 건 아닐까 엘레노아는 추측했지만, 이 대륙에 마법 마스터는 제레미 하나고 그 아래로는 쓸 수 있는 마법에 한계가 있어 그렇게 동시에 움직일 수 있게 마법을 쓰는 건 불가능하다고 황태자가 단언했다. 마, 마스터?! 엘레노아는 깜짝 놀랐지만 이미 다들 알고 있던 사실인지, 누구도 특별히 반응하지 않아 놀람은 금세 수그러들었다.

남색 외투를 깊숙이 뒤집어쓰고 걷는 수장은 탁발 수도승처럼 보이기도 했다. 여기저기 가게를 기웃거리기도 하고, 대장간 길드 건물에 들어갔다 나오기도 하고, 자잘한 과자를 사기도 하고, 용병 길드에도 들어갔다 오고, 넘어진 아이를 일으켜 주기도 했다. 정말 저게 흑막일까. 엘레노아가 슬슬 의심하는 사이, 수장은 불쑥 어느 건물 안으로 사라지고 말았다.

"저 건물은 뭐지?"

황태자가 나지막이 물었다. 레번드 후작, 백합 기사단의 단장이 황태자의 뒤에 가까이 붙어 대답했다.

"……암살 길드가 세 든 건물입니다. 머지않아 이사 갈 것 같습니다. 저 옆이 수장의 원래 거처였습니다."

"그런가."

으에에엑?! 암살 길드?!

엘레노아는 토끼 눈이 되었지만, 이번에도 아무도 놀라지 않았다. 황태자는 이쪽을 돌아보지 않은 채 진지한 얼굴로 그 건물을 응시한다. 그 옆얼굴이 낯설었다. 굉장히 낯설었다. 늘 장난기 가득한 얼굴로 그녀를 놀리던 황태자가 갑자기 사내 냄새를 풍겨 너무나 어색했다. 뭐야, 이게. 그녀는 얼른 고개를 흔들며 잡생각을 떨쳐 냈다.

"잠복을 들킨 뒤의 대장간, 용병, 암살 길드라. 해보자는 거군. 경계 강화."

"예."

레번드 단장이 짧고 굵게 대답한 후 기사들에게 지시를 내리기 시작했다. 제레미도 은근슬쩍 주문을 외운다. 갑자기 황태자가 멀게 느껴졌다.

생각해 보면 원래 먼 사람이었다. 이 나라의 정점에 있는 사람 중 하나니까. 반면에 엘레노아는 사이먼 상단의 딸, 실종자의 가족이라는 특수한 상황 때문에 겨우 어울릴 수 있는 것이었다. 얼마나 억지를 부리며 황태자와 거래를 하고 쫓아다닌 건지, 이제야 조금 짐작이 되었다. 그래도 모든 것은 언니를 위해서. 엘레노아는 마음을 굳히며 다시 수장의 뒷모습을 응시했다.

머지않아 수장은 건물을 나와 다시 걷기 시작했다. 어느덧 시장을 지나고 밭을 지난다. 드문드문 나무에 숨어 그 뒤를 밟으며, 엘레노아는 점점 숨이 가빠지는 것을 느꼈다. 긴장 때문인지 단단히 붕대를 감아 놓은 왼쪽 팔이 저릿저릿한 것 같기도 하다.

"……긴장되나?"

때마침 옆에 있던 황태자가 그녀의 귀에 속삭였다. 자칫하면 다시 튀어 오를 뻔했지만 이번엔 꾹 눌러 참았다. 들키면 곤란했다.

"앞서갈 테니, 좀 뒤에서 따라오도록 해. 너무 긴장하다 실수해 인질로 잡히기라도 하면 위험해."

간지러운 속삭임을 겨우 참은 후 고개를 끄덕였다. 그녀의 대답을 확인한 후 황태자와 제레미가 먼저 움직여 몇 미터 앞의 나무 뒤로 옮겨 갔다.

엘레노아는 마음이 진정될 때까지 기다렸다. 긴장으로 얼어붙은 몸은 좀처럼 쉽게 움직여지지 않았다. 그리고 옆에 따라붙은 기사 하나가 그녀에게 속삭였다.

"제가 마지막입니다. 움직이셔야 합니다."

후. 한숨을 내뱉은 그녀는 고개를 끄덕이고 발을 내디뎠다.

"어디 가게?"

그리고 바로 옆에 수장이 나타났다.

퍽. 퍼억.

황태자가 바닥을 굴렀다. 어둠 속에서도 눈부시게 빛나던 황금빛 머리카락에 흙이 엉겨 붙은 지 오래다. 그가 평소 먼지 한 톨 앉지 않도록 관리하던 옷도 핏자국이며 흙덩이로 이미 엉망이었다. 저 고귀한 사람이 저항 한 번 없이 얻어맞아 무릎을 꿇고 쓰러지는 모습은 엘레노아와 제레미, 그리고 언제나 그의 뒤에 몰래 붙어 다니던 백합 기사단의 기사들에게 충격적인 광경이었다.

퍽, 퍼벅, 퍽, 제레미와 기사들도 흙바닥을 구르며 괴로워했다. 칼자루를 쥔 손이 부들부들 떨렸지만 칼을 꺼내는 사람은 아무도 없었다. 높으신 분들을 후려 패는 재미를 맛본 깡패들은 비릿하게 웃어 대며 점점 강도를 높여 갔다.

"그만, 그만해! 왜, 왜 안 싸우는 거야! 제레미, 뭐라도 좀 해 봐요, 나는 괜찮으니까! 세드릭, 왜 명령하지 않는 거예요?! 그만, 그만하라고!"

그러나 아무도 대답하지 않았다. 제레미가 미안하다는 듯이 웃어 보였지만, 곧 안면을 맞고 그대로 쓰러져 버렸다. 황태자 역시 괜찮다는 듯 웃었지만, 곧 명치를 파고드는 발끝에 몸을 수그리고 말았다.

등 뒤로 돌려진 두 손목은 꿈쩍도 하지 않았다. 오히려 어찌나 강하게 힘을 주어 잡는지, 손끝에 피가 통하지 않아 얼얼할 정도였다. 그러나 신경 쓰기엔 눈앞의 광경이 너무나 처참했다. 길바닥에 내버린 망가진 손수건처럼 힘없이 엎어터지는 황태자와 기사들.

"……너 때문이야, 이 계집아."

엘레노아는 고개를 돌렸다. 금방이라도 그녀의 목을 벨 것 같던 칼이 조금 물러났다. 긴 후드 속 얼굴은 제대로 보이지 않았지만, 음흉하게 웃는 입매는 눈에 들어왔다.

그러나 가만히 있을 수만은 없다. 죽지만 않으면 목이 조금 베이는 정도는 괜찮다. 엘레노아는 이를 악물고 칼에 머리를 들이밀었지만, '세상의 모든 인연' 의 수장은 오히려 칼을 물리며 그녀를 냉소했다.

"어허. 다치면 곤란해. 가만히 있어."

"놔, 놔!"

상처 좀 나면 어때서. 골고루 자근자근 밟혀 바닥을 구르는 사람들을 보는 그녀의 눈에 눈물이 한가득 고였다 흘러넘쳤다. 어떻게든 빠져나가자. 그녀가 사력을 다해 집중할 때, 등 뒤에서 수장이 무어라 중얼거리는 소리가 났다.

"윽!"

수장의 말이 끝나기 무섭게 몸이 얼어붙었다. 마법인가?! 목 위는 돌아가서 옆을 보니, 마법이 맞는 듯 수장이 엘레노아에게서 손을 떼고 있었다. 싱글싱글 웃으면서.

"자, 더 밟아, 더. 너희들이 언제 이렇게 높으신 분들을 또 밟아 보겠어. 안 그래?"

다소 높은 목소리가 깡패들을 자극한다. 그러지 않아도 저항도 안 하는 사람들을 신나게 후려 패던 그들이, 한층 더 눈을 빛내며 이젠 무기를 찾아 든다. 몸이 언 채 속으로 발을 동동 구르는 그녀는 미칠 지경이었다.

"안, 안 돼……."

어디에서 가져온 건지 거대한 돌덩어리를 든 육중한 남자가 황태자에게 다가간다. 튀는 복장만큼 남들보다 더 얻어맞은 황태자의 눈이 크게 뜨였다.

"세드릭, 피해요! 빨리!"

붙박인 채라 소리를 질러 봐도 어쩔 방법이 없다. 손끝 하나 꼼짝할 수 없으니 달려가 도와줄 수도 없다. 처음 보는 황태자의 당황한 눈 위, 하얀 이마를 덮은 채 흘러내리는 피.

숨이 가빠졌다. 신나게 달려가는 육중한 남자의 넓은 등이 그녀의 시야를 가린다.

아냐, 이건 아냐. 이래선 안 돼. 나 때문에 저 사람이 죽어선 안 돼.

엘레노아는 크게 숨을 들이마셨다.

"아저씨이이이이이이!"

외침이 끝나기 무섭게 예고도 없이 폭우가 쏟아지기 시작했다. 마치 기다렸다는 듯한 타이밍이었다. 벼락이 치고 뒤따라 천둥이 내린다. 쏟아질 듯한 별만 가득하던 밤하늘이 순식간에 먹구름으로 가득 찼다. 갑작스러운 기상 변화에 깡패들마저 멈칫하고 움직임이 멎었다.

"너, 너 이 계집, 무슨 짓을 한 거야!"

당황한 수장이 그녀를 발로 찼다. 아니, 발로 차려 했다. 그러나 퉁, 하고 밀려 나, 순식간에 만들어진 물웅덩이 속에 철퍽 엉덩방아를 찧고 말았다.

하아, 하아, 숨을 몰아쉬며 엘레노아는 손끝을 움직여 보았다. 움직여진다. 두 번 생각할 것도 없이 달려 나갔다. 깡패들이 그녀를 막으려 나섰지만, 그들은 수장처럼 튕겨 나가고 말았다.

"이, 이게 무슨 일이야?!"

당황한 깡패들은 수장을 돌아보았다. 하지만 수장은 순식간에 사라진 상태였고, 저 끝에 수상한 남자만 하나 팔짱을 낀 채 서 있는 것만 보였다.

설마 저 남자가?

새카만 머리카락은 황태자만큼 길었다. 검은 눈동자가 큰 데다 눈빛이 짙어 마주 보기가 어려웠다. 하얀 피부에 붉은 입술은 황태자와 비슷했지만, 이쪽은 대체로 선이 굵은 데가 없어 마치 기생오라비 소리를 들어도 할 말이 없을 듯했다. 그 귀하다는 검은색 다마스크로 간편하게 튜닉을 만들어 입은 위에 그 비싸다는 스칼릿으로 만든 외투를 걸쳤다. 검은 머리, 검은 눈에 검은 튜닉, 주름 잡힌 진홍빛 외투. 분명 단출한 차림인데도 화려하고, 강렬했다.

귀한 집 자식인가 하고 넘길 만한 차림이지만, 진짜 문제는 다른 데에 있었다. 이렇게 폭우가 쏟아지는 중에, 이 폭우 속을 걸어오고 있는데 머리카락부터 옷이며 신발은 조금도 젖지 않는 것이다. 저 남자가 비를 내리게 한 거라고는 확신할 수 없었지만, 깡패들은 한 가지만큼은 확신했다.

이건 아니다.

깡패들이 본능적으로 깨닫고 사라진 덕분에 엘레노아는 덕분에 어떤 제약도 받지 않고 황태자에게 다가갈 수 있었다.

"괘, 괜찮아요? 네?"

"응, 괜찮아."

의외로 목소리가 멀쩡하다. 마치 장마처럼 쏟아진 빗방울이 황태자의 머리카락이며 옷을 씻기려 했으나, 흙에 얽혀 오히려 진흙투성이로 만들어 버린다. 머리에 배어 나온 피가 얼룩덜룩하게 상의를 물들인다.

"다친 덴 없어?"

"나, 나는 다친 데 없는 거 알잖아요. 어떡해, 이렇게 다쳐서, 나, 나 때문에, 내가 인질로 잡혀서……."

"괜찮다니까."

피식 웃는 황태자의 얼굴은 담담하면서도 아름다워서 그녀는 더 괴로웠다.

수장의 거처를 알아낸 뒤, 백합 기사단의 기사들과 제레미는 교대로 수장을 감시했다. 그러나 어느 비 오는 날, 천둥이 치자 제레미가 소리를 지르며 뛰쳐나갔다고 했다. 당연히 수장은 거처를 옮겨 버렸고, 그래서 회합 날 다시 뒤를 밟게 된 것이 이렇게 되어 버렸다.

뒤처진 엘레노아 옆에 나타난 수장은 마법사였다. 순식간에 깡패들이 몰려들었다. 암살 길드는 도둑 길드를 함께 운영하고 있고, 그렇다 보니 파락호들을 모으는 데도 일가견이 있었다. 수장이 들렀던 것은 의뢰를 위해서였던 듯했다.

저항할 틈도 없이 그녀의 팔을 등 뒤에서 잡아챈 수장이 단검을 들이대며 앞으로 걸어 나갔다. 말 한 마디 못 하고 끌려가는 사이, 그녀는 얼어붙은 기사들의 눈빛을 느낄 수 있었다. 미안, 미안해요. 울고 싶어졌지만 결코 울지 않겠다고 다짐했다.

수장은 그녀를 질질 끌고 황태자가 숨은 나무 앞 공터까지 갔다. 황태자의 파란 눈이 커졌다.

"그 손 놔."

"어허, 가까이 오면 곤란해. 내가 헛손질할지도 모르니까. 이 문양 보여? 보인다면 무기부터 버리는 게 좋지 않을까?"

수장은 왜 쫓아왔는지도 묻지 않았다. 엘레노아는 문양이 무엇인지 알 수 없었지만 황태자와 제레미의 안색이 크게 변하는 것은 알 수 있었다. 이게 아닌데, 내가 짐이 되면 안 되는데.

그녀가 발버둥을 치려 할 때 황태자가 날카롭게 외쳤다.

"움직이면 안 돼! 그대로 있어, 괜찮아. 꼼짝하지 마."

결국 짐이 되고 말았다. 그녀가 입술을 꾹 깨물며 움직임을 멈춘 순간, 놀랍게도 황태자는 차고 있던 바스타드 소드를 땅에 던져 버렸다. 퉁, 무거운 소리를 내며 소드가 땅에 떨어지고, 황태자는 덤덤한 표정으로 두 손을 들어 올렸다.

황태자와 제레미는 그때부터 반항 하나 하지 않고 그대로 얻어맞기 시작했다. 황태자가 맞는 걸 보고 달려온 기사들도 저항하지 말라는 주인의 말에 그대로 맞고 있을 수밖에 없었다. 그리고 그 결과가 지금의 처참한 모습이었다.

"강하다더니, 강하다더니 이게 뭐예요! 왜 맞기만 해요, 목에 상처 좀 나면 어떻다고!"

"숙녀의 아름다움에 금이 가는 건 곤란해. 보기 안 좋으니까."

유들유들하게 웃는 얼굴이 밉다. 다친 사람, 당한 사람은 그녀가 아니기에 황태자에게는 눈물을 보이고 싶지 않았지만, 결국 내리는 빗물에 눈물이 섞여 흘러내리고 만다. 씩 웃은 황태자가 지극히 자연스럽게 엘레노아를 끌어안아 품에 안는다. 감정이 터져 나갈 것 같았지만, 그녀는 그것을 꾹 참고 조용히 울음을 삭였다. 잠시 그녀의 갈색 머리카락을 두어 번 쓰다듬은 황태자가 기사단장에게 지시했다.

"레번드, 제레미를 데리고 어디 조용한 곳으로 가."
"예, 세드릭 님."
무뚝뚝하게 대답한 단장은 여태 맞은 사람이라곤 생각할 수 없이 멀쩡한 걸음으로 제레미에게 다가갔다. 그 자리에 온몸을 움츠리고 벌벌 떨며 귀를 막고 있는 제레미는 처량하고 가엾어 보였다. 동그랗게 몸을 만 제레미를 그대로 들어 올린 단장은 기사들의 상태를 살피고 이런저런 지시를 내린 후 금세 사라졌다. 곧 사위에 빗소리만 남았다.
"아가. 괜히 울지 말렴. 그 남자는 지금 멀쩡하단다."
어딘지 울림이 있는 낮은 목소리가 못마땅하다는 듯 진실을 폭로했다. 움찔, 엘레노아는 서서히 고개를 들어 올렸다. 놀람 가득한 검은 눈동자가 난처해하는 파란 눈동자와 마주쳤다.
"피, 피가 그렇게 났는데……? 그, 그렇게 맞았는데?"
"조금 긁히고, 끽해야 멍이 든 정도란다. 머리라서 피가 많이 나 크게 다친 것처럼 보이는 것뿐이야."
그녀의 입이 서서히 벌어졌다.
"넌 누구냐."
완전한 경계 태세로 황태자가 물었다. 엘레노아의 등을 감싼 손에 힘이 들어갔다. 그녀는 다급하게 설명하려 했지만 남자의 대답이 빨랐다.
"듣지 못했나? 귀가 막힌 건 아닐 텐데."
빈정거리는 말에 명백한 적의가 담겼다. 그녀는 다시 한 번 움찔했고, 황태자는 연습한 표정은 짓지도 못하고 감정 그대로 얼굴을 찡그렸다.
"아저씨라고 듣긴 했으나, 그것이 그대를 설명할 수 있는 말은 아닐 텐데."

"아이가 불렀으니 온 거다. 그러니 지금 나는 이 아이의 아저씨지. 그 이상 무엇이 필요하지?"

"아, 아저씨!"

퍼뜩 정신을 차린 엘레노아가 등에 얹힌 황태자의 팔을 떨친 후 기어이 달려 나갔다. 그리고 황태자가 믿을 수 없게도, 그녀는 다짜고짜 기생오라비같이 늘씬한 남자의 목에 매달렸다.

"아저씨, 와 줘서 정말 고마워요. 정말로, 정말로 무서웠어요!"

아이 같은 말투와 행동은 그녀가 그 남자를 정말로 친척 아저씨처럼 생각한다는 증거였다. 평소라면 그것을 모를 황태자가 아닌데, 지금 그는 그 남자와 적대하느라, 질투심이 불같이 이느라 그것도 눈치채지 못하고 있었다.

순식간에 황태자의 눈빛이 변하더니 바닥에 떨어진 바스타드 소드를 향해 손을 뻗는다. 그러나 매달린 엘레노아의 등을 쓸어 주던 남자는 황태자를 쳐다보지도 않고 손끝을 살짝 움직인 것으로 그 바스타드 소드를 멀찍이 밀어내 버렸다. 황태자의 얼굴은 더 험악해졌지만, 남자는 피식 웃을 뿐이었다.

"너 같은 것 따위를 위해 아이가 기회를 하나 날린 건 알고 있느냐?"

"무슨 뜻이지?"

"아, 아저씨, 아니에요, 내가 결정한 거잖아요. 나는 정말 괜찮아요."

다급히 그녀가 팔을 풀고 바닥에 내려서서 아저씨를 달랜다. 둘 사이에 보이는 강한 유대감이 황태자 자신과 엘레노아 사이엔 아직 없다. 울컥 화가 치밀었지만, 황태자는 억지로 숨을 고르며 감정을 다스렸다.

"나는 아이가 위급할 때 도와주겠다고 약속했다. 그리고 너를 위해, 아이는 마지막 기회를 써 버렸어. 이제 어떤 위협이 있어도 이 아이는 나를 부를 수 없다는 뜻이다."

황태자는 잠시 생각하다가 픽 웃으며 말했다.

"아아. 너로군. 성포…… 아니, 어릴 때 구해 준 것도, 얼마 전 화재 현장에서 구해 준 것도."

뜨끔한 엘레노아가 멋쩍어하며 그를 바라보았다. 대답은 없었지만, 그 멋쩍은 웃음만큼 확실한 답은 없었다. 그간 묻고 싶은 것을 꾹꾹 참았던 황태자는 드디어 목에 걸린 고구마가 내려가는 느낌을 받으며 시원하게 한숨을 내쉬었다.

그러나 남자의 생각은 다른 듯했다.

"웃을 일이 아닐 텐데. 네가 괜찮다고 미리 한마디만 해 주었더라면, 이 아이는 기회를 날리지 않았을 거다. 실제로 맞아도 다치지 않잖아?"

"어?"

두 남자 사이에서 난처해하던 그녀가 멍하니 남자를 올려다보았다. 남자는 다정한 눈빛으로 그녀와 시선을 맞춘 후 고개를 끄덕였다. 그러나 황태자는 고개를 저었다.

"아니. 그녀가 인질이 된다는 건 예상하지 못했어. 좀 더 정확하게는, 그 단검으로 위협할 줄은 몰랐지."

"아아, 그래. 그건 인정해 주지."

그리고 침묵이 이어졌다. 황태자는 가벼운 몸놀림으로 일어나 여기저기를 털었지만, 미친 듯이 쏟아지는 비 때문에 전혀 소용이 없었다. 혀를 찬 황태자가 흐트러진 머리카락을 쓸어 올렸다. 비에 젖은 금빛 머리카락이 척척하게 들러붙어 기분이 나쁜 듯했다.

“어쨌든, 당신의 말은 잘 알았어.”

“알아들었다면 됐다.”

……뭘? 나 몰래 무슨 말 했어?

엘레노아는 그들의 대화를 알 수가 없어서 두 남자를 번갈아 보았다. 그러나 허리를 굽혀 눈을 맞추고 다정하게 웃어 주는 아저씨도, 기분 나쁜 듯 보이는 황태자도 그녀에게 설명해 줄 생각은 없어 보였다.

“아가, 이제 1년에 두 번 만나는 게 전부겠구나. 앞으로도 다치지 말고 아픈 데 없이 조심하렴.”

“네, 네에, 아저씨. 정말로 고마워요. 진짜 진짜 고마워요. 다음에 좋은 거 있으면 꼭 들고 갈게요.”

“그래. 네 안목을 믿는단다.”

남자는 천천히 그녀의 갈색 머리카락을 쓰다듬었다. 그녀는 아저씨가 만진 머리부터 서서히 축축함이 사라지는 것을 느꼈다. 역시 아저씨 좋아. 그녀는 어느새 어린애가 되어 아저씨의 새빨간 외투 자락을 붙잡았다.

“아저씨, 밥이라도 먹고 가요. 저번에도 그냥 보냈는데.”

“됐다. 이만 가마. 그럼 내년에 보자.”

“응……. 바이바이, 아저씨.”

남자가 활짝 웃으며 허리를 폈다. 잠깐 사이에 황태자에게 경멸의 눈빛을 보낸 그는 언제 그랬냐는 듯 등을 돌리고 걸어 나갔다. 어느새 폭우는 멎어 있었고, 황태자의 기분은 한없이 저조하기만 했다.

10
이름과 트라우마

잔뜩 더러워진 외투 끝자락을 잡고 꾹 짜자 주르륵 물이 흐른다. 황태자는 몇 번 반복해서 적당히 물기를 빼낸 뒤 거침없이 걸어가기 시작했다. 명백히 기분이 나빠 보여 엘레노아는 말 한 마디 붙이지 못하고 그를 뒤따랐다. 자신만 뽀송뽀송한 것이 괜히 미안할 만큼 황태자의 모습은 지저분했다.

두 사람은 아까와 반대로 걸어 시장 한가운데에 도달했다. 사이먼 상단 수도 지점 근처밖에 모르는 그녀를 뒤로한 채, 황태자는 서슴없이 길거리를 누볐다. 더러운 외투로 몸을 감싼 탓인지 아무도 그에게 신경을 쓰지 않는다. 깊숙이 눌러쓴 후드를 조금 더 당기며 황태자는 불쑥 옷 가게로 들어가 버렸다. 그녀는 머뭇머뭇 그 뒤를 따라 들어갔다.

점원이 눈을 번쩍 뜨더니 당장 제일 비싸 보이는 옷을 찾아 들고 온다. 어디서 갈아입으려고 여기로 가져오지? 엘레노아가 어리둥절할 때, 황태자는 그녀에게는 눈치 한 번 주지 않고 그 자리에서 외투부터 벗기 시작했다.

"왜, 왜 여기서 벗는 거예요?!"

"그럼 어디서 갈아입으라는 거야?"

대답하는 남자의 목소리는 담담했지만 거기엔 돋는 가시를 억누르려는 의지가 있었다. 발끈하려던 그녀는 문득 주위를 둘러보다 정말로 어디 갈아입을 공간이 없다는 것을 깨달았다. 옷을 들고 있는 사람이나 주인으로 보이는 사람도 둘 다 남자다. 배에서 남자들이 훌떡훌떡 옷을 벗어 던지는 건 수도 없이 봐 왔건만, 갑자기 왜 이렇게 민망한 걸까. 엘레노아는 얼른 가게 밖으로 뛰쳐나왔다.

밤하늘은 맑고 공기는 신선하다. 서민들이 다니는 시장통인 데다 오밤중이라 마차도 지나다니지 않아서 흙먼지도 덜 난다. 황태자가 옷을 갈아입고 나오길 기다리는 동안, 갑갑해진 엘레노아는 건물 벽에 기댄 채 한숨을 내쉬었다.

"후우……."

"괜찮으십니까?"

아까 사라졌던 기사단장 레번드였다. 바로 옆에서 정중하게 물어오는 통에 화들짝 놀라 펄쩍 뛰어올랐다. 오늘 왜 이리 놀라게 하는 사람이 많은지 모르겠다. 놀란 가슴을 쓸어내리자, 그가 정중하게 고개를 숙인다.

"놀라게 해 드려서 죄송합니다. 불렀는데도 반응이 없으셔서."

"아, 아니에요, 괜찮아요. 어, 저기, 말 놓으세요."

"저는 이대로가 좋습니다."

말을 놓을 생각은 전혀 없나 보다. 살다 살다 그 유명한 레번드 후작의 존댓말을 듣게 될 줄이야. 기분이 묘했다.

엘레노아가 알게 된 귀족은 모두 그녀에게 반말을 썼다. 위로는 황제밖에 없는 황태자야 그렇다 쳐도, 거래 때문에 만나야 했던 수많은 귀족이며 사돈이 될 뻔한 스타일러 남작가 사람들, 니이만 백작가 사람들 모두 당연한 듯 말을 놓지 않았던가. 그런데 남작도 놓는데 후작이 놓지 않는다. 몸 둘 바를 모르겠어서, 그녀는 몸이 배배 꼬이려는 것을 애써 참았다.

"저기, 어, 단장님이라고 불러도 괜찮을까요?"

"그러십시오."

설마 이 제안마저 오케이할 줄이야. 놀람 반 신기함 반으로 엘레노아는 그를 힐끔거리며 물었다.

"감사합니다, 단장님. 그런데 제레미 님은 괜찮은가요?"

"여관방에 데려다주고 오는 길입니다. 금방 진정될 겁니다."

아직 무서워하고 있다는 뜻이다. 천둥 번개를 정말 무서워하는구나. 그녀는 다른 의미로 감탄하며 고개를 끄덕였다. 그러고 나니 둘 사이에 어색한 침묵이 흘렀다. 늘 황태자 근처에 숨어 계속 따라다녔다고 듣긴 했다. 어째 황태자가 혼자 다녀 이상하다 했더니 수행 기사가 있었던 것이다. 대체 무슨 수로 후작이! 기사 노릇을! 은밀하게! 하는 건지 엘레노아로서는 알 수 없었으나, 어쨌든 두 사람이 대면한 것은 오늘이 처음이었다. 화제가 있을 리가 없다.

그런데 의외로 저쪽은 화제가 있었던 모양이다.

"사이먼 양. 한 가지 여쭤 보고 싶은 게 있습니다만, 괜찮겠습니까?"

"네? 네, 말씀하세요."

"힘든 일을 겪고 많이 힘들어하는 여성분에겐 어떻게 해 드리는 게 좋겠습니까?"

"어……. 아무래도 힘든 일의 종류나 원인에 따라 다르지 않겠어요? 그건 여자뿐만 아니라 남자도 다 그렇지 않나요?"

"종류와 원인……이요."

"저로 예를 들면, 저는 언니가 실종돼서 상당히 힘든 상황이지만, 언니를 찾아 다시 만날 생각을 하면 기운이 나고, 언니를 찾으면 그 힘든 마음은 사라질 거예요. 그런……."

"그런가요. 고맙습니다. 큰 도움이 되었습니다."

"아, 아니에요."

엘레노아는 인사를 받고 얼른 입을 다물었다. 전혀 도움이 된 것 같지도 않고, 말막음하려는 기색이 역력했기 때문이다. 그럼에도 단장은 정중하게 인사를 하고, 그녀에게서 한 걸음 옆으로 물러났다. 그와 동시에 옷 가게 문이 열리고 황태자가 나타났다.

깔끔하게 머리카락을 빗어 넘기고, 평민용으로는 가장 비싼 태피터 외투를 걸친 채였다. 필시 외투 안의 옷도 화려한 것이겠지만……. 그녀는 속으로 혀를 찼다. 저 광택 나는 실크 외투를 파는 옷 가게나, 그걸 골라 입은 황태자나. 예쁘기는 하지만 어디 걸려 찢어지기라도 하면 아까워서 어째.

황태자는 옷 가게 주인의 엄청난 환대를 받으며 밖으로 나와 곧장 단장에게 향했다. 그녀가 말 한 마디 붙일 새가 없었다.

"제레미는?"

"여관방에 데려다 두었습니다."

"놈은."

"마법을 쓴 듯 기척이 느껴지지 않습니다. 따로 붙여 뒀던 기사도 놓쳤습니다. 제레미가 정신을 차려야 확인이 가능할 것 같습니다."

"넋 놓고 제레미만 기다릴 순 없어. 이제 회합은 열리지 않을 거다. ……요나단, 아까 공격당한 지점부터 말로 하루 거리 안에 있는 귀족 집안은?"

"스펜서가, 한센가, 사운더스가입니다."

"파티 중인 데가 있나?"

"스펜서 저택과 사운더스 저택에서 파티 중입니다. 스펜서가는 어제부터, 사운더스가는 오늘부터입니다."

"스펜서 자작, 기어이 파티를 열고 말았군."

"사운더스가 파티에 손님이 몰려, 그쪽엔 사람이 거의 없는 듯합니다."

"나는 사운더스 저택으로 가겠다. 기사들을 둘로 나눠 1시까지는 저택을 둘러싸도록 하고 넌 날 따라와."

"알겠습니다."

레번드 단장이 잠깐 사이에 사라졌다. 그 덕분에 엘레노아와 황태자 둘만 덜렁 남았다. 이번엔 분위기 메이커 제레미도 없다. 어색한 기운만 두 사람 사이에 감돌았다.

황태자가 먼저 걸음을 옮겼다. 그녀도 그의 반걸음 뒤에서 걷기 시작했다.

사실 하고 싶은 말도, 묻고 싶은 말도 많았다. 좀 전에 황태자와 단장의 대화에 궁금한 것도 많았다. 그러나 여느 때와 같이 부드러운 미소를 짓고 있는 그는 무척 기분이 나빠 보였다. 평소와 같이 아름다운 미소를 짓고 있지만, 그녀의 피부가 따끔따끔한 것을 보면 분명 기분이 나쁜 상태다.

게다가 좀 전에 그녀가 인질로 잡혔던 것, 자신이 민폐가 되었다는 사실은 그녀를 굉장히 위축되게 만들었다. 그 억센 뱃사람들과 배를 타고도, 어른들을 따라 곧잘 배우고 기억하고 빠릿빠릿해 민폐가 되었던 적은 거의 없는 그녀다. 그래서 황태자가 다정하게 물었을 때 그녀는 오히려 깜짝 놀라고 말았다.

"왜 그렇게 풀이 죽었어?"

"으익!"

"뭘 그렇게 놀라?"

신경질을 부리거나, 까탈을 부리거나 심술을 부리지 않는 것은 괜찮았다. 그러나 너무 다정해서 오히려 닭살이 돋았다. 이 인간이 갑자기 왜 이럴까. 하지만 그걸 티 낼 수도 없어서 엘레노아는 겨우 웃었다.

"아, 아니에요, 아무것도. 한번 거하게 놀랐더니 계속 놀라네요. 괘, 괜찮아요."

"별로 괜찮아 보이지 않는데. 뭐 궁금한 거 있어? 하고 싶은 말 있으면 해."

말이 나오질 않았다. 티격태격할 때는 오히려 할 말 못 할 말 다 해 댔던 것 같은데, 다정하게 판을 깔아 주고 여기서 놀라 하니 적응이 되지 않는다. 어떻게 설명하지, 뭐부터 물어보지, 어디까지 물어보면 되는 거지, 으으으, 으으으, 끙끙 앓던 그녀는 황태자가 기다려 준 것이 무색하게 결국 내지르고 말았다.

"그냥 평소대로 해요! 왜 안 어울리게 다정하게 구는 거예요?!"

"……그걸 더 좋아하는 거 같아서 맞춰 줬더니만."

피부가 아까의 두 배는 따끔따끔하다. 이번에는 그도 기분 나쁜 기색을 숨기지 않았다. 그건 좀 미안했지만, 안 어울리는 건 사실이었다. 그녀는 닭살이 돋은 팔을 쓸었다.

"내가 언제 다정한 걸 더 좋아한다고 말했어요?"

"아까 그놈 앞에서 좋아 죽던 걸 보고도 모를 정도로 내 눈이 멀진 않았어."

"아저씨는 아저씨니까 그렇죠!"

"그럼 나는 뭔데?"

황태자가 우뚝 걸음을 멈추고 물었다. 덩달아 걸음을 멈춘 엘레노아는 황태자라고 대답하려다가, 어쩐지 그렇게 대답하면 안 될 거 같아 입을 다물었다.

"응? 나는 엘레노아에게 뭐길래, 다정하게 구는 것조차 안 어울린다고 구박하는 거냐고."

유감스럽게도, 그녀는 이게 질투라는 걸 알아챌 수가 없었다. 차라리 그녀가 직접 질투를 할 상황이라면 눈치챘겠지만, 타인의 질투를 알아채는 데에는 이론과 눈치와 연애 경험 등이 필요했던 것이다. 게다가 그녀는 그것보다 다른 쪽에 꽂히고 말았다.

"전부터 말하고 싶었는데요, 엘레노아라고 부르는 것 좀 그만둬 주세요."

"……이젠 하다 하다 이름도 부르지 말라는 거야?"

그는 이제 제대로 심기가 상한 듯했다. 찌푸린 얼굴에 노기가 가득하다. 그녀는 얼른 손을 내저었다.

"그런 게 아니라, 그 이름을 싫어할 뿐이에요. 그래서 배 탈 땐 노아고, 집에서는 엘이에요. 누구도 나를 풀 네임으로 부르지 않아요. 내가 싫어하니까."

으응? 정말 의아하다는 듯이 황태자가 고개를 기울였다. 그녀는 그의 호기심 가득한 눈빛이 부담스러워 고개를 돌리고 말 없는 질문에 대답했다.

"너무…… 너무 여성스럽잖아요, 나랑 안 어울리게. 무엇보다 유약한 느낌이 싫어요. 차라리 캐서린이라든가 첼시, 스텔라, 제니퍼 그런 이름이었다면 좋았을 텐데. 엘레노아가 뭐예요, 엘레노아가."

"아하. 그래서 노라가 아니라 남자 이름으로 통용되는 노아인가."

피식 웃은 그가 다시 걷기 시작했다. 그녀는 살짝 고개를 외로 틀어 그를 외면한 채 뒤를 따랐다.

"비음과 유음이 싫은 거로군."

"비…… 뭐요?"

"비음과 유음. 코안을 울리는 소리와 입안에서 혀 굴리는 소리를 말하는 거야. 부드럽고 맑은 느낌이 나지. 반면 지금 말한 캐서린, 첼시, 스텔라, 제니퍼에는 유음과 비음보다는 강한 발음이 많지. 그래서 강하게 느껴지는 거야."

"그런 거 같아요. ……그런데 어떻게 그런 것도 알고 있어요? 화…… 아니, 높은 사람들은 그런 것도 공부해요?"

"시를 쓸 때나 편지를 쓸 때 운율을 맞추는 게 중요하니까. 이전에 사이먼 상단의 둘째 딸이 아카데미에 간다고 해서 난리 난 것이 기억나는데, 그때 배우지 않았나?"

으, 알고 있었나. 엘레노아는 어깨를 으쓱했다.

"한 학기 만에 그만뒀는걸요."

"배 타려고?"

"네. 가만히 앉아서 칠판만 쳐다보는 것보다 배 타는 게 훨씬 좋았거든요."

"그런가."

대화가 끊겼다. 한참 걷던 황태자가 문득 그녀를 돌아보았다. 기분 나쁜 기색이 완전히 사라진 남자는 수려한 얼굴로 더없이 부드럽게 웃고 있었다.

"그래도 난 좋은데, 엘레노아."

엘레노아의 가슴에 쿵 하고 무언가 내려앉았다.

처음부터 엘레노아라는 이름이 싫었던 것은 아니다. 오히려 처음엔 아무 생각 없었다. 이름이 싫어지기 시작한 것은 여섯 살 때인데, 그전까지 무난한 그 이름을 의식할 일은 전혀 없었던 것이다. 발단은 아침 식사 후 친구들과 놀기 위해 달려 나가다 동네 사내아이들의 이야기를 우연히 듣게 되었을 때였다.

"야, 나 어제 엘리자베스 봤다. 진짜 예쁘더라."

"엄청 예쁘지! 근데 집 밖에 잘 안 나오던데 어떻게 봤어?"

"어제 엄마 따라 시장가던데? 근데 엘레노아랑은 완전 달라!"

"엘레노아는 거의 남자애잖아. 이름이 아깝지 않아?"

"낄낄낄, 그러게. 어머, 기사님, 해야 할 거 같은 이름이지?"

수다를 떤 것은 머리가 좀 굵었다고 어른 흉내에 여념이 없는, 열 살을 조금 넘긴 오빠들이었다. 엘레노아는 여섯 살이었지만 그 말을 이해하지 못할 정도로 멍청하거나 둔하진 않았다. 그 자리에 진흙 경단을 수십 개 만들어 집어 던졌고, 방금 한 이야기를 그녀가 들었다는 걸 눈치챈 오빠들은 욕을 씨불이면서도 도망가기를 택했다. 현명한 판단이었다. 곧 엘레노아와 비슷한 나이의 친구들이 놀러 나와 재미있는 놀이를 하는가 보다 하며 그녀에게 가세했던 것이다.

한바탕 진흙 밭에서 구른 후, 그녀는 씩씩거리면서 집으로 돌아왔다. 언니는 피아노 교습 중이라 자리에 없었다. 엘레노아는 얼른 어머니가 뜨개질을 하는 거실로 달려갔다.

"엄마! 나 이름 바꿔 주세요!"

"갑자기 얘가 왜 이래?"

"엘레노아 싫어! 이름 바꿔 줘요! 나랑 안 어울린다잖아!"

"어머, 누가 그런 말을 했을까? 엘레노아가 얼마나 멋진 이름인데."

"왜 멋진데요?"

"엘레노아라는 이름은 아일라, 에노르를 합친 다음에 예쁘게 다듬은 이름이야. 에노르는 원래 부와 명예라는 말에서 나온 거란다."

이러니저러니 해도 상인의 딸이다. 명예가 무언지 정확히 알 수는 없었지만, 부는 확실하게 알았다. 자신의 이름에 부와 명예가 들어간다니, 이거 좋은 거잖아? 마음이 조금씩 움직일 즈음, 그녀는 어머니가 한 가지를 빼먹었다는 사실을 깨달았다.

"아일라는 뭔데요?"

"아일라는…… 다르다는 뜻이야. 다른 부와 명예를 더 얻길 바라는 아빠의 소원을 담아 선장님이 지어 주신 이름이란다."

차근차근 설명해 주던 어머니의 얼굴이 점점 굳어 갔다. 그때의 기억이 떠오른 탓이다.

장사를 하는 집안이라 남편, 그러니까 엘레노아의 아버지 에드워드 사이먼은 처음부터 일을 도울 아들을 원했다. 첫딸 엘리자베스야 그러려니 했지만, 그는 둘째 아이에게 남자 이름을 붙여 주려 했다. 그것을 선장님과 선원들이 어르고 달래며 엘레노아라는 이름을 지어 주었던 것이다. 사실 의미는 당사자에게 설명해 준 것과는 달랐다. 부와 명예를 가져다줄 다른 아이를 원한다는 뜻이었으니까.

그러나 결국 다른 아이는 없었다. 두 번 유산 후 엘레노아의 어머니는 겨우 남자아이를 낳았으나 아이는 죽은 채였고, 다시는 아이를 낳을 수 없는 몸이 되었다. 어머니의 설명에 엘레노아는 기분이 풀어졌지만 기억이 되살아난 어머니의 마음속에는 분노와 우울이 차올랐다.

"어, 그럼 나 내 이름 좋아할래요!"

"……그래? 엄만 그 이름 싫은데."

차디찬 말투, 싸늘한 목소리, 구박에 가까운 핀잔. 갑자기 찬물을 맞은 듯해 엘레노아는 멍하니 어머니를 바라보았다. 어머니는 뜨개질하던 것을 옆으로 치우고, 갑자기 그녀의 흙투성이 손을 꼭 잡고 정확히 시선을 맞추며 말했다.

"엘레노아. 네가 아들 노릇을 하렴. 그래서 아버지한테 본때를 보여 주는 거야. 사내아이를 애타게 찾던 아버지에게, 여자애가 얼마나 잘할 수 있는지 보여 줘. 알겠니? 엘레노아라는 이름 따위, 너에게 어울리지 않는다는 걸 네가 보여 주렴. 응?"

"어? ……어……."

가족과 몇몇 친구들이 세계의 전부인 여섯 살, 엘레노아는 어머니의 눈을 보며 맹세와도 같은 대답을 해야 했다. 갑자기 어머니가 무서웠고, 자신이 해선 안 되는 말을 한 것 같은 죄책감도 들었다. 그날 밤 엘레노아는 일찍 침대에 누웠다.

가족들의 얼굴을 볼 수가 없었다. 어떻게 하면 아빠에게 부와 명예를 드릴 수 있을까, 내가 어떻게 해야 엄마가 기뻐할까. 그런 생각으로 작은 뇌는 꽉 차고 말았다. 내가 여자애면 안 되는 거였구나 하는 슬픔이 어린 가슴에 자리 잡자, 해맑게 웃으며 오늘 배운 곡을 피아노로 연주하는 언니와 잘 배워 왔다고 기뻐하는 아빠 엄마를 보는 것이 괴로웠다. 화목한 식탁에 자신이 낄 자리는 없는 것 같았다. 그래서 밥도 먹다 말고 방으로 돌아왔던 것이다.

그러나 아이에겐 강력한 잠의 힘으로, 아침 해가 떠오름과 동시에 전날의 일을 잊어버린 엘레노아에게 활기가 돌아왔다. 어머니도 잊은 듯, 두 번 다시 그 화제를 꺼내지 않았다.

엘레노아는 점점 더 남자애처럼 행동했다. 본래 선머슴 같았던 아이라 누구도 엘레노아의 그런 행동에 의문을 품지 않았다. 심지어 본인도 그게 당연하다고 생각했으니까. 다만, 그녀는 그날 이래로 자신의 이름을 무척이나 싫어하게 되었다.

"사운더스 저택은 여기서 가까워. 새벽 1시가 되어야 움직일 테니까, 우린 좀 더 시장에서 시간을 보낸 후 움직이자."

얼어붙어 있던 엘레노아의 마음을 아무렇지 않게 녹여 버리고, 황태자는 태평하게 주변 상점을 둘러보기 시작했다. 벌써 밤 10시가 넘어, 술집을 제외한 대부분의 상점은 문을 닫은 뒤였다. 그녀는 그 뒤를 따라가며 머뭇머뭇 물었다.

"저기, 진짜 조, 좋아요?"

"응?"

"그, 내, 이름. 나랑 안 어울리지 않아요?"

"엘레노아? 상단의 후계자에게 그 이상 어울릴 이름은 없을 것 같은데?"

"뜻은 나도 알아요. 하지만 그 어감이라든가, 그런 게……."

말을 하면 할수록 작아지는 기분이었다. 그녀는 결국 말끝을 흐리고 말았다. 그러나 잠시 고개를 갸웃한 황태자가 씩 웃었다.

"지위가 지위인 데다 외모가 이래서 내 주변엔 여자가 많아. 그리고 내 눈은 아름답지만 안목도 뛰어나지. 그런 내가 '엘레노아'라는 이름을 들었을 때 떠올리는 건 너야. 그거면 충분하지 않겠어?"

"그건, 질문에서 좀 어긋난 대답인 거 같은데요."

엘레노아는 핀잔을 주는 자신의 목소리에 기운이 없다는 걸 스스로 느끼며 피식 웃었다. 그래, 자기 자랑이 들어가야 황태자답지. 앞으로 저 사람이 엘레노아라고 부르는 건 절대 못 막겠구나. 그녀가 진심으로 구박하는 게 아니라는 걸 아는지 그도 상쾌하게 웃고는 마저 상점 구경을 한다.

본인조차 모르는 트라우마가 하룻저녁에 사라질 리는 없다. 하지만 그녀는 왜인지 남자에게 무언가 해 주고 싶다는 충동을 느꼈다.

"어, 뭐 좀 드실래요? 제가 사 드릴게요."

"……호오?"

"시간 아직 한참 보내야 한다면서요. 아까 고생도 하셨으니까."

황태자의 파란 눈이 반짝 빛났다. 왠지 오소소 소름이 돋아 엘레노아는 팔을 쓸었다.

이것이 일생일대의 실수가 될 줄 미리 알았더라면 절대 권하지 않았을 거라는 걸, 그녀는 아직 알지 못하고 있었다.

"잠깐, 얼마나 시키려는 거예요?!"

"아까 잠복 때부터 해서 저녁도 못 먹었다고. 10시가 넘었으니 배가 고플 시간 맞잖아."

신이 난 높으신 분은 작정하고 그녀의 주머니를 털 모양이었다. 꽤 비싸 보이는 술집을 고를 때부터 불안하긴 했는데, 아주 메뉴판을 일일이 다 짚어 내리는 모습을 보니 한숨 외엔 나오는 것이 없다. 게다가.

"잘 먹겠습니다, 사이먼 양."

"아, 네, 네에. 입에 맞으실지는 모르겠지만……."

굳이. 굳이! 레번드 단장까지 나오라고 해서 먹을 건 뭐람. 연신 한숨만 나온다.

니이만 백작 부인이 준 금화 주머니를 혹시나 해서 들고 오지 않았으면 상단 앞으로 외상을 달아야 할 뻔했다. 그랬다간 아버지며 잭이며 루크며 앤디가 그녀를 가만두지 않았을 것이다. 으으, 생각만 해도 끔찍해. 부르르 몸을 떨며 엘레노아는 얼른 끼어들었다.

"거기까지! 먹고 모자라면 그때 더 시켜요. 식으면 맛없다고요."

"그런가? 그래, 그럼 여기까지. 아, 맥주도 한 잔."

겸양이라는 걸 모르는 남자 덕분에 종업원의 입이 귀에 걸렸다. 종업원이 몇 번이나 90도로 인사를 하고 사라진 사이, 엘레노아는 핀잔을 주고 말았다.

"그거 정말 다 먹을 수는 있어요? 남기기만 해 봐요!"

"성인 남자의 위장을 무시하지 마. 나도 레, 아니 알렉스도 한창 연습할 땐 그 배로 먹었다고."

"알렉스?"

"저의 미들 네임입니다."

"아……."

굳이 미들 네임으로 부른 건, 지금 여기가 시장통이긴 하나 요나단 A. 레번드라는 이름을 아는 사람이 있을지도 모르므로 조심하기 위해서인 것 같다. 하기야 레번드 후작은 유명하니까.

제레미였다면 말이라도 좀 편하게 할 수 있었을 텐데 이번에 낀 사람은 레번드 단장이다 보니, 괜히 황태자에게 하는 말까지 눈치가 보여 쉽게 말을 붙일 수가 없다. 머뭇거리는 사이 그가 그녀의 마음을 눈치챈 듯 웃는다.

"괜찮아. 작은 건 전혀 신경 쓰지 않는, 섬세하지 못한 남자니까. 말 편하게 해도 돼."

"아까 말씀 들어 보니 섬세하시던데……."

엘레노아는 고개를 갸웃했다. 쿨럭. 물을 마시던 레번드 단장이 물을 뱉어 내고 만다. 그리고 그녀는 처음으로 황태자가 놀란 토끼 눈을 하는 것을 보았다.

"……알렉스가 이러는 거 처음 봤어."

"흠, 흠흠."

레번드 단장이 괜히 헛기침을 하며 손수건을 꺼내 흘린 물을 닦는다. 엘레노아는 잠시 고민하다가, 일단 궁금증부터 해결하기로 했다.

"그럼 나 물어볼게요. 궁금한 게 되게 많은데, 어……."

"밥을 사 줬으니 웬만하면 다 대답해 주지. 단, 스스로 생각하고 정리하면서 물어. 알겠지?"

"왜 친절하고 자세하게 대답해 준다는 선택지는 없는 거예요?"

"생각해. 생각이 무기야. 특히 마법이나 검을 쓸 수 없는 여자에겐, 생각이야말로 진정한 무기가 될 수 있어."

"보통 여자의 무기는 눈물이라고 하지 않나요?"

늘 듣던 말과는 영 다르다. 그녀가 묻자 황태자가 피식 웃었다. 때마침 종업원들이 줄줄이 나타나 음식을 서빙 하기 시작해서 그에 대한 대답은 들을 수 없었다.

식탁에 접시 놓을 자리도 부족해 접시에 접시를 겹쳐 놓았다. 황태자가 먼저 맥주를 한 모금 마신 후 포크를 들자, 레번드 단장이 엘레노아에게 잘 먹겠다고 인사한 후 뒤따라 포크를 든다. 다만, 생각하라는 명령을 받은 엘레노아는 포크를 잡지도 못하고 인상을 썼다.

"일단…… 그 문양 뭐였어요? 아까 수장이 든 단검의 문양을 보고 투항했잖아요."

"아, 그거. 알렉스, 가져왔나?"

"네."

레번드 단장이 튜닉 안쪽을 뒤적거리더니 작은 주머니를 하나 끄집어낸다. 넘겨받은 황태자가 끈을 풀었다.

"손 내 봐."

황태자가 엘리노아의 손 위에서 주머니를 거꾸로 털자 목걸이가 하나 굴러 나왔다. 물방울 모양을 한 파란 보석 펜던트가 달린 목걸이였다. 손에 닿는 순간 화한 기운을 느낀 그녀가 놀라 고개를 들자 그가 주변을 의식하며 목소리를 조금 낮춰 대답한다.

"줄 시간이 없었어. 미리 줘야 했는데. 엘레노아, 너의 몸엔 마나가 거의 없어. 사람에게 마나가 없으면 두 가지 문제가 생기는데, 첫 번째는 마법을 쓸 수 없다는 것. 이건 아쉽지도 않겠지. 생활에도 지장은 없어. 다만 두 번째, 마법 때문에 상처가 나면 거의 아물지 않게 돼."

"아까 그 단검에 마법이 새겨져 있었던 건가요?"

"그래. 그런 걸로 목을 베이면 엘레노아 넌 단순히 베인 상처로 끝나지 않아. 그 자리에서 출혈 과다로 죽을 거야."

"그럼 이건……."

"공격받으면 보호 마법이 발동하도록 주문을 걸어 둔 다이아몬드다. 또라이들이 새긴 게 아니라 제레미가 직접 새긴 거니 믿어도 돼. 이 일이 끝날 때까지 몸에서 떼지 말도록. ……목에 걸어 줘?"

"아, 아니 됐어요."

엘레노아는 서둘러 목걸이를 걸었다. 무난한 차림에 커다란 파란 보석이 너무나 눈에 띄어 얼른 옷 안쪽으로 그것을 집어넣고 나니 어쩐지 찜찜하다.

"정말 고마워요. 그런데 파란 다이아몬드라니, 비싼 거 아니에요? 혹시 깨지기라도 하면……."

"응, 맞아. 거기에도 강화 마법 걸어 놨으니까 깨지진 않을 거야."

저 사람이 비싸다고 할 정도면 정말 비싼 거 맞구나. 그녀는 괜히 가슴이 묵직해 옷 위로 목걸이를 한 번 쓰다듬었다. 그 모습을 황태자는 흐뭇하게, 레번드 단장은 의미심장하게 바라본다.

결국 나 때문에, 내가 크게 다칠까 봐 다들 얻어맞은 게 맞구나. 미안한 마음에 하염없이 목걸이 위를 매만지던 그녀에게 문득 절반이 빈 식탁이 눈에 들어왔다. 서두르지 않으면 질문 시간 끝하고 일어나 버릴 황태자를 알기에, 그녀는 얼른 기억을 더듬었다.

"그럼 다음 질문, 어떻게 다들 안 다친 거예요?"

"안 다친 건 나와 알렉스, 제레미뿐이야. 나머지 기사들은 다친 거 맞아."

"제레미 님은 마법 마스터라고 했죠. 그러면……."

"그래. 나와 알렉스는 검술 마스터거든. 기를 운용해서 몸에 두르면 웬만하면 다치지 않아. 제레미야 방어 마법을 썼겠지만."

이 인간 진짜 강한 거였어? 엘레노아는 식겁했지만 여상하게 음식을 먹는 레번드 단장을 보니 놀라는 것조차 촌스러운 것 같다. 이게 진짜 강한 걸 텐데, 아닌가? 맞나? 긴가민가했지만 지체할 시간은 없다.

"왜 1시예요? 어떻게 말로 하루 거리라는 걸 알았어요? 목요일이란 건 어떻게 알았고요?"

"생각하라니까, 엘레노아."

"읍!"

불쑥, 양배추 롤 하나를 포크에 찍어 엘레노아의 입속에 처넣은 황태자가 씩 웃는다. 그를 노려보면서도 어쩔 수 없이 롤을 깨물자 톡 하고 안에 든 돼지고기 육즙이 흘러나온다. 마, 맛있다. 그제야 허기가 몰려왔다. 입안 가득 음식을 집어넣은 뒤 우물거리며 엘레노아는 기억을 더듬어 답을 냈다.

"베스가 사라진 것도 목요일이었어요. 다른 여자들도 목요일에 사라졌나 봐요, 그러니까 확신한 거겠죠? 내가 조사할 땐 다른 요일도 섞여 있어서 짐작하지 못했지만, 파티 때 납치된 귀족 영애들 때문에 목요일 1시라는 걸 알았겠네요. 하지만 말로 하루 거리는 모르겠어요."

"좋아, 잘 따라왔어. 실종 사건 초반에는 다른 요일에 납치하기도 했는데, 점차 목요일 새벽 1시에서 3시 사이로 굳어 가더군. 그리고 마스터가 아닌 마법사가 하룻밤 동안 텔레포트할 수 있는 최장 거리가 말로 하루 거리고……. 회합 회원들은 수장의 겉모습만 알 뿐, 실제 납치를 수행하는 놈들이 진짜 패거리일 거야. 놈도 제레미가 마법사라는 걸 알았을 테니, 혼자 숨는 것보다 사람들 속에 기척을 숨겨야 덜 들킨다는 사실쯤은 알고 있겠지. 그럼 패거리와 합류하려 할 테고, 파티가 열리는 곳은 두 곳, 사람이 많은 쪽은 사운더스 저택."

황태자의 말에 레번드 단장이 먼저 고개를 끄덕였다. 엘레노아도 그제야 아까 영문을 알 수 없었던 두 사람의 대화를 이해할 수 있었다.

"그랬군요. ……1시에서 3시라면 축시를 말하는 거네요. 악한 기운이 가장 활발하게 움직이는 시간대."

그녀의 중얼거림을 들은 두 남자의 눈이 번쩍 뜨였다. 여태까지 빠른 속도로 우아하게 식사하던 황태자가 음식을 다 삼키지도 못한 채 다급하게 물었다.

"축시라면 동양의 시간대인가?"

"네? 네. 동양에선 보통 두 시간 단위로 시간을 나눠요. 11시부터 시작하는데, 보통 1시부터 3시까지는 제일 음습한 시간대라고 밖에 나가지 않으려 해요. 술꾼들은 어딜 가나 예외지만."

"연꽃무늬, 벽조목, 시간까지……. 동양 출신인가. 대체 어떻게 여기까지 온 걸까. 사이먼 상단의 배를 제외하면 방법이 없을 텐데."

황태자의 추측에 엘레노아는 펄쩍 뛰고 말았다.

"우리 배는 출항, 입항, 귀항 때 모두 엄격한 검사를 받아요! 동서양을 오가는 유일한 배라고 엄청 엄청 까다롭게 검사받는걸요. 쌍욕이 나올 정도로! 다들 이골이 나서 빠르게 넘어갈 뿐이지, 절대 절대 그냥 넘어가거나 한 적은 없어요!"

그녀의 강한 항변은 두 남자에게 웃음을 샀다. 풋, 하는 소리가 들리고 레번드 단장은 고개를 모로 돌렸다. 황태자는 웃음기를 지우지도 않은 채 그녀를 다독였다.

"안심해, 엘리자베스호에 책임을 물으려는 게 아니야. 게다가 저쪽은 마스터는 아닐지라도 마법사라고. 작정하고 숨으면 일반 선원들은 당연히 눈치채지 못해."

"그, 그죠? 휴우……."

그녀가 가슴을 쓸어내리는 사이 식탁이 비었다. 질문 시간은 끝났다. 이런 시장통의 술집에 냅킨이 있을 리가 없어 손수건으로 입을 닦은 황태자가 가볍게 숨을 내쉬었다.

"자아, 이제 당 보충을 하러 가 볼까?"

산뜻하게 자리에서 일어난 남자를 올려다보는 엘레노아의 입이 떡 벌어진다.

"이렇게 먹고 또 먹어요?"

"우리 집 저녁은 원래 이것보다 화려하거든. 사 줄 거지?"

“잠깐만요, 이것만 해도 어마어마한 가격이라고요. 왜 당연하게 간식까지 요구하는 거예요? 나보다 더 부자잖아요, 세드릭 님이!”

그녀의 말에 레번드 단장이 움찔한다. 그러나 황태자는 기분 좋은 얼굴로 눈꼬리까지 접어 가며 환하게 웃는다.

“시간은 아직 남았고, 남이 사 주는 음식이 더 맛있는 법이란 걸 방금 알았거든. 안 사 주면 사운더스 저택에 안 데려갈 거야, 그래도 괜찮아?”

“이이이이익!”

그제야 엘레노아는 절대 하면 안 되는 짓을 해 버렸다는 걸 깨달았지만, 때는 이미 늦은 뒤였다.

11
구출과 납치

황태자가 한 번 파티에 참가할 때 데려가야 하는 인원은 평소 데리고 다니는 백합 기사단 인원보다 많다고 했다. 또 황태자가 예고 없이 파티에 참가하는 것은 예의가 아니라고 했다. 황족이 참가하느냐 참가하지 않느냐에 따라 파티의 격이 달라지는데, 그걸 준비할 시간도 주지 않고 들이닥치는 것은 조금 과장해서 예고 없는 장부 감사와 비슷하다는 말에 엘레노아는 절절히 이해할 수 있었다. 게다가 정식으로 파티에 참가하면 체면 때문에라도 움직일 수가 없는데, 기사 대부분이 자잘한 부상을 얻은 지금 가장 강한 황태자가 멀뚱멀뚱 보기만 하는 건 비효율적이라고 했다. 그래서 이 정도 불편함은 감수하는 거라는 말에, 그녀는 하마터면 남자를 다시 볼 뻔했다. 아니, 사탕을 꺼내 의기양양하게 입에 물지만 않았다면 다시 볼 참이었다.

그리고 그것이 엘레노아의 주머니를 털어서 산 사탕이기에 남자의 호감도는 오히려 주룩 내려가고 말았다.

"이 상황에 사탕이 들어가요?"

"그럼, 맛있잖아. 단맛은 인생을 즐기는 한 가지 방법이라고."

"아, 예, 많이 즐기세요."

남의 돈이라고 이렇게 물처럼 쓰다니, 이가 부드득 갈린다. 덩달아 사탕을 얻은 레번드 단장도 그 무뚝뚝한 얼굴로 사탕을 먹으며 고맙다고 인사를 해 와, 그녀는 얼른 묵례로 대답하곤 금화 주머니를 도로 집어넣었다. 반으로 줄어 버린 금화 주머니가 너무나 가벼워서 몹시 슬펐다. 술집에서 쓴 돈도 쓴 돈이지만, 사탕이라는 게 원래 엄청나게 비싼 물건인 탓이었다.

출처가 니이만 백작 부인이라는 것은 찜찜해도 내 돈은 내 돈이었다. 떨잠 때문에 비었던 비상금 주머니에 모처럼 넣을 게 생겼다고 좋아했는데 이게 뭐람. 그래도 나간 돈은 나간 돈, 그만큼 황태자에게서 뽕을 뽑으리라. 굳게 결심한 그녀는 다시 정보를 캐내기로 했다.

"그나저나 사운더스 저택에 어떻게 숨어들 생각이에요? 파티 중이라면서요. 경비가 있지 않나요?"

"그 경비의 절반은 우리 집에서 보낸 거야. 계속 사건이 벌어지고 있으니까 지원할 필요가 있어서."

시장을 벗어나고 있긴 하지만 아직 조심스러워, 황태자가 이리저리 말을 돌린다. 우리 집이라면 황궁일 테고, 사건이라면 납치 사건을 말하는 거겠지. 이해하긴 어렵지 않았다.

"그 경비에 섞여서 들어갈 생각이군요? 그런데 파티에서 영애들이 납치당하는 걸 알면서도 기어이 파티를 여는 건 대체 무슨 심리인가요? 그러다 자기 딸이라도 납치되면 어쩌려고."

“엘레노아. 생각해. 생각하라고 했잖아.”

“귀족의 생각까지 내가 어떻게 알아요?!”

“귀족은 사람 아닌가?”

“니이만 백작 부인 보면 사람 아닌 거 같기도 하던데.”

그녀의 불퉁한 대답에 황태자는 잠시 할 말을 잊은 듯했다.

“……니이만 백작 부인 빼고, 그냥 귀족도 사람이라고 생각해.”

“알았어요, 하면 되잖아요. 음. 여자들이 납치당하는 걸 알지만 나는 신경 쓰지 않는다. 왜냐하면…… 나는 강하다. 뭐 본인이 강하지 않더라도, 경비나 용병을 고용할 능력은 있다. 올 테면 와 봐라, 내 파티에선 누구도 빼앗기지 않는다. 그러니 나는 파티를 열겠다. 그러면…… 호승심. 설마 호승심 때문에 파티를 여는 건가요?”

“그래. 나는 해당이 없다고 믿고 있기도 하고. 그런 면에선 좀 멍청하지. 그러다 내가 걸리면 빼도 박도 못하고 당첨인 건데.”

오오 해냈어. 뿌듯함이 차올랐다. 그리고 한편으론 웃음이 났다. 황태자의 신랄한 비판에 절절히 동감했기 때문이다.

사운더스 저택으로 향하는 세 사람의 발길은 분주했다. 황태자 옆에서 부지런히 그를 따라 걷던 엘레노아는 한참 머뭇거리다 입을 열었다.

“……좀 다른 이야기지만, 한 가지 말해 둘 것이 있어요.”

“뭔데?”

“지금 내가 걸림돌이라는 건 잘 알고 있어요. 아까 나 때문에 기사들이 부상을 입은 것도 미안하게 생각하고 있고요. 미안하지만, 그래도 따라갈 거예요. 그만큼…… 절박하니까. 언니가 납치된 지 벌써 한 달이 넘었어요. 방해되지 않게 물러날까 생각도 해 봤는데, 베스를 생각하면 도저히 그렇게 못 하겠어요. 물론 방해되지 않도록 최대한 노력할게요. 정말로 미안해요. 세드릭 님, 알렉스 님."

꾸벅 고개를 숙였다 들자, 의아한 듯 서로 마주 보는 황태자와 단장이 보였다. 잠시 생각하는 듯하던 그가 엘레노아를 향해 섰다.

"설마 우리가 그런 것도 모르고 데려가고 있다고 생각한 건 아니지?"

"그건 아니지만……."

"마법사도 기사도 아닌 널 데려가는 건, 동양의 물건이나 의미를 제대로 알아볼 수 있는 유일한 사람이기 때문이야. 네가 실종자의 동생이라서, 혹은 나와 아는 사이라서 데려가는 게 아니라고. 뭐, 약간의 사심이야 있지만."

황태자가 장난스럽게 반 이상 줄어 버린 사탕을 들어 올린다. 긴장이 풀린 그녀가 웃자 그도 빙긋 웃으며 대답한다.

"그러니까 방해가 되고 싶지 않다면 주변을 샅샅이 살펴봐. 우리가 알아채지 못하는 곳에 의외의 단서가 있을 수 있으니까. 그게 너의 역할이야. 이해했어?"

"이해했어요. 그럴게요."

엘레노아는 굳게 고개를 끄덕였다. 그 모습을 보며 웃어 준 황태자가 다시 걷기 시작했다.

아무리 언니 베스를 구하기 위해서라고는 해도, 자신 때문에 기사들이 얻어맞아 다치는 걸 보면서도 아무렇지 않을 수는 없었다. 그리고 무엇보다 황태자. 황제 이외의 누구에게도 무릎을 꿇을 필요가 없는 그 귀한 분이 얻어맞아 깡패들 앞에서 무릎을 꿇었다. 제레미도 단장도 놀랐겠지만, 제일 놀란 것은 그녀였다. 게다가 그렇게 무릎 꿇고 맞게 된 원인이 자신임에도 아무렇지 않은 척 뒤를 따라나선다는 건 엘레노아에게 불가능한 일이었다. 황태자가 몰래 황궁을 빠져

나오지 않았더라면, 조금이라도 깐깐한 부하가 동석했더라면 그녀는 그 자리에서 능지처참을 당해도 할 말이 없는 상황인 것이다.

자신이 민폐라는 것은 계속 마음의 짐이었다. 제대로 검을 쓸 수도 없고, 마법을 할 수 있는 것도 아니고, 오히려 보호 마법이 걸린 비싸디비싼 파란 다이아몬드 목걸이까지 받았다. 이대로 황태자의 부하들 사이에 껴서 베스를 찾으러 가도 괜찮은 걸까. 계속 자문하고 있었다. 그래도 도저히 묵과할 수만은 없어 말을 꺼낸 건데, 오히려 그는 기분 좋게 웃으며 그녀에게 의미를 부여해 준 것이다.

그래, 나에게도 할 수 있는 일이 있어. 그러니까 괜찮아.

무심결에 옷 위로 파란 보석을 문지르며, 엘레노아는 다시 한 번 굳게 마음을 먹곤 고개를 들었다. 광택 나는 태피터 외투를 입은 황태자의 등이 무척이나 든든해 보였다.

미리 경비조에 섞여 있던 백합 기사단의 기사들이 자기들의 가죽 갑옷을 들고 나왔다. 단장과 엘레노아는 옷 위에 가죽 갑옷을 걸쳤다. 갑옷은 그녀에겐 무척 커서 정작 중요한 가슴 부위를 전혀 가려주지 못했다. 어린애가 아빠 옷을 몰래 입은 것 같은 요상한 모양새였지만 선택의 여지가 없었다. 그나마 머리카락이 짧아 나무 그늘에 잘 숨기만 하면 여자라는 것을 들키지 않을 수 있다는 것이 다행이었다.

황태자는 갑옷을 입지 않았다. 대신 목 뒤에서 머리를 하나로 묶고, 외투의 후드를 깊이 뒤집어썼다. 갑옷을 입으면 머리카락을 숨기기 어렵기 때문인 듯했다. 하기야 외투 위에 갑옷을 입는 것도 우스운 꼴이니 그쪽이 현명했다. 광택은 유감이지만 다행히 남색이라 외투도 무난히 넘어갈 수 있을 듯했다.

기사들과 교대하듯 담장의 문을 열고 들어갔다. 뒤뜰 바닥에 깔린 돌을 따라 조금 걷자 금세 하인들이 다니는 뒷문이 나타났다.

레번드 단장은 그 안으로 들어갔고, 엘레노아와 황태자는 미리 들은 대로 건물 왼쪽으로 벽을 따라 걷기 시작했다. 숨을 죽이고 달빛에 드러나지 않도록 건물 그림자를 따라 걷다 보니 쇠 울타리가 나타났다. 이것이 왼쪽 구석에서 중정과 뒤뜰을 가르는 경계였다.

꽤 높았다. 엘레노아가 먼저 쇠 울타리를 타고 올라 넘었다. 아물어 가는 왼팔이 조금 욱신했지만 참을 만했다. 울타리가 흔들려 쇳소리가 나지 않도록 황태자가 울타리를 잡아 주었다. 그리고 본인도 조용히 울타리를 넘어 나무 그늘로 들어갔다. 그 뒤를 따라 그녀도 바로 옆 나무 그늘에 숨었다.

움직이려는 찰나 황태자가 손을 내저었다. 움직임을 멈추자 그가 어딘가를 손으로 가리킨다. 엘레노아가 있는 곳에서 앞으로 두 그루째의 나무가 이상하게 흔들리고 있었다. 설마 벌써 침입해 있었던 걸까? 바짝 긴장하고 허리의 단검을 더듬는데 그가 다시 손을 젓는다. 이유는 금방 알 수 있었다.

"아앙, 아앙, 아잉, 더, 더어!"

"헉, 헉, 후읏, 훅……."

절로 벌어진 입을 손바닥으로 틀어막았다. 쌀쌀한 가을밤, 새벽 1시가 다 되어 가는 이 야심한 시각, 방도 아니고 야외에서, 파티 중에 정원 가장 구석진 곳을 찾아 그렇고 그런 짓을 하는 귀족들.

이미 들어서 알고 있는 지식이었으나 머리로만 알고 있던 것과 직접 목격하는 것은 차원이 달랐다. 이쪽에 사람이 있을 줄 상상도 못하고 있을 그 커플은 신나게 박자 맞춰 절정으로 치닫는다. 당황해서 움직이지 못하는 엘레노아에게 황태자가 다시 한 번 신호를 주었다.

오른쪽으로 가라는 뜻이었다. 위치상 그녀가 좀 더 오른쪽에 있었기에 먼저 움직여야 했다.

엘레노아는 주의를 환기하고 주변에 나뭇가지가 있는지 없는지 바닥을 눈으로 살폈다. 소리 죽여 한 걸음 한 걸음 조심스럽게 옮긴다. 황태자는 그녀보다는 태연하게 같은 방향으로 걸음을 옮긴다.

숨이 점점 얕아진다.

거칠게 몰아쉬지 않기 위해 애를 쓴다. 침을 꿀꺽 삼키고 들썩이는 가슴을 손바닥으로 문지르자 옷 아래 보석이 손끝에 걸린다. 괜찮아, 마법사를 만나도 이젠 괜찮아. 무서울 것 없어. 스스로를 타이르는 사이 황태자가 가깝게 다가온다. 고개를 들자 그가 손을 뻗어 그녀의 어깨를 꾹 잡는다. 전부터 느꼈지만 그의 손은 참으로 크고 따뜻하다. 다소 억센 데가 있기도 하지만 지금은 오히려 그것이 든든했다. 그녀는 고개를 끄덕였다. 황태자가 후드 안에서 눈으로 웃고는 이번엔 본인이 앞장선다. 그리고 건물 가까이의 침엽수 그늘로 숨어든다. 그녀는 그 옆 침엽수 그늘에 숨었다.

잠깐 사이 황태자가 무언가를 들어 올린다. 그것을 본 엘레노아는 다시 입을 틀어막았다. 움직이기 쉽게 달라붙는 검은색 옷을 입고 검은 복면을 쓴 남자가 황태자의 손에 목덜미를 잡힌 채 기절해 있었다.

역시 패거리가 잠복해 있었구나.

엘레노아는 갑옷 허리에 매달아 두었던 로프를 황태자에게 건넸다. 황태자가 소리 없이 능숙하게 남자를 묶었다. 남는 로프를 단검으로 잘라 내고 둘둘 말아 다시 갑옷 허리춤에 묶는 사이, 그가 묶인 남자를 벽에 기대 앉혀 놓고 그녀에게 눈치를 준다.

소리를 내지 않도록 주의하면서 남자에게 다가가 복면과 옷자락,

신발이며 소지품을 살폈다. 걸리는 게 없어 손을 떼려던 엘레노아는 황태자가 말한 '연꽃무늬가 새겨진 끈' 을 기억해 냈다. 끈이 될 만한 거라면……. 서슴없이 남자의 허리띠를 풀어 손끝으로 쓸어내렸다. 자수가 걸린다. 천천히 자수 모양을 따라 덧그려 본 그녀는 확신을 가지고 허리띠를 황태자에게 넘겼다. 연꽃무늬였다. 그것을 확인한 황태자도 고개를 끄덕이고는 다시 움직이기 시작했다.

이렇게 한 명씩 다 잡을 생각인 걸까. 그게 가능할까. 입술을 깨물며 황태자를 좇았다. 헉헉대는 또 한 커플을 지나쳐 다시 한 명을 잡아 묶었다. 이번엔 허리띠부터 확인했다. 이쪽도 문양이 있었다.

두 번째 남자도 묶어 벽에 기대 놓은 사이 비명이 울렸다. 황태자가 번개같이 시계를 꺼내 시간을 확인하고는 고개를 끄덕였다. 시간이 되었다는 거다. 그가 먼저 튀어 나갔다. 엘레노아가 쫓아올 수 있도록 속도를 늦춘 것 같은데, 그래도 헉헉거리지 않기 위해 최선을 다해야 했다.

벌써 중정 한구석에서는 납치범들과 경비들이 몸싸움을 벌이고 있었다. 속속 경비들이 달려왔지만, 어디서 나타났는지 납치범 패거리도 점차 늘어난다. 납치범들 사이에 꿈틀거리는 두 개의 자루가 보였다. 자루를 손가락으로 가리키자 황태자가 고개를 끄덕하고 잠깐 사이 자루를 빼 왔다. 자루를 지키고 있던 놈들마저 어리둥절할 만큼 그는 빨랐다.

다른 자루는 없는 것 같았다. 황태자가 자루 두 개를 옆구리에 끼고 턱 끝으로 건물을 가리켰다. 비명 때문에 건물 안에 있던 모든 사람이 바깥 구경을 하기 시작해 발코니란 발코니는 모두 문이 열려 있었다. 건물 그늘에 숨어, 사람들을 피해 가장 구석 발코니에 올라 건물 안으로 들어서자 황태자도 바람처럼 건물로 스며들었다.

창가로 몰린 사람들을 피해 홀을 벗어났다. 손님방으로 쓸 듯한 방을 하나 찾아내 노크를 하자 짐작대로 반응이 없었다. 안심한 엘레노아는 벌컥 문을 열었다.

"꺄아아악!"

"뭐, 뭐야!"

"죄, 죄송합니다!"

후다닥 문을 닫았다. 정사 중이라 대답을 못 한 거구나. 화끈거리는 얼굴을 감싸고 다른 방을 찾기 위해 고개를 돌리자 웃음을 참느라 일그러진 황태자의 입술이 보였다.

웃지 마요. 혹시나 사용인들에게 들킬까 봐 입술만 움직여 핀잔을 주자, 그는 어깨를 으쓱하고 만다. 무척 얄미웠다.

그나저나 여자가 어쩐지 낯이 익는데……. 잠시 고개를 기울이는 사이 황태자가 성큼성큼 걸어 어느 방문 하나를 툭툭 발로 가볍게 찬다. 얼른 달려가 문을 열어 주자 그가 자루를 옆구리에 낀 채 방으로 들어갔다. 이쪽도 손님용으로 준비한 방인 듯 넓고 깨끗했다.

황태자가 자루를 풀어헤칠 때까지도 엘레노아는 생각에 잠겨 있었다. 그리고 답을 찾아내고는 개운해하기보단 얼굴이 빨개졌다. 맙소사. 니이만 백작 부인이었다. 그리고 남자는 니이만 백작이 아니었다. 오 마이 갓. 힐끔 고개를 돌린 황태자가 피식 웃었다. 마치 그녀의 얼굴이 빨개진 이유를 안다는 듯한 미소였다.

자루는 어느새 풀려 있었고, 산발이 된 두 아가씨가 엉금엉금 자루 밖으로 기어 나왔다. 한 아가씨는 눈물로 얼룩진 얼굴로 기어 나와, 주변을 살펴보고는 안심이 되었는지 엉엉 울기 시작한다. 그에 비해 다른 아가씨는 담담한 얼굴로 주변부터 둘러본다.

"여긴…… 손님방이군."

그 담담한 얼굴이 왠인지 낯이 익는다. 엘레노아가 다시 갸웃거릴 때, 외투를 다시 바로 잡은 황태자가 생각났다는 듯 여자에게 말을 걸었다.

"레이디 사운더스?"

"네, 그렇습니다만……. 아. 태자 전하를 뵙습니다."

저쪽도 황태자를 알아본 듯 대번에 자리에서 일어난다. 인사가 하고 싶었던 모양인데, 긴장이 풀린 탓인지 다리는 비틀비틀이다. 황태자가 그녀를 붙잡았다. 흐트러지긴 했어도 화려하고 우아한 차림의 아가씨와, 원래 화려한 외모를 지닌 황태자는 꽤 잘 어울렸다. 엘레노아는 갑자기 기분이 나빠졌지만, 상황이 상황이니만큼 입을 다물었다.

"인사는 됐고. 혹시 납치된 사람이 더 있나?"

"제가 알기론 저희 둘이 전부랍니다. 전하, 구해 주셔서 감사합니다. 이 은혜를 어찌 갚아야 할지……."

그래도 아가씨는 꿋꿋이 치맛자락을 잡고 무릎을 살짝 굽혀 인사를 한다. 틀어 올렸던 머리가 전부 구불구불하게 내려와 물결치고 있지만, 우아함엔 아무런 지장을 주지 않았다. 아, 그래, 귀족 영애라 이거지. 괜히 심통이 났지만, 엘레노아는 그것을 훌륭하게 숨겨 냈다고 생각했다.

황태자가 부드러운 미소로 그녀의 인사를 받는다. 주저앉아 울던 여자도 황태자란 말에 놀라 멍해 있다가, 다급하게 일어났다. 아니, 일어나려 했다. 무릎이 말을 듣지 않아 풀썩 쓰러지고 말았지만.

그리고 그대로 기절했다. 혹시나 머리를 찧을까 얼른 달려가 그녀를 받친 엘레노아는 문득 담담한 아가씨가 누군지를 깨닫고 소리를 지르고 말았다.

"……너, 너, 까탈쟁이 브리나!"

레이디 사운더스의 잘 다듬은 눈썹이 꿈틀하는 순간, 엘레노아의 기운 빠진 손에서 아가씨가 미끄러졌다.

쿵.

기절한 아가씨는 그대로 바닥에 머리를 박고 말았다.

……기절해 있어서 몹시 다행이었다.

"너……. 엘레노아, 엘레노아 사이먼이니? ……그 짧고 지저분한 갈색 머리를 보니 맞겠네. 감히 네가 사운더스 저택엔 어떻게 들어온 거니?"

누가 까탈쟁이 아니랄까 봐 인사는커녕 자기 하고 싶은 말부터 우다다다 쏟아 낸다. 아아아, 어릴 때도 저런 점이 싫었는데. 엘레노아가 반격하려는 사이, 황태자가 손을 저었다.

"일단 숨자. 사람이 오고 있어. 너는 몰라도 나는 들키면 몹시 곤란해."

"너는 몰라도는 뭐예요?"

어이가 없어 핀잔을 주는 사이 브리나가 옷장을 가리켰다.

"전하, 저기에 숨어 계시면 제가 사람들을 내보내겠습니다."

도도하게 고개만 끄떡한 황태자가 엘레노아의 팔을 잡아채고 다짜고짜 옷장으로 달려갔다. 질질 끌려가던 그녀와 브리나의 시선이 맞았다. 흥. 보란 듯이 콧방귀를 뀌며 고개를 돌리는 브리나에게 메롱을 날린 엘레노아는 강제로 옷장 안으로 끌려 들어갔다.

옷장은 넓이에 비해 꽤 깊은 편이었다. 손님방이기 때문에 적당한 사이즈를 고른 듯했다. 그렇다고 성인 남녀가 둘이나 들어가기에 적합한 사이즈는 아니었을 뿐만 아니라, 무엇보다 옷장에 숨기엔 황태자가 너무 컸다.

마주 보고 앉으려던 황태자는 살짝 미간을 찡그리더니 엘레노아를 강한 힘으로 돌려 자신의 무릎 사이에 앉히고 옷장 문을 닫았다. 곧바로 방문이 열리는 소리가 났다. 그녀는 옷장 틈에 귀를 갖다 댔다.

"어? 레이디 사운더스! 무사했군요!"

"네, 저는 괜찮습니다. 경비들이 구해 주었어요. 저희 어머니는 어디 계시는지 아시나요?"

"레이디 사운더스를 찾으러……. 헉, 레이디 케이틀린!"

아, 망했다. 엘레노아는 차마 소리는 못 내고 머리카락을 잡아 뜯었다. 그 기절한 여자 때문에 방에서 소란이 일기 시작한 것이다. 브리나 혼자였다면 알아서 걸어 나가고 상황 끝이었을 텐데, 레이디 케이틀린은 바닥에 머리를 부딪친 끝이라 언제 일어날지 알 수 없어서 애가 탔다.

그러게 그때 왜 손에 힘이 빠져 가지고!

엘레노아가 괴로워하는 모습을 지켜보던 황태자가 가만히 그녀의 손을 잡았다. 움찔했지만 황태자는 머리카락을 쥐어뜯는 그녀의 손을 잡아 내려놓고는 손을 뗐다. 그리고 불편한지 다리를 조금 뒤척인다.

그제야 그녀는 깨달았다. 잔뜩 구부려진 그의 다리와는 달리 그녀는 불편하지 않을 만큼만 다리를 구부리고 있다는 것을. 평소 그에게 크다는 인상을 받지 못했던 것은 그가 내내 맞춰 준 덕분이라는 것을. 그녀를 상대할 때는 되도록 시선을 정면에서 맞추도록 배려해 준 덕분이라는 것을. 전혀 그러는 줄 몰랐는데, 그럴 필요가 없는 사람인데, 여태 항상 그래 왔다는 것을.

어쩐지 가슴이 뻐근해 그녀는 가슴을 쓸었다. 손끝에 무언가 걸렸다. 목걸이였다. 습관처럼 파란 보석을 옷 위에서 쓰다듬는 사이, 이번엔 그가 자신의 무릎에 올려 두었던 팔을 뒤척인다. 아무래도 팔다리가 길어 불편한 듯했다.

그러나 방 안의 소요는 잦아들 줄 몰랐다. '정신 차리세요, 레이디 케이틀린!' 하는 소리를 들으며 일일이 다 레이디 붙이기엔 귀찮겠다고 엘레노아가 귀족 남자들을 동정할 즈음, 황태자가 상체를 기울였다. 그의 날숨이 귀에 닿았다. 그녀가 긴장으로 살짝 굳을 때, 그가 그녀의 귀에 바짝 입술을 대고 아주 작게 속삭였다.

"잠깐만. 불편해서."

고개를 끄덕일 새도 없이 길고 단단한 두 팔이 그녀의 어깨를 감쌌다. 불편한 듯 팔을 위아래로 조금 움직이던 그는 곧 보석을 쓰다듬던 그녀의 오른손에 자신의 오른손을 겹쳤다.

엘레노아는 그대로 얼었다.

몸은 굳었는데 가슴이 고동치기 시작했다. 쿵쿵 소리가 들리는 것 같다. 그와 맞닿은 등에서 열이 나는 듯했다. 그녀의 귀에 바짝 댄 그의 입술도 아직 떨어지지 않았다. 그쪽 귀만 달아오르는 것이 느껴졌다.

남자의 왼손이 여자의 허리를 감았다. 가죽 갑옷 위였지만 여자는 자기도 모르게 배에 힘을 주었다.

얼어붙은 엘레노아를 달래듯 그의 손이 그녀의 손등을 쓰다듬었다. 그제야 겨우 정신을 차린 그녀는 최대한 조용히 숨을 내뱉었다. 너무 놀란 나머지 숨조차 멈추고 있었던 것이다. 잘했다는 듯 그의 손이 두어 번 그녀의 손등을 소리 없이 두드린다. 괜찮다는 뜻을 담아 가만히 고개를 끄덕이자 귀 옆에 있는 남자의 입술에 웃는 기척이 느껴진다.

발끈하고 싶었지만 그럴 수 없었던 것은, 그와 동시에 남자의 손가락이 그녀의 손가락 사이를 파고들었기 때문이었다. 남자의 손가락이 천천히, 의도를 담아 그녀의 손가락 사이를 쓸어내리고 올리고를 반복하기 시작했다.

그리고 남자가 머리를 그녀의 어깨 위에 살짝 올려놓았다.

남자가 코로 숨을 내쉴 때마다 목이 간지러웠다. 그녀는 고개를 살짝 흔들어 남자를 떨치려 했지만, 남자는 오히려 그녀의 목에 입술을 갖다 댔다. 목으로 느껴지는 숨결이 야릇하다. 입술이 닿은 부분이 화끈거리는 것 같다. 저도 모르게 입술을 꾹 깨물자, 허리춤에 있던 남자의 왼손이 천천히 더듬듯 기어 올라와 그녀의 입술을 매만진다.

갑자기 왜 이러는 거야.

차라리 그냥 간지럽기만 하면 어떻게든 참겠다. 그러나 스물스물, 간지러움 아래로 기분 좋은 감각이 퍼지기 시작했다. 그녀의 몸은 아무래도 남자와의 하룻밤을 기억하고 있었던 모양이다. 그땐 오히려 부끄럽다거나 간지럽다거나 하는 걸 잘 몰랐는데, 지금은 무척이나 부끄럽고 간지럽고 기분이 이상했다.

저도 모르게 떠오른 쾌감의 기억이 쾌감을 부추긴다. 의도를 몰랐다면 밀어냈을 텐데 그녀는 알아 버렸다. 한 번 살갗을 닿았던 것뿐인데, 남자의 의도에 그녀의 몸이 기민하게 반응했다. 뻔히 알면서도 도저히 움직일 수 없었다.

남자는 담담하게 자신의 의도를 드러내면서 부드럽게 그녀를 더듬었다. 긴장으로 메마른 입술 사이를 손끝으로 파고들어 가만가만 문지르기도 하고, 그녀의 손과 옷 아래 펜던트를 한꺼번에 그러잡기도 했다. 목에 연신 와 닿는 입술에 머리는 점점 멍해지기만 했다.

이, 이러지 마.

멍해지는 머리에 당황해 눈을 질끈 감고 목을 움츠리자, 조금 밀려 난 남자가 입술로 웃는 기척이 났다. 그러나 그만둘 생각이 없다는 것을 달콤해진 공기가 알려 주었다. 남자가 천천히 여자의 턱에 입을 맞췄다.

촉.

이번에는 소리가 났다. 소란을 떨고 있는 바깥에선 전혀 듣지 못했을, 그런 아주 작은 소리였다. 하지만 그녀는 완전히 멍해지고 말았다. 뭘 어떻게 해야 할지 알 수가 없었다. 그사이 남자는 오른손을 들어 그녀의 턱과 입술을 부드럽게 문질렀다. 반사적으로 몸을 움츠리자 그가 그녀의 턱을 들어 사선으로 방향을 틀었다.

그리고 입술이 맞닿았다.

메말라 까슬까슬한 입술을 부드럽게 누르는 부드럽고 폭신한 입술. 눈을 뜬 채 남자의 입술을 맞은 그녀는 여전히 멍한 눈으로 그를 바라보았다. 어둠 속에서도 남자의 눈가에 한가득 부드러운 웃음이 매달려 있는 것이 보였다. 좋은 건지 나쁜 건지 알 수도 없었다. 그저 멍하니 남자를 응시하는 것 외엔 할 수 있는 것이 없었다. 그런데도 심장은 이 이상 빠를 수 없을 정도로 빠르게 뛰었다. 어느새 겹쳐진 왼손에서 열기가 피어올랐다.

여자의 눈빛이 흔들리기 시작했다. 때를 놓치지 않고 남자는 천천히 혀로 그녀의 입술을 덧그렸다.

알고 있지? 내가 무엇을 할지. 열어. 그리고 나를 받아들여.

소리 없는 명령은 강력했다. 무엇에 홀리기라도 한 듯 여자는 천천히 눈을 감았다. 맞닿은 여자의 입술이 서서히 벌어지는 순간.

눈을 빛낸 남자가 훅 파고들었다.

"레이디 케이틀린을 제 방으로 옮겨 주시겠어요? 여긴 손님방이라 붕대라든가 물건이 충분하질 않네요."

가까스로 두 사람의 입술이 떨어졌을 때, 일부러 목청을 높인 브리나의 목소리가 들렸다. 곧 나가야 했다. 멍했던 머리는 정신을 차렸지만 헐떡거림은 숨길 수가 없었다. 억지로 손바닥으로 입술을 누르자 남자가 소리 없이 웃고는 입을 가린 손등에 입술을 가까이했다. 그녀는 반사적으로 움찔하긴 했지만 피하거나 물러서지 않았다. 남자가 촉, 손등에 입을 맞추곤 잘했다는 듯 귓바퀴에도 입을 맞추었다. 그리고 귀에 입술을 붙이고 작게 속삭였다.

"달다."

곧 방문을 닫는 소리가 났다. 여자는 아직 멍한 상태인데, 남자는 지체 없이 옷장 문을 열었다.

갑자기 쏟아진 빛에 눈을 찡그리는 사이 황태자가 그녀를 번쩍 안은 채 옷장을 빠져나왔다. 방 안에 아무도 없는 줄 알았는데, 실눈을 떠 보니 브리나가 담담한 얼굴로 그들을 기다리고 있었다. 그가 엘레노아를 바닥에 내려놓았다. 잠시 균형을 잃어 비틀거리긴 했지만 그녀는 곧 제대로 섰다. 그것을 기다렸다가 브리나가 물었다.

"얼굴이 빨갛다?"

"어, 어? 옷장 안이 답, 답답해서."

"……그러니."

대답은 수긍이었지만 황태자를 힐끔 쳐다보는 모습을 보아하니 전혀 믿는 것 같지가 않다. 민망하고 머쓱했지만 그렇다고 키스한 것을 실토할 수도 없는 노릇이다. 한마디도 할 수 없었던 그녀는 그냥 입을 다물었다. 황태자가 피식 웃는 소리가 났다.

"도와줘서 고맙군, 레이디 사운더스. 그런데 납치범 중 마법을 쓰는 자는 없었나?"

"있습니다, 전하. 이미 중정에서 싸움 중입니다. 아직은 경비들이 잘 버티고 있습니다만, 직접 싸우실 생각이신가요?"

"상황을 보면서. 이미 싸움 중이라면 서둘러야겠군."

두 사람의 대화가 물 흐르듯 자연스러웠다. 멍하니 그 모습을 보던 엘레노아는 왠지 우울해졌다. 으으음. 음. 내가 왜 이러지? 잠시 고민하던 그녀는 문득 떠오른 생각에 다급하게 외쳤다.

"제, 제레미 님은 안 불러도 돼요?"

이쪽엔 제레미를 제외하면 마법사가 전혀 없다. 아무리 황태자가 강해도, 또 저번 같은 사태가 생기면 곤란하다. 황태자는 무슨 생각을 했는지 무심한 눈으로 그녀를 내려다보다 고개를 끄덕였다.

"그래, 부르도록 하지. 놈을 여기에서마저 놓치면 곤란해."

그가 외투 안을 뒤지더니 말려 있는 작은 종이를 끄집어냈다. 저런 것도 갖고 있었나? 의아해하는 사이 그것을 둘둘 편 황태자가 거침없이 종이를 찢었다.

그리고 불쑥 제레미가 나타났다.

"아아아아아! 언제 불러 주시나 노심초사했어요, 전하! 어디 다치신 데는 없으세요? 네? 네?"

오자마자 시끄럽다. 하지만 천둥 번개에 벌벌 떨고 있던 때보다는 훨씬 낫다고 그녀가 생각할 무렵, 제레미는 기어이 꿀밤을 얻어맞고 말았다.

"너, 시끄러워."

"우이 씨, 걱정을 해 드려도……."

"다른 사람도 있다는 건 보이지도 않는 거냐?"

"네? 어, 어어. 어! 이, 이런, 죄송합니다!"

뒤늦게 브리나를 발견한 제레미가 온통 새빨개진 얼굴로 그녀를 향해 넙죽 고개를 숙였다. 담담한 표정의 브리나는 가벼운 묵례로 그의 인사를 받았다.

"제레미…… 님이시군요."

"네, 네에, 레이디 사운더스. 저기, 죄송합니다. 전하가 걱정이어서……."

"전 괜찮습니다. 고개 드세요. 그리고 전하를 도와 저 납치범들을 모조리 잡아 주세요."

브리나가 웃었다. 흐음, 전에도 그랬지만, 웃으면 꽤 예쁘단 말이지. 엘레노아가 심술을 한가득 담아 속으로 중얼거릴 때 제레미가 고개를 들었다.

"네? 네에. 그, 그러겠습니다. 정말 죄송합니다, 레이디 사운더스."

몇 번이고 반복되는 사죄에 브리나가 웃으며 가시를 박았다.

"너무 비굴한 남자는 인기 없어요, 제레미 님."

그 말에는 제레미의 온몸이 새빨개지고 말았다.

늦진 않았을까. 세 사람은 후다닥 달려 나갔다.

정원 한가운데 놓인 분수 끝에 서서 주문을 외우고 있는 수장이 보였다. 수장 앞에는 세 명의 복면인들이 칼을 들고 있었고, 그 세 명을 한꺼번에 레번드 단장이 상대하고 있었다. 그 셋은 검술 실력이 꽤 있어 보였고, 단장은 중간중간 마법도 피해야 해서 좀처럼 승부가 나질 않고 있었다. 경비와 기사들은 단장을 안타까워했지만, 자칫하면 단장이 다칠까 봐 끼어들 엄두를 내지 못하고 있었다.

"제레미, 묶어."

황태자의 지시에 제레미가 주문을 외우기 시작했다. 잠깐 사이 수장이 얼어붙어 분수 안으로 쓰러졌다. 황태자가 자리를 박차고 나갔다. 단장에게 달려들던 남자 하나를 제압한 그가 물에 빠진 수장을 잡아챘다. 그러자 레번드 단장이 남은 두 남자를 베어 쓰러뜨렸다.

그 모습을 보며 감탄하던 엘레노아는 불현듯 정신을 차렸다. 황태자의 말이 생각났기 때문이었다.

'우리가 알아채지 못하는 곳에 의외의 단서가 있을 수 있으니까.'

수장이 잡혔는데 단서가 더 필요할까 하는 의구심이 들기는 했지만, 그녀는 눈을 크게 뜨고 주변을 살폈다. 분수를 중심으로 몰려든 경비와 기사 들, 기절했거나 다친 채 로프에 묶여 앉아 있는 복면인들. 몰려나와 구경하고 있는 귀족들. 그 사이로 빼꼼 고개를 내밀고 있는 사용인들. 심지어 가장 안쪽에는 흐트러진 머리를 다시 틀어 올린 브리나도 보였다. 자신을 납치하려 했던 이들의 최후를 보고 싶었던 모양이다.

특별히 마음에 걸리는 사람도 없고 딱히 보이는 물건도 없다. 그래도 혹시나 싶어 다시 한 번 주변을 살피던 그녀의 시야에 브리나에게 다가가는 '아저씨' 가 보였다.

"에엥? 설마?! 그럴 리가?!"

당황한 엘레노아는 눈을 두어 번 비비고 다시 커다랗게 떴다. 그리고 놀란 가슴을 진정시켰다. 역시 아저씨가 아니었다. 흔하지 않은 새카만 머리카락이 길기까지 해 순간 착각한 것뿐이었다. 희 제국에서 많이 본 것 같은 얼굴을 하고 있는 그 남자는 옷만큼은 웬만한 귀족 빰칠 정도로 화려했다. 테브스란에서 잘 볼 수 없는 얼굴 생김새라는 것을 제외하면 수상한 데는 딱히 없어 보였다.

"그냥 동양적으로 생긴 귀족인가?"

그래도 기분이 이상했다. 뭔가 이상했다. 그녀는 자신의 직감을 믿고 남자를 응시하며 천천히 걸음을 옮겼다.

동서양을 막론하고 사람은 꽤 많이 만나 봤다. 물건을 살 사람, 보기만 할 사람, 진상인 사람, 그녀의 짐작은 얼추 맞는 편이었다. 그런 그녀의 직감이, 저 남자는 위험하다는 것을 경고하고 있었다. 그리고 정말 위험한 사람이라면, 브리나가 위험했다.

남자는 브리나에게 말을 걸었다. 정신없이 싸움 구경을 하고 있던 브리나는 깜짝 놀란 듯했지만, 크게 내색하지 않고 곧 우아하게 치마 끝을 잡으며 인사를 한다. 그러고 보니 저 기집애는 결혼 안 하나? 평민인 나나 베스는 그렇다 쳐도 귀족 집안에서 여자 나이 스물이면 많지 않나? 갑작스러운 궁금함을 애써 떨치며, 엘레노아는 모인 구경꾼을 헤치고 천천히 걸어 들어갔다.

구경꾼들 사이에 환호성이 울렸다. 포박까지 모조리 끝낸 모양이다. '역시 사운더스 백작!' 이라고 칭송하며 환호하는 사람들 사이를 빠져나가는 건 좀 전보다 더 힘들었다. 황태자가 한 건지도 모르는 바보들. 사람들을 헤치고 나아가느라 짜증이 난 건지, 알 수 없는 이유로 짜증이 난 건지, 하여튼 그녀는 몹시 짜증이 났다.

가까스로 사람들을 헤치고 나오자, 어느새 저 구석 테이블로 가 도로 멀어진 두 남녀가 보였다. 처음엔 다소 경계하는 듯 보였던 브리나가 어느새 입을 가리고 호호거리며 웃고 있다. 진짜 나의 기우인가? 엘레노아는 괜히 머리를 긁적이다가 눈을 부릅떴다.

브리나에게 보이지 않기 위해서인지 테이블 아래로 내려놓은 남자의 왼손 손등에 검은 연꽃 문신이 있었다. 그 주위를 둘러싼 희 제국의 글자들. 빙 둘러진 글자라 읽기는 힘들었지만, 남자의 뒤쪽으로 살살 눈치를 보며 다가간 끝에 겨우 읽어 낼 수 있었다. 기억을 더듬어 억지로 그 뜻을 짜 맞춰, 해석을 끝낸 엘레노아의 눈이 휘둥그레졌다.

내 힘이 된 너의 생명은 순수하지 않다, 흑연(黑蓮 검은 연꽃).

엘레노아는 크게 숨을 들이마신 뒤, 남자에게 달려들며 소리를 질렀다.

"레이디 사운더스 납치범이다!"

중정 쪽으로 몰려 있던 모든 사람이 반사적으로 고개를 돌렸다. 브리나의 눈이 커졌다. 피식 웃은 남자가 대번에 브리나의 머리채를 잡아채고 몸을 돌렸다. 그리고 엘레노아를 향해 문신이 있는 왼손 손가락을 한 번 튕겼다.

날카로운 형체의 무언가가 그녀를 향해 날아왔다. 반사적으로 팔을 들어 그것을 막으려는 순간 쨍— 하는 소리와 함께 그녀의 반보 앞에서 그것이 산산이 부서졌다. 보호 마법이 걸린 파란 보석을 떠올린 엘레노아는 이를 악물고 앞으로 달려 나갔다. 가까이 있던 남자들이 뒤늦게 정신을 차리고 달려왔지만, 지금 남자에게 가장 가깝고, 남자의 마법에 튕겨 나가지 않은 채 다가갈 수 있는 것은 그녀뿐이었다.

"그 손 놔!"

엘레노아는 손을 뻗었다. 머리채를 잡힌 채 바둥거리던 브리나도 손을 뻗었다. 그 순간 남자가 엘레노아의 배를 발로 찼다. 물리적 충격이라 이번엔 목걸이도 반응하지 않았다. 바닥에 나동그라진 그녀는 배를 움켜잡았다. 힘도 힘이었지만 잘못 맞은 건지 도저히 일어날 수가 없었다. 게다가 하필 다친 왼팔을 깔고 나가떨어지는 바람에 팔도 욱신거리기 시작했다.

"엘레노아!"

"아가씨!"

저 뒤에서 황태자의 목소리가 들렸다. 제레미의 목소리도 들렸다. 그 소리마저 제대로 인식하지 못한 채 엘레노아는 바드득 이를 갈았다.

황태자와 제레미, 레번드 단장이 인파를 헤치고 달려왔다. 황태자가 바닥을 뒹구는 그녀를 잡아 앉혔다. 단장과 제레미가 남자와 브리나에게 다가가는 순간, 남자가 비릿하게 웃었다.

"이 계집이 마지막이니 안심해."

"뭐?"

"납치극은 이제 끝났어. 새로운 시대가 올 거다. 기대해도 좋아."

"안 돼!"

제레미가 남자의 다리에 달라붙었다. 남자의 끝말은 들리지도 않았다. 브리나가 저항하는 소리도 점차 멀어졌다. 텔레포트였다. 무어라 말할 틈도 없이, 어느새 세 사람이 서 있던 자리는 텅 비어 있었다. 몰려든 사람들이 쑥덕대기 시작했다.

"제레미, 이 멍청한 놈……!"

그 빈자리를 바라보며 황태자가 이를 빠득 갈았다. 엘레노아도 멍하니 그들이 사라진 자리만 쳐다보았다.

사고를 치다 치다 이젠 네가 납치되면 어떡합니까, 제레미 님!

12
귀가와 힌트

까탈쟁이 브리나의 아버지, 사운더스 백작은 망연자실한 상태였다. 내 집에서만큼은 누구도 납치되지 않을 것이라는 멍청한 믿음의 대가가 너무나 뼈아팠다.

파티 참가자들은 저희끼리 쑥덕이느라 정신이 없었다. 그도 그럴 것이, 황태자의 수족인 레번드 후작과 제레미가 갑자기 나타난 데다 제레미가 브리나 사운더스와 함께 끌려가 버린 것이다. 그렇다면 저 남색 외투의 남자는 설마. 확신이 점차 퍼져 나갔다. 그것을 아는지 모르는지, 어마무시하게 분노한 황태자가 사운더스 백작에겐 인사도 없이 엘레노아를 잡아 세운 후 성큼성큼 걸어 나가기 시작했다. 레번드 단장과 엘레노아, 경비에 섞여 있던 백합 기사단의 기사들이 그 뒤를 따랐다.

"그 멍청한 새끼……! 마법사면 마법을 쓸 것이지 지가 뭐라고 달라붙어, 달라붙기를!"

황태자의 노골적인 분노에, 레번드 단장을 제외한 모든 사람이 자라목을 한 채 그의 뒤를 따랐다. 엘레노아는 조심스럽게 물었다.

"그래도 제레미 님이 따라간 거면, 좀 낫지 않나요? 바로 브리나를 데려올 수도 있잖아요."

"이동하자마자 한 대 얻어맞아 기절하면 게임 끝이야! 무엇보다, 제레미가 왜 그놈에게 달라붙었는지 알아?"

"그, 그걸 제가 알 리가……."

"좀 전에 레이디 사운더스에게 반했거든! 그래서 마법은 생각도 못 하고 달려든 거야, 몸싸움은 하지도 못하는 놈이! 그런 놈이 지금 보호 마법을 쓸 정신머리가 있을 것 같아? 게다가 저놈들도 제레미가 마법사라는 건 알고 있으니 대비를 해 놨겠지. 맞아서 기절한 채 약이라도 먹게 되면 죽지만 않으면 다행이라고! 물리 공격에는 남들 배로 약하단 말이야!"

아. 엘레노아의 입이 떡 벌어졌다.

제레미와 브리나는 원래 아는 사이 같았다. 분명 서로 알아보고 인사를 했으니까. 게다가 마지막에 브리나는 핀잔만 주지 않았던가? 대체 반할 건덕지가 어디 있었던 거지?

그녀는 기억을 더듬으며 황태자의 뒤를 따랐다. 분노로 험악하게 얼굴을 일그러뜨린 그의 걸음은 굉장히 빨랐고, 어느새 그녀는 헉헉거리며 그를 쫓고 있었다.

"헉, 헉, 헉……. 그럼 제, 제레미 님이 제정신으로 마법…… 쓰기만 기다릴 수밖에 없겠네요."

"지금 그 녀석에겐 절대 불가능해. 찾아 나설 수밖에 없어."

두 사람은 8년을 휴일 없이 붙어 다녔다고 했다. 이도 안 박힐 단호한 대답을 들은 엘레노아는 그 굳은 믿음에 고개를 끄덕이곤, 제레미가 자력으로 빠져나오길 기대한다는 한 가지 방법을 포기했다. 그러자 아까 포획한 이들이 떠올랐다.

"아까 잡은 사람들에게 물어봐요!"

"돈으로 고용한 용병들이었고, 복장도 지시받은 거였어. 수장 놈은 마법의 탑에서 뛰쳐나와 아까 그놈에게 이것저것 배워 그 역할을 대신한 것뿐이고. 제대로 아는 것도 없고, 그저 꼭두각시야."

"그럼 근거지를 알아낼 방법은……."

깊은 한숨이 엘레노아와 황태자에게서 동시에 흘러나왔다.

막 사운더스 저택 대문까지 나온 참에, 분노에 찬 걸음이 멈췄다. 갈 곳을 잃은 것이다. 기사들도 막막한 듯 황태자의 눈치만 보고 있다. 그때 조심스럽게 레번드 단장이 입을 뗐다.

"……제가 근거지의 단서를 알고 있는 것 같습니다."

"뭐?"

황태자와 엘레노아는 몸을 홱 돌려 단장을 바라보았다. 기사들의 시선도 그에게 쏠렸다. 그러나 어울리지 않게 머뭇거리던 단장은 기사들을 물리기까지 했다. 혹시나 자기까지 물러나라고 할까 봐 그녀는 저도 모르게 황태자의 팔에 답삭 달라붙었다. 다행히 그도, 단장도 그녀가 끼는 걸 이상하게 생각하진 않는 듯했다.

기사들을 물리고 난 후, 단장이 황태자의 앞에 무릎을 꿇었다.

"전하, 몹시 죄송하오나 출처를 묻지 않으신다면 말씀드리겠습니다."

엘레노아는 몹시 의아했다. 그를 만난 건 오늘이 처음이지만, 황태자에게 비밀을 가질 만한 사람은 아니라고 생각했기 때문이다. 황태자 역시 심란한 눈치였지만, 곧 고개를 끄덕였다.

"그러지."

"죄송합니다, 전하. 그럼 말씀드리겠습니다. ……별빛과 달빛 사이, 불타는 것은 쇠, 시간의 세례는 계단과 같고, 뒤집힌 제단은 시대를 연다, 이것이 전부입니다."

"그, 그게 단서예요?"

기가 막혀 묻는 엘레노아를 보며 단장이 고개를 끄덕였다. 황태자가 후, 하고 가벼운 한숨을 내쉬었다.

"저택에 발라 둔 꿀이 거기에서 새어 나왔던 거군."

"……전하!"

단장이 경악한 듯 외치고 고개를 숙였다. 무슨 소리야. 벙벙해져 두 남자를 번갈아 바라보는 그녀의 곁에서 황태자가 피식 웃었다.

"묻지 않는다고 했지, 추측하지 않는다는 말은 하지 않았어. 안 그런가?"

"그렇습니다, 전하. ……알고 계셨습니까?"

"내게 비밀이 없는 요나단이 가질 만한 비밀이라곤 집에 발라 놓은 꿀밖에 없을 테니까. 안 그런가?"

"죄송합니다. 주변에 알려지고 싶지 않다는 당사자의 요청이 있어서……."

"험한 일을 겪었나?"

"그렇습니다."

부지런히 두 사람을 번갈아 보며 대화를 듣던 엘레노아의 눈이 점점 커졌다. 구체적으로 사람이 언급된 건 아니었지만, 그렇다고 이해 못 할 대화는 아니었던 것이다.

"설, 설마. 설마, 거기에서 빠져나온 여자인가요?!"

단장은 대답하지 않았다. 입을 벌린 채 황태자를 올려다보자 다소 굳은 얼굴로 고개를 끄덕인다.

"왜, 왜 알면서 말해 주지 않았어요? 내가 언니를 찾고 있다는 건 알고 있었잖아요! 언니를 알고 있을지도 모르는데!"

"엘레노아, 진정해. 당사자가 원치 않았다고 하잖아. 그리고 요나단이라면 진작 물어봤을 거야. 모른다니까 굳이 말하지 않은 거지."

"정, 정말이에요?"

단장이 고개를 끄덕였다.

"예, 혹시나 싶어 엘리자베스 사이먼을 아느냐 묻기는 했습니다만, 납치된 다른 아가씨들과는 분리되어 있었다고 들었습니다. 그래서 도망칠 수 있었던 거라고……. 그래서 굳이 말할 필요는 없다고 생각했습니다. 죄송합니다."

황태자의 눈썹이 꿈틀했지만, 고개 숙인 단장과 그를 바라보는 엘레노아는 그것을 미처 눈치채지 못했다. 그녀의 말에는 점점 원망이 섞였다.

"그, 그래도, 내 얼굴을 보면 기억이 날 수도 있을 텐데, 그 사람이 거짓말을 했을 수도 있고, 또……."

순간 레번드 단장의 눈동자가 흔들렸다. 황태자는 알아보았지만, 엘레노아는 알아볼 수 없을 정도의 미약한 움직임이었다. 곧 단장은 눈을 감고 고개를 흔들었다.

"그녀의 직업이 밤의 장미라, 사이먼 양과는 무관하다고 판단했습니다."

그래도, 혹시라도 알 수 있었을 텐데, 확인할 수 있었을 텐데. 주어지지 않은 기회가 그저 서러웠다. 그런 그녀를 물끄러미 바라보던 황태자가 차가운 목소리로 주의를 준다.

"엘레노아, 지금 울 때가 아닐 텐데."

눈이 번쩍 뜨이는 말이었다. 냉수를 머리 꼭대기부터 들이붓는 것 같은 말이었다. 엘레노아는 흐르는지도 몰랐던 눈물을 얼른 훔쳐 냈다. 괜찮아, 울 필요 없어. 단서가 없는 게 아니잖아. 억지로 치미는 울음을 삼키고 그녀는 다리에 힘을 주어 버티고 섰다. 조금 심란한 눈빛으로 그녀를 내려다보던 황태자가 가볍게 한숨을 내쉬었다. 그녀는 꾸벅 고개를 숙였다.

"죄송해요, 단장님. 제가 격해져서 무례를 저질렀습니다. 죄송해요."

"아닙니다. 알고도 미리 말해 두지 못한 제 잘못이기도 합니다. 저야말로 죄송합니다."

"거기까지. 지금 중요한 건 사과가 아니라 그 단서의 장소를 찾아내는 거야."

그 말에, 두 사람의 얼굴에 긴장이 감돌기 시작했다.

"다른 건 몰라도 별빛과 달빛 사이만큼은 장소를 말하는 걸 거야. 그 뒤는 암호일 수도 있고 장소일 수도 있지만, 별빛과 달빛 사이를 발견한다면 다른 건 자연스럽게 알게 될 것 같은데 문제는 거기가 어디냐는 것……."

순간 황태자가 말을 멈췄다. 열심히 듣던 두 사람은 의아해하며 그를 쳐다보았다. 그의 시선이 아주 잠깐 엘레노아의 왼팔에 닿았다가, 다시 그녀의 얼굴로 향한다.

"엘레노아. 넌 그만 돌아가."

그녀는 순간 그의 말을 이해하지 못해 멍하니 눈을 끔뻑였다. 그러나 그는 두 번 말하지 않았고, 그녀는 다시 그의 말을 떠올렸다. 어? 돌아가라고? 왜? 저택 오기 전까지만 해도 괜찮다고 하지 않았나? 납득한 것 아니었어? 이번엔 특별히 걸림돌이 된 것도 아닌데……? 그 남자도 내가 발견했는데?

혼란에 빠진 그녀를 내려다보는 파란 눈동자가 무척이나 시렸다.

엘레노아는 떨리는 손끝을 숨기려 주먹을 꽉 쥐고 물었다.

"갑자기 왜 그래요? 여태까지도 위험하다는 거, 모르는 거 아니었잖아요. 갑자기 왜……."

"이젠 널 지켜 줄 아저씨도 제레미도 없으니까. ……벌써 새벽 2시라 어디 부탁하긴 곤란하고. 요나단, 가까운 곳에 여관을 잡아 주도록 해. 안전한 곳으로."

"알겠습니다, 전하."

단장이 정중하게 고개를 숙이고 엘레노아를 바라보았다. 그녀는 한 마디도 할 수 없어 입만 벙긋벙긋했다. 하고 싶은 말은 많은데 말이 나오질 않았다. 황태자는 날카로운 시선으로 그녀를 일별하고는 아예 등을 돌려 버렸다. 돌아선 너른 등에 드러난 것은 명백한 거부였다.

황태자는 엘레노아를 차단한 것이다.

그녀의 시선이 흔들리기 시작했다. 서서히 입이 벌어질 즈음, 황태자가 등 돌린 채 단장을 불렀다.

"요나단."

"예, 죄송합니다, 전하. 금방 다녀오겠습니다."

단장이 그녀의 어깨를 강하게 잡았다. 두 번 명령을 받은 단장은 그녀를 데리고 꿋꿋이 걸었다. 끌려가며 뒤를 돌아보았지만, 황태자는 이쪽을 보기는커녕 기사들에게 무언가 지시를 내리고 있었다.

머리가 멍했다. 좀 전까지 겪었던 모든 사건이 떠올라 혼란스러웠다. 그러고 보니 하루 종일 너무나 많은 일이 벌어졌다. 황태자를 만나 단장과 기사들을 소개받고, 회합이 열리는 술집 앞에서 두 시간을 꼬박 대기했고, 가짜 수장의 뒤를 밟았고, 그러다 인질이 되었고, 황태자와 제레미와 기사들이 맞아 바닥을 뒹굴었고, 아저씨를 불러 싸움을 끝냈고, 황태자가 옷 갈아입길 기다리며 단장과 대화를 했고,

같이 시장 구경을 하며 밥도 사 주었고, 사탕도 사 주었고, 함께 사운더스 저택에 잠입했고, 단서도 함께 찾았고, 브리나를 구출해 방으로 데려갔고, 옷장에 숨었고, 그리고…….

툭, 눈물이 떨어졌다.

"어?"

엘레노아가 당황하자 단장이 걸음을 멈추고 그녀를 내려다보았다. 멈칫한 단장은 서둘러 손수건을 찾아 내밀었지만, 이유를 알 수 없는 눈물은 계속 줄줄 흘러내렸다. 몹시 서럽고 서러웠다. 그런데 아까와 달리 이번엔 왜 서러운지도 알 수가 없었다. 손수건은 금방 젖어들었고 단장은 무척 난감해했지만 그래도 눈물은 멈추지 않았다.

단장이 어렵게 말문을 열었다.

"……너무 서운해하지 마십시오. 혹시 모를 사태에 대비해서 그러시는 겁니다."

"여태 혹시 모를 사태가 없었던 게 아니지 않나요?"

눈물은 막을 수 없었지만, 목소리는 의외로 차분하게 흘러나갔다. 다행이라고 생각했다. 추한 모습을 보이고 싶지는 않았으니까. 단장이 정중하게 고개를 숙였다.

"맞는 말씀이지만, 이번엔 그 몇 배로 위험하니까요. 부디 이해해 주십시오."

엘레노아는 무어라 말을 하려다 입을 다물었다. 단장에게 해도 의미가 없는 말이었던 것이다.

'날 지켜 줄 제레미와 아저씨가 없다면, 세드릭 당신이 날 지켜 주면 되는 것 아닌가요. 왜 당신은 항상 나를 누군가에게 맡기기만 하는 건가요. 내가 절실한 걸 알면서도 돌려보낼 만큼, 당신이 지켜 주겠다는 말은 하고 싶지 않은 건가요.'

치밀어 오르는 감정과 말을 억지로 삼켰다. 정작 그의 앞에선 한마디도 못 해 놓고 이제 와서 단장에게 따져 봐야 아무런 의미도 없으니까.

생각해 보면 황태자의 말이 크게 틀린 것도 아니다. 제레미는 원래부터 엘레노아를 지킬 이유가 없고, 아저씨도 약속을 다 지켜 주었다. 게다가 내 몸은 내가 지키는 게 뱃사람의 원칙 아니었나. 그 원칙 어디다 팔아먹고 누군가에게 의지하려는 거야. 선장이 알았으면 나는 진작 뒤지게 얻어터졌을 거야.

후우 하고 가볍게 숨을 내뱉자 미안하다는 시선을 보낸 단장이 천천히 걷기 시작했다. 이번엔 어깨를 잡지 않았지만, 그녀는 순순히 그를 따라갔다.

괜찮아. 나는 엘레노아 사이먼이야. 지켜 줄 사람은 필요하지 않아. 나는 내가 지키는 거고, 나 혼자서도 잘할 수 있어. 처음부터 그랬잖아. 그동안 내가 너무 의지했던 거야. 정보를 얻은 건 좋지만, 내가 직접 생각하고 움직여야 맞는 거지. 그에게 의지하는 게 아니라.

몇 번이고 마음을 다지는 사이 눈물이 멎었다. 힐끔거리며 걷던 단장이 한시름 놓은 듯한 얼굴로 웃었다. 마주 웃어 준 그녀는 고개를 들고 등을 곧게 폈다. 남자에게 의지하려고 한 내가 바보지. 걸을수록 생각이 정리되고 차분해졌다.

문득 엘레노아는 거리가 눈에 익다는 것을 깨달았다. 어둠 속이라 미리 깨닫지 못했을 뿐, 많이 보던 곳이었다. 게다가 눈에 익은 상점도 발견했다.

"여기는……."

"왜 그러십니까?"

"트라비 거리 아닌가요? 아카데미 근처에 있는."

"맞습니다. 전에 와 본 적이 있으십니까?"

"여기에 사이먼 상단 수도 지점이 있으니까요. 바로 저어기."

엘레노아는 세 블록 앞, 혼자만 불이 환하게 켜져 있는 가게를 가리켰다. 딱딱하게 굳어 있던 단장의 얼굴이 조금 펴졌다.

"잘됐습니다. 안 그래도 문을 연 여관이 마땅치 않아 걱정하던 참이었습니다. 술집에서 운영하는 여관은 보안이 약하다고 들었거든요. 그런데 사이먼 상점에 잘 곳은 있습니까?"

"사무실도 있고, 손님용 소파도 있고요. 괜찮아요. 아는 곳이고 자주 가는 곳이니까. 바쁘실 텐데 그만 돌아가셔도 될 것 같아요, 단장님."

"아닙니다. 상점 안까지 들어가시는 걸 확인하고 가겠습니다."

단장은 고집을 꺾지 않았다. 기어이 상점 안까지 들어가 물건을 옮기는 직원들에게 인사를 하고, 엘레노아를 잘 재우겠다는 확답을 얻고, 그녀가 입고 있던 갑옷을 받아 들고 돌아서는 단장은 참으로 우직해 보였다.

누군지 단장님이랑 결혼할 사람은 좋겠네.

속으로 그런 생각을 하며, 그녀는 웃음으로 단장을 배웅했다. 마지막까지 정중히 인사를 하고 돌아서는 저 남자야말로 귀족답지 않나 싶었다. 그러고 나니 맥이 빠졌다. 계속 들어오는 짐수레에 방해되지 않도록 옆으로 물러선 엘레노아는 가게 앞에 그대로 쪼그리고 앉았다. 자꾸 떠오르는, 능글맞게 사람 속 긁는 재주가 있는 나르시시스트를 잊으려 그녀는 괜히 하늘을 보고 중얼거렸다.

"하늘도 맑고, 달도 밝고……. 나만 처량하네. 별빛과 달빛 사이에 껴서 나만 처량해."

"청승 떨지 말고 가서 자, 엘. 내일 단주님께 연락드릴 거니까 어디 갈 생각하지 말고. 베스 찾으러 나가서 너까지 안 돌아온다고 걱정이 이만저만이 아니셨어."

짐을 들여오던, 수도 지점의 오랜 직원 렉스가 핀잔을 준다. 엘레노아는 헤헤 웃으며 그 말을 귓등으로 듣고는 쌀쌀한 새벽 밤공기 속에 그대로 앉아 있었다.

머리 좋고 예민한 사람이니 금방 단서는 풀어낼 거고, 그럼 금방 근거지로 쳐들어가서 놈들을 잡아낼 거다. 거기에 베스가 있다면 금방 돌아오겠지. 그럴 거야. 얼마 안 있으면 베스가 돌아올 거야. 그러니까 쉴 수 있을 때 자자. 오늘 정말 힘들었잖아.

스스로를 다독거리며 자리에서 일어난 엘레노아는 문득 고개를 들었다. 그리고 그대로 움직임을 멈췄다.

서서히 입이 벌어졌다. 엘레노아는 이것이 진짜인지 아닌지 믿을 수가 없어 천천히 맞은편 골목으로 다가갔다. 오가며 그녀를 감시하던 직원들이 눈으로 그녀의 위치를 확인하고는 계속 짐을 나른다.

사이먼 상점의 맞은편으로는 문구점과 옷 가게가 좁은 골목을 사이에 두고 운영되고 있었다. 그러나 지금 중요한 건 그 안쪽이었다. 얼마 전 술집 '별빛' 을 운영하는 쌍둥이 자매가 장사가 잘 됐는지 맞은편에 가게를 하나 더 냈다고 들었다. 좁은 골목 안, 바깥에서도 보이게 수직으로 벽에 건 간판 '별빛' . 그리고 '별빛' 과 마주 보고 선 술집의 간판은 '달빛' 이었다.

"별빛과 달빛 사이……. 맙소사."

엘레노아의 눈이 커졌다. 손이 부들부들 떨리기 시작했다.

"찾았다……!"

엘레노아 사이먼은 브리나 사운더스가 아카데미에서 열 살 때 만난 친구 아닌 친구였다. 아카데미는 본래 귀족들만 입학 가능한 학문 기관이었으나 개설 100년 만에 입학 정책을 변경, 엄청난 기부금을 내면 평민이어도 입학이 가능해졌다. 귀족들은 반발했으나, 돈의 힘은 강력했다.

남학생들과 달리, 여학생들이 받는 수업은 신부 수업에 가까웠다. 여자의 최종 목적을 '결혼'이라 생각하는 집안에서 자란 귀족 영애들은 대체로 적응이 빨랐다. 브리나도 무난하게 아카데미 수업에 적응했다. 그러나 대부분의 평민 여학생은 상대적으로 적응이 느려, 온종일 폭언을 들은 끝에 매일 밤 베갯잇을 눈물로 적시곤 했다.

그러던 어느 날 난데없이 엘레노아 사이먼이 입학해 들어왔다. 그녀는 대놓고 수업을 재미없어했고, 선생들의 폭언도 참지 못했다. 아카데미에 입학한 이상 다 똑같은 학생이라는 것이 엘레노아의 좋은 명분이었다. 폭언을 들을 때마다 왜 평민 학생에게만 그런 말을 하느냐고 바락바락 대드는 사이, 평민 여학생들은 엘레노아를 중심으로 뭉치기 시작했다. 그리고 본의 아니게, 말발이 된다는 점에서 귀족 대표가 되었던 것이 브리나였다.

말싸움을 벌이던 두 사람은 끝내 몸싸움까지 벌이고 말았다. 브리나가 자랑하던 돌돌 만 금발을 다 쥐어뜯은 엘레노아는 혼자만 근신 처분을 받았고, 그녀의 갈색 머리카락을 뭉텅이로 뽑아 놓은 브리나는 아카데미에 항의했다. 그러나 '그것이 공평하다'는 대답을 돌아온 그 날 밤, 그 어디가 공평하냐고 브리나가 따지던 그 날 밤, 엘레노아는 아카데미를 빠져나갔다. 소문에 의하면, 그녀는 아카데미 가까이에 있는 사이먼 상단 수도 지점에서 카일레아 지점으로 보내는 상품 수레에 숨어 항구로 가, 배를 타고 동양에 다녀왔다고 했다. 그리고 다시는 아카데미로 돌아오지 않았다.

그 뒤로 10년이 흘렀다. 일상 속에 아카데미의 기억은 점점 잊혔다. 그러나 엘레노아의 얼굴을 알아보는 순간 브리나의 마음속에 무엇인가가 꿈틀거렸다.

그래도 그때가 제일 살아 있는 것 같다는 느낌을 받았었는데.

팔다리를 묶이고 재갈이 물린 채 자루에 들어가 이동 중인 브리나는 피식 웃고 말았다. 그래도 벌써 오래된 일이다. 그사이에 사교계에도 데뷔했고, 여러 남자의 대시도 받았다. 아버지의 정치 파벌 때문에 약혼을 했다 파토가 난 것만 두 번이다. 그간 얼마나 많은 일이 있었나.

……그러나 다시 생각해도 엘레노아와 싸울 때가 제일 신났던 것 같다. 브리나는 씁쓸하게 웃었다. 진작 기억이 났다면 그녀를 찾아 좀 더 이런저런 이야기를 할 수 있었을 텐데.

그녀도 파티에서 납치당하는 귀족 영애들의 이야기를 들어서 알고 있었다. 아버지를 말리고 싶었지만, 바깥에 새 애인이 생긴 아버지는 좀처럼 집으로 돌아오지 않았다. 사용인들만 바쁘게 오가며 파티 준비를 했을 뿐. 그리고 그녀는 다른 것도 알고 있었다. 납치당한 뒤 돌아온 영애들은 아무도 없다는 사실을.

아아, 죽을 줄 알았다면 나도 엘레노아처럼 배라도 한번 타 볼 걸 그랬네. 죽음의 공포 앞에서 일부러 좋은 기억을 떠올리며, 브리나 사운더스는 웃었다.

머리채를 잡힌 채 텔레포트되어 도착한 곳은 어느 공터였다. 남자의 일행이 기다리고 있던 듯, 제레미는 바로 뒤통수를 얻어맞고 기절했다. 일행은 말 한 마디 나누지 않고도 익숙하게 나무로 만든 방성구를 두 사람의 입에 채우고, 끈으로 손발을 묶었다. 그사이 브리나와 제레미를 텔레포트 시킨 남자는 사라졌다. 일행은 두 사람을 각각 자루에 넣어 입구를 묶고 짐수레에 올린 뒤 그 위에 천을 덮고 움직이기 시작했다. 덜덜덜덜, 돌바닥에 짐수레의 바퀴가 긁히는 소리가 났다.

한참을 말없이 걷던 남자들이 멈춰 섰다. 브리나는 귀를 쫑긋 세우고 바깥의 상황을 살폈다.

"불타는 것은?"

"쇠."

다시 수레가 움직였다. 삐이걱, 나무 문이 열리는 소리가 들리고, 누군가가 그녀가 든 자루를 들어 올려 짊어진 후 걷기 시작했다. 그렇게 많은 여자가 납치당했는데, 건물 안으로 데려간다는 건…… 영영 살아날 길이 없겠구나. 브리나는 한숨을 억지로 삼켰다.

잠시 후 브리나를 짊어진 남자가 걸음을 멈췄다.

"뒤집힌 제단은?"

"시대를 연다."

"검은 연꽃은?"

"진흙 위에 핀다."

그르르륵. 육중한 무언가가 움직이는 소리가 났다.

아아. 여기가 내가 죽을 곳인가. 브리나는 정신이 아득해지는 것을 느끼며 애써 시큰한 눈을 감았다.

이틀간 잠을 설쳐가며, 사이먼 상점 앞에서 해가 저물어 갈 때까지 꼬박 기다렸다. 애가 탔지만 방법이 없었다. 혼자 들어가는 것은 자살행위고, 상점 직원들은 아무런 힘도 없다. 용병 길드에 의뢰할까 생각도 했지만 저쪽에서 여러 길드에 의뢰해 사람을 부리고 있다는 사실이 기억났다. 의뢰하면 뭐든 해 주지만 겹치기 의뢰만큼은 받지 않는 것이다. 중앙군과 치안대는 정문 앞에서 용건도 말하지 못하고 쫓겨났다. 납치 피해자의 가족이란 걸 알아서 접근을 완전히 차단하는 것이다.

결국 황태자 일행이 와야 한다는 소린데, 도무지 나타나질 않는다.

그 똑똑하고 예리한 사람이 왜 아직도 오질 않는 거야. 엘레노아는 발을 동동 굴렀다.

평민인 그녀에게는 황태자에게 연락할 어떠한 방법도 없었다. 시골 영주급인 남작 집안조차 약속 없이 방문하기 어려운데, 하물며 상대가 황태자다. 문지기에게 쌍욕 듣고 쫓겨나지만 않으면 다행인 것이다. 어떻게 하지, 어떻게 해야 여기라고 알려 줄 수 있을까. 같은 말이 머릿속에서 빙빙 돌았다.

방법을 생각해, 방법을. 황태자가 아니라도 좋아. 레번드 단장에게라도 연락할 수 있는 방법은 없을까. 종이? 글 못 읽는 문지기에게 찢기지나 않으면 다행이지. 사람? 오늘 직접 가게를 방문한 귀족은 아무도 없고. 사운더스 저택? 브리나와 아카데미 친구라고 하면 믿어 줄까? ……아니다. 평민과 같은 아카데미 다녔다고 수치스러워하지나 않으면 다행이겠구나. 니이만 백작 부인은…… 보석들을 감별해 주겠다고 하면 받아는 주겠지만, 문제는 그녀가 아직 사운더스 저택에 체류하고 있다는 거지. 아, 그럼 어떡하지?

엘레노아는 열심히 생각했다. 생각하고 또 생각했다. 해가 완전히 넘어가고, 서서히 어둠이 드리웠다. 그때 물건 배달을 위해 렉스가 밖으로 나왔다. 지친 그녀는 아무 생각 없이 물었다.

"아저씨, 혹시 밤에 황궁이나 레번드 저택, 사운더스 저택으로 들어가는 물건 있어?"

"아, 오늘 황궁 들어가는 날이긴 하다만."

"……어?! 나도 같이 가도 돼?!"

"왜, 황궁 구경 가고 싶어? 영 관심 없더니?"

렉스가 피식 웃었다. 어린애 취급에 그녀는 잠깐 울컥했지만, 곧 마음을 가다듬고 고개를 끄덕였다.

“응, 우리 물건 어떻게 쓰고 있나 구경하고 싶어. 특히 내가 들여온 물건들.”

“그래? 그럼 한번 가 보자. 성문이 문젠데, 단주의 딸이라고 하면 통과시켜 줄 거 같기도 해. 하지만 문지기가 안 된다고 하면 포기하는 거야, 알겠지? 상단에 해가 될 것 같은 행위는!”

“절대 하지 않는다, 알고 있어!”

“해가 되는 행위가 아니야, 해가 될 것 같은 행위다, 엘!”

몇 번이나 반복해서 약속한 끝에 렉스에게 풀려났다. 곧 성으로 들어가는 짐마차가 상점 앞에 준비되었다. 첫 번째 마차의 마부석에 렉스가 탔다. 엘레노아는 그 옆에 앉았다. 이랴, 채찍을 휘두르자 말들이 천천히 속도를 높여간다.

황태자와 단장이 모두 외출 중이면 어떡하나 하는 걱정을 안 한 것은 아니다. 접근은커녕 소식조차 전달할 수 없으면 어떡하지 하는 걱정을 안 한 것은 아니다. 하지만 조금이라도 확률이 있다면 시도해 봐야 하는 법. 안 되면 그때 고민하자. 그녀는 마음을 다지며 미리 적어 온 종이를 주머니 속에서 꼭 쥐었다.

성으로 향하는 시간이 너무나 길었다. 렉스의 얼굴 덕분에 성으로 가는 중간 두 번의 검문은 수월하게 통과했다. 이제 남은 문제는 성문의 문지기였는데…….

“누구야?”

“단주 딸. 신원은 우리 모두 보증해. 황궁 구경 한 번만 하고 싶다고 하도 졸라서. 이번만 들여보내 줘, 다음에 거하게 술 살게. 안 그러면 계속 시달리다 내가 죽을 판이야.”

“그래? ……좋아, 들어가. 대신 정말 조용히 있다 나오는 거야. 알았지?”

……그럼 그렇지. 이렇게 수월하게 넘어갈 수 있으니 허락한 거지. 그렇지 않고서야 왜 허락을 했겠어. 어이가 없어서 흘겨보는 그녀에게 렉스가 일침을 박았다.

"그 술값은 네가 내는 거다."

"알았어요, 알았어."

금화 남은 게 아직 있으니까. 믿는 구석이 있어 다행이었다.

아무리 많이 돌아다녔어도, 엘레노아는 황궁에 들어와 본 적은 없었다. 막연하게 나이만 백작의 저택보다 조금 더 화려하겠지, 라고 생각했던 그녀는 그것이 완전히 틀렸다는 것을 절절히 느꼈다. 어째서 사용인들이 쓰는 뒷문부터 화려한 걸까. 어째서 창고며 짐 검수하는 방까지 화려한 걸까. 돈이 남아도나 보다. 거기까지는 납득했으나 곧 분노가 차올랐다. 그녀에게서 밥으로도 모자라 사탕까지 뜯어낸 어떤 나르시시스트가 생각났던 것이다.

그때 막 방에 들어온 검수관이 그녀에게 시선을 던졌다.

"웬 여자애를 다 데리고 왔나?"

"단주의 딸입니다. 황궁 구경 한 번만 하고 싶다고 하도 졸라서요. 저기, 안 되는 겁니까?"

렉스의 말이 아까의 몇 배는 조심스럽다. 황궁에 정기적으로 드나드는 렉스조차 저렇게 조심스럽다니 바짝 긴장이 된다. 그러나 검수관은 곧 고개를 끄덕였다.

"어차피 볼 수 있는 데라곤 창고와 이 방뿐이니 오늘만 허락하지."

"가, 감사합니다."

렉스가 얼른 고개를 숙였다. 엘레노아도 덩달아 인사하며 고개를 숙였지만, 속은 절망의 구렁텅이였다. 볼 수 있는 게 창고와 이 방뿐이면 이 종이는 어떻게 전달해야 하는 걸까. 저 깐깐한 남자에게 넘기면, 의도를 가지고 황궁에 들어왔다고 바로 구금될 게 뻔한데.

늘 하는 일이라선지 검수는 무척 빨랐다. 길게 생각할 시간이 없었다. 뭐 마려운 강아지처럼 끙끙거리던 엘레노아는 결국 눈을 질끈 감고 목걸이를 풀었다. 파란 보석을 손으로 꽉 쥐자 처음처럼 화끈한 기운이 느껴졌다. 혹시 검수관이 떼먹지는 않을까 몹시 불안하고 걱정이 되었지만, 깐깐한 일 처리를 믿기로 했다. 숨을 크게 들이마시고 그녀는 검수관을 불렀다.

"저어, 검수관님."

"뭐지?"

"사실 제가 황궁에 따라오겠다고 한 이유가 있습니다. 이거, 잠행하시던 높으신 분이 떨어뜨리신 건데……."

의심하지 않도록 최대한 모르는 척했다. 놀란 렉스가 그녀를 노려보는 것이 느껴진다. 등으로 땀이 줄줄 흘렀다. 검수관이 목걸이를 힐끔 보고는 인상을 쓴다.

"목걸이? 높으신 분이라면 누굴 말하는 거지?"

"주변 사람들이 전하라고 부르는 걸 들었습니다."

갑자기 검수관의 눈이 커졌다. 얼굴에 화색이 돈다. 그렇지, 윗사람에게 잘 보이고 싶지 않은 아랫사람은 없어. 예상은 적중했다. 어차피 이것 외엔 방법이 없었다. 그녀는 억지로 불안을 잠재우며 애써 웃었다.

"좋아, 내가 전하께 직접 가져다 드리지. 이건…… 사파이어인가?"

다이아몬드다, 이놈아. 외치고 싶었지만 꾹 참았다. 귀한 거라는 걸 알면 남자의 주머니에 들어갈 확률이 높아지니까.

"드물게 착한 아이로군. 좋아, 전하께 사이면 상단의 딸이 아주 정직하다고 말씀드리지."

"아이고, 감사합니다! 꼭 말씀해 주시깁니다!"

렉스가 넉살 좋게 말을 받았다. 옆에서 엘레노아는 눈을 꾹 감았다. 목 아래 묵직하게 느껴지던 것이 사라지자 그 부분이 몹시 허전했다.

절대 떼 놓지 말라고 했지만……. 방법이 없으니까.

검사는 곧 끝났다. 렉스가 검수관에게 인사하고 미련 없이 발길을 돌렸다. 터덜터덜 그 뒤를 따라가며, 그녀는 언제 저 목걸이가 황태자의 손에 들어갈까, 제대로 들어가기는 할까, 걱정에 시달려야 했다. 마차에 오르기 전, 렉스가 그녀를 걱정스럽게 바라보며 물었다.

"엘, 얼굴빛이 안 좋다. 괜찮니?"

"어……. 황궁이 처음이라 너무 긴장했나 봐요."

"그러냐."

렉스가 걱정스러운 듯 그녀의 손을 잡았다. 커다랗고 두툼하고 열이 많은 손이 엘레노아의 작은 손을 감싸자 한결 안심이 되었다. 자꾸만 떠오르는 누군가의 손을 애써 떨치며 그녀는 렉스에게 기댔다. 됐어, 나는 할 만큼 했어. 평민인 내가 이만큼 들어올 수 있었던 게 어디야. ……잘 들어갔을 거야. 괜찮을 거야. 차츰 숨이 가라앉는 것이 느껴졌다.

그때 벌컥 뒷문이 열렸다. 상기된 얼굴의 검수관이었다. 황궁 엄청 크던데 벌써 갖다 주고 온 건가?! 걸음 되게 빠르네. 놀란 엘레노아가 렉스에게 기댔던 몸을 바로 세울 때, 열린 문을 더 박차고 들어온 누군가가 뒤뜰의 자갈을 저벅저벅 밟으며 다가왔다. 바람결에 눈앞으로 황금빛 물결이 퍼졌다.

13
선과 용기

평소 만들어 낸 미소조차 지워 버린 굳은 얼굴의 남자가 엘레노아의 두 걸음 앞에서 멈췄다. 상기된 얼굴의 검수관이 헉헉거리며 그 뒤에 멈춰 섰다. 렉스가 퍼뜩 고개를 숙이며 그녀의 머리를 내리눌렀다. 엘레노아는 순순히 고개를 숙였다. 하고 싶어서가 아니라 렉스에게 걱정을 끼치고 싶지 않아서였다.

그녀의 뒤통수로 날카로운 시선과 차가운 목소리가 떨어져 내렸다.

"절대 떼 놓지 말라고 하지 않았던가? 이젠 내 말이 우습게 들리나 보지?"

"별빛과 달빛 사이가 어디인지 찾았어요."

마음 같아선 그다지 대면하고 싶지 않은 상대였다. 그래서 건방진 것을 알면서도 그녀는 고개를 숙인 채 용건을 꺼냈다. 예상대로 황태자는 침묵했고, 검수관과 렉스는 안절부절못하기 시작했다.

"……연락할 방법이 없어서 그랬을 뿐이에요."

황태자가 숨을 삼켰다. 분노를 억지로 참는 듯했다. 용건만 알려 주면 더 할 말도 없는데, 언제까지 이렇게 고개를 숙이고 있어야 하는 걸까. 그녀가 태평한 생각을 할 때 그가 다가왔다.

"그 손 치워."

"네? 네, 네!"

뒤통수를 누르던 렉스의 손바닥이 사라졌다. 고개를 숙인 채 그녀는 입을 삐죽였다. 마음 같아서는 쏘아 주고 싶었지만 그럴 수 없어서 성질이 났다. 하여튼 저 인간은 왜 애먼 사람한테 골을 내고 난리야.

얼른 손을 뗀 렉스가 다시 두 손을 모으고 머리를 조아릴 때 황태자가 혀를 차며 중얼거렸다.

"이젠 개나 소나 다 만지게 놔두지."

"렉스 아저씨가 왜 개나 소예요? 말은 바로 해요! 아저씨만큼 믿을 만한 사람이 어디 있다고!"

참아야 했는데 울컥 치밀고 말았다. 번쩍 고개를 들고 외치는 엘레노아의 눈에 식겁한 검수관과 냉정한 얼굴의 황태자가 보였다. 속이 부글부글 끓었지만 언니 생각을 하며 참았다. 참자, 참아. 이 인간이 수틀리면 장소 알려 줘도 안 갈 수도 있어. 참자, 참아. 참는 거야, 엘레노아 사이먼. 그러나 그녀의 애타는 마음을 아는지 모르는지 황태자가 렉스를 불렀다.

"렉스라고 했나?"

"예, 예!"

느닷없는 부름에 놀란 렉스 아저씨가 더 구부릴 수도 없는 허리를 구부린다.

"오늘은 먼저 돌아가게. 나는 이 아가씨와 할 말이 좀 있어서. 누구나 자기 목숨은 중요하겠지, 그렇지?"

"그…… 그렇고말고요! 그, 그럼 저는, 이, 이만 가 보겠습나이다……."

말을 더듬은 걸로도 모자라 이상한 말을 지어낸 렉스가 뒷걸음질로 물러나 마부석에 올랐다. 당황한 엘레노아가 고개를 들자 미안해하는 렉스와 눈이 맞았다. 미안하다, 엘. 하지만 나에겐 내 목숨이 소중하단다. 그 시선에 담긴 말뜻을 이해한 그녀는 한숨을 푹 내쉬고 가볍게 고개를 끄덕였다. 이랴, 꽁지가 빠져라 사이먼 상단의 짐마차 세 대가 사라졌다.

"저, 전하, 그 아가씨가 그, 맹랑하긴 하지만 저, 정직하니 부디 용서를……."

뒤에서 삐질삐질 땀을 흘리며 검수관이 겨우 말을 붙이자, 황태자가 도도한 얼굴로 그에게 명령했다.

"내가 알아서 할 테니, 가서 일 보도록. ……그대의 정직함은 기억해 두도록 하지."

"가, 감사합니다, 전하!"

인사를 하자마자 이쪽도 눈 깜짝할 사이에 멀어져 버린다. 그래서 엘레노아는 깨달았다. 용서를 빈 것이, 순수하게 그녀를 위해서가 아니라 검수관 자신을 위해서였다는 것을. 원래 세상 믿을 사람 하나 없는 법이지. 그러니 내 몸은 내가 지켜야 하고. 음. 마음을 굳힌 그녀가 황태자를 향해 얼굴을 들었을 때, 그가 덥석 그녀를 안아 올렸다. 그리고 미친 듯한 속도로 달리기 시작했다.

"잠깐만, 어디 가는 거예요?!"

대답은 돌아오지 않았다. 너무나 가볍게 그녀를 안아 들고, 화려하면서도 엄숙한 황궁 안으로 들어간 황태자는 걸음 소리 하나 들리지 않는 기나긴 복도를 엄청난 속도로 달려 통과했다. 그 앞을 가로막는 사람조차 하나 없었다. 건물을 통과하고 정원을 하나 지나 다음 건물에 들어갈 때까지, 문마다 지키고 선 호위병들이 미리 문을 열어 주기까지 했다.

화려한 금세공 장식이 붙은 육중한 문을, 호위들이 열어 주기 전에 황태자가 발로 차서 열었다. 그 무거워 보이는 문이 너무나 가볍게 열리고, 넓디넓은 방 안에 시녀들이 줄줄이 서서 고개 숙여 인사하는 것이 보였다.

어쩐지 시종 하나 뒤따르지 않는다 했더니 곧 열린 방문으로 시종들이 땀을 뻘뻘 흘리며 달려왔다.

"저어어언하아아아아! 제레미도 없는데 그렇게 혼자 다니시면 어찌합니까아아아아!"

"시끄러워."

아까 그 속도면 누구도 뒤따르기 쉽지 않겠지. 엘레노아가 납득하는 사이, 황태자가 몸을 돌려 시종들에게 그녀를 보인다.

"이렇게 됐으니까 나가."

"네에?! 으, 네, 네에, 전하, 그럼 즐거운 시간 되시길……."

즐거운 시간은 개뿔. 미간에 주름을 잡고, 엘레노아는 슬그머니 방을 둘러보았다. 규모로 보나 장식으로 보나 황태자가 쓰는 침실인 것 같은데 그 화려함과 엄숙함이 몹시 부담스러웠다.

드디어 황태자가 방 가운데로 가 테이블 옆에 그녀를 내려놓았다. 안겨 오기만 했을 뿐인데도 바닥에 발을 디디자 현기증이 나 테이블을 잡고 바로 섰다.

황태자가 손을 저었다. 그러자 두 명의 시녀만 남고 나머지가 천천히 뒷걸음질로 방을 나가 문을 닫는다. 한 사람이 안나라 엘레노아는 얼른 눈인사를 보냈지만, 그녀는 알은척도 하지 않고 고개만 숙이고 있다. 긴장해서 주춤한 그녀를 향해 돌아선 황태자가 차분히 가라앉은 시선으로 그녀를 바라본다.

"'별빛과 달빛 사이'를 알아냈다고 했지. ……혼자 갈 생각은 왜 했던 거지?"

"혼자 가다니, 누가요?"

오히려 어리둥절해 묻자 그가 얼굴을 굳힌다.

"어제 오늘, 가게에 사람을 보냈는데 두 번 다 너는 자리에 없었지. 어제 거기에 다녀온 것 아닌가?"

"아니에요! 그랬으면 내가 지금 여기 왜 있겠어요? 여기 오기 전까지 계속 가게 앞에서 기다렸다고요. 뭔가 착오가 있었을 거예요. 내가 화장실에 갔을 때였거나, 밥을 먹으러 들어갔을 때라거나."

그 순간 빠드득 소리가 났다. 헉. 엘레노아의 눈이 화등잔만 해졌다. 지금 이를 간 건가, 이 황태자가? 설마라고 생각하고 싶었지만 시녀들도 놀라 이쪽을 보는 것을 보니 아무래도 그녀의 귀가 잘못된 것은 아닌 듯했다.

"그렇다면 왜, 가게 사람들은 그 사실을 제대로 알려 주지 않는 거지?"

"예?"

"어제도 오늘도, 엘레노아 사이먼은 어디 있냐는 물음에 가게 사람들은 전부 모른다고 대답했다 하더군. ……그런데도 네 말을 믿으라고?"

"하지만 아무도 나한테 누가 찾는다고 말해 주지 않았는데…… 어?"

순간 짚이는 것이 있어 그녀는 입을 다물었다. 이유를 알 것 같았기 때문이다. 머뭇머뭇 입을 다문 그녀를 향한 황태자의 눈초리가 점점 험악해져 갔다. 말 안 하면 쪽팔려 죽기 전에 저 눈빛에 죽겠구나. 본능적인 깨달음에 그녀는 결국 실토하고 말았다.

"전에 아카데미에 있었다고 했잖아요. 그때 내가 항구로 도망간 뒤에, 뒤늦게 아카데미에서 사람을 보내 수도 지점 사람들을 들볶았다고 했어요. 지점 사람들은 내가 또 사고 친 걸까 봐 걱정한 걸 거예요. 베스 찾는다고 한동안 가출했다 돌아온 뒤니까."

"고작 그런 이유로……!"

어지간히 열이 받았는지 엘레노아의 옆에 있던 테이블을 내리치려던 황태자가 손을 멈칫하며 숨을 골랐다. 그리고 천천히 손을 내린다. 방에 남아 있던 시녀들이 긴장한 것이 보였다. 이래서 주인을 잘 만나야 하는 법이지. 그녀가 시녀들을 동정할 때, 그가 다시 한 번 이를 갈았다.

"고작 그런 이유로, 너희 가게 사람들은 입을 다물고 있었던 건가?"

"위에서 아랫사람을 찾는다는 게 좋을 일은 거의 없으니까요. 진심으로 걱정한 거예요. 나까지 어떻게 될까 봐. 그래서 내가 황궁에 따라오겠다고 했을 때, 선뜻 허락해 준 걸 거예요. 차라리 나가 있는 편이 나을 수 있겠다 하고."

"후우우……."

황태자가 길게 숨을 내쉬었다. 어지간히 화가 난 모양이었다. 그래도 엘레노아는 가게 사람들에게 너무나 고마웠다. 그렇게 애정받고 있구나. 그래서 검수관에게 절절매면서도 나를 굳이 데리고 나온 거구나. 몽글몽글 가슴에 차오르는 따뜻함에 그녀의 얼굴이 풀려 갈 즈음, 황태자가 테이블 의자에 앉아 와인 잔을 툭 쳤다. 소리 없이 다가온 시녀가 물 흐르는 듯한 손놀림으로 와인 병을 따더니 잔에 와인을 채운다.

……혹시 그렇게 화가 날 만큼 내가 걱정된 건가요?

묻고 싶었지만 그녀는 말을 꾹꾹 삼켜 넣었다. 물어봐서 좋을 것 없고, 물어본다고 의미가 있을 질문도 아니었다.

무엇보다 자꾸 기대하는 마음이 생기는 것이 싫었다.

"……장소 알려 드릴게요."

"엘레노아."

장소만 알려 준다고, 장소만! 왜 자꾸 말을 끊어! 그녀가 남자를 노려보자, 이제 완전히 화를 푼 듯 남자가 예의 그 연습한 미소를 그녀에게 지어 보인다.

"돌아가라고 해서 서운하진 않았나?"

짜증을 내려던 그녀는 입을 다물었다. 그렇지 않다면 거짓말이지만, 인정하자니 자존심이 상했다. 그녀가 침묵을 택하자 남자의 눈꼬리에 진짜 웃음이 매달렸다.

"서운했다면, 생각해 봤어? 내가 왜 그랬는지."

"이해는 했어요. 근거지를 쳐들어가야 하는 상황이니 그만큼 위험하다는 거. 내가 안 가는 게 오히려 나를 지켜 줄 수 있는 방법이라는 것도. 뭐, 팔도 덜 나았고."

"이해했다니 다행이군. 하지만 내가 널 '직접' 지켜 주지 않았다는 것에 맞물려 내내 서운했던 것 같은데. 안 그래?"

……설마 계속 알고 있었어?

엘레노아는 주먹을 꾹 쥐었다. 놀람과 서러움을 내비치지 않기 위해 입술도 꾹 다물었고 시선도 피했다.

지난번, '직접 지켜 주지 않았다'는 것과 관련하여 말싸움을 했었다. 그녀는 폭발했고, 황태자는 불편해하며 자리를 피했다. 서로를 납득하진 못했지만, 그래도 그에게 나름의 이유가 있을 거라고 생각해 왔다. 남의 감정을 아무렇지 않게 파헤쳤을 때도, 맞아도 다치지 않는 것을 알려 주지 않아서 괜히 아저씨를 불렀을 때에도 그녀가 모르는 무언가가 있을 것이라고.

하지만 이번에 돌아가라고 자신을 차단했을 때는 그 조금씩 쌓였던 것들이 함께 터져 나왔던 것 같다. 자신을 지켜 주기 위해서라는 걸 알면서도 그 태도가 더 서럽게 느껴진 것이 그 때문이라는 걸, 엘레노아는 이제야 깨달았다.

하지만 괜찮았다. 이번 일은 확실히 지킴의 방법이지 않았나. 게다가 본래부터 황태자와 평민의 관계다. 그래, 그런 거야. 그녀가 애써 마음을 다스릴 때, 그가 부드러운 목소리로 명령했다.

"엘레노아. 생각해. 네가 왜 서운한지."

순간 주먹에 바짝 힘이 들어갔다.

"내 마음은 내가 알아서 해요. 그런 것까지 명령받고 싶지 않은데요."

"아니, 지금 생각해서 말해."

단호하게 대답한 그가 눈짓하자 시녀들이 부드럽게 움직이더니 문가에 섰다. 말하지 않으면 나가지 못한다는 뜻이다. 꼭 이렇게 남의 감정을 파헤쳐야만 하나. 울분이 터졌지만, 이 황궁 안에 그녀의 편은 아무도 없었다. 시큰거리는 눈을 꾹 감자 황태자가 툭, 힌트를 던졌다.

"그간 내가 지켜 주지 않았다고 네가 서운했던 것은 사실이지. 이번에 돌아가라고 해서 나에게 서운했던 것도 사실이고. 그렇다면, 상황을 이해하면서도 왜 서운했을까. 응? 엘레노아."

"……모르겠어요."

"그래? 그럼 선심 써서 조금 더 힌트를 주지. 내가 지켜야 하는 사람은 누구누구지?"

"그거야 황제 폐하와……. 황후 마마는 안 계시니까 본인과…… 황태자비 전하……."

"자, 엘레노아, 이제 생각해. 그걸 알면서도 왜 서운한 거지, 넌?"

"그건……."

명확하게 떨어진 자신의 감정에 심장이 내려앉는 듯했다. 설마 이 사람은 나도 모르는 내 마음을 계속 알고 있었나? 놀란 가슴을 내리누르며 그를 바라보자, 그는 다 알고 있다는 듯 아예 확정을 내려 버린다.

"내가 지켜야 하는 사람과, 너의 위치가 달라서겠지?"

그쯤 되니 반박할 여력도 없어, 엘레노아는 홀린 듯 고개를 끄덕였다.

"……아마도……."

"그러면 어떻게 해야 하는 걸까, 엘레노아 사이먼은?"

그가 이끄는 대로 생각하던 그녀의 눈이 커졌다. 설마. 시선으로 묻자 황태자가 눈꼬리를 접으며 웃었다. 그녀는 자리에서 벌떡 일어났다. 아니야, 아니야, 황태자비라니, 말도 안 돼. 될 수도 없을 뿐만 아니라 정말 단 한 번도 그런 걸 바란 적 없다고. 그런 거 아니야. 정말 아니야. 엘레노아는 뒷걸음질 치기 시작했다. 그러자 황태자가 우아한 동작으로 자리에서 일어나 서서히 그녀에게로 걸어오기 시작했다.

"응? 왜 대답을 하다 마는 거지?"

"어, 그, 그래요. 그러니까 전하는 나를 지킬 이유가 없는 거잖아요. 지켜 줄 수 없다고…… 그렇게 말하는 거잖아요."

"과연 그럴까? 만일 황태자비가 된다면 나는 아무도 건드리지 못하게 꼭꼭 감춰 두고, 소중하게 지켜 줄 텐데. 안 그래?"

툭, 벽에 등이 닿았다. 그녀는 여전히 부들부들 떨며 다가오는 남자를 올려다보았다. 파란 눈에 다정한 웃음이 한껏 담겼다. 엘레노아의 바로 앞에 남자가 멈춰서 살짝 허리를 숙이자, 황금빛 머리카락이 스르륵 미끄러져 벽에 댄 그녀의 팔과 손을 간지럽혔다.

엘레노아는 저도 모르게 벽을 긁었다.

"아, 알았어요. 서운하지 않아요, 이제. 안 되는 이유도 알았으니까 이만 장소 알려 드리고 가 볼게요."

남자가 고개를 숙였다. 여전히 떨고 있는 그녀의 입술을 자신의 입술로 꾹 누른다. 괜찮아, 떨지 마. 입술을 맞댄 채 남자가 속삭였다. 하지만 그 다정한 속삭임에 오히려 몸은 와들와들 떨리기 시작했다.

남자가 부드럽게 그녀의 두 손에 깍지를 꼈다. 달래듯 어루만지는 따뜻한 손가락과 입술이 오히려 마음을 동요시킨다. 엘레노아는 입술에 힘을 주고 고개를 돌리려 했지만, 남자는 끗끗이 쫓아와 그녀의 입술을 자신의 것으로 덮었다. 그런 이야기 끝에 이런 행동을 하는 남자를 이해할 수 없었다. 가까스로 틈을 낸 그녀는 겨우 목소리를 냈다.

"하, 하지 마요!"

"왜?"

아름답게 웃은 남자가 천연덕스럽게 묻는다. 평범한 남자라면 급소라도 발로 차 주고 빠져나가겠는데, 때릴 수 있는 남자도 아니거니와 평범한 남자도 아니다. 이러지도 저러지도 못한 채 울상이 된 그녀에게 남자가 똑바로 시선을 맞춘다. 그 안의 선명한 의도를 깨닫고, 그녀는 숨을 멈췄다.

"엘레노아."

"……."

"엘레노아."

"부, 부르지 마요……."

"엘레노아."

"하지 마……."

"엘레노아."

남자가 한 번 부를 때마다 심장이 빨라진다. 자근자근 입술을 씹으며 그녀는 남자를 밀어내려 했지만, 남자는 조금도 물러서지 않았다. 오히려 그녀의 귓바퀴에 입술을 붙이고 속삭인다.

"엘레노아. ……원하지 않아?"

"뭐…… 뭘요……?"

"나를. 응? 나는 널 원하는데."

귓불을 입술로 물려 움찔한 그녀가 고개를 들자, 여전히 웃고 있는 남자가 보였다. 새파랗고 커다란 눈동자는 본인의 말마따나 아름다웠다. 부드러운 미소가 매달린 입꼬리에 마음이 내려앉았다. 저도 모르게 그 입술에 입술을 맞대고 싶은 것을 겨우 참았다. 그러나 남자는 전혀 흔들리지 않은 채 그녀를 내려다보았고, 그 눈에 이끌려 그녀는 저도 모르게 중얼거렸다.

"원한다고 내 것이 되진 않는 거잖아요."

"어째서?"

"나는 평민이고……. 당신은 원한다면 나를 가질 수 있지만, 내가 원한다고 내 것이 되지는 않을 거잖아요."

"지금 이 상태에서, 지위라면 그렇겠지."

황태자에게 맞잡힌 그녀의 손에 힘이 들어갔다. 반사적으로 그 손을 마주 잡아 준 그가 씁쓸하게 웃으며 다시 입술을 맞댔다.

"엘레노아. 내 말 다시 생각해."

남자는 자꾸만 그녀에게 무리한 것을 시키고 있었다. 목덜미에 입을 맞추고, 목선을 따라 핥아 올리고, 귓불을 살짝 깨물고, 입술을 빼앗고, 깍지 꼈던 한 손을 풀어 그녀의 허리를 감아 당기면서 생각을 하란다. 생각할 여유를 주고 그런 소릴 하라고 백 번은 외치고 싶었지만, 이미 그의 품에 안긴 채로는 저항할 방법이 없었다.

"흐……으. 지위, 지위를 바란…… 적은 없어요. 그러면 정말로…… 아! 잠, 잠깐만, 그러면…… 내 것이 되어 줄 건가요?"

"네가 정말 나를 원한다면."

"하지만 나는, 황태자비가…… 되고 싶거나, 하지는 않, 않아……아!"

대답이 마음에 들지 않았는지, 남자가 그녀의 어깨에 잇자국을 냈다. 강하게 깨물려 생리적인 눈물이 새자, 남자는 부드럽게 눈가를 핥아 주었다.

"그건 나도 잘 알고 있어. ……그건 일단 미뤄 주지. 그렇다면 엘레노아, 지금 할 말은 뭐지?"

"어……?"

"지금 내가 바라는 말, 네가 하고 싶은 말은 뭐지? 응? 엘레노아."

그녀는 부들부들 떨리는 팔을 들어 올렸다. 덜 아문 왼팔의 상처가 두근두근한다. 정말 말해도 되는 걸까. 저도 모르게 눈물이 고이는데, 남자는 조금도 움직이지 않고 그녀를 바라보기만 한다.

"……내…… 내 남자가 되어 주세요."

이게 남자가 듣고 싶은 말이 맞는 걸까. 떨면서 한참을 기다리자, 담담한 질문이 돌아왔다.

"그럼 넌 뭘 줄 거지?"

엘레노아는 멈칫했다. 돈이라면 이 남자가 더 많다. 아니, 돈뿐만이 아니라 모든 것이 이 남자가 더 많다. 그럼 나는 뭘 줄 수 있을까. 머뭇머뭇 망설임이 입 밖으로 샜다.

"내, 내가 줄 거라곤…… 나밖에 없는데……?"

"그래, 그래야 공평하지. 안 그래?"

의외의 대답에 그녀의 눈이 동그래졌다.

"정말로 그거면 돼요?"

"그래."

대답하는 황태자의 얼굴에 진정한 웃음이 번졌다. 홀린 듯 그 아름다운 미소를 바라보며 엘레노아는 무언가 벅차오르는 것을 느꼈다. 정말, 정말 바라도 되는 걸까. 아직도 의문은 남았지만, 남자의 저 환한 웃음을 보고 있노라니 이것 외에 그녀가 선택할 수 있는 길은 아무것도 없다는 확신이 들어, 그녀는 힘을 주어 남자의 목에 매달렸다.

입술 사이로 스며들어 오는 숨결이 뜨거웠다. 맞붙은 혀가 서로에게 휘감겼다. 이끄는 대로, 마음 가는 대로 얽힌 혀와 혀 사이에 진득한 타액이 흐른다. 큰 손이 닿은 턱선이며 뺨, 귀까지 곳곳마다 간지러움이 일었다. 타인의 살갗이라는 이질감이 야릇한 감각을 일깨운다. 입술을 내준 채 듬직한 어깨에 매달리자, 세드릭이 엘레노아의 허리에 힘을 주어 팔을 감는다. 두 몸이 맞붙은 자리가 화끈거린다.

열기를 받아 부풀어 오른 남자의 고간이 그녀의 다리를 누른다. 피하지 않고 오히려 허벅지로 그의 다리 사이를 문질렀다. 본능적인 행동이었다. 잠시 가볍게 숨을 멈춘 그가 그녀의 목덜미에 얼굴을 파묻었다. 들으란 듯이 살갗을 빨아들이고 깨물고 핥는 그의 애무를 받고 있노라니 점점 다리에 힘이 빠진다. 억지로 그의 머리를 팔로 감싸고 섰지만, 무릎이 부들부들 떨려 도저히 서 있을 수가 없었다.

"모, 못 서겠……."

"안 돼, 버텨 봐."

무리한 것을 시킨 남자가 그녀의 가슴을 옷 위로 덥석 움켜잡았다. 읏, 가볍게 신음하며 어깨를 움츠리는 것을 용서하지 않고, 옷 위로 그녀의 가슴을 빨아들이기 시작한다. 하아, 하아, 가쁜 숨을 내쉬며 남자의 머리를 끌어안은 그녀는 막연히 지난번 경험을 떠올렸다. 그땐 이렇게 급하진 않았던 것 같은데……. 그러나 생각할 여유도 잠시, 옷을 찢어발기듯 벌려 젖힌 그가 유두 끝에 혀를 댄다. 반사적으로 몸을 뒤로 물렸지만 그래 봐야 뒤는 벽이다. 붉은 혀끝을 내어 보란 듯이 유두 끝만 핥는 남자와 눈이 맞았다. 상기된 얼굴, 눈꼬리에 맺힌 명확한 웃음, 하지만 농밀하게 핥는 혀끝과 달리 파란 눈동자에 서린 욕망.

그녀는 더 참지 못하고 눈을 감는 대신, 남자의 긴 머리카락 사이에 손가락을 찔러 넣고 그의 머리를 끌어당겼다. 그는 어느덧 점점 범위를 넓혀 핥기 시작했다. 있는 힘껏 그녀의 작은 가슴을 빨아들이고, 유두 끝을 입술로 잘근잘근 깨물고, 가슴 사이에 얼굴을 부빈다. 버티는 데에 전혀 도움을 주지 않아 버티는 것이 한계였던 그녀의 상체가 기어이 그의 위로 고꾸라졌다.

그래도 그는 멈추지 않았다. 거친 숨을 몰아쉬며 갈비뼈 부근을 쓸어 올리고, 가슴 끝을 한껏 빤다. 평소에는 신경 쓰지 않는 곳인데 남자가 손을 대고 입을 댈수록 예민하게 돋아 오른다. 남자의 거친 숨이며 날렵하고 붉은 혀에 시달린 유두가 도도록이 서기 시작했다.

"안 돼, 이제 빨지 마……!"

"몸은 더 해 달라고 하는데? 봐, 섰잖아."

잔뜩 시달려 붉게 물든 유두를 내민 혀 위에 올리고 그가 웃는다. 그녀는 더 참지 못하고 떨리는 손으로 그의 눈을 가리려 했지만, 그는 가볍게 그것을 피하고 반대쪽 가슴으로 옮겨 간다. 그러면서도 부풀어 오른 유두를 손끝으로 매만지고 더듬는 것을 멈추지 않는다. 잡아당기기도 하고, 손가락 사이에 넣어 비비기도 하고, 손 전체로 가슴을 덮은 채 문지르고 원을 그린다. 그가 괴롭히는 반대쪽 유두 끝이 서기 시작했다. 이번에는 그녀도 그것을 명확하게 느끼고 그의 머리를 밀어냈다.

"그만하라고…… 아읏!"

어느새 남자의 손이 등을 쓸어내리고 있다. 예민해진 가슴으로도 벅찬데, 등허리가 만져질 때마다 허리가 뒤틀린다. 커다란 손이 어찌나 섬세한지, 그의 손길이 지날 때마다 몸에 쾌감이 번져 그녀는 그대로 주저앉았다. 그런 그녀를 끌어안은 그의 손길은 마치 그녀를 달래는 듯했지만, 실제로는 귓가에 입술을 붙인 채 속삭이고, 등허리며 가슴을 만지는 등 그녀의 감각을 일깨우는 데 여념이 없다.

"엘레노아, 너는 누구 거지?"

"그만, 그만해요, 만지지……!"

"응? 대답해, 엘레노아. 너는 누구 거지?"

"으흐……. 아!"

"응? 대답 안 할 거야? 응?"

뜨거운 손가락이 등허리를 타고 아주 천천히 엉덩이로 내려오기 시작했다. 당황한 그녀가 그의 목에 매달렸다. 그러나 그는 가볍게 그녀를 밀어내고 다시 그녀의 가슴에 입술을 댔다. 엉덩이를 두 손으로 덮고 그 둥근 곡선을 따라 쓸어내린다. 작은 엉덩이와 날렵한 허벅지를 손으로 덮고, 손끝으로 섬세하게 곳곳을 문지르고 누른다. 타고 내려온 손이 다리 사이를 파고들 때, 잘게 떨며 그녀가 겨우 대답했다.

"세, 세드릭 거……."

"그래. 그럼 나는 누구 거지?"

"……내 거……!"

씩 웃은 그녀의 남자가 그녀를 안아 침대로 간다. 이불을 젖히고 협탁에 필요한 물건들을 놓아두는 시녀들을 보지 못하도록 협탁 반대 방향에 그녀를 눕힌다. 그리고 천천히, 잘 보라는 것처럼 그녀의 바지를 벗긴다. 천이 다리를 타고 느끼는 감각을 고스란히 보고 느낀 그녀가 어깨를 떨 때, 그는 그녀의 두 다리를 활짝 벌린 후 그 사이로 몸을 집어넣었다.

다시 입술이 맞붙었다. 바지를 벗은 그의 묵직한 살의 열기가 두 개의 속옷을 넘어서 그녀의 깊은 곳을 자극한다. 그가 천천히 허리를 움직인다. 속옷을 입은 채 서로의 사타구니가 맞닿는다. 다리를 잔뜩 벌린 그녀가 그의 허리에 손을 올린다.

"입……."

그녀가 원하는 대로 입술을 내어 주고, 남자는 계속해서 허리를 움직였다. 사락, 사라락, 그의 머리카락이 흘러 그녀의 옆에 장막을 만들어 낸다. 그 그림자 속에 그녀는 필사적으로 파란빛을 좇았다. 그가 주는 열기를 좇아 혀를 내밀고, 그가 만드는 쾌감을 좇아 허리를 비튼다. 허벅지를 훑어 올리고, 오금을 문지르는 손길에 몸을 맡긴 채 그녀는 신음했다. 몰아붙여지다가 느릿느릿한 애무를 받고 있으니 감각은 깨어나는데 쾌감은 사라지는 것 같아 애가 탔다.

"흐으…… 답, 답해……."

"그래? 그럼 어떻게 해 줄까."

오랜 쾌감을 참아 그의 목소리도 허스키해졌다. 그는 일부러 대답을 종용하며 검은 눈동자를 내려다보았다. 욕망으로 짙게 흐려진 것이 마음에 들었다. 조금 더 원해 줘. 그것이 그가 당장이라도 집어넣고 싶은 욕구를 참는 단 하나의 이유였다.

"속옷, 벗……."

울상을 지은 그녀가 그의 등에 둘렀던 팔을 내리고 낑낑거린다. 그는 잠깐 사이에 두 개의 속옷을 벗겨 냈다. 축축하게 젖은 두 속옷을 전부 침대 밖으로 던져 버리고, 그는 바짝 서서 액체가 흐르기 시작한 자신의 것을 그녀의 음모에 문지르며 속삭였다.

"자, 벗었어. 이제 됐지?"

"으으……."

시녀들이 조용하지만 빠르게 다가와 벗겨진 속옷이며 옷을 들고 사라진다. 침대 위에서 무릎을 세운 채 다리를 벌린 그녀가 발버둥 친다. 그녀를 몰아붙일 쾌감이 주어지지 않아 괴로웠던 것이다. 어느새 눈물이 가득 고인 채 그녀는 그를 졸랐다.

"하, 하고 싶……."

"뭘 어떻게 하고 싶은 거야? 응? 말을 해야 알지."

말투도 목소리도 다정했지만, 다른 것은 그렇지 않았다. 턱선을 따라 핥는 혀, 귀에 일부러 불어넣는 숨, 유두를 문지르고 잡아 올리는 손가락, 그녀의 깊은 곳을 피해 주위만 어루만지는 뜨거운 손끝. 남자의 의도대로, 완전히 타오르지 못한 욕망에 괴로워하던 그녀가 겨우 대답했다.

"아래, 넣, 넣어 줘…… 읏!"

말이 끝나기도 전에 주변만 맴돌며 문지르던 손가락이 불쑥 그녀의 안을 침범했다. 축축하게 잔뜩 젖어 습지와도 같은 그곳을 제집 안방인 양 헤집는다. 미처 들어가지 못한 손가락은 그 주변을 찌르고 문지르며 달랜다.

그의 관자놀이에서도 땀이 흘러내리기 시작했다. 그의 것에서 맑게 흐르던 액체가 점점 진해졌지만, 잘 풀어 주지 않으면 그녀가 다칠 수도 있었다. 버티는 지금이 지옥 같았으나 그래도 그는 소리 없이 참았다. 뜨끈하게 달아오른 안을 확인하고, 중지도 집어넣는다. 두 손가락으로 안이 벌리고, 내벽을 더듬으며 파고든다. 잔뜩 흘러내린 그녀의 꿀이 그의 손가락을 휘감는다. 쿨쩍, 야한 소리가 그녀의 귀에도 닿았다.

“이 소리 들려? 얼른 넣어 달라고 하네. 그렇지, 엘레노아?”

그녀는 가쁜 숨을 몰아쉬느라 대답하지 못했다. 다른 손은 여전히 그녀의 몸 위를 더듬었고, 그녀의 안에는 자꾸만 손가락이 활개를 쳐서 정신이 하나도 없었다. 거기에 주어진 입술을 찾아 입을 벌리자 혀가 그녀의 입안을 침범해, 제대로 숨 쉬는 것이 그녀의 한계였다.

이윽고 그가 손가락을 뺐다. 아프지 않도록 천천히 손가락이 물러나자, 안을 메웠던 것이 빠져나갔다는 압도적인 허전함이 그녀를 잠식했다. 헉헉거리는 그녀를, 새파란 눈동자가 내려다본다.

“자, 이제 무엇을 해 줄까?”

“아래, 해, 해 줘요…….”

“응? 뭘 어떻게 해 달라고?”

“자, 장난치지 말고!”

그녀는 막무가내로 그를 끌어안았다. 맞닿은 살갗은 이토록 뜨거운데, 잔뜩 달아올라 자기도 땀을 뚝뚝 떨어뜨리고 있는데, 그래도 그는 끌려오지 않았다. 침대 위에서 그녀는 발을 굴렀다.

"빨리이!"

"정확히 말을 해야 해 주지. 응?"

처음부터 솔직한 여자였다. 그는 그녀가 침대 위에서 가리거나 숨기는 것 없이 모든 것을 내주길 바랐다. 부끄러워하지 않도록, 온전히 나에게만 열리도록 길들일 생각이었다. 그것을 기대하며 애써 자신의 욕망까지 참은 것이다.

그러나 그가 간과한 것이 있었다. 그녀의 입에서 음담패설이 나오길 기대한 것은 사실이지만, 그가 상대하고 있는 여자는 뱃사람들에게서 음담패설을 배운 엘레노아 사이먼이라는 것을.

"아래에 빨리…… 당신 좆 처넣으라고! 누구 죽는 꼴 보고 싶은 거야?!"

그의 움직임이 딱 멎었다. 몰래몰래 움직이던 시녀들의 움직임도 멎었다. 방 안엔 이제 그녀가 엉엉 우는 소리만 가득했다.

풋. 웃음이 샜다. 하, 하하하, 하하하하하하. 이건 또 생각지도 못한 기습이군. 그는 시원스럽게 웃고 눈을 빛냈다. 애가 타 눈물을 뚝뚝 떨구는 눈꺼풀에 입술을 맞추고, 그는 기꺼이 그녀의 안에 그녀가 원한 물건을 집어넣었다.

"아으읏……!"

버거울 것은 알았지만 몰아붙여서 두 번 만에 그녀의 안을 꽉 채웠다. 축축하게 젖은 안쪽이 그의 것을 휘감았다. 그래, 처음 했을 때도 이래서 오래 얽히면 위험할 거라고 생각했었지. 잠깐 그때의 기억을 되돌리고 웃은 그는 그녀의 눈꼬리에 맺힌 눈물을 핥으며 천천히 자신의 것을 잡아 뺐다.

"아, 싫어, 빼지 마……!"

안쪽의 쾌감은 아직 제대로 느끼지 못하고 있을 그녀가 울며 그에게 매달린다. 날씬한 다리를 그의 허리에 휘감고, 애써 그를 잡아당긴다. 꿋꿋이 버티며 거의 끝까지 자신을 잡아 뺀 남자가 이를 악물고 그녀의 안에 자신을 박아 넣는다. 뜨겁고 축축한 늪이 그를 조이기 시작한다.

"아아……."

그녀가 한숨과도 같이 탄식을 뱉는다. 얼굴에 만족감이 퍼진다. 그의 턱을 타고 내린 땀방울이 그녀의 쇄골을 타고 흘러내린다.

"엘레노아. 내가 들어 있는 게 좋은 거지?"

"응, 응, 좋아, 꽉 차서, 기분 좋아, 으, 안 돼, 싫어! 하지 마!"

다시 천천히 잡아 빼자, 그녀가 온몸을 굳히며 저항한다. 내벽도 필사적으로 그의 것을 휘감고 놓아주지 않으려 한다. 전신으로 매달리는 그녀가 사랑스러웠던 그는 울며 매달리는 여자의 입속에 깊숙이 혀를 넣어 주었다. 필사적으로 혀를 빨고 얽는 여자의 다리를 잡아 허공에 띄워 잔뜩 벌린 채, 그는 잡아 뺀 것을 다시 깊숙이 박아 넣었다.

괜찮아, 밤은 기니까.

어느덧 남자의 눈동자도 흐려지기 시작했다.

14
습격 준비

기운이 빠진 다리가 매끄러운 이불 위에 스르륵 미끄러졌다. 사락, 스치는 소리가 귀를 울릴 때 방의 빛이 사그라졌다. 밤이 깊어 시녀들이 불을 끈 것이다. 건강한 갈색 피부의 몸이 화사한 노란 이불 위에서 뒤척이는 것을 볼 수 없는 것은 조금 아쉬웠지만, 눈을 뜨는 것도 버거워 보이던 여자가 안심하고 눈을 감는 것을 본 남자는 불을 끈 채로 두기로 했다.

이불을 움켜쥐었던 손에서도 힘이 빠져나갔다. 여자는 눈을 감은 채 숨을 고르려 애를 쓰는데, 가쁘게 오르내리는 여자의 배를 내려다보던 남자는 뜬금없는 생각을 했다. 가만히 배에 귀를 대자 여자가 몸을 살짝 움츠렸다. 허리에 팔을 두르고 배꼽에 입을 맞추고 주변을 혀로 문지르자, 저항할 기운도 없는 그녀가 지친 신음을 흘리며 몸에서 힘을 뺀다.

"엘레노아, 월경은 언제 했지?"

뜬금없는 물음에 핀잔을 줄 생각도 못 하고 지친 여자가 힘겹게 대답한다.

"……아직, 시작 안……."

이런, 늦는 편인가. 남자는 아쉬워하며 배에서 입술을 뗐다. 잘하면 여기에 아이가 있을지도 모르겠다는 생각을 했던 것이다. 그러면 밀어붙이기가 좀 더 쉬울 거라는 생각이 들었지만 없는 건 어쩔 수 없는 일이다. 게다가 어차피 아이가 생긴다는 건 밀월이 짧아진다는 뜻이기도 하니까. 판단이 빠른 남자는 금세 아쉬움을 접고 손을 내밀었다. 시녀 하나가 조용히 접힌 순면 천을 손바닥에 얹어 준다.

흠뻑 젖은 은밀한 부위를 손가락으로 매만지며 끈적한 액체들을 닦아 냈다. 여자는 몸을 뒤챘지만 남자의 손길은 신중하고 섬세했다. 끙끙거리는 앓는 소리가 오히려 남자를 자극한다는 것을 아는지 모르는지, 눈도 뜨지 못하는 여자는 액체를 닦아 내느라 더듬는 손가락을 느끼며 다시 신음을 흘리고 숨을 몰아쉬기 시작한다.

"나 너무, 힘들…… 하지 마요……."

"금방 끝나."

대답하며 남자는 슬그머니 웃었다. 어이없어하는 시녀들의 눈빛이 느껴졌기 때문이다. 하지 말라는 말에 전혀 다른 대답을 내놓음으로써 원하는 길을 가겠다는 남자의 의도는 이 방 안에서 몸을 뒤채는 여자만 몰랐다.

이윽고 남자가 수건을 내밀었다. 시녀가 받아 들고 물러났다. 남자가 잠시 여자를 안아 들고 침대를 벗어나자, 안나가 축축하게 젖은 시트와 이불을 새것으로, 어둠 속에서도 빠르게 교체한다. 햇볕에 잘 말린 보송보송한 새 침구에 여자를 올려놓자 여자의 얼굴에 편안함이 퍼진다. 저도 모르게 이불에 팔다리를 문지르던 여자가 기분 좋은 미소를 짓더니 몸을 돌려 옆으로 눕고는 잠을 청한다.

안나가 무언가 종이를 내밀었다. 내용을 확인한 남자는 펜을 들어 짧게 무엇인가를 쓰고 지시도 내린 다음, 그녀가 내민 새 천을 받아 들었다. 자신의 성기를 천으로 닦아 낸 남자가 잠을 청하는 여자를 보고는 피식 웃는다.

안나에게 천을 건넨 남자가 천천히 침대 위로 올라갔다. 움찔한 여자가 실눈을 뜨고 고개를 돌려 상대를 확인하고는 배시시 웃고 다시 눈을 감는다.

남자는 웃음을 삼키며 여자의 귓가에 입을 맞추었다. 여자는 이제 남자의 의도를 눈치챈 듯했지만, 눈을 꼭 감고 반응하지 않으려 애를 쓴다. 자고 싶다는 것이다. 그러나 남자는 모르는 척 여자의 귓불을 입술로 꾹꾹 깨물었다. 그리고 귓불 아래부터 다시 천천히 여자의 맛을 보기 시작했다.

“하, 지 마……. 나, 팔도 아직, 아프단 말이야…….”

결국 잔뜩 쉰 목소리가 흘러나온다. 애원을 섞어 손도 내젓는다. 남자는 못 들은 척, 여자의 어깨를 살짝 누른 후 붕대 위로 입을 맞춘다.

“아직 아파?”

“저릿하고 따끔해…….”

욕망으로 가득하던 남자의 눈에 고통이 스친다.

“혼자 두면 안 됐었는데.”

혼자 중얼거린 남자가 그녀의 팔을 받쳐 들고 붕대 위에 부드럽게 뺨을 비빈다. 그리고 그 팔을 펴 옆으로 뻗게 하곤 여자의 입술에 입을 맞춘다. 통통하게 부어오른 아랫입술을 빨며 혀로 핥고, 살그머니 혀를 밀어 넣자 좀 전까지 시달린 여자가 반사적으로 입을 열려다 얼른 입술에 힘을 준다. 고통을 잊으려는 듯 남자는 끈질기게 여자의 입술을 핥고 빨고 혀로 여자의 이를 스친다. 열어 줘, 어서. 지치지도 않고 괴롭힌다.

버티다 못한 여자가 입술을 열자, 남자는 좋아라 헐레벌떡 여자의 입안에 탐닉한다. 이미 아까 다 맛보고 찔러 보고 할 건 다 했으면서, 마치 처음인 양 신중하고 꼼꼼하게 혀 아래며 뺨 안쪽을 문지르고 입천장을 간질인다. 간지러움에 여자가 움찔거리자, 눈으로 웃은 남자가 여자의 가슴에 살그머니 손을 얹는다.

"으으응……."

여자가 하지 말라는 신음을 흘렸지만 비음 가득한 신음은 남자를 즐겁게 할 뿐이었다. 가만히 입술을 떼고 가슴을 손바닥으로 문지르며 등허리를 더듬자, 괴로운 듯 여자가 고개를 젖힌다. 작고 가는 목을 입술로 더듬으며 쇄골을 강하게 빨아들인다. 여태 입을 꾹 다물고 자극을 참던 여자의 입술이 기어이 열리고 만다.

"아, 아흣……."

이미 잔뜩 자극을 받아 감각이 예민해진 상태다. 그 덕분에 크게 건드리지 않아도 여자의 몸은 쉽게 달아올랐다. 식었던 몸에 천천히 열감이 돌아온다. 이미 잠은 저만치 달아나고 온몸의 감각이 남자의 살갗에 집중된다.

만지는 대로 반응하는 몸에 남자가 기뻐하고 있는 줄도 모르고, 지친 여자는 겨우 손을 들어 남자를 밀어냈다. 하지만 남자는 즐거운 듯 그 손바닥에 입을 맞추고 손가락 사이를 핥는다. 어느새 다리는 다시 벌어져 있고, 바짝 선 남자의 흉기가 여자의 밀부 주변을 쿡쿡 건드린다.

공을 들였던 아까보다 여자는 쉽게 꿀을 흘렸다. 알고 있는 쾌감이 닥칠 것을 여자의 이성보다 여자의 몸이 기대한다. 자신의 성기 끝에 묻어 나오는 액체를 확인하고 씩 웃은 남자가 여자의 짧은 머리카락을 쓰다듬으며 귓가에 속삭인다.

"……엘레노아. 하지 말까?"

일부러 숨을 흘리며 천천히 귀에 흘려 넣는 낮은 목소리. 여자의 허리가 꿈틀거린다. 여자의 등허리를 매만지던 남자는 그것을 고스란히 느끼며 다시 한 번 속삭인다.

"엘레노아."

자신의 이름이 싫다던 여자는, 잠자리에서 그 이름을 불릴 때마다 얼굴이 붉어졌다. 달아오른 열기를 참기 위해 입술을 깨문 여자가 억지로 고개를 흔들었다. 하지만 아직 할 마음 가득한 남자의 아래에서 그것은 무의미했다. 더욱이 곧 닥칠 남자의 물건을 잔뜩 기대하고 움찔거리는 아래를 남자가 알고 있는 다음에야, 아무 소용이 없는 것이다.

남자가 아무 미련 없이 몸을 물렸다. 아래를 찌르던 성기도, 등허리를 자극하던 뜨거운 손가락도, 도도록이 선 유두를 비비던 손가락도, 귓바퀴에 닿아 있던 입술도 떨어져 나갔다.

"아……!"

이제 됐다는 이성과는 달리, 달아오른 몸이 열기를 찾아 남자의 어깨에 매달린다. 두 몸이 맞닿자 아직 바짝 선 남자의 것이 아랫배를 찔러 안도하고 만다. 하지만 남자는 손 하나 까딱하지 않고 물러나 드러누워 버리고, 애가 탄 여자의 몸은 울면서 남자의 가슴에 얼굴을 부빈다.

"왜, 하지 말라며."

웃음기 가득 머금은 그 말이 서럽다. 잔뜩 달아오르게 해 놓고 이게 뭐야. 미운 마음에 남자의 어깨를 콱 물자, 잘하고 있다는 듯 오히려 부추기기까지 한다.

"더 세게 깨물어야지. 그리고 빨아 봐. 힘껏. 아니 더."

아프라고 깨무는 건데 뭐가 뭔지 알 수가 없다. 시키는 대로 빨다 지쳐 고개를 떼자, 남자가 여자를 끌어 올려 깊숙이 입을 맞춘다. 깊게 들어온 남자의 혀는 여자의 혀가 얽히기 전에 물러나 버리더니, 마치 행위를 하듯 얕게 깊게 여자의 입안을 농락한다. 응, 응, 다시 달아오르는 몸을 어찌하지 못하고 몸을 뒤채자, 여자의 엉덩이를 툭툭 두드린 남자가 속삭인다.

"올라와. ……엘레노아, 네가 집어넣는 거야."

이 상황에 남자의 말을 못 알아들을 만큼 어리석지는 않았다. 멍하니 남자를 올려다보던 여자는, 다시 깊은 키스를 받고 꾸물꾸물 몸을 움직였다. 여전히 기운은 없는데, 쾌감을 좇아 몸이 멋대로 움직인다. 단단하게 굳은 남자의 물건 위에 자신의 밀부를 맞추는 것까진 했다. 그러나 허리를 띄우기가 힘들었다.

남자가 빙긋 웃고 허리를 단단하게 잡아 여자를 돕는다. 두려움과 설렘. 두 가지 감정이 몰아닥쳐 여자의 입술이 살짝 벌어졌다. 남자의 손에 몸을 지탱하고, 남자의 배에 두 손을 댄 채 여자는 천천히 허리를 내렸다.

"아, 아아아……."

"후우."

두 개의 신음이 교차한다. 남자의 단단한 물건이 여자의 은밀한 부위를 사정없이 헤치고 들어오는 것이 아까보다도 생생했다. 고스란히 느껴지는 두꺼운 귀두가 있는 대로 여자의 좁은 길을 벌려 놓는다. 벌어지는 감각은 지나치게 노골적이라 온 감각이 그리로 쏠렸다. 아픈 것도 같은데 아픈 게 아닌 것도 같다. 여자의 무게 덕분에 한 번에 푹 파고든 남자의 성기가 바짝 더 힘을 받고, 여자의 몸은 쾌락을 좇아 남자의 것을 조인다. 여자의 허리가 반사적으로 흔들리자, 남자의 눈썹이 살짝 꿈틀거린다.

"하, 하아, 흐, 으……."

허리를 잡아 주던 남자가 손을 들어 여자의 가슴을 움켜잡았다. 커다란 손에 작은 가슴이 꾹 잡힐 때 여자가 퍼뜩 몸을 떨었다. 다시 쿡, 깊이 박힌 남자의 물건에 여자는 자기도 모르게 발버둥 쳤다. 매끄러운 이불이 정강이와 발끝을 스쳐 사락사락 소리가 흐른다. 괴로운 듯 인상을 쓰는 여자를 올려다보는 남자의 얼굴에도 어느새 땀이 솟아 있다.

"움직여야지, 엘레노아."

일부러 꼬박꼬박 이름을 붙이는 남자가 미운데, 그 목소리에 애정이 뚝뚝 묻어나서 무어라 할 수도 없다. 여자는 입술을 깨물었다. 기운이 빠져 움직일 수가 없었다. 숨은 점점 가빠지는데, 아래를 파고든 것은 점점 단단해지고 커진다. 남자의 반응을 느낄 때마다 허리가 흔들리고, 발끝에 이불이 채인다. 그럼에도 움직일 수가 없어서 답답해진 여자의 눈에 눈물이 떨어진다.

"못, 움직이……."

"도와줄까?"

뭘 어떻게 도와준다는 건지도 모르겠지만, 이젠 이 지나친 쾌감에서 벗어나고 싶었다. 머리에 너무 열이 올라 터질 것만 같고, 파헤쳐진 아래가 꿈틀거릴 때마다 커지는 남자의 물건도 무서웠다. 고개를 끄덕이자마자 남자가 여자를 살짝 뒤로 밀더니 그녀의 허리를 잡는다. 당황한 여자가 엉겁결에 두 팔을 돌려 남자의 허벅지를 짚자, 왼팔에 부담이 갈까 봐 그러는지 오른쪽 다리를 슬쩍 들어 올려 준다. 그러곤 잘했다는 듯 웃은 후 허리를 흔들기 시작했다.

"으읏!"

찌르는 곳이 달라졌다. 일부러 얕게, 잘게 찔러 올리는 통에 짜릿한 감각이 아래에서부터 전신으로 퍼진다. 한 번씩 깊게 푹 찔러 올릴 때는 두 사람의 숨이 동시에 멎고, 탐색하듯 얕게 여기저기 찌를 때는 비음 섞인 신음이 흐른다. 그 신음에 남자가 더 자극을 받는 줄도 모르고, 여자는 남자가 주는 자극을 좇아 저도 모르게 남자에게 맞추어 허리를 흔든다.

어둠에 익은 눈에 맞닿은 몸, 맞닿은 부위가 보인다. 자신의 안을 파고들었다 나가는 남자의 단단한 물건을 눈으로 보며, 여자는 허리를 뒤챘다. 여자의 안에 묻었다가 자신의 중신을 빼내는 남자도, 여자의 흔들리는 젖가슴과 벌어지는 여자의 밀부를 보며 점점 더 빠르게 여자를 자극한다. 맞닿은 부위가 적어 온 신경이 아래에 쏠리는데, 쿨쩍대는 소리까지 합해지자 두 사람은 말을 잃고 쾌감을 좇아 서로 허리를 흔들었다.

어느 순간 남자가 지그시 이에 힘을 주고는 여자와 다른 리듬으로 찔러 대기 시작했다. 그거 아니야, 아닌데, 갑자기 왜 그러는 거야. 애가 탄 여자가 정신없이 흔들리는 중에 겨우겨우 상체를 일으켜 손을 뻗는다. 남자는 몸을 뒤로 물려 여자의 손을 피하고는, 다시 잘게, 여자가 원하지 않는 리듬으로 여자를 자극한다. 으, 흐으, 그거 아니야……. 눈물을 뚝뚝 떨구던 여자는 결국 지친 몸으로 남자의 어깨에 매달려 허리를 움직인다. 남자는 잠시 숨을 고르면서도 여자에게서 눈을 떼지 않는다.

여자의 허릿짓이 점점 빨라진다. 달콤한 비음이 남자의 아랫배에 점점 더 피가 쏠리게 한다. 그럼에도 여자는 만족하지 못하고 눈물을 흘리고, 남자는 웃으며 여자의 눈물을 핥는다. 잠시 숨을 돌린 남자는 여자의 허리를 잡고 잠시 여자가 흔드는 리듬을 가늠하더니 맞추어서 여자를 아래로 강하게 잡아 내린다. 동시에 자신의 물건은 깊이 쳐올린다.

"아윽! 하, 하읏, 으, 으으응, 으으……."

만족하지 못하던 여자가 주어진 쾌감에 몸을 떤다. 남자가 한 번 더 여자를 띄워 올리더니 깊숙이 여자의 몸에 자신을 박았다. 아, 아아아. 여자는 울며 몸을 바르작거리면서 남자에게 매달렸다. 깊어, 깊어……. 여자의 울음 섞인 속삭임에 남자가 입맛을 다신다.

온몸에 꽉 차오른 쾌감 때문에 뜨인 눈에, 입맛을 다시는 남자의 붉은 혀가 보인다. 야해. 떠오른 생각에 여자는 저도 모르게 손을 뻗었다. 남자가 다 안다는 듯이 여자를 끌어당겨 혀를 내주자, 여자는 정신없이 거기에 달라붙어 남자의 혀를 빨았다.

달다.

얼마 전에 남자가 그런 말을 했던 거 같다. 이젠 여자도 남자의 기분을 알 것 같았다. 단단한 팔이 여자의 허리를 힘주어 감싸고, 맞닿은 아래로 두 사람분의 액체가 줄줄 흐르고, 질척하게 얽힌 혀가 쉴 새 없이 서로의 입을 드나든다. 입술이 부어 아픈 것도 모르고 얼얼한 혀를 빨리며 여자가 허리를 움직인다. 재촉하는 것이다.

이젠 여유가 없는 남자가 여자를 침대에 눕힌다. 더 깊이 묻고 싶은 욕망을 숨기지 않은 남자가 달려들어 깊게 자신을 박아 넣는다. 퍽 소리가 날 만큼 하체가 강하게 맞붙자, 여자와 남자는 동시에 숨을 삼켰다. 서로의 성기가 주는 감각을 충분히 만끽한 뒤 남자는 천천히 빠져나간다. 남자의 것이 들어오길 고대하는 여자의 안쪽이 남자의 성기에 들러붙는다.

얕게 찌르는 횟수보다 깊게 찌르는 횟수가 점점 늘어난다. 머릿속도 하얗게 비어 간다. 입에서 단내가 나고, 남자의 턱에서 뚝뚝 땀이 떨어진다. 가슴골에 떨어진 서늘한 땀방울을 느낀 여자는 무심코 입을 열었다.

"내가……"

여자의 말을 듣기 위해 남자가 이를 악물고 속도를 늦춘다. 멈추는 대신 얕게 찔러 올리며 여자의 뒷말을 재촉한다.

"이어진 거 같아……."

"이어진 거 맞잖아?"

"아니, 그게 아니라, 하으, 내가…… 당신의 성기가 된 거같이, 그렇게……."

잔뜩 울어 허스키하게 쉰 목소리로 여자가 하는 말에 남자는 입을 벌렸다. 그러나 곧 여자의 말을 이해한 남자는 위험하게 눈을 빛내며 여자에게 몸을 기울였다.

"내 물건이 이렇게 큰 줄은 미처 몰랐네."

키득키득, 여자가 힘겹게 웃었다. 그 순간 남자는 예고 없이 자신의 것을 여자에게 박아 넣었다. 아으으응, 강렬한 감각에 몸을 뒤채며 흘리는 신음은 온전한 쾌감이다. 거친 숨을 몰아쉰 남자가 여자의 허리를 고쳐 잡는다. 여자도 남자의 기색을 눈치채고 이불을 그러잡는다. 아, 짧게 탄성을 뱉은 남자가 손을 뻗어 여자의 왼손을 잡아준다. 맞잡은 손에 땀이 밴다. 두근두근, 심장이 이 이상 빨리 뛸 수 없을 것 같았는데 더 빠르게 고동친다. 완전히 자세를 잡은 두 사람의 눈이 맞은 순간, 남자가 내달리기 시작했다.

대화는 없었지만 침묵도 없었다. 남자의 입에서 헉헉거리는 숨소리가 빨라지고, 여자의 입에서 막지 못한 신음이 흘러나온다. 여자의 신음은 남자의 고막을 자극하고, 아랫배를 자극하고, 성기를 자극한다. 남자의 성기는 여자의 안을 파헤치고, 길을 내고, 자신을 새긴다. 두꺼운 귀두가 여자의 밀부 끝을 자극할 만큼 빠져나갔다가 한 번에 끝까지 박혀 들어간다. 이불을 움켜쥔 여자의 주먹에 핏줄이 서고, 남자의 관자놀이에도 바짝 핏줄이 선다.

"헉, 흐, 흣……."

"아, 아으읏, 응, 응, 아흣!"

서로가 서로에게 줄 수 있는 쾌감 속에 완전히 푹 빠진 채, 남자는 여자의 가장 깊은 곳에 들어가 몸을 굳힌다. 두 사람의 입에서 동시에 한숨과도 같은 신음이 흐른다. 바짝 몸을 굳힌 남자의 어깨를 소중하게 끌어안은 여자가 몸 안에 무엇인가가 흘러 들어오는 감각에 자기도 모르게 온몸을 떤다. 더 들어갈 수도 없을 만큼 자신의 것을 박아 넣은 남자는 여자의 안을 더 파고들더니 잘게 떨어 자신의 일부를 여자에게 흘려보낸다. 여자는 저도 모르게 다리를 더 벌리며 남자를 재촉한다.

결국 남자는 마지막 한 방울까지 전부 여자에게 흘려보내고 여자의 두 오금을 잡아 올린다. 아직 쾌감의 여운에 몸을 떠는 여자가 정신없는 틈을 타 맞붙은 부위를 꼼꼼히 살핀 남자가 만족스러운 미소를 지으며 숨을 고른다. 원래 유연하던 여자는 다리가 허공에 들린 것도 모르고 가시지 않는 쾌감의 여운을 가라앉히느라 애를 쓰는 중이다.

단단하고 탄력 있는 허벅지 뒤쪽을 남자의 두 엄지손가락이 농밀하게 쓰다듬는다. 그제야 여자는 자신의 다리가 허공에 뜬 것을 알았지만, 아직 가라앉지 않는 숨소리와 쾌감의 여운에 말릴 기운은 없었다. 아직도 여자에게 묻은 자신의 것을 빼지 않는 남자가 담담한 눈빛으로 여자의 오금과 종아리를 핥는다. 부르르, 몸을 떠는 여자에게 시선을 떼지 않은 채 다리를 애무하며, 남자는 자신이 가장 매력적으로 보일 수 있도록 미소를 짓고는 여자의 한쪽 다리를 자신의 어깨에 걸친다. 그제야 여자의 눈빛에 공포가 섞인다.

"안, 쉬어요?"

잔뜩 쉰 목소리로 애원하다시피 묻는 여자의 목소리. 움찔거리는 아랫배, 매끈한 다리와 탄탄한 엉덩이. 남자는 보란 듯이 혀로 여자의 다리를 핥아 올리고 대답했다.

"월경을 하지 않는 여자가 임신하려면 얼마나 하면 될까를 시험해 볼까 해."

"……그게 무슨 개소리야."

시녀들이 식겁했지만 남자는 그저 웃었다. 단순한 개소리가 아니라는 것은 몸으로 보여 주면 되는 일이니까.

그리고 잠시 후, 여자는 개소리라고 말한 것을 사과하며 한참을 더 울어야 했다.

밤은, 그러고도 길었다.

어쩐지 내가 속은 것 같아.

그 생각에 반짝 눈이 떠졌다. 어쩐지 내가 엄청나게 손해 보는 장사를 한 것 같단 말이지. 엘레노아는 낯선 침대 천장에도 당황하지 않고 수지타산을 맞춰 보는 데에 골몰했다.

가만있어 봐. 이 남자를 얻음으로써 내가 포기해야 할 것들이 얼마나 되나 보자. 일단…… 나는 평민이라 황태자비는 못 돼. 그러면 후궁인가? 후궁을 밖에 내보내 준다는 말은 들어 본 적이 없는데. 황궁 안에 별채 하나 내주고 평생 거기에서 살게 하는 게 후궁인 거지? 황제의 후궁이라 귀한 거지 사실상 첩 아냐, 첩. 우와, 내가 남의 남자 가로채는 첩이 되는 거야? 이야, 세상에. 엘레노아 사이먼이 첩이라니!

황제와 고위 귀족에 한해 일부다처가 허용되어 있지만, 평민인 그녀에게는 일부일처가 상식이었기에 후궁은 첩과 다를 바가 없었다. 엘레노아는 자신이 그렇게 될 거라는 사실이 어이가 없어 저도 모르게 허허 웃었다.

몇 년 전, 항구에서 첩의 머리채를 잡는 본처를 본 적이 있었다. 구경꾼들에게 주변 상황을 주워들은 엘레노아는 분개하며 본처에게 가세하려고 했지만, 아저씨들이 그녀를 말리면서 그랬다. 어린 네가 나설 일이 아니라고. 첩이 한 짓이 옳은 건 아니지만, 저 사람에게도 나름의 사정이 있을지도 모르고, 그럴 수밖에 없는 인생이 있기도 한 거라고.

그땐 함께 본처 편을 들어 주지 않는 아저씨들이 미웠다. 아저씨들도 사내새끼들이라 이거지? 하고 쏘아붙이고 말았거늘, 이제야 그들의 말이 이해가 갔다. 그들은 정말로 편을 든 게 아니었다. ……정말 그럴 수밖에 없는 인생이 만들어지긴 하는 거였다.

그녀는 조금 시큰해진 눈을 감고 계산을 계속했다. 가만있어 봐, 후궁이 하는 일이 뭐지? 애 낳고 파티 참가하는 게 다 아닌가? 그렇지만 내가 어떻게 파티를 가? 아카데미에서 브리나가 하는 것 보고도 학을 뗐는데. 아니, 백 보 양보해서 나는 파티를 안 간다 해도 말이야, 내가 아이를 낳으면 아이도 평민인 거지? 그럼 파티고 나발이고 나뿐만이 아니라 아이도 무시당하고 따돌림당할 테고…… 그러기 싫으면 나랑 내 아이는 평생 갇혀 살아야 하는 거지? 돈이 많으면 뭐해, 자유롭게 쓰지도 못할 텐데. 와, 오 마이 갓. 앞으로 나의 몇십 년이 그렇게 암울해지는 건가? 이건 정말 나한테 완전 손해 보는 장산데?!

저도 모르게 입이 삐죽하게 튀어나온다. 그럼에도 아직 계산할 게 남았다. 그녀는 잔뜩 인상을 쓴 채 손가락을 꼽으며 머리를 굴렸다.

이제 동양에도 못 가겠지? 상점에도 가기 힘들 거야. 부모님도 만나기 힘들 테고, 아저씨는 당연히 못 만날 테고, 선장님이랑 아저씨들이랑 웃고 떠들며 마시고 하는 것도 못 하겠지. 장사는커녕 활기찬 항구의 새벽도 이제 구경하기 힘들 거야. ……장루(檣樓)에서 바닷바람 맞는 것도 이제 못 하고, 갑판에서 물방울 튀는 거 구경도 못 해. 회오리바람과 폭풍을 헤치고 나와 한 잔씩 마시던 싸구려 럼주도 못 마실 거고, 비 올 때마다 갑판에 뛰쳐나가 샤워를 대신하며 물장난 치는 것도 못 할 테고, 닻을 내리고 사위에 파도 소리만 가득한 배 위에서 쏟아질 듯한 별들을 올려다보는 것도 이제…….

기어이 눈물이 흘러 얼른 손등으로 그것을 닦아 냈다.

그럴 수밖에 없는 인생이 존재한다는 것은 알았다. 그러나 그 과정에서 이렇게 많은 것을 포기해야 하는 것을 미리 생각했더라면, 과연 엘레노아는 이 남자를 선택할 수 있었을까. 왜 항상 남자가 생각하라고 했는지 이제야 알 것 같았다. 생각하지 않고 이끄는 대로 따라가니 이런 꼴이 나는 것이다. 남자가 몰아붙이는 대로 따라가 순순히 대답하고 남자를 끌어안았던 스스로가 미워졌다.

남자가 좋았다. 그러나 남자 하나와 바꿔야 하는 것들이 너무나 많았다. 그럼에도 남자를 미워할 수가 없어서, 그녀는 스스로를 미워하기 시작했다.

나는 왜 아까 그 순간에는 생각하지 못하고 놀라기만 했을까. 그렇게 내내 생각하라는 말을 들어 놓고, 왜 이끄는 대로 생각했을까. 바보 같아. 그렇게 남자에 휘둘리던 여자들 한심하다고 생각해 오지 않았어? 엘레노아 사이면, 넌 이제 그 여자들 욕할 자격 없어. 이게 뭐야. 너야말로 남자에 휘말려, 팔다리에 사슬을 묶은 거잖아. 그것도 자기 스스로. 바보, 멍청이. 어떡할래, 이제.

……그러면, 이 남자를 포기할래?

순간의 유혹은 매력적이었다. 엘레노아는 천천히 고개를 돌렸다. 그리고 기절할 듯이 놀랐다.

"깨, 깨 있었?! 허윽."

엄청나게 허스키한 목소리가 목을 긁으며 흘러나왔다. 남자에게 시달려 울며 빌며 했던 여파였다. 뜬눈으로 그녀를 보고 있던 남자가 아무렇지 않게 자리에서 일어나 물컵을 건넸다. 엘레노아가 조심조심 물을 다 마시자 도로 컵을 받아 협탁에 올려놓고는 당연하다는 듯 그녀의 손을 잡아끌어 품에 안고 이불을 덮는다. 토닥토닥 등을 두드리는 손이 몹시 다정했다.

"엘레노아. 너는 내 옆에 다른 여자가 서 있어도 아무렇지도 않을 수 있나?"

뜨끔했지만 그녀는 웃으며 대답했다.

"갑자기 무슨 소리예요?"

"상상해 봐. 내 옆에 너 아닌 다른 여자가 서 있고, 그 여자와 내가 만인이 보는 앞에서 키스하는 것을. ……넌 그래도 괜찮아?"

멍하니 시키는 대로 상상하던 그녀는 입술을 깨물었다. 도저히 괜찮다는 대답을 해 줄 수가 없었다.

"내가 레이디 사운더스와 잠깐 말 섞는 것도 싫지 않았어? 그런데 왜 나를 포기하려고 하지?"

"그걸 어떻게 알……. 혹시 나 혼잣말했어요? 나 혼잣말하는 버릇 있어요?"

어째 이렇게 사람 속을 들여다본 것처럼 말을 할까. 엘레노아는 놀라 되물었다.

"그런 버릇 없어. 보면 알지. 내 눈은……."

"예, 예. 아름답기도 하지만 예리하기도 하다고요."

피식 웃은 남자가 엘레노아의 이마에 키스하고 속삭였다.

"틀렸어. 너만 보고 있다고."

"으으으! 하지 마요! 아, 부끄러워!"

민망해서 몸이 배배 꼬였다. 남자는 그걸 알면서도 그저 키득키득 웃는다.

분명 민망한데, 민망하고 부끄러워 죽을 거 같은데, 그 말에 또 왈칵 무언가 가슴에 차올라서 그녀는 울고 싶어졌다. 이렇게 좋은데 어떻게 포기할 수 있을까. 원하는 모든 걸 다 가질 수 없는 걸 아는데도, 이 남자를 포기하기가 이렇게 어려운데…….

혹시 남자에게 휘둘리던 여자들은, 그 남자가 너무 좋아서 휘둘리는 걸 알면서도 나처럼 옆에 있고 싶었던 걸까. 도저히 그 사람을 포기할 수가 없어서. 엘레노아가 가만히 한숨을 내쉬자, 남자가 조용조용 속삭인다.

"어제 우리 약속했지. 서로의 것이 되기로. 그렇지?"

"응……."

"그렇다면 지금은 쓸데없는 생각 하지 마. 그렇게 쉽게 날 포기할 생각 하지 마. 그러면 내가 서운하다고."

"알았어요. ……하지만 당신이랑 있으려면 어쨌든 생각을 해 둬야 마음의 준비를……."

"엘레노아."

어둠 속에서 남자의 파란 눈동자가 빛났다. 예뻐. 그녀는 자기도 모르게 남자의 뺨에 손을 갖다 댔다. 자연스럽게 그 손바닥에 입을 맞춰 준 남자가 그 손바닥을 자신의 뺨에 누르며 속삭였다.

"엘레노아. 나 때문에 생기는 문제는 내가 해결할게. 그러니까 넌 전혀 걱정할 것 없어. ……'엘'이라면 조금 포기해야겠지만, '노아'라면 포기하지 않게 해 줄게."

"잘못 말한 거 아니에요? '노아'를 포기해야 하는 거 아니고?"

"아니, 제대로 들었어. 나는 행복하게 해 주겠다고 팔다리 다 잘라 가둬 놓는 머저리가 아니야. 그렇다면 지금 그 고민들은 중요하지 않지, 안 그래? 엘레노아, 지금 중요한 건 뭐지?"

다소 잔인한 이야기를 하며 남자가 그녀의 이마에 입을 맞추었다. 눈꺼풀에도, 코끝에도 입맞춤을 받은 후, 그녀는 전날 익숙해진 대로 자연스럽게 고개를 들었다. 촉, 가볍게 입술이 맞닿고, 가볍게 입을 벌리자 정해진 일인 양 남자의 혀가 그녀의 안으로 들어왔다. 몇 번 혀가 오간 뒤, 헉헉거리며 그녀가 남자를 밀어냈다.

"지금 중요한 건 언니랑 브리나였어! 으아아악! 벌써 이틀, 이틀이나 소모했어. 생각해 보니 이러고 누워 있을 때가 아니었어!"

그 말에 남자의 표정이 떨떠름해진다.

"그 말이 아니었는데……. 동트려면 한참 멀었는데, 한 번만 더 하자."

"지금 그럴 때가 아니라니까요오오! 당장 일어나요! 당장!"

조용한 황태자궁에 엘레노아의 고함과 맨살에 손바닥 부딪치는 소리가 요란하게 울려 퍼졌다. 걸음 소리조차 내지 않는 시녀들이 평소보다 이른 황태자의 아침을 준비하기 시작했다.

"밤에 정탐 보내 놨어. 좀 전에 다들 잠들었다는 연락을 받았고, 습격 준비하라고 해 놨으니까 이제 슬슬 준비해서 나가면 된다고."

닦달하던 그녀는 불만스러워하는 세드릭의 말을 듣고 기겁을 하고 말았다.

"설마, 우리 하던 중에 그분들이 왔다 가신……."

"그런 멍청한 짓 안 해. 안나에게 메모를 전해 주었을 뿐이니까. 기사단에 전하라고."

"헉! 맙소사, 앞으로 안나를 어떻게 봐!"

"아까 잘만 봐 놓고."

"그런 줄 몰랐으니까요!"

둘은 티격태격하면서도 세드릭의 개인 훈련장으로 향했다. 정탐 기사의 판단 아래 근거지로 쳐들어가기로 한 새벽, 기사들은 모두 훈련장에 소집되어 있었다.

세드릭은 방을 나서기 전 딱 한 번 물었다. 함께 가겠느냐고, 원하는 대로 해 주겠다고. 엘레노아는 고민 끝에 대답했다. 당신만 괜찮다면, 언제든지 도망칠 수 있을 위치에서 퇴로를 확보하며 따라가겠다고. 절대 당신을 위험에 빠트릴 만한 일은 하지 않도록 주의하겠다고. 그러자 그는 일언반구 없이 그녀를 데리고 가겠다고 했다. 분명 데리고 가고 싶지 않았을 텐데도 그녀의 의견을 존중한다고 했다.

질문했을 때 이외의 태도는 내내 장난스러웠다. 하지만 그 순간만큼은 진지한 눈빛으로, 정말로 그녀의 의견을 따라 주었다. 그래서 그녀는 자연스럽게 깨달았다. 엘레노아가 어느 선을 넘어 다가와 주기를 저 남자는 기다리고 있었다는 것을. 그리고 그녀가 그 선을 넘어 다가온 이상, 모든 것을 다해 지켜 줄 것임을.

혹시 저 남자도 무서웠던 걸까? 그녀가 자신을 선택하지 않을까 봐? 그래서 자신이 먼저 선을 넘지는 못했던 거 아닐까?

잠시 생각하던 엘레노아는 피식 웃었다. 다른 사람이면 몰라도 이 나라에서 저 남자 하나만큼은 그럴 일이 없지 않을까. 어쨌거나, 남자는 최선을 다해 지켜 주겠다고 약속했다. 그러니까 그녀도 그를 위험하게 할 만한 일을 만들어서는 안 됐다.

마음을 굳히며 그녀는 긴장이 흘러넘치는 훈련장 입구에 섰다. 세드릭도 굳이 그녀를 데리고 들어가지 않았다. 정렬한 기사단 맨 앞에 부복한 레번드 단장이 보였다. 며칠 사이에 핼쑥해진 그의 눈빛이 형형했다. 세드릭은 레번드 단장에게 낮은 목소리로 무엇인가를 명령했고, 짧게 무언가를 논의하고는 다시 그녀에게로 돌아왔다.

“가자. 전부 흩어져서 갈 거야.”

“뭉쳐 다니다가 습격 소문이 나거나 일반인들이 놀라면 곤란하니까?”

대답 대신 귀에 키스를 받아 놀란 그녀는 얼른 주위를 살펴보았다. 저기 뒤에서 놀란 레번드 단장과 눈이 마주쳐 부끄러움에 얼른 눈인사를 하고 고개를 돌렸다.

“밖에서 그러지 마요. 창피하지도 않아요?”

“왜? 내 여자 내가 마음대로 하겠다는데.”

“아니, 그! 으으…….”

대꾸하려던 엘레노아는 그냥 입을 다물었다. 왠지 또 한 번 절대 하면 안 되는 짓을 한 것 같다는 불길한 예감이 들었기 때문이다. 저 내 여자 발언은 얼마나 갈까. 생각하면 아득할 뿐이었다.

15
포획과 발견

세드릭도 오늘만큼은 방어 마법이 새겨진 갑옷을 걸치고 그 위를 남루한 외투로 덮어 잘 여몄다. 머리카락은 최대한 방해가 되지 않도록 땋아 올렸다. 수려한 얼굴에 흰 피부며 틀어 올린 금발을 본 엘레노아는 알 수 없는 패배감을 느껴야 했다. 머리카락이라도 길러야 하는 걸까 하고 잠시 좌절했다는 사실은 일단 가슴속에 묻어 두기로 했다. 대신 긴장 속에, 목걸이를 꾹 손으로 쥐었다. 옷 너머로 느껴지는 화끈한 감각이 보석의 존재감을 드러냈다.

술집 별빛 달빛을 중심으로 일정 거리를 두고 중앙군이 밤부터 방어선을 만들었다고 했다. 중앙군이야말로 이 사태의 종결이 누구보다 간절할 터였다. 갑옷은 외투 아래로 숨겼지만 굳은 얼굴의 군인들이 주변을 살피며 돌아다니자 새벽임에도 불구하고 트라비 거리를 비롯해 수도 전체가 술렁술렁하는 듯했다.

태평한 척, 대화를 주고받으며 그들은 트라비 거리에 들어섰다. 저 멀리서 렉스가 엘레노아를 발견하고 눈을 크게 뜨는 것이 보였다. 하룻밤이 지나도록 돌아오지 않은 그녀 때문에 잠을 못 잤는지 눈이 시뻘겋다. 그 옆에서 동동거리는 것은 아버지. 살 빠지신 걸 보니 걱정이 이만저만이 아니신 모양이다. 그녀는 눈웃음으로 그들에게 인사하고, 세드릭이 이끄는 대로 걸어갔다.

가는 길에 세드릭이 대신 설명해 준 정탐 내용은, '별빛과 달빛 사이' 와 '시간의 세례는 계단과 같다' 는 아무래도 골목과 시계방을 의미하는 듯하다는 것이었다. 나머지 '불타는 것은 쇠', '뒤집힌 제단은 시대를 연다' 는 암호인 것 같다고. 다만, 그 이상 암호가 있는 것 같은데 정확히 들을 수가 없었다고 했다. 그래서 단장과 기사 두엇이 먼저 들어가 암호를 대 보고, 만약 일행이 아닌 것을 들키면 유리창을 깨는 것으로 돌격 신호를 보내겠다고 했다는 것이다.

무사히 잘 끝나길 속으로 비는 사이, 그들은 '별빛', '달빛' 이 있는, 새벽빛도 닿지 않는 어두운 골목 앞에 서 있었다.

기사들은 아직 열리지도 않은 상점 앞을 얼씬거리거나, 열린 상점에서 물건을 사거나 구경하는 시늉을 하고 있었다. 별빛 달빛 앞에서 정탐했다는 기사와 레번드 단장이 무어라 이야기를 나눈 뒤 서슴없이 걸어 들어갔다. 그 뒤를 분장한 두 무리의 기사들이 주위를 힐끔거리며 따라 들어갔다. 엘레노아와 황태자는 다섯 무리의 기사들이 들어간 후 뒤를 따랐다. 두 무리의 기사가 더 들어오고 나서야, 중앙군과 백합 기사단의 말단 기사 몇몇이 별빛 달빛을 기준으로 아무도 드나들 수 없도록 버티고 섰다.

좁은 골목을 따라 들어가자 더 좁게 만들어진 갈림길이 나왔다. 단장은 뒤를 한 번 힐끔 돌아본 후 왼쪽으로 접어들었다. 그 골목은 구불구불 길었다. 단장과 기사들은 날카로운 눈으로 주위를 살피며 천천히 나아갔다. 엘레노아는 세드릭의 곁에 바싹 붙었다. 여차하면 바로 도망가기로 약속했기에, 그녀는 도망갈 길을 확인하느라 여념이 없었다.

저 앞에서 단장이 멈춰 섰다. 다시 갈림길이었다. 모퉁이에 시계점이 보인다. 단장과 기사 하나가 살그머니 접근했다가 돌아와 세드릭에게 손으로 신호를 보냈다. 유리창이 크지 않아 안이 잘 보이지 않는다는 장점은 밖이 잘 보이지 않는다는 단점과도 일치했다.

이제 시작이구나. 마음을 다잡은 엘레노아는 세드릭에게 바로 옆 낮은 담장을 가리켰다. 잎이 무성한 침엽수였다. 세드릭이 기특하다는 듯 씩 웃고, 가볍게 그녀를 들어 담장 넘기를 도와주었다. 혼자서도 할 수 있지만 엘레노아는 기꺼이 그의 도움을 받아, 그 낮은 담장과 나무 그늘에 숨어 시계방 문을 주시했다. 여차하면 담장 안 가정집으로 숨어 들어가고, 아니면 뛰어내려 따라 들어갈 생각이었다.

아무리 마음을 다잡아도 긴장이 안 될 수는 없었다. 침을 꿀꺽 삼킨 순간, 단장이 시계점 문을 두드렸다. 무어라 대답을 하자, 빼꼼 문이 열렸다. 기사들이 눈 깜짝할 사이에 여기저기 숨었다. 다들 무슨 은신술을 배웠나, 감탄할 지경이었다.

눈빛이 흉악하고 왜소한 중년 남성 하나가 시계방에서 나와 주위를 두리번거리더니 안으로 들어갔다. 단장과 정탐했던 기사가 따라 들어갔고, 문이 닫혔다. 엘레노아는 단장이 문이 잠기지 않도록 문틀 문고리 부분에 나무토막을 대는 것을 보았다.

다시 어디 숨었는지 알 수 없었던 기사들이 소리 없이 시계방 앞에 결집했다.

그 순간 쨍강, 유리창 깨지는 소리가 새벽의 적막을 부쉈다. 기사들이 지체 없이 문을 열고 몰려 들어갔다. 좀 전까지는 소리 하나 없었는데, 기합 소리와 무기 마주치는 소리가 좁은 가게 안을 꽉 메우고도 비집고 새어 나왔다. 비명이며 고함이 울리는 것을 들으며 엘레노아는 꾹 참고 십 초를 셌다.

"아가씨, 들어가실 거면 저희가 붙어 가겠습니다."

들어가지 않고 남아 있던 기사들이 그녀에게 말을 붙였다. 세드릭이 미리 지시해 놓았던 모양이다.

"예, 들어갈 거예요. 같이 가 주시면 감사하겠습니다."

그녀는 기꺼이 감사를 표하고, 도로 담장을 넘어 그 기사들과 함께 가게 안으로 들어갔다.

다치거나 죽은 기사는 거의 없고, 미동 없는 사람들만 바닥에 널려 있었다. 그리고 피를 흘리며 상처를 부여잡고 앓고 있는 사람들이 서너 명. 기사들이 살아남은 이들을 포박하는 사이, 엘레노아는 기사들의 시선이 닿는 한에서 방을 탐색했다. 밖에서 볼 땐 좁은 건물이었지만, 생각보다 안이 깊었다. 기사들이 포박을 마치자, 그들은 함께 2층으로 올라갔다. 예상대로 1층과 2층에는 아무것도 없었다. 그렇다면 남은 것은 아직 요란한 고함과 비명이 난무하는 지하였다.

"아가씨, 정말 괜찮으십니까? 아직 전투 중인지라……."

걱정스러운 듯 기사 하나가 물었다. 그녀는 웃으며 고개를 끄덕였다. 사람이 죽는 것도, 사람이 다치는 것도 보기 좋은 광경은 아니지만, 이런 데서 동정심을 발휘하거나 안타까워하다간 같이 침몰해 죽기에 십상이다. 게다가 이들은 엘리자베스를 납치한 패거리가 아니던가. 엘레노아의 눈에서 굳은 의지를 확인한 기사들이 고개를 끄덕였다.

그녀와 기사들은 지하 계단을 살폈다. 올라오는 사람은 아무도 없음을 확인했지만, 그래도 그녀는 기사들 중간에 끼어 계단을 내려갔다. 인질이라도 되면 곤란하니까.

단단한 나무 계단을 내려가자, 자연적으로 조성된 듯한 동굴이 나타났다. 세 명의 기사가 남아 계단을 지키기로 했다. 엘레노아는 나머지 두 기사와 함께 탐색을 시작했다. 여기저기 무기 부딪치는 소리와 비명과 고함이 들렸지만, 그들은 천천히 동굴을 훑어 나갔다. 길이 복잡하지는 않았다. 중간에 다친 기사들을 몇몇 응급 치료 해 준 것 이외에는 딱히 걸리는 것도 없었다. 동굴 정중앙, 한참 전투가 벌어지는 부근이 가까워지자 기사 하나가 제지를 걸었다.

"왼쪽으로는 아무것도 없군요. 이제 오른쪽으로 돌아봅시다."

그들은 들어온 길을 따라 나무 계단으로 돌아갔다. 계단 쪽 침입자는 아직 없었고, 무난하게 오른쪽 벽을 타고 전진했다. 비명이 들릴 때마다 혹시 세드릭이 다친 건 아닐까 걱정하는 마음이 고개를 들었지만, 그녀는 고개를 흔들어 그 생각을 떨쳐 내고 기사들의 뒤를 따랐다.

"여기는……."

"허."

오른쪽으로 벽을 타고 돌자, 움푹 팬 공간이 나왔다. 쇠 격자문을 설치해 그 공간은 마치 감옥 같았는데, 잡혀간 여자들이 거기에 감금되어 있었던 듯 리본에 손수건, 진주알이며 꽃 장식 들이 흩어져 있었다. 엘레노아는 격자문에 달라붙어 매의 눈으로 물건들을 응시했다. 기사 하나가 동굴에 걸린 횃불을 빼 들고 와 잘 볼 수 있도록 빛을 비춰 주었다.

"……있습니까?"

"언니 물건도, 브리나가 하고 있던 물건도 여긴 없어요."

"다행입니다."

마찬가지로 긴장하고 있던 듯 기사들이 웃었다. 그녀는 마주 웃었지만 속으로 울음이 치받는 것을 억지로 삼켜야 했다. 그 많은 피해자, 그 많은 귀족 영애가 모두 여기에. 하다못해 귀족 영애들은 저리 흔적이라도 남았지만 초기에 납치된 여자들은…….

점점 희망이 사라져 가는 것을 느끼며 엘레노아는 주먹을 꽉 쥐었다.

조금 더 앞으로 나아가자, 마찬가지로 감금용인 듯한 공간이 두 개 더 나왔다. 두 공간 모두 귀한 물건 반, 보통 품질의 물건 반, 그리고 아주 싸구려 물건이 몇 개. 엘리자베스와 브리나의 물건으로 보이는 것은 전혀 없었다. 기사들은 또 한 번 안도했지만, 그녀 마음속에서 빛은 점점 꺼져 갔다.

"여기 공간이 하나 더 있는 것 같은데…… 윽."

그 공간을 먼저 들여다본 횃불 든 기사가 움찔하며 뒤로 물러섰다. 곧바로 다가간 다른 기사 역시 엘레노아를 막았다.

"아, 아가씨, 여긴 안 보시는 것이 좋을 것 같습니다만……."

"시체인가요? 괜찮아요. 제가 아니면 확인할 수 있는 사람이 없으니까요."

기사들은 난감해했지만 곧 어쩔 수 없다는 듯 자리를 비켰다. 그녀는 억지로 웃는 얼굴을 꾸며 낸 채 시체가 쌓여 있다는 공간으로 다가갔다.

입이 떡 벌어졌다.

여태 본 공간들보다 이 공간 안이 제일 크고 깊었다. 거기에 겹겹이 쌓인 시체들은, 불에 타 미라처럼 바싹 말라 있었다. 왜 불에 탔음에도 재가 된 게 아니라 미라가 된 건지는 알 수 없었지만, 그 숫자가 어마어마해 마음을 단단히 먹은 엘레노아조차 차마 그들의 주검을 헤집을 용기가 나지 않았다.

"어째서 이 정도로 사람을 죽일 필요가……."

털썩 자리에 주저앉았다. 넋을 놓기 일보 직전이었다.

이 중에 하나, 이 처참한 중에 하나겠지.

눈물도 나지 않았다. 망연자실, 미라의 산을 올려다본 그녀는 아무 말도 할 수가 없었다. 이 엄청난 숫자를 보고 나니 살아 있을 거란 기대조차 할 수가 없었다. 믿고 싶지 않았는데, 그래도 어딘가에 살아 있을 거라 믿었는데, 희망이란 희망은 산산조각 부서져 나갔다. 가슴이 터질 것만 같았다.

사람을 죽였으면, 시체라도 돌려주면 안 되는 거였나. 왜 이 지경을 만들어 놓았나. 엘레노아는 욱욱거리며 가슴을 두드렸다. 숨을 쉬기가 어려웠다. 놀란 기사 하나가 그녀의 등을 두드려 주었지만, 입에서 제대로 나오는 것은 아무것도 없었다. 몸속에 무엇인가가 꽉 막혀, 그저 온몸을 갈기갈기 찢고 싶었다.

내가 너무 늦었어, 언니.

미안해…… 내가…… 너무 늦었어.

엘리자베스, 미안해, 내가 너무 늦어서…… 늦어서…….

그 순간 쿡 하고 무엇인가가 목을 찌르는 것 같았다. 살짝 베이고 말았지만, 덕분에 그녀는 겨우 목이 트였다. 그리고 그제야 몸 안을 꽉 메운 무엇인가가 터져 나갔다.

"죄송합니다. 숨을 못 쉬시길래 부득이하게."

옆에 있던 기사가 걱정스러워하며 등을 두드렸다. 온몸을 꽁꽁 감싼 터라 눈에 보이는 곳, 목을 단검으로 아주 살짝 그어 엘레노아가 정신을 차리게 만든 것이다. 고개를 들어 눈으로 인사하면서 그녀는 꺽꺽거리는 숨을 진정하기 위해 애를 썼다.

숨이 가라앉자 분노가 치밀어 올랐다. 뱃속 깊은 곳에서 당겨진 불씨가 점점 덩어리를 키웠다. 용서할 수 없었다. 그녀는 분연히 떨치고 일어났다. 중앙 쪽에서는 이미 전투가 한창이었다. 기사들의 만류를 뿌리치고 벽을 타고 조심조심 전투 중인 곳으로 향했다. 기사들이 마지못해 그녀와 함께 이동했다.

넓은 공간이 보이기 시작했다. 횃불을 여러 개 켜 두어 그쪽은 환했다. 어둠 속에 몸을 숨긴 엘레노아와 기사들은 들키지 않을 만큼 천천히 걸음을 옮겼다.

동굴 안 가장 넓은 공간에 대리석 제단이 하나 있었다. 반들반들 윤이 나도록 잘 관리된 대리석 제단에, 묶여 있는 브리나가 보인다. 그 앞을 가로막고 선 제레미가 절뚝이며 납치범을 상대하고 있고, 세드릭과 단장이 각각 마지막 적을 벤 후 칼에 묻은 피를 털어 내며 제단으로 접근하는 것이 보인다. 기사들이 쓰러진 이들의 생존 여부를 확인하고 산 자를 포박한다.

이 대륙에 마법 마스터는 제레미 하나라고 했으니 저 마법사는 마스터는 아닐 것이다. 그럼에도 제레미가 밀리는 건 제단에 묶인 브리나가 두 사람의 마법에 당하지 않을까 확인하느라 집중이 흐트러진 탓이다. 기어이 제단 위를 차지한 마법사가 씩 웃으며 쓰러진 제레미를 발로 밟고는 제단 앞에 방어 마법을 시전한다. 단장이 달려가 기를 모아 검을 내리쳐 보지만, 보이지 않는 유리벽이라도 세워진 듯 기기긱 하는 날카로운 마찰음만 난다.

"너, 거기 금발. 여기에서 네가 제일 높은가 본데. 어차피 나도 양보할 생각이 없고 너도 양보할 생각은 없으니 적당히 타협해 보지. 네가 둘 중 하나를 골라, 남는 쪽을 내가 갖지."

"……갖는다는 건, 죽이겠다는 의미인가?"

세드릭이 덤덤하게 묻는 것이 보인다. 군데군데 타들어 간 외투 사이로 긁히고 우그러진 갑옷에 심장이 덜컹 내려앉는데, 서서히 걸어가는 모습을 보니 다친 데는 없어 보인다.

"그래. 네가 이 마법사를 선택하면 나는 이년을 죽일 거야. 네가 이년을 선택하면, 나는 마법사를 죽일 거다. 자비롭지? 무려 선택할 권리를 주는 거라고."

"안 돼요, 전ㅎ…… 세드릭 님!"

"오호, 당신이 황태자 전하인가? 살다 살다 거물을 다 만나 보네?"

제레미가 얼른 삼킨 말을 마법사가 기어이 눈치채고 만다. 단장이 검 손잡이를 고쳐 잡는다. 세드릭의 눈빛이 흔들리는 것이 먼발치에서도 보인다.

"안 돼요, 전하! 레이디 사운더스가 죽으면 저도 죽을 겁니다!"

"이게 어디서 협박질이야?"

핀잔을 주는 세드릭의 말에 웃음기가 감돈다. 그러나 거기에 섞인 일말의 망설임은 모두가 눈치채고 말았다.

"고민되나 보지? 자, 결정하라고. 나는 어느 쪽이든 괜찮아. 내 목표는 앞으로 여자 하나거든? 네가 이놈을 고른다면 나는 이 여자를 죽이는 걸로 목표 달성이야. 네가 이 여자를 고른다면, 나는 이놈을 제거해 제일 강한 마법사가 될 수 있지. 자, 골라. 어느 쪽을 데려갈 거지?"

이대로 브리나를 내주면 제레미는 풀려난다. 인질을 신경 쓰지 않고 공격하면, 제레미가 있으니까 저 마법사는 금세 잡을 수 있다. 하지만 그렇다면 바로 코앞에서 브리나는 죽고 만다. 물론 황태자 세드릭이라면 자신의 보좌이자 대마법사인 제레미를 선택할 수밖에 없다. 그것을 알기에 브리나의 눈동자에 절망이 스친다.

“참고로 말이야, 제물은 산 채로 심장을 도려내지. 오늘이 그믐이 아닌 게 아쉽지만. 아아, 그러고 보니 내장을 처리할 놈들도 다 쓰러져 버렸군. 할 수 없지. 내가 알아서 다 처리해 줄게. 영광인 줄 알아.”

한쪽 입꼬리만 올려 웃은 마법사가 단검을 쥔 손으로 브리나의 뺨을 툭툭 친다. 새하얗게 질린 브리나가 이를 악물고 눈을 부릅뜨자 눈물이 주륵 흘러내린다.

“……내장을 처리한다는 건 무슨 뜻이지?”

“흠, 이년만 죽이면 끝이니 오늘만 특별히 대답해 주지. 저놈들에게 줬다. ……처음만 힘들지, 나중엔 서로 갖겠다고 난리던데?”

엘레노아의 옆에 서 있던 기사가 자기도 모르게 입을 막는다. 그녀는 이에 힘을 주고 버틴 후, 기사들에게 속삭였다.

“횃불을 다 꺼야겠어요.”

의도는 알 수 없었지만 못 할 일도 아니라, 기사들은 고개를 끄덕이고 횃불을 끄기 위해 어둠 속으로 흩어졌다. 그사이 좀처럼 결정하지 못하는 세드릭의 담담한 얼굴이 확실히 눈에 들어온다. 온갖 계산을 다 하고, 온갖 생각을 다 하고 있겠지, 둘 다 살리기 위해. 엘레노아는 씩 웃었다.

횃불을 다 끄고 돌아온 기사들에게 안심하라고 속삭인 후, 그녀는 제단으로 접근했다. 그늘을 골라 소리 없이 다가가, 제단 가까이에 놓은 횃불을 낚아채 벗은 외투로 덮고 바닥에 엎드렸다. 제단과 벽 사이 움푹 팬 공간이 있었다. 제레미를 밟느라 뒤를 제대로 돌아볼 수 없는 마법사의 사각지대, 눈 밝은 엘레노아가 발견한 공간.

반사적으로 사람들이 돌아보는 기척이 났지만, 밝던 곳이 갑자기 어두워진 터라 다들 제대로 분간하지 못했는지 다시 시선을 돌린다. 엘레노아는 조용히 숨을 조절하며 준비해 온 단검을 하나 꺼내 불 꺼진 횃불의 검댕을 날에 발랐다.

침을 꿀꺽 삼키고 고개를 들자, 저쪽에서 정확히 그녀를 바라보는 세드릭이 보인다. 쉿. 손가락을 입술 위에 세우고 웃은 그녀는 다른 손으로 단검을 들어 제단을 가리켰다. 스치는 눈빛에서 대답을 읽어 내고, 오른손으로 단검을 고쳐 잡았다. 다친 게 왼팔이라 천만다행이었다.

세드릭이 느긋한 척 마법사에게 말을 건다.

"결정하는 건 하는 건데, 어떻게 그렇게 사람들을 부려 먹은 거지? 나도 한 수 배우고 싶군."

"흥, 세상 어딜 가든 구박덩어리들은 있기 마련이지. 그 구박덩어리에겐 삶의 목표 비스무리한 것만 던져 줘도 이거구나 하고 따라오게 되어 있어. 머리는 없지 않지만, 너무 오래 굶주려서 사고가 마비되었기 때문이지. 그중에서 야망이 있는 놈들만 골라내면 돼. 그럼 뭘 시켜도 하니까. 자, 생각할 시간은 이제 충분했지? 결정했나? 이 계집인지, 이 병신 같은 마법사 놈인지."

"그래, 결정했다. ……난 내 것을 빼앗길 만큼 멍청하지 않아. 빼앗기는 것도 모를 정도로 병신 같지도 않고."

세드릭이 웃으며 바람처럼 놈에게 달려들었다.

앗, 하고 당황한 마법사가 돌아봤을 때는 이미 가슴을 베인 후였다. 동요로 마나가 흩어져 약해진 방어 마법을 그의 검기가 깨부수고 들어간 것이다. 쿨럭, 피를 토하며 마법사가 비틀거릴 때 세드릭은 냉정한 눈빛으로 놈의 허벅지를 벴다. 도망치지 못하도록, 마법을 쓸 정신을 차리지 못하도록.

그사이 엘레노아는 브리나와 제단을 벗어났다. 세드릭이 시간을 끄는 동안 그녀가 브리나의 몸에 감겨 있던 로프를 모조리 잘라 내고 일으켜 도망쳤던 것이다. 단장이 쓰러지기 일보 직전인 브리나를 부축하러 달려왔다. 브리나의 뒷모습을 확인한 제레미가 바닥에 엎드린 채 주문을 외웠다. 하녀장에게 공격했던 것보다 몇 배는 큰 파이어볼이 만들어지고, 세드릭이 다시 검을 들어 놈의 심장을 겨눌 때, 브리나를 단장에게 넘긴 엘레노아가 외쳤다.

"지금 죽이면 안 돼요! 베스가 어떻게 된 건지 확인할 수가 없다고!"

세드릭이 멈칫하며 그녀를 돌아본다. 엘레노아는 결연하게 버티고 서서 외쳤다.

"저놈이 피해자들을 어떻게 죽였는지 샅샅이 알아낸 뒤에, 저 미라들에 대한 대가를 치르게 해 줘요. 피해자들의 가족이 모두 저놈을 볼 수 있게, 공개적으로 죽도록, 가장 괴롭게 죽도록, 가장 무거운 형벌을 받게 해 줘요! 저딴…… 저딴 새끼 때문에 당신 칼을 더럽히지 말아요."

분노로 부들부들 떨면서도 그것을 참으며 하는 말에, 세드릭은 한참 동안 그녀의 눈을 바라보았다. 그녀는 꿋꿋하게 그의 시선을 받아 내며 로프를 건넸다.

"마음 약하기는."

키득키득 마법사가 웃는 소리가 나자 세드릭이 군홧발로 얼굴을 걷어찬 뒤 로프를 제레미에게 던진다.

"칼은 안 돼도 신발은 괜찮겠지. 제레미, 포박하고 입 막아. 아, 상처도 치료해 놔. 지금 죽으면 곤란하니까."

"……아주 좋은 게 있죠. 내 입을 막았던 이 벽조목 방성구. 효과가 어찌나 좋던지. 네가 한번 당해 봐, 이 개새끼야."

망설이던 제레미가 파이어볼을 없앤 뒤 이를 갈며 주머니에서 나무 방성구를 꺼낸다. 팔과 다리를 묶고 방성구를 채우는 손길이 몹시 거칠다. 주문을 외워 흐르던 피가 멈춘 것을 확인한 제레미가 싸늘하게 보고했다.

"피는 멈추게 했지만, 고통은 남겨 놨습니다."

상처를 확인한 세드릭이 뒤를 돌아보자, 기사 하나가 놈을 어깨에 짊어지고 걷기 시작했다. 제레미는 절뚝이며 그 뒤를 따랐다. 세드릭이 엘레노아에게 다가왔다. 그는 그녀의 어깨에 팔을 감고 동굴을 벗어나려 했지만 그녀는 고개를 젓고 손가락을 들어 올렸다.

"저기, 미라 더미가 있어요."

"찾아보려고?"

"……흔적이라도."

"그래."

그들은 함께 미라의 산으로 다가갔다. 다시 봐도 경악할 만한 모습이었다. 잠시 침묵하며 미라들을 바라보던 세드릭이 나서서 가장 위에 쌓인 미라를 조심스럽게 내려 주었다. 곧 기사들이 몰려들어 그를 만류하고, 앞장서서 미라들을 하나하나 동굴 바닥에 늘어놓았다.

밤의 장미들, 외로운 여자들, 가난한 여자들, 평범한 여자들, 부잣집 여자들, 귀족 집안 여자들……. 구원받지 못하고 스러져 간 여자들이 하나하나 동굴 바닥에 누웠다. 동굴 안은 곧 비탄으로 가득 찼다. 이 정도일 줄이야. 기사들이 머리를 절레절레 저었다.

"……잠깐, 잠깐만……."

"엘레노아?"

"그, 그거……. 그, 그 팔찌……."

엘레노아는 비틀비틀 걸어 막 내려진 미라에 다가갔다. 세드릭이 다급히 따라와, 팔찌를 확인하고 주저앉으려는 그녀를 뒤에서 끌어안았다.

"베스 거……. 내, 내가 처음, 배 타고 사다 준……. 싸구려인데도, 그, 그것만 있으면 내가 무사 귀환한다고……."

"엘레노아."

"베, 베스 거야……."

드디어 눈물이 터졌다. 엘레노아는 세드릭에게 매달려 울었다. 그녀의 울음은 온 동굴에 퍼져, 마치 동굴 전체가 슬피 우는 것만 같았다. 그리고 그는 진정할 때까지 말없이 그녀를 끌어안아 주었다.

울다 울다 눈을 떠 보니 세드릭의 침실이었다. 무언가 손에 잡혀 들어 보니 그것이 베스의 팔찌여서 엘레노아는 침대에 누운 채 또 울었다. 그만 울어야겠다는 생각조차 하지 못하고 내내 울었다. 그리고 부모님께 이 사실을 알려야 한다는 사실에 또 울었다.

아무도 그녀에게 그만 울라고 하지 않았다. 방을 드나들며 신경을 써 주던 안나도, 다른 시녀들도 협탁의 물을 갈아 주고, 손수건을 바꿔 줄지언정 울지 말라고는 하지 않았다. 누굴 신경 쓸 여력이 있는 것도 아니어서, 그녀는 침대에 누운 채 하염없이 울었다.

이제 이 세상에 언니가 없다는 것을 인정해야만 했다.

16
추측과 파악

"이제 그만 울었으면 좋겠는데."

무엇이 마음에 안 들었는지 삐딱하게 앉은 황태자 세드릭이 중얼거린다. 그 말에 방 안에 있던 제레미와, 제레미의 일이 지나치게 많을 때 동원되는 백합 기사단의 단장 및 부단장과 몇몇 기사들의 시선이 모두 그들의 주인에게 꽂힌다. 심기가 불편해 보이는 그가 눈썹을 까딱하며 묻는다.

"왜, 뭐."

침묵을 견디지 못하고 제레미가 나섰다.

"아니 뭐, 그냥……. 인간도 아니라는 생각을 잠시 했을 뿐이에요."

빠악. 기어이 얻어맞은 제레미의 입이 삐죽 튀어나온다. 평소보다 엄청나게 더 아프다. 잠깐 사이에 제레미의 뒤통수를 때리고 자리로 돌아온 세드릭은 다시 삐딱하게 앉더니 물컵의 테두리를 손끝으로 문지르기 시작한다.

"그렇게 우는 건 보고 싶지 않단 말이다."

"……정작 하룻밤 내내 울리던 사람은 누구시더라."

황태자 전하의 밤일 같은 건 알음알음 새어 나가기 마련이다. 여태 드라이하고 산뜻한 관계를 즐기던 전하의 끈적끈적 강렬하고 진한 하룻밤은 이미 시녀와 귀족들 사이에 센세이션이었다. '그런 섹스 나도 할 수 있는데, 하고 싶은데!' 하는 아가씨들의 원성도 자자했다. 제레미의 말 때문에 감히 전하의 성생활을 떠올려 버린 기사들은 저마다 흠흠 헛기침을 하며 일에 몰두하는 척했다. 그러나 정작 남에게 보이는 것이 생활인 전하는 아무렇지 않게 대답한다.

"내가 울려서 우는 건 괜찮아. 다른 것 때문에 우는 게 싫은 거지. 그리고 무엇보다…… 울 일이 아닌 것 같단 말이야."

"세상에. 친언니가 죽은 게 울 일이 아니면 언제 울란 말씀이세요?!"

제레미의 경악에 몇몇 기사들이 끄덕이며 동조한다. 다시 세드릭의 눈썹이 꿈틀거리는데, 제레미가 얻어맞을 위기를 단장이 나서서 막아 준다.

"아무래도 상황이 수상하다는 말씀이시죠. 저도 그렇게 생각합니다."

"뭐가요?"

"……제레미. 넌 머리가 없어?"

기어이 핀잔이 이어진다. 으아니, 전하! 말을 해야 알죠! 제레미는 주위를 둘러보며 눈빛으로 다른 기사들의 동의를 구한다. 평소라면 세드릭과 둘뿐이기에 내 편인 사람이 없지만, 오늘만큼은 든든한 내 편들이 있는 것이다. 비록 권력에서는 매우 밀리는 사람들이지만, 이해를 못한 것은 마찬가지라 몇몇 기사들이 동조의 눈빛을 보낸다.

그것을 알아챈 세드릭이 혀를 차고 단장에게 눈치를 준다. 단장이 서둘러 기사들을 몰아 밖으로 내보내 문을 지키게 한 뒤 문 근처에 선다. 제레미도 중얼중얼 주문을 외워 대화가 새어 나가지 않도록 소리를 차단한다. 곧 세드릭이 입을 열었다.

"잘 들어. 시체를 굳이 미라로 만든 건 냄새 때문이야. 처분하기도 어려운 데다 그냥 쌓아 두면 냄새가 고약했을 테니까. 동굴이니 그 많은 시체를 태우기도 힘들었겠지. 마침 그 동굴은 석회 동굴이라, 시체를 불로 한 번 그을린 뒤 동굴 안 석회 물에 담그고, 시간을 단축하기 위해 중간중간 마법까지 총동원해서 차근차근 미라로 만든 걸로 보여. 그런데 그 싸구려 팔찌가 불에도 녹지 않고 석회 물에 상하지도 않고 원형을 유지한다는 거, 이상하지 않아?"

"어라? 그러게요? 보석이라 그런가요?"

"보석도 타. 하다못해 그을리기라도 한다고. 그런데 그 팔찌는 보석도 아닌 데다 심지어 실로 이은 거야. 그게 삭지도 않고 타지도 않고 멀쩡하다는 게 이해가 돼?"

"그러면……. 어떻게 된 거죠?"

제레미가 어리둥절해하며 고개를 기울인다. 세드릭의 관자놀이에 핏줄이 설 무렵 단장이 나서서 이번에도 제레미를 막아 준다.

"저는 팔찌는 미처 생각하지 못했습니다만, 한 가지는 이상하다고 생각했습니다. 이전의 니이만 백작가의 화재 사건 때, 사이먼 양은 집사장이 언니를 닮은 그녀의 얼굴을 낯익다고 말했다고 이야기했지요. 그런데 '세상의 모든 인연'이 니이만 백작가를 나온 건 엘리자베스 양이 납치되기 이전입니다. 시기가 맞지 않더군요."

"그래. 그것도 수상하다고 생각했지. 다른 납치 사건은 여지없이 딱 떨어지는데, 이상하게 엘리자베스만큼은 엇나가는 게 많단 말이야……."

제레미는 눈을 굴렸다. 왠지 따돌림을 당하는 기분이 든 것이다.
“그래서 결론은 뭔가요?”
“……넌 꼭 모든 걸 숟가락에 떠서 입에 처넣어 줘야 이해하는군.”
노골적으로 한심함이 담긴 세드릭의 말에 제레미가 발끈했다.
“사, 사이먼 양에게도 그러시잖아요!”
“무슨 소리야?”
“사이먼 양에게는 다 알려 주시면서, 저한테도 조금만 자비를 베풀어 주시면 안 되나요? 예?!”
세드릭이 자리에서 벌떡 일어났다. 단장은 입을 꾹 다물고 외면하는 것으로 제레미에 대한 의리를 지켰다. 이번만큼은 두둔할 가치가 없었던 것이다.
“아, 왜요?!”
“내가 생각하라고 엘레노아를 얼마나 괴롭히고 있는데, 지금 그딴 말이 나와?”
“예? 진짜요? 거짓말이죠?! 아니, 왜?”
놀란 제레미가 단장을 바라보자, 단장이 묵묵히 고개를 끄덕인다.
“허, 말도 안 돼. 왜요? 왜 굳이?”
“데리고 살 거니까.”
“그게 생각하는 거랑 무슨 상관이에요? 데리고 살 거면 오히려 친절해야 하지 않나요?”
제레미가 눈치를 보며 다 기어들어 가는 목소리로 묻는다. 단장을 바라보자 단장 역시 이번엔 어깨를 으쓱한다. 후우, 깊은 한숨을 내쉰 황태자가 자세를 바르게 고쳐 앉고 진지한 눈빛으로 묻는다. 덩달아 제레미가 자세를 바로 한다.

"내가 없을 때 황궁에서 엘레노아의 취급은 어떨 것 같아?"
"그거야 후궁이니까……."
"후궁 아니다."
단호한 말에 두 사람의 눈이 동그랗게 커진다. 잠깐의 침묵 후 단장이 아주 작은 목소리로 확인했다.
"설마, 황태자비로 들이실 생각이십니까?"
"그래."
"언제부터 그런 생각을……?"
단장의 조심스러운 질문에 세드릭은 잠시 생각에 잠겼다.
"처음 안았을 땐 반응이 신선하니 오래 끼고 있겠다 생각했지만, 팔에 상처 났을 때는 속이 좀 쓰리더군. 뭐, 나 때문에 기회를 날렸을 때만 해도 후궁이면 되겠지 했는데, 다치고 서러워하면서도 내게 근거지를 알려 주러 왔을 땐 후궁으론 안 되겠구나 했지. ……게다가 먼저 선을 넘어 다가와 주었어. 나도 엄두가 안 나서 먼저 못 했는데 말이야."
솔직한 고백에 제레미가 볼을 붉힌다. 레번드 단장도 빙긋 웃는다. 미소 지으며 만남을 회상하던 세드릭이 문득 주의를 환기하고는 미소를 거두고 정색한다. 나름 부끄러운 것이다.
"어쨌든 그 방법은 차치하고, 내가 없을 때 엘레노아의 취급은 어떨 것 같아?"
"그거야, 개판이겠죠. 무시하고, 옷에 뭐 흘리고, 발 걸고 때리고. 아아, 옛날 생각난다."
자신의 옛일을 떠올린 제레미가 책상에 머리를 박는다. 단장이 동의의 뜻으로 고개를 끄덕이자 세드릭이 낮은 목소리로 말을 잇는다.
"그보다 더할 거야. 넌 내 보좌라고 해서 평민을 벗어난 것은 아니니 잠깐 괴롭히고 말았지만, 그녀는 달라. 나보다 낮다고 생각한 존재가 내 위에 있는 걸 알았을 때, 인간은 누구나 반발하고 질투하고 시기하게 되어 있어. 귀족들의 반응은 심각하겠지. 물론 그녀를 최대한 숨겨 줄 수는 있지만, 평생 숨기기는 어려워. 그리고 어디에 선가는 귀족이나 사교계에 대한 그녀의 지식 부족이 드러날 거야. 안 그런가?"

"그렇죠……. 전하가 온종일 붙어 계실 수도 없으니까요."

"그래. 그때 엘레노아가 대적할 방법은 두 가지야. 한 가지는 그녀에게만 충성하는 시녀들과 기사들. 그리고 다른 한 가지는, 생각하는 힘이다."

"아……."

"제레미, 이제 이해가 가나? 시녀와 기사 들은 기르면 돼. 하지만 생각하는 힘만큼은 하루아침에 길러지지 않지. 반복해서 훈련하고 연습해야 해. 그래야만 저 음흉하고 능글맞고 거친 귀족들 틈바구니에서 살아남을 수 있어. 그들의 의도는 무엇인지, 어떤 관계의 사람들이 이러는지, 그렇다면 내가 어떻게 대응해야 할 것인지."

"하지만 연습한다고 귀족들에 대응할 수 있을까요? 그게 본능적으로 밴 사람들인데."

"본능적인 판단은 그녀도 해. 자신에게 호의적인 사람을 귀신같이 찾아내니까. 상인 기질이 꽤나 유용할 거야. 거기에 생각하는 힘이 합쳐지면, 초반 고비만 잘 넘기면 적응은 생각보다 빠를 거다. 그런데, 뭐? 떠먹여 줘?"

으르렁대는 세드릭을 보며 제레미는 이번엔 피하지도 않고 감탄한다.

"근데 전하, 엘레노아 양 정말 좋아하시나 봐요. 이렇게 진지하게 생각하시는 거 오랜만에 봐요. ……그랬지, 우리 전하 머리 좋은 분이셨지. 잠깐 잊고 있었어요."

세드릭이 한쪽 입꼬리만 들어 올려 씩 웃었다. 아, 이거 위험하다. 단장과 제레미는 바로 깨달았다. 단장은 다시 고개를 돌렸고, 제레미는 이번만큼은 군소리 없이 맞았다. 위험한 발언 한 것 맞다고 스스로 반성하면서.

"그럼요, 전하. 엘리자베스 양으로 돌아가서요. 그 아가씨 납치만 수상한 데가 많은 거죠? 흠, 혹시 같은 패거리라든가? 아니면…… 다르게 죽었다든가? 으음."

"근거 없이 막 내뱉다가 또 맞으면 안 좋은 머리가 좋아지기라도 하냐?"

"으으, 알았어요, 알았어. 흠. 으으음. 흠. 모르겠습니다."

산뜻한 얼굴로 선언하는 제레미를 보는 두 사람의 입에서 한숨이 절로 나온다.

"그래, 다 떠먹여 줘야 제레미지. 이러니 네가 데이트도 못 하는 거다. 사운더스 백작이 두 눈 뜨고 있는데, 정문으로 가 봐야 꺼지라는 소리밖에 더 나오겠어? 그런데 왜 꼭 정문으로 가는 거야? 이 요령 없는 놈."

"아니, 뭐, 그, 어? 어어?! 전하? 전하가 그걸 어떻게?! ……잠깐, 알면 좀 도와주세요, 전하!"

죽을 뻔한 거 살려 놨더니 뻔뻔해지기로 작정했나. 눈을 휘둥그렇게 뜨고 끈질기게 조르는 제레미를 바라보며 세드릭은 고개를 절레절레 저었다.

조르고 조르다 기어이 꿀밤을 맞고 울상으로 자리로 돌아가는 제레미를 뒤로한 채 그는 잠시 생각에 잠겼다. 분위기를 살핀 단장이 문을 열고 다시 기사들을 불러들인다. 제레미가 얼른 마법을 거둔다. 기사들은 몹시 궁금한 눈치였지만 물어볼 사안이 아닌 듯해 어쩔 수 없이 하던 일을 마저 한다. 금세 넓은 집무실 여기저기가 늘어놓은 서류로 뒤덮인다.

한참 만에 세드릭이 눈을 떴다. 파란 눈동자가 눈부시게 빛나고, 창을 넘어 들어온 햇살에 황금빛 머리카락이 반짝반짝 빛을 뿌린다.

"요나단."

"예, 전하."

단장이 손에 들고 있던 서류를 내려놓고 곧장 그의 책상 앞에 무릎을 꿇는다. 세드릭은 의자에서 일어나, 천천히 책상을 돌아 단장 앞으로 걸어간다. 역광을 받은 요나단의 주인은 싱긋 웃으며 그에게 묻는다.

"요나단. 날 믿나?"

"믿습니다."

"그렇다면 괜찮겠지."

전하가 뭘 하시려는 걸까. 어쩐지 심상치 않은 분위기다. 제레미도, 다른 기사들도 숨을 멈추고 그들을 지켜본다. 왜 저러시는 걸까. 인상을 쓰며 노려보던 이들은, 퍽 소리가 나자 기겁을 하고 말았다.

"전하!"

"단장님!"

부복하고 앉은 요나단이 세운 다리, 그쪽 발목을 세드릭이 발로 찬 것이다. 요나단은 피하지도, 기를 운용해 스스로를 보호하지도 않았다. 고통으로 순식간에 땀이 배어 나왔지만, 그는 꿋꿋하게 세드릭의 앞에서 자세를 유지하고 있었다.

"요나단. 아프지?"

"괜찮습니다."

"왜, 아프잖아."

"……예, 아픕니다."

"그래, 요나단. 얼마 전 마법사를 쫓다가 발목을 접질려 버렸네. 아픈 것도 모르고 뛰어다니다가 상처가 덧나 버리기까지 했어. 그렇지?"

"예, 그렇습니다."

"쉬어야겠네?"

"전하……."

"한 달은 너무 길고, 2주는 너무 짧군. 그래, 3주 하자. 휴가 겸 근신. 집에서 한 발자국도 나오지 마. 그리고 다친 건 너의 실수니까 사용인들 부려 먹지 말고, 꼭 간병이 필요하다면 그 외의 사람을 시키도록 해. 많잖아? 아버지라든가, 어머니라든가."

저 이상한 명령은 대체 뭔가 싶었다. 죽어야 은퇴인 귀족가에서, 생전에 작위를 물려주고 전국 맛집 투어 중인 특이하기 이를 데 없는 전 레번드 후작 부부를 뻔히 아실 텐데. 게다가 집에 있다 한들 직접 간병할 귀족들이 아니다. 가면 갈수록 이상한 세드릭의 말에 제레미와 기사들의 얼굴이 울상이 된다. 하지만 식은땀을 흘리면서도 요나단은 고개를 깊이 숙인다.

"예, 전하. 분부대로 하겠습니다."

"곧 결심할 때가 올 수도 있어. 그때를 놓치지 마라."

"……그때가 온다면 그리하겠습니다."

"좋아, 가 봐."

"예, 전하. 그럼 저는 이만 물러가겠습니다. 3주 후에 뵐 때까지, 안녕히 계십시오."

요나단이 정중히 인사를 하고, 절뚝이는 다리로 뒷걸음질 쳐 물러나는 모습을 보면서 제레미는 속으로 외쳤다. 테브스란 국민 여러분, 드디어 우리 전하가 미친 것 같아요. 어떡하죠? 입을 벙긋벙긋하는 제레미를 눈치챈 세드릭이 홱 돌아서서 생긋 웃는다.

"제레미. 넌 따로 할 일이 있다."

"예? ……잠깐만요. 저 지금도 일 많거든요? 오늘 기사들 동원할 정도로 일 많은 거 아시잖아요? 예?"

"칸디루 알아내라고 명령한 게 언제였더라?"

"어, 물고기라는 건 알아냈잖아요! 그 이상은 기록도 없는 걸 어떻게 알아내요?!"

달성하지 못했던 명령을 들먹이자 제레미가 식겁한다. 그러나 세드릭은 눈도 깜짝하지 않고 채찍질 후 당근을 던진다.

"잘하면 데이트 신청하게 도와줄 수도 있고."

"전하, 무슨 일이든 시켜만 주십시오!"

말이 끝나기 무섭게 냉큼 달려와 넙죽 엎드리는 제레미를 보며 기사들 사이에서 풋 하고 웃음이 터졌다.

"넌 지금부터 도서관을 모조리 뒤져서, 그 정신병자 같은 노래의 기록을 모조리 찾아내. 아, 그 김에 칸디루에 대한 것도 함께 찾으면 되겠네."

제레미의 얼굴이 파랗게 질렸다.

"전하? 설마, 설마, 황궁 도서관 말씀하시는 거 아니죠? 황태자궁 도서관 말씀하시는 거죠?"

그 파랗게 질린 얼굴에 만족하며, 세드릭은 이전부터 연습해 온 우아한 미소를 지었다.

"아니, 둘 다."

요나단이 섬기는 세드릭 전하는 어릴 때부터 얄미운 데가 있었다. 아들이면 황태자라고, 나기 전부터 점 찍힌 그는 평생 감기 한 번 걸리지 않을 만큼 튼튼한 몸을 가지고 태어났다. 절세미인으로 유명한 황후의 외모를 고대로 물려받아 아름답기도 했다. 몸이 약했던 황후는 곧 세상을 떴지만, 어미를 빼닮은 외모 덕에 발타잘 황제는 자신의 큰아들을 무척이나 사랑했다. 오죽하면 세드릭 전하가 열다섯 살이 되기 전까지 다른 여자는 가까이하지도 않았을까. 심지어 일찍이 어미를 잃은 어린 것이 가엽다고 끼고돌며 데리고 자기까지 해, 그의 숙부들은 울며 황태자 시해 계획을 접어야 했다.

어머니의 부재를 느낄 수도 없이 애정을 듬뿍 받으며 성장한 세드릭 전하는 자신의 외모가 끼치는 영향력을 너무나 잘 알고 있었다. 보송보송 발그레 통통한 볼, 빛나는 금발, 친가에서 물려받은 균형 잡힌 골격이며 또래보다 머리 하나는 더 큰 키. 무엇보다 호수 같은 새파란 눈동자가 상대를 직시하며 반짝일 때 넘어가지 않는 사람은 아무도 없었다. 폐하조차 넋이 나가 우리 아들—우리 태자가 아니다—을 외치며 끌어안을 지경이었으니, 그 귀여움을 거부할 수 있는 사람은 아무도 없었다. 아이다운 고집은 있었지만 그렇다고 막무가내 떼쟁이도 아니었던 터라 온 황궁의 관심은 어린 세드릭에게 집중되었다.

게다가 이 세드릭 전하는 머리도 좋았다. 입이 트이자 폐하는 최고의 선생들을 불러 모아 전하에게 붙여 주었는데, 그는 수준 높은 수업들을 어렵지 않게, 심지어 성실하게 따라갔다. 이렇게 완벽한 전하가 세상 어디 있을까. 그를 섬기는 시녀들의 콧대는 매일매일 높아지고, 귀족들은 자기 아이들에게 '전하처럼 좀 해 봐!' 하고 닦달하곤 했다. 전하는 그 또래 아이들의 공공의 적이었다. 그들은 자신이 아카데미에 입학했을 때 전하와 함께 수업을 받게 되길 고대하면서도 두려워했다.

본래 테브스란가는 타고난 무인 집안이었지만, 전쟁과 분란 없는 세월이 이어지던 중이라 발타잘 황제는 아들을 아카데미로 보냈다. 그런데 세드릭 전하는 다 아는 지루한 수업 내용을 굳이 들을 필요가 없다고 판단, 아버지의 무릎에 매달려 그 파란 눈을 빛내며 '저는 폐하처럼 멋진 검사가 되고 싶어요. 폐하가 검을 배웠던 기사단에 들어갈래요.' 라고 졸랐다. 아버지의 뽀뽀를 온 얼굴로 받아 낸 세드릭 전하는 그날로 기사단에 입단했다.

당시 '운동이 좋니, 글이 좋니?' 하는 어머니의 물음에 '운동이요.' 라고 대답했다가 아카데미 문턱도 못 밟아 보고 기사단에 입단해 있던 요나단이 보기에도 세드릭 전하는 얄미운 데가 많았다. 아카데미가 아닌 기사단에 아들을 입단시킨 레번드 후작 부부도 기인이었지만, 자진해서 기사단에 입단한 세드릭 전하는 본인이 기인이었다.

별 노력 없이 목표치를 달성하고, 어렵지 않게 새로운 기술을 익히고, 동갑내기들이 나가떨어질 때 숨소리조차 흐트러지지 않은 그가 '이게 힘들어?' 하듯 주위를 둘러볼 때는 그 요나단마저 전하를 쥐어박고 싶었다. 지위도 깡패였지만 실력도 깡패라, 기사단 사람들은 반년 만에 어화둥둥 우리 전하를 연호했다. 요나단은 또래 중 1위를 빼앗긴 것은 원통하지 않았지만, '이게 힘들어?' 하는 시선만큼은 싫었다.

하지만 전하는 눈도 깜짝하지 않았다. 수작이라도 부리듯 치근치근 요나단에게 들러붙고, 뻔히 아는 것을 두고도 이게 뭐야 저게 뭐야 일부러 말을 붙이기도 했다. 요나단보다 어린 높으신 분이라 밀어낼 수도 없어 그의 스트레스가 심해질 무렵, 저녁 식사 시간에 전하가 단장에게 말을 툭 던졌다.

"단장님, 오늘은 혼자 자고 싶습니다."

여태 투정 한 번, 반발 한 번 없던 열두 살 전하의 요구다. 아무리 엄한 단장님이라도 거절은 쉽지 않은 듯했다. 결국 취침 시간이 되자 같은 방을 쓰던 아이들이 투덜투덜 짐을 옮겼다. 고집을 부리는 전하가 낯설어 요나단은 저도 모르게 미적미적했는데, 그런 그를 빤히 바라보며 세드릭 전하가 물었다.

"요나단. 기사가 뭐라고 생각해?"

"……지키는 존재라고 생각합니다."

"무엇을?"

"사람에 따라 다르지 않겠습니까. 가족일 수도 있고, 애인일 수도 있고, 나라일 수도 있고, 자기 자신일 수도 있고."

전하가 생긋 웃으며 고개를 끄덕였다.

"응, 나도 그렇게 생각해."

"도와 드릴까요?"

뜬금없이 그런 말이 나온 것은, 혼자 무언가를 준비하는 듯한 전하에게서 느껴진 비장함이 안타까웠기 때문이었다. 전하는 잠시 놀란 듯했지만 피식 웃으며 되물었다.

"무슨 일인 줄 알고?"

"……."

"마음은 고맙지만, 그렇다면 각오하는 게 좋을 거야, 요나단."

"예?"

"정말 나를 도와주고 싶다면, 네가 지키는 대상을 나로 정할 각오 정도는 하고 와. 그렇지 않으면 감당할 수 없을 테니까."

알 수 없는 말에 요나단은 일단 물러났다. 평소에 그토록 싫어했던 꼬맹이인데 그의 말이 귀에 박혀 사라지지 않는 것이 이상했다. 좁은 다른 방에 동기들과 부대끼며 이부자리를 펴고 누운 그는 한참 생각했다. 각오하지 않으면 도울 수 없다는 뜻인가? 어째서? 사람은 원래 도움을 주고받으며 살아가는 것 아니었나? 뒤척이던 그는 기어이 누군가의 핀잔을 듣고 아예 자리에서 일어났다.

식당으로 가 물을 마시고 돌아오는 길에 문이 열린 그들의 방이 보였다. 아깐 닫혀 있었는데 왜 열려 있는 걸까. 의아해하며 다가간 요나단은 상황을 눈치챔과 동시에 전하의 말을 이해했다.

내가 지킬 상대를 전하로 정하고 물러서지 않을 각오.

전하를 지키기 위해 누군가를 베고 죽여도 죄책감을 갖지 않을 각오.

전하를 돕는다는 행위의 무게.

그것은 확실히, 열여섯 살 견습 기사에게는 지나친 무게였다. 열두 살 꼬맹이가 차디찬 눈빛으로 상대를 도륙 내는 것을 보면서, 그리고 창문 너머로 한도 끝도 없이 사람이 몰려오는 것을 보면서 요나단은 눈을 감았다.

전하의 숨소리가 거칠어지기 시작했다.

더 참을 수가 없어 요나단은 눈을 떴다. 최대한 소리를 죽이고 달려 텅 빈 단장의 방으로 가 견습에게는 금지된 진검을 두 자루 챙겼다.

그 무게를 다른 이들에게도 지라고 강요하긴 어려웠다. 결심하는 것은 그 하나면 되었다. 그리고 결심했으니 다른 것은 생각할 필요가 없었다. 요나단은 달렸다. 좁은 방, 한 번에 사람들이 몰려들기 어려운 것이 천만다행이었다. 이만큼 전하가 버틸 수 있었던 것도 좁은 공간 덕분이다. 그는 진검을 뽑아 들고 방 안으로 뛰어들었다.

이후 황태자 전하의 시해를 막았다고 견습을 떼고 진급하게 된 요나단은 어쩐지 찜찜해 전하에게 물었다.

"습격이 있을 거라는 걸 어떻게 아셨습니까?"

"슬슬 때가 됐다고 생각했는데 움직임이 이상하다는 보고가 있었어. 오늘이라는 감이 왔지."

"……감, 입니까?"

어이가 없어 묻자 땀이 잔뜩 솟은 얼굴로 전하는 웃었다.

"요나단, 진짜 내 무기는 외모도 검술도 아닌 감이야. 그리고 그 감에 대한 신뢰와 단서가 완벽하지 않아도 상황을 짜 맞출 수 있는 머리. 덧붙여 모험할 수 있는 대담함."

"그거, 자랑입니까, 진짭니까?"

"진짜라니까."

키득키득 웃은 전하의 뒤를 따르던 요나단은 얼굴을 일그러뜨리며 물었다.

"전하, 혹시나 해서 여쭙는 건데 설마, 제가 갈 걸 믿고 모두를 내보내신 겁니까?"

"이제 알았어?"

"……그렇게 모험하다 죽으면 어쩌시려고요."

"반드시 도와주러 올 거라는 감을 믿었지."

이걸 무모하다고 해야 할지 천진하다고 해야 할지. 요나단은 고개를 절레절레 저었다. 하지만 그 뒤로 5년, 그 감이 절대 틀리지 않는다는 것을 그 눈으로 확인하고 그는 할 말을 잃었다. 그리고 그다음 5년은, 그냥 믿는 게 낫다는 결론을 얻었다. 괜한 자신감이 아니었던 것이다.

다만 난감할 때가 존재했다. 요나단 본인과 관련이 없을 때는 그냥 믿고 시키는 대로 하면 되는데, 종종 요나단 본인과 관련된 일을 시킬 때는 필사적으로 머리를 굴려 그 의중을 파악하지 않으면 일을 그르칠 위기가 생기곤 했던 것이다. 하지만 '왜, 이 정도는 다 알잖아?' 하는 예의 그 눈빛을 받을 때마다 요나단은 새삼 어린 시절의 기억을 떠올리곤 했다.

아까 전하가 자신의 발목을 발로 차는 순간에도, 전하는 그런 눈빛이셨다. 예나 지금이나 얄미우셔. 그리 웃으며 걸음을 옮기는 요나단의 등에 땀이 흥건했다. 발목이 순식간에 부풀어 오르며 열을 내기 시작한다.

전하의 의중을 파악해야 하는데.

귀가하는 마차 안에서 그는 잠시 생각에 잠겼다. 어렴풋이 감이 올 무렵, 평소보다 이른 그의 귀가에 문지기부터 온 집안의 사용인들이 난리법석을 떤다. 그가 절뚝이며 모든 도움을 물리치고 겨우 침실에 누웠을 때, 헐레벌떡 주치의 베델이 달려왔다.

접질린 것이긴 하지만 절대 안정을 취하라는 진단이 내려졌다. 베델이 만든 진통제를 먹고 크고 두꺼운 깃털 베개 위에 발을 올려놓은 요나단은 천장을 올려다보며 생각했다.

전하의 의도가 손에 잡힐 듯 말 듯한데…….

고통 대신 고뇌로 인상을 쓰며 집중할 무렵 노크 소리가 났다. 가볍게 대답하자 집사가 들어와 고개를 숙인다.

"주인님, 드릴 말씀이 있습니다."

"뭐지?"

"실은 베스티 아민 양이 완쾌하여, 주인님께 인사를 드리고 떠나겠다고 며칠을 기다리고 있었습니다. 지금 상황이 좋은 것은 아니지만, 아민 양이 꽤 오랜 시간을 기다린 터라 한번 만나 보심이 어떨까 싶습니다만, 괜찮으시겠습니까?"

'베스티 아민.'

그 갈색 눈동자를 떠올리는 순간 요나단은 가닥을 잡았다. 저도 모르게 빙긋 웃은 그는 고개를 끄덕였다. 집사가 송구하다는 듯 고개를 조아리고는 조심스럽게 물러나 베스티 아민을 데리고 온다.

베스티 아민은 금방이라도 이 집을 떠날 듯 외투를 챙겨 입고 검은 머리카락을 땋아 올려 모자를 쓰고 있었다. 손에는 작은 손가방도 챙겨 들었다. 다소 굳은 미소를 지은 채 집사가 안내하는 대로 요나단의 침실에 들어온다.

그녀의 몸가짐은 귀족의 것과는 달랐지만 상당히 우아했다. 밤의 장미가 아니야. 요나단은 확신하고 누운 채 고개를 끄덕여 인사했다. 남자의 침실이라 머뭇머뭇 들어온 베스티 아민의 시선이 붕대를 둘둘 감아 놓은 그의 발목에 닿았다. 순식간에 갈색 눈이 동그래진다.

"어쩌다 이렇게 다치신 거예요?"

"며칠 전 임무를 수행하다 다쳤는데 통증이 약해 괜찮은 줄만 알았습니다. 그런데 그간 안 아팠던 게 한꺼번에 왔나 봅니다. 오늘은 꽤 아프네요."

"이렇게 부었으니……. 아프셔서 어떡해요."

커다란 눈망울에 눈물이 그렁그렁한다. 그 따스한 갈색 눈동자를 들여다보고 있노라니 어쩐지 없던 장난기가 생겨난다. 요나단은 잠깐 생각하다가 눈짓으로 집사를 내보낸 뒤 조용히 마음을 다잡았다.

"그러게요. 부상이 처음은 아니지만……. 읏."

"의, 의사 선생님을 모셔 올까요?"

"아닙니다, 좀 전에 진통제를 먹었습니다. 후우."

사실은 진통제가 효과가 좋아 아까만큼 아프진 않았다. 그리고 요나단은 본인이 연기를 굉장히 못한다는 것을 새삼 자각했다. 그럼에도 베스티 아민은 걱정 가득한 얼굴로 그의 얼굴과 다리를 번갈아 쳐다보고 있다. 부상의 힘은 위대하군. 속으로 생각한 그는 한탄하듯 입을 열었다.

"그나저나 큰일입니다. 제 부상을 아시고 화가 나신 전하께서 엄명을 내리셨거든요."

"엄명이요?"

"예. 3주 근신 처분을 받았습니다. 그리고 제 실수니까 사용인들의 간병을 받지 말라고."

"예에? 그러면 누가……."

"정 간병이 필요하면 가족들에게 부탁하라고 하시더군요. 하지만 아시다시피 이 집에 사용인이 아닌 사람이 어디 있습니까. 그렇다고 이만한 부상으로 여행 중이신 부모님께 연락을 드리는 것도 불효고. 앞으로 3주 동안 정말 큰일입니다."

"아……?"

일부러 어깨까지 축 늘어뜨리고 한탄하자, 베스티 아민의 눈동자가 사정없이 흔들리기 시작했다. 그녀가 생각하기에도 그 명령은 굉장히 이상하겠지만, 그래도 그게 명령이라는 데 굳이 이의를 제기할 수도 없을 터였다.

더구나 그의 말대로, 사용인을 정말 사용할 수 없는 거라면.

베스티 아민이 강한 여자라는 것은 첫날부터 알고 있었다. 남자에 대한 반사적인 공포를 억지로 억누르고 요나단에게 감사 인사를 하던 그녀, 두려움으로 눈가를 흠뻑 적시면서도 웃으며 말을 붙이던 그녀를 떠올리면 속이 아릿하면서 그 가녀린 어깨를 끌어안아 주고 싶어진다. 하지만 그녀는 마음의 상처를 누구의 도움 없이 스스로 다스린 뒤 자리를 털고 일어났다. 그녀가 가진 본연의 강함은 누구의 개

입도 허락지 않았다. 그렇게 혼자서 아픔을 견딘 끝에 나갈 때가 왔다는 그녀의 결심은 바꾸기가 어려운 일일 것이다.

은인이 다쳐 거동이 불편한 사태가 오지 않는 한은.

전하의 의중을 확신한 요나단은 짐짓 성대한 한숨을 쉬며 이마의 땀을 닦아 냈다. 고통 때문이 아니라, 그녀가 나가 버리면 어쩌나 하는 걱정 때문이었다. 곧 조용하지만 단호하고 상냥한 목소리가 그가 원하는 대답을 내놓았다.

"실례가 되지 않는다면, 제가 간병을 도와 드려도 괜찮을까요?"

요나단의 눈이 번쩍 뜨였다.

"괜찮으십니까? 아까 집사에게 들었습니다만, 나가시려던 게 아니신지……."

"예. 몸이 다 나아서 감사와 하직 인사를 드리러 왔습니다만, 저를 구해 주신 분이 이렇게 아프신데 그걸 외면하고 나가선 안 되는 일이겠지요. 이 저택에서 사용인이 아닌 사람은 저밖에 없기도 하고요. ……제가 더 머무르는 것이 폐가 아니라면, 제가 간병을 맡아도 괜찮을까요?"

조근조근 상냥하고 부드러운 말투에 굳은 결심이 엿보인다. 그녀의 잔잔한 미소를 바라보고 있으려니 가슴 깊은 곳에서 안도가 퍼져 나간다. 그리고 알 수 없는 따스한 감정도 퍼져 나간다.

결정할 때란, 아무래도 이쪽인 걸까.

요나단은 웃으며 고개를 끄덕였다.

"그래 주신다면야, 감사할 따름입니다. 그러면 제 침대 옆에 침대를 준비해 드리면 되겠습니까?"

"예?"

"다른 의도는 아닙니다. 저는 원래 잠을 적게 자고, 새벽에 물을 마시거나 화장실을 가는 습관이 있어서요. 음, 제가 아민 양이 쓰시던 손님방까지 움직일 수가 없으니까요."

반은 장난이지만 반은 멋쩍은 진심이다. 요나단의 얼굴을 빤히 들여다보던 베스티 아민이 입술을 깨문다. 침묵이 길어진다. 정숙한 여인에게 내가 너무 나간 걸까. 그가 속으로 반성하기 시작할 무렵, 가볍게 한숨을 내쉰 베스티 아민이 빙긋 웃는다.

"알겠습니다. 그렇다면 사양하지 않고, 푹신한 침대로 부탁드릴게요."

결심한 이후로는 망설이지 않는 성격이 그와 닮았다. 멋쩍은 진심을 배려하는 답변, 덩달아 장난기 가득한 말투. 요나단은 고개를 끄덕이고 베스티 아민을 바라본다. 그녀도 눈길을 피하지 않고 그를 마주 본다. 그리고 시선이 마주친 두 사람은 피식 웃고 말았다.

앞으로 3주는 그녀를 잡아 둘 수 있다. 그리고 3주 안에, 엘레노아 사이먼이 방문하겠지. 불현듯 떠오른 생각에 요나단은 물었다.

"그런데 한 가지만 여쭙겠습니다. 혹시 엘레노아 사이먼이라는 사람을 아십니까?"

"어……. 사이먼 상단의 따님이신가 봐요."

모른다는 것을 에두른 대답에는 어떠한 기복도 어떠한 떨림도 없었다. 하지만 요나단은 이전에 자신이 '엘리자베스 사이먼'에 대해 물었던 것을 떠올렸다. 그때의 대답은 차치하고서라도, 지금의 대답은 명백히 이상하다. 모른다는 대답도 아니고, 사이먼 집안에 무슨 일이 있느냐는 대답도 아니고, 왜 자꾸 사이먼 집안에 대해 묻느냐는 반문도 아닌 것이다.

이제야 전하의 의중을 모두 파악한 그는 웃으며 고개를 끄덕였다.

"예, 그렇습니다. 아민 양. 죄송한데 물수건을 부탁드려도 되겠습니까? 아까 땀을 많이 흘려서요."

"금방 준비해 드릴게요."

상냥하게 웃은 베스티 아민이 종종걸음으로 침실을 나선다. 그 뒷모습을 바라보던 요나단은 느긋한 마음으로 천장을 올려다보았다.

엘레노아 사이먼 양이 최대한 방문을 늦게 하면 좋겠군. 그런 생각을 하는 그의 얼굴에는 행복한 웃음이 가득했다.

17
재판

드디어 재판이 시작되었다. 돈으로 고용된 자들은 별도로 처리되었고, 아직 취조 중인 마법사를 제외한 나머지 공범들이 모조리 불려 나왔다. 범인들은 조금이라도 자신의 죄를 줄이기 위해 서로의 이름을 대고, 이미 죽은 자의 이름을 대고, 서로를 고발하고, 서로를 비난했다.

귀족은 재판 방청이 가능했는데, 공범들이 귀족가의 서자 서녀 들이다 보니 가해자의 부모와 피해자의 부모가 참관하러 왔다가 방청석에서 마주쳐 서로를 비난하고 따귀를 때리고 결투를 신청하는 일도 비일비재했다. 사건에서 그들이 맡은 일은 마법사가 사주한 대로 여자들을 납치하고 그 뒤처리를 돕는 정도였지만, 재판이 이어질수록 서로에 대한 비난과 억측과 거짓말이 더해진 것이 재판 진행을 어렵게 만들었다.

그리고 무엇보다, 가해자가 귀족가의 서자녀들이라는 것이 문제였다.

가해자가 한둘이라면 처형하거나, 그 집안에서 이리저리 힘을 써 사건 자체를 무마시키겠지만, 연루된 가문이 지나치게 많았다. 게다가 알고 보면 서자가 아니었다더라, 알고 보면 외도해서 낳은 자식인데 그냥 데리고 산 것이었다더라 하는 경우까지 더해서, 재판이 진행될수록 상황은 점점 더 어지러워졌다.

엘레노아는 왼팔의 상처가 다 아물었음에도 아직 황태자궁에 머물고 있었다. 재판을 방청하기 위해서였다. 세드릭은 그녀가 가는 것을 좋아하지 않았지만, 그렇다고 말리지도 않았다. 정 원한다면 보고 와. 그리 말하고 허가증을 써 준 후 그녀를 꼭 안아 준 것이 전부였다.

하지만 제레미는 달랐다. 엘레노아가 저 난장판을 지켜볼 때마다 그녀의 눈 때문에 등골이 오싹했다. 무심한 듯하지만 여전히 분노가 가득하고, 담담하게 지켜보는 것 같으면서도 슬픔이 가득해 짙어진 검은 눈동자를 옆에서 보고 있노라면 등골이 오싹하면서도 애처롭고 안쓰러워 몸 둘 바를 알 수 없어졌던 것이다.

"전하, 전 이제 도저히 같이 못 가겠어요. 게다가 이대로는 일도, 칸디루랑 동요도 해결 못 할 거 같아요."

낮에는 서류 처리, 밤에는 도서관을 파헤치느라 며칠째 잠도 못 잔 제레미가 선언했다. 세드릭은 잠시 고민했지만, 요나단과 제레미가 아니면 안심하고 그녀를 맡길 만한 사람은 존재하지 않는다. 결국 그는 결정을 내렸다.

"엘레노아. 오늘은 재판정에 가지 말고 쉬어."

"어, 나 괜찮은데요. 아픈 데도 없고 멀쩡해요."

"아니, 오늘은 허락할 수 없어. 푹 쉬고 안나와 함께 정원이라도 구경하도록 해. 무엇보다 안나가 하고 싶은 말이 많은 듯하니까 이야기 잘하고."

말을 마친 세드릭은 그녀의 이마에, 두 눈에, 코에, 입에 살짝 입을 맞추었다.

"다녀올게. 느긋하게 쉬고 있어."

"다녀오세요."

씩 웃은 세드릭이 진한 딥 키스를 하고는 기분 좋은 듯 침실을 나선다. 재판 때문에 황태자궁에 머무는 동안 매일 아침 해 온 행위지만 지켜보는 눈이 많다는 게 아무래도 익숙해지질 않는다. 그녀가 상기된 볼을 문지르며 뒤를 돌자, 안나가 서류를 들고 싱글싱글 웃으며 다가온다.

"오늘은 제가 좀 물어볼 게 많아요. 앉아요. 나가서 할 수 있는 이야기는 아니니까."

"네? 네."

시키는 대로 순순히 침실 가운데 테이블 의자에 앉았다. 깃펜과 잉크를 테이블에 올려놓은 안나도 자리에 앉는다.

"엘레노아 사이먼 양. 몇 살?

"어, 스무 살인데요."

"생일은?"

"12월 30일이요."

"가족 관계는 아버지, 어머니, 언니, 본인. 맞나요?"

"예, 맞는데요……."

왜 이런 걸 물어보는지 알 수가 없다. 범죄를 저지른 것도 아닌데 왜 이런 걸 조사받는 걸까. 의아해질 무렵 안나가 진지하게 묻는다.

"월경을 아직 안 한다고 했죠? 집안 여자들이 모두 월경이 늦는 편인가요?"

"그, 그런데요……."

"그래서 이상한 걸 못 느꼈나 봐요? 많이 늦는 편인데. 관계는 전하가 처음인가요?"

"저기, 이런 걸 왜 묻는 거예요?"

빠르게 진행되는 문답에 정신을 못 차리던 엘레노아는 겨우 정신을 붙잡고 물었다. 안나가 눈을 동그랗게 뜨고 되묻는다.

"사이먼 양이 전하하고 관계했으니까 묻죠. 월경은 언제 하는지, 임신 확률은 있는지, 관계한 날은 언제인지, 몇 번이나 했는지. 다 기록해야 하거든요."

"……설마 전하하고 관계한 여자들 모두 다 기록하는 건가요?"

"네."

단호한 대답에 그녀는 할 말을 잃었다. 황태자에겐 사생활이라는 게 없나? 가장 은밀한 부분까지 다 캐물어야 끝나는 건가? 어버버, 어버버, 자신의 상식으로는 이해할 수 없어 입만 뻐끔뻐끔하는 그녀를 두고 안나는 척척 진행해 나간다.

"남자는 전하가 처음인가요? 대답 잘해요. 속일 생각하지 말고. 나중에 걸리면 일가가 몰살되는 수가 있어요."

"처, 처음 맞아요."

"그래요? 흐음, 며칠 전에 했을 때 피가 안 나와서 처음 아닌 줄 알았지."

"처음 했을 땐 나왔……."

"그 처음이 언젠데?"

우와, 미치겠다. 엘레노아는 날짜를 계산하며 속으로 울었다. 오늘만큼은 진심으로 세드릭이 미웠다. 미리 말해 줬으면 마음의 준비라도 하지, 재판도 못 가고 이게 뭐람.

"흠, 그날 몇 번 했나요?"

"……모르겠는데요."

"응?"

"새벽까지 하셔서, 저는 그, 못 셌는데요. 아니, 아예 셀 생각을 못 했는데요."

"어머머, 어머머, 정말 좋았겠다아."

시녀들의 합창이 코러스처럼 깔린다. 이거 언제 끝나. 그녀는 속으로 하염없이 울고 또 울었다. 이런 게 황궁의 삶이라면, 절대 사양이었다.

시녀들에게 시달리는 그녀를 구해 준 것은 의외의 인물이었다. 재판에 증인으로 출두해야 하는 김에 감사 인사를 할 겸 황태자에게 알현 요청을 한 브리나 사운더스가 그의 부탁으로 엘레노아를 찾아온 것이다. 10년 전만 해도 서로를 죽일 듯이 싸웠던 그녀가 어찌나 반갑던지. 안나와의 대화를 어영부영 마무리 짓고, 후다닥 브리나를 쫓아 세드릭의 침실을 나오고 나서야 엘레노아는 안도의 한숨을 내쉬었다.

"주, 죽는 줄 알았다아아아아."

"무슨 일 있었니?"

시녀들이 밤일을 꼬치꼬치 캐묻는 바람에 당황스러워 죽을 뻔했다고는 차마 말할 수가 없었다. 어떻게 말을 할까 우물우물하던 그녀는 결국 설명하기를 포기하고 고개를 저었다.

"묻지 마라. 말하기 힘들다."

"밤일 관련해서 이것저것 물어봤구나?"

이 기집애는 그걸 또 어떻게 아는 거지?! 식겁한 엘레노아가 눈을 휘둥그렇게 뜨고 브리나를 쳐다보자, 그녀가 도도한 미소를 짓는다.

"소문이 자자해. 전하가 처음으로, 아주 열정적으로 밤새워 몇 번

씩이나 평민 여자를 안으셨다지. 여자는 애걸복걸 난리도 아니었다는데, 귀족 영애들은 부러워서 이를 갈더라. 나를 안을 때 그렇게 해 주시지! 하고."

"그, 그, 그런 게 왜…… 왜, 왜 소문이 나는 거야?!"

"전하니까 나지. 황족의 일거수일투족은 관심의 대상이야. 몰랐니?"

"모, 모르지, 나야 일반 평민이니까……."

"그럼 좀 충격이긴 하겠구나."

그런 말을 하면서도 브리나는 아무렇지 않아 보였다. 얼굴을 붉히지도, 민망해하지도 않았다. 이게 대체 어떻게 돌아가는 세상이람. 그녀가 머리를 쥐어 싸고 자리에 주저앉자, 브리나는 구박도 없이 옆에 서서 얌전히 그녀를 기다린다.

"좀? 이게 좀이냐? 이게 어떻게 좀이야? 나랑 세…… 아니, 전하가 몇 번 했는지, 뭘 어떻게 했는지 소문이 다 나는 게 당연한 거야? 잠자리에서 무슨 말을 하는지가 동네방네 알려지는 게 이 동네의 상식인 거야?!"

"어머, 너무 충격받지 말렴. 그 담백하시던 분이, 할 일만 하고 절대 여자 옆에서 안 주무시던 분이 애정을 쏟는 게 보이니까 질투 나서 그러는 거거든. 게다가 그걸 매번 전하께 여쭤 보면, 전하가 종마라도 된 거 같을 거 아니니. 그래서 여자들에게 물어보는 거니 네가 이해하렴."

"……야. 설마 너도 잤냐?"

주저앉은 채 고개만 돌려 브리나를 올려다보는 엘레노아의 눈이 희번덕하다. 브리나는 담담하게 고개를 저었다.

"나에게도 취향이란 게 있거든? 난 나보다 예쁜 남자는 사양이란다."

안심이 되는 한편 가슴이 뜨끔하다. 얼마 전 금발을 땋아 올렸던 세드릭을 떠올린 그녀는 새삼 패배한 기분에 사로잡혀 끙끙댔다. 한참을 기다려도 그녀가 일어나지 않자 브리나가 기어이 핀잔을 준다.

"궁상 그만 떨고 일어나. 나까지 창피하니까. 재판 안 갈 거야? 이러다 늦겠어."

"어? 나 오늘 재판 보지 말고 쉬라고 전하가 그랬는데."

"그 귀족 많은 데에 너 혼자 보내려니 마음에 걸려서 그러신 거야. 내가 간다니까 함께 가 달라고 부탁하셨어. 특히 오늘 그 마법사 재판이 시작되니까."

"……그래, 오늘이었지."

좀 전까지 주저앉아 온갖 삽질을 하던 엘레노아가 입술을 깨물며 자리에서 일어났다. 두 여자의 시선이 맞았다. 결연한 빛을 서로의 눈동자에서 확인하고, 둘은 바짝 긴장한 채 걷기 시작했다.

"그런데 너희 집에서 용케 너를 내보내 줬다? 앞으로 평생 가둬 둘 줄 알았는데."

"증인이니까. 겸사겸사 전하께 알현 신청하러 간다니 오히려 좋아하시던데."

"너희 집도 참……."

"뭘, 새삼스럽게. 대신 경호원을 붙여 주셨으니 그걸로 충분해."

의도적으로 마법사나 사건에 대해서는 배제한 대화가 이어졌다. 재판정에 들어가면 곧 직면할 테니, 굳이 지금부터 떠들고 싶지 않았던 것이다. 그러나 곧 두 사람의 비장한 분위기를 깨부술 사람이 나타났다.

"레에에에이이이이디이이이이 사아아아우우우우운더어어어스스스스스스스!"

레이디 사운더스가 증인으로 참석한다는 말에 다시 재판 가게 해 달라고 졸랐다가 거하게 얻어맞고 몰래 도망 나온 제레미의 새빨간 머리카락이 먼발치로 보인다. 해맑게 웃으며 뛰어오는 그는 동네방네 다 들리게 레이디 사운더스를 외치고, 그것을 확인한 브리나의 얼굴은 제대로 일그러졌다. 그 모습을 본 엘레노아는 뒤돌아서서 풋 하고 웃고 말았다.

마법의 탑에서 나온 사람들이 마법을 봉인했다고 했다. 자해할 수 없도록 온몸에 강화 마법도 걸어 놨다고 했다. 증인으로 대기하는 브리나의 얼굴은 제법 창백했지만, 그 옆에 제레미가 서 있는 것이 묘하게 든든했다. 증인석에 함께 들어갈 수 없었던 브리나의 경호원들은 결국 엘레노아를 지키게 되었다. 그리고 지금 엘레노아가 앉은 방청석에는 피해자 부모인 귀족들이 그녀와 함께 마법사를 지켜보고 있었다.

저놈이 죽어도 내 가족은 돌아오지 않는다는 것은 피해자의 가족들이 가장 잘 알았다. 그래도 저놈이 죽는 것만은 봐야 끝이 날 것 같다는 공통적인 감정으로, 그들은 울분을 삼키며 마법사를 응시했다.

판사와 검사가 입정했다. 변호사는 없었다. 변호하겠다고 나서는 이가 없었던 것이다. 고문으로 바로 넘기지 않고 재판이라도 받게 해주는 걸 감사히 생각하라는 황제 폐하의 분노 가득한 지시로 마법사가 바로 끌려 나왔다. 이런저런 관례상의 절차가 이어질수록 재판정 안에 열기가 더해지고, 여기저기 훌쩍임을 참느라 애를 먹는다. 다행히 모든 귀족 부모가 니이만 백작 부인 같지는 않은 모양이다.

검사가 자리에서 일어나, 마법사 본인과 공범을 취조한 내용, 세드릭이 전달한 그의 악업들을 총합한 서류를 읊기 시작한다.

"이름, 장천명. 희 제국 수도 호현 출신. 나이 스물다섯. 고아, 7클래스의 마법사이며 희 제국의 무술을 두 종류 체득한 것으로 보임. 열여덟에 살인으로 수배자가 됨. 이후 사이먼 상단의 엘리자베스호에 숨어 테브스란에 입국. 노숙자 23명 살해 후 '세상의 모든 인연'이라는 단체를 설립, 마법의 탑에서 도주한 5클래스 마법사 프릭을 꾀어 수장으로 삼고 귀족가의 서자녀들을 규합. 그중 현 황실에 불만이 큰 이들에게 '부녀자 100명을 죽이면 새로운 세상을 열 수 있다'는 유언비어를 흘려 부녀자 납치를 사주. 전국에서 밤의 장미 22명 납치 살해, 평민 부녀자 41명 납치 살해, 귀족 영애 20명 납치 시도, 이 중 중앙군이 루앙 남작의 딸을 구출하였고 황태자 전하가 사운더스 백작의 딸과 케이틀린 자작의 딸을 구출하여 총 17명 살해. 밤의 장미의 경우 가명으로 불러내 납치하는 방법을 사용하였으며, 평민 부녀자 납치 과정에서 목요일 새벽 1시에서 3시 사이로 시간대를 고정. 목요일인 것은 특별히 이유가 있어서가 아니라 사주한 이들에게 믿음을 주기 위해 말을 만들어 낸 것으로 추측. 새벽 1시에서 3시로 시간을 고정한 건 요일과 같은 이유로 동양의 시간 개념을 빌려 온 것으로 추측. 귀족 영애의 경우 파티장에 경비로 잠입하여 납치. 납치 후 트라비 거리의 '토마스의 시계' 가게 지하에 자연적으로 조성된 석회 동굴에 감금, 매달 그믐을 기다려, 그믐날 새벽 산 채로 가슴을 갈라 심장을 꺼내 자신이 섭취하고, 내장을 빼내 공범들에게 식인을 강요함. 공범 의식을 강화하기 위한 행위로 보임. 살해 후 시체를 불에 그슬리고, 마법으로 수분을 완전히 제거한 뒤 동굴 안 석회물에 담그는 방법을 반복하여 미라화함. 발견된 미라는 총 76구."

검사의 목소리가 군데군데 흔들렸다. 방청석 여기저기에서 여자들의 가녀린 비명이 울렸다. 훌쩍이는 울음소리도 커졌다. 남자들도 시뻘게진 눈으로 마법사 장천명을 노려본다.

엘레노아는 잠시 입술을 깨물었다. 죽은 여자들은 모두 가엾다. 하지만 노숙자 스물세 명과 밤의 장미 스물두 명, 평민 부녀자 마흔한 명이 납치되어 고통 속에 죽어 가는 동안, 테브스란 제국은 그 가엾은 여자들에게 무엇을 해 주었나. 그토록 방비를 했어도 귀족 영애 열일곱 명이 죽었다. 그러나 방비는커녕 남자와 눈 맞아 도피한 것 아니냐는 모욕을 받아야 했던 그 여든여섯 명의 여자들은 누가 기려 주나. 평민 피해자 가족 중 그녀를 제외한 누구도 이 법정에 들어오지 못하고 있는데.

분노와 슬픔으로 눈시울이 붉어졌다. 손수건을 쥔 손이 지나치게 힘을 받아 부들부들 떨린다. 세드릭이 아니었다면 나도 저 면상조차 보지 못했겠지. 테브스란 제국은 정말 철저하게 귀족을 위한 나라구나.

금방이라도 떨어질 것 같은 눈물을 없애려 일부러 천장을 올려다보았다. 그러나 천장이 아니라 그녀를 내려다보는 상냥한 파란 눈동자와 시선이 맞았다. 세드릭이었다.

"어, 어떻게?"

"아무래도 오늘 영 느낌이 좋지 않아서 땡땡이쳤어. 도망 나온 제레미도 잡아갈 겸. 내가 잡은 주범이니 재판이 궁금하기도 하고."

방청석에 앉아 있던 귀족들이 벌떡 일어났다. 삽시간에 방청석은 소란스러워졌다. 귀족들의 인사를 가볍게 묵례로 받은 세드릭이 엘레노아의 옆에 앉았다. 경비들이 조용히 해 달라고 몇 번이나 부탁한 끝에 귀족들은 겨우 잠잠해졌지만, 그들의 시선은 모두 세드릭을 향해 있다.

"정숙, 정숙해 주세요!"

긴장해서 음 이탈이 난 재판장이 연신 판사봉을 두드린다. 그러는 본인의 시선도 세드릭에게 가 있다. 검사도, 경비들도, 모두 세드릭과 엘레노아를 쳐다보느라 여념이 없다. 그녀에게 꽂히는 시선은 무척이나 따가웠다. 좀 전까지 그녀가 있는 줄도 몰랐던 귀족들이, 특히 귀족 부인과 영애 들이 그녀를 노려보기 시작한 것이다. 그녀가 몸서리를 치자 그가 피식 웃는다.

"죄지었어?"

"뭔 소리예요?"

"죄지은 거 없으면 당당하게 앉아 있어. 네가 내 여자라는 게 잘못된 것도 아니잖아?"

"……그것도 그렇네?"

잠깐 생각한 엘레노아가 허리를 폈다. 씩 웃은 세드릭이 그녀의 허리에 팔을 감는다. 와 닿는 손길이 이젠 낯설지도, 어색하지도 않다. 살살 허리를 문지르기 시작할 때 못된 손등을 찰싹 때리자 방청객들이 어머어머 기겁을 하는 소리가 들렸지만, 그래도 그녀는 세드릭과 키득거릴 수 있었다. 생각해 보니 없는 경험도 아니다. 처음 배를 탔을 때, 그리고 여자 티가 나기 시작했을 때 다른 배의 선원들이 내뱉던 시선과 말은 이보다 더했으니까.

하지만 그 덕분에 소요가 멎질 않는다. 결국 세드릭이 시선으로 주위의 놀람을 잠재우고 정면으로 고개를 돌린다. 넋이 나가 있던 재판장이 그제야 헛기침을 하며 주의를 환기한다.

"흠, 흠흠. 진행합시다."

"예, 예에."

검사가 눈짓하자 간수들이 놈을 끌어다 변호인석에 앉힌다. 그 옆에 마법사들이 대기하고 선다. 억지로 자리에 앉힌 채 나무 방성구를 풀자, 재판 시작도 전에 놈에게서 욕설이 터졌다. 욕이라면 이골이 난 걸 뻔히 알면서도 세드릭이 그녀의 귀를 막았다. 방청석의 다른 귀족들도 저마다 귀를 막고, 막아 주고 있었다. 저 멀리 브리나의 귀를 막은 제레미도 보인다. 이게 귀족의 센스인가. 엘레노아는 피식 웃고 남자가 원하는 대로 하게 두었다.

다른 때였다면 재판장은 진저리를 내며 경비와 마법사 들을 시켜 놈의 입을 다물게 했을 것이다. 그러나 지금은 평범한 상황이 아니었다. 무려 황태자가 온 것이다. 어떻게든 큰소리를 내지 않고 진행하려는 재판장의 목소리는 연신 놈의 욕설에 먹혔다. 그 결과 놈의 욕설은 기어이 재판장에게 이변을 불러오고야 말았다.

"조용히 좀 하라니까, 으, 으으, 으으으!"

판사봉을 놓친 손이 심장으로 향한다. 당황한 경비들이 우왕좌왕하며 재판장과 마법사에게 다가가고, 두엇이 재빨리 의사를 부르기 위해 재판정을 뛰쳐나갔다. 귀족 부인 및 영애 들이 저마다 부채며 장갑 낀 손으로 입을 막는다. 엘레노아의 벌어진 입은 세드릭이 센스 있게 막아 주었다.

뒤늦게 의사가 불려 왔다. 시녀들도 줄줄이 뒤를 따랐다. 하지만 원래 노쇠했던 재판장 오르셀 후작은 돌이킬 방법 없이 세상을 뜨고 말았다. 의사가 고개를 젓자, 독설을 내뱉던 마법사 장천명이 입을 다물었다.

재판정 안에 침묵이 흘렀다. 귀족 부인 몇이 현기증에 쓰러지고, 오르셀 후작이 들려 나갔다. 바로 그때, 재판정 안에 또 다른 이변이 일어났다.

오르셀 후작이 들려 나가는 것을 지켜보던 장천명 주변의 마법사들이 머리를 감싸고 주저앉았다. 브리나의 앞에 버티고 서 있던 제레미도 비틀거리며 입술을 깨물고, 어느새 포박이 풀린 장천명이 두 팔을 들어 올린다.

삽시간에 엘레노아를 끌어안은 세드릭의 몸이 바짝 긴장한다. 그녀도 이상한 기운을 깨닫고 놈을 주시했다. 부단장과 몇몇 기사들이 모습을 드러내고, 브리나의 경호원들이 서둘러 브리나에게로 뛰기 시작한다.

"하, 하하하, 하, 다 됐네? 백 명이……!"

"보, 봉인이 깨졌어요, 전하……!"

제레미가 괴로운 듯 바닥에 무릎을 꿇으며 외쳤다. 장천명 옆에 있던 마법사들이 비명을 지르며 바닥을 뒹군다. 그 모습을 지켜보던 엘레노아는 그대로 털썩 주저앉았다. 백 명을 죽이면 세상이 뒤바뀐다는 것은 거짓말이었지만, 대신 마법적인 힘을 얻을 수는 있었던 모양이다.

그리고 놈은 기어이 백 명을 채워서 힘을 얻은 것이다.

이 세상에 권선징악이란 건 없는 건가. 언니를 죽인 저놈은, 저렇게 힘을 얻어 이곳을 빠져나가는 건가……?! 앞으로 얼마나 더 죽이려고!

부들부들 떠는 엘레노아의 앞을 가로막고 세드릭이 부단장에게 눈짓했다. 부단장과 기사들이 이미 빼 든 검을 들고 서서히 장천명에게 다가갔다. 그러나 틈이 보이질 않는 듯, 그들은 좀처럼 거리를 좁히지 못하고 원을 그리며 놈의 주위를 맴돌았다.

맹렬한 기운이 마법사의 주변에 몰아치고 있었다.

봉인이 강제로 깨져 괴로워하며 바닥을 뒹굴던 마법사들이 튕겨져 나갔다. 괴로워하던 제레미도 마법사가 손을 뻗자 그대로 날아갔다. 쿠당. 재판정의 육중한 나무 문을 부수고 제레미가 나가떨어졌다. 당황한 브리나와 경호원들이 제레미에게 달려갔다. 재판정 밖을 지키던 경비들이 재빨리 재판정 안으로 들어왔지만, 그들 역시 놈에게 접근하지 못하고 주변을 맴돌 뿐이다.

"이제, 이제 내가 최강자다, 하. 하하! 하하하!"

가볍게 손을 뻗었을 뿐인데 백합 기사단의 부단장이며 기사들조차 날아가 여기저기 부딪쳐 버린다. 패닉이 된 귀족 영애들이 비명을 질러 댄다. 귀족 부인들이 기절하고, 몇몇은 치맛자락이 찢어지는 것도 모르고 방청석을 빠져나간다. 남자 귀족들도 대부분 빠져나갔고, 그나마 검술을 좀 아는 듯한 몇몇만 남아 지팡이에서 검을 뽑아낸다. 하지만 백합 기사단 기사들이 당하는 와중에 저 귀족들이 실력이 있으면 얼마나 있을까.

절망한 엘레노아는 세드릭을 바라보았다. 그러나 그조차 칼을 빼 들고 경계하는 것을 보니, 허무하고 허무할 따름이었다.

언니, 미안해. 저놈이 죽는 꼴만큼은 보고 싶었는데, 그러지도 못할 것 같아.

뚝뚝 눈물이 떨어지는데, 아무것도 할 수가 없어서 분했다. 말리지 말걸. 그때 내가 직접 죽여 버렸어야 했는데. 아주 온몸을 동강 냈어야 했는데. 그러면 이 꼴은 안 봤을지도 모르는데. 그녀는 부들부들 떨었다. 그때 죽일걸. 그땐 죽일 수 있었는데, 이젠 죽이지도 못하게 됐어…….

흐윽, 그녀의 입에서 자그맣게 울음이 새어 나가자 세드릭이 어깨를 움찔한다. 하지만 돌아보지는 않았다. 틈을 내기가 어려울 만큼 위험했던 것이다. 그때 누군가 엘레노아의 어깨에 손을 얹었다.

"아가, 그래도 그런 생각은 하는 게 아니란다."

"아, 아저씨?"

파앗. 주위를 둘러싼 무형의 기를 거둔 장천명이 눈에 띄게 당황하며 이쪽을 바라본다. 엘레노아는 눈물을 멈추지도 못하고 옆을 올려다보았다. 여전히 검은색 다마스크 튜닉에 스칼릿 외투 차림이다. 오늘도 화려함과 강렬함을 뽐내는 아저씨는, 너무도 다정하게 눈물을 닦아 주며 그녀를 달랬다. 장천명을 경계하며 뒤를 돌아본 세드릭이 움찔, 눈썹을 찌푸렸다.

"……이럴 줄 알았어. 느낌이 안 좋더라니, 제기랄."

중얼거리는 세드릭의 입에서 드물게 욕설이 터진다. 세드릭이 욕설 쓰는 것을 처음 본 엘레노아가 당황하는데도, 그는 여전히 경계하며 아저씨를 노려보고 있다.

"엘레노아가 부르진 않았을 텐데. 이제 안 온다고 하지 않았나?"

"오늘은 저놈 때문에 온 건데? ……어허. 어딜 도망가려고."

모두의 시선이 아저씨에게 쏠린 틈을 타 도망가려고 했던 모양이다. 아저씨가 가볍게 손을 들자, 장천명은 재판정 입구에서 굳어 버린다. 이때다 하고 기사와 경비들이 달려들어 그를 포박한다. 그러고도 굳은 채라 발버둥 치지도 못하는 장천명의 눈에 절망이 스치는 것이 확연했다. 입까지 굳어 버려 마법도 쓰지 못하는 듯했다. 그 모습을 지켜본 엘레노아는 한 줄기 희망을 품고 아저씨에게 물었다.

"아저씨, 아저씨가 더 강해요?"

"어허. 아가야, 저런 놈하고 같이 두면 아저씨가 서운해."

"그, 그럼 죽여 줘요! 제일, 제일 잔인하게 죽여 줘요, 저놈이 언니를 죽였어!"

엘레노아는 대번에 아저씨의 가슴에 매달렸다. 세드릭이 뒤에서 낮은 신음을 내는 것이 들렸지만, 그녀에겐 지금 아무것도 보이지 않았다. 싱긋 웃은 아저씨가 눈짓을 한다.

"아가. 진정하렴. 어쨌든 내가 처리는 할 거란다."

순간 엄청난 힘으로 몸이 당겨졌다. 툭, 등에 무언가 와 닿는 것이 느껴져 돌아보니 세드릭의 가슴이다. 연습한 아름다운 미소도 모조리 날려 버리고, 기분 나쁜 기색을 전혀 숨기지 않는 그가 아저씨를 노려보며 으르렁거린다.

"엘레노아, 마법사가 그렇게 좋아? 내가 보는 앞에서 아무렇지 않게 매달릴 정도로?"

"어, 어? 어?"

놈을 죽여야 한다는 생각에 눈이 먼 그녀는 이 상황을 제대로 이해하지 못한 채였다. 빠드득 이를 간 세드릭이 눈을 깜박이는 그녀를 강하게 끌어안았다. 그러는 그의 속을 다 안다는 듯 키득대는 아저씨란 놈을 보고 있으려니 어찌나 속이 뒤틀리는지, 그녀를 감싼 팔에 점점 힘이 들어간다.

"세드릭, 아파, 아파!"

비명을 듣고 겨우 팔에서 힘을 뺀 세드릭은 천천히 숨을 골랐다. 거친 숨은 쉽게 가라앉질 않았다. 저놈만 나타나면 이렇게 이성을 잃고 감정에 휘말리는 것이 마음에 들지 않았다. 그리고 그것이 그가 가지지 못한 것, 엘레노아의 절대적인 애정과 마법에 대한 질투 때문이라는 것도 마음에 들지 않았다.

못 가진 것 없는 내가 질투라니.

가볍게 혀를 차며 긴장을 푼 세드릭은 걱정스럽게 그를 보는 엘레노아를 내려다보았다. 괜찮아. 억지로 웃어 주자 그녀가 덩달아 억지 미소를 짓는다.

이런 배려가 아니야. 그녀가 보일 수 있는 절대적인 애정은, 이런 게 아니야. 남자의 질투는 쉽게 가라앉지 않았다. 게다가 마법이라는 콤플렉스까지 건드려졌으니, 잠깐 사이에 남자의 속은 지옥불이 끓는 듯한 상태였다. 한참 만에 겨우 마음을 진정한 세드릭은 아직도 걱정스럽게 그를 올려다보는 그녀에게 다정하게 웃으며 물었다.

"괜찮아?"

"어, 어. 난 괜찮아요."

"그래. 앞으로는 나한테 매달려. 알았어?"

"네? 네……."

뭔진 모르겠지만 대답 안 하면 어깨 부러져 죽을 것 같아, 그녀는 머뭇거리며 대답했다. 그러자 세드릭이 진정한 듯해 얼른 아저씨를 돌아보았다. 어느덧 아저씨는 포박된 장천명 앞까지 가 있었다.

"백 명 넘게 죽여 보니 좋더냐?"

"마스터를 발아래 두었으니 당연히 좋고말고. 그런데 날 처리한다고?"

"그래."

"나만?"

"그래."

"당신, 왜 차별하는 거야?"

놈은 아저씨가 누군지 아는 눈치였다. 으르렁거리듯 되묻는 말에 아저씨가 고개를 기울이는 것이 보인다.

"저놈도 마스터잖아! 그런데 왜 나만 잡아간다는 거야!"

장천명이 턱으로 가리킨 것은 저 뒤로 날아가 쓰러진 제레미였다. 아저씨가 피식 웃었다.

"저놈은 가능한 방법과 자신의 노력으로 성취한 거야. 너처럼 사람 죽인 적 없어."

"방법이야 어쨌든! 당신은 항상 그랬어. 나를 그딴 데에 버려 놓은 것만 봐도!"

"어이. 환경만으로 따지면 저놈이 훨씬 열악했어. 저 반짝반짝 멋만 부릴 줄 아는 꼬맹이가 아니었다면 계속 그렇게 살았을 테고."

세드릭에게 안겨 있던 엘레노아는 두어 번 눈을 끔뻑이다가, 그가 빠드득 이 가는 소리를 듣고는 억지로 입을 틀어막았다.

반짝반짝 멋만 부릴 줄 아는 꼬맹이라니……!

하기야 아저씨의 입장에선 틀린 말이 아닌데, 여기서 웃으면 엄청난 일을 당할 것 같다는 확신이 들었기에 그녀는 필사적으로 웃음을 참았다. 세드릭은 여전히 엘레노아를 꽉 안은 채 아저씨를 무섭게 노려보고, 아저씨는 마치 같잖다는 듯 그를 힐끔 보며 웃는다. 아저씨, 그만 웃겨요. 나 정말 위험할 거 같아. 그녀가 속으로 비는 사이 장천명이 외쳤다.

"어쨌든! 그 덕분에 다른 놈을 만날 기회가 생긴 거잖아!"

"아아, 귀찮아. 내가 왜 이런 걸 설명해야 하는지 모르겠는데, 저 녀석이 기회를 얻은 건 노력했기 때문이야. 따돌림당해도 기죽지 않고, 심부름값 모아 생활하고, 잠 줄여 가며 공부해서 눈에 띈 거라고."

"그럼 나도 테브스란에 버리면 됐잖아! 이건 당신 탓이야! 당신 탓이라고! 내가 적응하지 못한 것도, 테브스란으로 건너온 것도, 사람을 죽여 그릇을 넓힌 것도!"

아. 아저씨 화났다. 엘레노아는 자그맣게 중얼거렸다. 그녀의 말이 끝나기 무섭게 엄청난 위압감이 닥쳤다. 일반인이라면 마주 바라볼 수도 없을 만큼 강렬한 기운이 아저씨를 중심으로 퍼져 나갔다. 아까 장천명의 주위를 둘러싼 것과는 비교도 할 수 없을 만큼 강한 기운이었다.

"희 제국은 마나를 '기'와 같은 것으로 보고 떠받들지. 거기에서 유명해질 수도 있었는데 그러지 못한 건 네 인성 탓이라고. ……아니, 그래, 그렇군. 네가 이렇게 된 것은 나 때문에 마법을 쓸 수 있게 되었기 때문이군. 안 그래?"

방청석에서 아저씨의 얼굴은 보이지 않았다. 하지만 엘레노아는 여섯 살 때 딱 한 번 본 적이 있었다. 그 용서 없는 잔인한 표정을. 장천명의 눈동자에 공포가 서렸다. 그래, 무섭겠지, 공포스럽겠지. 나도 봐서 알아. 정말 무섭지. 고개를 끄덕이던 그녀는 곧 눈을 부릅떴다.

……하지만 너에게 산 채로 죽어야 했던 여자들은 그 몇 배로 무서웠어. 알아?

그의 만행을 기억해 낸 그녀의 몸이 부들부들 떨리기 시작했다. 세드릭이 거칠게 숨을 내쉬는 그녀를 달래듯 토닥토닥 가슴을 두드려 준다. 등 뒤에서부터 퍼진 따뜻한 온기가 차게 식으려는 엘레노아의 몸을 데워 준다.

"세드릭."

"응, 괜찮아."

아무 말도 하지 않았는데 돌아온 대답에 눈이 시큰해진다. 그러나 그녀는 울지도, 울먹이지도 않고 정면을 응시했다. 대신 뒤로 돌려진 그녀의 손을 세드릭의 손이 맞잡아 준다.

"아, 아니야, 이, 이건 내가 얻은 내 힘이야, 내, 내가 사람을 죽여서……."

"……내가 바다에 빠진 너희를 구해 준 건, 너희가 예뻐서가 아니야. 너희 어미들이 간절히 빌어서였지. 심지어 네 어미는 너를 하늘이 주신 귀한 생명이라고 부르지 않았나?"

“그, 그렇, 그렇지만…….”

“난 널 구할 이유가 전혀 없어. 나 때문에 그릇이 넓어진 걸 알았을 땐 죽일까도 생각했으니까. 다만 어미들을 봐서 그네들이 살던 곳으로 보내 준 거다. 일부러 마법을 쓸 수 있는 곳에다 데려다주기까지 했고. ……그런데 그 대가가, 백 명을 죽이고 그 모든 죄를 나에게 묻는 것인가?”

“죄, 죄송, 죄송합…… 죄송합니다……. 죄송합, 힘, 힘만은 거두지 마, 마세요, 힘은…….”

“아니. 희 제국에 결자해지라는 말이 있지. 본의는 아니지만 나 때문에 벌어진 일, 내가 거두마.”

장천명의 비명이 재판정을 울리기 시작했다.

“으, 으, 으아아아아아아악! 잘못했, 잘못했…….”

그러나 아저씨는 고개를 저었다.

장천명의 입에서 비명이 끊겼다. 덜덜 떨리던 몸의 움직임이 멎었다. 쓰러졌던 마법사들이 자리에서 일어났다. 가뿐해 보였다. 나가떨어진 제레미를 제외하고는 모두가 정신을 차렸다. 재판정 안을 가득 메우던 묵직한 기운이 사라지고, 너무나 커 보이던 남자가 갑자기 왜소해 보인다. 마나를 느끼지 못하는 일반인들조차 장천명이 가진 기운이 모조리 사라진 것을 본능적으로 느낄 수 있었다.

재판정 안의 모든 사람이 어리둥절하고 있을 때, 엘레노아는 탄식했다. 이제 저놈을 재판해서 죽일 수 있다는 안도와 안심, 허무와 아픔, 그리고 알 수 없는 감정들이 만들어 낸 탄식이었다. 그 나직한 탄식을 듣기라도 한 듯, 아저씨가 돌아서서 그녀를 향해 웃어 보인다.

“아가, 이제 걱정할 것 없단다.”

그악하고 끔찍한 비명이 아직 귓가에 남아 있는데, 아저씨의 말투는 너무나 상냥하다. 재판정 안의 사람들은 아무도 움직이지 못하고 멍하니 그를 바라본다.

"이, 이제 죽일 수 있어……."

"어허, 아가. 좀 전에 못 봤니? 사람은 인성이 좋아야 해. 마음을 곱게 써야지."

20대 초반에 불과한 청년의 말투도 말투지만, 그 내용도 내용이라 정신이 있는 사람들은 모두 넋이 나갔다. 그에게 익숙한 엘레노아만이 무언가 항변하려 했지만, 그녀는 결국 눈을 감고 힘없이 고개를 끄덕였다.

"그래, 그래야 착한 아이지. 걱정하지 말렴. 마음을 곱게 쓰면 좋은 일이 생긴단다."

그렇게 아저씨가 상식적인 발언을 늘어놓을 때, 세드릭이 담담하게 질문을 던진다.

"혹시 제레미가 천둥 번개에 약한 것은 바다에 빠진 적이 있기 때문인가? 배를 타고 가다가 천둥 번개가 원인으로 바다에 빠진 건가?"

엘레노아는 깜짝 놀라 세드릭과 아저씨를 번갈아 보았다. 그러고 보니 아저씨가 '너희들' 이라고 했다. '너' 가 아니라. 그 대상은 역시 제레미인 걸까. 그렇다면 세드릭의 말이 맞는 것도 같은데. 생각에 잠긴 그녀에게 아저씨가 장난스럽게 되묻는다.

"글쎄, 어떨까. 아가야, 네 생각은 어떠니?"

"어, 맞는 거 같은데…… 아닌가요?"

"아가 생각이 그렇다면 그런가 보지."

정답이구나. 모두들 알아챘다. 재판정 안에 있던 모두의 시선이,

문을 부수고 날아간 제레미에게로 쏠렸다. 경호원을 대동하고 그 옆에 앉아 있던 브리나도 제레미를 내려다본다. 때마침 신음하며 자리에서 일어난 제레미가 절레절레 고개를 젓고는 눈을 동그랗게 뜬다.

"레이디 사운더스! 어디 다치신 데는?!"

"어, 없는데요."

"다, 다행이다아아아. 앗, 저어언하! 다치신 데, 다치신 데는 없어요? 네? 엘레노아 양도 다치신 데 없고요? 예? 예? 아까 그놈은, 어? 마나가 없어졌…… 어, 다, 당신은?!"

"아, 시끄러워."

세드릭이 인상을 쓰며 말을 툭 던졌다. 이번만큼은 부정하지 못하고 재판정 안에 있던 모두가 고개를 끄덕였다. 아저씨를 발견한 제레미만이 주춤거리며 경계 자세를 취한다. 아저씨가 혀를 찼다.

"하여튼, 누굴 닮아서 시끄러운지, 원."

그러자 제레미가 조심스럽게 물었다.

"……저기, 혹시 제 친아버지세요?"

그 순간 아저씨의 얼굴은 일그러졌고, 세드릭은 큰 소리로 웃고 말았다.

18
질투와 놀이

세드릭은 아저씨에게 궁금한 것이 꽤 있었다. 하지만 직접 말을 걸고 싶지는 않았다. 그리하여 그는 꾀를 냈다. 재판정이 혼란스러우니 자리를 옮겨 차라도 한잔하자고 들으란 듯이 엘레노아에게 권하는 것이 한 가지고—그녀가 당연히 아저씨를 모시고 갈 것이라 믿어 의심치 않았고, 그 예상은 틀리지 않았다—, 그렇게 자신의 집무실로 이동한 후 이대로는 장천명 취조 기록이 미흡해 피해자 가족에게 할 말이 없다고 보란 듯이 난처해하는 것이 그 두 번째 방법이었다. 피해자 가족 중 하나인 엘레노아는 별생각 없이 그것을 수긍하고 아저씨에게 부탁했다.

"아저씨, 장천명에 대해 조금만 더 알려 주시면 안 돼요?"

"너, 너, 꼬맹이. 내가 우리 아가 봐서 참는 거다. 알겠냐?"

부탁한 건 엘레노아인데 대답은 세드릭에게로 돌아간다. 세드릭은 눈썹을 꿈틀했지만 곧 고개를 끄덕였다. 아쉬운 사람이 우물을 파는 법. 참자, 참자. 엘레노아가 무척 따르는 아저씨다. 참아야 한다. 세드릭이 그렇게 스스로의 속을 다스리는 줄도 모르고, 이야기를 시작한 아저씨는 핀잔과는 달리 제법 신이 났다.

"장천명은 내가 아예 희 제국 황궁 안에 떨어뜨려 주었단다. 마법을 쓸 수 있으니 한자리할 수 있겠다 싶어서. 그런데 주변에서 떠받들어 키워 주니까 아주 잘못 커서 말이다. 아니, 원래도 인성은 더러웠단다. 아가, 사람에겐 인성이 중요한 법이야. 알았지? 그래, 그렇지. 그래서 일찌감치 궁에서 쫓겨났단다. 그러고도 마법으로 남들을 협박하며 살다가 어디서 책을 하나 얻었는데, 거기에 백 명을 죽이면 그릇이 넓어진다지 뭐냐."

"아까도 그릇, 그릇 하셨는데 그릇이 뭔가요?"

"우리 아가는 마법을 못 써서 모르는구나. 아가, 사람은 누구나 마나라는 걸 가지고 있단다. 그리고 공기 중에도 마나는 퍼져 있지. 몸 밖의 마나를 몸 안으로 불러들여서 운용해 밖으로 표출하는 게 마법인데, 그러려면 몸 안에 마나를 많이 받아들일수록 좋겠지?"

"그, 그렇죠."

"그래. 그래서 클래스라는 건, 마나를 얼마나 받아들일 수 있느냐 없느냐를 가늠하는 거란다. 그걸 그릇이라고 표현하는 거야. 이제 알겠니? 그런데 사람을 죽여서 타인의 마나를 흡수하길 백 번 하면 그릇이 넓어진다는 기록과 그 흡수 방법을 장천명 그놈이 알아내고 말았단다. 그렇게 사람을 죽이기 시작했는데, 수배가 되니까 엘리자베스호를 이용해 바다를 건너 테브스란으로 들어온 거란다."

"여, 역시 우리 배를……."

"괜찮아, 괜찮아. 우리 아가네는 아아무 문제 없단다. 3개월 동안, 음식도 조금씩만 축내며 건너간 거니까. 마법사를 본 적도 없는데 마법사가 숨어들었을 거라는 걸 어떻게 알았겠니? 그걸로 처벌하면 처벌하는 놈이 나쁜 거지. 그렇지 않니?"

콰직. 세드릭의 손에 있던 와인 잔이 부서져 나갔다. 아저씨의 말을 받아 적던 제레미가 그의 눈치를 본다. 지레 뜨끔한 엘레노아는 멋쩍게 웃었다. 카일레아 지점에서 세드릭을 처음 만났을 때, 비슷한 논리로 세드릭을 치사한 사람으로 만들었다는 것이 기억난 것이다. 그 말투, 내가 아저씨한테서 배운 거구나. 엘레노아와 세드릭이 각각 첫 만남을 회상할 때, 아저씨는 신이 나서 말을 잇는다.

"처음엔 노숙자만 죽여 마나를 흡수했는데, 나이가 많아질수록 마나량은 좀 적어지거든. 양에 안 찬 거지. 그래서 희 제국에서 있었던 때와는 달리 신중하게, 이 사람 저 사람을 번갈아 가면서 일을 시키고 가짜 집단에 가짜 수장까지 내세워 힘을 긁어모은 거란다."

"근데요, 아저씨. 제레미 님은 아저씨를 모르는데 장천명은 왜 아저씨를 알아요? 그리고 장천명은 제레미 님을 어떻게 알고요?"

그 물음에 제레미의 귀가 쫑긋 선다. 하지만 아저씨는 그쪽은 보지도 않고 그녀에게만 다정한 눈길을 맞추며 대답한다.

"내가 구해 줬을 때 저놈은 태어난 직후였지만 장천명은 다섯 살이었으니까. 그리고 장천명이 저놈을 알고 떠든 게 아니라, 같은 마스터라 걸고넘어진 것뿐이란다. 희 해안에서, 테브스란 해안에서 각각 구해 준 거니까 알 리가 없지. 베스호가 내 섬에 정박했을 때 날 보고 어릴 때의 일을 기억해 낸 거고."

"……우리 배에 외부인이 있는 걸 보셨으면 말 좀 해 주지 그러셨어요."

"아가, 아저씨가 이만큼 개입한 것도 정말 많이 개입한 거란다. 대신 내가 부여한 힘은 완전히 빼앗았으니, 이제 안심해도 되잖니? 응? 아가, 인성이 중요한 거라니까?"

아저씨는 인간이 가할 수 있는 온갖 고통보다 더한 고통을 줄 수 있지 않을까 기대했다. 하지만 당사자가 저리 인성을 외치니 어쩔 수 없다. 엘레노아는 다소 시무룩해져서 고개를 끄덕였다. 그 모습을 못마땅하게 바라보던 세드릭이 문득 물었다.

"그런데…… 어째서 장천명이란 놈과 제레미의 삶을 그렇게 잘 아실까?"

제레미가 아예 대놓고 몸을 이쪽으로 기울인다. 아저씨가 어깨를 으쓱하며 엘레노아에게 대답한다.

"보고 있으니까 알지, 어떻게 알겠어. 그치, 아가야?"

그렇겠지? 수긍한 엘레노아는 아무 생각 없이 고개를 끄덕였다. 그러자 세드릭의 목소리에 조금 더 가시가 섞인다.

"어떻게 그게 가능하지?"

"안 될 건 또 뭐야. 그치, 아가야?"

그녀가 또 무심결에 고개를 끄덕이는 걸 본 세드릭의 손에서 기어이 깃털 펜 하나가 아작이 났다. 그러나 이번에는 아저씨가 웃으며 설명을 덧붙인다.

"액체가 있는 곳이면 어디든 볼 수 있어. 그리고 액체가 없는 곳은 웬만하면 없지. 피조차도 액체잖아?"

세드릭은 역시, 하는 얼굴로 인상을 쓴 것이 다였지만, 이번에 당황한 것은 엘레노아였다.

"아, 아저씨? 그럼 그…… 어……."

"응? 뭐? 우리 아가 첫 경험 한 거? 첫 뽀뽀 한 거? 그럼, 다 봤지. 저놈이 거래 이야기 안 꺼냈으면 아저씨가 가서 혼내 주려고 했어. 안 불러도 말이지. 든든하지?"

"으, 아, 어……? 어?"

엘레노아가 말을 잇지 못하고 더듬더듬한다. 세드릭도 그 모습을 보더니 한숨을 쉰다.

"역시 그때의 포도주인가."

"저놈의 꼬맹이는 눈치만 빨라 가지고. 아가, 저런 놈은 조심해야 하는 거야, 응?"

"나, 나만 몰랐던 거예요?"

이제 그녀는 완전히 울상이 되었다. 안 그래도 시녀들이 샅샅이 캐묻는 것도 굉장한 압박이었는데, 아저씨마저 보고 있었다니 충격과 공포가 닥쳤다. 당황한 세드릭이 다가왔지만, 그녀는 시뻘게진 얼굴로 그의 정강이를 차기 시작했다.

"왜, 왜 알고도 말을 안 한 거예요! 저번에 안나가 잠깐 들어왔던 것도 내가 얼마나 민망했는데! 온 동네 사람들이 우리 하는 거 다 아는 것도 얼마나 쪽팔린데, 아저씨도 보고 있다고 왜 말을 안 해 준 거예요, 네?"

"나도 방금 알았…… 응?"

이건 또 무슨 소리야. 엘레노아의 말을 들은 세드릭과 아저씨의 시선이 허공에서 마주쳤다.

하는 내내 시녀들이 들락거리며 필요한 물건을 챙겨 주고, 때맞춰 불도 꺼 주고 커튼도 쳐 주고 했는데 그 사실은 아직 모르는 모양이다. 안나도 기사단 소집하는 지시 때문에 잠깐 들어왔다 나간 것으로 알고 있는 눈치고. ……정확한 사실을 알게 되면 어쩌려나.

섹스마저 보여 주는 삶에 익숙한 황태자 세드릭과, 인간을 보는 삶에 익숙한 아저씨가 서로를 보며 고개를 끄덕였다.

함구하자.

아저씨가 바람같이 사라진 후, 식사도 하고 씻기도 한 엘레노아와 세드릭은 미묘한 분위기 속에 잠옷으로 갈아입었다. 그의 마음엔 아직 질투가 가라앉지 않았기 때문이었고, 겨우 진정된 그녀의 경우 설마 이 남자가 아까 보인 반응이 정말 질투 때문인 걸까 하는 의구심이 있어 말을 꺼내기가 쉽지 않았다.

기묘한 침묵이 이어졌다. 재판 때문에 엘레노아가 황태자궁에 머물기 시작한 이래로 잠옷만큼은 자신이 입게 된 세드릭이 먼저 침대로 들어갔다. 분위기 탓에 잠시 머뭇거리던 그녀는 곧 남자가 보내는 따가운 시선을 느끼고 서둘러 이불을 젖혔다.

그런데 평소라면 덥석 끌어안았을 사람이 어째 끌어안지를 않는다. 그렇다 보니 둘 사이에 평소보다 거리가 생겨 다가가기가 쉽지 않았다. 엘레노아가 무슨 말을 붙여야 할까 잠시 고민할 때 세드릭이 질문을 던졌다.

"엘레노아. 칸디루가 뭐지? 웬만큼 찾았는데도 나오질 않더군."

심장이 덜컹 내려앉았다. 전에 딱 한 번 한 말을 아직도 기억하고 있었나. 쩔쩔매는 사이 그가 차가운 눈으로 그녀를 바라본다.

"흡혈 메기예요."

강 속에서 오줌을 누다가 요도로 칸디루가 들어가 피를 빨아먹고 퉁퉁 불어 겨우 뺐다는 이야기를 뱃사람들에게 들었다. 어지간히 강렬한 이야기라 기억하고 있다가 그의 질문이 자꾸 속을 파고들어 화난 김에 뱉은 건데, 흡혈 메기라고만 설명했음에도 세드릭은 몹시 기분이 나쁜 듯했다.

"허?"

"그, 그땐 세드릭이 내 아픈 기억을 헤집으니까 기분이 나빠서…… 그러니까, 음. 가, 갑자기 그런 건 왜 묻는 거예요? 다 지난 일을."

"지난 일? 그런 말을 내게 해 놓고 지난 일이라고 하면 끝나는 건가?"

그가 대번에 돌아눕는다. 쿵. 그 등을 보자 얼마 전 거부당했던 기억이 떠올랐다. 너무해. 순간 화가 난 엘레노아는 저도 모르게 그의 팔뚝을 손바닥으로 때리고 말았다. 평소라면 그냥 웃으면 넘어갔을 세드릭도 이번만큼은 인상을 쓰며 뒤를 돌아본다.

"뭐 하는 거야?"

"등 돌리지 마요! 할 말이 있으면 제대로 하라고요."

"화가 난 사람이 그런 것까지 신경 써야 해?"

"왜 화가 났는지 설명을 해 주면, 내가 풀어 주든지 설명하든지 할 수 있잖아요. 근데 그렇게 등 돌려 버리면 나도 속상하다고요. 나는 뭐 화나는 일 없는 줄 아나."

말을 하며 생각해 보니 점점 부아가 치민다. 하지만 세드릭도 어이없어하며 일어나 앉는다.

"넌 뭐가 그렇게 화나는데?"

"소문이 났어요."

"무슨 소문."

"전하가 어떻게 했길래 그 평민 여자가 애걸복걸하냐. 나도 잘할 수 있는데 나한테도 그렇게 해 주시지."

잠깐이지만 그의 얼굴에 아차 하는 표정이 지나간다. 그것을 포착한 엘레노아는 제대로 심통이 났다.

"당시 당신의 질문은 나에게 강제로 기억을 파고드는 것이었어요. 그래서 너무 기분이 나빠져서 한 말인데, 그게 과하다고 느끼고 아직도 생각난다면 사과할게요. 나 그건 얼마든지 사과할 수 있어요. 그런데, 나도 잘할 수 있는데, 라는 말은 왜 도는 걸까요? 네? 황태자니까 밤일 물어보는 거까지는, 어렵지만 이해하려고 했어요. 황태자니까 그런 거겠지, 하고 나름대로 노력하고 있었다고요. 그런데 나를 질투하는 여자가 그렇게 많다네요? 게다가 '왜 나한텐 그렇게 안 해 주셨지?' 라네요? ……그런 말까지 듣고도, 누군 화 안 나는 줄 알아요?!"

"그건 전부 엘레노아 너 만나기 전 일이잖아! 넌 나 만나면서도 아저씨한테 매달려 놓고!"

"아저씨는 아저씨죠! 나한테 아저씨는 남자가 아니라고요! 하지만 당신은 여자를 만나서 안은 거잖아! 나는 당신이 처음이었는데!"

세드릭은 억지로 흥분을 가라앉혔다. 웬만하면 말발로 지지 않는 남자지만, 첫 경험 이야기가 나오면 할 말이 없는 것이다. 반면 그녀는 세드릭이 정말로 입을 다물어 버리자 이젠 심통을 넘어 화가 치밀기 시작한다.

"나도 알아요! 황태자 전하가 이 나이 되도록 경험이 없으면 그것도 문제라는 거. 그치만 너무 많잖아. 오죽하면 내가 브리나한테도 전하랑 잤냐고 물어봤겠느냐고! 나 만나기 전이라 상관없다고? 그래, 나도 상관없는 거 알아! 그래도 화는 난다고! 억지로 참고 있는데, 아저씨한테 매달린 거 가지고 화내고! 진짜 참고 있는 사람이 누군데!"

하도 아저씨한테 질투가 난 나머지 예전 일로 꺼내 대신 화를 표출해 봤는데 아주 본전도 못 건졌다. 그는 한숨을 푹 내쉬며 두 손을 들어 올렸다.

"알았어. 내가 잘못했어."

사과하는 것, 황태자 세드릭에겐 정말 오랜만에 하는 행위였다. 귀를 쫑긋 세운 시녀들이 기겁을 할 정도로. 하지만 엘레노아는 그를 눌렀다고 기뻐하기는커녕 침울해졌다.

"……나도 미안해요. 나도 과거 일 상관없는 거 아는데, 화 안 내려고 하는데, 마음처럼 되질 않아요. 내가 연애 경험이 많은 게 아니라 그런 거 조절이 안 되나 봐요."

"아니야, 엘레노아. 조절할 필요 없어. 좋아하고 사랑하니까 질투도 나는 거지. 안 그래?"

그녀의 맹렬한 질투를 깨닫고 슬슬 기분이 좋아진 세드릭이 다정하게 그녀를 끌어안고 이마에 입을 맞춘다. 몸이 맞붙자 그 기묘한 침묵도 이상한 거리도 사라진다. 한결 안심이 된 엘레노아가 자연스럽게 그의 허리에 팔을 감았다.

"그래도 이해해야 하는 거 가지고 화내고 싶진 않아요. 나중에 완전히 이해하고 나면 부끄러울 때가 많아서."

"그래. 그럼 화는 내지 말고, 기분 풀리게 오늘은 엘레노아가 하고 싶은 대로 해 볼래?"

세드릭이 씩 웃는다. 별생각 없이 그를 올려다보던 그녀는 고개를 갸웃하다가 퍼뜩 생각해 냈다.

아저씨들의 음담패설.

엘레노아는 짓궂은 웃음을 지으며 고개를 끄덕였다.

"응. 할래요."

"어, 진짜?"

"응. 오늘은 내 말 듣기예요?"

갑자기 생생해진 엘레노아를 보며 이번엔 세드릭이 고개를 갸웃한다. 무슨 생각이 나서 저러는 걸까. 의아해하는 사이 그녀는 두리번거리다가 씩 웃으며 협탁에서 무언가를 집어 든다. 가만 보니 시녀들이 준비해 둔 순면 수건이었다.

"뭐하게?"

"이게 될까?"

그녀가 고이 접힌 수건을 펴더니 돌돌 말기 시작한다. 제법 큰 수건인지라, 대각선으로 말았더니 꽤 긴 끈이 되어 버렸다. 설마, 엘레노아가 그런 걸 알……까? 미심쩍어하는 세드릭을 보며 그녀가 명령했다.

"누워요."

"……뭘 하게?"

"해 보면 알지."

의기양양한 태도를 보니 아무래도 아는가 보다. 그는 순순히 자리에 누웠다. 슬쩍 기대도 됐다. 그때 호기심 가득한 시녀들의 시선을 느낀 엘레노아가 얼른 침대의 휘장을 내리고 가슴을 쓸어내린다.

"보, 보일 뻔했다."

휘장 쳐도 거의 다 보일 텐데. 함구하기로 맘먹었던 세드릭은 고민했다. 보이길 기피하는 그녀에게 말을 해 주는 것이 좋은 걸까, 하지 않는 게 좋은 걸까. 마음 같아선 평소처럼 은근슬쩍 넘어가고 싶다. 하지만 그녀가 서러워하는 것은 원하지 않는다. 결국 이러니저러니 해도 그녀에게 맞춰 주고 마는 세드릭이다.

"엘레노아. 그거 쳐도 보여. ……이 방에서 나와 하는 걸, 시녀들이 보는 걸 막을 순 없어."

"어? 사람 물리면 안 되는 거예요?"

그녀의 검은 눈동자가 사정없이 흔들린다. 그는 천천히 고개를 끄덕였다.

여태까지 그에게, 밤일할 때 돕는 시녀들은 사물 같은 존재들이었다. 그러나 엘레노아에게는 사람들이다. 그것을 인정하자, 생각했던 것보다 큰 고통이 몰려왔다.

늘 선택하는 존재였고, 모든 상황의 주도자였고, 모든 권한을 쥐고 있는 그지만 그의 상황이 그녀에게 메리트가 되는 일은 거의 없다. 그것을 인정하자 고통을 넘어 슬픔과 분노도 느껴진다. 하지만 어쩔 수 없다. 천천히 바꿔 나갈 수는 있을지 몰라도, 116년간 이어진 전통을 세드릭이 하룻밤 사이에 바꿀 수는 없으니까. 그는 애써 마음을 추스르며 손을 뻗었다.

“오늘은 그냥 자자, 엘레노아.”

그러나 내민 손을 그녀가 탁 쳐 낸다. 무엇엔가 화가 난 듯 아랫입술을 꽉 물고, 휘장을 단단히 여민 그녀가 세드릭의 배 위에 걸터앉는다. 그리고 세드릭의 두 손을 끌어다 놓고 수건으로 묶기 시작한다.

“미리 말해 주었다면 좋았겠지만, 당신이 바꿀 수 없는 거라면 어쩔 수 없죠. 나는 오늘 이 찜찜한 기분을 풀어 버리고 말 거야.”

짓씹듯 말을 내뱉은 그녀가 잠깐 사이에 세드릭의 두 손을 결박했다. 뱃사람이라선지 로프 하나는 기가 막히게 묶는군. 세드릭은 감탄했다.

무려 황태자의 손목을 묶는다는 엄청난 짓을 해낸 엘레노아는 그 손목을 끌고 올라가, 수건의 남은 부분으로 휘장을 받치는 기둥을 묶어 버렸다. 어이가 없고 귀엽기도 하고 설레기도 해서 세드릭이 웃자 그녀도 따라 웃고는 다시 그에게 걸터앉아 그의 잠옷 단추를 푼다.

시선이 느껴져 고개를 들자 흥미진진하다는 듯 이쪽을 지켜보는 세드릭이 보인다. 그녀는 보란 듯이 웃어 주고는 자신의 잠옷 단추도 하나하나 풀기 시작했다.

그러니까, 남자는 시각적인 자극에 약하다고 했다. 머뭇머뭇 느릿느릿 천천히 단추를 풀되, 중요한 건 어깨부터 스르륵 내려가는 천이라고 했다. 주워들은 대로 단추를 푼 엘레노아는 눈을 내리깔고 잠옷을 스르륵 밀어냈다. 엉덩이 아래에서 그의 것이 꿈틀하는 것이 느껴지자, 나름 잘하고 있다는 생각이 들었다.

상의를 벗고, 엉덩이를 들었다. 그의 잠옷 바지를 천천히 벗긴다. 그가 허리를 들어 그녀를 돕는다. 하지만 정말 중요한 건 내 바지를 벗는 거지. 포인트는 잊지 않은 그녀는 세드릭의 위에 앉은 채 돌아앉았다. 그리고 천천히 엉덩이 선을 따라 바지를 벗고, 그의 위에서 내려오면서 바지를 허벅지로 밀어내고, 한쪽 종아리를 들어 올리며 바지를 완전히 다 벗었다.

세드릭의 시선이 진지해지는 것이 느껴졌다. 아저씨들 말도 들어 둘 만한 거였군. 감탄하며 엘레노아는 속옷에 손을 댔다. 이쪽은…… 음부가 보일 듯 말 듯이 포인트랬는데. 그건 좀 부끄러운데. 에이, 볼 거 다 본 사이에 괘, 괜찮겠지. 내심 속으로 땀을 흘리며 그녀는 침대 위에 무릎을 꿇고 섰다.

천천히 속옷을 끌어 내리다가, 속옷이 엉덩이를 지났을 때는 자세를 고쳐 침대 위에 앉아 다리를 세드릭 쪽으로 벌린다. 그의 시선이 한군데에 꽂히는 것이 느껴졌다. 몹시 부끄러웠지만 꾹 참고 마저 속옷을 벗어 한쪽 다리만 빼냈다. 남은 발목은 빼내지 않고 그대로 속옷을 걸쳐 두었다. 몹시 거추장스러웠지만 이게 더 야하다고 했으니 그런가 보다 하며 그의 속옷에 손을 댔다.

그의 속옷을 천천히 벗겼다. 퉁, 솟아오른 물건이 보인다. 발기했구나. 조금 더 자신감이 붙은 그녀는 세드릭의 속옷을 완전히 벗겨 던져 버리고 그의 다리를 벌렸다. 그가 순순히 다리를 벌려 주었다. 그 사이에 들어가 앉자, 세드릭의 시선이 한층 짙어진다.

서기 시작한 그의 물건을 일부러 무시한 채 세드릭의 두 팔 아래 두 손을 짚고 엎드렸다. 입술과 입술이 맞닿았다. 평소라면 끊임없이 벌리고 들어올 세드릭의 혀가 오늘은 잠잠하다. 완전히 나에게 맡기겠다는 거구나. 조금 뿌듯해진 엘레노아는 먼저 입을 열고 그의 입술을 핥았다. 평소와는 다른 감각이 그와 그녀를 부채질한다.

조심스럽지만 섬세하게 혀가 맞닿았다. 그가 혀를 얽으려 했지만, 그녀는 그것을 피해 달아났다. 읏, 세드릭이 불만에 찬 소리를 냈다. 그녀는 싱긋 웃고 그의 입술부터 턱, 턱선, 목을 핥으며 점점 아래로 내려왔다. 쇄골도 깨물어 보고, 왼쪽 가슴에 키스마크도 남겨 본다. 그가 늘 하는 것처럼 유두도 빨아 보지만 반응이 없어서 재미는 없다.

퍼뜩 시각적 자극이란 말이 생각나 일부러 혀를 길게 빼고 그의 가슴골부터 천천히 아래로 핥아 내려왔다. 단단한 가슴을 지나고, 근육이 붙어 잘 갈라진 배도 핥고, 그가 하듯 배꼽도 핥고 주변에 원을 그리기도 한다.

세드릭의 숨결이 가빠진 것은 그녀의 입술이 음모를 파고들 때였다. 남자가 자극에 꿈틀거리기 시작할 때, 여자는 다른 걸로 감탄하고 있었다. 늘 정신이 없어서 몰랐는데, 금발이면 아래도 금발이구나. 오오, 신기해. 늘 부드럽고 차분하게 모이는 아름다운 머리카락과는 달리 다소 뻣뻣하고 구불구불한 그 감촉을 즐긴 뒤, 그녀는 바짝 선 성기를 피해 주변만을 입술로 문질렀다. 뺨에 그의 성기가 닿을 때마다 그가 느끼고 있다는 것이 여실해서 기분이 좋았다.

뱃사람들의 음담패설은 그야말로 알아줘야 하는 것이고, 그녀도 남녀 성애에 관심이 아예 없었던 것은 아니니 종종 귀담아듣곤 했다. 여태까지는 그것을 써먹을 기회가 없었는데, 기회가 오니 제법 훌륭하게 써먹는 것이다.

중심만을 피해 입술로 혀로 애무하던 그녀는 문득 고개를 들었다. 짙은 눈빛으로 그녀를 내려다보는 남자가 보였다. 그녀는 웃었다. 일부러 아무것도 만지지 않고 웃었다.

기대해. 내가 뭘 할지.

남자는 그것을 아는 것 같았다. 재촉하지는 않았지만, 숨은 평소보다 빠른 듯했다. 그리고 무엇보다 짙은 눈빛 속에 기대감이 보였다. 엘레노아는 혀를 내밀고, 천천히 상체를 낮췄다. 그녀가 하고 있는 것을 그가 볼 수 있도록.

그녀의 혀끝에 남자의 것이 닿았다. 움찔, 남자의 물건이 튀었다. 이렇게 보니 귀엽네. 웃으며 이번에는 길게 핥아 보았다. 남자가 숨을 삼킨다.

사실은 완전히 발기하기 전에 입에 넣어야 들어가는 크기라는 것은 잘 알고 있었다. 하지만 남자의 것이 워낙 크다 보니 완전히 발기한 게 아니어도 조금 두렵기는 했다. 그것을 숨기려 기둥을 핥고 있으려니 남자가 웃음기 섞인 목소리로 말을 건다.

"엘레노아, 무리하지 않아도 돼."

"무리하는 거 아니에요. 오늘은 내가 하고 싶은 대로 할 거라고 했잖아."

"그래, 그랬지."

남자는 유쾌하고 기분 좋아 보였다. 아랫배가 움찔하는 것도 보였다. 내가 해 주는 게 좋은 거지? 용기를 얻은 그녀는 입을 벌리고 천천히 남자의 것을 넣기 시작했다.

"입술을 더 벌려. 이는 세우지 말고. 혀를 눌러. 지그시 눌러."

남자가 부드러운 목소리로 리드하기 시작했다. 내심 다행이라고 생각했다. 넣는다고 끝이 아니라고 들었는데, 넣고 나니 이 이상 어찌해야 하는지 알 수가 없었던 것이다. 남자의 목소리를 듣고 있으려니 긴장이 풀리고 입안도 풀렸다.

"잠깐 빼고, 숨 크게 쉬어. 그래. ……다시 천천히 넣어. 응, 잘하고 있어. 이제 혀를 움직여 봐. 옆으로, 앞뒤로, 그래. 할 수 있는 만큼만 해. 응. 많이 안 움직여지는 게 맞아. 그래. 코로 숨 쉬고, 괜찮으면 좀 더 깊게 넣어 봐."

엘레노아는 잠시 망설이다 살짝 고개를 끄덕이고는 좀 더 머리를 숙였다. 욱, 반사적인 구토감이 잠시 일었지만, 못 참을 정도는 아니라서 조금만 더, 조금만 더 하며 남자의 것을 삼켰다. 다 들어가는 건 바라지도 않았지만, 반 정도 삼켰을 때 더 못 하겠다 싶어져 그녀는 급히 고개를 들었다.

"괜찮아. 조금만 더 해 봐. 여기서 더 커지면 입에 안 들어갈 거야."

남자의 격려에 숨을 내뱉고 다시 고개를 숙였다. 남의 성기를 물고 있다는 거부감이 없어서 다행이었다. 입을 열고, 남자의 것을 물고, 천천히 빨아들이며 고개를 내린다. 아까 들어왔던 만큼은 수월하게 들어왔다. 엘레노아는 남자의 허벅지를 잡고 애를 썼다. 조금만 더, 조금만 더. 그러나 더 할 수 있을 것 같은 그녀를 남자가 만류했다.

"그만. 됐어, 엘레노아. 더 하면 정말 입 찢어질 것 같아."

아직 아닌 것 같다고 생각하면서도 그녀는 순순히 고개를 들었다.

그런데 막상 입을 다물고 보니 입안이며 입꼬리가 얼얼해서, 말 듣길 잘했다 싶었다. 가볍게 한숨을 내쉬고 그의 위에 올라탔다. 핥고 넣기도 했으니 이제 아래로 넣을 차례지. 기억에 있는 순서대로 진행하려는 그녀를, 이번에도 세드릭이 막았다.

"엘레노아, 아직 안 돼."

"왜요?"

"너 아직 덜 젖었어. 지금 넣으면 다쳐."

만져 보지도 않고 어떻게 안 걸까. 의아해하는 사이 그가 짓궂게 웃는다.

"엘레노아, 내 배 위에 돌아앉아 봐."

"이, 이렇게?"

"응. 그대로 엉덩이를 뒤로 더 물리고 고개를 숙여서 내 걸 핥는 거야."

굳이 이렇게 핥을 필요가 있을까. 고개를 갸웃거리는 사이 세드릭이 고개를 들어 코끝으로 그녀의 엉덩이 위를 쿡 찌른다.

"더 내밀어야지."

"응? 그럼 내 엉덩이가 얼굴을 덮을 텐데?"

"그래, 그러라고."

에엑. 그녀는 식겁했지만, 농담이 아닌 듯했다. 좀 전에 황태자 전하를 묶어 버린 장본인인 주제에, 엉덩이를 얼굴에 올려도 되나 하는 의문이 그녀의 머릿속을 가득 채웠다. 어쨌거나 시키는 대로 엉덩이를 더 내밀고 그의 위에 엎드렸다. 그리고 혀를 내밀어 막 남자의 것을 핥으려 했을 때, 그녀는 자신의 민감한 부위를 핥고 지나가는 남자의 혀에 몸부림쳤다.

"그, 그러지 마요!"

"왜?"

"그, 입으로……."

"괜찮아. 너도 하고 있잖아."

그러고 보니 그렇긴 한데……. 뭘까, 왠지 속은 것 같은 이 기분은. 엘레노아는 머뭇머뭇 다시 고개를 숙였다. 다시 남자의 혀가 그녀의 밀부를 핥기 시작했다.

아래의 감각을 잊으려 노력하며 그녀는 남자의 것을 뿌리부터 핥아 올렸다. 아까는 미처 생각지 못한 두 개의 주머니도 조물조물 만져 보고, 남자의 허벅지 안쪽도 좀 더 더듬어 본다. 그러나 자꾸만 손길이 멎는 것은, 핥고 코로 문지르는 걸로도 모자라 그녀의 밀부에 혀끝을 집어넣는 남자의 노련한 애무 때문이었다.

"응, 으응……."

"엘레노아, 입이 쉬잖아."

"거기다 대고 말하지 마……."

끙끙거리며 말해 봐야 소용없다는 걸 알면서도 그녀는 핀잔을 주고 다시 남자의 것을 핥았다. 두 사람이 서로의 성기를 핥고 빨고 혀로 깊은 곳을 헤치는 소리가 침실을 메웠다.

"아, 아아아……. 너무 그러면, 못, 못 핥아, 읏!"

"됐어. 이제 충분히 젖었어. 넣어 봐."

남자가 기분 좋게 지시한다. 엘레노아는 달아오른 몸을 추슬러 방향을 바꾸고 일부러 남자의 바짝 선 성기 위에 앉았다. 에헤헤. 축축이 젖은 자신의 아래로 남자의 성기를 누른 여자는 맹랑하게도 살살 앞뒤로 움직이기 시작한다.

"자꾸 애태우면 나 끈 끊는다?"

"끊기만 해 봐요. 오늘 내 맘대로 하게 해 준다고 해 놓고."

"정도가 있는 거야."

"흥."

콧방귀를 뀌면서도 그녀는 슬슬 허리를 띄웠다. 침을 꼴깍 삼키고, 천천히 자신의 밀부를 남자의 것에 맞춘다. 본능적으로 어디로 들어가야 할지 알 수 있었다. 남자의 것은 자꾸 까딱까딱 움직였지만, 어렵지 않게 위치를 맞추고 천천히 허리를 내렸다.

"하읏……."

"후."

남자의 것을 삼키며 여자가 상체를 수그렸다. 달콤한 둔통이 스치고, 두꺼운 귀두가 위압적으로 안을 헤치는 감각도 아프기보다 짜릿하다. 자기도 모르게 남자의 성기를 조인 여자가 배시시 웃으며 고개를 든다.

"좋다."

"좋아?"

세드릭이 웃었다. 엘레노아는 고개를 끄덕이며 눈을 감았다.

"연결된 게 좋아……."

"그래도 움직여야지."

"알았어요."

평소보다 성급한 남자의 재촉에 여자는 천천히 허리를 흔들기 시작했다. 다른 건 몰라도 기승위의 힌트는 기억난다. 허리를 살짝 띄우고, 남자의 것을 살짝만 문 채 알파벳을 쓰는 것. 그러다 반응 좋은 글자가 나오면 반복해 주는 것.

천천히 알파벳을 쓰기 시작했다. A, B, C, D……. 남자는 E에서 반응이 좋았고, G에서 반응이 좋았다. 두어 번씩 반복해 주자 남자의 숨소리가 점차 거칠어진다.

"세드릭, 좋아요?"

"……그래."

낮은 목소리로 으르렁거리듯 남자가 대답했다. 마음 같아서는 Z까지 다 해 주고 싶은데, 그러기엔 자꾸 허리가 주저앉는다. 남자의 성기가 바짝 커져 안을 가득 메우자, 그 감각에 허리가 녹아내리는 것이다.

빼기 싫은 허리를 억지로 들어 올리고 엘레노아는 부들부들 떨리는 손으로 남자의 수건을 잡아 풀었다. 한 번만 당기면 풀리는 매듭으로 묶어 놔서 다행이었다. 그녀가 매듭을 풀어 주기 무섭게 남자가 그녀를 끌어다 자신의 것 위에 앉히고 다짜고짜 혀를 깊게 넣어 왔다.

"으읍! 응! 으으응!"

위도 아래로 너무 깊었다. 목구멍을 막아 버릴 만큼 깊게 들어오는 혀, 아래를 다 헤집어 놓을 듯 박혀 들어오는 남자의 흉기. 그러나 그것이 고통스러우면서도 짜릿하다. 이상해, 이상해. 아픈데 기분 좋아. 그녀는 남자를 밀어내기는커녕 남자에게 팔과 다리를 둘렀다. 그것을 확인한 남자의 숨소리가 거칠어진다.

가까스로 입술이 떨어졌나 했더니, 이번엔 그가 그녀를 들어 올려 침대에 엎드리게 한다. 아, 이게 후배위인가? 쾌감으로 정신없는 와중에 단어가 떠올랐다. 남자가 한 손으로는 그녀의 허리를, 한 손으로는 그녀의 젖가슴을 잡고 쾅 박아 넣었다. 아윽, 그녀는 베개에 고개를 처박았다. 기승위 때도 깊게 박힌다고 생각했는데, 이쪽은 한층 더하다. 게다가 세드릭의 기세가 무시무시했다. 난생처음 손을 묶여 마음대로 할 수 없는 상황에서 애무를 받아 본 남자는 어느 때보다도 달아올라 있었다. 평소라면 얕게, 잘게, 깊게 마음껏 조절했을 남자는 마치 갓 섹스를 배운 시골 총각처럼 미친 듯이 내달렸다. 남자의 고환이 여자의 허벅지에 부딪혀 찰싹찰싹 소리가 났다. 쿵, 쿵, 박아대는 통에 엘레노아는 울면서도 버티려고 베개를 붙잡았다.

이렇게 과격한 것도 좋으니 어쩌면 좋지.

그녀는 울면서 베개에 고개를 문질렀다. 이젠 가슴이고 뭐고 남자가 그녀의 허리만 단단히 붙잡는다.

아, 이제…….

기대감으로 가득 찬 여자가 살짝 고개를 들어 남자를 돌아보았다. 두 사람의 눈이 마주쳤다. 여자의 기대감을 아는 듯 남자가 비릿하게 웃는다.

"엘레노아. 뭘 원해?"

"……월경 안 하는 여자가 임신할 때까지 해 본다면서요."

순간 남자의 눈빛이 위험하게 빛난다. 하지만 남자를 믿는 여자는 배시시 웃었다.

"아기 씨를 줘요. 임신할 수 있나 없나 확인해 보게."

"……원하시는 대로."

남자가 후, 숨을 내뱉었다. 여자는 베개를 고쳐 잡았다.

그날 밤은, 끝없는 열락이었다.

19
상봉

죽은 오르셀 후작의 뒤를 이어 니이만 백작이 재판장이 되었는데, 그가 청탁을 받아 몇몇 범인의 형을 경감하려 한 것이 들통이 났다. 황제는 분개하여 니이만 백작에게 근신을 명했고, 부녀자 납치 사건 해결의 공이 있는 황태자 세드릭에게 재판장을 맡을 것을 명령했다.

연이은 알현 신청을 거절하기 위해 세드릭은 재판을 비공개로 전환했다. 모든 방청이 금지되었다. 세드릭은 무척 바빠졌고, 재판장이 그라면 불안할 것 없다고 판단한 엘레노아는 일단 집으로 돌아가기로 했다. 엘리자베스의 장례 준비 때문에라도 돌아갈 필요가 있었다.

가는 길에 그녀는 꽃을 한 아름 샀다. 남아 있던 금화로 귀한 과일도 샀다. 집으로 돌아가기 전, 동굴에서 발목을 접질러 병가를 얻은 레번드 단장의 병문안을 가야 했다. 재판 때문에 움직이기 힘들다는 세드릭의 부탁을 받고 그의 지시로 마차를 타고 가면서, 엘레노아는 가만히 가슴을 내리눌렀다. 묵직한 보석이 손끝에 느껴졌다.

해결된 건 아무것도 없었다.

엘리자베스는 구하지도 못했다. 세드릭과 마음은 확인했지만 앞으로 어떻게 해야 할지는 정하지 못했다. 레번드 단장도 다쳤고, 제레미도 여기저기 골병든 채 도장만 찍어 대고 있다. 부모님은 이제나저제나 두 딸이 돌아오길 기다리고 계실 테고.

해결된 게 아무것도 없어…….

마부가 레번드 후작가의 문지기에게 신원을 밝히는 소리를 들으며 그녀는 심호흡을 했다. 병문안인데 이렇게 무거운 분위기로 가면 안 돼. 음, 안 되고말고. 억지로 입꼬리를 끌어 올려 미소도 지어 보고, 입을 크게 벌려 근육도 풀어 준다. 좋아, 준비 완료. 엘레노아는 씩씩하게 웃으며 마차에서 내릴 준비를 했다.

미리 연락이 있었던 듯, 사용인들이 줄줄이 서서 그녀를 맞는다. 평민이라면 누구나 주눅이 들 만큼 위용이 있는 건물이었지만, 최근 황궁에서 머물렀던 경험 덕분에 최소한 놀라 나자빠지는 부끄러운 꼴은 겪지 않아도 되었다.

과일은 하녀에게 넘기고, 꽃은 품에 안고 걸었다. 바지 차림에 짧은 갈색 머리, 거기에 씩씩한 걸음걸이를 본 사용인들이 빙그레 웃는 것도 모르고, 그녀는 억지로 활기를 끌어모았다.

그녀를 데려간 집사가 어느 문 앞에 멈춰 서더니 노크를 한다.

"주인님, 전하가 보내신 손님입니다."

안에서 작은 소리가 났다. 그러나 집사는 용케도 알아듣고 상냥한 미소를 지으며 문을 열어 준다.

"자, 아가씨, 들어가시지요."

"감사합니다. 실례하겠습니다!"

그러나 그러모은 씩씩함은 얼마 가지 못했다. 집사에게 건네주지 않고 일부러 안아 들고 온 꽃다발이 바닥에 툭 떨어졌다.

"아, 사이먼 양. 여기까지 오느라 고생……."

"야, 이, 이, 미친 언니야. 니가 왜 여기 있어……?"

"엘……."

"니가 왜 여기 있어!"

엘레노아는 떨어뜨린 꽃다발을 주워 들고 맹렬하게 달려가, 레번드 단장이 누운 침대 옆에 앉아 있던 '베스티 아민'을 마구 후려치기 시작했다. 당황한 레번드 단장이 그녀를 말리다 침대에 고꾸라지고, 그런 주인을 부축하러 집사가 달려오는 와중에도, 엘레노아는 울면서 그녀를 꽃다발로 후려쳤다.

"왜, 왜! 집구석에 안 들어오고! 왜 여기서 사람 속을 태웠니! 이 미친 언니야! 살았으면 집구석엘 들어와야지 왜 남의 집에서 이러고 있느냐고! 내가 너 찾으려고 얼마나, 어?! 너 죽은 줄 알고, 어?!"

"엘, 엘……."

'베스티 아민'이 울며 엘레노아 사이먼을 끌어안았다. 이미 꽃다발의 형체를 알아볼 수 없는 것이 엘레노아의 손에서 툭 떨어졌다. 흐엉, 흐어엉, 채신머리없는 울음이 흘러나가는 것도 모르고, 두 자매는 그렇게 서로를 붙들고 엉엉 울었다. 레번드 후작과 사용인들의 놀람은 덤이었다.

납치된 언니를 찾아 오만 고생을 다한 엘레노아 사이먼 앞에서, 언니 엘리자베스 사이먼은 그저 죄인이었다. 레번드 단장의 권유에 따라 응접실로 자리를 옮긴 뒤, 그녀가 밤의 장미 '베스티 아민'으로서 여기에 머무르고 있었다는 사실을 들은 엘레노아는 콧방귀를 뀌었다.

"뭐? 밤의 장미?"

"엘……."

베스가 미안한 미소를 지으며 그녀의 손을 잡았다. 엘레노아는 그것을 잡아 빼고 자신의 손목에 끼워 두었던 팔찌를 들이밀었다.

"이거 보여?"

"엇, 내 팔찌!"

"미라 팔에서 내가 이거 발견하고 얼마나 울었는지 알아? 근데 살아 있으면서도 집에 안 들어왔다 이거지……?"

"너, 동굴까지 갔었니?!"

베스가 기겁했다. 엘레노아는 남의 집 응접실이건 말건 소리를 빽 질렀다.

"그럼 안 갔겠어?! 저기 단장님이랑 같이 갔다, 왜! 가서 죽을 뻔했다, 왜! 내가 거기만 간 줄 알아? 니이만 백작가도 가고! 별채 가서 못 볼 꼴도 보고! 불에 타서 죽을 뻔도 하고! 습격도 받고! 인질도 되고! 돈도 뜯기고! 발로 차이고! 서러운 꼴도 당하고! 으허어엉."

그간의 노고를 생각하니 절로 우는소리가 났다. 당황한 베스가 레번드 단장을 바라보자, 그가 부드럽게 웃으며 고개를 끄덕였다.

"맞습니다. 고생 많이 하셨어요. 사이먼 양, 어, 엘레노아 양 아니었으면 단서 찾는 데 꽤나 고생했을 겁니다."

"그럼 뭐해요! 언니란 사람은 멀쩡하게 살아서 이렇게 남의 속 다 끓여 놓고도 집에 안 들어오고 있었는데! 으헝, 으허어어어어엉!"

"미안해, 엘. ……움직일 만한 몸 상태가 아니었어. 다 나아서는 단장님이 다쳐 오셔서, 그래서 그동안만 머물려고 했던 건데……."

"웃기지 마! 밤의 장미라면서 가명까지 댄 거 보면 영영 집에 안 들어올 생각이었지? 집안에 먹칠하느니 혼자 죽는 게 낫다고 생각했지? 누가 모를 줄 알아?! 이, 이 나쁜 언니야!"

이번엔 감정이 복받쳐 정말로 눈물이 났다. 여태 웃으며 보고 있던 집사도 얼른 손수건을 내밀었다. 이번에도 중재에 나선 것은 단장이었다.

"그런 생각도 있으셨던 것 같긴 합니다만, 몸이 좋지 않으셨던 것도 사실입니다. 저 다치기 며칠 전에 겨우 자리 털고 일어나셨어요."

"……그렇게 안 좋았어?"

눈치를 보는 동생의 말에 엘리자베스가 씁쓸하게 웃었다. 설명하고 싶지 않지만, 설명해야만 했다. 레번드 후작의 안타까운 시선을 느끼며 눈을 꾹 감았다 뜬 그녀는 겨우 입을 뗐다.

"납치……당하고 나서. 나는 자격이 없다고 하더라. 몸에 마나가 거의 없어서, 제물이 안 된다고 그랬어. 하지만 이미 납치했으니 다른 여자들하고 같이 처리하라고. 그 말을 듣고…… 누가 나를 빼돌렸어. 팔찌를 빼낸 건 나를 죽인 것처럼 위장하기 위해서였을 거야. 그리고 그 뒤로는 음……. 그 사람에게 안 좋은 일을 당하다가, 도망쳐…… 나왔는데……."

"아민 양, 아니 사이먼 양. 힘드시면 이야기는 나중에 하셔도……."

단장이 말렸지만 엘리자베스는 굳게 고개를 저었다.

"아뇨, 그렇게 고생했는데, 엘은 알아야죠. 음, 도망치다 잡혀서 좀…… 더 안 좋은 일을 당했어. 그러다가 다시 도망쳐서 나온 게, 이 저택 정문 근처였어. 다행히 후작님이 먼저 날 발견하셨는데……. 한동안 남자가 무서워서 방 밖에 나가기도 힘들었어. 게다가 내가, 그, 이런 몸으로 첫째 딸이라는 게 알려지면 아버지 이름에 먹칠하는 거니까, 돌아가면 안 되겠다 싶었고. 그래서 가명을 댔던 거야. ……본의는 아니었지만 거짓말을 해서, 후작님께는 정말 죄송할 뿐입니다. ……죄송합니다."

엘리자베스가 고개를 숙였다. 그 숙연한 분위기에 엘레노아도 덩달아 고개를 숙였다.

언니가 당했을 험한 꼴이 짐작이 간다. 빼돌린 남자가 누군지는 몰라도, 좋은 의도로 빼돌리진 않았을 것이다. 게다가 한 번 도망치다 잡혔을 때의 험한 꼴은 상상도 하고 싶지 않았다. 엘레노아는 눈물이 나는 것을 억지로 참았다.

레번드 후작이 웃으며 손을 내저었다.

"아닙니다. 가명이라는 건 짐작하고 있었어요. 전하가 언질을 주셔서."

"네?"

"엘리자베스 사이먼을 아느냐고 제가 물었을 때, 아민 양…… 그러니까 엘리자베스 양은 '나는 다른 곳에 분리되어 있어서 도망칠 수 있었다' 고 대답하셨잖아요? 제가 그 이야길 엘레노아 양에게 했는데, 그때 같이 들으신 전하가 나중에 넌지시 그러셨습니다. 모른다고 대놓고 말하지 않은 걸로 봐서 가명일 것이라고. ……제 짐작이지만, 오늘 엘레노아 양을 여기 보내신 것도 한번 확인해 보라는 전하의 배려라고 생각합니다. 내일이면 전 다시 출근할 예정이었거든요."

"그랬구나……. 고맙다고 엄청 이뻐해 줘야겠네."

엘레노아는 눈물 젖은 눈으로 씩 웃었다. 그 말에 레번드 후작은 환하게 웃었지만, 이번엔 엘리자베스가 경악하고 말았다.

"이, 이뻐해 주다니? 누, 누구를……?"

하지만 엘레노아는 언니의 경악에는 아랑곳없이 말을 이었다.

"그러면 언니. 사정은 알았어. 하지만 몸이 다 나았으면 계속 여기 있을 순 없잖아. 이제 단장님도 다 나으셨고. ……집에 돌아오는 게 싫은 거 같기도 하고. 어떡할래? 따로 방을 구해 줄 테니까, 거기서 살래? 물론 부모님은 한 번 뵙기야. 엄청 울고 엄청 걱정하셨어. 언니 찾으러 간다고 나까지 나와서 더더욱."

"……응. 뵙긴 해야지……. 그래, 네 말대로 할게."

엘리자베스가 씁쓸하게 고개를 숙였다. 엘레노아는 저도 모르게 그녀를 부둥켜안았다.

부모님의 소망대로 결혼하는 것만이 그녀의 바람이었다. 내내 그렇게 살아온 그녀가 순결을 잃고 다친 걸로도 모자라, 본인의 속상함을 둘째 치는 것이 속상했다. 부모님 뵐 낯이 없어 하는 것이 너무나 안타까웠다. 그까짓 게 뭐 어때서. 순결이 뭐가 중요해서. 목숨만 부지하면 됐지, 그까짓 게 뭐 중요하다고.

하지만 그 말을 입 밖으로 낼 수는 없었다. 당사자는 엘리자베스지, 엘레노아가 아니기에.

애틋하게 서로를 끌어안은 두 자매를 바라보던 레번드 후작이 조심스럽게 말을 보탰다.

"괜찮으시다면 저희 집에서 더 머무셔도 됩니다. 오히려 말 나지 않기로는 저희 집이 더 편하시지 않을까 싶은데요."

"아니요, 그럴 순 없죠. 더 있다가 소문이라도 나면 그야말로 민폐를 끼치게 되는 거니까요. ……큰 은혜를 베풀어 주셔서 정말 감사합니다, 후작님. 충분해요. 간병도 오늘로써 끝이니…… 전 이만 가봐야 할 때가 온 것 같네요."

엘리자베스가 눈물이 그렁그렁한 큰 갈색 눈을 휘며 화사하게 웃었다. 엘레노아는 묵묵히 언니를 바라보았다.

베스는 어릴 때부터 결정한 사항에서는 잘 흔들리지 않았다. 그래서 더 멋있어 보였다. 본인이 결정한 중심은 절대 흔들리지 않는 여자였다. 그리고 그래서 더 애처로웠다. 이제 언니가 린네에 있는 사이면 저택에 발을 들일 일은 영원히 없을지도 모른다. 쓸쓸해질 집을 떠올리자 몹시 마음이 아팠다.

그때 갑자기 레번드 후작이 자리에서 일어났다. 발목은 무사히 다 나았는지 성큼성큼 걸어 엘리자베스의 앞까지 온 그가 뜬금없이 무릎을 꿇는다.

헉?

당황해서 엘레노아는 옆으로 슬슬 피하다가 소파에서 굴러떨어졌다. 악 소리가 나려는 입을 막고 균형을 잃지 않게 뒤에서 받쳐 준 건 언제 왔는지 알 수 없는 세드릭이었다. 소파 뒤에 몸을 숨긴 그가 그녀를 잡아 끌어냈다. 일이 바빠 움직일 수 없다던 남자에게 질질 끌려가며, 대체 상황이 어떻게 되는 건지 알 수 없어 엘레노아는 얼굴을 잔뜩 일그러뜨렸다.

두 사람은 응접실 문을 아주 조용히 열고 문밖으로 나왔다.

"일 때문에 바쁘다더니 어떻게 된 거예요?"

"확인하고 싶은 것도 있고, 생각대로 일이 진행된다면 해야 할 말도 있고."

"뭐야, 그게……."

무어라 핀잔을 주려는 그녀의 입을 다시 틀어막은 세드릭이 쉬, 하고 조용히 하라는 신호를 보낸다. 그리고 문을 조금 열고 그 틈에 얼굴을 갖다 댄다.

설마, 훔쳐보는 거야?

어이가 없고 기가 막힌데, 이미 홀 저쪽은 아주 난리가 났다. 무엇 때문인지 들썩들썩 와장창 쿠당탕 온갖 소란이 요란하다. 하기야 예고도 없이 황태자 전하가 와 버렸지. 이렇게 방문하면 안 되는 거라고 자기 입으로 그래 놓고. 엘레노아는 잔뜩 인상을 썼지만 세드릭은 응접실 안을 훔쳐보기에 여념이 없다. 그 뒷모습을 보던 그녀는 곧 그의 앞으로 파고들어 자기도 문틈에 얼굴을 들이댔다.

자리에서 벌떡 일어선 언니는 잘 보였지만 무릎 꿇은 레번드 후작은 잘 보이지 않았다. 나 안 보여요. 좀 들어 줘. 신호를 보내자 세드릭은 그녀가 바지를 입은 것을 확인하고는 아예 목말을 태워 들어 올린다. 오오, 귀족 저택의 응접실 문은 크고 높아서 매우 좋구나. 사용인들이 감히 황태자의 목말을 탄 여자에게 기겁하는 것도 모르고 그녀는 아주 신이 났다.

하지만 응접실 안의 분위기는 몹시 수상했다. 엘레노아의 얼굴도 곧 진지해졌다.

……에이, 아무리 그래도 설마.

남작도 아니고 자작도 아니고 후작인데, 후작. 공후백자남에서 두 번째라고, 저분이. 그럼에도 풍겨 오는 진지하면서 아삼아삼하고 달착지근하면서도 수상한 분위기에 저절로 허리가 뒤틀린다. 저도 모르게 몸을 비틀자 세드릭이 허벅지를 찰싹 때린다. 가만히 있으라는 것이다. 엘레노아는 감히 대낮에 허벅지를 때린 미운 손을 자기도 찰싹 때려 주고는 다시 방 안으로 시선을 던졌다.

"저는 당신을 이렇게 보내고 싶지 않습니다. ……엘리자베스 사이먼 양, 저와 결혼해 주십시오."

엘레노아의 눈이 휘둥그레졌다. 설마설마했는데 설마가 진짜 됐다. 반사적으로 아래를 내려다보는데, 세드릭에게선 흐뭇한 기운만 느껴질 뿐 어째 반응이 없다. 어이, 당신 저 사람 주인이잖아. 왜 안 말려?! 저거 후작이라고, 후작! 이런저런 문제 많이 생기는 거 아니야? 괜찮은 거야?

엘리자베스는 한참 말이 없었다. 레번드 후작도 말이 없었다. 지켜보는 엘레노아만 땀이 흘렀다. 이건 응원할 수도 없고 응원하지 않을 수도 없는 상황이라, 보는 그녀가 조마조마했다.

"……후작님을 위해서라도, 저는 안 됩니다. 제가 어떤 일을 겪었는지 잘 아시지 않습니까."

조용조용한 엘리자베스의 말. 이미 마음은 굳었다. 그럼 그렇지. 엘레노아는 맥이 빠져 조용히 숨을 내뱉었다. 툭툭, 세드릭의 손이 그녀의 허벅지를 달래듯 두드린다.

"당신의 결정이 저를 위한 것이라면 그건 아무런 의미도 없다고 말씀드리겠습니다. 저에겐 당신이 옆에 있는 게 가장 의미 있으니까요."

"아니요, 제가 받은 은혜를 생각해서라도 저는 그러면 안 됩니다."

"그 은혜, 저는 준 적 없습니다."

레번드 후작이 단호하게 말하고 고개를 들었다. 엘레노아가 여태 본 것 중에 가장 강한 눈빛이었다.

"저는 저희 집 대문 옆에 누가 쓰러졌든, 데리고 들어와 치료를 지시했을 겁니다. 그건 이전이든 이후로든 변하지 않습니다. 그것을 특별히 은혜를 베푼다고 생각한 적도, 선행을 한다고 생각한 적도 없습니다. 저는 당신이 눈을 떴을 때 당신에게 빠진 게 전부입니다. 그런데 왜 안 되는 겁니까?"

"……이미…… 이미 더러워진 몸이니까요. 너무, 너무……."

엘리자베스가 차마 말을 잇지 못하고 입술을 깨물었다. 레번드 후작이 천천히 자리에서 일어났다. 그러곤 빙그레 웃는다.

"저는 그것 또한 받아들일 수 있습니다."

"후작님……."

"아픈 말씀을 드려 죄송합니다만, 만약 다른 남자라면 어떨까요."

"읏……."

"반면, 저는 당신에게 어떤 일이 있었든지 전부 이해하고 받아들일 수 있습니다. 저희 집안은 사교계 활동을 좋아하지 않는 걸로 유명해서, 제가 당신을 밖으로 내보내지 않아도 이상하게 쳐다보지 않을 겁니다. 게다가 저는 후작이고, 검도 잘 씁니다. 다른 남자들에 비해 당신을 지킬 힘은 가지고 있다고 생각하는데, 어떠십니까. ……사실 있지도 않은 상대를 비방하는 말, 처음 해 봅니다. 그래도, 그만큼 간절하니까 합니다. 어떠십니까, 엘리자베스 사이먼 양. 저와 결혼해 주시겠습니까?"

"저는……."

"제가 싫으십니까?"

레번드 후작이 무지막지하게 밀어붙인다. 대답하지 못하고 고개를 저은 엘리자베스가 떨기 시작한다. 몇 번이나 반복해서 고개를 젓고 기어이 고개를 떨군다. 아이고, 어쩌나. 우리 언니, 운다. 같이 속상해져서 엘레노아가 시무룩해졌을 때 세드릭이 그녀를 바닥에 내려놓고 속삭인다.

"왜 그런 표정이야?"

"마음이 없진 않지만 언니는 거절하기로 마음먹었으니까…… 속상해서요."

"무슨 소리 하는 거야?"

피식 웃은 세드릭이 다시 문틈을 가리킨다. 어? 당황해서 문틈에 다시 얼굴을 끼워 넣자, 후작님이 울고 있는 엘리자베스를 품에 안고 행복한 미소를 짓는 것이 보인다.

"어? 어어어? 어어어?"

엘레노아가 외치는 소리를 들은 두 사람이 문가를 바라본다. 당황해서 후다닥 떨어지는데, 그 문을 활짝 열고 세드릭이 들어선다.

"저, 전하! 어떻게 여기까지……."

레번드 후작이 당장 부복한다. 놀라 눈이 휘둥그레진 엘리자베스가 몸 둘 바를 모르고 동동거린다. 그사이 세드릭은 척척 걸어가 자기 집인 양 소파 상석을 차지하고 고개를 까딱한다. 그제야 레번드 후작이 자리에서 일어난다.

세드릭이 엘리자베스를 빤히 쳐다본다. 베스는 그 눈길을 피하며 바들바들 떨기 시작한다. 단순히 사람 앞에 나서기가 두렵다거나 황태자를 만나 놀랐다거나 하는 것과는 다른 것 같아 레번드 후작과 엘레노아가 의아해할 때 침묵이 이어졌다.

치맛자락을 쥔 채 떨고 있는 엘리자베스, 미소도 없이 베스를 바라보는 세드릭. 엘레노아의 마음이 불안으로 술렁일 때 세드릭이 조용히 말을 건넨다.

"처음 봤을 때 사정이 있을 거라고 생각은 했지만, 그대가 엘리자베스 사이먼이란 건 몰랐어. 얼굴을 몰랐으니까."

엘리자베스는 말이 없었다. 그러나 엘레노아와 레번드 후작의 눈이 동그래진다.

"세, 세드릭? 언니를, 베스를 만났었어요?!"

"니이만 백작가의 별채에서 만났었지. 그렇지?"

"……예."

갈라지고 억눌린 목소리가 엘리자베스에게서 흘러나온다. 금방이라도 쓰러질 것 같은 그녀의 어깨를 레번드 후작이 감싼다. 엘레노아의 입이 서서히 벌어졌다.

"뭐, 뭐가 어떻게 된 건지 설명 좀 해 줘 봐요. 나 하나도 모르겠어……. 별채에서 어떻게 언니를 만난 건지, 어떻게 언니가 여기 있는 걸 알고 나를 여기 보낸 건지, 당신은 또 어떻게 알고 온 건지, 뭐야, 대체 어떻게 된 거야. 세드릭 점쟁이예요? 뭐야? 대체 이게 어떻게 돌아가는 거야? 세드릭 지금 당신 엄청 수상해 보이는 거 알아요?"

"일단 앉지."

세드릭의 지시에 레번드 후작이 엘리자베스를 데리고 소파로 간다. 그녀는 잠시 망설였지만 곧 레번드 후작이 이끄는 대로 따라가 앉는다. 엘레노아도 혼란스러운 머리를 쥐어뜯으며 주춤주춤 소파로 가 앉는다. 잠깐의 침묵 끝에 세드릭이 말을 꺼낸다.

"엘레노아. 나는 파티에 꼬박꼬박 참석하고, 파티도 좋아해."

"이 상황에 뜬금없이 개풀 뜯어먹는 소리는 왜 하는 거예요?"

"엘!"

엘레노아의 퉁명스러운 핀잔에 엘리자베스가 기절할 듯 놀란다. 괜찮다고 레번드 후작이 베스의 어깨를 두드리고, 엘레노아도 한숨을 푹 쉰다. 세드릭은 눈썹을 꿈틀하긴 했지만 일단은 넘어가기로 한 듯하다.

"뜬금없지 않아. 내가 사교 파티에 꼬박꼬박 얼굴을 들이미는 이유가 있으니까."

"……그게 옷이나 머리카락이나 얼굴 자랑을 하기 위한 거라면 난 이 자리에서 당신 등짝을 후려갈길 거예요."

그 말에 레번드 후작의 얼굴이 굳는다. 웃음을 참는 것이다. 세드릭도 잠시 말문이 막힌 듯했지만, 곧 피식 웃는다.

"그 이유도 없진 않지만, 중요한 건 정보야. 파티가 벌어지는 시점에 누가 누구와 친한지, 교류가 시작된 사이는 누구인지, 척을 진 건 누구인지, 요새 유행은 무엇인지. 그것들을 알기 위해서 꼬박꼬박 참석을 했지. 그 빌어먹을 단체의 존재를 알아낸 것도 파티에서였어. 그리고 이리저리 인맥을 찾아, 버나드 기든스가 되었고."

"그렇게 나이만 백작 별채의 파티에 참석한 거였어요?"

"그래. 널 만나기 2주 전쯤 나는 그 별채에 들어갔어. 파티에 정식으로 참가할 수 없는 서자들은 당연히 나를 알아보지 못했지. 그들 담당인 집사장 행크도 내 얼굴은 몰랐어. 그래서 밤엔 파티에 어울리고, 낮엔 단서를 찾아 그 집이나 회합 장소를 뒤졌고. 그즈음 엘리자베스를 데리고 몇몇 놈들이 별채를 방문했어. 그때 내가 그녀를 본 거지."

"……왜 도와주지 않았어요? 베스를 보고 사정이 있어 보인다고 짐작했다면서!"

엘레노아의 눈에 서러움이 차오른다. 세드릭이 씁쓸한 미소를 지으며 손을 뻗는다. 그녀는 잠시 버티다가, 곧 기운 없이 어깨를 떨구고 일어나 걸었다. 그가 다정하게 그녀를 잡아당겨 옆에 앉힌다.

"놈들은 엘리자베스 양을 전리품처럼 생각했던 것 같아. 여기저기 시퍼렇게 멍이 든 베스 양을 끌고 다니며 몹시 의기양양했지. 폭행의 흔적을 보고 무언가 있겠다고 생각했지만, 놈들이 부른 여자들과 어울리지 않으려다 의심을 산 뒤라 쉽게 도와줄 수가 없었어."

"……이해했어요. 그래서, 누구예요. 베스를 끌고 다닌 그 새끼들은."

엘레노아가 물었다. 나직한 목소리에 억눌린 분노가 깊숙이 배어 있다. 엘리자베스가 움찔하고는 고개를 푹 숙인다. 세드릭이 그녀를 토닥이며 묻는다.

"엘리자베스 양은 이 일을 드러내고 싶지 않은 거 같은데?"

시선을 돌리자, 고개를 숙인 채 작게 끄덕이는 언니 베스가 보인다. 마음이 가라앉은 엘레노아에게서 나직한 목소리가 흘러나온다.

"언니. 언니가 후작님과 결혼하지 않을 거라면 언니가 원하는 대로 덮을 수 있어. 하지만 결혼할 거라면, 놈들이 처분을 받게 해야 해. 그래야 안전해. 상대는 후작님이라고. 아무리 사교 활동을 하지 않는다고 해도, 한 번도 얼굴을 안 비출 순 없잖아. 그러지 않으면 언니는 내내 두려움에 떨면서 살아야 해. 언제 들킬까, 언제 그놈들을 만나게 될까. 사실을 알고 협박하진 않을까. 사실을 알게 된 사람들이 손가락질하지 않을까."

"엘레노아 양. 그 정도는 제가……."

레번드 후작이 나서려는 것을 세드릭이 고개를 저어 막는다. 후작이 말을 삼키는 사이 엘리자베스의 눈에서 눈물이 후두둑 떨어져 깍지 낀 손을 적신다.

"이번만큼은 엘레노아의 말이 맞아. 결혼식 안 할 거야? 폐하께 보고 안 할 건가? 사교계 데뷔조차 안 시킬 거야? 요나단, 네가 최대한 노력할 수는 있지만 온전히 막을 수는 없어. 그렇다면 그 전에 놈들을 해결하는 게 순리겠지."

"하지만 그건 불가능하잖아요."

엘리자베스가 고통스러워하며 대답했다. 깍지 낀 손이 부들부들 떨린다. 그러나 세드릭은 연습해 온 아름다운 미소를 지으며 엘레노아를 바라본다.

"엘레노아."

"왜요?"

"가능하게 해 주면 뭘 해 줄 거야?"

레번드 후작과 엘레노아의 눈이 휘둥그레졌다. 세드릭의 미소엔 장난기가 넘쳐 난다. 어버버, 어버버. 두 사람이 말을 더듬는 사이 엘리자베스는 아예 굳어 버렸다. 세 사람이 시선으로 묻자 그는 대답을 재촉한다.

"뭘 해 줄 거냐고."

"……뭘 원해요? 다 해 줄게요. 다."

엘레노아가 덥석 달려든다. 만족스럽다는 듯 세드릭이 씩 웃는다.

"정말이지?"

"말만 해요. 그게 가능하기만 하다면!"

"조건은 세 가지야. 나머지 떨잠. 아저씨와 만나 아저씨가 지켜 주게 된 사건에 대해 이야기할 것. 어젯밤처럼 나를 즐겁게 해 줄 것. ……언니의 행복을 지키기 위해서라면, 이 정도면 싸지 않나?"

"엘, 하지 마!"

엘리자베스가 비명을 지른다. 왜 저러지 싶어 고개를 돌리다 레번드 후작과 눈이 맞았다. 흠흠, 헛기침을 하고 고개를 돌리는 레번드 후작을 보고 엘레노아는 깨달았다. 밤일 때문에 그러는 거구나. 그녀는 잠시 머리를 긁적이다 언니에게 헤, 웃어 보였다. 그리고 다시 세드릭을 보고, 그의 손을 꼭 부여잡고 맹렬하게 고개를 끄덕였다.

"상단에 불이익을 주지 않겠다고 약속만 해 줘요. 그럼 다 해 줄게."

"좋아. 거래 성립이다."

세드릭이 만족스럽게 웃는다. 엘레노아도 희망에 가득 차 씩 웃는다. 베스는 기절할 것 같았지만, 더 이상 목소리가 나오질 않았다. 위로하듯 레번드 후작이 그녀의 어깨를 쓰다듬는다.

"자, 그리고 엘레노아가 궁금해한 게 또 뭐였더라. 음. 그래. 엘리자베스 양을 빼돌린 범인. 여기부터는 민감한 이야기가 이어질 텐데, 내가 계속해도 될까?"

세드릭이 베스에게 묻는다. 엘레노아와 레번드 후작의 손에도 힘이 바짝 들어간다. 베스가 머뭇머뭇 고개를 끄덕이자 가볍게 묵례해 감사를 표한 세드릭이 결론을 내 준다.

"범인은 스타일러가의 서자, 셋째야. 파티에 갔다가, 가세가 기운 스타일러 남작가의 장남과 사이먼 상단의 장녀의 정략결혼이 진행 중이라고 들었어. 약혼하고 집안 간 교류하는 과정에서 얼굴을 봤겠지. 그리고 엘리자베스 양이 납치된 걸 알았을 때 그녀를 빼돌린 거야. 뛰어난 장남 밑의 서자라 형의 것을 빼앗는 데에 혈안이 된 놈이라 하더군. 장천명을 속였다는 것도 자부심에 일조했을 거고. 그래서 자랑은 하고 싶은데, 장천명의 눈이 닿는 곳은 안 되니 수장이 무리를 이끌고 나간 니이만 백작가의 별채, 그리고 같은 서자들의 방 정도만 데리고 다닌 것 같아. 다행히 그 패거리는 모두 이번 사건에 연루되었어. ……모조리 잡아넣을 수 있다는 뜻이지."

"다행이다! 그런데 단장님 집에 언니가 있는 건 어떻게 안 거예요?"

안도도 잠시, 엘레노아는 얼른 물었다. 생각하란 말 없이 세드릭이 이렇게 친절하게 주절주절 설명해 주는 일은 많지가 않으니 기회를 잡아야 했다. 세드릭도 그것을 눈치챈 듯했지만, 그녀가 추측할 수 없는 정보까지 생각하라고 할 마음은 없기에 순순히 대답해 주었다.

"거꾸로 생각한 거야. 레번드 후작가의 저택은 부지가 굉장히 넓어. 그런데 몹시 다친 여성이 걸어서 저택 정문까지 왔다고 들었지. 체력상 먼 거리를 걷지는 못했을 텐데, 근처에 귀족 저택이 몇 개 있긴 해도 귀족 저택이라면 그 몸으로 빠져나올 수가 없어. 문지기며 경비원들이 있으니까. 그럼 근처에 귀족 저택이 아니면서 귀족이 머무는 곳이 있지 않을까 생각했는데, 그때 파티에서 얻은 정보가 빛을 발했지. 스타일러가의 셋째가 여자 놀음을 위해 이 근처에 자취방을 구했다고. 아마 엘리자베스를 숨기기 위한 목적이었을 거야."

"그치만 그게 언니인 건 알 수 없잖아요."

"거기부턴 정황 증거였어. '엘리자베스 사이먼을 아느냐' 라고 했을 때, 베스 양은 모른다고 딱 떨어지게 대답하지 않고, 아주 둘러 둘러 모른다고 대답했지. 안 그래?"

"그랬죠."

"그 말은 안다는 말과도 크게 다르지 않아. 그렇다면 본인이거나, 엘리자베스 양을 알지만 그 사실을 숨기고 싶어 하는 사람일 텐데, 굳이 숨길 이유가 있나? 단순히 아느냐고 물은 것뿐인데. 게다가 상단을 물려받을 엘레노아 사이먼이야 유명하지만, 정숙하다는 장녀는 밖으로 나오는 일조차 적다고 들었어. 그렇다면 행동반경도 좁을 테고, 그런 장녀를 아는 아가씨라면 사이먼가와 가까운 사람이어야 하는데, 엘레노아 사이먼이 찾는 것은 엘리자베스 양 한 사람뿐이었지."

"아……."

"그래서 본인일 확률이 높다고 생각한 거야. 그전까지는 난봉꾼 귀족들에게 강제로 끌려가 험한 일을 당하는 평민 아가씨를 요나단이 돌봐 주고 있는 것이라 생각했어. 그런데 그 대답을 듣고는 혹시, 했던 거지. 만약 그 짐작이 맞다면 요나단에게 댄 이름도 가명일 것이고. 직업이 밤의 장미라는 건 좀 헷갈렸지만 정말로 밤의 장미라면 요나단이 반하지 않았을 것 같다는 확신이 있었지. ……저거 저래 봬도 후작이고, 밤의 장미라면 파티에 가서 많이 봤다고. 요나단에게 익숙한 존재지만, 그러면서도 싫어하는 존재가 밤의 장미야. 그런데도 반했으면, 밤의 장미의 분위기가 나지 않는다는 뜻일 테고, 그럼 직업도 가짜일 확률이 높은 거지."

"어어……."

"이걸 모두 합치니 큰 그림이 완성이 된 거야. 당연히 엘레노아

너는 추측할 수 없지. 내가 알고 있는 이런 정보가 없으니까."

긴 설명 끝에, 엘레노아는 허, 하고 짧은 숨을 내뱉었다. 세드릭이 가지고 있는 많은 정보와 추측 과정, 그가 고려하고 있는 여러 가지 요소들을 한꺼번에 따라가기가 벅찼던 것이다. 마찬가지인 듯 묵묵히 듣고 있던 레번드 후작이 조용히 한마디 한다.

"전 이번에도 감이라고 생각했습니다만……."

"아, 물론 감도 있지. 정황 증거만으로 엘리자베스 사이먼을 확신한 거니까."

"세드릭, 대단해요."

엘레노아가 순수하게 감탄했다. 짝짝짝 박수가 절로 나왔다. 으쓱, 세드릭의 어깨가 하늘로 치솟는다. 그러나 문득 생각이 난 그녀가 우울해하며 묻는다.

"잠깐만요. 스타일러 남작의 셋째는 서자여도 어쨌든 귀족이잖아요. 평민을 납치하고 그…… 험한 짓을 했다고 처벌이 가능해요?"

자매의 눈에 간절함이 서린다. 그럴 수밖에 없다. 납치, 강간 등의 형벌은 엄중하지만, 평민을 대상으로 한 귀족에겐 해당이 없기 때문이다. 엘레노아가 기를 쓰고 재판을 방청하러 다녔던 것도, 혹시 그래서 정당한 판결이 내려지지 않을까 불안해서였다. 장천명이야 처벌이 되겠지만, 납치에 가담한 그 많은 귀족의 아들들은 처벌을 받지 않을까 봐. 그 마음 안다는 듯이 세드릭이 웃으며 엘레노아를 끌어안았다.

"자카드 안에서의 납치와 살해만으로도 그들은 벗어날 수 없어. 거기에 귀족 영애 납치 및 살인이 함께 걸려 있기 때문에, 형법도 무거운 그대로 적용할 수 있지."

"그, 그러면……."

"수도의 평민은 모두 황제의 것이야. 게다가 이번엔 재판장도 나지. 백 명을 넘게 죽인 놈과, 거기에 가세한 놈들을 그냥 넘길 생각은 없어. 엘리자베스 양의 경우 얼굴을 아는 사람들이 있느냐 없느냐가 관건인데, 베스 양 관련자는 이번에 모두 잡아들일 수 있어. 니이만 백작가에서 얼굴 봤던 행크는 밤의 장미 살해 및 은폐 건으로 곧 사형이 집행될 거고, 하녀장과 아들들은 죽었지. 스타일러가의 셋째 패거리만 해결이 되면, 귀족들 사이에 베스 양의 얼굴을 아는 사람은 이제 이 집 사람들만 남아. 그건 요나단, 장담했으니 알아서 하겠지?"

"……물론입니다."

레번드 후작이 단호하게 대답하며 베스를 돌아본다. 굳게 잡은 손에 바짝 힘이 들어간다. 베스는 멍하니 후작을 올려다본다. 커다란 갈색 눈동자가 점차 눈물로 뒤덮인다.

"그러면, 정말로……."

"행복해질 수 있는 거야, 언니."

엘레노아가 덩달아 멍하니 중얼거렸다. 레번드 후작이 강하게 고개를 끄덕인다.

"그땐 도와주지 못해 미안했어, 엘리자베스 사이먼 양."

세드릭이 싱긋 웃으며 말을 붙인다. 감히 황태자의 사과를 받은 베스는 고개를 저었다. 아니라고, 괜찮다고 말하고 싶은데 울음이 차올라 목소리가 나오질 않았던 것이다.

"이제 남은 건, 결혼식 전까지 정식 결혼의 모양새를 갖추는 것, 그리고 엘리자베스 양이 행방불명되었던 약 두 달의 기간에 대한 변명을 만드는 것 정도일까. 그런 거야 알아서 할 수 있겠지, 엘레노아, 요나단?"

엘레노아는 고개를 끄덕였다. 당장이라도 이 남자를 끌어안고 키스를 해 주고 싶지만 꾹 참았다. 레번드 후작도 고개를 끄덕이고 베스를 내려다본다. 그 눈길에는 애정이 가득 차 있어, 보기만 해도 간질간질할 정도였다.

그때 누군가가 응접실 문을 노크했다. 둘만의 세계에 빠진 레번드 후작을 대신해 세드릭이 들어오라고 대답하자, 응접실 문이 활짝 열리고 누군가가 들어왔다.

샴페인을 든 집사였다.

그 뒤를 따라 샴페인 잔이며, 간단하지만 화려한 안주며 은식기 세트들이 주르륵 응접실로 들어간다. 어? 어? 반대 안 해? 저기, 어, 세드릭은 그렇다고 쳐도요, 저기, 우리 언니 평민인데, 후작 부인이 되는 건데, 바, 반대 안 해요? 엘레노아가 어버버 하며 사용인들을 쳐다볼 때, 세드릭이 씩 웃으며 샴페인 잔을 내민다.

"마셔 봐, 맛있다."

머뭇머뭇 샴페인 잔을 받아 드는 사이 응접실 테이블에 뜬금없는 축하연 세팅이 끝났다. 아까 달그락달그락 바빴던 것은 황태자가 갑자기 방문해서가 아니라, 이런 사태를 짐작하고 음식 준비를 했기 때문인가 보다. 사용인들이 소파 주위를 둘러싸고 박수를 보내고, 레번드 후작이 멋쩍지만 행복한 웃음을 짓는다. 눈이며 코며 온통 빨개진 베스는 레번드 후작의 어깨에 얼굴을 묻는다.

엘리자베스가 다른 사람 앞에 당당해질 때까지는 아무래도 시간이 걸릴 듯했다. 하지만 레번드 단장이라면 언니를 행복하게 해 줄 거라고 믿음이 갔다. 본인 말대로, 레번드 후작가라면 정통은 있으면서도 사교계를 좋아하지 않는 것으로 유명하다. 특히 전대 후작 부부는 금슬이 좋아 사교계보다 둘 사이의 취미 생활을 즐기는 걸로 소문이 자자하지 않았나. 집안 분위기도 그런 데다 레번드 후작 본인도 사교계를 즐기지 않는다니 베스가 뒷말 들으며 괴로울 일은 덜할 터였다. 귀족과 평민의 결혼은 금지되어 있지 않고, 베스는 외유내강형이니 알아서 내조도 잘할 것이다. 그러니 곧 사람 앞에 당당히 나서게 되겠지. 엘레노아가 그리 생각하며 두 사람을 보고 웃을 때, 레번드 후작이 조심스럽게 묻는다.

"그런데 전하, 한마디만 여쭙겠습니다. 상황은 알겠지만 어떻게 여기까지 종자도 없이 오신 것인지……."

"아, 구혼 성공을 축하하려고."

"가, 감사합니다, 전하."

레번드 단장의 얼굴에 화색이 돌고, 세드릭이 더 화사하게 웃는다. 이거 불길한데. 어쩐지 심상치 않아 엘레노아가 불안해할 때, 그가 먼저 폭탄을 던지고 만다.

"그리고 이 말 해 두려고. 다 좋은데, 요나단. 내가 결혼하기 전엔 안 된다."

"……예?"

청천벽력 같은 소리에 응접실에 있던 모든 사람의 눈이 휘둥그레진다. 하지만 정작 문제 발언의 근원은 태평하게 샴페인 잔을 홀짝인다. 한참 만에 가까스로 모시는 분의 저의를 이해한 레번드 후작의 얼굴이 새파래진다.

"저, 전하. 제가 전하보다 나이가 많사옵니다만……. 에, 엘리자베스 양도 엘레노아 양보다 나이가 많고요……."

"알고 있는데?"

"전하는 아직 계획이 없으시지 않습니까."

"누가 그래?"

삼페인 잔도 내려놓고 이젠 아주 정색을 한다. 어이가 없어 가만히 듣던 엘레노아는 반사적으로 외쳤다.

"잠깐, 나 말고 어떤 년하고 결혼을 하려는 거야?!"

"뭐?"

"그 계획 나는 모른다고! 어떤 년이야?!"

존댓말도 다 날려 먹고 잔뜩 노려보는 엘레노아를, 세드릭이 멍청한 얼굴로 쳐다본다. 그 얼굴을 본 여기저기에서 풋, 푸풋 웃음이 샌다. 뭐야, 이거. 수상한 분위기에 주위를 살피는 엘레노아를 끌어안고 그 가슴에 얼굴을 박은 세드릭이 웃기 시작한다. 뭐야, 이거 아니야? 당황한 그녀가 도움을 요청하려 엘리자베스를 쳐다보는데, 그 언니조차도 발개진 얼굴로 웃고 있다.

"어라. 설마, 내 얘기였어?"

당황해서 머리를 긁적이자, 세드릭이 웃는다.

"그래."

"그치만 우리 계획 없잖아……요."

"이제부터 본격적으로 짜야지. 요나단이 피 말라 죽기 전에 계획을 얼른 짜 보자고."

그리 대답하며 세드릭이 활짝 웃는다. 에헤헤, 에헤헤. 그제야 엘레노아는 배시시 웃으며 그를 끌어안았다.

행복은 그렇게 가까운 것만 같았다.

20
기선 제압

수도 지점에 와 있던 사이먼 부부가 레번드 후작의 저택을 방문하는 것으로 가족 상봉이 이루어졌다. 엘리자베스가 잠적하려 했다는 사실과 엘레노아가 황태자와 사귀고 있다는 사실은 비밀에 부치기로 했다. 황태자와 후작이 옆에 있거나 말거나, 당장 달려온 부부는 딸을 끌어안고 아이처럼 울었다. 둘째 딸이 기어이 첫째 딸을 찾아냈다는 사실을 알고는 둘째 딸의 등짝을 팡팡 치며 칭찬 아닌 칭찬도 했다. 게다가 딸을 도와준 레번드 후작이 청혼했다는 사실까지 알게 된 부부는 그 자리에서 손을 맞잡고 춤을 추었다.

"이제 집에 가서, 맛있는 것 먹고, 푹 쉬고, 그러고 천천히 몸 회복하고, 응……."

"아니, 당분간 엘리자베스 양은 여기 있는 게 좋을 거야."

세드릭의 단호한 발언의 이유를, 엘레노아는 잠시 생각한 끝에 깨달았다.

“아까 말한 그 두 달이라는 공백의 이유를 만들기 위해서?”

“그래. 그리고 엘리자베스 양은 사이먼 저택이 두려울 거야. 집에서 납치당했다고 했으니까.”

그 말에 베스가 머뭇머뭇 고개를 끄덕인다. 아버지 에드워드 사이먼이 대번에 나선다.

“이사할 겁니다! 이사하고말고요! 당장 집을 알아보겠습니다!”

“그러는 게 좋겠지. 엘레노아는 부모님과 함께 가서 이사를 하고, 두 달에 대한 이유를 만들어. 그 후에 엘리자베스가 집으로 돌아가, 정식으로 결혼을 진행하면 돼. 되도록 수도 지점으로 이사를 하는 게 좋을 거야. 그래야 결혼 절차가 단축될 테니까.”

“그럼요!”

죽은 줄 알았던 딸이 돌아온 걸로도 모자라 후작과 결혼한다는데 그까짓 이유가 대수랴. 사이먼 부부는 고분고분했다.

당장 린네의 저택을 팔고 사이먼 상단 수도 지점 근처로 이사가 진행되었다. 그리고 그사이, 스타일러 남작가의 셋째를 비롯해 몇몇 귀족들이 추가로 체포되었다.

스타일러가의 셋째, 카브가 엘리자베스를 끌고 다닌 것이 맞았다. 니이만 백작가의 집사장이었던 행크가 그래서 얼굴을 알고 있었던 것이다. 다른 가족이 엘리자베스의 얼굴을 알고 있었기에, 몇몇 친구들 집에서 그녀를 농락했다고 했다. 처음에는 그녀를 내돌리지 않았지만, 탈출 시도 후에는 완전히 돌아 버렸던 모양이다. 그래서 아예 자취방을 구해 그녀를 가두어 두었는데, 처참한 꼴의 그녀를 가엾게 여긴 자취방 주인이 여름 이불을 하나 내주었다고 했다. 베스는 그걸 둘러쓰고 뒷문으로 나와, 필사적으로 달려 레번드 후작가 근처에서 쓰러졌던 것이다.

그렇게 납치 사건의 전말은 모조리 밝혀졌다. 발타잘 황제는 몹시 분노하여, 재판장인 세드릭에게 절대 봐주지 말라는 엄명을 내렸다. 그리고 비공개 재판 후 재판 결과가 나왔다.

장천명, 창자 들어내기형과 능지처참형. 납치의 주축이자 인육을 먹은 중심인물들은 참수형. 주축은 아니더라도 납치에 관여한 인물들은 눈, 혀와 두 손을 자르는 절단형. 납치 집단이 아니라 '세상의 모든 인연'에 참가만 한 자는 벌금형. 단, 납치 집단의 정체를 알고 있었던 수장 프릭 및 몇몇 인원들은 납치에 가담하지 않았더라도 광장 기둥에 2주간 묶이는 형벌을 받았다.

카브 스타일러를 비롯해 엘리자베스를 끌고 다닌 놈들 대부분은 납치 집단의 주축이 아니라 절단형을 받았다. 그러나 눈, 혀, 손을 모두 잘려 의사소통이 힘들어졌기에 비밀이 새어 나가지는 않을 듯했다. 여기저기 절단되어 붕대를 감은 채 피눈물을 흘리며 성 밖을 나오는 카브 스타일러 패거리를, 엘레노아는 언니를 대신해 똑똑히 지켜보았다.

장천명과 납치 집단의 주축이었던 이들의 경우 공개적으로 형이 집행되었다. 귀족뿐만 아니라 평민 피해자 가족들도 납치 살해 가해자의 처형을 두 눈으로 볼 수 있게 된 것이다. 귀족들은 당연히 반발했다. 저지른 범죄에 비해 형벌이 너무나 무겁고 잔인하다는 것이 이유였다. 그러나 발타잘 황제도 세드릭 황태자도 흔들리지 않았다. 황제 직속령에서 황제의 것을 건드렸으니 엄중한 것은 당연하며 철저하게 형법에 의거한 것이라는 데에는 사실 반박의 여지가 없었다.

그렇다면 여론을 조성하는 수밖에 없었는데, 귀족 영애 중에 피해자가 있다 보니 그마저도 쉽지 않았다. 평민들을 움직여 보려 해도, 평민들의 반응이 더욱 거센 상황이었다. 귀족 영애보다 피해자가 훨씬 많았기 때문이다. 피해자 가족들의 눈물은 영영 마르지 않겠지만, 범인들을 확실히 처형함으로써 그들의 슬픔을 조금이나마 덜었다는 점에서 평민들은 공정하게 판결한 황태자를 찬양했다. 그리고 엄명을 내린 발타잘 황제를 찬양했다.

거기에는 나름의 정치적인 이유도 개입되어 있었다. 100년 전쯤, 전국적인 천재지변 후 건국 황제는 나라를 복구하기 위해 귀족들의 힘을 빌렸고 결혼도 서슴지 않았다. 그 바람에 귀족의 기세가 하늘을 찌를 듯했는데, 이후의 황제들이 아무리 황권을 강화하려 해도 번번이 귀족들에 밀려 그들의 시도는 좌초되었던 것이다. 그러나 이번에 서자들이 사고를 치고, 그들을 모조리 잡아 죽임으로써 드디어 귀족들은 황제의 눈치를 보게 되었다.

숙원 사업이던 황권 강화에 큰 기여를 한 황태자가 예쁘지 않을 리가 없다. 틈을 보던 숙부와 동생들은 납작 엎드렸고, 예쁜 아들의 더 예쁜 짓에 발타잘 황제의 입은 귀에 걸렸다. 게다가 안 걸린 집안이 있기는 있었다. 레번드 후작가라든가, 사운더스 백작가 등등. 본래 유명했던 레번드 후작가를 제외하고 대부분의 집안은 이 기회를 틈타 위명을 떨치기 시작했다.

그러나 그것도 오래가지 않았으니, 귀족도 첩을 보면 안 된다, 이 기회에 서자들도 업적을 쌓으면 작위를 받을 수 있게 해 주어야 한다며 입방정을 떨던 사운더스 백작 때문에 귀족법이 정말로 개정되고 말았던 것이다. 게다가 그간 외도를 참아 온 사운더스 백작 부인이 이 기회에 완전히 집안의 실권을 쥐어, 여자 놀음을 무척 즐기던 사운더스 백작 본인에게도 발등에 불이 떨어지고야 말았다.

"보고 있으면 한심하기 그지없다니까. 그러게 평소에 잘하실 것이지. 안 그러니?"

신랄하게 아버지를 비판하며 레이디 사운더스, 브리나가 홍차의 향을 음미한다. 어디에서? 사이먼 상단 수도 지점 2층의 사무실에서.

엘레노아는 이사를 하느라 자를 틈이 없어 조금 길어진 갈색 머리를 긁적이며 물었다.

"근데 너 왜 여기까지 왔어?"

"왜, 나는 오면 안 되니?"

대뜸 새침한 말투로 톡 쏘아붙인다. 기집애, 하여튼 이런 건 안 변하지. 엘레노아는 피식 웃으며 대꾸했다.

"아니, 그런 게 아니라. 너 평민 사이에 끼는 거 되게 싫어했잖아."

"그건 그때고. 이젠 평민의 삶도 좀 알아야 할 것 같아서."

"뜬금없이 그건 왜?"

"왜긴, 평민하고 결혼할 거니까 그렇지."

"그렇구나."

대답한 엘레노아는 무심하게 홍차를 벌컥 마셨다. 그리고 입천장을 데었다.

"아, 뜨거!"

"나는 그렇다 쳐도 넌 이제 조신해져야 하는 거 아니니?"

핀잔을 주며 브리나가 손수건을 내민다. 실크 손수건이 아니라 일반 서민들이 많이 쓰는 면 손수건이다. 주니 받아 들어 흘린 홍차를 닦으면서도 엘레노아는 어쩐지 찜찜했다.

"누, 누구랑 결혼하게?"

"제레미 님."

"……다른 건 모르겠는데. 너 시끄러운 거 되게 싫어하지 않냐?"

"이젠 그것도 그리 싫지 않단다."

엘레노아는 다시 할 말을 잃었다. 면 손수건을 탁자에 내려놓고, 이번엔 조심조심 홍차를 마신다. 얘가 갑자기 무슨 심경의 변화로 이러는 걸까. 갸웃갸웃하는 그녀를 바라보던 브리나가 풋 하고 웃음을 흘린다.

"그렇게 이상하니?"

"응. 내 기억도 그렇고, 지금도 그렇고, 넌 귀족 영애란 말이지. 근데 네가 나서서 제레미 님이랑 결혼한다니, 어……. 네가 청혼하게?"

"청혼이라면 같이 납치됐을 때 받았어."

"그, 그건 잘됐다만. 그거 제레미 님 반하고 3일 이내 아니던가……."

"죽기 직전에 후회를 남기기 싫다고 결혼하자고 했어."

"그건 정식 청혼이라기엔 좀?"

"나도 그렇게 생각했는데, 그 이후의 모습을 봐도 꼭 그런 것 같지는 않아서. ……그래도 결심은 좀 필요했어. 귀천상혼이니까."

"귀, 뭐?"

"귀천상혼. 나보다 낮은 신분의 사람과 결혼하는 걸 말하는 거야."

"그럼 내가 세드릭하고 결혼해도 귀천상혼이 되겠구나."

한숨 쉬듯 나간 말을 브리나가 반박한다.

"그건 아니지. 황족과 평민의 결혼은 법으로 금지되어 있는데, 어떻게 귀천상혼이 되니?"

"……그, 그러네."

"전하께선 뭐라고 하셨어?"

"그냥 놔줄 생각은 전혀 없다고, 결혼 계획을 짜 보자고. ……법으로 금지된 건 나도 알아. 하지만 세드…… 전하가 해 보겠다고 했으니까. 믿고 있어."

"흠, 계획을 짜고 고민을 하시는 거라면, 법을 바꾸실 건가? 생각보다 시간이 걸릴 수도 있겠다."

엘레노아의 가슴속이 뭉클해졌다. 나를 위해 그렇게까지 노력해 준다면, 시간이야 얼마든지 기다릴 수 있지. 잠시 시무룩해 있던 그녀는 곧 기운을 차리고 브리나에게 집중했다.

"근데 너, 재판정 앞에서 제레미 님 만났을 때 되게 싫어했잖아."

"아버지가 아시면 당장 다른 남자랑 결혼시킬 수도 있으니까 그랬지. 안 그래도 제레미 님이 자꾸 방문하셔서, 아버지가 굉장히 의심하던 중이셨거든. 나중에 제대로 이야기했어. 어쩌면 아버지가 이빨 빠진 호랑이가 되셔서 내가 용기가 난 걸지도 몰라. 호호호."

"너, 정말 괜찮겠어? 평민이랑 결혼해도? 마법사는 평생 평민이라고 들었는데."

"그 각오를 한 거라고 말했잖니."

그리 말하고 웃는 브리나의 얼굴이 아름다웠다. 여태까지는 제레미의 일방통행이라고 생각했다. 그런데 아니었구나. 브리나도 정말 좋아하고 많이 고민한 거구나. 그 아름다운 미소를 바라보던 엘레노아는 저도 모르게 중얼거렸다.

"……강하구나, 너."

"어머, 몰랐니? 브리나라는 이름이 강하다는 뜻을 가진 거."

엘레노아는 환하게 웃으며 고개를 끄덕였다.

"어울려, 어울려. 좋아. 네가 그런 각오라면, 평민의 삶에 대해선 내가 얼마든지 알려 줄게."

"그래, 우리 서로 도와주자. 나는 네게 귀족의 삶에 대해 가르쳐 줄게."

"어, 역시 나, 귀족들 속으로 들어가야 하는 거겠지?"

엘레노아가 탁자에 머리를 박는다. 막막해하는 친구를 보며 브리나는 작게 한숨을 흘렸다.

"아무래도. 귀족들 문화에 좀 익숙해져야 하지 않을까? 어찌 되었든 상대가 전하인지라 사교계를 피하긴 어려울 거 같은데. 나와 함께 파티에 가 볼 생각은 있니?"

"어? 내가?"

"응. 한번 봐 두는 것이 좋지 않을까 싶네. 내 아카데미 시절 친구로 동행하면 되니까. 다만 귀족들은 널 좋아하지 않을 거야. 내 동행이니 막무가내로 대할 순 없겠지만, 그래도 은연중에 무시한다거나 싫은 소리를 할 수도 있단다. 모두 너에 대한 질투로 이글이글 타오르고 있을 테니. 물론 원치 않다면 굳이 가지 않아도 돼. 잘 생각해 보고 네가 결정하렴."

"나 싫다는 사람 많은 데에 굳이 가고 싶진 않은데……."

엘레노아는 입술을 삐죽 내밀며 생각에 잠겼다. 그사이 브리나는 우아하게 홍차를 마시며 친구가 생각 정리할 시간을 벌어 준다.

"아무래도 싸워야겠지?"

"싸우다니?"

의아해진 브리나가 묻는다. 엘레노아의 눈빛에 결연한 의지가 서린다.

"나는 평민이고, 전하와 결혼할 예정이지. 너와 레번드 단장님 정도를 제외하면, 이제 귀족들은 모두 내 적이나 다름없어. 파티에 가든, 가지 않든 그들이 내 적이란 건 변하지 않고. 그러면 그 적을 피하느냐 맞서 싸우느냐의 문제인 거잖아? 난 지고 싶지 않아. 굴복하고 싶지도 않고, 내가 피해야 할 이유도 없어. 그렇다면 싸워야지. 안 그래?"

브리나는 물끄러미 엘레노아를 바라보았다. 아카데미에 있을 때도, 이런 면이 두드러질 때마다 웬만한 귀족 친구들보다 낫다고 생각했던 기억이 난다. 그녀가 때때로 내비치는 이런 강한 모습이야말로, 이렇게 지기 싫어하는 모습을 확인할 때야말로 귀족답다는 생각이 들곤 했던 것이다. 징징거리는 다른 귀족 영애들과는 다른 강함. 브리나는 웃으며 고개를 끄덕였다.

"그럼 이제 데뷔 준비를 해야겠구나. 책잡힐 일은 적을수록 좋고, 정식 데뷔가 아니라 할지라도 넌 이미 전하의 여자니까."

"당장 가는 게 아니라, 준비를 하고 가는 거구나."

"당연하지. 당장 가려면 넌 내 하녀로 들어가야 하는데, 나중에 뒷일 감당할 수 있겠니?"

브리나의 말은 더할 나위 없이 단호했다. 알고는 있지만 확인받으니 속이 뜨끔하다. 푹 한숨을 쉰 엘레노아는 고개를 끄덕였다.

"뭐부터 하면 되는 거야?"

슈미즈의 레이스는 아무리 섬세해도 가슬가슬해 살갗이 아프다. 매번 착용하지만 그때마다 점점 더 조여 오는 코르셋에도 여전히 익숙해지진 않는다. 커다란 파니에도 크고 무겁고, 실크 양말은 미끄러질 것만 같고, 예쁘고 보석이 잔뜩 달린 천 구두는 사이즈가 작아 발을 죈다.

최근 유행하는 깊은 네크라인 드레스는 가슴이 깊게 파여 조금만 움직이면 가슴 끄트머리가 보이고 어깨가 드러날 것 같은데 절대 지금 위치 이상 노출되면 안 된다. 스카프라도 두르고 싶지만, 그건 성숙한 연령대에서나 하는 것이라 할 수도 없다. 소매에는 레이스 러플이 주렁주렁 달려 거추장스럽고, 치마 뒤는 주렁주렁 길게 늘어져 질질 끌리고 무겁다.

가발도 뜯어내 집어 던지고 싶다. 밀가루를 잔뜩 뿌린 가발을 쓰고 거기에 꽃과 깃털과 리본을 잔뜩 꽂아 장식을 했다. 그 덕분에 머리가 가려울 때를 대비해 길고 가는 막대를 따로 준비해 핸드백에 넣어야 했다.

"부러워, 엘레노아."

브리나가 한숨을 쉰다. 커튼을 조금 열고 마차 밖을 내다보고 있던 엘레노아는 친구를 돌아보며 씩 웃었다.

본래대로라면 파티가 열리는 저택에 미리 가서 머물며 준비를 했을 테지만, 이번엔 엘레노아를 미리 내보이지 않기 위해 사운더스 저택에서 준비를 하고 마차로 이동하는 중이었다. 덕분에 무거운 가발과 파니에, 코르셋을 이동 내내 버텨야 하는 브리나는 상대적으로 가벼운 차림에 외투를 걸친 엘레노아를 보며 연신 한숨이었다.

"생각이 나서 정말 다행이었지. 난 그 차림 못 버텨."

"얼른 이 유행이 지났으면 좋겠어. 바보 같아. 이 치렁치렁한 레이스며 리본이며……."

"여태 익숙하게 잘 지내 왔으면서?"

"익숙하다고 다 좋아하는 게 아니잖니. 아아, 정말 싫어. 밀가루 떨어진 것 좀 봐. 어깨 좀 털어 줄래?"

엘레노아는 선뜻 손을 뻗어 브리나의 어깨에 떨어진 하얀 가루들을 털어 냈다. 몇 달 못 씻은 선원들의 비듬 같다는 생각이 들었지만 그 말을 입 밖으로 내는 우를 범하지는 않았다. 그녀가 금방이라도 터질 것 같았기 때문이다.

"이 바보 같은 유행을 선도한 게 누구라고?"

그 분노, 내게 표출하지 말아 줄래? 라고 묻고 싶은 것을 꾹 참고 엘레노아는 대답했다.

“파르카 공작 부인. 어, 황제 폐하의 넷째 동생의 부인. 그러니까, 전하의 넷째 숙모.”

“정답. 파르카 공작 부인은 누구랑 정적이랬지?”

“이전에 파르카 공작의 정부였다가…… 지금은 웨르너 공작의 정부가 된 홉스 부인. 홉스 부인이 유행의 주도권을 잡으려는 걸 파르카 공작 부인이 막다 이만큼 화려해진 거라고.”

“파르카 공작 부인이 유행을 주도할 수 있는 이유는 뭐랬지?”

“황후마마의 자리가 비어 있고, 폐하가 특별히 아끼는 후궁이나 정부가 없는 데다 황태자 전하의 짝도 없는 상태니까, 공작 부인 중 가장 센스 있다고 하는 파르카 공작 부인이 유행의 주도권을 잡은 것.”

“좋아. 이제 웬만큼 머릿속에 들어간 모양이구나. 가르친 보람이 있네.”

만족스러워하던 브리나가 갑자기 인상을 쓰며 가발을 매만진다. 역시 무거운 것이다. 그러나 팔에도 주렁주렁 달린 레이스 러플을 보고는 다시 한숨이다.

“아아, 빨리 네가 황태자비든 후궁이든 뭐든 되어서, 이 바보 같은 유행을 없애 줬으면 좋겠네.”

“내가 뭐가 된다고 해서 유행이 바뀔까?”

미심쩍어하며 묻자, 브리나는 고개를 끄덕이는 대신 눈을 한 번 깜박여 긍정을 표한다.

“설사 네가 후궁이 아니라 전하의 정부에 그친다 하더라도 이미 실세는 너란다. 지위는 공작 부인이 높지만, 그렇다고 실세를 무시할 순 없는 법이거든. 게다가 아름답고 움직이기도 편하다는 걸 알게 되면, 당장 이 파니에를 벗어 던지겠지. ……코르셋은 없어지지 않을 거라는 게 슬프구나.”

"그래 봐야 난 오늘 파티 처음 가는 건데."

"새로운 걸 좇고 싶어 하는 귀족의 욕구는 누구보다 네가 잘 알지 않니? 물론 오늘 귀족들은 너를 깔보겠지만, 그렇다고 네 존재를 무시할 순 없단다. 평민임에도 너를 데려와도 좋다는 허락이 괜히 떨어진 게 아니야. 게다가 오늘 네 옷은 누구보다 특별하지. 내기해도 좋아, 다음 파티부터는 네 것과 비슷한 드레스를 입은 사람이 나타날 거라는 데에 말이지. 무엇보다 당장 나부터 그걸로 갈아입고 싶구나."

브리나의 한숨을 들으며 엘레노아가 외투 자락을 흔들었다. 브리나는 이제는 화가 나는 듯 아예 마차 밖으로 시선을 돌려 버린다. 그걸 본 엘레노아는 다시 씨익 웃고 말았다.

장천명의 재판에서 심장 마비로 죽은 오르셀 후작의 뒤를 이어, 그의 장남이 다시 오르셀 후작이 되었다. 황제에게 작위 승계를 인정받은 새로운 오르셀 후작은 이 기쁜 사실을 알리기 위해 수도 자카드에 있는 자신의 저택에서 파티를 열기로 했다. 장례식도 성대했지만, 작위 승계를 축하하는 파티인 만큼 규모며 화려함은 남달랐다. 오르셀 후작가의 힘을 제대로 보여 줄 수 있는 기회이기 때문이다. 그에 따라 장례식 때부터 오르셀 후작 저택의 손님방은 가득 차 있었는데, 손님들의 화제는 새로운 오르셀 후작이 아니라 이번에 파티에 참가한다는 평민 아가씨였다.

초대해 주셔서 감사하다, 그런데 아카데미 시절의 심우(心友) 엘레노아 사이먼과의 동행을 허락해 주시겠느냐고 레이디 사운더스가 보낸 정중한 편지는 삽시간에 화제가 되었다. 그 냉철하고 꼿꼿한 레이디 사운더스가 평민이자 장사치의 딸과 친구라는 것도 믿기지 않는데 심지어 심우란다. 오르셀 후작이 그걸 거절할 리가 없다. 엘레노아 사이면이 전하의 여자라는 것은 이미 소문이 날 대로 났던 것이다.

감히 전하의 손목을 묶고 전하에게 올라탄 여자라는 것도.

처음 이야기를 들은 귀족들은 모두 호들갑이었다. 무례하다, 평민이라 역시 천박하다, 정숙하지 못하다, 무식해서 용감하다 등등. 그러나 남녀 간의 그 달콤 짜릿한 재미를 모르는 귀족은 없다. 게다가 전하가 열락으로 가득 찬 밤을 보내신 걸로도 모자라 또 해 달라고 치근거린다는 소문이 돌자 그네들은 입을 다물었다. 그리고 귀족 영애들은 소문을 들은 날부터 매듭 연습을 시작했던 것이다.

엘레노아가 밤일에 대한 이야기가 알려지는 것을 몹시 꺼린다는 것을 안 브리나는 그녀에게 너를 따라 밴딩 플레이가 유행하게 되었다는 소문을 전해 주지는 않았다. 따라서 그녀의 영향력이 이미 지대하다는 것을 믿게 하는 데에는 실패했는데, 그럼에도 브리나는 느긋했다. 오늘 파티로 그것이 명백히 드러나리라는 것을 확신하고 있기 때문이었다.

오르셀 후작 저택 앞에 마차가 줄줄이 늘어섰다. 정문에서 신원과 초대장을 확인하고, 현관에서 다시 한 번 초대장을 확인하느라 정체되는 것이다. 겨우 현관에 도착해 엘레노아가 먼저 마차에서 내리자, 주위에 있던 사람들이 모두 그녀를 쳐다보았다. 그러나 후드까지 뒤집어쓴 그녀의 얼굴을 확인할 수 있는 사람은 아무도 없었다. 정말 저 사람이 엘레노아 사이먼인가 하는 의심의 눈길들이 이어질 때, 브리나가 부축을 받으며 마차에서 내렸다.

그렇다면 맞긴 맞을 텐데, 뚝 떨어지는 실루엣을 보아 하니 파니에나 페티코트 등으로 제대로 드레스를 갖춰 입은 것은 아닌 듯했다. 그래도 주제를 아는 평민이군. 귀족들이 제멋대로의 판단을 내릴 때, 엘레노아와 브리나는 사용인들의 안내를 받으며 파티가 열리는 홀로 향했다.

바로 다음 마차를 타고 온 브리나의 사촌 형제들, 마르셀과 프란시스가 얼른 그녀들의 뒤에 따라붙었다. 파티장 안으로 에스코트하기 위해서였다. 간략하게나마 사정을 들은 데다 엘레노아가 전하의 여자라는 것을 알고 있기에 그들은 엘레노아에게 정중했다. 브리나가 먼저 프란시스의 팔을 잡고 홀 문 앞에 섰다. 엘레노아는 마르셀의 팔을 잡고 브리나의 뒤에 섰다. 그때 마르셀이 조심스럽게 말을 건넸다.

"엘레노아 양, 외투는 벗으시는 것이……."

"아, 맞다."

화급히 외투를 벗는 사이 브리나가 호명을 받아 홀 안으로 입장했다. 따라붙은 사용인에게 외투를 넘기자마자 호명되어, 엘레노아도 얼른 마르셀의 팔을 잡았다. 외투를 벗은 엘레노아를 본 그는 놀란 채로도 정중히 걸음을 옮겼고, 엘레노아는 그와 보조를 맞추어 천천히 걸어 들어갔다.

담소를 나누느라 시끄럽던 홀 안에 순식간에 정적이 흘렀다. 움직이는 것은 브리나 커플과 엘레노아 커플뿐. 시선이란 시선은 모두 엘레노아 사이먼에게 집중되었다. 두 사람은 주위에는 눈 한 번 돌리지 않고, 홀 가운데에서 손님들을 맞던 오르셀 후작과 후작 부인 앞까지 에스코트를 받으며 천천히 걸었다.

브리나가 멈춰 섰다. 엘레노아도 그 뒤에 멈춰 섰다. 오르셀 후작 부부의 눈이 휘둥그레졌다. 브리나가 치마 끝을 잡고 무릎을 굽히며 인사를 한다. 엘레노아도 그녀를 따라 치맛자락을 잡고 무릎을 굽히며 묵례했다. 옆에 선 두 사촌도 인사한다. 오르셀 후작이 더듬거리며 입을 열었다.

"레, 레이디 사운더스, 프란시스와 마르셀 사운더스. 오늘은 초대에 응해 주셔서 가, 감사합니다."

이름을 불린 세 사람을 대표해, 브리나가 나섰다.

"작위 승계 축하드립니다, 오르셀 후작 각하, 오르셀 후작 부인. 이렇게 기쁜 자리에 초대해 주신 것은 사운더스의 영광입니다. 후작 각하의 앞날에 무궁한 영광을 빕니다. 사운더스를 대표하여 작은 선물을 준비했는데, 그것이 오르셀 후작 각하의 명예에 누를 끼치지 않았으면 하는 작은 바람입니다."

브리나의 정중한 인사에 이어 두 남자가 동의의 뜻으로 묵례한다. 그사이 오르셀 후작 부부의 얼굴이 점점 풀어진다. 그랬지, 오늘 파티는 우리가 주연이었지, 하고 뒤늦게 깨달으며 여유를 찾은 것이다. 후작 부인이 나서서 감사 인사에 대답한다.

"아닙니다. 어떤 선물일지 기대하고 있겠습니다, 레이디 사운더스. 그런데 뒤쪽에 계신 분이……."

오르셀 후작이 엘레노아를 볼 수 있도록 브리나와 프란시스가 사이를 벌린다. 그리고 브리나가 가볍게 묵례하며 엘레노아를 소개한다.

"예, 아카데미 시절 저의 심우 엘레노아 사이먼입니다. 저의 무리한 부탁에도 선뜻 응해 주신 후작 각하의 넓은 마음씨에는 그저 고개 숙여 감사드릴 따름입니다."

후작이 다시 호기심 어린 눈으로 말을 붙였다.

"심우를 소개시켜 주시다니, 저야말로 영광입니다. 음, 엘레노아 사이먼 양?"

"예. 엘레노아 사이먼이 오르셀 후작 각하, 오르셀 후작 부인을 뵙습니다. 오르셀 후작 각하, 작위 승계 진심으로 축하드립니다."

엘레노아는 고개를 들지 않은 채 다시 한 번 치맛자락을 잡고 인사했다. 파니에가 아니라 상대적으로 움직임이 가뿐하다. 레이디 사운더스처럼 느릿느릿 우아한 맛은 떨어지지만 경쾌하면서도 독특한 데가 있어, 오르셀 후작 부부는 물끄러미 엘레노아 사이먼을 내려다보다가 한참 만에 고개를 끄덕였다. 오르셀 후작이 웃으며 손님에게 화제를 끌어낸다.

"감사합니다. 그랬지요, 사이먼 상단의 둘째 따님이셨죠. 아버님은 잘 계십니까?"

"신경 써 주셔서 감사합니다. 물론 잘 계십니다. 이번에 후작 각하의 작위 승계를 진심으로 축하드린다는 말씀과 함께, 약소한 선물을 함께 보내셨습니다. 저와 제 아버지의 선물이 부디 후작 각하께 누를 끼치는 것이 아니길 바랄 뿐입니다."

준비한 인사말이 매끄럽게 흘러나왔다. 철저하게 교육받아 말투 자체는 귀족 영애들의 그것과 크게 다르지 않았지만, 어딘지 모르게 발랄한 기운은 감춰지질 않았다. 참으로 발랄한 아가씨군. 오르셀 후작은 반갑게 웃었다. 오르셀 후작 부인도 웃었다. 동양의 물건에 관심이 많은 후작 부인의 경우, 사이먼 상단에서 보냈다는 선물은 정말로 반가운 소리였다.

"그 사이먼 상단에서 보낸 선물이라니, 몹시 기대가 됩니다. 고맙다고 전해 주세요."

"예, 그러겠습니다, 부인."

선물 이야기까지 했으니 이제 파티를 즐겨 달라는 말이 나와야 한다. 그러나 오르셀 후작 부인이 한참을 머뭇거린 뒤에 다른 말을 꺼냈다.

"그런데 사이먼 양, 옷이…… 무척이나 특이하군요."

그렇게 나오셔야지. 엘레노아는 속으로 씩 웃었다. 브리나의 눈동자도 반짝인다. 오르셀 후작 부인의 말이 떨어지기 무섭게 주변으로 사람들이 몰려든다. 사락사락, 천이 스치는 소리들이 요란하다.

"미흡한 신분이 귀한 자리에 초대받아, 어떠한 차림이어야 누를 끼치지 않을까 신경을 쓰며 옷을 고르다 보니 이런 옷을 입게 되었습니다. 누추할 뿐이라, 그저 죄송할 따름입니다."

"아니요, 누추하지 않아요. 정말 아름답고 강렬해서 놀랐답니다. 그건 동양의 옷인가요?"

오르셀 후작 부인의 눈이 반짝인다. 좋았어. 브리나와 엘레노아의 머릿속에 같은 생각이 스쳐 지나간다.

브리나는 엘레노아의 데뷔 파티를 무척이나 신중하게 골랐다. 이 사람은 이래서 안 되고, 저 사람은 저래서 안 되고. 엘레노아가 교육받는 한 달 중 3주 동안, 브리나는 모든 초대장을 거르지 않고 받아 확인했다. 그리고 선택한 것이 이 오르셀 후작의 작위 승계 파티였는데, 가장 큰 이유가 바로 이것, 오르셀 후작 부인이 동양의 물건에 사족을 못 쓴다는 것이었다.

물론 처음부터 희 제국의 옷을 입고 파티에 참가할 예정은 아니었다. 귀족만큼은 아니더라도 화려한 드레스를 입으면 되지 않을까, 둘 다 그리 생각했던 것이다. 그러나 파티에 참가하려고 보니 엘레노아의 지위는 꽤 큰 문제였다. 일단 평민이 입을 수 있는 옷의 색깔에 한계가 있었다. 그리고 드레스도 귀족보다 화려해선 곤란했는데, 작위가 낮거나 가세가 기운 집안의 딸들이야말로 기를 쓰고 파티에 참가해 높은 지위의 결혼 상대를 찾으려는 경향이 있어 거기에 맞추자니 엘레노아는 몹시 초라한 드레스를 입을 수밖에 없었던 것이다. 그래서 브리나는 골머리를 썩였는데, 그 문제를 엘레노아는 간단히 해결했다.

드레스에 제약이 많다면, 제약이 없는 옷을 입으면 되지 않으냐고.

파티라면 반드시 드레스라고 생각하고 있던 브리나는, 어떻게 다른 옷을 입고 가냐고 외치려다 멈칫했다. 신선한 충격이었다. 생각해 보면 파티에 어떤 옷을 입어야 한다는 성문법이 있는 것도 아니다. 오히려 파티마다 입어야 하는 옷이 다를 뿐만 아니라, 매번 새로운 옷을 입고 나타나는 유행의 선구자들도 있지 않던가. 종류는 달라도 드레스류에 속한다는 것을 한눈에 알아볼 수만 있다면, 제약이 없다는 면에서 그쪽이 훨씬 나았던 것이다.

그 뒤로는 일사천리였다. 옷감부터 아예 동양에서 들여왔던 것을 골랐다. 엘리자베스의 결혼식 피로연을 위해 구입해 온 것들이 큰 도움이 되었다. 동양풍을 강조하기 위해 문양이 수놓아진 옷감을, 그리고 평민 부자가 선택할 수 있는 가장 귀한 색인 밝은 빨강의 옷감을 골랐다. 그림을 잘 그리는 베스호의 선원에게 부탁해 그들이 동양에서 본 것 중 가장 화려한 옷 그림을 받아 냈다. 그것이 브리나의 손을 거치자 풍성하진 않지만 세련된 드레스가 만들어졌다.

요즘 유행하는 깊은 네크라인 드레스처럼 가슴이 다 드러나지도 않았고, 소매도 길어 노출한 부위는 전혀 없었다. 치맛자락도 바닥에 끌리고 있어 남들보다 정숙해 보여야 마땅한데, 기묘하게 그 옷은 어떤 드레스보다도 성적인 매력이 흘렀다. 파티에 참가한 이들이 매의 눈으로 엘레노아를 살피기 시작했다.

여자임에도 머리카락이 짧다. 그런데도 가발을 쓰지 않았다. 평민이니 그쪽이 어울린다고 귀족들은 생각했지만, 짧은 머리카락이 주는 생동감 때문에 그녀는 어떤 귀족 영애보다도 눈에 띄었다. 더구나 머리카락이 짧으니 이목구비도 눈에 더 띄고, 길고 가는 목선도 두드러진다. 긴 막대 모양의 단순한 귀걸이가 찰랑이는 것이 매력적이다.

가무잡잡한 피부를 덮고 있는 것은 밝은 빨강의 동양풍 실크 드레스다. 좁지만 쐐기 모양으로 깊게 팬 네크라인은 대놓고 가슴을 드러낸 옷보다 야릇했다. 가슴골이 보일 만큼 깊게 파인 네크라인 자체가 눈길을 끌었다. 가슴은 크지 않아도, 금방이라도 흘러내릴 것만 같은 실크의 아슬아슬함 속에 아담한 가슴은 충분히 야릇한 분위기를 자아냈다.

날씬한 허리를 두른 폭 넓은 검은 천에는 문양이 새겨져 있었는데, 실크와 달리 상당히 나풀거리는 그 검은 천의 끝자락은 길게 뒤로 늘어져 있었을 뿐만 아니라 하늘하늘한 움직임이 유독 아름다웠다. 소매도 길다 뿐이지 군살 없이 탄력 있는 팔의 선을 그대로 드러내고 있다. 게다가 끝부분은 마치 레이스 러플처럼 길게 늘어져 있는데, 그 사이로 빠져나온 마른 손목은 정말로 우아하고 여성스러웠다. 소매 끝에는 동양풍의 문양이 두 줄로 새겨져 있다. 전체적으로 장식이 많지 않아 화려하지 않음에도 눈길을 끄는 데가 있었다. 왼쪽 손목에만 찬 민무늬 금팔찌도 밝은 빨강 옷감과 잘 어울렸다.

소박함을 가장하기 위해 파니에와 페티코트를 입지 않아 치마는 풍성하지 않았다. 그러나 오히려 날씬한 다리의 전체 굴곡을 실크가 드러내 시선을 끌었다. 그녀가 움직일 때마다 사락사락 스치는 실크의 소리는 마치 정사 중에 여자의 다리가 실크 이불 위를 스칠 때 나는 소리와 같아 몇몇 남자들은 애써 흥분을 가라앉혀야 했다. 과장 없이 여자의 농염한 다리 선을 그대로 드러내는 옷은 오랜 뱃일로 건강하고 균형 있게 다져진 엘레노아의 몸매를 드러내기에 적합했던 것이다.

게다가 가운 스타일이니 끌릴 만큼 치맛자락이 길어도, 엘레노아가 걷기 시작하면 슬릿이 갈라져 전혀 불편하지 않았다. 그녀가 걸을 때마다 검게 물들인 스타킹에 감싸인 날씬한 발목이 드러났다. 보통은 흰 스타킹을 신지만, 옷에 맞추어 일부러 염색한 듯했다. 나왔다 숨었다 하는 발목과 빨간 꽃신을 신은 발에서 눈을 떼기가 어려웠다. 치마 끝단에 새겨진 동양의 문양은 남자들이 엘레노아의 발을 쳐다볼 좋은 핑계가 되어 주었다.

한눈에 희 제국의 옷이라는 걸 알아볼 수 있지만, 다른 드레스에 비하면 화려하거나 풍성하지 않았다. 동양풍이니 격이 맞네 안 맞네를 따질 수도 없었다. 게다가 최근 흰색 가발에 파스텔톤의 꽃무늬, 풍성한 파니에가 유행해서 이날 파티의 드레스 대부분이 화사한 파스텔톤이었는데, 밝은 빨강과 검정을 둘렀으니 엘레노아는 이날 누구보다 돋보이게 된 것이다.

관찰을 끝낸 파르카 공작 부인이 파르르 떨었다. 젖꼭지를 아슬아슬하게 가릴 만큼 네크라인이 푹 파인 옷을 입었지만, 그녀의 풍만한 가슴에 시선을 주는 남자는 아무도 없었다. 아담한 가슴, 길고 날씬한 다리, 곧은 등이며 옷 속으로 숨어 버리는 목선에서 남자들은 눈을 떼지 못했다. 귀족 영애들은 저렇게 입고 파티에 와도 되는 걸까 하는 소박한 의문 속에서도 흐르는 듯한 실크의 움직임을 좇느라 정신이 없었다.

구김살 없는 성정의 오르셀 후작 부인은 순수하게 그 옷에 감탄하고 있었다. 동양풍이라는 것도 마음에 들고, 가운과 흡사해 보이는 에로틱함도 마음에 들었다. 최근 후작이 되었다고 자꾸 바깥으로 눈을 돌리려는 남편을 꾈 때도 좋지 않을까. 후작 부인의 눈이 반짝반짝 빛난다.

"예, 하지만 순수하게 희 제국의 옷은 아닙니다. 곤란에 처한 저를 보고 레이디 사운더스가 자비로운 손길을 뻗어, 이 파티에 누가 되지 않도록 군데군데 손을 봐 준 것이거든요."

정해진 대답이 침묵을 깼다. 엘레노아를 관찰하던 귀족들의 시선이 브리나에게로 향한다. 브리나는 생긋 웃으며 시선들을 받아낸다.

"별것 아니랍니다. 심우의 걱정을 조금 덜어 주었을 뿐이지요. 하지만 제가 고안해 낸 옷을 심우가 입어 주고, 그 옷을 후작 부인께서 마음에 들어 해 주시니 감격스럽습니다."

"정말 마음에 들어요. 우선, 움직임이 편해 보이네요."

오르셀 후작 부인이 연신 감탄한다. 엘레노아는 웃으며 고개를 끄덕였다.

"명망 높으신 오르셀 후작 각하의 파티인지라 고심 중에 가발과 드레스도 준비를 했습니다만, 미천한 신분에 불과한 저에겐 모두 부담스럽고 버거웠습니다. 그런데 후작 부인께서 좋게 봐 주시니 한결 안심이 됩니다."

"아, 그랬지요. 이야기를 들은 적이 있어요. 배를 타신다고요. 그런 분께 이 가발과 이 풍성한 치마는 아무래도 힘드셨겠지요, 호호호."

오르셀 후작 부인은 순수하게 감탄했을 뿐인데 곧 웅성거림이 퍼져 나간다. 올 것이 왔구나. 엘레노아는 마음을 가다듬으며 애써 웃었다. 브리나의 미소도 조금 더 굳은 것이 보였다.

"이해해 주셔서 정말로 감사합니다. 명성대로 배려가 깊으신 분이라는 것을 오늘 다시 깨닫습니다."

"아니에요, 호호. 혹시나 해서 묻는 건데, 그런 디자인의 옷을 사이면 상단에서 살 수도 있을까요?"

그렇지, 이렇게 나오셔야지. 엘레노아는 방긋 웃었다.

"실은, 이것보다 더 아름다운 파란 옷이 제 선물이랍니다. 레이디 사운더스가 후작 부인께서 아름다운 금발을 가지셨다는 언질을 주어서요. 실례되는 말씀이지만 체구도 레이디 사운더스와 비슷한 편이시라 하여 그에 맞추어 제작을 해 보았습니다. 마음에 드셔야 할 텐데, 그저 걱정입니다."

"어머, 그래요?!"

오르셀 후작 부인이 환호한다. 웅성웅성, 여전히 주위는 웅성거린다. 브리나와 엘레노아는 슬쩍 시선을 맞추었다. 드러내지 않은 승리의 미소가 그녀들의 눈동자를 스치고 지나갔다.

21
복수와 청혼

기선 제압은 성공했다. 인사를 마친 그녀들은 사촌들의 팔을 잡고 천천히 걸어 빈 테이블로 이동했다. 다른 사람이 오르셀 후작 부부에게 인사를 하러 갔지만, 파티장 안 사람들의 시선은 엘레노아에게 쏠려 있었다.

이목구비만 봐선 평범해 보였다. 황태자 전하는 어디가 그렇게 마음에 드셨을까. 여자들은 열심히 그녀를 눈으로 더듬었고, 남자들은 자꾸만 엘레노아의 몸으로 향하는 눈을 돌리느라 애를 썼다.

테이블 옆에서 잠시 숨을 돌린 브리나가 주변을 살피기 시작했다. 누구부터 인사를 가야 엘레노아가 줄을 잘 섰다고 소문이 날까를 꼼꼼히 따지는 것이다. 특히 오늘은 고려할 사항이 한 가지 더 있었다. 소개해 준 걸 황태자 전하가 알아도 부끄럽지 않을 만한 사람.

브리나의 의도를 눈치채지 못한 귀족은 없었다. 힘 좀 있다는 부인들이 다소 서두르며 브리나와 엘레노아가 있는 테이블 주변으로 몰려들었다. 분명 먼저 말을 걸어야 하는 것은 지위가 높은 부인들이지만, 그렇다고 함부로 말을 걸 수도 없었다. 섣불리 다가갔다가는 망신만 당할 수도 있기 때문이다.

시선을 빼앗겨 이미 심기가 불편해진 파르카 공작 부인이 흠흠 헛기침을 하며 부채를 손에 쥐었다. 홉스 부인도 표정을 숨기기 위해 부채를 손에 펴 들었다. 테이블 주변에 몰린 여자들이 점차 부채로 얼굴을 숨기기 시작하자 엘레노아의 눈동자가 살짝 흔들렸다.

'각오해. 누구를 선택해도 지옥이니까.'

브리나는 이럭저럭 중립을 지킬 수 있지만, 화제의 중심인 엘레노아는 그럴 수 없다고 했다. 든든한 내 편을 만들어 두지 않으면, 나중에 무슨 악질적인 소문이 돌아 그녀를 흠집 낼지 알 수 없다고. 그것이 엘레노아에 국한된 것이라면 당연히 신경 쓸 필요도 없겠지만, 문제는 엘레노아가 '황태자 전하의 여자' 라는 점이었다.

세드릭의 발목을 잡고 늪에 빠질 생각은 조금도 없었다. 가능한 든든한 기반이 되어 주고 싶었다. 앞으로 이 사교계에서 살아갈 언니를 생각해서라도 최대한 내 편을 만들어야 했다. 마음 같아서는 그 얼굴을 하나하나 똑바로 바라보며 내 편이 되어 줄 만한 사람을 골라 말을 붙이고 싶었다. 그렇게는 할 수 있었다.

하지만 부채로 얼굴을 가린 여자들의 속내를 짚어 내는 능력은 가지고 있지 않다. 브리나의 선택을 기다리며 억지로 지어내고 있는 미소 때문에 입꼬리에 경련이 올 것만 같았다. 세드릭은 어떻게 그렇게 매번 미소를 지은 걸까. 혹시 어차피 해야 하는 거니까 좋아하자고 결심했던 것은 아닐까.

잠시 아련함을 느끼던 엘레노아는 속으로 피식 웃었다. 그 남자라면 순수하게 자기의 미소가 아름다운 것이 마음에 들어서 연습해 미소를 지은 걸 수도 있다는 생각이 들자 긴장했던 마음이 조금 풀린 것이다.

그때였다.

"에, 엘레노아 양? 여, 여기서 뭐 하는 거예요?"

식겁한 목소리가, 한곳만 바라보던 사람들의 집중을 깼다. 다들 반사적으로 소리 나는 방향을 바라보자, 목소리뿐만 아니라 표정까지 기겁을 한 제레미가 평소보다 화려한 옷을 입고 서 있는 것이 보인다.

"어, 어떻게 여길, 전하께 말도 없이 온 거예요?"

"브리……. 레이디 사운더스가 도와주셨습니다."

주변의 시선을 자각하고 얼른 단어를 고친다. 새파래졌던 제레미의 볼에 빨갛게 열이 오른다. 브리나와 눈도 마주치지 못하고 갑자기 우물쭈물하는 모습이 귀엽다. 브리나는 잠시 생각하더니 엘레노아를 직시한다. 제레미와는 말해도 좋다 이거지. 엘레노아는 한결 안심한 채 활짝 웃었다.

"오랜만에 뵈어요, 제레미 님."

"그러게요, 오랜만이네요. 그동안 왜 한 번도 안 오셨어요?"

"부족한 것이 많아 레이디 사운더스께 신세를 지고 있었답니다. 혹시 전하께서 많이 기다리셨나요?"

자연스럽게 황태자의 이야기가 흘러나오자, 주변에 서 있던 사람들이 모두 움찔한다. 부채로 얼굴을 가리고 있기에 망정이지, 입이 떡 벌어진 여자들도 제법 있었다. 엘레노아의 말투에 적응이 안 된 제레미가 슬쩍 어깨를 떨었지만 곧 순순히 물음에 대답해 준다.

"기다리시고말고요. 약속 지키러 안 온다고 사람을 몇 번이나 들볶…… 아니, 몇 번이나 사람을 보내셨어요. 그런데 가게 분들이 또 행방을 숨기셔 가지고 지금 상당히 화가 나셨고요."

"어, 이번엔 숨길 필요 없으니 말해 주라고 이야기해 두었는데도 그랬나 봐요."

"뒷감당이 좀 많이 힘드실 것 같아요."

제레미가 슬그머니 목소리를 낮춘다. 그러나 그 말을 못 들었거나, 이해하지 못한 사람은 그 자리에 아무도 없었다. 엘레노아는 평정을 가장하며 고개를 끄덕였다. 한 달이나 소식이 들어가지 않았다면, 그녀라도 걱정이 이만저만이 아니었을 테니까.

"그럼 저는 인사드리러 다녀올게요. 전하께서 불참하시게 된 대신 선물을 내리셔서, 그것 때문에 온 거거든요. 여기 가만히 계세요. 파티 끝나면 저랑 같이 황궁으로 가시는 겁니다?"

"그럴게요, 제레미 님."

엘레노아는 순순히 대답했다. 원래 계획은 사운더스 저택으로 돌아가는 것이었지만, 이렇게 된 이상 세드릭을 더 방치했다간 위험했다.

그러나 제레미가 자리를 뜨자 분위기는 순식간에 흉흉해졌다. 그것을 깨달은 브리나는 애써 한숨을 삼켰다. 황태자의 보좌인 제레미와 엘레노아의 대화가, 전하에게 다가가기조차 힘든 그녀들의 소외감과 자존심을 건드리고 만 것이다.

"역시, 평민은 평민과 어울리는 법이죠. 잘 어울리네요. 붉은 옷을 입은 상단의 따님과 붉은 머리카락의 마법사. 그렇지 않나요? 호호호."

선제공격을 한 것은 처음부터 기색이 좋지 않았던 파르카 공작 부인이었다. 웃음 짓던 엘레노아가 멈칫했다. 파르카 공작 부인의 질문은 그녀에게 던져진 말이 아니었기에 대꾸조차 할 수 없었다. 평민인 엘레노아는 먼저 말을 걸 수 없기 때문이다.

브리나가 옆에서 날카롭게 눈을 빛냈다. 이제 누가 공격에 참여하고, 참가하지 않는지, 누가 어떤 눈길을 보내는지 확인해야 했다. 엘레노아가 애써 표정을 유지하려 노력하는 사이, 홉스 부인과 그녀의 패거리가 슬그머니 한 발 뒤로 물러선다. 그래, 지금은 관망도 나쁘지 않지. 브리나는 홉스 부인을 똑바로 바라보며 아주 살짝 눈을 깜박였다. 홉스 부인도 미미하게 미소 지으며 눈을 깜박이고 조금 더 뒤로 물러난다. 역시 기민한 여자다. 주시하고 있던 홉스 부인의 애인 웨르너 공작이 만족스러워하며 웃는다. 그런 점 때문에 마흔이 넘은 지금까지도 홉스 부인은 매력적인 정부인 것이다.

그러나 본래 질투심이 강한 파르카 공작 부인은 아직 질투에서 벗어나지 못한 채였다.

"그런데 평민이 둘이나 참여하다니. 명색이 오르셀 후작의 첫 파티인데 시작이 아무래도 좋지 않네요. 앞으로 좋은 일이 가득해야 할 텐데."

"그러게요. 오르셀 후작 각하의 첫 파티라고 공작 부인께서 무척이나 신경을 많이 쓰셨는데, 영 아쉬운 자리가 되고 마네요."

브리나는 여전히 주변 사람들을 골라내느라 바빴다. 그만큼 주변에 많은 이들이 몰려 있었던 탓이다. 브리나의 시선 덕분에, 관망하거나 돕기로 결정한 자들은 은근슬쩍 한 발씩 뒤로 물러나고 그렇지 않은 이들만 남기 시작했다. 남자들은 여자들의 싸움에 끼어들지 않겠다는 듯 멀찍이 물러나 있었고, 평민을 극도로 싫어하는 몇몇 귀족들만 오히려 가까이 다가왔다.

그나마 상대가 여자라고 부채 언어로 모욕하는 것이 아니라 다행이었다. 집중적으로 배우긴 했지만 아직 바로 해석 가능한 정도는 아니었던 것이다. 그 노골적인 혐오가 오히려 적이라는 사실을 일깨워주어 엘레노아의 투지가 불타올랐다. 싸움을 작정하고 온 자리다. 사이좋게 하하호호할 수 있을 거란 기대는 처음부터 없었다. 어떻게 받아쳐야 속이 시원할까. 차가운 분노로 엘레노아가 생글생글 웃으며 버티는 사이 드디어 관망하는 자, 시기하는 자가 전부 갈렸다.

"엘레노아 양! 레이디 사운더스! 거기 있어요? 어디 간 거 아니죠?"

선물을 전달한 제레미가 다시 엘레노아를 찾아온다. 어떻게 해서든지 그녀를 상납하고 평화를 되찾아 데이트하러 갈 생각으로 가득해 있기에 주변을 미처 살피지 못한 채.

단단하고 커다란 파니에 위에 씌운 드레스가 명백한 고의를 담아 제레미를 치고 지나갔다. 엘레노아와 브리나는 웃는 얼굴 그대로 굳었다.

"어머, 이거 실례."

부채로 얼굴을 가린 채 웃은 여자는 가벼운 인사만 남기고 곧 저 멀리 걸어갔다. 쿡, 쿡쿡, 넘어진 제레미 주변으로 조소가 퍼진다. 이게 뭐야. 자신이 모욕당할 때보다 더 열이 받은 엘레노아가 성큼성큼 걸어가 제레미가 일어나는 것을 도우며 속삭였다.

"전하의 전령인데도 이런 취급을 받는 건가요?"

"뭐, 평민이니까요."

얼빠진 웃음을 지으며 그가 무릎을 툭툭 턴다. 한두 번 있는 일이 아닌 듯했다. 브리나와 엘레노아의 속이 부글부글 끓을 때, 파르카 공작 부인이 들으란 듯이 일행에게 속삭인다.

“아아, 역시 평민이라 그런 거겠죠?”

“그렇겠죠? 아무래도 이미 익숙하지 않겠어요?”

“그러니까요. 창피한 줄도 모르고 웃도 참.”

“정숙한 여인이라면 다리를 잘 감추어야 하는 법이죠.”

엘레노아의 웃는 얼굴이 눈에 띄게 굳었다. 브리나와 제레미의 얼굴이 새파래졌다. 이런 사태를 예상 못 한 것은 아니지만, 이렇게 대놓고 속닥거릴 줄은 몰랐다. 저 멀리서 오르셀 후작 부인이 몹시 못마땅한 얼굴을 하고 있었지만, 당장 실세인 파르카 공작 부인을 말릴 엄두는 나지 않는 듯했다.

이 일을 어쩌지.

당황하다 못해 넋이 나간 제레미에게 브리나가 다가가더니 사촌들을 불러 둘 사이를 가리고 속삭였다.

“전하를 모셔 와요.”

그, 그렇지. 전하가 오시면 되는 거지. 그제야 정신이 돌아온 제레미가 당장 홀을 뛰쳐나간다. 브리나를 내려다보는 사촌들의 얼굴에도 걱정이 가득하다. 일단 제레미를 보내 놓은 그녀가 웃는 얼굴로 사촌들을 달랜 후 엘레노아에게 성큼성큼 다가갔다. 일단 엘레노아를 끌어낼 필요가 있었다. 팔을 잡아당기자, 차갑게 식은 눈빛으로 웃고 있던 엘레노아가 그녀를 돌아본다.

“잠시 쉬지 않을래? 나 코르셋이 무척 조여서 현기증이 나고 있단다.”

막 반격하려던 엘레노아는 크게 숨을 들이마셨다. 날뛰려면 브리나에게 폐가 가지 않도록, 브리나가 없는 곳에서. 지금 자리를 뜨면 자신이 싸움에서 지고 도망가는 모양이라는 걸 잘 알고 있기에 절대 피하고 싶지 않지만, 지금 이곳은 배 위도, 시장도 아닌 오르셀 후작의 파티장이었다. 브리나의 의견을 들어 둘 필요가 있었다. 겨우 생각을 정리한 엘레노아가 억지웃음을 지으며 고개를 끄덕이자, 금세 오르셀 후작 부인이 다가왔다.

"레이디 사운더스, 괜찮으신가요? 제가 안내할게요. 얼굴색이 정말로 좋지 않네요."

"어머, 후작 부인께서 직접 안내해 주시다니 영광입니다. 그럼 부탁드릴게요."

안주인이 나서자 속닥거림은 잠시 멎었다. 그러나 부채로 가린 얼굴의 그 조소하는 눈빛은 여전히 엘레노아에게 쏟아지고 있었다. 지금이라도 그녀들을 후려치고 싶었지만, 브리나가 후퇴하는 데에 이유가 있을 것이라 믿고 엘레노아는 억지로 떨어지지 않는 걸음을 옮겼다. 등 뒤에서 간드러진 웃음소리가 들려, 그녀는 미소 속에서 이를 악물었다.

여성들의 휴게 장소는 옆방이었다. 방문을 닫자 홀의 소란함이 아득하게 멀어지고, 브리나와 오르셀 후작 부인은 씩씩거리며 난리가 났다.

"자기가 주목받지 못한다고 질투하는 꼴 좀 보라죠!"

"사람이 사람같이 안 보이나 봐요. 어쩜 그렇게 못됐는지!"

"……브리나. 그렇게 열 받아 할 거면 아깐 왜 끌어낸 거야?"

엘레노아가 인상을 쓰며 묻자, 오르셀 후작 부인의 눈이 동그래진다.

"어머, 어머머. 두 분 심우라고 하시더니 정말 친하신가 봐요! 그냥 이름으로 부르시네요?"

"그렇지 않으면 심우라는 단어는 쓰지 않는답니다. 엘레노아. 그 자리에서 네가 날뛰어 봐야 웃음거리가 되는 건 너야. 열 받을수록 머리를 차게 식혀야 한다고."

"하지만 이렇게 뒤에서 열 받아 할 정도라면, 앞에서 한마디 하는 게 낫잖아."

"괜찮아. 제레미 님이 가셨으니까 곧 전하가 오실 거야. 그럼 납죽 엎드리겠지. 조금만 기다려, 엘레노아."

그러나 의기양양해하는 브리나와 달리 엘레노아는 얼굴을 잔뜩 일그러뜨리며 외쳤다.

"전하는 왜 부른 거야?!"

"어, 어?"

"브리나, 내가 파티에 온 건, 전하에게 예쁨받고 있다는 걸 과시하기 위해서가 아니야! 그런 거였다면 처음부터 전하께 부탁드려서 파티에 왔겠지."

"그건 알고 있지만, 이미 이렇게 되어 버렸잖니. 난 저 사람들에게 최소한의 교양은 있을 거라고 생각했어. 그런데 이 이상 어떻게 참니?"

"안 참아. 전하의 도움도 필요 없어. 내 복수는 내가 해. 그게 당연한 거 아니야?"

"잘못하면 파티 자체가 망쳐질 수도 있어. 그럼 후작 각하며 후작 부인께도 실례야."

"그래요, 엘레노아 양. 날 생각해서 조금만 참아 주지 않을래요?"

오르셀 후작 부인이 부드럽게 달랬다. 그러나 잠시 고민한 엘레노아는 입술을 꽉 물었다.

"브리나, 선을 말해 줘."

"선? 무슨 선?"

"복수해도 되는 선. 아까 그 여왕벌 놀이하던 여자에게 망신 주는 건 괜찮아?"

"파르카 공작 부인? 그 사람은 괜찮아. 사실 만인 앞에서 모욕한 거니까. 하지만 지금 넌 파르카 공작 부인에게 말을 걸 수 없어. 공작 부인이 말을 걸지 않았잖아."

"그 패거리를 망신 주는 건?"

"……퇴장하게 만드는 거라면 괜찮아. 하지면 울고불고하는 건 곤란해. 폭력은 물론 안 되고, 공작 부인이 아니라 공작 각하를 모욕하는 사태가 만들어져도 안 돼."

"본인들이 얼굴을 들 수 없게 만들어서 내보내는 건 괜찮다 이거지."

엘레노아가 씩 웃는 것을 보고, 불안해진 브리나와 후작 부인이 서로 얼굴을 마주 보았다. 괜찮을까. 심각하게 걱정되었지만 방법이 없었다. 엘레노아를 믿는 수밖에.

악단의 잔잔한 연주 속에 담소를 나누는 사람들이 홀 여기저기 무리를 지어 있다. 엘레노아와 브리나가 사라진 잠깐 사이 홀 안은 평화를 찾은 듯했다. 오르셀 후작 부인은 더 도와줄 수 없어 미안하다며 안주인의 의무를 다하기 위해 멀어졌고, 홀에 다시 들어선 브리나는 연신 홀 문을 힐끔거린다. 하지만 황태자 전하와 제레미는 나타날 생각을 하지 않고, 엘레노아의 얼굴엔 전투 의지가 만연해 있다. 이러다 성대하게 사고 치면 이쪽으로 붙으려 하는 오르셀 후작 부인마저 적이 될 거다. 그건 몹시 곤란한데. 브리나가 초조함을 숨기며 사용인이 들고 돌아다니는 쟁반에서 샴페인 잔을 집어 들었다. 엘레노아도 그것을 보고 담담하게 샴페인 잔을 집어 든다.

"술은 좀 마실 줄 안다고 했지?"

브리나의 걱정 어린 확인에 엘레노아는 빙긋 웃는다. 배에서 마시던 럼주에 비하면 이까짓 샴페인쯤이야. 그 당당한 미소를 본 브리나가 안심할 때, 그녀가 손가락을 뻗었다.

"저기 빈 테이블 있다. 저기로 가면 되는 거지?"

"눈이 밝구나. 그래."

대답이 떨어지기 무섭게 엘레노아가 발을 옮긴다. 옷차림이 가벼우니 걸음도 빠르다. 바짝 조인 신발과 무거운 파니에의 고통을 꾹 참고 브리나가 따라 걷는 사이 두 사람의 거리가 점점 멀어진다. 너무 멀어지면 안 되는데. 스멀스멀 기어 올라오는 불안 속에, 연노랑 새틴 드레스가 시야에 끼어든다.

꾸우욱.

살짝 끌리는 엘레노아의 빨간 실크 드레스 끄트머리를 할베리 백작 부인의 갈색 천 구두가 지그시 밟는다. 잘 걷고 있던 엘레노아가 삐끗하더니 균형을 잃고 엉거주춤 엉덩이를 뒤로 뺀다. 안 돼, 그대로 뒤로 넘어지면 네 옷에 샴페인이 쏟아져! 그걸 노리는 거야! 차마 말로 할 수 없는 브리나가 속으로 외칠 때, 엘레노아가 오른쪽 다리를 훅 뻗더니 왼쪽 다리를 축 삼아 반쯤 앉은 채 빙그르 몸을 돌렸다.

그게 끝이 아니었다. 몸을 돌리면서 다시 곧추세운 엘레노아가 날렵하게 샴페인 잔을 할베리 백작 부인의 목에 갖다 댄 것이다. 백작 부인이 물러날 새도 없이 샴페인은 그녀의 가슴팍을 흠뻑 적셨다.

"꺅!"

할베리 백작 부인의 비명 속에 홀 전체가 조용해졌다. 샴페인 잔이 마치 단검이라도 되는 양, 부인의 목에 샴페인 잔을 들이댄 엘레노아가 식겁한 얼굴을 한다. 연주하던 악단조차 눈치를 보며 음악을 멈췄다.

브리나는 굳은 표정을 유지하게 위해 이를 악물어야 했다. 금방이라도 웃음이 터져 나올 것만 같았던 것이다. 엘레노아는 만인의 시선을 받고 있었기에, 이 일이 어떻게 된 건지를 보지 못한 사람은 아무도 없었다. 당장 노발대발할 할베리 백작 부인조차 주변의 시선을 느끼고는 아무 말 못 하고 더러워진 자신의 드레스를 내려다보며 부들부들 떨었다.

들이댄 샴페인 잔을 주춤주춤 내린 뒤 테이블에 올려놓고 머리를 조아리는 엘레노아와, 부들부들 떨고 있는 할베리 백작 부인을 만인이 주시한다. 백작 부인은 분노하며 사과를 기다리다가, 자신이 먼저 말을 걸지 않아 말하지 못하는 것을 깨닫고는 억지로 입을 뗀다.

"이게 무슨 짓이지?"

"죄송합니다, 부인. 순간적으로 적이라고 생각해 버려서……."

"적이라고? 내가 평민인 그대에게 적의라도 갖고 있다는 뜻인가?"

"어머, 그런 의도가 결코 아닙니다, 부인. 제가 배를 오래 타다 보니, 누군가 등 뒤로 접근했을 때 민감하게 반응한다는 뜻일 뿐입니다. 부인께서 일부러 제 치맛자락을 밟으려고 제 뒤를 쫓으셨을 리도 없지 않습니까. 제가 정말로 부인을 적으로 생각했다는 것이 아니라 그저 뱃사람으로서의 반사적인 반응으로 그렇게 생각했다는 의미일 뿐이니, 귀하신 분께서 부디 너그러운 마음으로 헤아려 주시길 바랄 뿐입니다. 대신 옷은 원하시는 대로 해 드리겠습니다. 세탁비를 원하시면 세탁비를, 같은 디자인의 옷을 원하시면 그렇게 구해 드릴게요."

엘레노아가 공손하게 고개를 숙이고 인사한다. 쿡, 하고 어디에선가 기어이 웃음이 터졌다. 결국 할베리 백작 부인이 꼬리를 밟기 위해 끼어든 걸 그녀가 알고 있었다는 뜻이기 때문이다. 게다가 너에게 그런 의도가 있던 게 아닌 바에야, 단순한 반사적인 반응을 나무라는 쪼잔함을 보이지 말라는 명백한 경고에 할베리 백작 부인의 얼굴은 하얗게 질려 갔다.

"네, 네까짓 게, 이게 얼마짜리 옷인지는 알고 하는 소리야? 이, 이 귀한 보석을 이렇게 흠뻑 적셔 놓고도 무작정 너그럽게 헤아려 달라니, 말이 되는 소리라고 생각해? 머리가 있는 거니, 없는 거니?!"

"아."

짧은 감탄사를 뱉은 브리나가 주변의 시선을 느끼곤 얼른 부채로 얼굴을 가렸다. 차라리 다른 귀족 문화로 한 소리를 했다면 엘레노아가 할 말이 없을 텐데, 하필이면 그녀의 전문 분야를 들먹일 줄이야. 브리나는 입술을 깨물며 웃음을 참아야 했다.

엘레노아는 이전, 하녀로서 니이만 백작 부인을 만나러 갔을 때 혹시나 하고 가발을 써 두어서 정말 다행이라고 생각했다. 다른 사람이라고 얼마든지 잡아뗄 수 있으니까. 게다가 뇌물 받은 것을 들켜 근신 처분을 받은 니이만 백작 덕분에 백작 부인도 파티에 못 왔다. 좋아, 얼마든지 품평해 주지. 그녀는 슬슬 떡밥을 던졌다.

"부인께서 제 옷을 밟지 않으셨다면 옷도 버리지 않으셨을 텐데……. 하지만 이런 자리에 그 보석이나 옷감은……."

두 여자를 지켜보던 눈들이 휘둥그레진다. 할베리 백작 부인의 얼굴은 이제 파랗게 빨갛게 변하기 시작한다. 하지만 엘레노아는 안타까워하는 얼굴로 술술 지적했다.

"그 연노랑 새틴은 얼마 전까지 유행했기 때문에 매물이 굉장히 많이 풀렸답니다. 지금은 넘치는 공급을 어찌할 수 없어 새틴 중에서 유독 값이 떨어졌지요. 이런 귀한 자리에 오시면서 왜 연노랑 새틴을 선택하셨는지는 모르겠지만, 부인의 새하얀 피부를 돋보이게 하는 데에는 연노랑 새틴보다는 하늘색 새틴이 어울리지 않았을까 하는 안타까움이 있네요. 물론 하고 계신 귀걸이 목걸이 세트는 연두색이라 연노랑 새틴과는 몹시 잘 어울리지만……."

술술 말이 나오던 입이 딱 다물린다. 할베리 백작 부인은 이제 눈에 띄게 와들와들 떨고 있고, 엘레노아는 말을 이을 기색을 보이지 않는다. 사태를 주시하던 몇몇 인물들이 궁금해 죽으려 할 때, 홉스 부인이 슬그머니 끼어든다.

"어울리지만?"

이때다 싶은 엘레노아가 면목 없다는 듯이 눈을 감고 머리를 흔들며 대번에 대답했다.

"동양이든 서양이든 손상되지 않고 불순물이 없는 에메랄드는 매우 귀해서 몹시 비싸게 거래되지요. 그렇다 보니 에메랄드가 갖고 싶은 희 제국 서민들은 유리를 뭉친 녹색 유리 반지를 구입하곤 한답니다. 물론 유리 세공 기술은 테브스란이 훨씬 낫지만, 희 제국 사람들은 녹색이나 옥색을 무척 선호해서 유리 액세서리는 무척 발달했거든요. 그래서 저희 상단에서는 유리 액세서리 세트를 들여와 평민들을 대상으로 장사를 하고 있는데…… 색이 에메랄드보다 상당히 연해 혹시 그 유리 세트가 아닌가 의심이 갑니다만, 설마 귀하신 분께서 그런 것을 하고 이런 귀한 자리에 오시진 않았겠죠. 음, 제가 잘못 본 것이겠지요?"

당황한 백작 부인이 자신의 목걸이를 내려다본다. 파스텔 톤이 유행이라 녹색 액세서리를 하고 온 꽤 많은 부인이며 영애들이 서둘러 자신의 액세서리를 확인한다. 엘레노아는 면목 없다는 듯 백작 부인을 빤히 바라보고 있다.

"이, 이게 유리일 리가 없잖아!"

"……부인께서 그러시다면, 그런 거겠지요."

말과는 달리 엘레노아의 얼굴은 안타까움으로 가득하다. 지켜보던 모든 이들은 저의를 깨달았다. 그렇게 믿고 싶다면 믿고 살아라. 근데 그건 가짜다.

할베리 백작 부인은 이제 금방이라도 울 것만 같았다. 여태 버티고 선 것이 용할 지경이다. 그 자리에서 울음을 터트릴 것만 같았던 부인은 곧 치맛자락을 부여잡았다.

"오르셀 후작 부인, 저는 이만 피곤하여 먼저 가 봐야겠어요."

그것이 한계였던 모양이다. 오르셀 후작 부인이 무어라 대꾸할 여유도 주지 않고, 할베리 백작 부인은 크고 무거운 드레스를 질질 끌며 걷기 시작했다. 어떤 남자 하나가 그녀의 팔을 잡고 부축해 홀을 빠져나갔다. 그들이 홀 문을 나서자마자 흑 하는 가녀린 소리가 들렸다. 귀족들은 저마다 부채로 얼굴을 가리고 저희끼리 속닥이기 시작했다.

지켜보던 브리나는 감탄했다. 이제 육체적으로 해코지할 생각은 못 할 것이다. 그녀의 몸놀림은 파니에나 코르셋이나 이 무거운 가발을 전부 벗어 던진다 하더라도 귀족 여인들이 따라 할 수 있는 것이 아니었다. 게다가 동양의 물건을 전적으로 취급하는 사이먼 상단의 딸이고, 그 감식안은 방금 확인시켜 주었으니 앞으로 웬만한 보석이나 옷감으로는 명함도 못 내밀 거다.

말해 두었던 대로 울고불고하는 사태가 벌어지지도 않았고, 파티 자체가 망쳐지지도 않았으며, 할베리 백작을 모욕하는 발언도 나오지 않았다. 대단해, 엘레노아. 너 정말 대단하다. 감탄한 브리나가 부채로 웃음이 새어 나오는 얼굴을 가릴 때, 홉스 부인이 조심스럽게 말을 건다.

"좀 전의 몸놀림은…… 정식으로 검을 배운 건가요?"

"홉스 부인, 오랜만이에요."

누가 누구인지 아직 잘 모르는 엘레노아를 위해 브리나가 얼른 끼어들었다. 공작의 애인인 그녀보다는 백작의 딸인 브리나가 지위가 높아 알려 주기가 용이했다. 홉스 부인도 꺼리는 기색 없이 살짝 고개 숙여 브리나에게 인사를 한다. 얼른 이름을 기억한 엘레노아가 무릎을 굽혀 인사한다.

"엘레노아 사이먼이 홉스 부인을 뵙습니다. 정식으로 검을 배운 것은 아니고, 실전에서 단검 사용법을 습득한 것이랍니다."

"실전이라 하면, 정말로 해적의 습격을 받아 본 적이 있는 건가요?"

"실은 그것이 꽤 빈번하답니다. 동서양을 오가는 유일한 배다 보니 테브스란 쪽 해안이든 희 제국 쪽 해안이든 노리는 자들이 제법 있거든요."

할베리 백작 부인의 퇴장으로 잠시 경직되어 있던 파티 분위기가, 엘레노아의 항해 이야기로 부드러워진다. 검 좀 쓸 줄 안다는 귀족 신사들이며 호기심 많은 귀족 여인들이 다가든다. 귀족인 그들이 아무리 많은 것을 안다 하더라도 단 한 가지, 유일하게 동서양을 오갈 수 있는 엘레노아의 항해 이야기만큼은 알 수가 없는 것이다. 그녀가 잘난 척으로 느껴지지 않도록 말을 가리며 이야기를 풀어 나가는 것을 본 브리나는 한숨 돌린 후 다시 주변을 살폈다. 그리고 아차 싶었다.

할베리 백작 부인이 파르카 공작 부인 패거리라는 것을 잠시 잊고 있었다. 이제 파르카 공작 부인의 눈에 맹렬한 증오가 서려 있다. 부채 아래로 코와 입을 숨겼음에도, 그 증오로 타오르는 매서운 눈길만큼은 감추어지지 않았다. 이 일을 어쩌나. 브리나는 엘레노아에게 다가가려 했지만 그녀의 주변은 인산인해였다. 눈치를 줄 틈도 찾기가 어려워 브리나가 발을 동동 구르는데, 파르카 공작 부인이 공격을 시작했다.

"정숙한 여인이라면 배를 탔단 이야길 함부로 하지 않아야 하는 것 아닌가요?"

"출신이 그러니 뭘 알겠어요? 하던 대로 하는 거겠죠."

"아주 어릴 때부터 배를 탔다고 하지 않았나요?"

"자신이 깨끗하지 못하다는 것을 저렇게 대놓고 떠들 줄이야. 역시 이래서 신분이 중요하다니까요."

"저래서야 후궁은커녕 정부나 될 수 있을까요?"

"어머머, 그거야말로 언감생심이죠. 잠시 놀다 버려질 주제라는 것도 모르나 봐요."

"친구가 귀족인 거지 본인이 귀족인 것도 아닌데 말이죠.

들으란 듯이 떠들어 대는 파르카 공작 부인의 패거리 때문에 홀 안은 다시 경직되었다. 의도가 명확했다. 주제를 알게 해라, 금방 버려질 여자라는 것을 알게 해라. 아마도 파르카 공작 부인의 지시일 것이다. 그리고 실제로 그렇게 생각하고 마음껏 모욕하는 것이기도 했다.

오르셀 후작도 이젠 짜증이 나는 것을 참기 힘든지 얼굴이 일그러진다. 오르셀 후작 부인도 부채를 펴 들어 얼굴을 가린다. 엘레노아의 이야기를 듣던 사람들이 파르카 공작 부인 패거리와 엘레노아 주변을 둥그렇게 둘러싼다. 저 모욕에는 엘레노아 사이먼이 과연 어떻게 대응할까, 잔뜩 기대하면서.

그런데 의외로 엘레노아 사이먼이 웃는다. 정말로 재미있다는 듯이 웃기 시작한다. 맑은 웃음소리에 다들 어리둥절할 때, 그녀가 얼른 부채로 얼굴을 가린다. 그럼에도 쿡쿡거리는 웃음소리가 감춰지지 않는다. 뭐지? 뭘까, 왜 웃는 걸까, 이번엔 왜 저러는 걸까. 다들 의아해하지만, 레이디 사운더스조차 친구에게 말을 붙이질 않는다. 아하, 본인에게 말을 붙이게 하려는 것이군. 의도를 파악한 귀족들의 얼굴에 흥미로움이 퍼진다.

평소라면 누군가가 나서서 왜 그러냐고 혼을 내거나 따지겠지만, 아까의 사태 때문에 누구 하나 쉽게 말을 붙이지 않는다. 게다가 상황이 재미있기까지 하니 모두가 엘레노아를 도와 입을 다문다.

파르카 공작 부인이 주변을 둘러보지만, 아무도 나서려고 하지 않는다. 심지어 자신의 패거리들마저 목걸이나 귀걸이를 만지작거리며 눈길을 피한다. 할베리 백작 부인처럼 망신을 당할까 봐 나서기 어려운 것이다. 모두의 시선이 쏠린 자리에서 말을 붙이라고 다른 부인에게 시킬 수도 없다. 파르카 공작 부인은 여전히 웃는 엘레노아를 노려보다가 억지로 말을 걸었다.

"어째서 웃는 거지?"

"아, 죄, 죄송합니다, 부인. 그런데 제가 아직 귀한 분들의 성함을 잘 몰라서……."

엘레노아가 불시에 공격한다. 레이디 사운더스가 알려 준 게 아니라면 모르는 건 당연할 텐데, 그 말에 자존심이 상하는 건 왜일까. 일그러진 공작 부인의 얼굴을 구경하는 귀족들이 슬그머니 웃을 때, 계속 공작 부인의 눈치를 보던 타미앙 남작 부인이 나선다.

"파르카 공작 부인이시다. 누구 안전이라고 그렇게 경박하게 웃고 있는 거지?"

"엘레노아 사이먼이 파르카 공작 부인을 뵙습니다. 흠, 흠흠, 죄송합니다."

"어째서 웃는 것이냐고 물었다."

"세간의 상식이 다 옳지만은 않다는 것을 깨닫자 저도 모르게 웃음이 나오고 말았습니다. 부디 용서해 주세요."

"무엇을 말하는 거지?"

"어, 여러 가지가 있습니다만……."

파르카 공작 부인이 턱을 들고 눈을 내리깐다. 골격이 크고 풍채가 좋은 부인이 거대한 파니에로 하체를 부풀리고, 푹 파인 옷으로 풍만한 가슴을 드러낸 채 눈을 내리깔자 상당한 위압감이 느껴진다. 주위를 둘러싼 귀족들이 서로 눈치를 볼 때, 엘레노아가 조심스럽게 묻는다.

"정말로 다 말씀드려도 되겠습니까?"

"얼마나 깨달았기에 웃었는지 그 경박한 입으로 설명해 보아라."

선심 쓰듯 타미앙 남작 부인이 턱짓을 한다. 엘레노아는 잠시 머뭇거리다가 고개를 조아리며 입을 연다.

"파르카 공작 부인의 옷이 너무나 아름답고 섬세한 데다, 오늘 이 파티에서 누구보다 눈에 띄고 돋보여 감탄한 것이 첫 번째입니다. 그런데……."

저렇게 말을 끊고 흐려서 궁금하게 만드는 방법은 대체 어디에서 배웠을까. 브리나가 속으로 웃을 때, 엘레노아가 면목 없다는 듯 눈을 내리깔았다.

"세간에는, 안주인보다 화려하게 옷을 입지 않는 것이 초대받은 귀족의 예의라고 알려져 있습니다. 그래서 많은 평민이 높으신 분들을 따라 한다고 안주인이 입을 옷을 알아내는 데에 신경을 곤두세우곤 하지요. 그런데 지금 보니 평민들이 얼마나 잘못 알고 있었던 건지, 저 자신부터 한심하게 느껴져서요."

두 번째 공격 성공. 오르셀 후작 부인이 부채를 더 들어 얼굴을 완전히 가린다. 웃음이 터질 것 같았던 것이다.

엘레노아의 말은 틀린 데가 없었다. 파티의 주인공은 그 집의 여주인이어야 한다. 그러나 권력, 세력에 따라 그 규칙이 깨어진 지는 꽤 오래되었다. 자기보다 낮은 작위를 가진 귀족의 저택에서 열리는 파티라면 더더욱.

자신이 한심하다지만 실상 공작 부인의 화려함을 꼬집는 말에 대꾸할 말이 있을 리가 없다. 험악한 기운이 공작 부인에게 쏟아져 나올 때, 엘레노아는 다음 공격으로 넘어간다.

"그리고 두 번째로, 오늘 이 파티에서 파르카 공작 부인께서 가장 아름답고 화려하셔서, 가장 힘이 있고 높으신 분이 공작 부인이실 거라 짐작하였습니다. 그렇다면 공작 부인께서 가장 많은 정보를 가지고 계시겠거니 생각하였습니다만……."

엘레노아가 다시 말을 흐린다. 파르카 공작 부인도, 끼어들었던 타미앙 남작 부인도 이번엔 대답을 요구하지 않아 홀 안에 침묵이 이어진다. 무슨 말이 이어질지 알 수 없으니 섣불리 뒷말을 종용할 수가 없었던 것이다.

그러나 라이벌인 파르카 공작 부인이 망신당하는 이 고소한 자리에 빠질 수 없는 사람이 한 사람 있었다. 홉스 부인이었다.

"그렇지만?"

엘레노아가 홉스 부인에게 살짝 묵례하고 자연스럽게 말을 잇는다.

"저에 대한 정보가 이리도 늦으실 거라곤 생각하지 못하였거든요."

"……무슨 정보를 말하는 거지?"

파르카 공작 부인이 마치 으르렁거리듯 묻는다. 엘레노아는 부끄러운 듯 고개를 모로 돌리며 대답한다.

"제가 배를 오래 타긴 했지만, 깨끗하다는 것은 다른 누구보다 전하께서 잘 알고 계신답니다. 그리고 자연스럽게 전하 주변 분들도 알게 되었지요. ……따라서 저는 그 정보가 이미 널리 퍼져 있을 거라고 생각했는데, 이 중 가장 귀하신 분께서 모르실 정도라면 귀족들에게 정보가 빠르다는 세간의 믿음도 사실이 아니겠지요?"

세 번째 공격 성공. 배를 오래 탔음에도 순결을 지켜 왔다는 것은 믿기 힘들지만, 그것을 다른 사람도 아닌 전하가 확인하신 거라면 두말할 나위가 없다. 노골적인 단어는 모두 피하면서 설명한 그녀가 면목 없다는 듯 치맛자락을 잡고 몸을 숙여 인사하자, 자연스럽게 드러난 날씬한 다리와 까만 스타킹이 모두의 시선을 붙들고 놓아주지 않았다. 희고 풍만한 젖가슴을 드러내는 지금 유행하는 드레스도 아름답지만, 숨겨야 마땅하다고 생각해 온 다리를 드러내는 저 옷차림이야말로 남녀 모두를 매혹한다. 파르카 공작 부인이 떨리는 손을 숨기기 위해 치맛자락을 꽉 쥐어 잡는다.

"믿을 수 있는 말을 해. 네가 지금 나를 기망하려는 것이냐?"

"어머, 부인, 저는 거짓이라고는 한마디도 고하지 않았습니다."

눈을 동그랗게 뜬 엘레노아를 노려보던 공작 부인의 입에서 결국 격한 단어들이 튀어나오기 시작한다.

"웃기지 마라. 그렇게 오래 배를 타고도 네가 깨끗하다고?"

"그 말씀은 전하의 판단이 잘못되었다는 말씀이신가요?"

몇몇 귀족들이 숨을 삼켰다. 엘레노아가 감히 황태자 전하를 끌고 들어올 거라곤 생각하지 못했던 것이다. 그러나 그 말이 오히려 파르카 공작 부인의 분노에 불을 붙인 듯했다.

"네까짓 게 감히 어디에서 그분을 입에 올리는 것이냐."

"저는 사실을 말했을 뿐입니다, 부인."

"천하고 더러운 창녀 주제에, 떠드는 말이 아주 더럽고 고약하기 짝이 없구나!"

서로를 노려보는 두 사람 사이에 침묵이 흘렀다. 이번만큼은 엘레노아의 얼굴에 웃음기가 가셨다. 파르카 공작 부인도 부채마저 내려놓고 엘레노아를 노려본다. 아무도 끼어들지 못하고 두 사람을 지켜볼 때, 유일하게 움직이는 사람이 있었다.

"누가 뭐라고?"

싸늘하지만 우아한 말투. 홀 안의 사람들이 동시에 소리 나는 쪽을 바라본다. 차가운 눈빛의 황태자 세드릭이 제레미와 레번드 단장을 대동하고 홀 문에 서 있는 것이 보인다. 기겁한 귀족들이 후다닥 머리를 조아리고, 브리나가 안도의 한숨을 내쉰다. 엘레노아만이 얼굴을 살짝 찡그릴 때, 그가 성큼성큼 홀 안으로 걸어들어 왔다.

단순한 애인이 아니구나. 귀족들은 직감했다. 지금까지 그들이 엘레노아를 주시하면서도 다른 이들이 그녀를 깔아뭉개는 발언을 웃으며 들을 수 있었던 건, 곧 버려질 한때의 애인이라고 생각했기 때문이었다. 그렇게 마음에 들어 하시는 것치곤 정부라고 데리고 나오시지도 않았고, 후궁이 된 것도 아니니 마음껏 깔볼 수 있었다. 그러나 못 오신다고 제레미를 보내 놓고도 그녀 때문에 여길 오실 정도면, 웬만큼 애정이 깊은 게 아니라는 뜻이다. 귀족들이 고개도 들지 못하고 숨을 삼킬 때, 세드릭이 차가운 목소리로 오르셀 후작에게 인사한다.

"오르셀 후작, 작위 승계를 다시 한 번 축하하네. 폐하를 알현하기로 했던 시간과 파티가 겹쳐 제레미를 보낸 것이지만, 시간이 되어 이렇게 직접 찾아왔네. 예고도 없이 갑자기 찾아와 폐가 된 것은 아닌지 모르겠군."

"아닙니다, 전하. 직접 와 주시니 가문의 영광입니다. 이렇게 뵙게 되어 기쁨이 배가 될 뿐입니다."

오르셀 후작이 정말로 기쁨에 찬 목소리로 대답한다. 세드릭은 그에게 고개를 끄덕해 보이곤 다시 성큼성큼 걸어 엘레노아의 곁으로 다가온다.

귀족들이 모두 고개를 들지 못할 때, 혼자 우뚝 선 엘레노아는 이리저리 눈을 굴리고 있었다. 파티와 같이 공식적인 자리에서 황태자 전하를 만났을 때는 어떻게 해야 한다고 브리나가 가르쳐 주지 않았던 것이다. 게다가 한 달 만에 만나는 남자는 전보다도 박력 있고 든든했다. 그의 덕을 볼 생각으로 파티에 온 게 아닌데도, 막상 그를 보니 긴장했던 마음이 풀어지는 것이 느껴진다. 요리조리 눈을 굴리기만 하던 엘레노아의 얼굴에 반가움이 차오른다. 그것을 본 세드릭이 한숨을 쉬듯 그녀를 부른다.

"엘레노아 사이먼."

"네, 네?"

그녀가 나사 빠진 듯 대답하자, 귀족들이 슬금슬금 고개를 든다. 그리고 그들은 경악했다. 황태자 전하가 무릎을 꿇은 것이다. 그렇게 목숨처럼 가꾸시던 머리카락이 바닥에 닿는 것도 아랑곳하지 않으신 채. 그 모습을 보고는 엘레노아마저 당황해서 말을 더듬는다.

"세, 저, 전하?"

고개를 숙인 세드릭은 주먹을 꽉 쥐었다. 진작 공개적으로 청혼해 두었어야 했다. 이런 모욕을 당할 거란 걸 생각하지 못한 것도 아닌데, 이것저것 생각하느라 결국 엘레노아가 험한 꼴을 당하고 말았다. 그는 속으로 숨을 고른 뒤 고개를 들었다.

"엘레노아 사이먼 양. 나, 세드릭 테브스란과 결혼해 주시겠습니까?"

세드릭이 오른손을 내민다. 귀족들은 황태자가 반지를 직접 내밀고 있는 것을 보고 다시 한 번 경악했다. 결혼 전 절차적인 약혼을 위해 반지를 전달하는 것은 사령이나 시종이고, 그 반지를 받아 끼워주는 것은 아버지의 역할이다. 그 절차를 싸그리 무시하고, 황태자 전하가 저 평민이면서 뱃사람인 계집애에게 직접 반지를 내밀며 구혼을 하고 있는 것이다.

엘레노아에게도 그 정도 상식은 있었다. 입이 떡 벌어졌다. 이런 자리에 이렇게 구혼하면, 나중에 세드릭에게 문제 생기는 거 아니야? 식겁한 그녀가 어버버 할 때, 그가 싱긋 웃는다.

괜찮아, 날 믿어.

그녀의 입술이 잘게 떨렸다. 눈이 시큰해졌다. 걱정은 앞서지만, 그의 청혼이 기쁘지 않을 리 없다. 왜 이런 자리에서 보란 듯이 구혼하는지 모르지 않는다. 그녀는 떨리는 입술을 힘을 주어 꾹 다물고 세드릭에게 다가갔다.

"……기뻐요."

어떤 모욕도 술술 받아치던 그녀지만, 다른 말이 나오지 않았다. 고개를 끄덕인 세드릭이 자리에서 일어나 손을 뻗는다. 엘레노아는 자연스럽게 손을 내밀었다.

"왼손을 줘야지."

세드릭의 목소리에 웃음과 애정이 함뿍 담긴다. 그 녹아내릴 듯한 목소리에 귀족 영애 여럿이 몸을 배배 꼰다. 엘레노아는 순순히 왼손을 내밀었다. 약지에 천천히 반지가 밀어 넣어진다.

"이번엔 레드예요?"

엘레노아가 웃었다. 세드릭이 고개를 끄덕인다.

"몸을 보호하기 위한 블루, 약혼을 위한 레드. 마침 오늘 옷에도 잘 어울리는군. 그런 옷은 내 앞에서나 입지 그랬어."

왜 이런 옷을 골랐는지 모르지 않을 남자가 웃음기 섞은 투정을 부린다. 엘레노아가 배시시 웃자 그녀를 부드럽게 끌어당겨 품에 안은 세드릭이 주위를 둘러본다.

"파르카 공작."

"……예, 전하."

저만치 물러나 있던 파르카 공작이 사색이 되어 앞으로 나선다. 왜 부르는지 모르지 않았다. 파르카 공작 부인의 얼굴도 사색이 된다.

"내 약혼녀가 실로 어마어마한 모욕을 당하는 걸 내 눈으로 보고, 내 귀로 들었어. 그녀의 순결함은 내가 직접 확인했음에도 말이지. 그럼에도 그냥 넘겼다간 나의 체면이 말이 아닐 거야. 그렇지?"

"그, 그렇습니다, 전하."

"그렇다면 나는 마땅히 그대에게 결투 신청을 해야 하는데……."

세드릭의 말이 떨어지기 무섭게 공작이 히끅, 딸꾹질을 시작한다. 진검을 제대로 잡아 본 적도 없는 숙부와, 제국 최고의 검사 조카의 결투라니 결과가 뻔하다. 부상도 감지덕지고, 죽어도 할 수 없는 지경인 것이다. 드센 아내와 달리 유약하기 그지없는 파르카 공작을 몇몇 귀족들이 동정 어린 눈으로 바라볼 때, 나머지 귀족들이 웅성대기 시작했다.

오랜 세월 배를 탄 여자라 이미 몸을 더럽혔을 거라고 생각했고, 파르카 공작 부인의 말이 격하기는 하지만 틀린 말은 아니라고 생각했다. 그런데 전하께서 이렇게 대놓고 언급하실 줄이야. 정말로 전하가 첫 남자였을 줄이야. 그들은 놀란 눈을 어쩌지 못하고 속닥대며 세드릭을 바라보았다. 그때 그가 파르카 공작에게 구명줄을 내려 주었다.

“나는 숙부인 그대를 상당히 좋아한단 말이지. 그런 이유로 결투까진 가고 싶지 않은데, 그건 내 약혼녀가 받은 모욕을 덮을 만한 충분한 대가가 따랐을 때의 이야기겠지?”

만인 앞에서의 명확한 사죄. 황태자가 원하는 것은 누구나 깨달았다. 파르카 공작은 대번에 아내의 팔을 낚아채고 먼저 무릎을 꿇었다. 분해하며 버티려는 공작 부인은 쉽게 끌어 내려지지 않았고, 그것을 본 세드릭이 차갑게 비꼰다.

“장본인의 사죄가 아니라면 아무짝에도 쓸모없지. 남편이 죽으면 부인의 위세가 얼마나 갈까 궁금해지는군.”

그제야 파르카 공작 부인이 부들부들 떨며 아주 천천히 몸을 낮춘다. 거대하고 큰 파니에 때문에 조금 구부리다 말려는 것을 보고 다급해진 파르카 공작이 파니에를 퍽퍽 때려 부수기 시작한다. 웅성대는 소리 속에 공작 부인이 공작의 팔을 잡는다.

“여보! 뭐 하는 짓이에요?!”

“내가 죽게 생겼는데 이깟 치마가 문제야?!”

유약하기만 하던 남편의 일갈에 파르카 공작 부인이 어쩔 줄을 몰라 하며 몸을 더 낮춘다. 그러나 차디찬 눈으로 내려다보는 황태자의 입에선 좀처럼 괜찮다는 말이 나오질 않는다. 파르카 공작은 아내의 어깨를 마구잡이로 내리눌러 놓고, 제대로 무릎을 꿇은 것을 확인하고 나서야 자신도 그 옆에 무릎을 꿇는다.

“사, 사이먼 양. 진심으로 미안합니다. 아내를 말리지 못한 내 잘못이 큽니다.”

그러나 엘레노아가 아무 말도 하지 않는다. 그녀는 공작 부인의 사과를 기다리고 있었다. 이미 온갖 망신을 당한 공작 부인은 핏줄이 설 정도로 치맛자락을 부여잡았지만, 엘레노아의 곁에 황태자가 버티고 있는 다음에야 방법이 없었다. 결국 공작 부인의 고개가 푹, 아래로 숙여진다.

"내, 내가 말이 심했습니다. 미…… 미안합니다, 사이먼 양."

그제야 가볍게 웃은 세드릭이 엘레노아의 손을 잡는다. 그 다정함에 몇몇 여자들이 녹아내린다. 크고 따뜻한 손을 꽉 맞잡은 엘레노아가 천천히 입을 열었다.

"귀하신 공작 부인께는 상인도, 뱃사람도 천해 보이겠지만 그 천하다는 사람들도 마음이란 것이 있습니다. ……공작 부인의 사죄는 받아들이겠습니다. 하지만 제가 선원으로서 동양에서 들여오는 물건들은, 상인으로서 단 한 점도 파르카 공작가에 팔지 않을 테니 앞으로는 다른 상단을 이용하시는 게 좋겠습니다."

"뭐, 뭐?!"

공작 부인이 버럭 소리를 지르려는 것을, 후다닥 일어난 파르카 공작이 손바닥으로 입을 가려 막는다. 그사이 귀족들은 서로 눈을 마주치며 깨달았다. 동양과의 무역이 가능한 것은 사이먼 상단뿐이다. 그 사이먼 상단이 공식적으로 거래를 하지 않겠다고 한다면, 물건 구입 자체야 불가능하지는 않지만 유행에 뒤처질 것은 확연했다. 게다가 뭐 하나 구입하려고 해도 주변에 부탁을 해야 할 테니, 그보다 더 자존심 상하는 일은 없을 터였다. 불매의 권력이 상단에 있다는 것을 그제야 깨달은 귀족들이 웅성거릴 때, 파르카 공작이 더듬더듬 인사한다.

"그, 그러겠습니다. 사이먼 양. 용서해 주어서 고맙습니다."

"……공작 부인께서는 아직 분하신 모양이군. 파르카 공작, 앞으로 공작의 부인은 집 밖으로 나오지 않으시는 게 좋겠네. 집 안에서 부인으로서의 덕목을 좀 더 수양하는 것이 좋겠어. 비공식적인 외출까지야 금하지 않겠지만, 옳지 않은 일에 분노하는 저 옳지 못한 모습을 공식적인 자리에선 보지 않길 바라네."

파르카 공작 부인의 눈이 휘둥그레졌다. 파르카 공작의 눈도 커졌다. 그러나 파르카 공작은 곧 고개를 끄덕였다. 오히려 어딘지 안심이 되는 듯한 눈치로, 그는 선뜻 대답한다.

"그러겠습니다, 전하. 용서해 주셔서 정말로 감사드립니다. 오르셀 후작, 오늘은 소란을 피워 몹시 미안하군. 앞으로 이런 일은 없을 것이라 약속하지. ……그럼, 저는 이만 물러가 보겠습니다."

세드릭과 오르셀 후작이 고개를 끄덕인다. 여전히 눈을 휘둥그렇게 뜬 공작 부인의 팔을 잡고 일으킨 파르카 공작이 일어나 걷기 시작한다. 질질 끌려가는 공작 부인이 부들부들 떨기 시작했지만, 그녀를 동정하는 사람은 아무도 없었다.

파르카 공작 부부가 퇴장하자 그제야 세드릭의 얼굴에 미소가 돌아왔다.

"오르셀 후작, 소란을 피워 미안하군. 그 대신이랄 것까지는 없지만, 나의 약혼녀와 춤을 추는 것으로 파티의 분위기를 되돌릴까 하는데…… 아직 후작 부부가 춤을 추지 않은 듯해 망설여지는군."

"아, 먼저 추셔도 괜찮습니다, 전하!"

오르셀 후작이 반갑게 외쳤다. 원래는 그들 부부를 시작으로 춤이 시작되어야 하지만, 황태자가 원한다면 그 정도 양보는 얼마든지 할 수 있었다. 상황을 살피던 악단이 연주를 재개했다. 세드릭이 살짝 물러나더니 엘레노아에게 손을 뻗었다. 발 아프게 춤 연습을 했던 보람이 있긴 있구나. 엘레노아가 씩 웃으며 그의 손을 맞잡았다.

22
달면 삼키고 써도 삼킨다

춤이 끝나자마자 황태자궁으로 끌려갔다. 한 달 동안 연락 두절되었던 대가를 몸으로 혹독하게 치른 뒤, 두 사람은 나란히 누워 천천히 숨을 골랐다. 헐떡이던 숨이 차츰 가라앉을 무렵, 엘레노아가 나직한 목소리로 말문을 연다.

"세드릭, 나 각오했어요."

"응?"

"내가 본 귀족들은 하나같이 엉망이었어요. 레번드 단장님이나 브리나를 제외하면, 인정할 만한 귀족이 없었어요. 물론 내가 모든 귀족을 다 아는 건 아니지만, 적어도 내가 본 중엔 없었다고 생각해요. 우리가 낸 세금으로 부귀영화를 누리면서 우리를 깔아뭉개고, 자식을 제대로 돌볼 생각조차 안 하고 자기 자신들의 성욕과 권력만 좇는 그 사람들을 나는 용서할 수 없어요. 이해하고 싶지도 않아요."

대답 대신 세드릭이 그녀를 끌어당겨 이마에 입을 맞춘다. 맞닿는 맨살의 다정함을 느끼며 엘레노아는 중얼거리듯 말을 이었다.

"나는 그 사람들을 바꿔 놓을 거예요. 바꾸고 싶어요. 그러려면 아무래도, 애인이나 정부로는 부족하겠죠."

"이미 약혼자야. 정부나 애인 따윈 입에 올리지 마."

단호하게 대답한 세드릭이 엘레노아의 손을 더듬어 반지를 찾아낸다. 그가 반지 낀 손가락을 부드럽게 애무하는 것을 느끼며 그녀는 눈을 감았다.

"……황태자비가 될 거예요."

"그래."

그 자연스러운 대답에 놀란 것은 엘레노아였다.

"안 말려요?"

"후궁으로 둘 생각 없다고 했었잖아."

"나 평민인데?"

"엘레노아. 귀족이든 평민이든, 폐하를 제외하고 나보다 신분 높은 사람은 없어."

세드릭의 장난기 가득한 대답에 한결 마음이 놓였지만, 그래도 마음에 걸리는 것이 있었다.

"폐하께서 반대하지 않으실까요?"

"아, 아아."

그가 얼굴을 찡그려, 엘레노아의 마음이 덜컥 내려앉았다.

"반대하세요?"

"반대라면 반대지만, 아니라면 아닌 상황이야."

"응? 그게 무슨 상황이에요?"

"음, 그러니까."

세드릭의 설명은 이러했다.

오르셀 후작 저택으로 가기 전, 안 그래도 세드릭은 살짝 열이 받은 상태였다. 자신의 아버지, 발타잘 황제가 빙글빙글 웃으면서 한 말 때문이었다.

"그렇게 좋다면 결혼하여라. 단, 평민인 채로는 허락할 수 없다. 평민인 그녀와 결혼할 거라면, 나 죽은 다음에 하도록 해라."

"……예?"

"나 죽은 다음에, 너 황제 되면 법을 뜯어고치고 결혼하라는 뜻이다."

'아버지가 언제 죽을 줄 알고요.' 하는 불효막심한 소리를 간신히 참는데, 황제가 좋아 죽으려고 한다.

"아들, 최근 부쩍 감정을 솔직히 드러내는구나."

"……그렇습니까?"

"음, 더 귀여워졌어."

아무리 부자간이라지만 스물넷 먹고 그런 소리를 듣고 싶지는 않다. 황제의 시선에 오히려 성질이 나, 물러나 알현실 문을 쾅 닫고 나온 세드릭은 진정하기 위해 애를 써야 했다.

발타잘 황제는 아들이 귀족과 결혼해 그 가문이 득세하게 되는 것을 무척 경계해, 지금까지 세드릭의 약혼자도 정하지 않았다. 그래서 당연히 반대하지 않을 것이라 생각했는데 그래도 평민은 안 된다니 갑갑할 따름이었다.

아버지가 자기를 믿기에 그녀의 신분을 어떻게든 하라는 의도를 모르지는 않는다. 물론 결혼만이 목적이라면 얼마든지 해결할 수 있다. 귀족가의 양녀로 보낸 뒤 황태자비로 만들면 간단하니까. 하지만 그 경우, 더 이상 상인의 딸이 아니게 되니 엘레노아의 항해는 보장해 줄 수가 없다. 어떻게 해야 항해할 수 있게 하면서 황태자비로 맞을 수 있을까. 그걸 고심할 때, 제레미가 헐레벌떡 뛰어와 소식을 고했다.

세드릭은 아차 싶었다. 시간은 많으니 아버지부터 설득하자고 생각하는 동안 엘레노아가 움직일 것을 미처 예상하지 못했던 것이다. 자신의 여자가 되기로 한 데다, 그녀의 언니가 곧 귀족가의 일원이 된다. 그런 엘레노아가 잠자코 있을 리가 없지 않은가. 게다가 귀족의 눈으로 볼 때, 엘레노아는 세드릭의 애인에 불과하다. 황태자비도 후궁도 아니다. 파티에서 엄청난 모욕이 이어질 게 뻔해 제레미를 닦달해 오르셀 후작 저택으로 이동했다. 특별한 경우가 아니면 이렇게 남의 집에 텔레포트를 써서 침입하지 않지만, 워낙 긴급 사태였다.

그러나 의외로 엘레노아가 대처를 시원시원하게 하고 있어 잠시 지켜보고 있었다. 저 정도면 황태자비가 되어도 벙어리 냉가슴 앓듯 앓지는 않겠구나, 그런 안도감도 생겼다.

세드릭의 설명을 들은 엘레노아가 빙그레 웃었다.

"응. 할 말 못 하는 장식품이 되진 않을 거예요. 싸우지 않으면 그 사람들의 생각을 바꾸지도 못할 테니까. ……나는 괜찮아요. 결심했어."

그러나 이번엔 세드릭이 고개를 저었다.

"좀 더 방법을 찾아보자. 우리에게 시간은 많아. 소중한 것들을 다 포기하게 하고 싶진 않아."

엘레노아는 무어라 말하려다 입을 다물었다. 그런 방법이 가능할까. 자신도 쭉 생각은 해 왔지만 자신의 짧은 생각으로는 불가능할 것 같다.

하지만 세드릭이 약속했다. 노아를 포기하지 않게 해 주겠다고. 방법을 찾아보겠다고. ……우리에게 시간은 많다고.

엘리자베스가 귀족과의 결혼을 위해 살아왔다면, 엘레노아는 사이먼 상단의 단주가 되기 위해 살아왔다. 항해와 장사는 그녀의 인생이나 마찬가지였다. 어머니가 그렇게 닦달하는 데도 결혼할 생각이 없었던 것도, 항해와 장사를 포기하기 싫어서가 아니었나.

하지만 귀족들을 바꾸기 위해서, 그리고 이 남자와 함께하기 위해서라면 항해와 장사는 포기해야만 한다. 그래도 괜찮다고 생각했다. 어떤 사람과 평생을 함께하기 위해 좋은 점만 골라낼 수는 없는 일이니까. 브리나와 제레미를 보면서, 그리고 엘리자베스와 레번드 단장을 보면서 엘레노아는 남몰래 그렇게 결심했었다.

그럼에도 괜찮다는 말을 입 밖에 내기까지, 그녀에겐 엄청난 각오가 필요했다. 생각과 달리 입은 잘 움직여 주지 않았다. 그리고 그렇게 어렵게 입 밖으로 낸 말을, 그녀가 고른 남자는 이해해 주었다. 그리고 방법을 찾아보자고 했다. 그녀의 인생을 부정하지도, 포기해줘서 고맙다고도 하지 않았다. 오히려 포기하지 않게 해 주겠다고…… 그렇게 말했다.

금방이라도 눈물이 날 것 같은 것을 꾹 참고, 그녀는 몸을 돌려 사랑하는 남자를 끌어안았다. 그도 힘주어 그녀를 끌어안는다. 한껏 한 끝이라 아까만큼 불타오르진 않았지만, 은근한 열기가 둘 사이에 감돈다.

안심이 되는 열기를 느끼며 엘레노아는 중얼거렸다.

"아저씨에게 도와 달라고 하면 안 되려나……."

"그놈에게?"

"음, 역시 무리일 거예요. 바다 위면 몰라도 육지엔 관여하고 싶지 않으신 것 같더라고요."

그러나 세드릭의 눈이 반짝 빛났다.

"엘레노아, 가능하다면 아저씨의 도움을 청해 보자. 물론 난 그놈이 싫지만, 그 아저씨가 어디까지 해 줄 수 있는지를 알면 계획을 짜는 데 도움이 될 것 같아."

"어, 하지만 웬만하면 불러도 안 나오실 거고…… 귀한 무언가를 드려야 할 거고……."

"……전부터 생각한 건데, 엘레노아. 대체 그 아저씨는 어떻게 만나게 된 거야?"

그녀는 입을 다물었다. 사이먼 상단 최대의 비밀과 연관되어 있다 보니 알려 주기가 어렵다. 절레절레 고개를 젓자, 세드릭이 그녀를 달랜다.

"엘레노아. 이건 우리 결혼에도 관계가 있는 이야기잖아. 그리고 이거, 나한테 얘기해 주기로 약속했었고."

"그, 그래도……."

"그리고 네가 결혼하고도 배를 탈 수 있느냐 없느냐와도 관계되어 있어."

엘레노아는 입을 다물었다. 말해야 하나 말아야 하나 망설일 때 세드릭이 쐐기를 박는다.

"게다가 우리의 결혼엔 요나단과 제레미의 결혼도 걸려 있다고."

으으. 그녀는 한참을 끙끙거린 끝에 눈치를 보며 조건을 걸었다.

"그럼, 얘길 듣고도 사이먼 상단에 어떠한 지장이나 해가 가지 않도록 해 주겠다고 약속해요."

"황제 폐하의 이름을 걸고 약속하지."

세드릭이 진지하게 대답한다. 엘레노아는 그러고도 머뭇머뭇하다 입을 열었다.

"그러니까…… 여섯 살 때 일인데요."

진수식이 있었다. 3년째 동양 무역에 도전하는 아버지가 맏딸의 이름을 따다 붙인 엘리자베스호의 진수식이었다. 베스호마저 침몰하면 사이먼 상단은 회생 가능성이 전혀 없는, 그야말로 배수진을 치고 도전하는 상황이었다.

당시 사이먼가는 카일레아 항구에 있었다. 동양 무역에 도전하면서 아주 이사를 왔던 것이다. 그리하여 바닷가에서 뛰놀던 엘레노아는 진수식 때 귀한 물건을 바다에 던지며 빌면 배가 침몰하지 않는다는 솔깃한 소문을 주워들었다. 여섯 살이라지만 집안의 분위기는 파악할 수 있었기에 걱정이 되었던 그녀는 아버지의 창고에 몰래 숨어들었다. 그 방 가장 깊숙한 곳에 아버지가 금고를 숨겨 두었다는 것을 그녀는 알고 있었던 것이다.

심지어 그녀는 금고 번호도 알고 있었다. 숨어들어 놀다가 아버지가 금고 만지는 것을 보았기 때문이다. 그녀는 아무 죄책감 없이 금고를 열었고, 그중 가장 눈이 가는 것을 끄집어내 윗옷 속에 숨겼다. 배가 몹시 불룩해졌지만 아랑곳하지 않고 항구로 달려간 그녀는 몰래 배에 숨어들었다.

진수가 무사히 끝났다. 사람들이 배에 올라탄 뒤 안전을 기원하는 형식적인 의식이 진행되었다. 럼주를 붓고, 남은 럼주를 선주와 뱃사람들의 뱃속에 집어넣은 후 저마다 가진 물건을 하나씩 빼내 바다에 바치는 것이다. 가장 먼저 선주가 나섰다. 의례적 행위라고는 하지만 이 배의 성공이 간절했던 그녀의 아버지는 금화를 여러 개 던졌다. 앞으로 베스호를 타게 될 사람들도 주섬주섬 물건을 던졌다.

이번엔 성공할 겁니다, 그런 대화를 주고받는 사이, 그녀의 아버지는 자신의 어린 딸이 갑판 끝에 서서 반짝이는 부피 있는 무엇인가를 윗옷 사이에서 빼내는 것을 보았다. 설마. 미심쩍은 눈으로 지켜보던 그는, 엘레노아가 그것을 바다에 던질 때 물건의 정체를 확인하고는 기겁하고야 말았다.

"엘! 너, 너, 너, 지금, 던진 게 뭐, 뭐……."

"장갑이요!"

"어, 어, 어디 있던 걸……."

"금고요. 귀한 걸 바쳐야 배가 안전하다고 해서!"

그날까지 한 번도 딸들에게 손을 댄 적이 없던 그는 그날 처음으로 엘레노아를 거꾸로 들고 엉덩이를 때렸다. 그녀가 던진 것은 용의 비늘로 만들었다는 건틀렛이었던 것이다. 용의 이름을 달고 무수히 넘쳐 나는 가짜들과는 달리, 어떤 것에도 손상되지 않은 그것은 보증서도 붙어 있는 엄청나게 비싼 물건이었다. 물론 성공해야 하지만, 만약 이 배도 가라앉아 버린다면 상단을 재건할 기반이 되는 물건이었다. 따라서 엘레노아는 엉덩이를 맞아도 쌌다.

그러나 불행히도 그는 술을 마신 참이었고, 깊은 바다에 띄운 배는 흔들렸고, 그는 미끄러졌다. 놓친 어린 딸은 주르륵 미끄러지더니 갑판에서 튕겨 나가 바다로 떨어졌다. 대형 함선이라 물이 깊은 곳에서 진수한 데다, 아무리 그녀가 수영을 잘한다고 해 봐야 여섯 살의 한계가 있었다. 기겁한 아버지가 난간을 잡고 엘레노아의 이름을 외치고, 수영에 능하다는 몇몇 선원이 바다로 뛰어들었다. 그러나 엘레노아는 발견되지 않았다. 그녀는 그때 아저씨에 의해 구조되어 배 가장 안쪽 선실에 눕혀 있었던 것이다.

"네가 이걸 바다에 던진 게 맞니?"

엘레노아는 할딱이느라 정신이 없었다. 눈, 코, 입, 귀에서 전부 짠물이 나오는 거 같았다. 우엑 우엑 짠물을 토해 내는 걸 본 사람이 혀를 차고는 손을 한 번 흔들었다. 그러자 온몸이 바싹 마르고 말짱

해졌다. 신기해서 눈을 동그랗게 뜰 때, 구해 준 사람이 다시 한 번 건틀렛을 들이밀었다.

"네가 던진 게 맞니?"

"어! 그걸 아저씨가 가지고 가면 어떡해요? 바다에 바쳐야 배가 무사하다고 했는데!"

맞을 때도 울지 않았던 엘레노아는 화려한 옷을 입은 아저씨가 내민 것을 보고서 울먹울먹하기 시작했다. 그러자 아저씨가 한숨을 쉬며 말했다.

"바다가 아니라 나에게 바치는 거다. 제대로 온 거고. 넌 어째서 이걸 던질 생각을 했니?"

"귀, 귀한 걸 바쳐야, 안전하다고 했어요. 그래서 금고에서 가져온 거예요."

"금고에 다른 것도 많았는데 왜 이걸 골랐니?"

"바칠 거라고 생각하니 그냥 그게 귀해 보였는데요."

"……너, 마나가 거의 없구나. 그래서 민감한 건가."

알아들을 수 없는 말을 하는 아저씨였다. 그래도 무섭거나 싫지는 않았다. 어쨌든 바다에 빠진 엘레노아를 구해 준 사람이니까. 그녀는 배시시 웃었다.

"아저씨, 아저씨. 그거 제대로 바친 거면, 우리 배 동양에 무사히 갔다 올 수 있는 거 맞죠?"

"사실은 네가 가고 싶잖아?"

아저씨의 지적에 엘레노아는 눈을 동그랗게 떴다.

"어떻게 알았어요? 근데 내가 가고 싶다고 하면 들어주실 거예요?"

"좋아. 귀한 물건을 바쳤으니, 한 가지 소원을 들어주지."

"어! 정말요? 우와! 우와! 그럼 제가 배를 타고 무사히 동양에 다녀올 수 있게 해 주세요!"

"요것 봐라. 그거 두 가지를 합친 거잖아!"

맹랑한 꼬맹이의 말에, 아저씨가 피식 웃는다. 왠지 들어주실 거 같은데. 눈치를 보며 엘레노아는 배실배실 웃었다. 그러나 아저씨가 한 말에 엘레노아는 팔짝 뛰고 만다.

"아니지, 구해 주기까지 했으니 세 가지가 되나? 요거 괘씸한데."

"에이, 아저씨. 그거 진짜 귀한 거라면서요!"

"……그래. 내 친구 거거든."

"엇, 그래요?"

"응. ……인간 중엔 돌려줄 사람이 없다고 생각했는데. 하하하. 좋아. 이 귀한 걸 바친 정성을 봐서, 엘레노아, 네가 탄 배가 무사히 동양에 다녀올 수 있도록 허락해 주지."

"어, 아저씨 내 이름을 어떻게 알아요? 우와. 음, 그치만 아저씨만 허락해 주면 뭐해요. 아빠도 아저씨들도 허락 안 해 줄 텐데."

"이 아기는 바라는 것도 많군."

아저씨가 웃었다.

잠깐 사이에 그들은 갑판에 나와 있었다. 난간을 잡고 소리치던 아버지가 휘둥그레진 눈을 하고 달려와 엘레노아를 끌어안고 울기 시작했다.

"아이고, 엘! 엘! 아빠가 미안하다, 어? 아빠가 미안해!"

"아빠, 아빠, 저 아저씨가 나 동양 보내 준대!"

죽다 살아난 딸이 하는 말이 뜬금없고 맹랑하기 그지없다. 이건 또 무슨 소리야. 당황한 그녀의 아버지가 고개를 들자, 비싸고 화려한 옷을 입은 흑발의 미청년이 서 있는 것이 보였다. 그 청년에게서 알 수 없는 위압감이 넘쳐 배 위의 모든 사람이 주춤할 때, 청년이 그를 불렀다.

"에드워드 사이먼."

"예?!"

"엘레노아 사이먼이 탄 배에 한해서, 1년에 한 번 동양에 다녀올 수 있도록 허락해 주마."

"예에에에에?"

"이 건틀렛을 던진 딸에게 감사하도록."

그렇게 말한 남자는 잠깐 사이에 모습을 감췄다. 배를 타고 있던 사람들은 모두 멍해진 채 청년을 찾았다. 없었다. 보이지 않았다. 그들은 기억을 더듬었다. 그리고 서로를 마주 보았다. 허락을 받았어. 허락을! 그들의 눈이 크게 뜨였다. 그리고 그날, 에드워드 사이먼은 카일레아 항구의 모든 술집의 술을 거덜 냈다.

이야기를 들은 세드릭이 눈썹을 꿈틀했다.

"그러면 어떻게 세 번 구해 주게 된 거야?"

"아. 그거요."

엘레노아는 다시 기억을 더듬었다.

진수식이 있던 날부터 배가 떠나는 날까지, 한동안 엘레노아의 아버지는 그녀를 데리고 다니며 물건을 품평하게 했다. 아저씨 드릴 거라고 생각하고 골라 보렴. 하지만 그녀는 웬만해선 고개를 끄덕이지 않았다. 결국 아버지의 의도는 실패한 채 떠나는 날이 다가왔다.

그 전날, '얼마나 배 위에 있어야 하는지도 모르는데…….' 하고 엘레노아를 걱정한 어머니를 따라 시장에 갔던 그녀는 무심코 좌판에서 반지를 하나 주워 들었다. 아무 무늬도 없는 그냥 흔해 빠진 반지였는데 왜인지 그것에 끌렸다. 어차피 안 되겠지, 하고 어머니를 바라봤는데, 아버지에게 언질을 들었던 어머니는 그 반지를 사 주었다. 혹시나 싶었던 것이다. 그래서 엘레노아는 그 반지를 품에 넣고 다음날 배에 올랐다.

첫 항해인 데다 어린 딸이 반드시 동행해야 한다는 조건 때문에 에드워드 사이먼은 엘리자베스호에 승선했다. 그러나 뱃멀미가 없어 펄펄 나는 딸과 달리 그는 선실에 처박혀 정신을 차리지 못했다. 아버지를 두고 배 위를 싸돌아다니던 그녀는, 아저씨 하나가 집요하게 만지작거린다는 것을 깨달았다. 지금은 이름도 기억할 수 없지만, 그래도 그 불쾌함만큼은 선명하게 뇌리에 남았다.

며칠간은 잘 피해 다녔는데, 그것이 오히려 여섯 살배기에게 농락당하고 있다는 생각을 품게 한 모양이었다. 바닷바람을 즐기고 있을 때 입을 틀어 막혀 남자의 선실로 끌려간 그녀는 몇 번을 얻어맞았다. 그사이 바닥에 눕혀진 그녀는 떨어진 반지를 보고 울면서 속으로 빌었다.

아저씨, 아저씨 주려고 저거 샀는데, 와서 나 좀 도와주면 안 돼요?

그러자 정말 아저씨가 나타났다. 엄청나게 무서운 얼굴로 엘레노아를 안고 나쁜 아저씨의 뒷덜미를 잡아 질질 끌고 갑판에 올라가, 모든 사람을 불러 모았다. 불려 나온 아버지며 선장님은 아저씨를 보자마자 납죽 엎드렸고, 벌거벗겨진 엘레노아와 아저씨의 손에 들린 나쁜 아저씨의 몰골을 보고선 기겁을 했다.

"나는 엘레노아와 약속을 했다. 무사히 동양에 다녀올 수 있게 해주겠다고. ……아가에게 위협이 되는 놈을 선원으로 고용하지 마라. 이 배를 가라앉혀 버리기 전에."

"그, 그러겠습니다!"

모든 선원에게 대답을 얻어 낸 아저씨가 나쁜 아저씨를 바다에 던졌다. 그 순간 벼락이 쳤고, 나쁜 아저씨는 벼락을 맞고 바다로 떨어졌다. 순식간에 물고기 떼가 달려들었다. 끄아악. 산 채로 고통을 겪던 나쁜 아저씨는 곧 바다 밑으로 가라앉았다. 선원들은 오들오들 떨면서 머리를 조아렸다.

겨우 정신을 차린 아버지가 무릎걸음으로 엘레노아에게 다가왔다. 옷을 추슬러 입히고, 얻어맞은 딸의 상처를 매만지며 울먹울먹한다. 공포에 떨다가 겨우 정신을 차린 그녀는 반지를 내밀었다. 언제 이런 걸 산 거지. 아버지의 눈이 휘둥그레질 때 그녀는 배시시 웃었다.

"아저씨, 이거."

"……나 주려고?"

"응. 오늘도 구해 줘서 고마워요, 아저씨."

아저씨가 반지를 받아 들고 순간 복잡한 얼굴을 한다. 어딘가 그리운 얼굴 같기도 했다. 후. 가볍게 한숨을 내쉰 아저씨가 웃었다.

"이번에도 귀한 것을 주는구나. 아가, 이번엔 뭘 원하니?"

"어, 괜찮아요. 지금 구해 주셨잖아요."

"이 반지는 한 번 구해 주는 걸로는 모자랄 만큼 귀한 것인데도?"

"그래요? 어, 그러면 아저씨, 나중에 두 번 더 구해 주세요!"

"그래, 한 번…… 뭐?"

"두 번이요, 두 번. 한 번 해 주면 정 없댔어요! 세상엔 덤이란 것도 있다고요!"

엘레노아는 손가락까지 펴서 내보인다. 어이가 없는지 입을 벌리고 그녀를 내려다보던 아저씨가 푹 웃었다.

"작아도 상인의 딸이라는 건가."

"……딸이라기보단 사실상 아들이지만요."

아버지가 중얼거리는 것을 들었는지 못 들었는지, 아저씨는 웃으며 고개를 끄덕였다.

"좋다. 아가, 앞으로 두 번 더 구해 주마."

그렇게 웃은 아저씨는 또 금세 사라졌다. 사라진 자리에 선원들이 넙죽넙죽 절을 했다. 엘레노아의 상처는 안타까웠지만, 그래도 그들에게 분명 가호가 있다는 것을 확인할 수 있었기 때문에 그들의 얼굴엔 웃음이 가득했다. 자업자득으로 죽은 놈은 얼른 잊고, 그들은 그날 밤 또 술판을 벌였다.

"……좋아. 거기까진 이해했어. 그런데 매년 두 번 본다는 건 뭐야?"

"동양으로 가는 길에 아저씨 섬이 있어요. 물이랑 식량 보충을 하려고 매번 들르거든요. 다른 섬은 몰라도 그 섬은 안전한 섬인 거 아니까."

엘레노아의 말을 들은 세드릭이 생각에 잠기더니, 한참 만에 고개를 갸웃한다.

"그러면, 그냥 물건을 볼 때와 아저씨를 준다고 생각하고 물건을 볼 때 느낌이 다르게 오는 건가?"

"응, 좀?"

"그렇군. ……엘레노아. 아저씨의 정체를 무엇이라 생각하고 있지?"

"응? 정체라뇨?"

뜬금없는 질문에 엘레노아는 머리를 갸웃했다. 그러나 세드릭은 고개를 저었다.

“어릴 때부터 접한 사람이라 의심 없이 지내 온 모양인데, 내가 볼 땐 굉장히 수상하고 이상한 데가 많아. 일단 액체가 있는 곳이라면 어디든지 다 볼 수 있다는 것부터 인간이 아니야. 마법을 쓰게 할 수도, 그 힘을 뺏을 수 있다는 점도 그렇지. 힘을 잠시 봉인해 두는 거라면 제레미도 할 수 있지만, 아예 힘을 거둬 가 버리는 건 불가능해. 안 그래?”

“……그러네요?”

“게다가 그런 외모를 하고 있는데도 굉장히 나이가 많은 듯한 말투를 쓰지. 그래. 사람이 아니야. ……한번 알아봐야겠어. 그 아저씨가 우리 결혼의 조커가 될 테니까.”

이미 얼굴이 알려진 엘레노아는 황태자궁 프리패스를 가진 것과 다를 바가 없었다. 한 달 동안 연락 두절이 되었다가 호된 꼴을 당했던 그녀는 상단의 일로 바쁜 와중에도 일주일 만에 시간을 내 황태자궁을 찾았다. 그런데 세드릭을 찾으러 가는 곳곳마다 엄청난 환대를 받았으니, 이유를 물어보자 그가 무엇인가를 찾느라 잠도 안 자고 미친 듯이 일을 하고 있다는 것이다. 아저씨의 정체 때문이겠구나. 짐작하는 엘레노아를, 안나가 매우 친절히 집무실까지 안내해 주었다. 그리고 두 손을 꼭 잡고 부탁했다.

“제발, 우리 전하 잠 좀 자게 해 주세요!”

그 엄청난 사명을 부여받은 엘레노아는 안나가 열고 들어간 문틈으로 집무실 안을 들여다보았다. 지쳐 쓰러진 기사들, 마법사들, 널브러진 제레미도 보이고 외모를 포기한 채 책을 뒤적이며 짜증을 내는 세드릭이 보인다.

……세상에. 세드릭이 외모를 포기하다니.

식겁한 엘레노아는 정말 들어가도 되는 걸까 생각했지만, 마찬가지로 혈안이 되어 이것저것 뒤적이는 레번드 단장을 보고서는 이건 정말 말려야겠다 싶어졌다.

갑자기 안에서 부산을 떨기 시작한다. 문 닫으라는 세드릭의 고함 속에 문이 닫히고, 한참 만에 다시 문이 열린다. 집무실 밖으로 나온 세드릭은 잠깐 사이에 머리도 빗고 옷도 갈아입어 여느 때처럼 말끔해 보였다.

"왔어?"

대답 대신 그녀는 세드릭의 목에 매달렸다. 샤워는 하지 못했는지 평소보다 진한 체취가 풍긴다. 이것도 나쁘지 않은데. 매달려서 부비부비 뺨을 문지르는 엘레노아를 끌어안고 그가 웃는다.

"잘 왔어. 보고 싶었는데."

이제 이런 민망한 말도 제법 익숙해졌다. 그녀는 씩 웃으며 물었다.

"많이 바쁜 거예요? 방해된 거면 그냥 가고요."

"일이 잘 안 풀려서 그러는 거지, 바쁜 건 아니야. 들어와, 이제 정리 다 됐을 거야."

당당하게 세드릭이 문을 연다. 난장판이던 집무실이 고새 정리되어 있다. 물론 제레미와 레번드 단장을 비롯한 기사들은 여전히 외모를 포기한 상태였지만. 속으로 그들에게 사과를 보내며 엘레노아는 세드릭을 따라 집무실로 들어갔다.

"뭐 하는데요?"

"뭘 좀 찾는데, 어떤 건지 좀처럼 알 수가 없어서. 아무리 찾아도 나오질 않네."

"내가 도울 수 있는 거라면 좋겠는데……."

"아. 혹시나 해서 그러는데, 확인해 줬으면 하는 게 있어."

"무슨 확인?"

세드릭이 그녀의 손을 잡고 성큼성큼 걸으며 지시를 내린다.

"요나단, 제레미 들고 따라와."

레번드 단장이 제레미를 챙겨 든다. 그들이 빠른 걸음으로 도착한 곳은 경비원이 지키고 있는 커다란 방문 앞이었다. 엘레노아가 고개를 갸웃하는 사이 그가 거침없이 문을 연다. 그리고 입이 떡 벌어졌다.

"보, 보물 창고?"

"내 창고야."

황제 폐하의 창고는 또 따로 있다는 뜻이구나. 식겁한 엘레노아가 기가 죽을 지경이었다. 사이먼 상단의 창고도 대단하지만, 황태자의 그것은 급이 달랐다. 화려하기 그지없는 그 창고를 개방한 채, 세드릭이 시킨다.

"엘레노아. 아저씨 줄 거라고 생각하고 살펴봐."

"어, 내가 봐도 돼요?"

"아저씨 줄 거라고 생각하면 느낌이 다르다며. 감 오는 걸 다 찾아내 봐."

"알았어요, 일단 해 볼게요."

절박한 세드릭에게 밀려 엘레노아는 주춤주춤 보물 창고에 발을 들였다. 눈이 돌아갈 만큼 화려한 그곳에 눈이 매혹되었지만, 헛기침을 하고 마음을 가라앉힌 후 아저씨를 떠올렸다. 아저씨 드릴 걸 찾자. 그러자 한순간에 대부분의 빛이 흑백으로 변하듯 사그라진다.

넓고 큰 보물 창고에 들어서서 그녀는 천천히 주변을 살폈다. 천천히, 천천히 물건 사이를 헤치며 나아가던 그녀는 문득 평범한 만년필을 하나 주워 들었다. 그리고 또 나아간다. 천천히, 천천히. 꼼꼼하게 물건을 살피다가 이번엔 커다란 방패를 하나 낑낑대며 들어 올린다. 세드릭이 와서 방패와 만년필을 넘겨받는다.

가볍게 다시 걸음을 옮기다가, 그녀는 문득 멈춰 섰다. 창고 가장 구석에, 화산재 같은 것이 덕지덕지 붙은 오리 모양 비슷한 장식품이 보인다. 그것을 꺼내 들자 다른 것은 눈에 들어오지 않는다. 엘레노아는 고개를 끄덕이며 장식품을 안고 창고 밖으로 나왔다. 세드릭이 뒤따라 나오자, 경비들이 나간 물건을 확인하고 기록한 뒤 문을 닫아 잠근다.

"이 정도일까요? 그래도 세 개면 많네요. 웬만하면 섬에 갈 때 아저씨 선물 들고 가려고 하는데, 못 가져갈 때가 훨씬 많거든요."

엘레노아의 말은 듣지도 않고 세드릭은 넋이 나갔다. 왜 그러지? 이제 졸린가? 그녀가 갸웃갸웃할 때 그가 제레미를 부른다.

"제레미. 제레미!"

"네, 넷? 어, 어라? 어? 어어어어?! 설마 그건가요오?!"

"그래. ……찾은 것 같다."

"우와아아아아아!"

"드, 드디어!"

레번드 단장마저 벌건 눈으로 감격한다. 이 오리가 찾던 물건인가. 의아해하는 그녀에겐 설명해 주지 않고 자기들끼리 감동하고 있다. 뭐지? 뭐지, 뭐지? 그녀가 연신 궁금해할 때 씩 웃은 세드릭이 엘레노아를 끌어안는다.

"방으로 가자. 요나단, 제레미. 그것들 들고 따라와."

세드릭을 따라 만년필과 방패, 장식품이 침실로 옮겨졌다. 엘레노아가 침실에 왔음에도 세드릭의 지시로 방에는 둘만 남았다. 제레미가 방 밖에서 마법으로 소리를 차단하고, 레번드 단장과 둘이 지키고 서자, 괜히 마음이 불안해졌다.

"왜, 왜 그래요? 뭐 해요?"

"아저씨를 불러낼 거야."

"불러내다니요? 아저씨는 부른다고 오지 않아요."

"왔는데?"

세드릭이 씩 웃으며 몸을 튼다. 덩달아 시선을 옮긴 엘레노아는 깜짝 놀라고 말았다.

"아저씨?!"

"오랜만입니다."

세드릭이 정중하게 인사했다. 그러나 아저씨는 엘레노아도 세드릭도 바라보지 않았다. 그의 시선은 오로지 오리 모양의 장식품을 향해 있다. 세드릭은 담담하게 오리 모양의 장식품을 손에 들고 내밀었다.

그것을 본 아저씨의 입이 서서히 벌어졌다. 부들부들 떠는 아저씨가 비틀거리며 걸어온다. 엘레노아가 한마디도 못 하고 그 모습을 지켜볼 때, 아저씨가 장식품을 건네받는다.

"……늦게 돌려 드려 정말로 죄송합니다."

한 마디 대꾸도 없었다. 금방이라도 툭 굴러떨어질 듯 눈을 크게 뜨고 손에 든 장식품만 내려다본다. 이상해. 불안해진 엘레노아가 손을 뻗자, 세드릭이 그 손을 단단히 잡아 준다.

"아저씨……. 괜찮아요?"

그러나 그 말도 못 들은 듯, 아저씨는 소중하게 장식품을 끌어안았다. 그 순간, 후두둑 뒤덮인 검은 재가 떨어져 나온다. 오리 머리처럼 붙어 있는 것도 덩어리째 떨어져 나온다. 아저씨가 애틋한 시선으로, 조심스럽게 그것을 쓰다듬자 겉에 들러붙어 있던 칙칙한 것들이 모조리 벗겨져 나온다.

아저씨의 손길이 멎었을 때, 그것은 숨 쉬는 거대한 알이 되었다.

박동하는 것이 눈으로 확연히 보일 만큼 생생했다. 알 자체도, 알 주변도 신비롭게 빛이 났다. 세드릭과 엘레노아가 잠시 넋을 놓고 그것을 보고 있을 때, 이번에는 아저씨가 외투로 알을 가리며 세드릭을 본다.

한동안 세 사람은 말이 없었다. 침묵에 침묵이 이어진다. 후, 가볍게 아저씨가 숨을 내쉬자, 그제야 세드릭이 입을 연다.

"엘레노아에게 잠시 설명을 해 주어도 되겠습니까?"

아저씨는 대답 대신 고개를 끄덕였다. 여전히 반쯤 넋이 나간 듯했다. 하지만 엘레노아는 겨우 안심했고, 세드릭이 그녀에게 설명을 시작했다.

"엘레노아. 건국 황제를 알고 있어?"

"레오 테브스란?"

"그래. 건국 황제 레오는 철저한 무인이었는데, 일찌감치 마스터가 되고는 자신의 검술을 시험하기 위해 무방비 상태의 용을 습격했어. 그 용이 무방비였던 것은 알을 낳았기 때문인데, 레오는 그 용을 죽이고 알을 빼앗았지. 그러나 레오의 손에 들어간 알은…… 아까처럼 괴상한 오리 모양에 재를 뒤집어쓴 것처럼 변했어. 씻어도 변하지 않았고, 부수어지지도 않는 알에 점차 흥미를 잃은 레오는 아들에게 그것을 넘겨준 후 나라를 건국했고."

"……설마, 아까 그게 용의 알이에요?"

엘레노아의 눈이 휘둥그레진다. 세드릭은 고개를 끄덕였다.

"다른 용을 모두 죽여 버린 것도 인간이야. 한 번에 몰살한 것이 아니라 하나, 하나, 다른 사람들이 잊을 만한 시간을 두고 하나씩 용을 죽여 왔어. 그리고 가장 마지막에 죽은 것이 150년 전. 범인은 현 테브스란의 건국 황제 레오고."

"어, 어? ……그럼 아저씨, 용이에요?"

그 질문에 아저씨가 천천히 얼굴 근육을 움직인다. 아름다운 얼굴이 만들어 낸 미소는 몹시 쓸쓸해 보였다. 세드릭도 조용히 미소 지으며 묻는다.

"엘레노아, 혹시 그 노래 알아? 우리 집에, 용이 일곱, 뭐 그런 노래."

"아아. 알아요. 어릴 때 많이 불렀어요. 특히 무지개 뜰 때…… 응? 어? 아저씨, 설마 일곱 번째 용이에요?!"

여전히 미소 지은 아저씨가 천천히 눈을 감는다. 어쩐지 고통스러워 보여 엘레노아가 같이 울상이 될 때, 세드릭이 그녀의 어깨를 툭툭 두드린다.

"나는 그 노래를 제레미가 불러서 처음 알았어. 그런데 고아인 제레미가 알 정도라면, 서민들은 누구나 안다는 뜻이 되지. 그래서 그 노래의 기원을 찾아봤어. 제레미가 내내 찾은 것 중의 하나가 그거였거든. 그 노래는 딱 150년 전에 처음 기록으로 나타났고."

"허, 허어……."

엘레노아는 놀람으로 넋이 나갔다. 그런 그녀를 끌어다 테이블 의자에 앉힌 세드릭이 아저씨에게도 의자를 권한다. 거절하려나 싶었던 아저씨가 다가와 의자에 앉자, 그제야 세드릭도 의자에 앉는다.

"내 정체를 짐작하게 된 계기는 뭐지?"

"액체를 통해 사람을 볼 수 있다 하셔서 처음엔 물의 정령이지 않을까 싶었는데, 마나가 넘치던 시절에도 물의 정령이 그렇게 무엇을 봤다거나 했다는 기록은 없더군요. 그래서 자연히 물의 용에 대해 조사를 시작했습니다. 여기서부터는 제 추측인데, 마지막 동료를 잃고 바다에 정착한 당신은 바다에 인간이 다니는 것을 금하고 외로운 삶을 보낸 것이 아닌가 합니다."

"그다지 외롭진 않았어."

남자는 세드릭의 다른 추측을 부정하지는 않았다. 빙긋 웃으며 눈을 감았을 뿐. 세드릭은 처음으로 남자에게 동정을 느끼며 잠시 숨을 골랐다.

"그런 당신에게 갑자기 용의 비늘로 만든 건틀렛이 던져졌습니다. 이렇게 귀한 걸 바다에 던질 사람이 누가 있나. 궁금해져 가 보니 죽을 뻔한 여자애입니다. 일단 살려는 놓았는데, 이 어린 여자애가 생각보다 맹랑하니 바라는 것도 많습니다."

엘레노아는 배시시 웃었다. 두 남자도 따라 웃는다.

"당신은 엘레노아를 아가라고 부르며 딸처럼 예뻐했습니다. 도움을 청하지 않을 때에도 도와주려 했지요. 그렇게 관심을 가진 것은, 아무래도 당신이 외로웠기 때문이라고 생각했습니다. 그렇다면 엘레노아의 결혼도 도와주시지 않을까 싶어 당신을 불러낼 방법을 찾는 과정에서 그 알에 대해 알게 되었습니다. ……마땅히 돌려 드려야 한다고 생각했습니다. 당신의 일족을 제 조상이 죽여 버린 것, 물론 제가 한 건 아니지만 그 덕분에 잘살고 있으니 이거라도 돌려 드리는 게 제 의무라고 생각합니다. ……일족을 잃게 해서 정말로 죄송합니다."

세드릭이 정중하게 고개를 숙인다. 엘레노아는 숙연해져서 같이 고개를 숙였다. 그러나 아저씨는 피식 웃는다.

"네놈이 인간 대표라도 되느냐? 하하. 하. ……액체가 있는 곳이면 어디든 살필 수 있어. 하지만 스스로를 보호하기 위해 위장한 알은 도무지 찾을 수가 없었지. ……꼬맹이 말대로, 외로웠던 것 같기도 해. 하지만 이젠 이 알이 있으니까."

아저씨가 소중하게 알을 끌어안는다. 흥정하기 위해 찾은 거라고 생각했는데 그렇지 않았다는 점, 조상의 잘못을 인정하고 사죄하는 점에서 세드릭이 더 멋있어 보이고 뿌듯했다. 고개를 숙인 채로 엘레노아가 헤실헤실 웃을 때 아저씨가 핀잔을 준다.

"아가, 웃지 말렴. 그 꼬맹이가 그렇게 좋으니?"

"그, 그치만, 아저씨. 음, 잘못한 거 사과할 줄도 모르는 귀족들을 보다가 이러는 거 보니까 뿌듯한 걸 어떡해요."

"그러냐. 어이, 꼬맹이. 이걸로 내게 흥정할 생각은 하지 않았나?"

"처음엔 흥정할 생각으로 당신에 대해 조사를 한 것이 맞습니다만, 그 모든 걸 알고도 흥정을 붙일 만큼 무뢰한은 아닙니다."

"하하하. 양심은 있나 보구나. 아가만 내게 줄 선물을 골라낼 수 있는 이유는 알아냈나?"

"마나가 없는 것과 관계가 있지 않을까 정도만 짐작하고 있습니다."

움찔한 엘레노아가 무심결에 목걸이 위를 손으로 더듬는다. 두툼한 파란 보석이 손에 걸린다. 아저씨가 괜찮다는 듯 상냥하게 웃어 보이고 고개를 끄덕인다.

"몸에 마나가 적다는 것은, 용의 죽음과 관련이 없는 가계라는 증거다. 그 증거로 테브스란가는 마나가 많지. 쓸 순 없지만. 쓰게 내가 놔두지 않을 거니까."

마법 쓰는 것이 염원이던 황태자의 얼굴이 일그러진다. 그것을 재밌다는 듯 아저씨가 바라보며 말을 잇는다.

"아가만 물건을 골라낼 수 있는 것은 용의 기척에 예민하기 때문이다. 아가는 그 가계에서도 특히 마나가 적지. 게다가 아까운 걸 모르는 것도 아니면서 내게 용의 일부로 만든 물건들을 아낌없이 갖다 주었어. 상인답게 대가를 꼬박꼬박 챙기긴 했지만, 맹랑해서 더 귀여웠지."

엘레노아는 반사적으로 아저씨를 쳐다보았다. 아저씨의 웃음이 짙어진다. 그런 거구나. 그녀가 납득할 때 세드릭이 고개를 젓는다.

"그게 처음부터 엘레노아가 마음에 들었다는 소리잖습니까."

아저씨가 키득키득 웃는다. 그, 그런 거야? 멋쩍어하며 그녀가 따라 웃을 때 세드릭이 다시 허리를 세우고 진지하게 말을 붙인다.

"그렇다면 당신은 엘레노아의 행복을 바랄 겁니다. 그래서…… 도와주셨으면 합니다."

아저씨가 물끄러미 세드릭을 바라보더니 어깨를 으쓱한다.

"꼬맹이 너. 결혼하고도 1년의 절반을 밖으로 나도는 여자를 감당할 자신은 있나?"

아.

그 질문에 엘레노아의 눈이 번쩍 뜨인다. 항해를 할 수 있느냐 없느냐에 연연하다가 중요한 것을 놓칠 뻔했다. 생각해 보면 그녀에게 중요한 것을 지켜 주기 위해 세드릭은 계속 노력해 왔다. 그러나 그에게 중요한 것을 지켜 주기 위해 엘레노아는 무엇을 해 왔는가.

갑자기 불안함이 마구 솟구쳐 엘레노아는 세드릭을 바라보았다. 그가 천천히 눈을 감는다. 그 표정이 고통스러워 보여 그녀는 저도 모르게 입술을 깨물었다. 맞잡은 손에 땀이 흠뻑 배어 나온다.

"감당 못 하면 어쩝니까. 이미 내 여자인데."

짧은 한숨을 내뱉은 엘레노아가 무어라 말하려는 찰나에 아저씨가 다시 끼어든다.

"동양에 가서 다른 남자랑 놀고 오면 어떡하려고?"

"그런 짓 안 해요!"

아저씨의 질문에 식겁한 그녀가 비명을 지른다. 그러나 세드릭은 눈을 감은 채 웃는다. 대답할 말을 고르는 그의 눈가가 순식간에 붉게 달아오른다.

그녀와 함께할 미래에는 언제나 불안함이 따라붙었다. 평소엔 억지로 참으며 외면해 왔는데, 정면으로 질문받자 더 이상 감정을 숨기기가 힘들었다.

엘레노아 사이먼. 언제나 자유분방한 그녀, 물질 따위로는 절대 잡을 수 없는 그녀. 그녀를 후궁으로 들일 생각을 했을 때에도 그녀의 항해를 보장해 주어야 한다는 것은 본능적으로 알았다. 그러지 못하면 그녀가 황궁에서 말라 죽을 거라는 것쯤은 누가 말해 주지 않아도 알 수 있었다.

하지만 그렇게 1년의 반을 내보내고 나면 나는?

그렇게 나간 그녀가 다른 남자에게 마음을 주기라도 하면, 나는?

그 질문은 언제나 고통스러웠다. 엘레노아는 언제나 그에게 달콤했지만, 순간순간의 쓴맛도 감수해야만 하는 존재였다. 그러나 그 쓴맛을 빼 버리면 엘레노아는 더 이상 엘레노아가 아니게 된다. …… 그렇다면 그 쓴맛도 함께 안고 가야 하지 않겠나.

마음을 굳힌 그는 천천히 입을 열었다.

"다른 남자가 시시해 보일 정도로 애정을 퍼부어 줄 겁니다. 그것 외엔……."

세드릭이 말끝을 흐렸지만, 두 사람은 이어질 말을 짐작했다.

그것 외엔 할 수 있는 게 없다.

아저씨는 동의의 의미로 고개를 끄덕였지만, 처음 보는 약한 모습에 엘레노아는 울고 싶어졌다. 순식간에 눈가가 붉어진 그녀가 벌떡 일어나 세드릭을 끌어안았다. 아저씨가 가볍게 한숨을 내쉬며 중얼거렸다.

"꼬맹이 넌 알을 돌려주는 게 도리라고 생각한 모양이지만, 어쨌든 너는 내게 가장 귀한 것을 주었고 난 빚을 남겨 두고 싶진 않아. 특히 테브스란가의 꼬맹이에게는."

세드릭의 눈썹이 꿈틀하는데도 아저씨는 담담하게 말을 이었다.

"나는 꼬맹이 네가 싫어."

"……압니다."

"나르시시스트인 것도 되게 싫어."

"저 나르시시스트 아닙니다!"

달아오른 눈가를 진정하지 못한 채 세드릭이 정색한다. 그 말에는 엘레노아가 핀잔을 준다.

"맞잖아요! 이 머리카락이며, 얼굴이며, 몸매며! 맨날 자랑해 놓고."

"난 아름다운 걸 사랑할 뿐이야. 내가 나르시시스트인 것처럼 보이는 건, 내가 아름답기 때문이지. 진짜 나르시시스트라면 엘레노아 널 사랑할 수도 없다고. 아름다운 걸 좋아하는 것도 죄야?"

본인의 무력함에 심란해하던 남자는 어디 가고, 나르시시스트가 아니라고 강력하게 주장하는 남자만 남았다. 그의 강력한 항변에 두 사람은 잠시 생각하고는 수긍했다.

"……그것도 그렇네. 어쨌든, 그래도 아가에게 목매는 너는 싫지 않아."

"뭡니까, 그게."

투덜대며 세드릭이 다시 얼굴을 매만진다. 엘레노아는 히죽 웃으며 그의 눈매를 더듬었다. 잠시 숨을 고른 그가 천천히 입을 열었다. 그녀를 황태자비로 만들기 위한, 그러면서도 배를 탈 수 있는 방법을 설명하는 것이다. 아저씨는 어떤 반응도 하지 않았지만 그의 말을 끝까지 들어 주었고, 엘레노아는 놀랐지만 일단 입을 다물었다. 설명을 마친 세드릭이 가볍게 한숨을 내쉬며 물었다.

"도와주실 겁니까?"

"빚지기 싫다니까."

아저씨가 담담히 말하며 외투를 여민다. 알을 소중히 품에 안은 채다.

"그 알, 아들일까요, 딸일까요?"

호기심에 그녀가 묻자, 아저씨가 피식 웃는다.

"유일한 내 일족, 내 짝이 될 여자다."

"어, 추, 축하해요, 아저씨!"

엘레노아의 눈이 휘둥그레졌다. 웃는 아저씨는 진심으로 행복해 보였다. 이번에야말로 키워서 잡아먹으시는군. 속으로 중얼거리던 세드릭은 문득 무언가를 떠올리고 그에게 물었다.

"한 가지만 더 여쭙겠습니다. 혹시 이제 바다에서 분노를 거두실 생각이십니까?"

"아니. 알을 주었다고 내 분노가 쉽게 풀릴 거라고 생각했으면 오산이야. 아가가 죽으면 그때 다시 생각해 볼 마음은 있지만."

세드릭은 생각했다. 자신도 엘레노아 한정으로 이기적인 놈이지만, 그녀를 예뻐하는 이 아저씨도 만만치 않다고. 그가 안심할 때, 이번엔 엘레노아가 짧은 감탄사를 뱉는다.

"아, 저기 아저씨, 나 물어보고 싶은 게 하나 있는데……."

"뭐지?"

세드릭에게 대답할 때와는 달리 목소리가 매우 상냥하다. 그래도 이전만큼 질투가 나지는 않는다. 그리 생각한 세드릭이 제풀에 웃는 사이, 그녀가 끙끙거리며 조심스럽게 묻는다.

"아저씨, 저기, 어, 나, 월경을 안 해서……. 혹시 나 어디 이상하거나 그런 거 아니죠?"

두 남자의 시선이 순식간에 엘레노아의 얼굴에 꽂힌다. 그녀는 빨갛게 달아오른 얼굴을 숙이며 웅얼거렸다.

"그게, 이 나이 되도록 안 하는 거 문제 있다고 자꾸 그러니까…… 혹시나 해서……."

식겁한 아저씨가 얼른 손을 내젓는다.

"아가, 그게 아니란다. 월경을 하면 아가가 6개월씩이나 배를 못 타니까 흘러나오는 액체들을 옮겨지게 해 놓은 거야. 아가가 그랬잖니. 무사히 배를 타고 오갈 수 있게 해 달라고."

그 말에 엘레노아가 풀썩 주저앉으려는 것을 세드릭이 얼른 힘주어 잡았다. 온몸에 기운이 쭉 빠진 듯 그녀가 가쁘게 숨을 내쉴 때 아저씨가 미안해하며 말을 잇는다.

"내가 말을 안 했구나. 당연히 알 거라고 생각했는데. 우리 아가가 걱정이 많았겠구나."

"나, 나는, 호, 혹시 내가 애를 못 가지면, 그러면 후궁 들여야 하니까, 그러니까 나는……."

엘레노아의 눈에 금세 눈물이 차오른다. 한 번도 내색한 적이 없어 세드릭조차 알지 못했는데 그것이 엄청난 스트레스였던 모양이다. 세드릭이 얼른 그녀를 안아 무릎에 앉히고 그녀를 도닥일 때, 그녀가 그의 어깨에 고개를 묻는다. 순식간에 세드릭의 어깨가 축축해진다. 이번엔 아저씨도 당황해서 얼른 달려와 그녀의 등을 두드린다.

"아가, 아니야, 그런 거 아니니까 안심해. 아가, 괜찮다니까. 울지 말렴, 지금도 뱃속에 애가 있다니까?"

"예?"

아저씨의 마지막 말에 세드릭의 손이 멎는다. 엘레노아도 숨을 멈추고는 한참 후에 묻는다.

"아저씨, 지금 뭐라고 했어요?"

"응? 몰랐어? 지금도 뱃속에 애가 있다고."

"……월경을 안 하는데 내가 그걸 어떻게 알아요?!"

눈물이 가득한 눈으로 엘레노아가 소리를 빽 지른다. 아저씨가 선심 써 줘도 뭐라고 한다고 꿍얼거리는 사이, 세드릭은 얼떨떨한 기분으로 엘레노아의 배를 내려다보며 중얼거렸다.

"……애가 있다고?"

그제야 엘레노아도 자신의 배를 내려다본다.

"여기에 애가 있대……. 맙소사."

두 사람의 얼굴에 경악이 서린다. 일주일 전까지만 해도 엄청난 밤을 보냈는데……? 두 사람이 한참 넋을 놓고 서로의 얼굴과 엘레노아의 배를 번갈아 쳐다볼 때, 먼저 웃은 것은 세드릭이었다.

"아이가 생겼어!"

"겨, 결혼 전에 애가 생겼어……."

할 거 다 해 놓고 이제 와서 엘레노아가 식겁한다. 세드릭은 함박웃음을 지으며 그녀를 힘주어 끌어안는다.

"결혼식을 당겨야겠어!"

23
결혼

굉장히 화창한 날이었다. 겨울이라 춥긴 했지만 평소 같은 칼바람도 불지 않았다. 단단히 무장을 한 사람들이 광장과 거리를 가득 메우고 섰다. 황궁 안에서 결혼식을 마친 황태자 부부가 마차를 타고 광장 중앙 건물로 간 지 시간이 좀 지났다. 이제 발코니로 나와 인사를 할 차례라, 사람들은 그것을 기다리고 서 있는 것이다.

사이먼 상단의 둘째 딸, 평민이면서 부자인 황태자비는 중요하지 않았다. 그들은 용의 양녀인 황태자비가 궁금했다. 장천명의 재판이며 황태자의 결혼 회의에 참석했던 귀족들이 엘레노아 사이먼은 진짜 용의 양녀라고 증언했던 것이다. 대체 뭘 어쨌길래 그렇게 확신하는 걸지 궁금해 죽을 지경이니, 황태자비의 얼굴을 확인할 수 있는 결혼식 날의 인사는 놓칠 수 없는 기회였다.

황태자비는 이미 황손을 품었고, 그 바람에 사람 많은 곳은 기피하고 있다고 했다. 결혼식장에도 백작 이상의 귀족들만 들어갈 수 있었기에, 결혼식을 보지 못한 귀족들도 추위를 감수하고 광장으로 몰려가 있었다. 언제 나오려나, 발을 동동 구르는 그들의 입김이 하얗다.

이윽고 발코니 바깥에 걸린 금사 자수가 놓인 붉은 휘장이 걷혔다. 시녀들이 휘장을 걷어 묶고, 발코니의 상태를 확인하고 안으로 들어간다. 그리고 안에서 천천히, 두 사람이 걸어 나왔다.

테브스란의 황태자가 세상에서 제일가는 미남이라는 소문은 헛되지 않았다. 결혼식의 주인공이라는 신부가 묻힐 지경으로 아름다운 황태자는 그 긴 금발을 아름답게 흩날리며 나타났다. 하얀 정복을 입은 훤칠한 황태자가 싱긋 웃으며 손을 흔들자, 광장 곳곳에 쓰러지는 아가씨들이 속출했다. 황태자비는 황태자에게 핀잔을 주듯 눈을 살짝 흘겼지만, 곧 아무렇지 않게 광장의 사람들을 내려다본다.

가슴 바로 아래부터 떨어지는 드레스를 입은 것으로 보아 임신했다는 소문은 사실인 듯했다. 남자애일까 여자애일까. 사람들이 호기심 가득한 눈으로 황태자비의 배를 확인한 다음, 시선을 들고는 깜짝 놀랐다. 황태자비가 짧은 갈색 머리카락을 그대로 드러낸 채 그 위에 베일을 썼기 때문이다. 흰색 베일과 흰색 드레스를 입은 데다 귀에 떨리는 나비 모양의 금빛 액세서리를 꽂고 있어 짧은 갈색 머리카락이 더 눈에 띄었다.

머리가 저렇게 짧은데 가발도 안 썼어? 다들 놀란 눈으로 황태자비를 보며 숙덕일 때, 황태자가 보란 듯이 황태자비의 베일 쓴 머리에 입을 맞춘다. 황태자비는 키스를 받고는 씩 웃으며 황태자를 마주 본다.

서로 정말 많이 좋아하시는가 보다. 연애결혼이라더니 서로의 눈에 꿀이 뚝뚝 떨어진다. 못 참겠는 듯 황태자가 몸을 기울여 황태자비의 입술을 훔친다. 황태자비가 움찔할 때, 그 모습을 지켜보던 사람들이 야유처럼 환호성을 보낸다. 황태자는 그것도 좋다는 듯 연신 웃음을 그치지 못한다. 그 웃음에 홀린 아가씨들이 속으로 후궁 진출을 꾀하기 시작하는 것도 모르고 황태자비는 황태자의 옆구리를 슬쩍 찌른다.

맑은 하늘에 갑자기 먹구름이 끼기 시작했다. 우르릉우르릉하는 우렛소리도 들려와 흐려지는 하늘을 눈치채지 못했던 사람들도 놀라 저마다 하늘을 올려다보기 시작한다. 이 좋은 날, 화창하다고 생각했는데 갑자기 웬 먹구름이람. 우산도 없는데. 저마다 놀라 허둥거릴 때, 하늘에서 불꽃 같은 것이 터지기 시작했다.

어엇? 불꽃놀이가 시작되는 건가? 어디에서?

불꽃이 터지는 하늘은 바로 광장 위 하늘인데, 주위를 아무리 둘러봐도 폭죽이나 불꽃을 장전하고 있는 곳이 없다. 이게 무슨 조홧속이람. 사람들이 식겁해서 황태자비를 바라볼 때였다.

황태자비의 뒤쪽에서 흰색 구름 같은 것이 흘러나와 하늘을 향해 솟아 올라간다. 이건 또 뭐야, 뭐야, 사람들이 웅성웅성할 때, 끊임없이 흘러나오는 흰 구름이 먹구름 가득한 공중에서 뭉쳐지기 시작한다. 처음 보는 모습에 놀란 사람들이 시선을 떼지 못하고 하늘을 쳐다본다. 구름은 점점 더 부피를 늘리고, 늘리고, 늘리더니 점차 알 듯 말 듯한 모양새를 갖춘다.

설마…….

반신반의하며 목이 꺾여라 하늘을 올려다보던 사람들은 구름이 점차 단단히 뭉치는 것을 보고 확신을 더해 갔다. 용의 양녀라는 것이 거짓이 아니었던 건가? 진짠가 봐! 그런 소란 속에 흰 구름 덩어리가 점차 연한 하늘빛을 띠더니, 온전한 용의 모습으로 나타났다. 어느새 불꽃이 멈춰, 그들은 용의 모습을 직시할 수 있었다.

진짜야!

경악한 사람들이 입을 벌리고, 비명을 지르고 그 자리에 주저앉았다. 너무 놀란 나머지 무릎을 꿇고 비는 사람도 있었고, 가까운 건물 안으로 도망을 가는 사람들도 있었다.

용이 머리를 돌린다. 시선이 가 닿는 곳은 황태자비 부부다. 그제야 용이 양녀의 결혼식을 축하하려 나타났다는 것을 깨달은 사람들이 감탄할 때, 황태자비 부부가 용에게 공손히 인사를 올린다. 무어라 말을 거는 것도 같았지만, 여전히 우르릉우르릉하는 우렛소리에 묻혀 부부의 목소리는 잘 들리지 않았다. 반면 용은 고개를 가볍게 끄덕하더니 수도 자카드 전체에 울리는 목소리로 대답한다.

— 곧 정식으로 인사 오도록. ……그리고 사랑하는 나의 딸아. 결혼 축하한다. 늘 그랬듯 매년 바다에서 기다리고 있으마.

황태자 부부가 다시 공손히 인사를 올린다. 만족한 듯 용의 모습이 점차 흐려진다. 대신 먹구름 속에서 무언가 떨어지기 시작했다. 진짜 비가 오는 건가? 놀라 식겁하던 사람들은 하늘에서 내리던 것의 정체를 깨닫고 저마다 입을 벌렸다.

백합이었다.

상한 곳 한 점 없이 싱싱하고 아름답게 핀 흰 백합꽃이 하늘에서 나풀나풀 떨어지고 있었다. 용의 모습이 사라지고 하늘이 개면 갤수록 맑고 화창한 하늘에 하얀 백합꽃이 눈이 부시다. 뚝 떨어질 법도 한데, 그 커다란 꽃송이가 사뿐사뿐 흩날리며 하늘에서 내려온다. 아이들은 넋을 놓고 입을 벌린 채 하늘을 올려다본다.

결혼식에 왜 하필 백합일까. 잠시 생각하던 사람들은 곧 깨달았다. 황태자의 상징이 백합이라는 것을, 그래서 그의 기사단이 백합 기사단이라는 것을. 누군가 자그마한 목소리로 황태자비 만세를 중얼거렸다. 황태자 만세도 들려왔다. 중얼거림은 순식간에 합성이 되었다.

하늘에서 백합꽃이 떨어지던 그날이, 황태자가 용의 양녀를 황태자비로 맞는 날이었다.

—*fin.*

히든 트랙

드디어 몸을 푼 황태자비가 늦은 신혼여행 겸 황태자비의 친정에 인사를 하러 황궁을 떠났다. 사실 막 태어난 아들은 손자 바보 할아버지 황제 폐하에게 맡기고, 인사 명목으로 황태자까지 함께 동양에 가는 거지만, 진실을 아는 사람은 극소수다.

그리고 작년 말, 황태자의 결혼식 이후 브리나 사운더스를 구출한 공로를 인정받아 남작 작위를 받은 제레미는 상전 없는 평화를 만끽하는 중이었다. 임신한 아내에게 손 못 대는 스트레스를 자신에게 풀었던 전하를 생각하면 눈물이 앞을 가릴 정도다. 분명 시키는 대로 황태자 결혼 이후에 결혼했건만, 신혼도 제대로 즐기지 못할 정도로 부려 먹어서 브리나마저 스트레스를 받고 있었던 것이다.

늦은 아침, 눈 뜨자마자 풍만한 가슴에 머리를 박고 고개를 부비자 브리나가 간지럽다며 웃는다. 그러면서도 밀어내지 않고 살그머니 그의 등에 손을 올려 준다. 좋구나. 이런 게 진짜 신혼 생활인 거지. 제레미는 감격했다.

전형적인 귀족 영애인 그의 아내는 깍쟁이 같은 데는 있긴 해도 기본적으로 따스하고 정이 많은 여자였다. 무엇보다 웃는 것이 예쁘고 매력적이다. 가슴도 크고, 엉덩이도 크고, 허리는 잘록하고 몸매가 아주아주 예쁘다. 아내의 엉덩이를 주무르면서 제레미는 정말로 정말로 행복했다.

"브리나, 나 브리나를 만나서 정말 행복해."

그런 말을 해 줄 때마다 아내의 얼굴은 발개진다. 가정적이지 못한 집안에서 자란 터라 가족 간의 따스한 말에 금방 얼굴이 붉어지는 아내는 귀엽기까지 하다. 그래도 제레미가 그런 말을 하는 것을 싫어하진 않는다. 오히려 좋아한다. 그러니까 이렇게 올라타고 키스도 해 주지.

사탕같이 달콤한 키스를 받으면서, 행복에 젖어 눈을 감은 제레미는 더듬더듬 아내의 몸을 매만졌다.

"브리나, 오늘은 몇 번 할까?"

"몇 번 같은 소리 한다."

갑자기 어디서 시니컬한, 익숙한 말투가 들려온다. 기분 좋게 누워 있던 제레미는 깜짝 놀라 번쩍 눈을 뜨고 벌떡 자리에서 일어났다.

돌아보니 붉어진 얼굴을 한 황태자비 마마가 보인다. 그의 상전 황태자 전하는 못마땅해 죽겠다는 얼굴로 그를 보고 있다.

"……전하? 전하가 왜, 왜 여기에……."

"내가 불렀다, 왜."

"또 스크롤 쓰신 거예요?! 왜요!"

몹시 억울해진 제레미는 바락 소리를 질렀다. 전하가 어이없어 죽으려 하며 묻는다.

"너, 나한테 대드냐?"

"자기는 신혼 즐기면서! 나는 못 즐기게 계속 괴롭혀 놓고! 이제 와서 이게 뭐 하는 짓이에요?!"

"……신혼 같은 소리 한다. 브리나가 배웅 나온다길래 일부러 불러 줬더니, 뭐? 꿈꿨냐?"

전하의 얼음장 같은 시선을 받자 그제야 생각이 났다. 아. 그랬지. 나 브리나랑 결혼 아직 못했지. 행복한 꿈에서 깬 제레미의 눈에 눈물이 주륵 흐른다.

그래, 모든 것은 꿈이었다.

……그랬다. 전하가 무사히 결혼식을 올리고, 황태자비가 아들을 낳고 몸을 풀고 항해 준비를 하는 동안, 레번드 후작이 번갯불에 콩 구워 먹듯 결혼식을 올렸다. 황태자비의 친부모라 남작이 된 사이먼 부부의 첫째 딸 레이디 사이먼이 엄청난 미인인지라, 결혼식에 초대된 이들의 감탄이 자자했다. '무시당하지 않게 작위 받고 결혼하라는 거였구나, 단순한 심술이 아니었어.' 하고 중얼거린 황태자비가 황태자에게 아프지 않게 꿀밤을 맞는 작은 소동이 있긴 했지만, 결혼식은 무사히 치러졌다. 레번드 후작은 그날만큼은 벌어진 입을 다물지 못할 정도로 기뻐했다.

그런데 제레미만 아직 결혼식을 못 했다. 이유는 간단했다. 사운더스 백작의 반대가 극심했던 것이다.

남작 작위도 받았고 전하의 허락도 받았는데, 근본 없는 남작 따위 인정하지 않겠노라는 사운더스 백작의 단호한 반대에는 백작 부인도 무어라 입을 뗄 수가 없었다. 황태자의 보좌와 결혼 이야기가 오가는 거라 아무나 잡고 결혼시킬 수도 없다. 결국 분노한 아버지에게 브리나는 감금당했고, 그렇게 만나지 못한 지가 벌써 두 달째였다. 마법으로 방에 숨어들어 봤으나, 방 안에도 감시가 붙어 있어 내내 만날 수가 없었던 것이다.

"어제 제가 사운더스 백작께 부탁을 드려서, 배웅 명목으로 브리나를 항구까지 데리고 왔어요. 짧게나마 얼굴은 볼 수 있을 거예요."

황태자비 마마가 씨익 웃는다. 황궁에서 생활하게 되면서 말은 꽤 조심스러워졌지만, 그 씩씩한 태도까지 사라지진 않는다. 서로 숨기는 게 많고 뒷말 많은 황궁 안에서 신선한 존재가 된 그녀는 때때로 이렇게 알아서 가려운 곳을 긁어 주곤 한다.

"으허어어어엉! 감사해요, 정말로!!!"

제레미는 울었다. 그리고 잠시 후, 잠옷 안 갈아입을 거냐고 전하에게 또 혼나고 말았다.

베스호 출항 전, 사람들이 점차 배에 오르는데 브리나는 아직도 보이질 않는다. 황태자 부부가 마지막으로 배에 타도 되는 존재라고는 해도 너무 늦는다. 제레미와 황태자비가 발을 동동 구르고 전하가 냉정하게 그만 가자, 하고 있는데도 나타나질 않는다.

보고 싶은데.

찔끔 나는 눈물을 얼른 닦아 내고 두리번두리번할 때, 저 멀리서 말을 타고 달려오는 브리나가 보인다. 제레미가 반가워서 외치려던 차에 아가씨이이이이! 외치는 소리도 들린다.

뭐지? 황태자비와 제레미가 당황해서 서로를 마주 볼 때, 말을 탄 브리나가 그들의 앞까지 오더니 급히 말에서 내리고 트렁크도 끌어

내린다. 그리고 덥석 제레미의 손을 잡는다.

"가자!"

엉겁결에 그녀의 손을 붙잡고 제레미는 배를 탔다. 곧이어 황태자 부부가 배에 올랐다. 무언가 눈치를 챈 건지 황태자비가 바로 출항 신호를 보내자, 평소보다 급하게 닻이 오르고 돛이 풀린다. 선원들도 이제 눈치를 챈 듯 히죽거리며 움직임을 서두른다. 뒤늦게 달려온 하녀며 하인들이 항구에 서서 헉헉거리며 외친다.

"아가씨! 도망가시면 어떡해요! 아이고, 배에 타시면 어떡합니까!"

"아버지께 말씀드려! 나는 내가 고른 남자랑 살 거라고!"

가녀리지만 단호한 목소리가 항구로 뻗어 나간다. 황태자비가 입을 떡 벌리고, 황태자는 씩 웃으며 손뼉을 친다. 선원들이 연신 히죽거린다.

"사랑의 도피, 좋지."

"아가씨, 멋지네!"

여기저기 휘파람을 분다. 브리나가 의기양양하게 뒤로 돌아선다. 제레미는 더듬더듬 물었다.

"도, 도망친 거야?"

"그래! 그렇게 평생 감시받으면서 살 순 없잖아!"

대답은 단호한데 눈동자에는 일말의 두려움이 스친다. 제레미는 멍하니 그 눈을 들여다보다가 그녀의 두 뺨을 잡고 덥석 입을 맞췄다.

이야! 휘이익! 짝짝짝!

아까보다 더 진한 박수와 환호와 휘파람이 두 사람을 축복한다.

열렬히 박수 치는 황태자비 뒤에서, 황태자는 조용히 중얼거릴 뿐이다.

"이거 우리 신혼여행인데."

우울해진 황태자의 속도 모르고, 제레미의 기분은 그저 째졌더란다.

4월, 어느 맑은 날의 일이었다.

작가 후기

단권인데 무려 네 커플이 나옵니다. 모니터링 요원 Y 작가님은 그러셨습니다.

“복 받을 거야.”

안녕하세요. 복 받고 싶은 혜일입니다.

가만히 앉아 ‘달삼’의 첫 연재 때를 떠올리니 생각나는 게 있습니다. 원제요. 무려 ‘당 떨어진 황태자’였어요. 그것을 자기 일처럼 모니터링을 해 주시고 여기저기 의견도 물어 취합해 주신 J 작가님 덕분에, 좀 더 로맨스다운 제목이 나왔습니다.

사실대로 말씀드리자면, 초반에 저는 엘레노아에게 정이 가질 않았더랍니다. 스스로 로맨스라는 장르적인 압박을 너무 받아서요. 몇 번이고 구성을 고치는 글을 쓰는 사이, 세드릭이 노아를 점점 예뻐하기 시작했어요. 어라? 그리고 어느샌가 당돌한 선원이자 장사꾼 노아에게 저도 정이 붙었고, 결국 노아는 제국 최고의 미남을 거머쥐었지요. 노아는 돈만 많은 게 아니라 진정한 위너였습니다, 네.

노아를 승자로 만드는 데에는 역시 모니터링 요원 Y 작가님이 큰 힘이 되어 주셨습니다. 제가 삐끗할 때마다 바로잡아 주시고, 대충 넘어가려 하려는 곳을 꼭꼭 짚어 주신 덕분에 큰 문제 없이 이야기가 마무리되었어요.(여러분이 생각하시는 설정 구멍은 순전히 저의 능력 부족입니다!) Y 작가님, 정말로 감사드립니다. 본인의 글도 제쳐 놓고 살뜰히 챙겨 주셔서 그저 감사할 따름입니다.

J 작가님, 이분은 제목에 큰 기여를 해 주셨을 뿐만 아니라 빈궁한 저를 늘 배불리 먹게 해 주셨습니다. 이분이 안 계셨더라면 저는 식탐과 알코올 부족으로 패악을 떠는 글을 썼을지도 몰라요. 로맨스가 아니라, 아무도 안 보는 패악 소설. 제 정신줄을 잡아 주셔서 정말 감사드려요.

언제나 다정하게 챙겨 주시는 이영은 편집자님께도 감사드립니다. 순수하신 분이 어쩌다 순수하지 못한 저를 만나 본의 아니게 능욕이 어떤 것인지 조금씩 알아 가고 계시네요. 이것저것 주절주절하는 저를 상대하시느라 늘 고생이 많으십니다.

깔끔하고 꼼꼼하게 교정을 봐 주신 김수정 님 덕분에 마음 놓고 원고를 맡길 수 있었어요. 감사합니다! 정확히 원하는 것도 없으면서 수정해 달라는 제 부당한 요구에도 예쁘고 깔끔하게 표지 뽑아 주신 디자이너님께도 감사 인사드립니다. 그리고 제세림 편집자님과 김인혜 팀장님도 감사드립니다. 나중에 또 같이 고기 먹으러 가요. 〉_〈

로망띠끄와 조아라에서 연재하는 동안 늘 피드백해 주신 여러 독자님 덕분에 저는 힘을 얻어서 성실히 연재를 달렸고, 그 덕분에 무사히 완결을 낼 수 있었습니다. 그렇게 주신 소중한 마음들을 책의

형태로 구현해 낼 수 있어서 정말 다행이라고 생각합니다. 연재 때 함께 달려 주신 독자님들, 그리고 이 책을 골라 주신 분들께도 진심으로 감사드립니다. 독자님들이 이 책을 통해 잠시나마 즐거운 시간 되셨기를 바랍니다.

차기작으로는 이미 현대물을 연재 중입니다만, '달삼'의 스핀 오프는 계획하고 있어요. 제레미의 딸이 주인공이 될 것 같아요. 아빠를 닮은 빨간 머리카락을 잡고 울상을 지으며 '엄마는 왜 아빠랑 결혼했어?' 하는 귀여운 딸이요. 하하하.

그럼 언젠가 다시 뵙길 바라며, 저는 이만 물러납니다.

따스한 봄날,

헤일 올림.

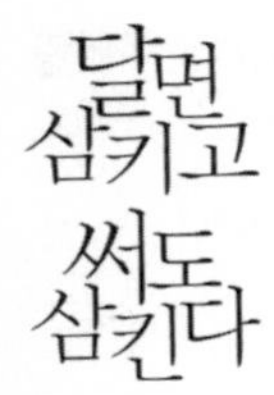

1판 1쇄 찍음 2016년 5월 11일
1판 1쇄 펴냄 2016년 5월 17일

지은이 | 헤 일
펴낸이 | 정 필
펴낸곳 | **(주)뿔미디어**

기획 · 편집 | 김수정

출판등록 | 2002년 9월 11일 (제1081-1-132호)
주소 | 경기도 부천시 원미구 소향로 17, 303(두성프라자)
전화 | 032)651-6513 / 팩스 032)651-6094
E-mail | scarlets2012@hanmail.net
블로그 | http://blog.naver.com/dahyangs
홈페이지 | http://bbulmedia.com

값 9,000원

ISBN 979-11-315-7106-4 03810

※파본은 구입하신 서점에서 교환하여 드립니다.

Scarlet
스칼렛
www.bbulmedia.com

Scarlet
스칼렛
www.bbulmedia.com